LE RAGAZZE
DELLA SINGER

ANA LENA RIVERA

LE RAGAZZE DELLA SINGER

Traduzione di
FEDERICA NIOLA

PIEMME

Questo romanzo è un'opera di fantasia. Personaggi e situazioni sono invenzioni dell'autrice e hanno lo scopo di conferire veridicità alla narrazione e sono quindi utilizzati in modo fittizio. Qualsiasi analogia con fatti, eventi, luoghi e persone, vive o scomparse, è puramente casuale.

Pubblicato per

PIEMME

da Mondadori Libri S.p.A.

ISBN 978-88-566-9621-9

I Edizione giugno 2024

Anno 2024-2025-2026 – Edizione 3 4 5 6 7 8 9 10

A mio padre, che da qualche parte mi vede e sorride.

Ai miei nonni, che vivono nei miei ricordi,
anche se quando sono arrivata se n'erano già andati.

A mia zia Anita, che lascia un vuoto in prima fila.

Loro sono l'anima di questa storia.

1

Ana, 2019

Il primo ricordo della vecchia Singer che mi viene in mente risale al giorno in cui morì Franco. Mi ero alzata prima del solito per via del trambusto che c'era nel nostro piccolo appartamento alla periferia di Oviedo, ma non ero andata a scuola. E mio padre non era andato a lavorare. La sua immagine mentre fuma un sigaro davanti al televisore è incisa nella mia memoria. Si era versato un bicchiere di cognac, come quello che beveva a fine pasto la domenica. Nella stanza del cucito si sentiva la radio. Ero lì con mia madre e la nonna Aurora, solo noi tre, perché quel giorno le apprendiste non erano venute.

Mia madre era nervosa e di cattivo umore.

«Quell'uomo sarà la nostra rovina. Come gli viene in mente di fumare quei sigari puzzolenti?» La sentii parlare nonostante il leggero ticchettio aritmico della macchina per cucire della nonna, che di certo faceva impazzire i vicini. Dovevano consegnare quattro vestiti per un matrimonio importante, che si sarebbe celebrato niente meno che all'hotel La Reconquista, simbolo dell'eleganza cittadina, visto che era l'unico cinque stelle di Oviedo. Nel mese di dicembre. Il padre della sposa era malato di cancro e temevano che non sarebbe riuscito ad assistere alla cerimonia, se avessero aspettato l'estate. La prima prova era fissata di lì a quattro giorni.

«Se la storia che è morto Franco è vera, come faranno a

celebrare il matrimonio il mese prossimo?» mormorava mia madre tra sé mentre ricamava una fascia di tulle per il vestito della damigella.

La nonna Aurora continuava a muovere il pedale della Singer, al tempo doveva avere quasi un secolo. La Singer, mia nonna solo mezzo.

Nel frattempo, io, seduta sul pavimento di legno che scricchiolava a ogni minimo movimento e aliena al turbamento che stava vivendo il Paese, litigavo con ago e filo, cercando di eseguire dei punti regolari su un pezzo di canovaccio. Il ditale da bambina che mia madre mi costringeva a mettere mi dava fastidio e, come sempre, me l'ero tolto mentre non mi guardava, ma quella mattina non la sentii pronunciare le parole magiche: «La sarta senza ditale, cuce poco e cuce male» che di solito riportavano il piccolo cilindro metallico bucherellato sul mio dito medio.

Alle dieci del mattino la macchina per cucire tacque, mia nonna guardò verso la radio e mia madre chiuse gli occhi per sentire Arias Navarro che, con la voce rotta, confermava la scomparsa del Caudillo. Quei cinque minuti mi parvero ore, seduta a terra con il cuore in una morsa e gli occhi fissi sul volto delle mie parenti. Mia madre ferma, quasi paralizzata; mia nonna inespressiva. Quando l'uomo ebbe finito di parlare, la mamma aprì gli occhi e io le andai accanto per farmi abbracciare; avevo bisogno di sentire che era tutto a posto, ma lei mi allontanò.

«Il matrimonio non ci sarà» disse uscendo dalla stanza, come se per me fosse importante.

Mia nonna riprese a cucire e il suono cadenzato e costante della Singer tornò a essere il rumore di sottofondo in casa mia, come tutti i giorni.

Quarantaquattro anni dopo, l'esumazione dei resti del dittatore e la notizia del trasferimento al cimitero El Pardo ha rievocato quel ricordo. La vecchia macchina per cucire aveva abbellito per anni un angolo della mia sala di ottanta metri quadrati, silenziosa e appartata, come se sentisse la mancanza degli spazi ridotti che abitava un tempo. Le donne della mia famiglia non avevano conosciuto l'abbondanza. La grande conquista di mia madre era stata vedermi sposata con Carlos, così educato, così inserito, così benestante, soprattutto. La mia casa all'interno del complesso residenziale La Finca di Madrid, che fu sempre solo di Carlos, mai mia, era per lei un simbolo di successo, la dimostrazione che aveva compiuto la sua missione nella vita. Ma in quel luogo, con il passare dei giorni, io mi rimpicciolivo sempre di più, come la Singer nel suo angolo. E, con il passare degli anni, che ci avevano reso sempre più invisibili, nell'enorme magione non c'era più stato posto per nessuna delle due.

Aurora, 1938

La fregola di Frutos, Juan Fructuoso Cangas nel certificato di battesimo, non era bastata per far concepire alla moglie più di un figlio, e neppure maschio. Condannato a non generare altra prole all'infuori di Aurora, Frutos non rinunciò al proposito di spargere il seme Cangas tra le puttane del bacino minerario asturiano. Di ogni paga riscossa, la metà era destinata a Olvido per coprire le spese della casa, un quarto «per ogni evenienza» e un altro quarto a vino e puttane. Le quote «per ogni evenienza» si accumulavano di rado, perché gli imprevisti, molto più prevedibili di quanto pensasse Frutos, si presentavano ogni mese, anche se i rimasugli, sommati alle entrate extra che sua moglie e sua figlia apportavano al bilancio della casa a forza di ago e ditale, riuscirono a far tornare i conti domestici per molto tempo, tra mille difficoltà, finché Aurora compì sedici anni.

Una mattina dell'estate del 1938, con le bombe che cadevano sul porto e sulla popolazione civile di Gijón, nel pozzo Santa Bárbara di Turón un'armatura mal fissata cadde sulla schiena di Frutos, rompendogli una vertebra e diverse costole. Qualche nume misericordioso doveva aver compiuto un miracolo e il midollo restò intatto anche dopo il salvataggio, ma ridusse Frutos in un letto, prostrato, dolorante e senza paga. La solidarietà della miniera offriva un lavoro ai figli dei feriti e dei defunti. Le famiglie dei minatori non erano costrette alla fame: a chiunque poteva capitare di essere tra le tante vittime che la miniera esigeva in modo ricorrente e casuale, e a chiunque poteva toccare la sfortuna di andare in pasto alla disgrazia. Ma in genere non accadeva che il minatore colpito non avesse un figlio o un fratello maschio che lo sostituisse.

Così, un caldo giorno di agosto, in piena guerra civile, Aurora fu assoldata come vagonista all'esterno del pozzo, dove caricava con una pala lunga e pesante i vagoncini di carbone che trasportavano il minerale estratto alla laveria La Cuadriella.

Durante la guerra le minatrici, chiamate *carboneras*, erano numerose: il fronte si lasciava dietro molte vedove e molti orfani. La discesa all'interno della miniera era proibita per legge alle donne, che dunque potevano svolgere solo lavori mal pagati fuori dal pozzo – caricare i vagoncini con il materiale estratto o trasportare i pesanti secchi d'acqua per tutta la giornata – e all'interno della laveria, dove si dedicavano alla cernita respirando la polvere di carbone mentre separavano i pezzi di prezioso minerale dai residui inutili.

Aurora aveva sentito dire che alcune donne, con il marito o il padre al fronte, lavoravano all'interno del pozzo; ma la sorprese ugualmente vederle scendere, sotto gli occhi di tutti, nelle gabbie che le trasportavano a decine di metri sottoterra. Sebbene la legge non le considerasse adatte ai tunnel, le *carboneras* interne, assunte come spalatrici, cernitrici, acquaiole o guardabarriere, in realtà strappavano il carbone dalle gallerie come avevano fatto fino a quel momento gli uomini, uomini che gli eserciti di entrambe le fazioni reclutavano per andare a morire e ad ammazzare e che si lasciavano dietro famiglie intere alla mercé degli stenti e della malattia.

Le espressioni decise di quelle donne, che non riuscivano

a nascondere la preoccupazione per la sorte dei loro figli se non fossero riemerse da quei tunnel letali, turbarono Aurora. In quel momento capì quanto fosse breve la distanza che separava lei e qualunque altra donna da quel futuro. Un proiettile, una bomba, un incidente. In un secondo la vita cambiava, e quasi mai in meglio. A dimostrarlo c'erano lei e, a pochi metri di distanza, assiepate nella gabbia di discesa, quelle *carboneras*.

Aurora non ebbe bisogno di scendere dentro la miniera per capire che cosa fosse il lavoro duro. La pala, pesante come la lancia delle armature medievali che comparivano nel disegno di uno dei pochi libri presenti a casa sua, le aveva massacrato le mani e i muscoli delle gambe e della schiena dopo un'ora di lavoro. Non si sentiva in grado di continuare, ma lo fece finché, alla fine del turno, le sue mani sanguinanti poterono finalmente riposare. Il giorno dopo, provvista di bende e con i guanti di Frutos che sua madre le aveva sistemato nella notte, tornò al penoso compito di caricare il carbone sui vagoni.

Spalava da meno di due ore quando una compagna la mise in guardia: «Oggi è in giro don Ceferino, chiuditi la camicetta. Fa avanti e indietro da un po' e ti guarda ogni volta che passa. Come una volpe che punta il pollaio».

«Che cosa intendi?» domandò Aurora, abbastanza sveglia da non guardare don Ceferino, il caporale che, tra gli altri compiti, aveva quello di vegliare sulla sicurezza dei minatori.

«Devi fare attenzione. Quel disgraziato oggi non è in ufficio, e quando l'orso esce dalla tana, va in cerca di prede» rispose la compagna.

Aurora si chiuse la camicetta e andò avanti a lavorare. In silenzio. Quel giorno vide gironzolare Ceferino nella zona delle vagoniste più di una volta, ma fece finta di non notare la sua presenza. Caricò carbone con il corpo a pezzi, le mani protette dai guanti e il cuore in gola ogni volta che si avvicinava il predatore.

La giornata finalmente terminò e Aurora, coperta di polvere nera e madida di sudore, intraprese il cammino di ritorno a casa. Due chilometri e mezzo che percorse da sola, a piedi, separata dal gruppo di donne che, altrettanto stanche e doloranti, avevano come lei ben poca voglia di chiacchierare. Aveva bisogno di riflettere per trovare il modo di liberarsi dell'ingiusto castigo che la vita le aveva inflitto dopo l'incidente di Frutos. Guardò le montagne che circondavano la valle, immense, di un verde scuro quasi nero, che brillavano nel chiarore aranciato della sera producendo piccoli riflessi colorati per effetto della luce sulla polvere di carbone. Fuori erano così belle! Tanto quanto erano infide, invece, all'interno. Come lei, pensò. Con un viso splendido e un bel fisico alla Ginger Rogers, e una sensazione permanente di sporcizia nell'anima, come se qualcosa le marcisse dentro ogni volta che suo padre entrava di nascosto in camera sua di notte. Quella percezione di sé stessa le aveva suggerito l'idea che avrebbe potuto liberarla da mesi o, se la schiena di suo padre non fosse migliorata, persino da anni destinati a caricare carbone a palate. Anni che, se non avesse trovato una soluzione, avrebbero rovinato la bellezza che Dio le aveva regalato.

Non appena arrivò a casa, Aurora andò dritta nella stanza nella quale sonnecchiava Frutos, sudato per il caldo estivo e i calmanti prescritti da don Fabián, il medico del paese.

«Come state, padre?» disse avvicinando il viso all'orecchio del genitore.

Frutos aprì gli occhi e sorrise alla figlia, la sua dolce e voluttuosa Aurora, che dal giorno successivo alla nascita gli aveva portato solo gioie. Non si era rallegrato appena l'aveva vista perché sperava che il primogenito fosse un maschio, non immaginando i vantaggi che la nascita di una femmina gli avrebbe portato a distanza di qualche anno.

«Come è andata la seconda giornata? Meglio, con i guanti?» domandò.

«Meglio, padre, meglio, ma sono sfinita.»

«Ti abituerai. È questione di tempo e di farsi i muscoli»

risposte, capendo la sofferenza della figlia. «Non durerà molto, te lo prometto. Il medico dice che tra qualche mese potrò muovermi e, se non sarò in grado di picconare, farò qualcosa d'altro, ma ricomincerò a portare i soldi a casa.»

«Certo, padre, senz'altro. Ma nel frattempo ho sentito che alle laverie le cernitrici prendono sei pesetas al giorno, quasi il doppio di me, e che il lavoro non è così duro.»

«Aurora, ringrazia di avere un impiego. Le cernitrici non stanno meglio di te. La laveria è una nuvola di polvere, non si vede quasi niente e si fatica a respirare.»

«Ma prendono di più e stanno al coperto. O magari potrei lavorare al centralino telefonico, o fare le pulizie. Tutto piuttosto che caricare carbone.»

Frutos cambiò espressione.

«Le donne che dici sono vedove di minatori e arrivano a quegli incarichi dopo anni passati a lavorare come vagonista o nelle laverie. Tu hai un padre e ti sposerai, è solo per un periodo. Non ti daranno di certo un lavoro da telefonista.»

«Ma se ci riuscissi sarebbe ottimo, non trovate? Se conoscessimo qualche persona influente...»

«Non fare castelli in aria. Le conoscenze di tuo padre bastano appena a farti assumere come spalatrice. Come quelle di ogni altro minatore.»

«E quelle di don Ceferino?»

Frutos aveva già sentito dire che il caporale, forse il più competente passato dal pozzo, concedeva lavori alle donne in cambio di favori, e intuì l'idea della figlia. Un'onda d'ira gli arse le viscere. Cercò di cambiare posizione sul letto, ma indossava un busto che lo immobilizzava per tenere le vertebre e le costole al loro posto finché non si fossero saldate, in modo da non provocare ulteriori danni.

«Ringrazia che non posso muovermi, altrimenti ti davo una bella ripassata con la cinghia, così ti passava la voglia di dire stupidaggini» vomitò pieno di rabbia alla figlia.

«Non sono stupidaggini, padre» rispose senza fare caso alle minacce spesso pronunciate e mai messe in pratica.

«Sono aspirazioni. In fin dei conti vi siete già premurato di non farmi arrivare vergine al matrimonio. Quindi ditemi, prima che faccia un'idiozia invano: don Ceferino può o non può procurarmi un posto che mi tolga la pala dalle mani?»

Frutos inorridì di fronte alla freddezza della figlia, ben sapendo che era tutta colpa sua. Per la prima volta da quando aveva scoperto le grazie di Aurora, si rese conto di averla cambiata. Gli occhi gli si inumidirono per la rabbia, ma cercò di nasconderlo girando la faccia quel tanto che il suo stato gli consentiva.

«Non pensarci nemmeno. Toglitelo dalla testa» la supplicò, cercando di farlo sembrare un ordine.

Quando Aurora finalmente, diversi giorni dopo, incontrò don Ceferino, non perse l'occasione. Quel lavoro la stava uccidendo e temeva di perdere ogni vantaggio se fosse arrivata una ragazza più bella, con più seno o i fianchi più tondi.

Don Ceferino si presentò durante il turno pomeridiano, quando lei aveva già cominciato a caricare il vagoncino. La guardò e in quel caso Aurora gli restituì lo sguardo, con arroganza. Non come una preda sottomessa, ma come chi sfida il cacciatore a catturarla.

Il caporale era poco abituato a ricevere risposte simili ai propri sguardi. Di solito risvegliava paura o suppliche, persino ribrezzo, mai sfida. Le donne avevano bisogno di soldi e, quando il caporale metteva gli occhi su una di loro, o chinavano la testa o condannavano sé stesse e le proprie famiglie alla fame. Don Ceferino era eccitato dalla sensazione di potere provocata dalle voci su di lui e ogni tanto passeggiava tra le *carboneras* per intimorirle, anche se in realtà la sua fama superava di gran lunga le imprese reali, perché aveva soddisfatto di rado i suoi istinti approfittando della propria posizione alla miniera. La prima volta era capitato quando aveva appena perso la moglie, con la vedova di un uomo morto durante la rivoluzione del 1934. Era attraente, madre di tre figli, e si era recata nel suo ufficio per mendicare un impiego. Il marito non era un minatore e lei aveva poche possibilità, per non dire nessuna, di entrare in miniera. Alle donne come lei non restava che rovistare nelle discariche in cerca di frammenti di carbone finiti tra i minerali inutili per riempire un cesto da vendere alla fine della giornata. Ma in quel modo non era possibile sfamare tre bambini. Fu lei stessa a suggerire il prezzo per un contratto di lavoro, offrendo l'unica cosa che aveva. Ceferino accettò con piacere di soddisfare i propri ardori, e la destinò come cernitrice alla laveria. Dopo essersi soddisfatto non una ma diverse volte, l'ebbrezza della novità passò e il caporale lasciò le carni della vedova al vigilante, prima che i suoi incontri con la donna smettessero di essere voci delle *carboneras* per trasformarsi in battute tra i minatori. L'ultima volta era stato con una giovane spalatrice che aveva rotto la pala. Il sorvegliante voleva fargliela pagare e la donna era andata a supplicare Ceferino. Aveva il padre malato e la paga non le sarebbe bastata per la pala e le medicine. Quando il caporale le aveva spiegato come garantirsi la pala, e anche le medicine, Sofía, così si chiamava la ragazza, si era rifiutata. Era vergine. Aveva un corteggiatore che la voleva in sposa. E se il brav'uomo fosse venuto a saperlo, l'opportunità di contrarre il matrimonio e uscire dalla miniera sarebbe svanita. Don Ceferino la convinse che sarebbe bastato un incontro per rifarsi della perdita della pala, desideroso di tornare ad assaporare una carne immacolata, e lì, nell'ufficio, con i vestiti addosso, sverginò la ragazza in lacrime, in meno di un minuto. Quindi, quando Aurora lo guardò negli occhi con quell'aria da pantera in gabbia, non solo faticò a sostenere il suo sguardo, ma fu sul punto di incespicare per lo spavento. Don Ceferino trascorse la giornata eccitato al pensiero di quella vagonista, figlia di un minatore del pozzo, che prima o poi sarebbe tornato a lavorare. Brutta storia. Le figlie dei minatori erano sacre e i minatori facevano quadrato. Quel giorno Ceferino si assicurò di non ripassare dall'area di carico. Quando arrivò a casa si infilò nel letto da solo, come ogni notte dopo la morte della moglie, e si sgravò con l'immagine della spalatrice dallo sguardo ferino.

Nel giro di un mese Aurora cominciò a lavorare come telefonista del pozzo, e accorreva prontamente ogni volta che il caporale la chiamava.

Frutos non svelò mai alla moglie come la figlia avesse ottenuto quella promozione, così come non le riferì delle volte in cui lui stesso si era infilato nel letto della figlia, senza sospettare che Olvido conosceva da tempo il rapporto morboso che il padre intratteneva con la figlia e che aveva scelto di non vedere e non sentire, tacendo.

Aurora, 1939

Frutos aveva invitato Paulino, un giovane minatore del pozzo Espinos, a fare merenda da loro con l'intenzione di presentargli Aurora, ma lei si era comportata in modo sgarbato. Olvido aveva preparato dei biscotti alle nocciole e un caffè di malto e cicoria, disponendo tutto al meglio sul tavolo della cucina. Aveva ripescato dal corredo una tovaglia ricamata che non aveva mai adoperato, custodita in attesa di un'occasione speciale e, dalla vetrinetta del salone, il servizio da caffè, dorato e impeccabile per la mancanza d'uso. Tutto per fare buona impressione al pretendente, che non era un caporale ma comunque un buon partito. Paulino era giovane, educato, ben piazzato e alla ricerca di una donna per sposarsi.

Aurora andò in collera quando capì il tranello dei genitori e non ne volle sapere di quella merenda da ruffiani.

«Cosa credi?» domandò don Frutos alla figlia, assicurandosi che Olvido non la sentisse. «Che don Ceferino ti sposerà?»

Guardando il volto di Aurora, capì che aveva fatto centro.

«Non ti illudere, i suoi figli non glielo permetteranno mai.»

«Mi avevate già detto di non illudermi quando volevo smettere di fare la vagonista, e guardate come è andata: in meno di un mese sono diventata telefonista.»

«Ora è diverso. Non hai più niente da offrire a quell'uomo. Ha già ottenuto quello che voleva da te. E un lavoro non è come un matrimonio, maledizione!»

«Non imprecate, padre. E vedremo se è vero quello che dite» rispose lei, altera.

«Non ti capisco. Che cosa ci trovi in don Ferino? Un vecchio vedovo con dei figli!»

«Ha una casa a Mieres, moderna, con l'acqua corrente, uno stipendio da caporale e i due figli sono sposati e vivono ciascuno a casa sua, vi pare poco?» disse Aurora, cercando di evitare lo sguardo del padre.

«Vedo che conosci bene la sua casa» replicò Frutos, alterato.

Aurora arrossì e lui capì come stavano le cose.

«Santo cielo!» disse «Non è solo per quello. Non dirmi che ti sei innamorata di quel vecchio! Le donne sono proprio stupide! Davvero stupide! È più anziano di te, potrebbe essere tuo padre...»

«Ma non è mio padre, al contrario di voi» gli spiattellò Aurora con lo sguardo selvaggio che le accendeva gli occhi quando era furibonda.

L'attacco della figlia mise a tacere Frutos. Erano passati quasi due anni dall'ultima volta che l'aveva toccata e aspettava invano che il tempo sotterrasse quel fatto nell'oblio.

Quando Paulino arrivò, Aurora lo salutò con freddezza, osservò con ironia la sua zoppia, come se non potesse considerare un uomo del genere neanche per scherzo, e dopo venti minuti di chiacchiere cortesi si alzò da tavola, si accomiatò senza dare alla madre il tempo di protestare, prese la bicicletta e piantò in asso i genitori e il pretendente: i primi a vergognarsi del comportamento della figlia; il secondo, rapito dalla sua bellezza.

Aurora arrivò a casa di Ferino dopo aver pedalato per i

cinque chilometri che la separavano dall'uomo che avrebbe voluto per marito, mentre si allontanava da quello che i genitori avevano scelto per lei.

Ferino non si aspettava la sua visita e, pur non rifiutandola, fu preoccupato dall'incoscienza di Aurora. Avrebbero potuto esserci i suoi figli, o una vicina che l'avesse vista entrare avrebbe potuto spargere la voce. Tanto da farla arrivare alle orecchie dei figli o di quella che sperava diventasse la sua seconda moglie. La bicicletta da donna davanti alla porta di casa era un invito alle malelingue.

Quando Ferino sgridò la giovane amante per essersi presentata all'improvviso, Aurora ricorse a un'arma che sapeva infallibile: abbandonarsi senza riserve e senza remore, come piaceva a lui, e anche a lei.

Una volta soddisfatti gli istinti, Ferino tornò alla carica.

«Aurora, tesoro mio, ho apprezzato moltissimo la tua visita, ma non puoi presentarti così. Potevano esserci i miei figli. Per non parlare di quello che direbbero i vicini se ti vedessero entrare o uscire.»

«Possiamo risolvere tutto facilmente» rispose Aurora, con un sorriso malizioso.

«Cosa vuoi dire?» domandò Ferino, sulla difensiva.

«Se io vivessi qui...»

«Ragazza mia» tagliò corto Ferino, ridendo. «Come puoi vivere qui? In qualità di...?»

«Come? In qualità di moglie, ovviamente.»

Ferino guardò incredulo Aurora, con un misto d'ira e compassione.

«Non è possibile. Sai che non è possibile.»

«Perché no? Io ti amo. Tu non mi ami? Non ti piaccio?»

«Certo che mi piaci e ti sono affezionato, ma la vita non funziona così. Io non posso sposare una come te.»

«Come me? E io come sarei?»

Ferino, sempre più a disagio per la situazione, non perse tempo in smancerie.

«Tu sei una *carbonera* che va a letto con il primo che passa per ottenere quello che vuole» disse. «E non credere che non abbia capito che non eri vergine quando sei venuta da me. Eri già usata. Gli uomini se ne accorgono.»

Aurora uscì con le guance arrossate, i vestiti indossati alla bell'e meglio e le lacrime che le offuscavano la vista. Salì sulla bicicletta e si mise a pedalare. Non sapeva dove andare, finché capì che le restavano un unico posto e una sola strada da seguire. Dopo l'accaduto, non poteva tornare al pozzo Santa Bárbara: preferiva morire di fame che di vergogna. Ammesso che, dopo quel pomeriggio, Ferino, per lei di nuovo don Ceferino, non l'avesse direttamente cacciata o rimessa a spalare.

Quella sera Aurora strinse un accordo con il padre, che evitò di indagare. Non era necessario. Come non era necessario che Aurora continuasse a fare la telefonista alla miniera. Lui stesso decise che avrebbe lasciato il pozzo Santa Bárbara non appena avesse trovato lavoro da un'altra parte, dove i compagni non fossero al corrente delle voci che giravano a La Rabaldana e dove non avrebbe dovuto vedere ogni giorno quel caporale.

Dall'indomani Aurora tornò a cucire con la madre e si mostrò dolce, gentile e disponibile di fronte alle goffe galanterie di Paulino.

Tre mesi dopo Frutos andò a lavorare al pozzo Espinos con il futuro genero, e Aurora e Paulino annunciarono il loro fidanzamento, mentre don Ceferino si scambiava promesse con la giovane vedova senza figli che corteggiava da più di un anno, appartenente a una famiglia nobile e figlia di uno degli ingegneri responsabili della Brigada de Salvamento Minero.

Aurora, 1940

Il giorno in cui Aurora Cangas si sposò, con un bel vestito beige cucito e ricamato a mano, non vi furono ricevimento né ballo, solo una colazione per pochi intimi. Paulino e

Aurora si unirono in matrimonio alle dieci del mattino di un martedì di maggio, inaspettatamente soleggiato dopo diversi giorni di pioggerella, il classico *orbayu* asturiano, nella chiesa di San Martín di Turón. Festeggiarono l'evento in cucina, nella casa dei suoi genitori, con la famiglia ristretta e qualche vicina, mangiando una torta di noci accompagnata da una cioccolata calda e un bicchierino di orujo al miele prima che il padre e il nuovo marito salissero sulla bicicletta per dirigersi al pozzo dove ogni giorno picconavano carbone a cottimo, senza perdere di vista il canarino che li avrebbe avvisati se avessero trovato una sacca di grisou.

Aurora aveva ricevuto il suo regalo di nozze due mesi prima: una Singer a pedale con il piano di lavoro, comprata di seconda mano a Mieres. Apparteneva a una sarta appena morta, che lasciava solo figli maschi. Aurora e sua madre lucidarono il legno del piano, la chiusero e il giorno del matrimonio esposero la moderna macchina nella sala come se fosse un'opera d'arte, perché venisse ammirata dagli ospiti.

«E quella macchia scura sul legno?» domandò Tina, della sartoria.

«Non te ne intendi. È una venatura. Queste macchine vengono dagli Stati Uniti e lì gli alberi sono così» replicò Olvido, dopo diverse settimane passate a ordire la risposta con la figlia, nel caso in cui qualche malalingua avesse chiesto qualcosa.

Tina tacque, seppure poco convinta della spiegazione, perché non trovò sostegno nel resto dei presenti, più interessati all'ultima razione di torta che al legno americano.

Quel giorno Aurora e la madre cercarono di mostrarsi raggianti, faticando non poco. Dedicarono la serata a cuocere il regalo delle vicine: una gallina che aveva smesso di deporre uova e che rappresentava un lusso in quei tempi di stenti. Per ammorbidirla l'avevano arrostita a fuoco lento sulla cucina a carbone della nuova casa di Aurora, invidia delle amiche. Aurora non solo si sarebbe sposata per prima a neanche diciott'anni compiuti, ma l'avrebbe fatto con Paulino Muñiz, di ventidue, orfano di padre e madre, e picconatore, il lavoro meglio pagato della miniera, esclusi, chiaramente, i caporali e gli ingegneri. Estrarre carbone dalle viscere della terra esplorando nuove vene era più rischioso di ogni altra mansione nelle gallerie, ma garantiva più denaro. Paulino aveva una casa di proprietà, con una grande cucina e una sala al pian terreno, due camere al primo piano e due latrine, una sopra e una sotto, adiacente alla cucina. A differenza delle amiche, Aurora non avrebbe avuto neanche una suocera da sopportare. La madre di Paulino aveva contratto la tubercolosi dopo il parto e, pur avendo fatto di tutto per riprendersi e non lasciare il figlio, era riuscita soltanto a ritardare il momento della morte. Paulino era diventato proprietario della casa il giorno in cui un'esplosione di grisou aveva fatto crollare la galleria nella quale lavorava suo padre, lasciandolo definitivamente orfano.

Nel primo dopoguerra, gli agenti della Guardia Civil seminavano il terrore nel bacino minerario, zona sindacalizzata, dissidente e rivoluzionaria da quando il carbone veniva estratto dalle montagne e loro si erano ritrovati a non guadagnare abbastanza da portare un piatto di minestra e un tozzo di pane sulle tavole dei loro alloggi in caserma. I minatori, invece, soprattutto quelli che possedevano un piccolo appezzamento di terra, non potevano permettersi capricci, ma non soffrivano la fame. E se si trattava di nutrire i figli, non era poco.

Paulino aveva un'unica pecca: la zoppia lasciata dalla poliomielite, che si portava dietro da quando aveva quattro anni; zoppia che, sebbene diminuisse le sue attrattive e gli avesse procurato percosse, umiliazioni e lanci di pietre da bambino, non gli impediva di picconare il carbone come gli altri e frequentare il Turón Fútbol Club ogni domenica pomeriggio. Peraltro la sua condizione gli aveva evitato il fronte, permettendogli di trascorrere la guerra senza il timore di essere richiamato come alcuni colleghi.

Quando Paulino rientrò dal lavoro, dopo aver terminato l'orario minimo senza cottimo perché era il giorno del suo matrimonio, lo attendevano una bacinella d'acqua calda e un asciugamano pulito e appena stirato, una gallina arrosto con patate e cipolle dell'orto dei suoi suoceri e una donna, ormai sua per tutta la vita, che si era rimessa il vestito da sposa per accoglierlo. Paulino si sarebbe dedicato prima ad Aurora che alla gallina se non fosse stato per il rispetto che immaginava di doverle portare.

Cenarono in fretta. Aurora mangiò poco perché temeva di macchiare il vestito dal quale pensava di ricavare una camicia e una gonna il giorno successivo con la nuova Singer. E Paulino perché desiderava inaugurare la moglie, senza immaginare che il suocero l'aveva fatto al posto suo due mesi dopo il primo ciclo di Aurora, quando il suo seno aveva smesso di essere un accenno e aveva cominciato a richiedere un reggiseno che lo accogliesse.

Aurora notò due differenze tra il sesso con il padre e quello con il marito: Paulino era stato più rapido, e non era entrato né uscito di nascosto dalla stanza. Con don Ceferino era stato diverso. Dopo la frenesia del primo giorno, Aurora aveva visitato di nascosto la casa del caporale a Mieres diverse volte, scoprendo che il sesso poteva essere più di un mero dovere coniugale e il passo necessario per concepire i figli. Con Paulino tornò a essere come le aveva spiegato la madre: «Sopporta e fingi meglio che puoi, così finisce presto». La sua notte di nozze andò in quel modo. Pochi secondi dopo essersi scaricato dentro di lei, Paulino le russava accanto, sfinito dalla giornata, dall'emozione di avere qualcuno che si occupasse di lui e di aver goduto per la prima volta del corpo di una donna che non lo vendeva per denaro. Magari Aurora gli avrebbe dato anche un figlio, a breve. Un maschio. Aveva intenzione di provarci ogni sera. Non sospettava che nel ventre di sua moglie cresceva già il seme di un altro: una bambina che si sarebbe chiamata Águeda, come la madre di Paulino.

Águeda, 1941

Águeda nacque la notte dell'Epifania del 1941, dopo diverse ore di travaglio in cui Aurora promise a sé stessa che non sarebbe mai più stata madre. Partorì a casa con l'aiuto di una levatrice esperta che, quando prese in mano il neonato di tre chili e seicento grammi, con la pelle scura e una folta peluria nera sulla testa, si limitò a mormorare: «I prematuri di questo Paese sono sempre più grossi. Ai miei tempi non erano affatto così grandi».

Águeda aveva preso le orecchie a sventola del padre biologico, eredità che avrebbe nascosto per tutta la vita sotto la pettinatura, e che il nonno Frutos attribuì all'apporto genetico di don Ceferino, visto che il caporale si vantava di comandare molti uomini che in passato l'avevano perseguitato e preso a pietrate per quel suo difetto.

«La bambina ha preso le orecchie di mio nonno» dichiarò però Frutos quando vide la nipote, mentre ringraziava tra sé e sé che Aurora non lavorasse più al pozzo Santa Bárbara.

Se Olvido ricordava le orecchie piccole e rotonde del nonno di suo marito, non disse nulla, e ringraziò Dio che la bambina non somigliasse a Frutos, non sapendo che lui non si era più avvicinato alla figlia dal momento in cui aveva saputo della storia tra Aurora e don Ceferino.

Quando la levatrice mise Águeda tra le braccia della madre e l'aiutò ad attaccarla al seno, Aurora sentì la stessa emozione che avrebbe provato se le avessero affidato un cucciolo di ratto. Águeda si aggrappò al capezzolo con una forza inusitata per un neonato e Aurora provò l'impulso di allontanarla con la ferocia di un animale ferito, ma sopportò che succhiasse il latte immaginario che non sarebbe montato fino a tre giorni dopo. Tre giorni e tre notti in cui Águeda pianse disperata per la fame e per l'istinto di sopravvivenza che chiedeva aiuto di fronte al disprezzo della madre. Fu Olvido a prendersi cura di Águeda, finché il cancro che la divorava in silenzio non la prostrò in un letto per due settimane prima di ucciderla.

Il funerale di Olvido fu celebrato nella stessa chiesa in cui diciotto mesi prima si erano uniti in matrimonio Aurora e Paulino. Non c'era il sole il giorno in cui fu sepolta, solo una pioggia persistente che cadeva sugli abiti neri dei presenti venuti ad accompagnare il feretro, mescolandosi alle lacrime sui loro volti e rendendole meno salate. Olvido non fu protagonista neanche del suo funerale. Lo stesso giorno aveva deciso di morire anche l'anziana zia dell'unica famiglia nobile della zona mineraria, quella della fidanzata di Ferino, e il prete liquidò il funerale di Olvido con due orazioni funebri, senza messa, per spedirla fuori dalla chiesa dove stava per entrare la bara di mogano massiccio che accoglieva i resti dell'aristocratica.

Mentre la notizia del bombardamento giapponese sulla base di Pearl Harbor impressionava il mondo e la Spagna tremava di paura di fronte alla prospettiva di entrare di nuovo in guerra, a Turón un carro trasportava i resti di Olvido sulla ripida strada verso il cimitero. Diverse volte i muli si impantanarono nel fango che le piogge degli ultimi giorni avevano accumulato sulla strada. Una volta arrivati, i becchini la misero nella fossa e la coprirono di terra, in attesa della lapide di pietra che il prete sarebbe passato a benedire una volta finite le esequie della nobile anziana.

Quel giorno Paulino si recò al pozzo senza il suocero. Frutos non andava al lavoro pur toccandogli il turno domenicale. La vedovanza dispensava dalla miniera per un giorno.

Aurora si ritrovò a tu per tu con Águeda, sapendo che da quel momento in avanti l'avrebbe dovuta crescere da sola. Lasciò la bambina nella culla e si mise a cucire a macchina. Lavorava sempre di più come sarta, una delle poche occupazioni benviste per le donne sposate. Concentrandosi per dare il ritmo giusto alla macchina e ottenere punti regolari, si allontanò dal mondo, dai ricordi della madre morta, del padre oppresso dalla solitudine, e da Águeda, sua figlia, che pianse affamata per più di due ore con Aurora che non la sentiva neppure finché si arrese allo sfinimento.

Aurora, 1936

Dopo la morte di Olvido, Aurora non fu più la stessa. Sentì la mancanza della madre fino alla fine dei suoi giorni, e quanto più invecchiava, più la rimpiangeva, nonostante il risentimento che provava al ricordo del giorno in cui era riuscita a mettere insieme le forze per confessare le visite notturne che ogni tanto le faceva il padre, soprattutto quando la paga finiva prima della settimana e bisognava scegliere tra il vino e le puttane.

Una settimana al mese Aurora aveva il compito di lavare il pavimento della casa, ogni giorno una parte del rivestimento in legno grezzo, che non c'era modo di pulire se non in ginocchio, con acqua, sapone e una spazzola con le setole dure. Aurora preferiva mille volte cucire che fare i lavori di casa, ma sin da quando era piccolissima sua madre aveva delegato a lei quel compito ingrato. Almeno Olvido non era maniaca delle pulizie come la madre della sua amica Purita, che costringeva lei e le sue due sorelle a spazzare il pavimento ogni giorno e a lavare la roba al fiume. Aurora ogni tanto accompagnava la madre a fare il bucato, per aiutarla a trasportare il cesto della biancheria e a strizzarla, senza mai immergere le mani nelle acque fredde del fiume Turón. «Il fiume rovina la pelle e finché non sarai sposata voglio che la tua resti delicata, da signorina. Magari riusciamo a far innamorare un caporale, figlia mia. Bella come sei, sarebbe davvero una meraviglia» le diceva sempre la madre. Olvido non sapeva quanto sarebbero state premonitrici le sue parole, né quanto potessero essere dolorosi i desideri che si avverano.

Il giorno in cui Aurora perse la fiducia nella madre le toccava pulire il pavimento delle scale. Il lavoro le portò via due ore. Quando si rimise in piedi, aveva il braccio destro e le ginocchia doloranti, ma non le importava. Avrebbe potuto dedicare il resto della giornata a occupazioni più piacevoli, come aiutare la madre in cucina prima e poi nel cucito. A Olvido era stata commissionata una vestina da battesimo per il nipote di una vicina e Aurora adorava cucire i minuscoli punti del merletto e il morbido tulle.

Aurora aspettò il momento giusto per raccontare alla madre ciò che accadeva ogni tanto con suo padre, sempre più spesso da quando Frutos si era reso conto che meno spendeva con le puttane, più ne avanzava per il vino. Pensava che, nel momento in cui avesse superato l'infinita vergogna di dirlo a voce alta, sua madre avrebbe fatto in modo che non ricapitasse senza bisogno di riparlarne mai più. Mai più.

Con la fiducia data dalla speranza, scelse il momento in cui stavano sgranando insieme i piselli. I piselli in una bacinella, i baccelli in un'altra. Dai baccelli bisognava togliere i fili per cuocerli con salame e pancetta o farne una purea. All'epoca non si poteva sprecare nulla.

Stavano lavorando in silenzio quando Aurora vomitò il pesante carico che le mangiava il cuore. La madre tacque, aprì il baccello che aveva in mano e si pulì sul grembiule. Poi si alzò, si mise davanti alla figlia e senza dire una parola le diede uno schiaffo che lasciò il segno delle sue dita impresso sul volto di Aurora. Gli occhi della ragazza si riempirono di lacrime, ma non disse una parola. Si portò la mano alla guancia per alleviare il dolore e chinò la testa appena prima che sua madre le ordinasse di non farlo.

«Guardami» disse Olvido, mentre tornava a sedersi. «Devi imparare una volta per tutte che nella vita noi donne dobbiamo vedere, sentire e tacere. Soprattutto tacere. Tuo padre è tuo padre, e si spacca la schiena per portare i soldi a casa e farti vivere come una signorina. Qui comanda lui, e non ti permetterò di mancargli di rispetto. Tu sei tenuta a servirlo e a pregare che non lo richiamino al fronte. Quindi non ti azzardare a ripetere quello che hai detto poco fa. A nessuno. Mai nella tua vita. Devi tacere e ubbidire. Capito?»

Aurora assentì, prese un altro baccello e continuò a sgranare piselli con le lacrime che le scorrevano sulle guance, finché la madre, dopo che si fu calmata, riprese a parlare.

«Ho pensato che magari oggi pomeriggio potresti ricamare un angelo sulla mantella della vestina da battesimo.»

Aurora amava ricamare ancor più che cucire.

«Posso farlo azzurro?»

«No, figliola: bianco, dev'essere bianco. Vuoi che non ce lo paghino? Don Leoncio sarebbe capace di non battezzare il bambino, se indossa qualcosa di azzurro. Tra l'altro, se è solo bianco può passare alle sue sorelle, quando ne avrà. Ricamalo bianco e fallo bello. Con le ali e tutto il resto.»

«Certo, mamma» rispose Aurora, con il volto ancora dolorante, la vergogna che le gonfiava il petto e la fantasia che disegnava l'angelo da ricamare sulla mantellina del neonato.

Ad Aurora sarebbe piaciuto avere una sorella. Non fratelli maschi, perché stando alle sue amiche erano dei porci: procuravano solo più roba da lavare e stirare, più stoviglie da pulire e sporcavano di più la casa. Magari vorrebbero pure quello che vuole mio padre, pensò, e l'idea la fece talmente inorridire da doverla scacciare dalla mente, ringraziando che i suoi genitori avessero avuto soltanto lei.

Quella notte, ignaro della conversazione che sua moglie e sua figlia avevano avuto la mattina, Frutos trovò Olvido a letto che lo aspettava. La tentazione di fare visita alla camera di Aurora si era sciolta tra le gambe della moglie, che si era mostrata più sollecita di quanto fosse mai stata in tutti gli anni di matrimonio.

Olvido, 1936

La morte dei genitori aveva fatto sprofondare Olvido in un dolore continuo, che ogni giorno si sforzava di superare senza riuscirci. Dopo diverse settimane di insonnia, in cui continuava a rigirarsi nel letto infeltrendo la lana del materasso finché Frutos cominciava a protestare, il medico le prescrisse delle gocce da assumere prima di andare a letto. Olvido trovò sollievo in quel farmaco che le garantiva un sonno profondo, ipnotico, anche se il giorno dopo si svegliava con la mente offuscata e la sensazione di aver passato la notte in coma. Visse per diversi mesi in quello stato, senza pensare ad Aurora, al marito o alla casa. Persino le vicine cominciarono a spettegolare quando Olvido andò al fiume un paio di volte con il cesto della biancheria ma senza la saponetta Lagarto per lavarla. Estranea ai mormorii, Olvido trascorse il lutto sotto l'effetto dei barbiturici che il farmacista le preparava puntualmente, seguendo le indicazioni del medico. Non si accorgeva di Frutos che si avvicinava per riscuotere i suoi debiti coniugali e la trovava incosciente come un fantoccio. I problemi arrivarono quando la guerra allontanò il solito dottore, sostituito da don Fabián, medico più giovane e meno pronto alle prescrizioni.

«Olvido, ne avete già presi abbastanza. Soffrire di nervi è nella natura delle donne, e queste medicine non servono. Se faticate a dormire, fatevi un infuso di tiglio e valeriana. Se non riuscite ad addormentarvi, accontentate vostro marito. E se non migliorate, rivolgetevi al prete, perché la medicina non può fare altro per voi.»

Quando Olvido fu privata dei barbiturici senza avere avuto il tempo di disabituarsi, la sua insonnia tornò, ancora più grave. Proprio l'insonnia le permise di scoprire il marito che, una notte, abbandonava il letto coniugale. Tardò così tanto a tornarci che Olvido si alzò e lo vide uscire dalla camera della figlia. Qualche giorno prima che Aurora le raccontasse ciò che faceva il padre. Quella notte fu l'ultima in cui Olvido tentò di dormire. Cercava, anzi, di stare sveglia per far sapere a Frutos che, se si fosse alzato, lei sarebbe stata lì ad aspettare che tornasse.

Frutos tornò dalla moglie e Olvido decise di fare onore al proprio nome e dimenticare. Ma, soprattutto, sperava che, grazie all'inutile imposizione di tacere e negare l'accaduto, fosse Aurora a dimenticare.

2

Ana, 2014

A mezzanotte, quando ero già a letto a guardare Netflix in camera nostra, suonò il cellulare. Pensavo che fosse Carlos, che si era dimenticato di avvisarmi e mi chiamava come altre volte mentre stava tornando a casa. Ormai aveva l'abitudine di rientrare tardi la sera varie volte in settimana.

Non era lui. Era Alba, mia figlia.

«Ciao tesoro, che bello sentirti. Come mai chiami a quest'ora? Sono già a letto.»

«Perché ho appena parlato con papà e mi ha detto di avvisarti che farà tardi.»

«Non so perché si disturba. Sarebbe strano se arrivasse a casa per cena.»

«Senti, la vecchia Singer continua a prendere polvere nello sgabuzzino?»

«Sì, mi sono stufata delle lamentele della tua bisnonna ogni volta che viene da noi e la vede in sala.»

«Posso prenderla?»

«Perché?» domandai, un po' infastidita. Alba non si era mai avvicinata a una macchina per cucire in vita sua. Considerava il cucito un classico simbolo dell'oppressione patriarcale. Uno dei tanti.

«Per una mostra sull'*empowerment* di genere.»

Non dissi niente perché non volevo lasciare spazio alle rivendicazioni di mia figlia, ma non potei evitare di domandarmi come diavolo si potesse esporre l'*empowerment* di genere. Femminile, immaginai. Perché di generi ce n'erano sempre stati due, ma mia figlia si riferiva soltanto a uno quando usava quella parola. Tra l'altro, stando a quello che mi aveva spiegato, ormai ne esistevano molti di più, compreso uno che mi pareva fosse chiamato binario, come nel linguaggio della programmazione.

«Perché non passi domani e me lo spieghi meglio?» le dissi.

«Quindi me la presti?»

«Non ho detto questo» risposi prima che attaccasse con un secco: «Grazie, mamma. Ci vediamo domani».

Quella notte non sentii arrivare Carlos e quando mi svegliai non era più a letto. Un letto king size, che sembrava piccolo nella nostra camera da letto enorme, dove da un anno, sei mesi e ventun giorni non facevamo sesso. Carlos cercava il lusso e la bellezza nelle macchine, nelle case, negli abiti e nelle donne. Disdegnava tutto ciò che non era squisito. E, a quel punto della nostra vita, avevo capito che disdegnava anche me.

Il giorno dopo mi svegliai di pessimo umore e i discorsi di mia figlia sulla Singer e su ciò che voleva farne non contribuirono a migliorarlo, quindi decisi di non accontentarla. Per fortuna di entrambe, altrimenti la macchina per cucire di mia nonna sarebbe finita in cenere nel parco del Retiro.

Aurora, 1940

Il giorno in cui Paloma Sánchez San Francisco conobbe Aurora, la nonna di Ana, inorridì. Era difficile immaginare che quel sacco gonfio di grasso e liquidi in eccesso, con la gonna lunga fino alle caviglie e i capelli non tinti, fosse stata una delle ragazze più belle del bacino minerario asturiano, e che sua nipote Ana, la donna che sposava suo figlio, fosse il suo ritratto, come testimoniava la famiglia mostrando le foto da giovane di Aurora, che non assomigliava per nulla alla vecchia grassa e ridicola che era diventata. La bellezza con cui Aurora era nata l'aveva protetta e danneggiata in egual misura, come sarebbe accaduto alla nipote a distanza di decenni.

Desiderata dagli uomini e invidiata dalle donne, Aurora aveva usato il proprio corpo ogni volta che ne aveva avuto bisogno. Ma il suo corpo non l'aveva salvata l'infausto pomeriggio del 1940, quando due soldati della guardia africana di Franco, ubriachi e incattiviti, erano entrati per sbaglio in casa sua mentre lei e la madre stavano cucendo a turno alla nuova macchina di Aurora, una Singer di seconda mano, regalo dei genitori per il matrimonio che si sarebbe celebrato qualche settimana dopo. Nessuna persona sana di mente avrebbe lasciato inutilizzata fino al giorno dell'evento quella meraviglia della tecnologia che Frutos avrebbe pagato con molte ore di lavoro a cottimo. Ancor meno avendo un vestito da sposa da cucire e un corredo da finire, oltre agli abiti e alle riparazioni che Olvido faceva ogni volta che poteva. Proprio grazie a quei lavori riusciva a permettersi di sborsare cifre esorbitanti per il cibo proveniente dal mercato nero, fondamentale per integrare il menu imposto dalla tessera di razionamento, al di sotto delle necessità nutrizionali delle famiglie.

Alla radio Concha Piquer cantava *A la lima y al limón* mentre Olvido cuciva a macchina il vestito di seta che avrebbe indossato sua figlia il giorno del matrimonio e Aurora, seduta accanto a lei, imbastiva a mano i pantaloni che avrebbe portato Paulino, lo sposo, che non aveva madre né sorelle che gli confezionassero gli abiti.

Le donne trasalirono quando i due uomini, armati e vestiti con i pantaloni alla zuava, aprirono di colpo la porta in legno che le separava dalla strada, chiusa a chiave solo di notte, come in tutte le case del paese, e irruppero in cucina, sporcando il pavimento con il fango degli stivali. Aurora e la madre si alzarono dalle sedie e si avvicinarono d'istinto l'una all'altra, cercando la protezione reciproca.

«Cosa volete? Chi cercate?» domandò Olvido.

«Dove sono gli uomini di casa?» rispose il più basso di quei soldati dalla pelle scura, con un tono sibilante che ad Aurora ricordò un serpente.

Niente terrorizzava di più il bacino minerario dei regolari africani, inviati nelle Asturie per tenere sotto controllo i rivoluzionari. Erano preceduti dalla fama di mercenari selvaggi, crudeli e sanguinari. Saccheggiatori e ladri, erano capaci dei crimini più atroci ed erano abituati a uccidere gli spagnoli per denaro e, soprattutto, per il piacere della vendetta contro l'invasore.

«Siete sorde? Non mi avete sentito?» ripeté l'uomo avvicinandosi e facendo retrocedere entrambe, finché la cucina a carbone non sbarrò loro il passo. «Dove sono i vostri uomini?»

«In miniera» rispose Olvido, senza chiarire che in quella casa c'era soltanto un uomo, Frutos, Fructuoso Cangas, che si teneva lontano dalla politica e che non avevano ragione di cercare. Anche se in quegli anni convulsi non c'era bisogno di ragioni per trascinare qualcuno fuori di casa e destinarlo alla tortura e persino alla morte.

Il soldato che aveva parlato si rivolse al compagno in una lingua che le due donne non capivano. L'altro si voltò verso la porta di casa, la chiuse e la bloccò con la sedia che aveva occupato Aurora, pestando la seta beige che un minuto prima Olvido stava cucendo con cura.

Proprio in quel momento, alla radio, Estrellita Castro cominciò a cantare *Suspiros de España*, come un avvertimento per le due donne.

Il soldato che sembrava al comando fece segno al compagno, che subito si avvicinò alle donne e le separò con violenza. Olvido urlò e l'uomo riprese a parlare, minaccioso.

«Zit-te!» ordinò lentamente, sottovoce, con quel tono sibilante che la fece tremare.

Lo sguardo vitreo di quel soldato brutto, secco e olivastro, con il naso prominente e le orecchie a sventola, la squadrò da capo a piedi, facendole venire il batticuore. La situazione non prometteva nulla di buono ma non sapevano come fare a fuggire.

Aurora soffocò un urlo e si preparò a ubbidire a qualunque ordine degli uomini, mentre Olvido temeva che non ne sarebbero uscite vive. Le truppe africane non lasciavano testimoni delle loro nefandezze.

Il più basso, l'unico che aveva parlato fino a quel momento, si avvicinò ad Aurora e, senza smettere di guardarla, le ordinò: «Alzati il vestito».

Aurora chiuse gli occhi, cercò di controllare il ribrezzo provocato dal forte odore di alcol che impregnava l'alito del suo aggressore e ubbidì. Se davvero volevano solo quello da loro, era disposta a concederlo senza opporre resistenza.

L'istinto materno di Olvido si ribellò contro la scena cui avrebbe assistito e cercò di allontanare l'uomo orribile dalla figlia. A quel punto l'altro la prese per i capelli e la tirò con violenza, girandola, impassibile di fronte alle sue urla, fino a schiacciarla, di spalle, contro il marmo del piano della cucina. Olvido piangeva di dolore e prese a supplicarlo. Non voleva morire. Come se i suoi lamenti accendessero la sete di dominio e di sangue che quegli uomini si portavano dentro, l'aguzzino scoppiò a ridere; la afferrò di nuovo per i capelli, la mise in ginocchio e si avvicinò il suo volto all'inguine, urlando: «Succhia, puttana» con un forte accento straniero, senza smettere di ridere.

L'aggressore di Aurora rise a sua volta, mentre continuava a prendersi ciò che voleva come se niente fosse, mentre Aurora si ripeteva il mantra che aveva recitato tante volte: «Resisti, così finisce presto».

Quando finalmente le risate che gelavano il cuore delle donne terminarono, lo stupratore di Olvido le allontanò il volto, la schiaffeggiò e la rimise a posto dicendole: «Ancora, meglio».

Olvido singhiozzava cercando di compiacere quell'uomo per salvarsi, ma doveva avergli fatto male perché, urlando qualcosa che non capirono, la prese per il braccio, la trascinò verso la cucina a carbone e afferrò l'attizzatoio rovente che c'era dentro.

«Mi raccomando, tu continua a comportarti bene: hai visto il mio amico?» disse l'aggressore ad Aurora, ansimando.

Aurora approfittò di quel momento per afferrare il coltello per scannare i polli e piantarglielo nel collo. L'uomo, concentrato com'era sul suo piacere e con la guardia abbassata per la docilità della vittima, non se ne accorse. Ferito a morte, si coprì il collo con la mano, nell'inutile tentativo di fermare l'emorragia, retrocedette fino a inciampare e crollò sulla nuova macchina per cucire, impregnando di sangue il mobile di legno che la conteneva.

Il compagno imprecò nella sua lingua, lasciò Olvido e si lanciò su Aurora, che non diede segno di voler fuggire. Era pietrificata, appoggiata al piano di marmo con il coltello insanguinato in mano. A quel punto Olvido trasse dalle viscere una forza che non sapeva di avere e riuscì a colpire l'uomo sulla testa con l'attizzatoio che l'altro stava per premerle sulla pelle. Il soldato crollò a terra come un sacco, risvegliando dallo stato di choc Aurora, che si avvicinò all'uomo accoltellato per verificare che fosse morto. Ne ebbe la conferma. Gli aveva reciso la carotide e si era dissanguato in meno di un minuto.

Con il coltello in mano, pronta a tutto, Aurora si avvicinò all'altro, che giaceva a terra con gli occhi vitrei e non si muoveva. Nel caso fosse ancora vivo, prese due pezzi di stoffa dal cesto dei ritagli e gli legò le mani e le caviglie.

Olvido raggiunse la figlia, pallida e immobile, e si abbracciarono come se non ci fossero due cadaveri stesi sul pavimento della loro cucina.

Aurora non riusciva a calmarsi. Ma recuperò la lucidità sufficiente per capire che uccidere due soldati delle truppe africane di Franco avrebbe potuto condurle alla fucilazione, e che nulla avrebbe risolto la situazione, a prescindere dalle spiegazioni che avrebbero potuto fornire.

Águeda, 1947

La prima volta che le lessero le carte, Águeda aveva sei anni.

Sua madre l'aveva rinchiusa nella dispensa per quasi tutto il giorno. Era la punizione preferita di Aurora: oltre a insegnare alla figlia a comportarsi bene, la liberava per un po'. E dire che Águeda aveva imparato ben presto che il modo migliore per accontentare la madre era rendersi invisibile. Odiava essere rinchiusa nella dispensa, al buio, a immaginare i topi che si intrufolavano in cerca di cibo e le mordevano i piedi, gli scarafaggi che salivano sulle sue gambe nude e intirizzite per il freddo di quella stanza umida, confondendola con la parete.

Quel giorno Aurora si dimenticò di Águeda. I piccoli giocavano a casa della vicina, lei doveva cucire ed era così concentrata che non mangiò neppure, come non mangiò Águeda, che esaurì le lacrime a furia di piangere, con lo stomaco che ruggiva per la fame e la nausea data dal timore di non uscire mai più da quel luogo.

Solo quando tornò suo padre dalla miniera, bagnato dall'*orbayu* che lo aveva accompagnato per i quattro chilometri percorsi in bicicletta, e chiese della bambina, Aurora si ricordò della figlia.

Paulino guardò la moglie con delusione. Ben presto aveva scoperto, sotto la bellezza che lo aveva fatto innamorare di lei, un cuore duro e inscalfibile che non riusciva ad amare, per quanto ci provasse.

Quanto più diminuiva l'amore di Paulino per Aurora, tanto più cresceva quello per Águeda. Amava tutti i suoi figli, ma Águeda era speciale, forse perché Aurora non si era mai comportata da madre con lei, o perché la vedeva così diversa che temeva di non capirla, o forse perché Águeda era una bambina riservata con gli occhi tristi, che si illuminava solo quando guardava suo padre.

Quando Aurora liberò finalmente Águeda dalla reclusione durata ore, Paulino le consentì di mangiare una doppia razione di pane e cioccolato e la lasciò uscire a giocare finché voleva.

«Ma mettiti qualcosa, che pioviggina» le disse prima che uscisse, affamata di aria aperta.

Cadeva l'*orbayu*, ma ad Águeda non importava. Camminò prendendo a calci le pietre della strada e cercando qualcuno con cui giocare, ma non trovò nessuna vicina in strada. Aveva i vestiti umidi ed era infreddolita, ma non voleva tornare a casa; aveva bisogno di respirare ancora per un po' quell'aria che sapeva di libertà. Proseguì fino al parco vicino al fiume per vedere se c'era Florita, la nuova bambina della scuola, appena arrivata in paese con il padre e la nonna, attirati dall'illusione di prosperità che le miniere garantivano alla valle.

Águeda raggiunse il parco quando il sole cominciava a tramontare dietro le montagne, e trovò Florita e sua nonna Herminia sedute sulla porta di una vecchia casa, al riparo dalla pioggia. Florita si alzò, contenta di vedere l'unica amica che si era fatta a scuola, ansiosa di presentarle la nonna. Florita non aveva né madre né fratelli.

«Da dove vieni?» domandò Herminia con un accento che non era di quelle valli.

«Da Villapendi» rispose Águeda, voltandosi per indicare il punto in cui abitava. «E voi? Parlate come suor Tránsito.»

«Non conosco suor Tránsito, ma sono di Burela. Sai dov'è?»

Águeda scosse il capo.

«In Galizia! Sono galiziana, anche se ho avuto la cattiva idea di sposare un pescatore asturiano che mi ha portato a Luarca» disse ridendo della sua uscita. «Ma non ho perso l'accento. Sai dov'è Luarca, bambina?»

Águeda scosse di nuovo il capo, senza dire una parola.

«Vicino al mare, vicino alla Galizia. C'è un porto dove le barche partono ogni mattina per andare a pescare e tornano a mezzogiorno, cariche di sarde, alici, sugarelli e persino qualche tonnetto, in estate.»

Águeda, che non aveva mai visto il mare, si sentì trasportare in una storia d'avventura come quelle che le raccontava il padre, con pirati, mostri marini e sirene.

«Io non ho mai visto il mare.»

«Il mare è enorme e quando si infuria diventa violento e nerissimo, sputa schiuma bianca e ruggisce più dei leoni» disse Florita.

Águeda tremò al solo pensiero. Non sapeva se voleva ancora essere una principessa del mare e sposare un pirata come nei racconti di suo padre.

«Vuoi sapere quando vedrai il mare?» domandò Herminia.

«Sì, sì, sì» rispose Águeda. «Voglio anche sapere se sposerò un pirata!»

Herminia sorrise alle parole della piccola.

«Chiediamolo alle carte! Forza, entriamo in casa così ti asciughi, sei fradicia.»

«E le carte lo sanno?» domandò Águeda, cui non importava di essere asciutta o bagnata.

«Certo, figliola, certo, le carte sanno tutto.»

«A casa mia si usano solo per giocare a scopa o a briscola» disse entusiasta, ma poco convinta.

La casa di Florita era nel seminterrato. Era una topaia con una latrina da dividere con i quattro inquilini che occupavano gli appartamenti nella parte bassa del palazzo. Era composta di una stanza in cui dormivano la bambina e la nonna, un'altra per il padre e una cucina arredata con mobili vecchi e una enorme radio di legno. Aveva il pavimento di terra battuta.

Herminia, Águeda e Florita si sedettero a un tavolo con due gambe puntellate per evitare che zoppicasse e circondato da quattro sedie diverse, pronte a interrogare un mazzo di carte spagnole sul futuro.

«Ora fate silenzio, lasciamo parlare gli spiriti» ordinò Herminia con un tono solenne mentre apriva un involto di stoffa ricamata che conteneva ben tre mazzi di carte, uno più usato dell'altro.

Florita, abituata alle letture della nonna, era tranquilla,

ma il cuore di Águeda batteva così forte nel suo petto da far temere alla piccola che l'anziana lo sentisse.

«Alza» chiese la nonna Herminia. Vedendo che non capiva a che cosa si riferisse, prese un altro mazzo e indicò a Florita: «Insegnale come si fa».

Florita tagliò il mazzo e Águeda fece lo stesso con il suo, ottenendo due pile di carte coperte.

«Scegline uno» le disse Herminia. «Senza pensarci.»

Águeda scelse ed Herminia voltò entrambi i mazzi. In quello che aveva scelto c'era l'asso di spade; nell'altro, il fante di denari.

«Bambina mia!» disse con espressione preoccupata.

«Che succede?» volle sapere Águeda, spaventata.

«La vita che desideri non è nel tuo mazzo. Tu sei il fante di denari, qui, nel mazzo che non hai scelto. Il tuo è dominato da un asso di spade, che simboleggia le tristezze che dovrai patire, i sacrifici che dovrai fare e i pericoli che dovrai affrontare per realizzare i tuoi sogni.»

«Posso cambiare mazzo?» domandò, con gli occhi lucidi.

«Non più, bambina, non più, ma vediamo cosa ti riserva il futuro che hai scelto. Di sicuro andrà bene» rispose Herminia sorridendo, per evitare che la bambina si spaventasse ancora di più.

La lettura di Herminia augurò ad Águeda un futuro da fiaba, con un uomo meraviglioso che l'avrebbe portata a vedere il mare, diversi figli maschi che l'avrebbero coperta di orgoglio e ricchezza, e due figlie stupende e affettuose che le sarebbero sempre state accanto.

Era quasi buio quando Águeda uscì dalla casa di Florita sognando un bel pirata che le avrebbe fatto conoscere il mare, perché nella sua fantasia l'uomo meraviglioso che le aveva descritto Herminia era un pirata con un fazzoletto in testa, la camicia di seta e una spada che usava senza pietà, sapientemente, contro il nemico.

Herminia, invece, era inquieta. Non le piaceva quello che aveva visto nelle carte di Águeda: il fante di denari capovolto, il sei di bastoni, il tre di spade... Un giro nefasto. A quella bambina sarebbero toccate molte sofferenze, prima di tutto una perdita che le avrebbe complicato la vita, anche se le carte non svelavano quale sarebbe stata. Herminia incrociò le dita. Il giorno dopo sarebbe andata a raccogliere dei rami di eucalipto e li avrebbe portati alla piccola Águeda perché la proteggessero dalle energie negative che aveva percepito intorno a lei. Perlomeno aveva smesso di piovere.

Aurora, 1940

Molte giornate avevano segnato la vita di Aurora, ma nessuna come quella finita con due cadaveri sul pavimento della cucina di sua madre, e con la sua Singer nuova fiammante macchiata dal sangue di quell'orribile soldato.

Da quando aveva chiesto la mano di Aurora, Paulino andava dai suoceri a pranzo o a cena ogni giorno, a seconda del turno. Senza genitori né fratelli, era entrato a far parte della famiglia; l'unico momento che non condivideva con loro era la notte. Paulino non era uomo da bar, non beveva e non andava a donne come la maggior parte dei minatori. Il suo unico vizio era il fumo. Fumava tutte le sigarette che riusciva a procurarsi con la Tessera del fumatore e quelle che otteneva al mercato nero e, quando le aveva finite entrambe, qualunque cosa che potesse arrotolare. Fumava in continuazione nelle ore che passava sveglio fuori dalla miniera. Perfino Frutos, che prima dell'incidente arrivava a casa puzzolente di vino tutti i giorni e di sesso almeno una volta la settimana, sembrava cambiato in compagnia di Paulino e, per non lasciare il genero e andarsene al bar, si sedeva ogni sera a casa, sobrio e contento di chiacchierare. Olvido era più felice che mai, e a volte cantava persino mentre puliva, cuciva o cucinava. Nel dopoguerra, nonostante le notizie quotidiane di arresti, sparizioni e fucilazioni nel loro territorio, la famiglia Cangas si trovò a vivere un momento di relativa felicità.

Quando suocero e genero arrivarono quella sera, dopo dieci ore in miniera più il tragitto in bicicletta per tornare a casa, non trovarono la cena pronta, bensì due soldati africani morti, ormai freddi, avvolti in scampoli cuciti in fretta e furia, e una cucina immacolata che odorava di candeggina e di aceto. Olvido e Aurora, sfinite dal lavoro, agitate per ciò che avevano vissuto e in preda al timore di ciò che sarebbe potuto accadere, raccontarono gli eventi del pomeriggio in modo così confuso che Frutos e Paulino capirono più da ciò che videro che da ciò che sentirono. Compresero subito che l'unica opzione era disfarsi dei cadaveri, che sarebbero dovuti rimanere nascosti per il resto della loro vita, perché, se fossero stati scoperti, li avrebbero portati alla tortura e alla morte.

«Bisogna portarli in montagna» disse Paulino. «Così daranno la colpa ai *maquis*.»

«E come li facciamo uscire di qui?» domandò Frutos, poco convinto. «Ci vedranno. Sai benissimo che guardare dietro le tende per vedere cosa fanno i vicini di notte appassiona più del campionato di calcio. Sempre che non ci fermi la Guardia Civil. E non abbiamo neanche un carro.»

«Posso trovare un carro. E un aiuto per caricarli» disse Paulino.

«Niente aiuto» disse Olvido. «Nessuno vorrà accollarsi due morti non suoi.»

«Pedro sì.»

«Chi è Pedro?» domandò Aurora, stupita all'idea di sposarsi con un uomo che conosceva appena.

«Il padrino di mio padre. Lui ci aiuterà. Ha un carro. E due muli.»

«Non me ne hai mai parlato» disse Aurora, diffidente.

«Ci aiuterà lui» insistette Paulino.

«Quindi io non sapevo neanche dell'esistenza di quest'uomo e adesso viene fuori che gli racconteremo di aver ucciso due soldati di Franco perché è fidato. Tu sei pazzo, Paulino.»

«Vado da lui» ribatté, deciso.

«Aspetta» lo fermò Frutos. «Mia figlia ha ragione. Come sappiamo che non ci tradirà?»

«Perché ve lo dico io. Avete un'idea migliore?»

Paulino e Frutos rimontarono sulla bicicletta, nonostante le proteste di Olvido e Aurora.

«Se ti sbagli, ci uccideranno tutti» assicurò Frutos prima di uscire di casa.

Dopo mezz'ora di pedalata in salita, lasciarono le biciclette davanti a una piccola casa di pietra, in mezzo al nulla. Dovettero bussare diverse volte alla porta di legno prima di udire una voce dall'altra parte.

«Chi è?»

«Sono Paulino, il figlio di Ambrosio.»

La serratura cigolò e la porta si aprì.

«Paulino, figliolo, entra» disse un uomo magro con i capelli bianchi e una spessa vestaglia scozzese, tanto pulita quanto lisa. «Che disgrazia ti porta da queste parti a quest'ora?»

«Vi presento Frutos, il mio futuro suocero.»

Pedro chinò il capo guardando Frutos, ma non si avvicinò e non gli rivolse la parola.

Quando Paulino ebbe riassunto l'accaduto in tre frasi, Pedro versò tre bicchierini di orujo fatto in casa e li invitò a sedersi con un gesto.

«Non c'è tempo» si ribellò Frutos, che fino a quel momento non era intervenuto. «Ci sono due morti nella mia cucina, con mia moglie e mia figlia. Sono in pericolo.»

«Se non pensiamo a mente fredda, moriremo tutti, me compreso. Chiunque può aver visto quegli uomini entrare in casa e chiunque può aver visto voi che uscivate a quest'ora. Per non parlare di me, se arrivo con il carro e un vicino ci vede caricare due fagotti, siamo spacciati.»

«Dipende dal vicino» lo corresse Frutos.

«Volete rischiare?»

In realtà Frutos non avrebbe neanche voluto trovarsi lì, ma non aveva idee migliori. In più, l'adrenalina che diminuiva lasciava spazio alla paura.

«Domani c'è il mercato a Turón» disse Pedro.

Frutos represse a fatica la battuta che cercò di uscirgli di bocca. Rischiavano sempre di più a ogni minuto che passava e stavano perdendo tempo con un anziano che diceva solo assurdità.

«Come potete aiutarci?» domandò Paulino vedendo che Pedro non aggiungeva altro. «Domani staranno già cercando quei due.»

«Le cose che passano più inosservate sono quelle fatte alla luce del giorno. Portate i cadaveri in cantina e domani mi invitate a pranzo. Ora andate in paese e fatevi vedere al bar a bere un bicchiere, ma non vi ubriacate. Quanto più starete fuori di casa, peggio sarà.»

«Se non vogliamo attirare l'attenzione, non è il caso di portare Paulino al bar. Mio genero non ha altri vizi al di fuori della sigaretta» disse Frutos, sempre più disperato.

«Direte che le donne erano impegnate a preparare il vestito da sposa e che non avevano cucinato la cena» proseguì Pedro, ignorando Frutos. «Ditelo a voce alta per farvi sentire e, se capita l'occasione, scherzate sulle donne e il matrimonio. Quando tornate a casa, nascondete i cadaveri finché arrivo io, domani. Andatevene in fretta, non c'è tempo da perdere.»

Gli uomini presero le biciclette e pedalarono in discesa. Frutos, più ateo a parole che nei fatti, pregava tra sé. Paulino ruppe il silenzio.

«Durante la guerra Pedro ha salvato più uomini dei medici. Fidiamoci di lui.»

«Se è così, perché non l'hanno ancora fucilato? Queste cose si sanno.»

«Perché è un prete. È padre Pedro, è andato in pensione e adesso vive qui, nella casa in cui è nato.»

Quando Frutos e Paulino arrivarono a casa dopo un'ora e mezzo, schiamazzanti e puzzolenti di vino, Aurora e Olvido non credevano ai loro occhi. Ma una volta chiusa la porta, i due uomini recuperarono la compostezza, comunicarono alle donne ciò che avrebbero dovuto dire se qualcuno avesse chiesto qualcosa il giorno dopo e trasferirono insieme i cadaveri in cantina. Poi Paulino tornò a casa per non alimentare sospetti. Quella notte nessuno dei quattro riuscì a dormire. E neppure padre Pedro, che da tempo non perdeva il sonno per quasi nulla.

Aurora, 1947

Il sabato successivo alla visita di Águeda, la nonna Herminia si diresse a casa sua con la nipote e diverse cose che aveva preparato per aiutare la bambina a contrastare la malasorte: alcuni rami di eucalipto spruzzati di acqua e sale, una boccetta d'acqua del fiume con foglie di menta che Águeda avrebbe dovuto bere per diversi giorni, e un pacchettino di stoffa pieno di alloro da mettere sotto il materasso.

Paulino aprì la porta all'anziana e a Florita.

Quella mattina si era alzato con molta tosse, come gli accadeva da un po' di tempo. Solo quando finiva di arrotolare la prima sigaretta della giornata e il fumo gli invadeva i polmoni, sentiva un po' di sollievo. «Dovresti farti vedere dal medico» gli aveva detto Aurora a più riprese, ma sua moglie non era mai molto insistente con lui.

Dalla nascita dei gemelli, ogni volta che si rivolgevano la parola discutevano. In quel momento i bambini stavano litigando al piano di sopra, ma il rumore della macchina per cucire di Aurora non si interrompeva. Di sicuro se ne sarebbe occupata Águeda. «Maledetta donna! Non ha un minimo di istinto materno!» si lamentò Paulino.

Si alzò di malavoglia, la sigaretta in mano e il caffè da finire, per vedere chi suonava alla porta. Si trovò davanti una bambina magrissima e sgraziata, per mano a un'anziana che, a giudicare dalle rughe sul viso, avrebbe potuto avere mille anni.

«Cosa desiderate?» domandò.

Herminia si presentò e Paulino si rallegrò sapendo che finalmente Águeda aveva un'amica a scuola.

«Quindi non siete di queste parti?»

«Siamo di Luarca» rispose Herminia. «Ma adesso abitiamo qui. Mio genero è entrato come trivellatore alla miniera Clavelina, ed eccoci qua. Felici. A Luarca avevamo solo la campagna e il mare, ma con la bambina piccola, senza mia figlia, non era vita.»

«Mi dispiace molto per sua figlia.»

«La ringrazio. Ma bisogna sempre guardare al futuro, giusto?»

«Allora benvenute nel bacino minerario. Entrate. Che cosa vi porta a casa nostra?»

«Siamo venute per dare ad Águeda alcune cose» disse Herminia indicando la borsa di stoffa appesa al braccio destro, e seguì Paulino all'interno.

La casa di Águeda era un castello in confronto a quella di Herminia e Florita. La cucina enorme, due piani, ciascuno con un bagno, indussero Florita a pensare che l'amica fosse ricca.

«È minatore anche lei?»

«Picconatore. Come mio padre, che riposi in pace» disse Paulino, spegnendo la sigaretta e ricominciando a tossire.

Era sempre così, ogni volta che finiva una sigaretta, gli tornava la tosse.

«Avete una casa stupenda.»

«Vado a chiamare Águeda.»

Paulino la trovò con i gemelli. Era riuscita a fare in modo che giocassero senza litigare. I rimproveri rivolti alla moglie si mutavano in dolcezza quando guardava la piccola. Lasciarono i bambini di sopra e, quando scese, Paulino si impietosì vedendo la gracile amica della figlia. Pur avendo la stessa età, Águeda sembrava molto più grande e più sana. Anche se non era più alta, pesava qualche chilo di più.

«Volete pane e cioccolato?» propose alle bambine.

Gli occhi di Florita si illuminarono.

«Vero cioccolato?» domandò.

Visto il razionamento, il cioccolato era la fantasia di ogni bambino.

«Lo prendo per un sì» disse Paulino strizzando l'occhio alla piccola mentre tirava fuori qualche grammo di cioccolato preso al mercato nero, che accompagnò con il pane affettato.

«Ma la mamma si arrabbierà» lo avvertì Águeda.

«Non preoccuparti. Forza, ora mangiate e poi uscite a giocare, ma finitelo qui, perché nessuno ve lo prenda.» E rivolto a Herminia, aggiunse: «Aspettate un momento, vado a chiamare mia moglie. Sta cucendo in sala» chiarì, come se il rumore della Singer non fosse un'indicazione sufficiente.

Aurora si infastidì all'idea di interrompere il lavoro per quell'anziana rugosa, vestita di nero, con una gonna e una camicetta che avevano visto tempi migliori e la testa coperta da un fazzoletto scuro.

«Piacere di conoscervi» disse Herminia, con una voce così dolce che neppure Aurora poté essere scortese. Anzi, le offrì un caffè che Herminia si affrettò ad accettare.

Dieci minuti dopo Aurora ascoltava affascinata le storie dell'anziana sulla vita in riva al mare, le barche, i pescatori e le tempeste.

«Quanto mi piacerebbe vedere il mare» disse bevendo un sorso dell'intruglio con più malto e cicoria che caffè.

«Il mare non si dimentica, ve lo assicuro. Volete chiedere alle carte quando lo vedrete?»

«Alle carte? Vi riferite alle carte da gioco? Non credo a queste cose.»

«Capisco. Ma per consultarle non dovete crederci. Cosa ci perdete?»

Aurora acconsentì, poco convinta ma molto curiosa.

Herminia tirò fuori il suo involto con due mazzi e si dedicò al rituale sotto lo sguardo attento di Aurora, che si chiedeva se quella strana donna si portasse sempre dietro le carte. Non era così. Herminia era andata a casa sua con il proposito di capire meglio ciò che aveva visto nelle carte di Águeda.

Non fece fare ad Aurora una scelta sola, ma ben tre, e comparvero sempre un passato e un futuro incomprensibili come geroglifici.

«Avrete una vita lunga e intensa.»

«Be', non so se mi fa piacere, perché di intensità ne ho già avuta abbastanza» brontolò Aurora.

«Lo vedo, certo. Guardate questa carta. Vi è uscita tutte e tre le volte» disse indicando il quattro di bastoni. «E questa qui, le ultime due.» Si trattava del re di bastoni. «Siete una persona speciale, decisa come poche, e la vostra vita è stata e sarà molto diversa da quella della gente normale. Non vi fermate davanti a nulla.»

«Probabilmente lo dite a tutti. Nessuno vuole sentirsi dire che nella vita si limiterà a spezzarsi la schiena per procurarsi un piatto di minestra da mettere a tavola. Sogniamo tutti una vita diversa, come la chiamate voi.»

«Be', Aurora, non so che dirvi. Una vita come la vostra è meglio raccontarla che viverla.»

In quel momento Aurora cominciò a prendere più sul serio Herminia.

«Cos'altro vedete?» domandò.

«Davvero volete saperlo? Perché in realtà nessuno vuole conoscere il proprio futuro. Molti pensano di sì, ma se lo conoscessero, le loro vite sarebbero un inferno in attesa dell'inevitabile. Anzi, tutti sappiamo che moriremo e viviamo lo stesso come se non fosse così. Immaginate come sarebbe conoscere il resto della vostra vita nei particolari?»

Aurora tacque.

«Allora raccontatemi il mio passato, visto che lo conosco già» rispose alla fine.

«Va bene, Aurora» ripeté Herminia. «Il vostro passato l'avete già vissuto, ma potrebbe non piacervi sapere come lo raccontano le carte. Neanche i fatti sono veri: dipende tutto dal colore del vetro con cui li si guarda.»

Aurora tacque. Quella donna la stava intrigando, risvegliando una curiosità positiva, di quelle che solleticano lo stomaco, e da anni non si emozionava per niente.

«Raccontatemi il mio passato, che può turbarmi, infastidirmi, ma ormai non può più spaventarmi.»

«Vedo morti, naturali e violente... Vedo disamore, delusioni e, Dio mi perdoni, vergogna. Molta vergogna.»

Herminia tacque.

«Avete ragione. Non voglio sapere cosa mi riserva il futuro» disse Aurora, alzandosi dopo un attimo di silenzio, ponendo fine alla visita.

Alba, 2010

Alba Fresno era stata una bambina desiderata e amata dalla madre e dalle due nonne. Ciascuna a modo suo. Anche dal padre, ma Carlos era convinto, come molti uomini, che i figli sono delle madri fino a una certa età, e le figlie per sempre. Ben presto cominciò a portare Carlitos e Jesús nella tribuna che l'azienda aveva al Bernabéu, una volta raggiunta l'età in cui non facevano più confusione e potevano assorbire l'arte di siglare accordi durante l'intrattenimento preferito. Quando finiva la partita, Carlos se ne andava con i clienti e mandava i bambini a casa con l'autista, perché la fase successiva non era adatta ai minori. Alba non era mai andata allo stadio con il padre e non aveva imparato a negoziare un accordo aziendale come gli uomini della famiglia Fresno. Ma questo non aveva impedito a padre e figlia di avere un rapporto speciale; anzi, Carlos adorava la sua principessa e non dimenticava mai di portarle un regalo ogni volta che tornava da un viaggio.

Alba era cresciuta senza pensieri, viziata dalla madre e più ancora dalle due nonne, Águeda e Paloma, diverse come uno struzzo e un pavone. Mentre i suoi fratelli giocavano a calcio, lei si divertiva con le bambole, faceva acquisti nei migliori negozi del quartiere Salamanca con la madre e la nonna Paloma, si godeva i compleanni pieni di glitter, castelli gonfiabili e animatrici che riempivano il giardino di casa sua, e a poco a poco cominciò a entrare in competizione con le compagne della scuola inglese per essere sempre la più bella, la meglio vestita e la preferita dei professori.

Solo quando arrivò all'adolescenza il suo percorso cominciò a divergere rispetto alle donne della famiglia. Gli amici divennero il centro della vita e sua madre il simbolo del conformismo femminile; sua nonna Águeda rappresentava la sottomissione al patriarcato; la sua bisnonna Aurora, l'alienazione imposta alla donna dalla società, e sua nonna Paloma, pur uscendone meglio di tutte, restava la prova vivente che la strada lasciata alle donne per ottenere una vita migliore si basava sullo sfruttamento del proprio corpo. Per la generazione della nonna Paloma, Alba era disposta a giustificarlo, ma Ana, sua madre, non aveva scuse, perché aveva studiato fino all'università. Per Paloma quell'opportunità non era mai esistita.

Le donne ascoltavano i primi discorsi femministi di Alba con lo stupore proprio di chi vede un cucciolo giocherellone trasformarsi da un giorno all'altro nell'animale selvaggio che, per sua natura, era destinato a essere. Dopo lo sconcerto iniziale, Ana si armò di pazienza per sopportare l'adolescenza della figlia, sperando che fosse una fase passeggera. Águeda tacque senza capire di che patriarcato parlasse Alba, e Paloma si preoccupò del futuro della nipote. Aurora, invece, si limitò a mormorare, divertita dalle rivendicazioni della pronipote.

Quanto sono cambiate le cose, pensava Águeda tra sé. Se penso a quanto era severa mia madre! Ad Águeda sarebbe bastato dire un quarto delle parole che Alba sputava dalla bocca per passare un giorno intero rinchiusa in dispensa. In quel momento, invece, la preoccupazione principale di Aurora era che Alba non si offendesse, e taceva davanti alla pronipote limitandosi a cambiare espressione. Águeda aveva notato, sorpresa, che la madre abbozzava un sorriso quando Alba partiva con i suoi discorsi.

Águeda aveva passato la vita a imbastire un futuro migliore per sua figlia a discapito del proprio. Aveva lavorato giorno e notte, cucendo prima con la madre e poi da sola, infine alla sartoria e più avanti alla scuola di taglio e cucito che aveva aperto da zero con tanti sforzi. Tutto per comprare un bell'appartamento in centro e una macchina che ponesse Ana al livello delle sue compagne della scuola privata, in modo che poi potesse studiare all'università a Madrid e infine sposarsi con un uomo che l'avrebbe trattata come una regina, cioè che quantomeno le avrebbe messo a disposizione una casa con domestici perché la sua bambina non fosse costretta a sporcarsi le belle mani né ad accettare un lavoro che la schiavizzasse. Le era costato molti sacrifici ma ci era riuscita, e adesso la nipote Alba considerava quel modello di vita una zavorra per le donne.

«Ma davvero le nuove generazioni ritengono che le donne possano aspirare a qualcosa di meglio?» Águeda non se ne capacitava. Quando ero giovane era tutto diverso, si disse.

Ricordava quando ogni sabato, dopo aver passato la mattinata a pulire la casa e a cucire con la madre, faceva pratica con l'amica Florita prima della festa del paese, nella speranza che un uomo finalmente la invitasse a ballare. Uno che non fosse un suo fratello né l'amico di un pretendente di Florita, che anche da vedova aveva più corteggiatori di Águeda.

«Balli come una vera yé-yé» le diceva Florita con Conchita Velasco che suonava a tutto volume dalla vecchia radio, e Águeda assentiva, rassegnata.

Florita, suo padre e la nonna Herminia si erano trasferiti da tempo in un appartamento moderno con tre camere e una sala, due bagni con la vasca e l'acqua corrente, ma la vecchia radio li aveva seguiti anche se la prosperità economica permetteva loro di sognare un televisore, da quando finalmente il segnale era riuscito a superare la cordigliera cantabrica.

«Sai?» disse Águeda a Florita quando ebbero smesso di muoversi come avevano visto fare a Conchita Velasco il giorno prima al Teleclub. «Se non mi sposo, voglio studiare per diventare ostetrica. Al nuovo ospedale di Mieres servono levatrici. Posso imparare, e lavorare lì.»

«E il cucito?»

«Cucire non mi piace, Florita. Sono stufa di passare le ore con mia madre, che sai com'è. Non la smette un attimo di dirmi che faccio male tutto. Passo più tempo a scucire che a fare qualcosa di utile. Sai che non mi lascia tagliare né disegnare modelli, mi limito a imbastire e ad attaccare bottoni e cerniere. L'altro giorno mi è venuto in mente di prendere un modello da *Burda* e tagliarlo da sola, e per poco non mi uccide perché secondo lei avevo rovinato la stoffa. Quando stava per rovinarla lei, a furia di sistemare i miei errori.»

«È che tua madre...»

«Guarda, sei fortunata a non aver conosciuto la tua... Scusami Florita, non so quello che dico! Perdonami» disse, facendosi il segno della croce.

«Non preoccuparti, ho mio padre e mia nonna, e mi sento fortunata ad averli. E tu presto ti sposerai e dimenticherai tua madre, vedrai.»

«Figurati, non mi fa la corte nessuno.»

«Non dimenticare Facundín» scherzò Florita.

«Spiritosa, lo scemo del paese! Sono stufa di sentirmi dire da tutti quanto era bionda e affascinante mia madre. Manca solo che dicano: "Com'è possibile che abbia avuto una figlia così bassa, olivastra e grassottella?"»

«Be', stasera fatti bella e andiamo al ballo, stupidina, perché alle Fiestas del Cristo ci sono tanti ragazzi che vengono da fuori. Magari oggi è il tuo giorno. Vediamo che cosa dicono le carte, ti va?»

Águeda accettò. Le carte la incoraggiavano sempre a sperare in un futuro migliore che però non arrivava mai. Quel pomeriggio non fece eccezione. Quando tagliò il mazzo, apparve l'asso di denari; poi uscirono il cinque e il sette di coppe. I presagi migliori riguardo il denaro e l'amore.

«Vedi? Vedi?» urlò Florita. «Ti sposi di sicuro! E presto.»

Ovviamente Águeda aveva visto. A quel punto leggeva le

carte meglio di Florita e la nonna Herminia messe insieme. Sentì un nodo in gola che le impediva di respirare. Aveva sempre forzato l'interpretazione delle carte per adattarle al suo desiderio di sposarsi e farsi una famiglia lontano dal giogo della madre, ma quella volta c'era poco da interpretare: il messaggio non era mai stato così chiaro. Chiuse gli occhi e pregò che la profezia delle carte si avverasse.

3

Ana, 2018

Dei miei tre figli, solo due erano portati per gli affari, secondo il padre: Alba e Jesús, che avevano ereditato il carattere Fresno. Carlos, seppure volenteroso, assomigliava a me e questo, a quanto pareva, lo privava dell'aggressività necessaria per comportarsi da squalo. Al momento, mio marito non aveva un successore per l'azienda, perché il piccolo, Jesús, aveva solo dodici anni e Alba aveva deciso di studiare arte e non amministrazione aziendale. Per di più una volta finita l'università, ci aveva annunciato di volersi dedicare alla produzione di installazioni artistiche femministe, cosa che per Carlos equivaleva a morire di fame, se lui avesse smesso di finanziarla. Quando l'aveva minacciata di farlo, Alba se n'era andata di casa per vivere in un appartamento condiviso vicino al Rastro, lavorando come cameriera in un locale della zona mentre sperimentava nell'arte. Dopo la prima installazione del 2014, patrocinata dall'associazione femminista in cui prestava volontariato, Alba era finita in carcere. L'installazione, che inizialmente era destinata a rimanere esposta per una settimana come commemorazione della liberazione femminile in occasione della Giornata della donna, aveva attirato l'attenzione dei media specializzati, e molti curiosi erano corsi a vedere l'opera: una specie di cono cavo situato nel parco del Retiro, accanto al Palacio de Cristal e realizzato con una serie di oggetti scelti come simboli del patriarcato.

Il problema fu che l'8 marzo Alba le diede fuoco, trasformando la sua opera in un gigantesco falò.

Era un'idea brillante, lo riconobbe persino mio marito, ma l'impatto mediatico fu tale che la mia bambina si ritrovò con un precedente penale. Anche se il fuoco era pianificato e appiccato in modo da avere tutto sotto controllo, non era autorizzato e minacciare in tal modo il parco più emblematico di Madrid rappresentava un reato punito con la reclusione. La gioventù di Alba, il fatto che il falò non avesse fatto danni e il supporto delle organizzazioni femministe e LGBT alle autrici dell'iniziativa furono elementi che permisero agli avvocati della famiglia Fresno di evitarle la prigione. In più, grazie alle conoscenze di Carlos e di mio suocero, l'identità di Alba non fu rivelata ai giornali.

La predica che Carlos fece a nostra figlia durò più di due ore e lei la sopportò stoicamente, ma non chiese scusa se non per «i fastidi che ti ho procurato, papà». Io, invece, non sapevo che dirle. Nella mia testa continuavano a rimbombare le parole della giudice: «Stavolta la scampi perché è la prima. Se si ripete, mi occuperò io stessa di non farti uscire neanche con un esercito di avvocati. Sta a te».

Mi terrorizzava l'idea di vedere mia figlia in prigione, ma provai un rigurgito di orgoglio materno che mi faceva sentire in colpa, sensazione che si mescolava con il sollievo di sapere che la Singer era scampata al falò.

Non fu l'unica volta che Alba fece una cosa del genere, ma negli altri casi si preoccupò che nessuna delle sue azioni fosse contemplata dal codice penale, perché mia figlia era ribelle, ma non stupida.

Águeda, 1966

Dopo molti giri di carte che annunciavano un meraviglioso principe azzurro che l'avrebbe chiesta in sposa, Águeda conobbe Jesús al ballo delle Fiestas del Cristo. Aveva ormai venticinque anni, sette più della madre quando si era sposata, e cominciava a temere di restare zitella, mentre Florita, sua coetanea, aveva già avuto il tempo di sposarsi e restare vedova. Quel sabato Águeda tornò a casa con una felicità sconosciuta nel cuore, ridotta a un fascio di nervi.

La sera Florita l'aveva aiutata a vestirsi, pettinarsi c persino truccarsi un po'. Fuori di casa, perché sua madre non voleva vederla con il fard, né con una scollatura né con niente che rendesse un po' più attraente il fisico tarchiato che le era toccato in sorte.

Alla festa avrebbe suonato un nuovo gruppo che si chiamava Los Archiduques, che aveva attirato molta gente. Florita e Águeda fecero un giro alla fiera, guardarono i bambini che si divertivano sugli autoscontri, sulle giostre e sul trenino dell'orrore, e mangiarono una porzione di calamari. Le vie erano gremite e si faticava a muoversi, quindi raggiunsero la Sala María Luisa quando il ballo era già cominciato. Florita ordinò due vermut e ne diede uno ad Águeda.

«Neanche per sogno! Preferisco il mosto, il vermut mi dà alla testa» disse guardando il liquido color granata con curiosità e timore.

«Senti, Águeda, o ti levi quella faccia da santerellina, o non ti si avvicinerà nessun ragazzo.»

«Da santerellina, io?»

«Sì, esatto, sembri una che sta per entrare in convento, quindi prendi e bevi. Ma lentamente, altrimenti va a finire che ti ubriachi.»

«Se proprio oggi mi si avvicina qualcuno e si spaventa perché puzzo d'alcol, ti uccido» rispose Águeda, prendendo il vermut.

Ma Jesús, un ragazzo di Oviedo biondo, robusto e rubizzo, non solo non si spaventò, ma apprezzò talmente tanto le risatine stupide di Águeda dovute al vermut che pensò di volerle sentire tutti i giorni.

Ballarono una, due, tre canzoni. Poi persero il conto. Quando il Dúo Dinamico cominciò a suonare e Jesús, guardandola negli occhi, le cantò qualche strofa romantica – «*y conseguirte las estrellas y la luna y ponerlas a tus pies*» – Águeda si innamorò per la prima e unica volta nella sua vita.

Quella sera venne a sapere che Jesús, più giovane di lei di due anni, era orfano di padre da quando ne aveva dodici, e di madre da un paio di mesi, e anche che lavorava in un grande magazzino al centro di Oviedo, gli Almacenes Botas, cosa che ad Águeda sembrò molto sofisticata. Quando Jesús l'accompagnò a casa, lei si vedeva già a vivere nel capoluogo, a prendere il caffè con Florita in qualche bella caffetteria del centro dopo aver portato i bambini a scuola e prima di andare al supermercato Simago a fare la spesa.

Quella notte d'estate Águeda si addormentò con quei dolci sogni in testa dopo una delle giornate migliori della sua vita.

Aurora, 1940

Il 30 marzo 1940, tre giorni dopo che i nazisti avevano cominciato a costruire Auschwitz e due prima che Franco desse inizio ufficialmente ai lavori del Valle de los Caídos, la Guardia Civil si presentò a casa di Aurora. Nel tempo avrebbe nominato mille volte quella data, definendola la giornata più spaventosa della sua vita. Non era vero, ma era l'unico giorno da incubo del quale poteva parlare senza rivelare segreti né vergogne e che qualunque contemporaneo poteva capire. Era quasi l'ora di cena quando due agenti con mantella e tricorno bussarono alla massiccia porta di legno, sempre chiusa dopo l'aggressione dei soldati africani, e non si scoraggiarono finché Olvido non andò ad aprire.

«Buongiorno, signora. Fructuoso Cangas?»

«È al bar. Oggi è di libera al pozzo. Posso chiedere perché lo cercate?»

«Deve seguirci in caserma.»

In quel momento Frutos, che stava salendo verso casa sua, vide la coppia di gendarmi alla sua porta ed ebbe la tentazione di girarsi e correre via, ma la paura lo paralizzò e lì, in mezzo alla strada, un forte crampo gli contorse le viscere. Per qualche strana e incomprensibile ragione, la vergogna di svuotarsi seduta stante fu più forte della paura della Guardia Civil, e proseguì verso casa come se niente fosse. Quando arrivò, riconobbe Ramón, un ex compagno di scuola con cui non era mai andato d'accordo. Più di una volta Ramón era stato preso a pietrate da Frutos e gli aveva sempre giurato vendetta. Il sorriso sul volto del nemico d'infanzia indicava che era arrivato il momento di passare da vessato a vessatore.

«Seguiteci» disse l'altro.

«Devo andare in bagno» disse Frutos, sicuro che la sua richiesta non sarebbe stata esaudita, e temendo di liberarsi sulla porta di casa.

«Ci andrete in caserma» rispose uno dei due agenti della Guardia Civil.

«Questo possiamo concederglielo, non credi? Lo conosco da quando andavamo a scuola» disse Ramón, con una freddezza tale nello sguardo da suggerire a Frutos che cagarsi addosso sarebbe stata una benedizione in confronto a ciò che lo aspettava.

Quando se ne andarono, Olvido scoppiò a piangere e cercò l'abbraccio della figlia, che l'allontanò e corse verso il pozzo Santa Bárbara. Ferino amava riposare la domenica, e gli anni di servizio alla miniera gli avevano concesso il privilegio di stare a casa il giorno che preferiva, quindi Aurora confidava di trovarlo al lavoro di sabato.

La bicicletta di Aurora volava, tanto che verso la fine del percorso bucò. Abbandonò il mezzo, a costo di perderlo per sempre, e continuò di corsa. Quando raggiunse il pozzo, era consapevole dei pettegolezzi che avrebbe suscitato la sua corsa sfrenata verso l'ufficio del caporale, ma non le importava. Lo trovò vuoto. Disperata, uscì a cercarlo.

«È dentro, al reparto tre. È sceso da un po', starà per uscire» le disse qualcuno.

Aurora attese cinquanta lunghi minuti, pregando un Dio

che secondo i preti era buono anche se continuava a mandarle disgrazie.

«Perché sei qui?» domandò Ferino quando arrivò in ufficio.

«La Guardia Civil ha portato via mio padre.»

L'espressione di Ferino cambiò e anche il modo di trattare Aurora.

«Sai perché?»

«Non ci hanno detto niente. Non ha mai fatto politica. Magari ha parlato troppo al bar. Ho pensato che, vista la posizione della vostra fidanzata e i contatti della sua famiglia con il regime, magari potreste verificare...» tentò Aurora. Non si permise di dare del tu all'uomo che le aveva spezzato il cuore, l'orgoglio e i sogni di una vita agiata.

«Lascia fare a me. E vai a casa ad aspettare» rispose Ferino, senza lasciar trasparire che rivedere Aurora, spaventata, sudata e più bella che mai, gli aveva riacceso istinti che la sua futura sposa non risvegliava. «Ti contatto io.»

Aurora si sentì sollevata. Non era mossa dall'amore per Frutos. Ciò che spinse Aurora a chiedere l'aiuto di Ferino, della sua fidanzata o di chiunque servisse, era che il suo sostentamento e quello di sua madre dipendevano ancora da lui. Non sapeva neanche per quanto Frutos avrebbe resistito ai torturatori, e se gli avessero estorto la verità a furia di botte sarebbe stata la loro rovina. Ragioni più che sufficienti per volere che tornasse a casa sano e salvo.

Le successive ventiquattr'ore furono le più lunghe della sua vita. Sua madre non la smetteva di piangere, a volte da sola, a volte in compagnia di qualche vicina, terrorizzata all'idea che dopo aver interrogato Frutos, venissero a prendere loro. Aurora, invece, riparò la bicicletta e si mise a cucire. La Singer, regalo per un matrimonio che non era ancora stato celebrato, lavorò giorno e notte, e quando non si sentiva significava soltanto che Aurora la stava ingrassando, cambiava l'ago o sistemava il cavo che collegava la ruota al pedale. Finì il suo vestito da sposa, i pantaloni dello sposo e cucì anche una trapunta patchwork, finché la domenica pomeriggio un ragazzino di dodici anni suonò alla porta e le consegnò un messaggio:

Vieni a casa mia alle otto. Non farti vedere. Lascio la porta aperta.

Le stesse indicazioni di quando andava a trovare Ferino, anche se adesso le finalità erano molto diverse.

Aurora seguì le istruzioni. L'*orbayu* proseguiva da tutta la giornata e, quando arrivò a Mieres, la pioggia sottile l'aveva inzuppata tutta. Lasciò la bicicletta a due isolati dalla casa di Ferino, avanzò a passo leggero con la testa coperta ed entrò senza suonare. Come prometteva il messaggio, la porta era aperta e cedette quando la spinse.

Ferino l'attendeva.

«Sei fradicia. Aspetta, ti prendo qualcosa per asciugarti.»

Dopo che Aurora si fu tolta di dosso un po' di umidità, la invitò a sedersi. La sua espressione non prometteva buone notizie.

«Tuo padre non è indagato come sindacalista o oppositore del regime, è stato arrestato per la scomparsa di due *regulares* africani. Qualcuno ha dichiarato di averli visti entrare in casa tua e da allora non se ne è più saputo niente. Ho chiamato il caporale del pozzo Espinos e Frutos era di turno quando, secondo il delatore, quegli individui sono entrati in casa.»

Aurora impallidì e Ferino se ne accorse.

«Tu ne sai qualcosa?» le domandò.

Siccome Aurora non rispondeva, l'uomo si avvicinò e la strattonò con impeto.

«Perché abbia qualche possibilità di aiutare tuo padre, devi dirmi tutto quello che sai. Altrimenti, quando la Guardia Civil saprà che tuo padre non era in casa in quel momento, arresterà te e tua madre. Sai bene come trattano i detenuti: li picchiano ancora prima di interrogarli. E se sono donne, sai cosa fanno anche in quel caso.»

Aurora crollò e raccontò tutto.

«Chi è l'uomo che vi ha aiutato a seppellirli in cantina?» domandò Ferino.

«Non lo conoscevo. So che è un prete e che si chiama Pedro. Era amico del padre di Paulino, il suo padrino o qualcosa del genere. Non so altro.»

«E sai che quell'uomo aiuta i fuggiaschi.»

«L'ho sentito dire da Paulino a mio padre.»

«Non ti prometto niente, ma vedrò se posso fare qualcosa» disse, avvicinandosi a lei.

Aurora tremò di freddo e di paura, e pur desiderando rifugiarsi nell'abbraccio di Ferino, lo allontanò tre volte: la prima, con la debolezza provocata dal desiderio di accettare; la seconda, con la rabbia per il fatto di non essere la prescelta; e la terza con la certezza di stare per cedere all'uomo che aveva voluto usare, finendo per farsi usare da lui.

Un'ora dopo uscì dalla casa di Ferino con un grande vuoto nel cuore, perché l'uomo che amava o pensava di amare apparteneva a un'altra, perché non sarebbe mai stata proprietaria della casa in cui avrebbe voluto vivere e perché la vita che bramava non era alla sua portata. Pensare che proprio la promessa sposa di Ferino era l'unica speranza per far uscire suo padre di prigione e salvare la vita a sua madre e a lei, non fece che aumentare la rabbia, che confuse con il desiderio.

Quando prese la bicicletta per tornare a casa, aveva smesso di piovigginare e Aurora interpretò il capriccio del clima asturiano come un segnale di speranza.

Águeda, 1967

Il matrimonio di Águeda fu celebrato a Turón. In chiesa. Un sabato mattina. Pochi mesi dopo che i ragazzi si erano conosciuti, perché sposarsi era l'unico modo di evitare a Jesús il servizio militare. La proroga dell'arruolamento come unico sostegno della famiglia era terminata con la morte della madre, ma sposandosi avrebbe ottenuto di non essere richiamato.

Dopo la messa vi fu un pranzo a Casa Nando, ristorante di un paese vicino, che consisteva in *pote* asturiano, capretto al forno e torta nuziale. Cibo, sidro e liquori in quantità per i venticinque commensali: da parte della sposa, Aurora, Florita, Herminia, Pedro e Paulino, i fratelli di Águeda. Il resto da parte dello sposo. La festa cominciò a mezzogiorno e finì dopo l'imbrunire.

Águeda indossava un vestito bianco sotto il ginocchio, dritto e molto discreto perché qualunque ornamento l'avrebbe fatta sembrare più tarchiata. La sposa non attirava certo l'attenzione. In compenso Aurora, a quarantacinque anni, con un vestito attillato che metteva in risalto le sue forme, e Florita, con una gonna stampata sopra il ginocchio, molto prima che le minigonne diventassero di moda anche da quelle parti, si disputavano gli sguardi degli invitati e degli altri commensali presenti al ristorante.

Persino Aurora parve divertirsi, quel giorno. Bevve, fumò e ballò. Águeda attribuì all'effetto dell'alcol la proposta che le fece la madre dopo il dolce. Sarebbe stato plausibile, perché Aurora era un po' ebbra, ma diceva sul serio.

«Portati la Singer nella capitale. Ne hai più bisogno di me. Magari là riescono persino a togliere quel maledetto sangue dal mobile di legno.»

«Quello sul mobile è sangue?» domandò Águeda, allarmata. «Di chi?»

«Non fare l'impertinente» concluse la madre, rendendosi conto di essersi sbottonata troppo. «La vuoi o no?»

«E voi, che farete?»

«Mi arrangerò.»

«Ma senza la macchina di cosa vivrete?»

«Águeda, figlia mia, quante domande!» rispose allontanandosi da lei.

Águeda non prese troppo sul serio Aurora. Cucire continuava a non piacerle, anche se con la Singer avrebbe potuto cominciare a guadagnarsi da vivere a Oviedo fin dal primo giorno, integrando lo stipendio di Jesús. Rifiutò l'idea per non fare castelli in aria, convinta che il giorno dopo la madre si sarebbe tirata indietro, ma quella notte e le successive continuava a girarle in testa il pensiero che la macchia sul mobile, che ricordava da sempre, era il sangue di qualcuno.

Per la gente della miniera la Oviedo degli anni Sessanta non era un ambiente facile. Águeda si trovò davanti una società elitaria e chiusa che individuava l'accento dei bacini minerari appena la sentiva parlare, se non l'aveva già immaginato con uno sguardo attento ai suoi vestiti. «Di Mieres?» furono le parole pronunciate con un'espressione disgustata che sentì più volte nei primi mesi dopo il matrimonio. Quando precisava «Di Turón», la smorfia dell'interlocutore si faceva ancora più disgustata.

Águeda era abituata a non avere amiche al di fuori di Florita, e la sua condizione nella nuova città non le parve così strana: per lei non ambientarsi era normale. Ma Jesús lo notò.

«Agueda, tesoro, ci stai mettendo un po' troppo a toglierti l'accento» le disse dopo un mese di matrimonio.

«Che cosa intendi?»

«Non ti accorgi che qui non parliamo come nella zona mineraria? Sarebbe meglio evitare: qualcuno potrebbe persino prenderti in giro, sai com'è la gente.»

Águeda non era stupida e da quel giorno in poi cercò di limare il suo accento per renderlo più simile a quello di Oviedo, ma il tempo passava, e lei non ci riusciva.

Girò i negozi della città per decidere dove si vendevano stoffe di qualità a buon mercato, per capire le tendenze che sfoggiavano le esclusive boutique di calle Uría, e ben presto nei negozi divenne nota come «quella di Mieres».

«Non sono di Mieres, sono di Turón» non si stancava di ripetere, ma non faceva differenza. «La sarta di Mieres» dicevano quando si voltava. E ciò che seguiva di solito non era piacevole.

Lasciò nei negozi il suo biglietto da visita; si era portata la Singer della madre e avrebbe potuto cominciare con qualche riparazione. Ma riuscì a procurarsi solo ordini sporadici, insufficienti per contribuire all'affitto del piccolo appartamento in un quartiere a venti minuti dal centro.

Ciò nonostante Águeda non perse l'entusiasmo. Le mancava Florita, ma si era liberata della madre e aveva Jesús. Aveva bisogno di clienti, ma per procurarsele non bastava essere una brava sarta: bisognava avere stile e buon gusto.

Aurora, 1949

Paulino non seppe mai che padre Pedro era stato consegnato da sua moglie per salvare Frutos. Accusò in silenzio il suocero, che doveva aver ceduto al brutale interrogatorio della Guardia Civil e aver accusato il prete per salvarsi la vita. Lui si era salvato, ma padre Pedro non aveva avuto la stessa fortuna: era stato fucilato una settimana dopo il rilascio di Frutos. Il padre di Aurora non era uscito indenne dall'incontro con l'ex compagno di scuola, che gli aveva spaccato la milza a calci, rotto il braccio destro, sfigurato il volto e riempito il corpo di lividi e bruciature di sigarette. Niente che il tempo e il riposo non potessero curare. Almeno da fuori, visto che Frutos continuava a svegliarsi urlando perché si sognava in caserma, in balia di quella bestia di Ramón.

Paulino cercò di nascondere il risentimento che nutriva verso il suocero, considerandolo irrazionale. A momenti riusciva a giustificarlo, ma non lo perdonò mai. Dopo la morte dei genitori, padre Pedro era il suo unico legame con il passato e, quando fu fucilato, sentì definitivamente il vuoto che conoscono soltanto gli orfani. Per questo decise di cambiare turno al pozzo con una scusa, per non incontrare il suocero sul percorso, né al lavoro e neppure nei momenti di riposo. Ridusse anche le visite a casa sua e, dopo la morte di Olvido, siccome neppure Aurora sembrava troppo attaccata al padre, il rapporto si raffreddò al punto che trascorrevano settimane senza che si vedessero. Aurora era sempre occupata con il cucito e Frutos non insisteva. Era corroso dal senso di colpa, non per aver denunciato padre Pedro, che non aveva neanche nominato durante lo spietato interrogatorio al quale era stato sottoposto, ma per quanto era accaduto con la figlia anni prima. Quando si accorse che il genero si allontanava da lui, temette che Aurora gli avesse raccontato di quando si era infilato nel suo letto, quindi accettò il rifiuto della sua unica parente, coltivò il risentimento e affogò i propri demoni dedicandosi all'alcol e alle puttane, come aveva sempre fatto, ma con più demoni e senza Olvido. Con la paga completa da sperperare nei vizi e senza nessuno che gli mettesse un freno, mangiava poco, beveva molto e dormiva male.

Alcuni vicini spettegolavano su Aurora, che era una pessima figlia, ma allora c'erano pensieri molto più gravi di un rapporto tiepido tra una figlia sposata e suo padre. In fin dei conti Aurora era sempre stata strana, e gli uomini della generazione di Frutos non si interessavano ai figli, neanche da vedovi.

Aurora, per parte sua, viveva aliena al risentimento del marito, finché una notte Paulino, dopo due bicchieri di orujo fatto in casa che gli avevano sciolto la lingua, le confessò il rancore che si portava dentro.

«Tuo padre spende tutto il suo stipendio in donne e vino, Aurora. Si sta uccidendo, ma non sente la mancanza di tua madre, non sente il peso dalla solitudine, perché in realtà è schiacciato dal peso della sua coscienza» le spiattellò.

«Cosa dici, Paulino? Mio padre va a puttane da sempre, come la maggior parte dei minatori. Tu sei uno dei pochi che non tornano a casa ubriachi tutti i giorni. Per questo oggi l'orujo ti ha dato alla testa. Dovrò dire a Ramona di non portarne più.»

Paulino tossì e prese una sigaretta di quelle che si arrotolava la sera per non restare mai senza.

«Non è questo, lasciami spiegare» disse aspirando la boccata di fumo che gli calmò la tosse e gli consentì di tornare a parlare. «Sono consumato dal senso di colpa e voglio tirarlo fuori.»

«Cosa c'entra il tuo senso di colpa con quello che fa mio padre?»

«Ho il senso di colpa di chi non perdona. Se padre Pedro mi vedesse, non sarebbe orgoglioso di me. "Salvare chi è in pericolo, senza guardare se è un amico o un nemico" diceva. Era l'uomo migliore che abbia conosciuto in vita mia, il migliore che abbia conosciuto mio padre nella sua. E tuo padre lo ha denunciato. Pedro ci ha aiutato a seppellire i soldati senza chiedere niente in cambio e Frutos gli ha restituito il favore mandandolo al muro.»

«Perché dici così? Perché pensi che sia stato mio padre?»

«Perché tuo padre è uscito vivo dalla caserma e Pedro è stato prelevato a casa sua con una condanna a morte. Hanno impiegato meno di una settimana a fucilarlo, non capisci?»

Mentre Paulino lottava contro un altro attacco di tosse, più forte del precedente, Aurora comprese l'accaduto. Ricordò la conversazione a casa di Ferino, prima di stare con lui per l'ultima volta. Le aveva chiesto del prete, di quello che salvava i repubblicani ricercati come prima aveva salvato gli insorti. Aveva fatto uscire Frutos così, scambiandolo con un pesce più grosso. Era risaputo che nessun agente della Guardia Civil apprezzava gli africani che Franco si era portato dietro per fare quello di cui non riteneva capaci loro, ma nel fatidico 1940, quando Pedro era stato arrestato e fucilato, tutti volevano trovare le persone che aiutavano i rossi a nascondersi, a lasciare la Spagna o ad andare in montagna.

Aurora non chiarì a Paulino il suo errore e, turbata dalla scoperta, lo lasciò ai suoi crucci. Come Águeda che, a furia di sentirsi ignorata, aveva acquisito la capacità di passare inosservata e amava ascoltare le poche conversazioni tra i genitori dall'alto della scala.

Era la prima volta che sentiva parlare dei soldati africani

morti e, pur non capendo nulla di ciò che aveva sentito, l'istinto le disse che non avrebbe dovuto saperlo, quindi si fece il segno della croce e andò in camera a dire tre padrenostri come le monache le avevano insegnato per fare penitenza quando sapeva di aver offeso Dio. Il giorno dopo sarebbe andata da Florita, a farsi leggere le carte da Herminia, sperando che potessero raccontarle qualcosa di più.

Aurora, 1968

Quando nacque Ana, un anno dopo il matrimonio dei suoi genitori, la nonna Aurora cominciò a pensare ossessivamente a sua madre. Olvido si era presa cura di Águeda quando lei non riusciva quasi a guardare il ricordo permanente della sua disgrazia. Aurora si rigirava nel letto pensando alla nipote appena nata e, ogni volta che riusciva ad addormentarsi, Olvido si insinuava nei sogni e la svegliava.

Anche se continuava a tenere lezioni di cucito alla Sezione femminile della Falange e doña Pilar la lasciava cucire alle macchine del laboratorio per alcune clienti, quando tornava a casa, ormai sola perché i gemelli erano andati a lavorare in Germania, e senza la Singer, Aurora si annoiava. Usciva ogni sera a fumare una sigaretta con Ramona, la vicina, accompagnandola ogni tanto con un bicchiere di orujo, ma faticava lo stesso ad addormentarsi.

Dopo due settimane di insonnia, Aurora capì il messaggio della madre, preparò la valigia, fumò un'ultima sigaretta con Ramona e si presentò a Oviedo.

Il quartiere di Águeda le parve più brutto di Turón. Con molte strade non asfaltate e infangate dalla pioggia, contava una fabbrica, terreni incolti e persino un cinodromo. Sembrava che avessero relegato lì tutto ciò che non trovava posto nel centro di una città che si vantava di essere uno dei capoluoghi più signorili della Spagna.

Águeda e Jesús vivevano al terzo piano senza ascensore,

in un appartamento con tre stanze, un bagno e una cucina a butano. Lo stipendio di un commesso dei grandi magazzini non bastava per altro. Águeda aveva trasformato la sala in una sartoria presieduta dalla Singer, con l'idea di prendere delle apprendiste. Per questo la stanza da letto più grande era adibita a soggiorno e loro dormivano con la bambina in un'altra camera. C'era una terza stanza, piccolissima, destinata ad Ana quando avrebbe avuto l'età per dormire da sola. La casa aveva anche un balcone, che illuminava la sala e sfoggiava con orgoglio il cartello «Bloque Fontanela» inciso sulla facciata.

«Dove mi piazzo?» domandò Aurora di fronte allo sguardo attonito della figlia e del genero quando si presentò alla loro porta. «Ho pensato che con la bambina potevate aver bisogno di aiuto.»

«Ana userà la sua camera solo tra qualche mese...» le propose la figlia con la bambina in braccio, guardando il marito che sembrava altrettanto incapace di reagire di fronte a una simile intrusione nelle loro vite.

«Metterò un letto pieghevole nella stanza dove tieni la Singer, così non occuperò quella della bambina. Attiverò una linea telefonica. Visto che pago io, non è per chiacchiere inutili, d'accordo?» raccomandò Aurora alla giovane coppia. «Ci serve un telefono perché le clienti possano contattarci, ma non le faremo venire in questo quartiere fuori mano, andremo a domicilio a prendere le misure e a fare le prove.»

«Sono già andata in tutte le boutique del centro, ma non mi danno lavoro.»

«Non mi stupisce, visto il tuo aspetto... Di trovare le clienti mi occuperò io. Tu pensa alla bambina e a tuo marito e, quando ne ho bisogno, mi aiuti. Meno male che vivi nell'unica strada asfaltata di questo posto alla fine del mondo. Come fa Jesús ad andare in centro ogni giorno?

«C'è un autobus.»

«E io che mi sono fatta quella scarpinata... Non potevi dirmelo?»

«Non mi avete neanche avvertito che sareste venuta!» si scusò Águeda, ormai pienamente consapevole che la visita della madre non sarebbe durata solo qualche giorno.

Aurora accese la radio. Su Radio Oviedo, Menchu Álvarez del Valle presentava *Rumbo a la Gloria*, un concorso di cantanti asturiani che accompagnò Aurora durante le prime ore di cucito, di nuovo seduta davanti alla Singer. In quel momento ebbe l'impressione che le cose stessero tornando a posto.

Nei mesi successivi Aurora non aiutò Águeda con la bambina, ma nel cucito sì. In meno di tre giorni finì i pochi lavori che Águeda si era procurata. Poi si sistemò i capelli, si mise uno dei migliori vestiti che aveva e un po' di colore sulle guance e si diresse in centro. Il primo giorno tornò con più ordini di quanti la figlia ne avesse rimediati in un anno.

Águeda, 1969

La primavera era arrivata in anticipo quando Ana compì un anno.

«Vi invito a pranzo fuori, dobbiamo festeggiare» disse Jesús alla moglie e alla suocera. «Per il primo compleanno della mia principessa è spuntato anche il sole.»

«Neanche per sogno. Perché dobbiamo uscire a spendere soldi se ho già preparato una torta?» protestò Águeda.

«La torta la mangiamo a merenda. Andremo in un *lagar*, così la bambina potrà stare all'aria aperta. Abbiamo bisogno di divertirci un po' e non mi viene in mente un'occasione migliore.»

«Io resto qui. Andate voi due» intervenne Aurora.

«Ma è il compleanno della bambina.»

«Appunto. Io ho da fare qui, visto che Águeda perde un sacco di tempo con lei.»

«Allora restate voi con la bambina» la stuzzicò Jesús.

Aurora guardò il genero, in cerca di qualche indizio che stesse scherzando, ma non ne vide. Jesús aveva più esperienza di lei nel convincere la gente a fare quel che voleva lui senza che neanche se ne accorgessero. Erano anni che affinava quell'abilità ogni giorno, al lavoro.

«Sai che ti dico? Andiamo tutti, mangiamo in famiglia, l'occasione lo merita» concluse Aurora. E andò in bagno a prepararsi.

«Tua madre è peggio di Erode. Pur di non restare da sola con Anina, sarebbe capace di andare sulla Luna e tornare su quel razzo che lanceranno gli americani» sussurrò Jesús all'orecchio di Águeda.

«Se non avesse trovato un mucchio di clienti fisse lasciandomi il tempo di dedicarmi alla bambina, l'avrei rispedita a Turón seduta stante.»

«Non ci credi neanche tu» replicò Jesús.

Águeda non cacciò Aurora e Aurora non se ne andò di propria volontà fino a dieci anni dopo.

4

Ana, 2003

Ho pensato spesso a Gonzalo. A lui e a sua madre. I genitori di Gonzalo avevano un bar a pochi metri dalla fermata dello scuolabus da cui scendevamo ogni pomeriggio io e la mia amica Ángela, accanto alla chiesa di San Juan. Di solito ci trattenevamo per una mezz'oretta a rilassarci prima di salire a fare merenda e poi i compiti. A quell'ora arrivava dalla scuola anche Gonzalo e presto cominciò a fermarsi un po' con noi. Gonzalo era bellissimo, i capelli ricci e gli occhi azzurri. Aveva due anni più di noi e ci sembrava molto grande. L'anno successivo avrebbe cominciato le superiori, che per noi erano ancora lontane. Dopo un po' prendemmo l'abitudine di aspettarlo alla fermata dell'autobus, quando non era già arrivato e ci aspettava lui. A quel punto masticavamo chewingum, mangiavamo semi di zucca o chiacchieravamo, semplicemente. Non ricordo di cosa, ma ogni argomento era inframmezzato da risatine sceme e gesti che trovavamo civettuoli. Quel momento divenne il centro delle nostre conversazioni per diverse settimane e l'obiettivo principale della giornata. Fino al pomeriggio in cui, mentre lo aspettavamo, la madre di Gonzalo uscì dal bar e senza bisogno di presentarsi ci disse: «Vi proibisco di parlare con mio figlio. Gonzalo ha molti amici e non ha bisogno di amiche».

Restammo paralizzate da un misto di paura e vergogna, e non dicemmo nulla.

«Mi avete capito?» insistette di fronte alla mancata risposta.

Mi sembra di ricordare che assentimmo con il capo, perché la donna se ne andò e non la rividi mai più, ma la sua faccia e i suoi capelli corti, tinti di un nero intenso e gonfiati dai bigodini che probabilmente si metteva ogni notte, mi restarono impressi. Ricordo anche le righe del suo grembiule, che non si era disturbata a togliersi per uscire dalla cucina e venire da noi.

Stava già attraversando la strada quando comparve Gonzalo, così gli andò incontro e lo trascinò dentro il bar.

Non parlammo mai più con Gonzalo. Non ci aspettò più, noi non aspettammo più lui, che quando ci incrociava abbassava la testa senza neanche salutarci. Anche noi smettemmo di includerlo nelle nostre conversazioni, seppellendolo con un misto di delusione e vergogna. Per me aveva rappresentato la scoperta dell'amore. Quell'anno, che in qualche modo segnò l'inizio della fine della mia infanzia, sognai diverse volte in segreto che sua madre non ci aveva separato, che crescevamo insieme e diventavamo adolescenti e cominciavamo a uscire, che poi ci sposavamo e forse ereditavamo persino il bar dei suoi genitori e avevamo un figlio che sarebbe tornato ogni pomeriggio da scuola per fare i compiti su un tavolo visibile dalla cucina.

L'anno successivo i nostri genitori cominciarono a darci la paghetta. La risparmiavamo per comprare ogni quindici giorni *Super Pop* e impazzivamo per le foto dei personaggi famosi. A quel punto Gonzalo era finito nel dimenticatoio, e io facevo gli stessi sogni con gli attori di Hollywood che occupavano le pagine della nostra rivista preferita. All'inizio dell'adolescenza i miei figli immaginari avevano i capelli di Don Johnson e gli occhi di Rob Lowe, e per un periodo assomigliavano un po' al batterista degli Hombres G, che non ricordo neppure come si chiamava.

Poi crebbi, e non ripensai a Gonzalo fino al 2003. Era una domenica. Ero a Oviedo perché mio padre era stato ricoverato per una pancreatite e, uscendo dall'ospedale all'arrivo di mia madre, che mi dava il cambio dopo una doccia, pronta a passare sera e notte con lui, non avevo voglia di tornare a casa e sopportare la nonna Aurora, così mi fermai un po' al Montoto, un locale a pochi metri dal portone, che si riempiva di gente all'ora dell'aperitivo. Mi feci largo per arrivare al bancone e ordinare un vino e un *preñadito*, il paninetto ripieno di *chorizo* che aveva reso famoso il locale, e mentre cercavo un posto per sedermi, lo vidi. Era sempre uguale. I ricci, gli occhi azzurri e la stessa statura di quando aveva dodici anni. Gonzalo era talmente basso da attirare l'attenzione. Circondato dagli amici, a un primo sguardo sarebbe potuto sembrare il figlio di uno di loro. Io, che ero alta ma non fuori misura, lo superavo di una testa e più. La sorpresa mi spinse a fissarlo e lui mi vide. Non so se fu per via della mia espressione accondiscendente o perché non riuscì a reagire, ma abbassò lo sguardo e si voltò in fretta verso gli amici. Presi il vino e il panino farcito e salii a casa con una strana sensazione di soddisfazione che ancora oggi non riesco a spiegarmi.

Águeda, 2003

Il 10 aprile 2003, come ogni venerdì, Águeda teneva un corso di ricamo per sei allieve. Erano tutte più o meno sue coetanee, ed era uno dei suoi momenti preferiti della settimana. Ricamavano coprifasce, asciugamani, completi da culla, cestini e ogni genere di oggetto per i nipoti neonati. Quel giorno stavano ricamando poco e chiacchierando molto. Gli argomenti erano tanti: parlarono dell'ingresso degli Stati Uniti a Baghdad e tutte loro, come il resto del mondo, davano per scontato che la guerra non sarebbe durata a lungo perché gli iracheni non avrebbero di certo tenuto testa al potente esercito americano; commentarono anche i progetti per la settimana di Pasqua, che presto avrebbe portato visite di figli e nipoti per alcune, per altre la frenesia dei preparativi per trascorrere le vacanze al mare; e c'era la visita del papa, che suscitava pareri contrastanti anche se tutte apprezzavano Giovanni Paolo II e una di loro aveva persino deciso di intraprendere il viaggio a Madrid su uno degli autobus che la Chiesa noleggiava perché i fedeli asturiani potessero andare a vedere il pontefice.

Mentre la conversazione passava al tempo previsto per Pasqua, Aurora entrò nella sartoria, dove da molti anni Águeda l'aveva pregata vivamente di non farsi vedere troppo durante le lezioni, richiesta che Aurora rispettava quasi sempre, non per compiacere la figlia ma perché non aveva niente da spartire con quelle donne che non la smettevano di spettegolare.

«Águeda, vieni subito» disse aprendo la porta, vestita con una camicia da notte di flanella fino alle caviglie.

«Ma come vi viene in mente di presentarvi così?» la rimproverò Águeda.

«Buongiorno, scusate l'interruzione» disse Aurora rivolta alle donne del corso, e voltandosi verso la figlia aggiunse: «Sono venuta a chiamarti vestita così perché era urgente e non potevo perdere tempo a mettermi il vestito della domenica. Ti decidi a venire?»

«Datemi un attimo» si scusò Águeda appoggiando il telaio. Prese Aurora per il braccio e le sussurrò: «Che succede?»

«A quell'ubriacone di tuo marito dev'essere scoppiato il fegato» disse prima di chiudere la porta che collegava l'aula alla casa, a voce abbastanza alta da farsi sentire dalle allieve.

Águeda corse nella sala dove Jesús trascorreva gran parte della giornata dal momento fatidico del licenziamento. Lo trovò in una pozza di vomito, che si contorceva per il dolore, con la pelle e gli occhi di un giallo sospetto.

«Devo andare all'ospedale, Águeda, sto malissimo.»

«Sarà l'appendicite, vedrai. Dobbiamo chiamare il 112.»

«Sì, sì, l'appendicite» disse Aurora mentre chiamava l'ambulanza. «Anche per bere bisogna essere uomini.»

I venti minuti che l'ambulanza impiegò ad arrivare furono i più lunghi della vita di Águeda. Jesús aveva i suoi difetti, come tutti, ma era suo marito, era un uomo buono e lei non voleva restare vedova.

Jesús entrò al pronto soccorso dell'Hospital Central de Asturias e, dopo una breve indagine, fu mandato subito in Radiologia. Águeda restò ad aspettare da sola, temendo di non rivederlo. Ricordò la sera in cui si erano conosciuti, il giorno in cui le aveva chiesto di sposarlo e la mattina delle nozze; ricordò anche come le era stato accanto quando aveva saputo che non avrebbe potuto avere altri figli, in silenzio, prendendole la mano con gli occhi pieni di lacrime; anche il panico sul suo volto quando erano tornati a casa con la piccola Ana; o come l'aveva sostenuta quando gli aveva detto che voleva aprire una scuola di taglio e confezione; ricordò la gioia nei suoi occhi quando a Olvido aveva aperto un grande magazzino Galerías Preciados, che a suo parere non aveva niente da invidiare alle Galerìes Lafayette parigine, e gli avevano proposto di dirigere il reparto uomo; e le venne in mente anche il suo sguardo perso il giorno in cui l'avevano licenziato da El Corte Inglés, perché il suo responsabile aveva scritto nel rapporto annuale che il suo reparto aveva le valutazioni più basse da parte dei clienti, che aveva modi effemminati e tecniche di vendita obsolete, e che qualunque commesso giovane era più efficiente di lui. In compenso Águeda non voleva ricordare il giorno in cui aveva capito che Jesús preferiva gli uomini alle donne. Non che fosse così importante, nessun uomo era perfetto. Di tutti i mariti che conosceva, il suo era pur sempre il più educato, gentile e affettuoso con lei e con la figlia. Non alzava mai la voce, non le dava contro, ed era disponibile e comprensivo, molto più di quanto qualunque altra donna di sua conoscenza potesse dire del proprio consorte. Águeda aveva le carte nella borsa, come al solito, ma non osò tirarle fuori nella sala d'aspetto del pronto soccorso, davanti a tutta quella gente, quindi chiuse gli occhi e pregò in silenzio che Jesús non morisse. Non quel giorno.

Aurora, 1940

Aurora aveva conosciuto Ramona poco dopo aver sposato Paulino. A quel tempo Ramona Fierro aveva diciotto anni e viveva con la madre e le sorelle a qualche casa di distanza.

Era entrata in miniera a sedici anni, dove caricava vagoncini di venti tonnellate con la sorella ritardata María, di diciassette, e con la maggiore, Úrsula, di diciannove. Il padre era morto e la pensione della vedova non sarebbe bastata a sfamare quattro bocche. Tra il munirsi di ceste e mettersi a raccogliere il carbone nelle discariche per lavarlo nel fiume, immerse nell'acqua fino alla vita, sporcandosi con la melma nera che gocciolava quando si colava il carbone e andare a venderlo di casa in casa, scelsero di entrare in miniera tutte e tre per mezza paga ciascuna, anche se la madre avrebbe dovuto rinunciare alla misera pensione di reversibilità. Erano le condizioni migliori che erano riuscite a ottenere, e rappresentavano un passo avanti. Così, dopo la fine della guerra, le sorelle Fierro cominciarono la loro battaglia a bordo della gabbia che scendeva nel pozzo Santa Bárbara.

Úrsula si era sposata quattro mesi dopo essere entrata in miniera, terrorizzata dagli attacchi e dalle vessazioni che aveva subìto sin dal primo giorno, con il trivellatore Raimundo, un minatore, gli unici che potevano accettare lo stigma sociale che circondava le *carboneras*. Raimundo aveva cominciato a bastonarla la prima notte di nozze.

Tra una legnata e l'altra, Úrsula aveva partorito ben cinque figli, e aveva smesso di parlare con la sorella Ramona il giorno in cui Raimundo, durante la seconda gravidanza di Úrsula, l'aveva colpita talmente forte da farle perdere il bambino. Quel giorno Ramona era arrivata all'ingresso della miniera sicura di incontrare quella bestia di suo cognato. Era scesa dalla gabbia a un livello che non era suo e, con la pala di María, si era avvicinata e con il primo colpo l'aveva intontito. Erano seguite altre venti palate, che avevano ridotto Raimundo con due costole rotte, i muscoli a pezzi, il corpo coperto di lividi viola e un sopracciglio ferito. Non lo aveva ucciso perché alcuni minatori erano riusciti a fermarla, anche se avevano impiegato un bel po' ad avvicinarsi. Don Ceferino, sapendo come si comportava Raimundo a casa, aveva risolto la faccenda senza denunce e senza licenziare Ramona, limitandosi a una strigliata. Senza chiedere favori in cambio, perché Ramona era brutta e rozza come un orco.

Non era la prima volta che Ramona aggrediva un uomo in miniera. Il primo era stato un picconatore che aveva tentato di violentare María alla fine del turno: Ramona si premurò di farlo sapere a tutto il pozzo. María era la vittima perfetta: bella, formosa e con l'innocenza di un'eterna infanzia alla quale era stata condannata da un'anossia durante il parto. A differenza di Ramona, che era grossa, forte e irsuta sin dalla prima mestruazione, e non era mai stata l'oggetto dei desideri per i compagni.

«Che cosa vuoi in cambio?» aveva chiesto Ramona al caporale.

«Da te, niente.»

«Da chi, allora?»

«Da nessuno, ma mi devi un favore, se un giorno mi servirà. Ma se fai di nuovo una cosa del genere, ti ritrovi in strada, intesi?»

Ramona rispose con un grugnito incomprensibile.

«Cos'hai detto?»

«Ho detto che dipende. Dovrei lasciarli fare senza difendermi? O peggio ancora lasciarli fare con mia sorella?»

«Ramona, non mi rompere i coglioni, visto che ho deciso di chiudere un occhio.»

«Certo. E da quando sei diventato una brava persona?»

Ramona non sapeva che non era il caso di preoccuparsi per la fama del caporale, perché al tempo aveva per le mani Aurora e, da quando aveva provato le sue grazie, aveva smesso di avanzare pretese su altre donne. Lei gli dava tutto ciò che avrebbe potuto desiderare, perché Aurora non gli aveva mai negato niente.

Ramona, come altre *carboneras*, sapeva della relazione che c'era tra loro, ma la sua bocca non si lasciò mai sfuggire un commento, neppure quando Aurora sposò Paulino, vicino della sua famiglia da sempre, che conosceva da quando era nato. Ciascuno lottava per sé, e se Paulino non sapeva o non voleva sapere dell'intrallazzo tra sua moglie e quel caporale, era un problema suo.

L'insonnia che aveva accompagnato Aurora per tutta la vita era peggiorata negli ultimi mesi di gravidanza. Una notte, mentre Paulino dormiva, lei si era stancata di rigirarsi nel letto, era uscita dalla porta di casa sua e aveva visto, a qualche metro di distanza, la minuscola luce rossa della sigaretta di Ramona. Senza pensarci si era avvicinata.

«Vuoi?» gliela offrì Ramona.

«Non ho mai fumato. Aiuta a dormire?»

«Fa venire sonno e toglie la fame.»

«Un sacco di vantaggi» accettò Aurora.

Ramona le passò la sigaretta. Aurora fece un tiro e tossì, ma andò avanti. Osservò Ramona che arrotolava una seconda sigaretta con una cura innaturale per quelle grandi mani callose, la fumarono in silenzio e Aurora se ne andò con un semplice grazie.

Non fu l'ultima notte in cui condivisero le sigarette di Ramona e ciò che riusciva a procurarsi Aurora: caffè di malto un giorno, vino annacquato un altro, orujo con un po' di fortuna e solo acqua quando non c'era altro. Dipendeva dal mercato nero e dal razionamento, ma trovandosi così, a fumare senza parlare, le due donne si pulivano la mente dalle miserie della giornata.

Le vicine non tardarono a spettegolare su quella nuova amicizia, finché Paulino pretese spiegazioni.

«Vai a fumare di notte a casa delle *carboneras*?»

«A volte. Ma non in casa, davanti alla porta.»

«Ramona è rozza, sboccata e diffidente, ha menato il cognato rischiando di farlo fuori. Aveva le sue ragioni, bisogna dire, ma se la frequenti, avrai problemi con le altre vicine.»

«Mi è simpatica» rispose, come unica spiegazione.

Paulino guardò le caviglie gonfie di Aurora, il volto dilatato e le mani violacee e decise di attendere che la moglie partorisse per risolvere la faccenda. Non voleva litigare con lei mentre era in quello stato. Dicevano che le donne incinte diventavano più belle, ma sua moglie stava vivendo una gravidanza terribile. «Significa che sarà una femmina» dicevano la suocera e le vicine. «I maschi sono più semplici da crescere. Fin dalla pancia» aggiungeva qualcuna.

Ana, 1984

La prima volta che Ana uscì di sera era il 14 agosto 1984, a sedici anni, con le sue amiche. Ingenue, emozionate, impazienti di scoprire il mondo, si sentivano finalmente libere. Anche se prima Águeda e le altre madri si erano premunite di domandare con chi sarebbero uscite le figlie e accordate sull'orario di rientro.

Era la gran serata delle feste della Virgen de Begoña a Gijón e, come ogni anno, gente di ogni età, famiglie intere, si sarebbero trovate a mezzanotte in spiaggia o si sarebbero assiepate alle finestre e sui balconi della passeggiata per vedere i fuochi d'artificio. Qualcuno li avrebbe guardati persino dalle barche. Poi i giovani e i meno giovani avrebbero riempito i locali della città, aperti fino a tarda ora. Non Ana e le sue amiche, che avevano il coprifuoco all'una.

La combriccola di Ana aveva in programma di andare a bere una birra e mangiare semi di zucca alla Cuesta del Cholo di Cimadevilla, il quartiere dei pescatori, per poi guardare i fuochi dalla spiaggia e tornare a casa a piedi. Quella sera non c'erano pericoli, perché le vie e i balconi erano gremiti.

Da un mese Ana e le amiche erano incantate da un ragazzo bellissimo che non le considerava per niente. Avevano indagato e avevano saputo ciò che sapevano tutti: il ragazzo in questione si chiamava César, era di Gijón e aveva frequentato il primo anno di Ingegneria industriale. César sapeva di essere bello e quell'estate volava di fiore in fiore ogni volta che ne aveva occasione. Da una settimana si era accorto del gruppetto di Ana che lo guardava e aveva notato le risatine stupide quando si voltava verso di loro. E aveva adocchiato Ana, anche se preferiva le ragazze più grandi. In genere le adolescenti non volevano fare sesso, e con le universitarie aveva maggiori opportunità. Ma se la sarebbe tenuta come scorta, sperando di ottenere qualche bacio e qualche palpeggiamento.

Ana si scaldò un po' con la birra e quella sera lo guardò in modo più ammiccante. César aveva un appuntamento dopo i fuochi, quindi non ricambiava gli sguardi, ma i suoi amici lo incoraggiarono.

«Non è niente male, e di sicuro deve tornare a casa presto. Così concludi in bellezza l'estate.»

César andò verso Ana. Quando lei lo vide avvicinarsi, dovette contrarre le gambe per non barcollare mentre le amiche confabulavano senza pudore.

«Mi chiamo César e ti ho notata già da qualche giorno. Tu come ti chiami?»

«Ana» riuscì a dire lei, sciogliendosi.

«Be', Ana, Anita, se non sbaglio mi hai notato anche tu.»

Ana e César si allontanarono dai rispettivi gruppi senza perderli di vista, e si appoggiarono al muretto della salita che dava il nome alla via. Chiacchierarono, risero e César le diede un bacio proprio lì, davanti alle amiche, che non le toglievano gli occhi di dosso e commentavano con sussurri e gesti dal loro angolo.

César invitò tutte a guardare i fuochi con la sua comitiva, e scesero per godersi lo spettacolo di luci con il quale la città celebrava la notte della Madonna sulla spiaggia, sulla Escalerona. Lì, appoggiati al muro di pietra della passeggiata, César strinse Ana a sé e le toccò un seno attraverso il vestito.

«Ehi, quanto corri!»

«Non ti piace?» domandò, scostandosi.

«Non ho detto questo.»

«Senti, fallo anche tu a me e siamo pari» disse César portandosi la mano di Ana tra le gambe. «Visto?»

Era la prima volta che Ana toccava un ragazzo nelle parti intime, seppure sopra i pantaloni, e rimase impressionata dal rigonfiamento che sentì sotto la mano.

L'istinto e la breve esperienza fecero capire a César di aver raggiunto il limite massimo, almeno per quella sera, e tornò ai baci e a toccarle il seno attraverso il vestito. E Ana non protestò.

Quando si fece l'ora di rientrare, César non le propose di accompagnarla a casa perché sarebbe rimasto alla festa. Ana camminò sulla passeggiata, piena di gente che si spostava in ogni direzione, mentre rispondeva a un'interminabile raffica di domande ed esclamazioni: «Dove abita?», «Come bacia?», «Ti ha dato un appuntamento per un altro giorno?» «Mi è sembrato che ti toccasse», «Davvero? Roba da matti.» Ana si era appena innamorata, o così credeva, la testa avvolta in una nuvola di cotone e il cuore che le usciva dal petto. Quando arrivarono alla scala 11 si separarono, proseguendo ciascuna verso la propria casa. Nella via di casa sua, priva di locali, non passava nessuno, ma Ana non ci fece caso. Nella sua testa c'era posto solo per César. Aprì il portone con la chiave e quello che pensava fosse un vicino entrò dietro di lei. Nel quartiere La Arena c'erano molte seconde case ed era normale non conoscere i vicini. Solo quando chiamò l'ascensore si rese conto che l'uomo aveva tirato fuori il pene turgido dalle mutande e lo puntava verso di lei. Ana urlò e si fiondò di nuovo al portone, uscendo in strada. L'uomo fece lo stesso, allarmato, dicendo: «Mi dispiace, mi dispiace» e infine allontanandosi. Ana suonò con insistenza il citofono, morta di paura e turbata da ciò che era appena accaduto. Jesús appoggiò il suo terzo bicchiere di whiskey sul tavolo della sala e si alzò, stupito, per andare a rispondere. Ana aveva le chiavi. Quando sentì la figlia che gli urlava: «Papà, scendi, per favore!» andò di scatto verso la porta con il cuore in gola, mentre Águeda, che si era assopita sulla poltrona guardando l'attore Juanito Navarro, tornava in sé.

«Cosa c'è? Dov'è la bambina?»

«Davanti al portone» rispose Jesús correndo per le scale.

Nel tempo che Jesús impiegò a scendere i cinque piani, Ana decise di non raccontare nulla di ciò che era accaduto in quella strana serata. Non parlò di César né dell'incidente con l'uomo nell'androne. Temeva che non l'avrebbero più fatta uscire la sera.

«Cosa è successo?» domandò il padre quando arrivò sotto.

«Niente, ho visto un topo dentro l'androne e avevo paura di passargli accanto» mentì Ana.

«Dov'è?»

«Non lo so, credo si sia infilato nel locale dei contatori.»

«Domani avverto l'amministratore. Che spavento mi hai fatto prendere! E com'è andata la tua prima uscita serale?» domandò Jesús mentre apriva la porta dell'ascensore.

Aurora, 1942

Il fidanzamento di Aurora e Paulino durò pochi mesi. Non c'era motivo di aspettare e Paulino aveva fretta di sposarsi: il celibato non era una condizione naturale per un uomo e, anche se era abituato a non avere donne per casa, dopo la morte del padre si sentiva solo. Quando apriva la porta al ritorno dalla miniera aveva la sensazione di entrare in un cimitero, e desiderava un po' di compagnia. Aurora era la sua prima fidanzata. Finché il padre era ancora vivo non pensava a sposarsi: una donna avrebbe alterato la routine di entrambi e creato problemi.

La motivazione di Aurora derivava dal rifiuto di Ferino. Dall'inizio aveva giudicato Paulino secondo il modello maschile che conosceva. Abituata già a diciotto anni al fatto che gli uomini volessero un'unica cosa da lei, pensò che il prezzo da pagare per il fidanzamento con Paulino sarebbe stato lo stesso. Ma decise che in quel caso si sarebbe opposta: Paulino non l'avrebbe toccata fino al giorno del matrimonio. Ma la sorprese che lui non ci provasse. Aurora di suo non cercò mai Paulino, ma a poco a poco imparò a fare ciò che non aveva mai fatto né con Ferino né con suo padre: imparò a respingerlo.

Dopo la nascita di Águeda Paulino attese non solo i quaranta giorni prescritti ma molti mesi prima di riavvicinarsi timidamente alla moglie. Aurora lo respinse una volta, una seconda, una terza, e in quel modo passò più di un anno. Paulino resistette finché non ne poté più. Il giorno in cui scoppiò, Águeda era una bimba che cominciava a correre per casa e pronunciava le prime parole.

La coppia litigava spesso. Paulino rimproverava alla moglie il disprezzo che dimostrava verso la piccola Águeda, e Olvido era preoccupata per la piega che stava prendendo la situazione, quindi decise con Frutos di offrire alla coppia un momento di intimità. Al cinema Froiladela proiettavano *Raza*, un film basato sulla sceneggiatura di un tale Jaime de Andrade che, secondo Radio Pirenaica, la stazione del Partito comunista che si sentiva clandestinamente in molte case repubblicane, era Francisco Franco. Quella voce, peraltro veritiera, aveva sortito lo strano effetto di attirare tutti a vedere il film: quelli della fazione del Caudillo per capire se fosse davvero suo, e quelli della fazione sconfitta per la stessa ragione.

Era sabato, Paulino aveva la giornata libera e Frutos li incoraggiò.

«Andate al cinema, approfittate finché noi suoceri siamo giovani e finché non avete tanti figli. Spero che me ne darete altri. Non fate come noi, che abbiamo solo Aurora» disse al genero.

Paulino accettò, sperando che le cose sarebbero migliorate se Aurora fosse stata contenta. Aurora, però, aveva accettato solo perché la madre l'aveva obbligata.

«Senti, Aurora, se non fai il tuo dovere con tuo marito, può finire molto male per voi, per Águeda e per i figli che avrete in futuro» la avvertì. «Sai bene di cosa parlo.»

«Io non avrò altri figli» le rispose, tagliando corto, per non cominciare una conversazione che in passato aveva tentato di intavolare con la madre, ma di cui adesso non aveva più voglia né bisogno.

«Non rovinare la tua vita, quella di tuo marito e quella di tua figlia.»

«Perché no? Non è quello che avete fatto voi? Non mi avete forse rovinato la vita respingendo mio padre a letto?»

Olvido non colse la provocazione.

«Vai al cinema con tuo marito. Aguedina stanotte sta da me. Non dichiarare guerra a Paulino, perché è un brav'uomo. Di guerra ne abbiamo avuta abbastanza e ne abbiamo ancora.»

Le lacrime trattenute della madre convinsero Aurora ad andare al cinema.

Il film non le piacque. Tra l'altro perché non lo seguì per niente. Incontrò Carmina, una vagonista rozza e ciarliera, conosciuta quando lavorava in miniera, che le riferì una notizia che non voleva sentire.

«Ti ricordi don Ceferino?» domandò Carmina, maliziosa.

«Il caporale? Vagamente» finse Aurora.

«Se penso alla fama che aveva, e guardalo adesso: sposato con la nipote dei marchesi e, alla sua età, l'ha messa pure incinta. Chi l'avrebbe detto? Non trovi? Ha già dei figli grandi e sarà ormai sulla cinquantina. E lei? È rimasta vedova senza figli e pare lo spirito di un angelo biondo, talmente pallida e seria che sembra senza sangue nelle vene. Ma a quanto pare a letto si riscalda!» disse ridendo e indicando in basso.

La notizia inattesa fece sentire Aurora come se fosse stata gettata nel fiume in pieno inverno. Nascose il sussulto che la scosse quando la sentì e ringraziò la necessità di entrare al cinema per non dover continuare a parlare con Carmina. Un misto di ira, delusione e autocommiserazione la pervase mentre Alfredo Mayo incarnava sullo schermo un personaggio che ricordava Franco in modo sospetto. Per fortuna la pellicola non si inceppò, non ci furono tagli e lei non ebbe bisogno di fingere con Paulino mentre si riprendeva dal turbamento.

Alla fine del film cantarono o fecero finta di cantare l'inno nazionale, come si doveva fare all'epoca e, pur evitando il saluto fascista, si portarono la mano al cuore.

Quando tornarono a casa, trovarono la cena preparata da Olvido. Patate in padella con *chorizo* e peperoni, una bottiglia di vino rosso e *natillas* fatte in casa erano un lusso che, in un momento di ristrettezze, dovevano essere costati alla madre molti sacrifici che Aurora non volle quantificare. Un appunto scarabocchiato con il carbone sulla pietra per impastare comunicava che aveva preso Águeda a dormire da lei e che l'avrebbe riportata la mattina dopo colazione.

Paulino si sforzò di essere gentile con la moglie per tutta la cena, domandandole delle sue cose e raccontando aneddoti divertenti sulla sua infanzia che lei non conosceva ancora. Aurora sorrise senza guardarlo, mangiò poco, ascoltò ancora meno e giocò a immaginare come sarebbe stata la sua vita se fosse stata lei la moglie di Ferino. Paulino fece finta di non notare quanto fosse distratta; almeno sorrideva. Per conservare l'ottimismo bevve due bicchieri di vino, che gli riscaldarono lo stomaco e gli fecero salire il testosterone.

Quando ebbero finito il dolce, Aurora si alzò per sparecchiare e Paulino, abituato a cavarsela da solo, si alzò con lei. Quando la cucina e i piatti furono puliti, Paulino seguì Aurora in camera con chiare intenzioni, ma lei lo respinse.

«No, Paulino, oggi no. Credo proprio di non aver digerito la cena.»

«Sì, Aurora, oggi sì.»

«Ho detto di no, Ferino, oggi non mi va!» le scappò e, anche se cercò di fingere di non averlo detto, era troppo tardi.

«Allora le voci sono vere! Per questo hai reagito così quando Carmina ti ha parlato di quell'uomo? E io che pensavo che non fossi arrivata vergine al matrimonio per colpa di quei maledetti africani. Che il diavolo se li porti!»

«Che voci? Non dire scemenze!»

Paulino ricordò i pochi consigli che gli aveva dato il padre sulla vita: «Asseconda i tuoi figli senza farglielo capire e non lasciare che ti manchino di rispetto consapevolmente. E asseconda tua moglie ancora di più, ma non permetterle mai di mancarti di rispetto, anche se pensi che non lo faccia di proposito. Fai tutto ciò che serve, ma non smettere mai di essere l'uomo di casa».

Con l'orgoglio ferito e le remore disinibite dal vino, prese Aurora per il braccio, la trascinò a letto e, nonostante la sua reazione, dettata più dalla sorpresa che dal disgusto, le alzò la gonna con più forza che destrezza.

«Mi rompi la gonna della domenica! Quella del matrimonio!»

«Allora toglitela tu, che di sicuro sei abituata a farlo!» le disse Paulino, spostandosi abbastanza da permettere alla moglie di svestirsi.

Aurora tacque e si alzò la gonna.

«Togliti tutto» le ordinò Paulino.

«Tu non vuoi mai che stia nuda.»

«Che ne sai di cosa voglio? Ti ho detto di toglierti tutto!»

«Non mi va, Paulino. Se hai così voglia, serviti e finisci in fretta, così poi mi lasci in pace!»

Paulino si spostò, ma sentì di nuovo la voce del padre e, fissandola negli occhi, si tolse la cintura.

«Da oggi in poi non mi parlerai mai più così, vedrai.»

La frase fu premonitoria. Aurora capì quello che aveva cercato di spiegarle la madre quel pomeriggio: per il marito il sesso era un'opzione, per la moglie, un dovere. Da quel giorno, ogni sabato e vigilia di giorni festivi Aurora fece il suo dovere assecondando Paulino. Quella fu l'unica volta che Paulino picchiò la moglie e, pur non essendo orgoglioso di averlo fatto, non se ne pentì.

Quanto ad Aurora, quella sera si convinse definitivamente che il sesso trasformava in bestie anche gli uomini buoni, se ne esistevano. Era riuscita a risvegliare la furia animale nel marito, che sembrava l'uomo più tranquillo del mondo. Lo aveva detto il prete alla riunione di preparazione al matrimonio. «Ricordati, Aurora, che le donne devono al marito obbedienza e sottomissione. Fai in modo di non risvegliare la belva perché, se lo fai, dovrai pagarne le conseguenze.» l'aveva avvertita don Leoncio quando le aveva tenuto lo stesso sermone che faceva a tutte le ragazze in procinto di diventare mogli. Era tutta la conoscenza che il prete aveva della vita di coppia e la diffondeva nel paese con autentica vocazione evangelizzatrice. Altro che belva, aveva pensato allora. Paulino era un uomo riflessivo, calmo e tranquillo più di quanto avrebbe mai voluto. Due anni dopo il discorso di don Leoncio, Aurora pensò di aver capito a che cosa si riferiva il prete. Quindi concluse che la colpa del comportamento di Frutos, di Ferino, di Paulino e persino di quegli spaventosi soldati africani, doveva essere sua, che aveva il male dentro.

Quando Paulino si fu addormentato, Aurora si alzò e, umiliata e appesantita dal senso di colpa, si sedette alla macchina per cucire. Scucì rabbiosamente la gonna e la blusa che si era fatta con l'abito da sposa e confezionò due vestine per Águeda. Non voleva mai più rimettersi quella roba in vita sua. Quando ebbe finito, stava albeggiando. Accese la cucina a carbone per riscaldare l'ambiente, riempì una bacinella di acqua calda e la portò in camera perché Paulino potesse lavarsi. Poi preparò la colazione.

Paulino assentì soddisfatto nel vedere il cambiamento che aveva sortito nella moglie e sorrise compiaciuto. Da uomo per bene, aveva ben chiari i suoi doveri, e pensava di aver fatto ciò che serviva per evitare la rovina della sua famiglia.

Non appena il marito fu uscito, Aurora ricevette la visita di doña Rosina, la vicina, una vecchia pettegola alla quale non aveva mai dato troppa confidenza.

«Non ti crucciare, figlia mia, la prima notte non riesci a dormire, ma poi non è terribile. Ecco, così ti riprendi» le disse dandole una caraffa di tiglio e una bottiglietta di orujo al miele.

«Non capisco, doña Rosina. Di cosa parlate?»

«Non fare la finta tonta e non vergognarti, tutti gli uomini picchiano, ma noi donne non lo diciamo in giro.»

La faccia di Aurora si infiammò e non riuscì a ribattere.

«Il tuo Paulino è un brav'uomo, e non beve» proseguì doña Rosita prima di andarsene. «Trattalo come hai fatto stamattina e vedrai che andrà tutto bene. Adesso prenditi una tisana con qualche goccia di orujo, che è un toccasana.»

Aurora chiuse la porta e corse a tirare le tende di casa prima di scoppiare a piangere. Quando si fu calmata, si sedette alla macchina per cucire e passò le dita sulla macchia che scuriva il mobile della Singer. Quel piccolo gesto la fece stare meglio. Il sangue impregnato nel legno rappresentava l'unica vittoria della sua vita sugli uomini.

Ana, 1984

Siccome la casa estiva era senza telefono, l'unico modo che Ana aveva di incontrare César era andare a cercarlo nella zona dove l'aveva visto per tutte le vacanze. Ma prima le toccò scendere in spiaggia e giocare a carte con le amiche. Era un giorno festivo e soleggiato, e la spiaggia era un alveare. La mattinata le parve eterna. A rendere più noiosa l'attesa, la madre di Cova andò a prenderle per ballare la Danza Prima, che il giorno della Madonna univa le mani degli abitanti di Gijón e dei forestieri lungo tutta la spiaggia di San Lorenzo. Durante il tragitto verso il Muro sciorinò la predica sul non salire in moto con gli sconosciuti. Era una vera scocciatura. A quanto pareva il giorno prima era morta una ragazza in moto. Le ammonì sui rischi del viaggiare senza casco, di fare l'autostop e di tutte le altre cose dalle quali le aveva messe in guardia centinaia di volte. Come avrebbe continuato a fare in futuro.

Quella sera Ana si dedicò per più di due ore ai preparativi, che consistevano in un tentativo fallito di arricciarsi i capelli con schiuma e phon e nel provarsi due volte tutto quello che aveva nell'armadio senza che nulla la convincesse fino in fondo. Alla fine si rilavò i capelli per lasciarli lisci, come sempre, e si mise più trucco del solito, tanto che Águeda la costrinse a togliersene un po'.

«Mamma, non fare la puritana.»

«Io non sono puritana e tu non sei una cabarettista, con quello strato di trucco sei terribile. Bella come sei, non hai bisogno di truccarti, e meno che mai così, che assomigli a un pagliaccio. Almeno lascia stare l'ombretto verde: sembri quell'incredibile Hulk della tivù quando si arrabbia.»

Ana uscì di casa con un vestito bianco di voile che le stava benissimo, dei sandali rossi non troppo scomodi che le avrebbero permesso di raggiungere il centro senza distruggerle i piedi, la solita pettinatura e un po' di trucco.

Andarono direttamente al Planeta, il bar dove si era incontrata con César la sera prima, ma non c'era traccia né di lui né dei suoi amici. Si trattennero lì per due ore, con una bottiglia di sidro e un sacchetto di semi di zucca, ma César non si fece vedere.

«Andiamo, qui non c'è nessun ragazzo che valga la pena. Spostiamoci alla Ruta de los vinos» propose Cova.

«No, per favore, voglio aspettare per vedere se viene. Mi ha detto che oggi sarebbe passato.»

«Starà smaltendo la sbornia.»

«O ha deciso di non venire» disse Cova. «Sai come fanno i ragazzi, dopo che ci sei stata.»

Quella sera Ana finì a vomitare nei bagli del Planeta con le amiche che le tenevano la testa. Arrivò a casa con il rimmel sbavato e talmente pallida che Águeda si spaventò.

«Figlia mia, cosa ti è successo? Cos'hai bevuto?»

«Niente, mamma, mi hanno offerto delle *patatas bravas* e

credo di non averle digerite» mentì. «Vado a letto e domani sarò come nuova.»

Passò una settimana prima che ricomparissero gli amici di César. Senza César.

«Se non chiedi tu, chiedo io» disse Cova.

«Io non chiedo» rispose Ana.

Marta e Cova andarono a parlare con loro mentre Ángela restava con Ana, che cercava di non guardare. Ma vide con la coda dell'occhio che Marta si copriva la bocca con le mani e Cova si tirava i capelli, ma non nel suo solito modo civettuolo. Tornarono e le comunicarono la notizia, gesticolando.

«César è all'ospedale. Si è stampato con la moto.»

«Sta bene?» domandò Ana, agitata come se fosse stata con lui per anni, non per poche ore.

Cova scosse il capo.

«Lo portano a Toledo. Nel reparto paraplegici.»

«Che cosa vuol dire?»

«Che non camminerà più. Lesione midollare irreversibile o una cosa del genere. Che sfiga» disse Marta.

Ana scoppiò a piangere come se fosse morto il suo fidanzato, perché nella sua fantasia César era l'amore della sua vita.

«Glielo dici tu o glielo dico io?» domandò Cova.

«Dirmi cosa?»

«Che era in moto con la sua fidanzata.»

«Quale fidanzata?»

«Avevano appuntamento dopo che è stato con te, lei guardava i fuochi dalla casa dei genitori. Era appena tornata dagli Stati Uniti. È morta. Ti ricordi la ragazza di cui ci ha raccontato mia madre?»

Le lacrime di Ana si interruppero di colpo.

«Mi dispiace» disse Ángela.

Fu l'ultima volta che parlarono di César davanti ad Ana, perché quando qualcuno tirava fuori l'argomento lei si faceva serissima e diceva soltanto: «Quel capitolo della mia vita è chiuso per sempre» frase che aveva sentito da qualcuno in televisione prima di appropriarsene.

5

Ana, 2003

Sono cresciuta sentendo mia madre che raccontava di quando sono nata e mi hanno portato a casa il giorno in cui Massiel ha vinto l'Eurovision. Quella sconosciuta ventenne con la bocca grande e i capelli lunghi fino alla vita, figlia di asturiani, cresciuta tra Madrid, Oviedo e Gijón, aveva risvegliato l'orgoglio patrio in generale e quello asturiano in particolare. Stando a quello che diceva mia madre, mentre molte famiglie festeggiavano il trionfo della nuova stella, lei cercava di darmi la tetta e piangeva per il suo primo fallimento materno. Mio padre all'inizio la consolò, per poi disinteressarsi della faccenda, sapendo che la sua missione nella mia crescita consisteva nel garantirmi un tetto, portare il cibo in tavola e altre incombenze minori come venire a prenderci all'ospedale. Era arrivato sulla Citroën due cavalli appena inaugurata, che aveva comprato con mia madre che si lamentava e il venditore che si rallegrava vedendolo firmare cambiali per cinque anni. Il primo tragitto che feci sulla macchina di famiglia nuova di zecca fu il 6 aprile 1968, una settimana dopo la mia nascita, grazie a un cesareo che stava per costare la vita a mia madre e a me, e che le aveva reso impossibile avere altri figli, lasciandomi senza fratelli.

Quindi restai figlia unica, una bambina, per la felicità di mia madre, che aveva trovato solo in Florita un legame femminile in cui ci si racconta di tutto in cambio di sostegno e non di consigli, e per la delusione di mio padre, che avrebbe voluto un figlio maschio per condividere le partite di calcio, i film di cowboy e, con gli anni, qualche bottiglia di sidro. Non venni a sapere fino a molti anni dopo, quando il pancreas gli diede il primo avvertimento serio, che a mio padre non piacevano il calcio e le sparatorie nel West, ma i muscoli dei calciatori e gli attori. In quegli spettacoli gli uomini potevano guardare altri uomini senza temere di sembrare poco virili. E non l'avrei scoperto se non fosse stato per la diffusione dei dvd.

Avvenne durante le vacanze di Pasqua, quando mio padre fu ricoverato per una pancreatite.

Durante la settimana che passai a Oviedo, mia madre non lasciava solo mio padre neanche per un attimo. Il mio contributo si limitava a fare la spesa, preparare da mangiare per me e per la nonna Aurora e andare all'ospedale la mattina presto perché mia madre tornasse a casa per farsi una doccia e cambiarsi dopo aver passato la notte su una scomoda poltrona blu rivestita di plastica che cercava inutilmente di imitare la pelle. Alle dodici era già di ritorno per non perdere la visita quotidiana del medico che diceva sempre la stessa cosa: «Sta meglio, ma è importante che quando lo dimetteremo segua la dieta prescritta e, soprattutto, che smetta di bere. La quantità massima di alcol che il suo pancreas è in grado di tollerare è zero».

Mia nonna, per parte sua, si intratteneva finendo di cucire gli abiti da consegnare che mia madre aveva in sospeso. Le lezioni erano state annullate. «Ci manca solo, con la fortuna che ho, che tua nonna rovini tutto» disse. Mi diede un unico incarico: «Assicurati che si lavi e che mangi tutti i giorni». Capii al volo perché dovessi controllare che la nonna Aurora facesse la doccia, ma non perché mia madre fosse ossessionata dal far mangiare quel donnone che al tempo pesava quasi novanta chili e si muoveva con un'agilità sorprendente per avere ottant'anni. Nei giorni in cui riuscì a evitare la doccia del mattino fui costretta a infilarcela con la forza la sera. Ciò nonostante dovevo annusarla per assicurarmi che all'uscita dal bagno profumasse di sapone e di pulito e non del misto di sudore e profumo con cui a volte cercò di ingannarmi.

«Ci siamo lavati per tutta la vita un giorno alla settimana e adesso cercate a tutti i costi di rovinarvi la pelle a furia di acqua e sapone» mi disse una volta che discutemmo per le sue abitudini igieniche. «Quando avrete la mia età, sembrerete acini di uva passa, a furia di strofinarvi.»

Per il resto della giornata passeggiavo tra i negozi e i luoghi della mia infanzia. Non chiamai nessuno; non sapevo chi chiamare. Andai nel parco San Francisco, passeggiai nelle vie lastricate del centro storico, entrai nella cattedrale e un giorno presi la macchina e mi spinsi fino al Sagrado Corazón, sul monte Naranco, per vedere la città dall'alto. Ma trascorsi la maggior parte del tempo nella nostra casa, scuola e sartoria di calle San Bernabé, frugando tra i miei ricordi.

Fu durante una di quelle ricerche che trovai, dietro un doppiofondo camuffato nel mobile del salone, un catafalco di legno fuori moda che occupava un sacco di spazio, oltre venti dvd di film porno gay maschili. Avrei sospettato della nonna Aurora, che consideravo capace di qualunque cosa, ma non riuscii a immaginarla che godeva di nascosto guardando uomini che fanno sesso. Non pensai neppure che potessero essere di mia madre e, per esclusione, mi rimaneva un unico sospetto in famiglia che poteva possedere quel genere di materiale: mio padre. Esaminai tutti i film e alcuni erano recenti: uno era uscito appena sei mesi prima.

Senza smettere di pensare alla mia scoperta, andai all'ospedale per tenere compagnia a mia madre. Mentre portavano mio padre a fare una nuova ecografia addominale, le parlai dei film senza dirle che erano pornografici. Mia madre non fece una piega. Mi fu chiaro che non ne sapeva niente.

«Dove hai detto che sono? Non saprei. Io non guardo i dvd, preferisco vedere la televisione con tuo padre. O parlare con le allieve dopo il corso. Adesso hanno tutte la mia età e ci divertiamo.»

«La tua età? E vogliono fare le sarte?»

«No, no, ora si studia Disegno di moda agli istituti tecnici o all'università. Quelle che vengono a lezione sono signore come me o più vecchie, che sono o diventeranno nonne e vogliono imparare a fare la maglia, a ricamare o a cucire per confezionare qualcosa di carino ai nipoti. Ma sono più che altro annoiate. Faccio concorrenza alla scuola di arti manuali di fronte a noi. Per questo non le lascio a tua nonna, che dice tutto quello che le passa per la testa.»

Siccome non ottenni nessuna informazione da mia madre, la sera ci provai con la nonna. Lasciai uno dei film sul piano della cucina. Per cena avevamo il pollo arrosto e dimenticai apposta di mettere il pane in tavola, sapendo quanto le piaceva intingerlo nella salsa.

«Ecco, bambina, non lasciarlo qui che si sporca e magari si rovina» mi disse quando trovò la confezione del dvd davanti al portapane.

«Non è mio. È un film, giusto? Quale?»

La nonna Aurora si infilò gli occhiali che teneva appesi al collo, guardò la copertina e la mollò come se bruciasse.

«Cosa diavolo ci fa questa roba qui?»

«Cos'è, nonna?»

«Uno di quei film da invertito che vede tuo padre! Ma... Bella famiglia! Non guardarmi così, e non fare come tua madre, che non capisce mai niente, neanche quello che succede nel suo letto.»

Prima che potessi protestare, la nonna accese la televisione per sentire le notizie e si servì una generosa porzione di pollo.

Avevo uno strano rapporto con la nonna. Quando ero piccola non era come le nonne delle altre bambine, non mi comprava regali, non mi preparava le torte e non mi portava al parco. Praticamente mi ignorava. Si limitava a farmi vestiti, gonne e maglie. Mi fece perfino un giubbotto con un paio di vecchi jeans e un Topolino glitterato sulla schiena, identico a quello che avevo visto su una rivista. Ero l'invidia di tutte le amiche, mi piaceva così tanto che lo misi finché mi diventò piccolo. A quel tempo non viveva più con noi. Ho sentito di rado la sua mancanza. Non avevamo mai passato così tanto tempo insieme come durante i giorni in cui mio padre restò all'ospedale.

Tornò a casa una settimana dopo e io salutai i miei genitori con la promessa di tornare presto, magari con i bambini. I miei desideri erano sinceri ed effimeri come il proposito di non bere più che aveva pronunciato mio padre.

Ana, 1985

L'estate del 1984 finì e Ana tornò a Oviedo, a scuola e alla normalità. Avrebbe cominciato l'ultimo anno delle superiori e, come sempre, lo studio occupava le sue settimane finché arrivava il venerdì e usciva con le amiche.

Se l'estate aveva significato per Ana il risveglio di sentimenti sfrenati e adolescenziali, durante l'inverno i rapporti con i ragazzi divennero molto poco romantici. Sempre più bella e desiderata dagli adolescenti e dagli universitari dei primi anni, si lasciò amare. Le sue uscite consistevano nel bere per arrivare al punto giusto di ebbrezza prima di scegliere con chi stare tra i molti pretendenti presenti nei locali che frequentava.

Dimenticava César durante la giornata, ma lo ricordava quasi tutte le sere, e si domandava come fosse la sua vita senza l'uso delle gambe. Immaginava che avesse avuto l'incidente perché stava discutendo con la ragazza, dopo averle detto che voleva lasciarla perché aveva conosciuto lei e si era innamorato, e mille altre storie simili che consolavano il suo cuore acerbo. L'anno trascorse tra lezioni, studio e fine settimana, finché un sabato un ragazzo, con l'aggressività disinibita dall'alcol, esagerò dopo essere stato respinto da Ana.

«Vuoi dirmi che ci stai con tutti tranne che con me?» le fece.

«Io sto con chi mi pare, e tu non mi piaci.»

«Ma l'uccello ti piace, visto che ti sei fatta mezza Oviedo, e il mio è più grosso di tutti. Lo apprezzerai.»

Ana gli diede uno schiaffo con gli occhi pieni di lacrime e il viso in fiamme, e lui glielo restituì. Per fortuna i camerieri e gli amici del ragazzo lo portarono fuori.

«Mi dispiace di essere io a dirtelo» le spiegò Marta quando vide che Ana si era un po' calmata.

«Non dirglielo» le ordinò Ángela.

«Che cosa non deve dirmi?» chiese Ana.

«Che hai la fama della puttana che lo succhia ai ragazzi.»

«Cosa? Non l'ho mai fatto, a nessuno!»

«Sai bene come vanno queste cose» le spiegò Ángela. «Loro possono fare quello che vogliono e più ragazze si fanno, più sono ammirati, ma se lo facciamo noi, ci danno delle puttane.»

Ana scoppiò a piangere e prese a singhiozzare per il nervoso.

«Voglio morire» fu l'unica cosa che riuscì a dire.

Quella sera Ana decise di convincere i genitori a lasciarla andare a studiare a Madrid.

Aurora, 1944

Ferino si sentì fermare il cuore quando suo figlio maggiore fu arrestato con l'accusa di essere un repubblicano. Idealista come il nonno e ingenuo come la madre, Cefe, che a vent'anni si rifiutava di farsi chiamare Ferinín, fu arrestato durante una riunione clandestina con altri individui sospettati di aver aiutato i fuggiaschi. Durante la perquisizione furono trovati diversi volantini del Partito comunista. Il giovane fu trasferito nella caserma di Mieres, e suo padre non riuscì a sottrarlo alle botte e alle torture dell'interrogatorio, ma gli evitò l'uccisione, dopo aver chiesto e supplicato la moglie, che in un primo momento si era rifiutata di intercedere. Un conto era usare le sue conoscenze per far uscire un innocente che volevano solo far parlare, tutto un altro era un detenuto sorpreso a cospirare contro il regime. Ferino visse i giorni peggiori della sua vita.

«Ho già evitato il carcere a quel minatore di Turón» rispose la moglie «collegato alla scomparsa dei soldati africani. Ma i favori non sono gratis. Meno che mai per me.»

«Gratis? L'hai fatto uscire dalla caserma denunciando quel povero prete!»

«Non sono gratis.»

«Be', costi quel che costi, questa volta si tratta di Cefe, il mio figlio maggiore. Santo cielo! Dev'essere un errore, non è mai stato comunista. La politica non gli interessa neanche!»

«Non mi stupisce per niente. Cefe è un fallito. Poteva diventare ingegnere ma ha lasciato l'università per sposare quella sciacquetta dopo averla messa incinta.»

Ferino tacque e fulminò la moglie con lo sguardo, sentendo un odio irrazionale che gli cresceva dentro. Se lei non avesse ceduto, quella giornata sarebbe finita in tragedia per entrambi.

«Lo farò» acconsentì Pilar alla fine, spaventata dall'espressione minacciosa del marito. «Non per lui. Lo faccio per il bambino, perché sono una madre anche io. Ma Cefe è un traditore, e la cosa che mi costringi a fare mi contorce le viscere.»

«Pilar» la avvertì lui. «Stai parlando di mio figlio.»

«Dovresti vergognarti. Se penso che è fratellastro di mio figlio...»

«Non fratellastro, fratello.»

«Mezzo fratello al massimo, non me lo ricordare.»

Ferino aveva voglia di schiaffeggiarla, ma mise da parte l'orgoglio. Non poteva rischiare che il suo primogenito finisse davanti al plotone di esecuzione, e sapeva che sarebbe andata così se lei, o qualcuno della sua famiglia, non lo avesse evitato. Quindi si limitò a guardarla con un disprezzo a cui sua moglie sembrava immune. Era sempre più fanatica, più orgogliosa delle proprie origini, come se si vergognasse di essersi dovuta sposare con lui per non passare il resto della vita a vestire i santi con il marchio della vedova ricca.

Pilar non riuscì, o non volle, far scarcerare Cefe, ma gli salvò la vita. Fu mandato in un campo di lavoro a Torre de Águila, dalle parti di Siviglia, vicino a Utrera, in una zona disabitata chiamata El Palmar, perché la terra era così arida che ci crescevano solo le palme. Lì, nel deserto, i prigionieri repubblicani lavoravano come schiavi, malati e denutriti, alla costruzione di una diga.

In quel modo Pilar allontanò Ferino dal primogenito, da suo nipote e anche da lei. Marisa, la moglie di Cefe, lo seguì, come facevano molte famiglie dei prigionieri, per star loro vicino e portare il cibo che non avevano neppure per sé. Così Marisa divenne uno dei primi abitanti di El Palmar. E Ferino restò solo, con una moglie che disprezzava per averlo fatto sentire debole, con l'unica consolazione del figlio minore, nonostante la delusione di vedere che il piccolo era il ritratto della madre. L'unica cosa che Ferino non rifiutò fu il denaro della moglie, che mandava ogni mese alla nuora perché potesse lasciare la baracca in cui abitava in quel luogo fuori dal mondo e andasse con il bambino a Utrera o a Siviglia. Lei accettò il denaro, ma finché il bambino non crebbe rimase a El Palmar, in attesa del giorno in cui avrebbero rilasciato il marito.

La notte in cui la nuora intraprese il viaggio verso Siviglia, Ferino mandò un messaggio a casa di Aurora tramite un ragazzino che non vedeva l'ora di guadagnarsi due soldi.

Voglio vederti. A casa mia. Quando tuo marito esce per andare in miniera.

Il messaggio le tolse il fiato. Non vedeva Ferino dal giorno in cui avevano arrestato Frutos per colpa di quei maledetti soldati e le uniche notizie che aveva avuto di lui consistevano nelle voci riferite da quella orribile *carbonera* al cinema Froiladela, quando le aveva parlato della gravidanza di Pilar, la moglie di Ferino, e aveva indispettito Paulino talmente tanto da indurlo a metterle le mani addosso. Erano passati due anni, ma il ricordo di quella scena le tornò nitidamente alla memoria, spingendola a incontrare l'unico uomo che l'aveva trattata come una donna. Solo l'orgoglio e il dolore del rifiuto la fecero esitare.

Andò a cercare Ramona, che però era di turno in miniera. Alla fine si decise e portò Águeda dalla vicina, si fece bella e prese la bicicletta, con i pensieri che le turbinavano in mente a una velocità vertiginosa e il cuore in tumulto per lo sforzo e l'agitazione. Almeno non pioveva.

Quando arrivò, Ferino la stava aspettando. Aurora entrò e un fastidioso prurito alla gola la fece tossire. La casa non era cambiata dall'ultima volta che ci era stata, ma era priva di vita e piena di polvere.

«Non vivi più qui?» domandò.

Ferino scosse il capo.

«La riccona ha una casa migliore» disse Aurora con disprezzo, pensando che quello che per lei era un sogno, per l'altra non era sufficiente. «Perché mi hai fatto venire?

«Perché avevo bisogno di vederti. Continuo a pensare a te» rispose Ferino, avvicinandosi.

Aurora si sciolse.

«Avresti dovuto pensarci prima di sposarti con lei, non credi?»

«Ho sbagliato.»

«E ora cosa vuoi?»

«Mio figlio maggiore, Cefe, è in un campo di lavoro.»

«Be', mi dispiace.» Pur avendo solo ventidue anni, aveva perso la capacità di impietosirsi per gli altri. «Posso fare qualcosa?»

«Consolarmi» rispose lui, avvicinandosi ancora di più.

«Cercati una sgualdrina come fanno i minatori» rispose lei, e si girò per andarsene.

«Non voglio solo sesso, voglio te, la tua pelle, il tuo odore.»

Quando Ferino la prese per il braccio e la tirò, Aurora oppose resistenza, ma sapeva che lui avrebbe dovuto insistere ben poco per abbattere le sue barriere. Lo allontanò senza forza e Ferino l'attrasse ancora di più.

Quel giorno la piccola Águeda passò la giornata a casa di Felisa, la vicina da cui la madre l'aveva lasciata per un po', perché Aurora non tornò finché non fece buio, appena in tempo perché Paulino la trovasse a casa quando rientrò. La sua testa era piena di frasi trite pronunciate nei momenti di sfogo, che riaccesero in Aurora l'illusione dell'amore perduto. «Pilar non mi ama, non mi capisce, non mi attrae», «Penso soltanto a te», «Avrei dovuto sposarmi con te, non con lei!» «Tu sì che sei una vera donna».

Quella notte Aurora saltò l'appuntamento con Ramona. Temeva che l'amica le leggesse tutto in faccia e non voleva condividere il suo segreto con nessuno.

Ana, 1985

Mentre Águeda e Jesús pensavano giorno e notte alla richiesta della loro unica figlia, che voleva andare a Madrid per studiare architettura, arrivò l'estate e il momento di trasferirsi a Gijón per il mese di agosto. Il desiderio di Ana di andarsene da Oviedo aveva tolto il sonno ad Águeda da quando le aveva rivelato il progetto. Non voleva che la figlia se ne andasse, né che restasse a Madrid dopo aver terminato gli studi senza tornare mai più a casa, come tante altre. Al solo pensiero le si spezzava il cuore.

Ana, dal canto suo, voleva notizie di César. Era tornato a casa? Aveva ripreso la sua vita? Com'era? si domandava.

Non trovò César al bar dell'anno prima. La scalinata di pietra non era adatta a una sedia a rotelle. Quindi le quattro amiche andarono alla Ruta de los vinos, e si accomodarono nel dehors de La Naviera, un locale al piano terreno di un edificio a forma di prua da cui prendeva il nome. Le amiche erano ancora lì due ore dopo, quando i giovani occupavano ogni centimetro all'esterno ed era quasi l'ora di tornare a casa. Proprio in quel momento comparvero César e i suoi amici, che gli facero spazio per la sedia a rotelle. César attirava ancora l'attenzione ovunque andasse.

Ana uscì di corsa non appena ebbe incrociato il suo sguardo; non aspettò neppure le amiche per andarsene. Passò la nottata nel dormiveglia, in preda a sogni strani che le impedirono di riposare.

«Hai una brutta cera, figlia mia. Non hai dormito bene?» le chiese Águeda la mattina dopo.

«Forse devono venirmi, ho mal di pancia» mentì.

«Un po' di latte caldo ti farà bene.»

«Sai che un ragazzo è rimasto paraplegico per un incidente in moto?» disse come una qualunque chiacchiera mattutina mentre la madre metteva il latte a scaldare in un pentolino per farle latte e cacao.

«Che tristezza! Lo conoscevi?»

«Vagamente. Studia ingegneria.»

«Poveri genitori!»

«E povero lui.»

«Certo, è sottinteso. Soprattutto lui, che si è rovinato la vita e i sogni. Speriamo riesca a finire gli studi, anche se non so chi potrà assumere un paralitico. Come ingegnere, per di più. E di sposarsi non se ne parla, perché non potrà avere figli. Vuoi delle Campurrianas o preferisci che apriamo una scatola di biscotti Cuétara?»

Ana rivide César a distanza di una settimana, di nuovo a La Naviera, circondato di ragazze. Quella volta era già lì quando lei arrivò e, vedendolo in ottima compagnia, sentì un pungolo di gelosia. L'orgoglio la spinse ad alzarsi per andare a parlare con uno dei suoi eterni corteggiatori, quelli a cui non avrebbe mai dato retta, ma che erano sempre pronti a offrirle una birra.

César andò da lei dieci minuti dopo. Si capiva che si stava avvicinando perché tutti si spostavano per lasciarlo passare, ma lei fece finta di niente anche quando il suo interlocutore le indicò con un gesto che era dietro di lei. César allungò il braccio, le diede due colpetti sulla spalla e lei finse una sorpresa esagerata.

«Ciao, la tua faccia non mi è nuova» disse César con un sorriso ancora più affascinante di quello che Ana ricordava.

«Quanto tempo!» riuscì a dire.

«Hai visto la mia nuova moto?» César indicò la sedia.

«Fighissima.»

Mezz'ora dopo Ana era seduta in braccio a César e si mangiavano di baci. Più di uno si sorprese vedendo che il ragazzo prescelto da quella ragazza così bella fosse in sedia a rotelle.

Quel giorno si diedero appuntamento per il successivo, e il successivo per il seguente e il seguente per l'indomani. Ana non disse niente a casa; non voleva né domande né giudizi. Il segreto rimase tale finché Águeda incontrò i genitori di Cova mentre faceva la sua passeggiata serale con Jesús sul lungomare, che a quell'ora si riempiva di gente che voleva godersi la brezza del mar Cantabrico.

«Mia figlia mi ha detto che Anina si è fidanzata. È un peccato che comincino così giovani...» esordì la madre di Cova.

«Anina non è fidanzata. Adesso le ragazze e i ragazzi sono amici. Non è come una volta, che quando un ragazzo si avvicinava, era per corteggiarci.»

Jesús rimase in silenzio, ma non perse un particolare di quello che diceva la donna.

«Non so, mia figlia dice che sono fidanzati. Anina è proprio buona, con la disgrazia di quel ragazzo, un'altra non lo guarderebbe neppure. Bella com'è. Anche se a quanto pare i genitori sono ricchi.»

«Di che cosa parli?»

«Non lo sapevi?» La madre di Cova si stava godendo lo scoppio della bomba in anteprima. «Anina esce con un ragazzo in sedia a rotelle.»

«Quello che ha avuto l'incidente in moto?» domandò Águeda, faticando a far uscire la voce.

«Sai di chi parla?» volle sapere Jesús, sconvolto dalla notizia.

«Sì, proprio quello» disse la madre di Cova, annuendo. «È rimasto paralitico l'anno scorso. Poveretto, che disgrazia!»

«Ora andiamo, abbiamo fretta.» Águeda interruppe la conversazione mentre cercava di elaborare l'informazione che l'aveva scioccata.

Aurora, 1944

Da quando aveva rivisto Ferino, Aurora lo incontrava una volta al mese. A casa sua. Mentre Paulino era in miniera. E si rinnamorò, ammesso di aver mai smesso di amarlo. E Ferino la ricambiava, con l'intensità degli amori adolescenti e di quelli nati dopo i quarant'anni. Per Ferino Aurora era una dea di ventidue anni, anche se il parto, i vestiti lavati al fiume, le scale strofinate in ginocchio e le ore di cucito avevano segnato il suo corpo e le sue mani. Ma, soprattutto, Ferino era innamorato di Aurora perché diventava di fuoco quando si abbandonava a lui. Con il tempo passarono a vedersi ogni tre settimane, e qualche volta ogni quindici giorni. Le vicine di Ferino cominciarono a sparlare, anche se nessuno osava riferire la voce alla nobildonna, meno che mai in un momento in cui la fame imperversava e si susseguivano gli arresti di presunti oppositori del regime, anche se la guerra era finita da anni.

Aurora impiegò mesi a confidarsi con Ramona. Si vedevano quasi ogni sera e fumavano insieme sulla porta della casa di Ramona, ma parlavano appena. Nessuna delle due ne aveva bisogno, e tra l'altro, se era vero che anche le pareti avevano orecchie, in strada qualunque argomento di conversazione al di fuori del tempo, anche sussurrato, era pericoloso. E nessuna delle due era brava a parlare del tempo.

Ma ogni tanto, se la mattina Ramona non era di turno al pozzo e aveva voglia di compagnia, entrava in casa di Aurora a prendere un caffè e, anche se erano parche di parole, si sentivano più sicure a chiacchierare.

Ramona si presentò a casa dell'amica un giorno che Aurora fremeva alla prospettiva di vedere Ferino il pomeriggio successivo.

«Ti vedo contenta, ti brillano gli occhi» disse Ramona, strizzandole l'occhio con complicità.

«Perché lo sono.»

«Di questi tempi, è una manna. Sembri un'adolescente innamorata. Sono contenta per Paulino.»

Anche se Aurora non disse niente, Ramona interpretò la sua espressione.

«Fai attenzione, Aurora, molta attenzione. E se hai bisogno di me, vieni a chiamarmi.»

«Grazie» riuscì a rispondere.

E fu abbastanza per entrambe.

Águeda, 1985

Jesús aveva sempre considerato l'ossessione della moglie di chiedere tutto alle carte una superstizione assurda, e gli piaceva ancora di meno che mettesse quell'idiozia in testa ad Anina. Qualche volta ne aveva parlato con Águeda, ma lei lo guardava come un santo guarderebbe un eretico, con un misto di compassione e fede, e gli fu chiaro che voler combattere quella guerra con lei avrebbe significato mandare le proprie truppe a morire. Preferiva risparmiarsi per battaglie che avrebbe potuto vincere. Ma quella sera Jesús decise di allearsi con il nemico: non aveva nulla da perdere, e la notizia che la bambina amoreggiava con un ragazzo in sedia a rotelle lo aveva spaventato così tanto da spingerlo a voler fare qualcosa. Águeda e il marito decisero di prendere tempo prima di intervenire. Avevano paura che, se si fossero opposti apertamente, Ana si sarebbe impegnata con il ragazzo, ma erano anche preoccupati che, non intervenendo, la cosa non sarebbe finita da sola come succedeva spesso all'età di Ana, che si sarebbero innamorati davvero e avrebbero deciso di sposarsi. Presero in considerazione anche di parlargliene, ma Jesús temeva che la logica e l'amore della figlia adolescente avrebbero provocato un'esplosione.

«Faccio le carte, vediamo se ci dicono qualcosa» concluse Águeda dopo aver valutato una serie di soluzioni che non la convincevano.

«Sto qui con te» rispose Jesús.

«Ma tu non ci credi!»

«Oggi, tesoro, credo in tutto quello che può servire. Vado a prepararmi un whiskey, non cominciare senza di me.»

Jesús bevve in silenzio mentre la moglie allineava metà del mazzo sul tavolo con la solennità richiesta dalle circostanze. Águeda studiò con attenzione il giro per un bel po', poi rimescolò le carte, tagliò il mazzo e lo ridistribuì sul tavolo, mentre Jesús finiva il bicchiere e se ne serviva un altro.

«Dio mio, Águeda , di' qualcosa, non tenermi sulle spine.»

«Ti dico che la bambina andrà a studiare a Madrid. Sono mesi che insiste con l'idea di fare Architettura. E le daremo il permesso.»

La semplice idea che Ana andasse a Madrid era stata una tortura per i genitori durante l'anno scolastico. Quella sera, invece, sembrava un salvagente. Non era ciò che volevano, ma era il modo migliore per allontanarla da quel ragazzo, che non era assolutamente ciò che si auguravano per la loro principessa.

«Te l'hanno detto le carte?» domandò, dopo aver concordato il futuro di Anina con la moglie.

«Forte e chiaro. Il matto al primo giro» disse Águeda, che da tempo combinava il mazzo tradizionale con i tarocchi per confermare le previsioni. «E al secondo il due di bastoni. Come sono contenta che oggi tu sia stato con me, tesoro!»

Águeda ritirò le carte. Non se ne rendeva conto, ma quello era il mezzo che la sua mente usava per riordinare i pensieri.

Aurora, 1945

Un anno dopo la ripresa del loro amore illecito, Aurora ricevette un messaggio. Era passata solo una settimana dall'ultima volta che si erano visti.

Ho bisogno di te, amore. Oggi pomeriggio alle quattro.

Come sempre l'orario coincideva con il turno di Paulino.

Bussò alla porta di Felisa, la vicina di fronte, con Águeda per mano.

«Di nuovo, Aurora? Cosa combini?» domandò Felisa.

«Una cliente benestante a Mieres, cosa vuoi che sia? Nessuno la sopporta, ma con i tempi che corrono, non posso lasciarmela scappare.»

Felisa assentì, comprensiva.

«Fatti pagare in anticipo, perché spesso queste donne benestanti si rivelano tutto fumo e niente arrosto» l'avvertì, strofinando in fretta l'indice e il pollice della mano destra. «Vieni, Águedina, entra, che tua madre deve lavorare.»

Lavata e sistemata, Aurora si diresse in bicicletta a Mieres. Legò il mezzo al solito posto e, con il cuore in tumulto per lo sforzo della pedalata e la prospettiva dell'incontro inatteso, spinse la porta della casa di Ferino. Entrò nel salone e si sentì mancare il fiato quando scorse doña Pilar, la moglie di Ferino. Altera e consapevole del proprio potere, la aspettava in piedi in mezzo alla grande sala. Aurora ebbe la tentazione di allontanarsi dalla trappola, ma doña Pilar intuì le sue intenzioni.

«Si accomodi, prego» disse. «Dobbiamo parlare.»

Aurora non rispose, e non si mosse.

«Non vi chiederò se andate letto con mio marito perché so che è così, quindi andrò subito al sodo: siete innamorata di lui?»

Una nausea risalì lo stomaco di Aurora, provocandole un conato di vomito.

«State bene?»

Aurora scosse il capo.

«Venite, sedetevi.»

Siccome Aurora esitò, doña Pilar si avvicinò, la prese per il braccio e la condusse verso il divano, coperto di polvere come il resto dei mobili. Lì, sprofondata nel velluto color mostarda, si sentì più piccola che mai.

«Vi porto un bicchiere d'acqua, ma non vi permetterò di eludere la domanda che vi ho fatto.»

Aurora bevve e, guardando negli occhi doña Pilar, si strinse nelle spalle.

«Quanti anni avete?»

«Ventitré.»

«E volete rovinarvi la vita per un uomo sposato che ha il doppio dei vostri anni?»

Aurora scosse il capo.

«Sapete che potete finire in prigione per quello che fate con lui?»

Assentì con lo sguardo basso, reprimendo un nuovo conato.

«Allora perché lo fate?»

Aurora non riuscì a rispondere, perché non conosceva la risposta.

Doña Pilar la strattonò.

«Rispondetemi! Perché?»

Il suo silenzio fece infuriare doña Pilar, e lo schiaffo che le diede trasformò la nausea in un vomito che si riversò sul divano.

«Che orrore, contenetevi! Si può sapere che cosa vi succede? Siete incinta?»

Lei si strinse di nuovo nelle spalle.

«Credo di no. Non lo so» disse alla fine, pulendosi gli angoli della bocca con un fazzoletto.

Doña Pilar la prese per il braccio e la portò in cucina. Aurora si lasciò guidare come una bestia al mattatoio.

«Dite qualcosa, vi prego. Devo capire! Mio marito vi ricatta? È così?»

Aurora trovò in quelle parole la via d'uscita alla posizione scomoda, e doña Pilar ebbe conferma della spiegazione che le conveniva di più per disprezzare il marito scelto nel timore di restare vedova.

«Siete preoccupata per qualcuno? Per la vostra famiglia?»

Aurora assentì. Il terrore la costrinse a mentire. Era preoccupata per la sua famiglia, ma non per colpa di Ferino, bensì perché doña Pilar li aveva scoperti.

«Se non vedrete più mio marito, farò in modo che la vostra famiglia sia al sicuro. In caso contrario, sappiate che come ho fatto uscire vostro padre di prigione una volta, posso farcelo rientrare. Lui, voi e anche vostro marito. A voi la scelta.»

«Contateci.»

«Mantenete la vostra promessa e vedrete che so essere riconoscente. Adesso pulitevi la bocca e andatevene.»

Aurora ubbidì.

Due settimane dopo arrivò il vero messaggio di Ferino che le dava appuntamento per quel pomeriggio. Aurora lo buttò nella cucina a carbone e non si presentò. Neanche le volte successive. Arrivò a bruciare dieci lettere. Sempre più lunghe. Sempre più disperate. Ma conservò la tredicesima fino alla mattina in cui andò a casa di Ramona. Se la *carbonera* era sorpresa dalla visita, non lo diede a vedere. Le offrì una sigaretta e lei accettò. Fumarono in silenzio finché rimase solo il mozzicone.

«Aiutami a scrivere un messaggio» la pregò Aurora.

«Di che tipo?»

«Di quelli che spezzano il cuore. Io non ci riesco.»

«Non sai scrivere?»

«So scrivere qualunque cosa, tranne questo.»

Ramona capì. Accettò la matita e il foglio che Aurora le porgeva. Vide che era scritto su una facciata, ma lo girò senza leggerlo.

«Cosa scrivo?»

«"Non insistere".»

Ramona scrisse e Aurora mise il messaggio nella stessa busta in cui l'aveva ricevuto.

«La gravidanza va bene?» domandò l'amica.

«Bene. Per essere una gravidanza.»

«Quando lo dirai a Paulino?»

«Quando non potrò più farne a meno.»

Aurora tornò a casa con il messaggio scritto da Ramona, i gemelli di Ferino che crescevano dentro il suo utero e una paura in corpo che superava di gran lunga il dolore. Si domandò se la donna che aveva liberato il padre dal carcere avrebbe potuto farla arrestare da un giorno all'altro. Doña Pilar sapeva dei soldati africani? E pregò che Ferino non le avesse raccontato nulla.

Ana, 1985

La notizia che i genitori le avrebbero permesso di studiare nella capitale arrivò ad Ana dentro un pacco regalo. Conteneva una valigia rosa e grigia. Águeda la trovava troppo cara, ma sapeva che la figlia amava le cose belle.

«È stupenda, ma perché mi regalate una valigia?»

«Dopo aver fatto i conti e averci pensato, anche se ci spezza il cuore, la risposta è sì, figliola. Ti mandiamo a Madrid. A studiare architettura.»

Ana rimase pietrificata. Era innamorata di César e, come tutti i primi amori, il loro le sembrava unico e infinito. Nascose la delusione ai genitori, ma corse a chiamare César da una cabina, per riferirgli l'accaduto.

«Vieni da me e me lo spieghi con calma?»

«E i tuoi?»

«Sono usciti, ma se tornano non importa: te li presento.»

César abitava in una zona esclusiva di Gijón, alla fine della spiaggia, dove i palazzi lasciavano il posto alle case indipendenti.

Ana gli raccontò l'accaduto, pianse e si rifugiò tra le sue braccia.

«Vai a studiare a Madrid» disse César accarezzandole i capelli.

«E tu? Noi?»

«Ci vedremo durante le vacanze. Sono cinque anni. Passano in fretta.

«Cosa dici! Cinque anni sono un'eternità.»

«È la tua occasione. Non puoi sprecarla per me. Se siamo destinati a stare insieme, staremo insieme. Altrimenti vorrà dire che non eravamo fatti l'uno per l'altra.»

«Ne dubiti?» protestò Ana.

«Certo che no, ma ora tu devi andare. Poi vedremo.»

César le diede un lungo bacio sulle labbra. Molto lungo. Finché Ana si allontanò, si alzò e si tolse il vestito con le spalline in un unico movimento.

«Voglio che lo facciamo. Voglio perdere la verginità con te» disse offrendosi a lui.

Il volto di César si contrasse in una smorfia.

«Sono in grado di fare molte cose, e in futuro spero di poter fare anche quello che mi chiedi, ma adesso non è possibile.»

Passarono il pomeriggio sul letto di César, a fare tutto il possibile, e per Ana fu più che sufficiente. Misero la musica e il tempo passò in fretta, se lo godettero come ci si gode solo ciò a cui si sa di dover rinunciare, finché la madre di César aprì la porta della stanza. E non le piacque ciò che vide.

«César» disse piano, prima di richiudere la porta. «Se hai bisogno dei servizi di una puttanella lo capisco, ma non portarmela a casa.»

«Mamma!» urlò César, ma la madre se n'era andata, lasciando Ana in preda all'umiliazione, con la faccia in fiamme per la vergogna.

La donna non si accontentò della prima stoccata e si appostò nell'ingresso, seduta su una poltrona, finché Ana si decise a uscire. Ne approfittò per guardarla dall'alto in basso, con disprezzo, e non ebbe bisogno di dire niente perché Ana si sentisse sprofondare.

«Mamma, smettila» disse César. E rivolto ad Ana, aggiunse: «Ci vediamo domani al solito posto?»

Ana se ne andò di corsa, con gli occhi pieni di lacrime. Quando arrivò a casa si chiuse nella sua stanza e pianse. Non ne uscì fino all'ora di cena. Si sedette al tavolo della sala da pranzo, dove i genitori stavano guardando il telegiornale, e diede loro la notizia.

«Grazie per il permesso di andare a Madrid. Vi prometto che studierò moltissimo per prendere i voti migliori e farvi sentire orgogliosi di me. Andiamo in cucina e ti aiuto a impanare il pesce, mamma?»

6

Ana, 2010

Da pochi mesi io e Carlos ci eravamo trasferiti nella villa di circa mille metri quadrati a La Finca, lasciando la casa a schiera de La Moraleja in cui eravamo vissuti da quando ci eravamo sposati. Credo fosse la fine dell'inverno, perché ricordo che Carlos soffriva per l'allergia ai cipressi dell'Arizona che, pur essendo banditi nel nostro giardino, a Madrid crescevano dappertutto. So anche che era domenica mattina perché era l'unico giorno della settimana in cui facevamo colazione tutti e cinque insieme. Alba, che allora aveva quindici anni, si sedette per ultima a tavola, chiese un piatto di frutta fresca senza kiwi alla domestica che ci preparava la colazione e sganciò la bomba: «Papà, mamma, sono lesbica. Mi piace una ragazza del mio corso di pittura».

La frase lapidaria di mia figlia, detta con quella che reputai una disinvoltura eccessiva, mi ricordò la battuta: «Sono incinta, passami il burro» di un film della mia giovinezza in cui un'adolescente comunicava la sua gravidanza alla famiglia durante un pasto, che era diventata famosa tra le ragazze della mia età.

Cercai lo sguardo di Carlos, ma era concentrato sulla figlia.

«E come si chiama la fortunata?» le domandò, con la stessa naturalezza che avrebbe sfoggiato se Alba gli avesse detto che le piacevano i maccheroni al pomodoro.

«Si chiama Laura, ma a lei non ho detto niente.»

Mio figlio Carlos, che a dieci anni aveva capito perfettamente le parole della sorella, guardò il padre con il mio stesso sconcerto.

Immaginai le ragazze della scuola esclusiva frequentata dai nostri figli che facevano il vuoto intorno ad Alba, chiamandola con una serie di orribili epiteti dietro le spalle, come avevo visto fare nella mia scuola con più di una ragazza che non era neppure lesbica, ma che aveva avuto la sfortuna di cadere in disgrazia. Mi calmai dicendomi che di sicuro era una fase, ma il subconscio mi tradì: «Ne sei sicura, tesoro?» le domandai.

«Di che cosa, mamma? Che sono lesbica o che non ho detto niente a Laura?» mi aggredì mia figlia, con un un'espressione di disapprovazione.

Mio figlio Carlos mi salvò dal rispondere.

«Vedrai quando lo sapranno a scuola!» scoppiò. «Mamma, fai qualcosa. Se i miei amici vengono a saperlo, sono rovinato!»

Jesús, concentrato nella visione di *Cars* che aveva già guardato almeno dieci volte, non si era neanche accorto dell'importanza della conversazione, ma zittì il fratello.

«Non si urla» gli disse gridando, e tornò a guardare lo schermo.

«Carlos, hai fatto una cosa gravissima» lo riprese il padre. «Hai mancato di rispetto a tua sorella e voglio che tu le chieda scusa. Poi, se vuoi, parliamo di quello che ti preoccupa.»

Ma Carlos, che a dieci anni non aveva ancora imparato a controllare i suoi impulsi, si alzò da tavola.

«Non ho nessuna intenzione di chiederle scusa. Mi rovinerà la vita!»

«Allora sei in punizione finché non ti sarai scusato» si limitò a dire il padre, mentre il mio bambino correva imbronciato in camera sua.

«Che succede, papà? Perché Carlos è arrabbiato? Cos'è

una *fesbica*?» domandò Jesús, che a cinque anni appena compiuti aveva ancora qualche difetto di pronuncia.

Alba lo abbracciò e, dandogli un bacio, gli disse: «Tua sorella è una *fesbica*».

«Ah, okay» rispose Jesús, e tornò a concentrarsi sul suo film.

Pensai subito agli anticoncezionali. Da tempo mi ero preparata il discorso che avrei fatto a mia figlia in proposito, quello che avrei voluto sentire io stessa da mia madre, per il giorno in cui Alba avesse manifestato l'intenzione di avere rapporti con un ragazzo, ma con una ragazza cambiava tutto. Non sarebbe restata incinta, ma avrebbe potuto prendersi qualche malattia. Quando immaginai mia figlia che faceva sesso con un'altra ragazza mi venne un conato di vomito, che cercai di nascondere, anche se la soluzione fu peggiore del problema perché Carlos e Alba mi guardarono sconcertati.

«Ah!» mi lamentai.

«Stai bene?» domandò mio marito.

«Alba, tesoro...» cominciai, ma non riuscii a continuare.

«Ti sta venendo un ictus, mamma?» domandò mia figlia con evidente ironia. «Non pensavo che fossi così retrograda.»

«Ma non ho detto...» Carlos mi porse un bicchiere d'acqua e mi fece segno di tacere.

Impiegai un attimo a riprendermi.

«Non sei preoccupato?» domandai a Carlos quando Alba lasciò la sala da pranzo.

«Cambia qualcosa, se mi preoccupo?»

«Cosa c'entra?»

«Se a nostra figlia piacciono le donne, è un dato di fatto. Viviamo nel ventunesimo secolo, in un Paese libero, non posso rinchiuderla a casa né sottoporla a un elettrochoc. Quindi l'unica cosa che posso fare è sostenerla e aiutarla se a un certo punto avrà qualche problema.»

«Non ti capisco. Non vorresti che fosse nor... eterosessuale?»

«Non credo che volere una cosa o l'altra cambierà la situazione. Le cose stanno così. Punto. E adesso vado a parlare con Carlitos, che a quanto pare ha gli stessi problemi che ha sua madre nel capire come va la vita.»

E mi lasciò lì, confusa, offesa, triste e preoccupata per mia figlia.

Non sapemmo mai se Alba riuscì a parlare dei suoi sentimenti con quella Laura, e neppure se esisteva. Non sapemmo mai neanche quanto tempo aveva impiegato mia figlia a preparare la frase per darci la notizia, perché anni dopo, quando raggiunsi la maturità emotiva necessaria per riflettere sull'accaduto, capii che quella mattina Alba doveva essere terrorizzata al pensiero di come avremmo incassato la notizia e che Carlos si era mostrato all'altezza, mentre io avevo reagito esattamente come mio figlio, che aveva dieci anni.

Aurora, 1945

I gemelli di Aurora nacquero in casa, assistiti da una vicina che faceva la levatrice e con Ramona che disturbava più che aiutare, mentre Paulino badava ad Águeda e Frutos fumava una sigaretta dietro l'altra.

Pedro pesava poco più di due chili al momento della nascita, dopo un parto doloroso ma senza complicazioni. Aurora ricevette la mazzata quando la levatrice mise il bambino in braccio a Ramona e disse: «Mamma mia, ne arriva un altro!»

«Come? Un altro?»

«Gemelli, Aurora, avrai due gemelli.»

«Non se ne parla.»

«Invece sì.»

Aurora ebbe quindici minuti per abituarsi all'idea, gli stessi che impiegò a espellere Paulino dal suo corpo.

«Adesso attaccali al seno e speriamo che succhino» disse la vicina. Poi si rivolse a Ramona: «Non perderla d'occhio.

I parti doppi sono complicati. Se sanguina più del dovuto, bisogna chiamare il medico per farla portare all'ospedale».

«Cosa significa "più del dovuto"?» domandò Ramona mentre prendeva goffamente i due bambini, uno per braccio, in attesa che la donna finisse di pulire la puerpera.

«Al momento è l'ultimo dei miei problemi, Ramona.»

«Sapete dove trovarmi» si accomiatò la levatrice.

«Ho sentito a Radio Pirenaica che l'Onu non vuole ammettere la Spagna per via dei rapporti con i nazisti e i fascisti italiani» disse Ramona appena fu sola con l'amica, prima di consegnarle i neonati.

«E cosa cavolo dovrebbe importarmene, adesso?» urlò Aurora, sconvolta dall'argomento di conversazione scelto dall'amica, quando lei non era in grado di assimilare il due per uno che le era appena toccato in sorte.

«Volevo dire che ci sono state proteste a Madrid. Ma se preferisci, possiamo parlare delle orecchie a sventola dei bambini. Identiche a quelle del caporale.»

«Dovrei preoccuparmi di questo? Sono come quelle del mio nonno paterno, dice mio padre, quindi taci, che ho già abbastanza problemi. Sono due, Ramona, ho partorito due bambini quando non ne volevo neppure uno. Come farò a cucire mentre cresco questi due mocciosi? Se non cucio, non so come sfamare due bocche. Che sfortuna maledetta!»

Ramona non fu l'unica a notare la somiglianza dei bambini.

«Di nuovo?» le disse Frutos, quando rimase da solo con la puerpera. «Quando tuo marito lo saprà, ti riempirà di botte, e io non ho intenzione di fare niente per evitarlo.»

«Perché dite "di nuovo"?» domandò, confusa.

«Come se non lo sapessi, sgualdrina che non sei altro!» la insultò il padre.

«Voi siete un puttaniere, ma io non vi dico niente.»

«Non è certo paragonabile! E, come se non bastasse, ne hai pure partoriti due!»

Aurora non reagì al disprezzo del padre, ma si preoccupò

che potesse lasciar andare la lingua in una delle sue sbornie sempre più frequenti al bar.

Quella volta Frutos non ricorse alle orecchie immaginarie di suo nonno per giustificare l'eredità genetica dei bambini con Paulino che, incapace di notare le somiglianze nei neonati, anche quando erano suoi figli, non si accorse di niente.

Aurora non provò l'istinto materno neppure con i gemelli, pur sapendo che erano dell'uomo che amava. Riusciva a pensare solo all'aumento del suo carico di lavoro: con Águeda ancora piccola, erano tre, e due in età da pannolino.

La soluzione ai suoi problemi venne, inaspettatamente, da doña Pilar, la moglie di Ferino. Riconoscente nei confronti di Aurora per aver mantenuto la promessa, si mostrò, com'era sua abitudine, solidale con le donne che si piegavano di fronte a lei. Le fece una visita un mese dopo la nascita dei gemelli, non sapendo ancora quanto i bambini somigliassero a suo marito.

Águeda, che aveva solo quattro anni, andò ad aprire alla donna, e rimase paralizzata di fronte alla signora alta e vestita elegantemente.

Doña Pilar sentì il rumore della macchina per cucire e il pianto dei gemelli in una stanza comunicante con la cucina e, dopo aver dato ad Águeda un sacchetto di caramelle al miele che la bambina nascose come un tesoro, aprì la porta chiusa e trovò Aurora che cuciva con i neonati che piangevano dentro un canestro sul pavimento.

Aurora non la sentì entrare, concentrata com'era nell'ignorare i figli finché non avesse finito la gonna. Quando doña Pilar si appoggiò alla macchia di sangue sulla Singer, Aurora si spaventò al punto che non poté evitare di urlare. Balzò in piedi, guardò doña Pilar prima e i bambini poi, rossi di pianto, e l'unica cosa che le venne in mente di fare fu di scusarsi.

«Doña Pilar! Cucio perché il rumore della Singer li calma.»

«Se li attacchi al seno, di sicuro si calmano prima» rispose guardandola dall'alto in basso. «Questa casa è un disastro. Tuo marito non dice niente?»

«Se avessi saputo che venivate... Cosa desiderate? Vi assicuro che ho mantenuto la mia promessa.»

«Vengo per questo» disse avvicinandosi ai bambini e prendendo in braccio Paulino. «Conosci la Sezione femminile della Falange?»

Aurora assentì.

«D'ora in poi sarò la coordinatrice del Servizio sociale del bacino minerario e, visto che è stato soppresso il lavoro obbligatorio per le operaie, dobbiamo ampliare la formazione impartita alle donne durante il servizio. E ho pensato a te.»

Senza capire che cosa volesse quella donna, Aurora la lasciò continuare.

«Voglio che insegni loro a cucire perché escano dal Servizio in grado di confezionarsi da sole tutti gli abiti che servono alle loro famiglie.»

Aurora si guardò intorno, incapace di pensare a un modo per inserire quell'occupazione tra quelle che aveva già, e temendo rappresaglie se si fosse rifiutata. Doña Pilar intuì le sue preoccupazioni.

«Ti pagheremo bene. E ti presenterò le altre dirigenti. Molte avranno bisogno di rinnovare il guardaroba.»

Anche se non era certo un'ingenua e cercava di capire dove stesse la fregatura, Aurora si affrettò ad accettare, scorgendo una soluzione alla vita che la opprimeva.

«Perché proprio io?»

«Perché cuci bene e preferisco averti sott'occhio. Cominci dopodomani» disse porgendole un biglietto. «Alle nove a questo indirizzo. A Mieres. E cerca di non far vedere a mio marito i tuoi figli o non sarò più così generosa. Ora però falli mangiare, per favore, o si soffocheranno a furia di piangere.»

Doña Pilar le mise in grembo Paulino e si diresse verso la porta, guardandosi intorno.

«Mamma mia, in che stato è questo posto! Non puoi ricevere le clienti che ti presenterò in una casa dove si entra direttamente in cucina. Pazienza. Mi verrà in mente qualcosa» disse prima di uscire.

Aurora attaccò i bambini al seno. La moglie di Ferino aveva ragione, volevano solo mangiare. A poco a poco si tranquillizzò anche lei.

Aurora, 2011

L'adolescenza è la tappa in cui la ribellione e i primi guizzi di indipendenza ci permettono di allontanarci a poco a poco dall'infanzia e dalla protezione familiare per trasformarci in adulti. Per Alba portò con sé anche la scoperta della sessualità e di un obiettivo da perseguire: l'emancipazione delle donne e la lotta contro il giogo patriarcale, che all'epoca si traduceva nel binomio matrimonio e maternità, i due grandi atti di sottomissione femminile al sistema, che relegava le donne al ruolo di cittadine di seconda classe dal quale non si sarebbero potute liberare finché non sarebbe stato tardi per dedicarsi a una carriera professionale. Il mondo lavorativo precludeva le posizioni di potere alle donne per ragioni diverse nei vari momenti della loro vita: le giovani non erano accettate perché presto sarebbero diventati madri, le madri non erano ammesse perché avrebbero dato priorità ai figli, e le donne più vecchie non erano prese in considerazione, perché le quarantenni escluse dal mondo lavorativo mentre allevavano i figli non sarebbero servite a niente.

Alba non era arrivata da sola a quelle conclusioni: si era dedicata alla lettura di Mary Beard e di altre scrittrici che lottavano per svelare al mondo l'oppressione silenziosa in cui erano vissute e sarebbero vissute le donne.

Alba vedeva nella madre, nella nonna e nella bisnonna chiari esempi di un sistema che si evolveva e cambiava la propria immagine pubblica, mentre raffinava i propri strumenti per mantenere le donne in una posizione subalterna. Questo nella società occidentale più avanzata. In altre società non era neanche necessario raffinare i mezzi; le donne erano una proprietà, con gli stessi diritti di un animale da reddito, e nessuno muoveva un dito per cambiare le cose visto che, in fin dei conti, l'unico vero obiettivo era l'economia mondiale, che dipendeva dai rapporti tra governi: «Finché concludiamo accordi commerciali vantaggiosi, io non mi intrometto in ciò che accade nel tuo Paese e tu non ti intrometti nel mio» sembrava il motto della politica internazionale.

Alba diffondeva quel discorso ai quattro venti con la veemenza dei suoi sedici anni quando alla bisnonna Aurora fu diagnosticato un principio di demenza senile, malattia lenta ma degenerativa.

«Sono pazza come sono sempre stata, dottore» disse Aurora al neurologo che la visitò. «Solo che finora non mi avevano mai fatto esami: non mi sento per niente diversa. La sua diagnosi potrebbe aiutarmi a trovare posto in un ospizio di Madrid?»

Quando aveva sentito la diagnosi nell'ambulatorio del medico, Aurora si era resa conto che non voleva perdersi l'evoluzione di Alba. Mentre Ana e Águeda si preoccupavano delle idee esaltate della quarta generazione di donne della famiglia, Aurora se la rideva in silenzio, mescolando ricordi e fantasie senili con la realtà, e sentiva l'orgoglio di lasciare al mondo un'Alba decisa a intraprendere la guerra che non avevano saputo combattere né sua madre né sua nonna.

Forse fu proprio il legame che non sentì mai con la figlia né con la nipote a guidare la decisione di Aurora, o forse era la vicinanza al nono decennio della sua esistenza a ridimensionare gli eventi della vita, o magari voleva soltanto vivere un'ultima avventura prima di morire. Con Alba, finalmente, le capitava di identificarsi con un'altra donna che non fosse Ramona, peraltro con una donna che era sangue del suo sangue. Águeda era lontanissima da lei, e con Ana, che era il suo ritratto all'esterno e diversissima dentro, non si era mai capita. Ma Alba era Aurora con un altro volto, a distanza di quasi un secolo.

Águeda non contraddisse la madre e non protestò per il suo allontanamento, prima di tutto perché non era abituata a farlo, e secondo perché l'occasione di liberarsi di lei prima del previsto era troppo allettante per convincerla del contrario.

La compiacenza di Águeda lasciò presto il posto al senso di colpa, e di ritorno a casa si lasciò andare ai rimorsi.

«A Madrid non potrò venirvi a trovare ogni giorno, né ogni settimana, a fatica ogni mese. Come ve la caverete, lì da sola?»

«Benissimo. Che non ti venga in mente di farti vedere. Non mi hai già visto abbastanza, nella vita? Siamo stufe entrambe, a questo punto, io di te e tu di me, quindi facciamo che me ne vado, perché ne ho piene le scatole di Oviedo, figlia mia, piene le scatole. Chiama Ana e vedi se quei ricconi della sua famiglia hanno qualche aggancio, perché la faccia che ha fatto il medico quando gliel'ho chiesto mi fa temere che la sua diagnosi non mi servirà a niente.»

«Contatti, non "agganci". Ad Ana quella parola non piace.»

«Be', si sono sempre chiamati "agganci". Che li chiamino come vogliono, ma che mi cerchino un ospizio. Con una stanza singola. Mi manca solo di dover sopportare una vecchia nella mia camera.»

Qualche mese dopo Aurora e Águeda presero il Talgo Oviedo-Madrid munite di panini, perché i sandwich del treno erano cari e cattivi secondo entrambe, e riviste per intrattenersi commentando fino alla nausea i vestiti delle invitate al matrimonio di William e Kate Middleton. Una volta arrivate a Chamartín, un taxi le portò in una delle residenze per anziani più esclusive della zona nord-est della capitale, un favore di Paloma, la suocera di Ana, perché una cosa era tenerla lontana dalla sua cerchia di amicizie, un'altra sopportare che piazzassero la nonna novantenne della nuora in un ospizio pubblico.

Cominciò così l'ultima tappa della vita di Aurora, ma anche un rapporto con Alba che sorprese tutti tranne Aurora.

Aurora, 1945

La visita di doña Pilar a casa di Aurora non passò inosservata. La presenza di una delle rare auto della zona, una Hispano Suiza T48 con l'autista, proprietà del fratello di doña Pilar dotato di titolo nobiliare, pilastro della famiglia e falangista dichiarato come la sorella, fu sulla bocca di tutto il vicinato.

Anche se Aurora, a parte Ramona, non aveva mai avuto un rapporto stretto con la gente del quartiere, i favori tra vicine erano all'ordine del giorno, se si voleva sopravvivere al dopoguerra: «Oggi a te domani a me» era il motto dei quartieri minerari, ma da quella mattina, quando Aurora usciva, le donne facevano il possibile per non incrociarla e proibirono alle figlie di giocare con Águeda.

«Papà, le altre bambine non giocano con me, in strada» disse Águeda al padre la settimana dopo.

«Come mai, figliola?»

«Le madri glielo hanno vietato.»

Paulino non lo capì neppure quando Aurora gli spiegò tutto.

«Perché quella signora vuole che sia proprio tu a preparare le donne del Servizio sociale?»

«Non so, ma non mi sembrava prudente rifiutare.»

«No, certo. Strano che sia proprio la moglie del caporale del pozzo Santa Bárbara! Lui lo conosci. Benissimo, a quanto ne so.»

«Lo dici perché sei geloso. Se ci fosse qualche verità in quei pettegolezzi, sua moglie non mi avrebbe fatto una proposta simile, non credi?»

Paulino si strinse nelle spalle. Di sicuro se, come sospettava lui e diceva mezzo paese, tra Aurora e don Ceferino c'era stata una relazione illecita, l'ultima cosa che avrebbe fatto la moglie del suddetto sarebbe stata proporle un lavoro.

«E ti pagano?» domandò lui, accantonando l'argomento.

«Così mi ha detto.»

«Speriamo che non sia una trappola.»

Le riserve di Paulino rimasero, ma quando arrivò la prima paga di Aurora e il primo ordine di cinque vestiti per una cliente, che versò la metà della somma in anticipo consentendo di riempire la dispensa con prodotti acquistati al mercato nero, Paulino preferì smettere di domandarsi le ragioni dell'improvvisa generosità della moglie del caporale.

Neppure Ramona capiva la strategia di doña Pilar.

«Che buono, mamma mia» esclamò assaporando un vero caffè, senza malto né cicoria, nella cucina di Aurora, accompagnato da un biscotto. «È troppo buono per essere vero, ma fai attenzione che quella signora non ti procuri guai.»

Diversi mesi dopo Aurora cuciva per varie donne della Sezione femminile e tutta la strada beneficiava della sua prosperità. Non godeva della sua fortuna soltanto Ramona: Aurora poteva anche permettersi di pagare la vicina Felisa per guardarle i bambini ogni giorno, mentre lei andava a Mieres a preparare le donne del Servizio sociale e a provare e mostrare stoffe alle clienti nella sala della Falange che doña Pilar aveva fatto sistemare perché potesse riceverle. Ma Aurora non sapeva che doña Pilar si serviva di quella situazione per umiliare il marito.

«Sai, Ferino, che la mia protetta è una donna che è stata *carbonera* al Santa Bárbara? Si chiama Aurora. Anche suo padre ha lavorato lì, per anni. È quello che mi hai chiesto di far uscire di prigione, ti ricordi? È bella, anche se ha già tre figli. Bionda, con tanto seno. Un po' rozza, ovviamente. Una *carbonera* che si è messa a fare la sarta. A te, che ami le donne raffinate come me, farebbe orrore. Certo, lavora sodo, e cuce benissimo. Tutte le mie amiche sono molto soddisfatte. Tanto che l'abbiamo scelta per dare il benvenuto al Generalissimo quando ci concederà l'onore di venire a trovarci, il mese prossimo.»

«Non avrai il coraggio di farlo.»

«Certo che sì.»

«Lei lo sa?»

«Sarà una bella sorpresa, vedrai.»

Ferino taceva e ingoiava, e Pilar se la rideva.

Intanto Aurora non faceva altro che cucire. Con i bambini accuditi e il denaro che arrivava a casa, le bastavano tre o quattro ore di sonno. Era quasi impossibile passare davanti alla sua porta e non sentire il rumore della Singer e i movimenti del suo piede sempre più abile.

Alba, 2011

Ana voleva tenere fede alla raccomandazione che le aveva fatto la madre di andare a trovare la nonna Aurora almeno una volta al mese.

«Per essere sicuri che la trattino bene» aveva detto Águeda. «Si sentono storie terribili sulle residenze per anziani.»

«Ti preoccupi di lei più di quanto lei si sia mai preoccupata di te» le rispose Ana.

Anche se l'incombenza era noiosa, Ana non mancò di recarsi alla residenza una volta al mese. Scambiava qualche parola con Aurora, le portava cioccolatini, riviste e biancheria nuova, poi chiamava Águeda per tranquillizzarla sul suo stato di salute. Finché non venne il mese di agosto.

Da anni i Fresno trascorrevano luglio e agosto a Sotogrande, in provincia di Cadice. Avevano frequentato Marbella quando Carlos era bambino, ma il turismo di massa, gli episodi di corruzione legati all'edilizia nella zona e gli scandali politici li avevano spinti a cercare un luogo più esclusivo e tranquillo, dove concludere affari senza attirare sospetti, lontani dai giornalisti che facevano la posta alle celebrità o, in mancanza di meglio, ai milionari.

Quando Ana e Carlos si erano appena sposati, passavano l'estate tra Gijón e Cadice, ma le vacanze per Carlos erano un'occasione per trattare i suoi affari, e a Gijón non c'era niente di interessante per lui. Almeno non abbastanza da trattenersi più di una settimana. Ad Ana restava poco a Gijón, al di là dei genitori. Temeva, tra l'altro, di incontrare César, nonostante gli anni passati. Ma cercava di andare a trovare i genitori per una settimana, portandosi dietro i bambini. Alba, però, aveva appena compiuto sedici anni e la prospettiva di una settimana intera a Gijón con la madre e i nonni era l'ultimo dei suoi desideri, quindi quell'estate aveva chiesto di restare a Madrid con il padre e non andò nelle Asturie. Carlos avrebbe chiuso la stagione a Sotogrande prima del solito. La crisi finanziaria stava soffocando alcuni piccoli costruttori e si era presentata l'opportunità di acquisire dei terreni a prezzo vantaggioso. Alba aveva in mente di recarsi in centro, alle feste della Virgen de la Paloma, con alcuni amici di scuola.

Ana affidò alla figlia l'incarico di andare a trovare Aurora, che le offrì la scusa perfetta per passare la giornata fuori. Anche se secondo il proverbio la festa della Madonna portava via l'estate da Madrid, quell'anno faceva caldissimo e Alba trovò la bisnonna dentro l'edificio, rifugiata sotto l'aria condizionata.

«Ciao, bis» la salutò. «Come mai non sei in giardino?»

«Perché è un forno. Devi farmi uscire di qui» disse Aurora alla pronipote, che accolse la richiesta con una certa inquietudine.

«Dalla residenza? Vuoi tornare a Oviedo dalla nonna?»

«Manco morta! Voglio che mi porti a vedere il papa.»

«Cosa dici, bis? Non eri nella Chiesa palmariana, che ormai non ha più fedeli?»

«Figurati se sono mai stata in una chiesa. Proprio per questo voglio vedere il papa, mi resta pochissimo e conviene essere in buoni rapporti con il capo. Non una parola con tua madre, e meno che mai con tua nonna.»

«Neanche per sogno.»

«E se dico a tua madre che sei rimasta qui per la notte? Solo se ce n'è bisogno, certo. Se ti beccano, intendo.»

«Se mi beccano a fare cosa?»

«Mia cara Alba, guarda che non sono mica nata ieri. Tu non sei tornata da Cadice con questo caldo perché ti dispiaceva lasciare solo tuo padre. Non se la beve nessuno. Be', almeno non io. Guarda come sei tirata a lucido!»

«Sei sicura di avere la demenza senile?»

«Non so se sono demente, ma idiota di sicuro no. Affare fatto?»

Alba esitò.

«E se non accetto?»

«Devo risponderti?»

«Sei una ricattatrice» rispose Alba, offesa.

«Non è un ricatto, è uno scambio. L'umanità va avanti così da sempre. Io ti fornisco un alibi se ti beccano e tu mi porti a vedere il papa. Giovedì in plaza Cibeles.»

«Ma sarà pieno di gente e tu non riesci a stare per tanto tempo in piedi. E con questo caldo ti sentirai male. Non ti basta vederlo alla tivù?»

«Giovedì vieni a prendermi e mi porti a vedere il papa» tagliò corto Aurora. «E attenta a cosa combini oggi, capito? Gli uomini sono tutti porci.»

«I maschi non mi interessano, bis, non l'hai ancora capito?» replicò Alba prima di andarsene.

Aurora, 1946

Nel maggio del 1946 tutti parlavano dell'imminente visita di Franco nelle Asturie, di ciò che avrebbero tramato i *guerrilleros*, di chi sarebbe andato a vederlo per scollarsi di dosso la fama di rosso e di chi avrebbe presenziato perché da sempre saltava sul carro del vincitore.

Era previsto un giro nel bacino minerario per visitare gli altiforni di La Felguera e il pozzo Mosquitera, in cui si trovava il battaglione di prigionieri repubblicani condannati ai lavori forzati in miniera.

Ramona non la smetteva di lamentarsi del fatto che, fino a quando Franco fosse stato nel bacino, non avrebbero permesso alle donne di scendere in miniera né alle sposate di lavorare fuori, anche se i loro pozzi non erano compresi nella visita. Lei avrebbe perso due giorni di paga. Siccome la legge non consentiva alle donne di lavorare all'interno, dovevano essere invisibili. A scapito del misero bilancio familiare che le costringeva a diventare *carboneras*.

La comitiva sarebbe passata anche a Mieres, e la Sezione femminile della Falange era in fermento per i preparativi. Due giorni prima della visita Pilar aspettò che Aurora avesse finito di tenere le lezioni di cucito per comunicarle la notizia.

«Nell'armadio della sala c'è la tua divisa della Falange. Provala, visto che dopodomani conoscerai il nostro Caudillo.»

«Io? Ma non sono una falangista.»

«Cosa intendi? Certo che lo sei. Nel cuore. O no?»

Aurora esitò, ma l'espressione di Pilar non le lasciò scelta.

«Dove avete detto che trovo la divisa?» domandò, alla fine.

Quando si fu vestita con l'abito blu completato dal berretto rosso, Aurora si accorse che gli occhi le si riempivano di lacrime. Lei, moglie, figlia e nipote di minatori, sarebbe andata a rendere omaggio a Franco come falangista. Il momento di debolezza lasciò presto spazio alla rabbia che si portava dentro da tempo immemore. Maledisse Paulino, maledisse suo padre, maledisse tutti, ma soprattutto Ferino, che aveva di nuovo imparato a dimenticare. Ormai guadagnava tanto quanto un minatore, e se in cambio avrebbe dovuto accontentare doña Pilar, sarebbe stata disposta a vestirsi anche come la bambola Mariquita Pérez.

Due giorni dopo Aurora fu presentata a Franco come donna vittima della Repubblica, costretta a lavorare in miniera dal governo repubblicano, riscattata dal regime e trasformata in un'agiata donna sposata, madre di tre figli, sarta e insegnante di cucito presso il Servizio sociale. L'incontro durò pochi secondi, abbastanza perché Franco mostrasse la sua approvazione con il capo. In quel modo Aurora si era guadagnata il favore di doña Pilar, pur diventando un'appestata tra le vicine, come sua figlia Águeda a scuola. L'unica cosa che le dispiacque davvero fu che Ramona entrò in casa e si chiuse la porta alle spalle quando la sera andò da lei per fumare insieme la solita sigaretta notturna. Aurora non aveva pensato a Ramona quando si era piegata alla farsa che Pilar le aveva proposto e anche se l'avesse fatto, avrebbe accettato ugualmente. Avrebbe avuto solo da perdere a non assecondare i desideri della moglie del suo ex amante. E, acconsentendo, molto da guadagnare.

Persino suo marito, dopo aver ammesso che aveva fatto la scelta migliore per la famiglia, che era l'unica opzione sensata, non volle andare a letto con lei quel sabato, nonostante rientrasse nei giorni in cui la moglie si sarebbe dovuta prestare all'intimità coniugale. Quando andarono in camera dopo aver cenato e messo a letto i bambini, Aurora si tolse i vestiti e si lavò, pronta a compiere i suoi doveri di moglie.

«Copriti, moglie, che anche nuda ti vedo vestita da falangista.»

L'unica che continuò a rivolgerle la parola fu Felisa, perché le tre pesetas ricevute da Aurora ogni volta che le teneva i bambini contribuivano al sostentamento della famiglia, completando la misera paga del marito.

Nessun minatore attaccò Paulino al pozzo per le nuove tendenze politiche della moglie, ma si sfogarono con Frutos al bar.

«A quanto pare non ho domato mia figlia come dovevo. Serpe in seno...» rispose al primo che lo insultò, senza mostrarsi intenzionato a litigare, e gli altri tacquero.

Ma quando l'alcol scaldò le lingue, la situazione si complicò.

«Quanto sei stato in carcere, Frutos? Con i contatti di tua figlia, di sicuro non per molto. Magari era solo una farsa...» gli disse uno.

«Taci, non hai visto come ne è uscito? Non si reggeva in piedi» si affrettò a dire un altro.

«Hanno liberato lui e arrestato e il prete dei *maquis*, il

padrino del consuocero, guarda caso» insistette quello che lo accusava. «Da che parte stai? Con chi eri durante la rivoluzione del '34?»

«Era a casa sua, come te, quindi taci, che non è il caso di prendersela con Frutos» disse uno dei sindacalisti più rispettati, acquietando gli animi.

Doveva più di un favore a Frutos, che aveva avuto già abbastanza disgrazie, vedovo e con quella figlia che aveva la fama della puttana fin da giovanissima e che adesso diventava falangista. In fin dei conti Frutos era un buon compagno, anche se tiepido politicamente, e non si era mai messo contro nessuno.

Aurora, 2011

Se Aurora non morì per un collasso il pomeriggio del 18 agosto 2011 fu solo perché non era ancora arrivata la sua ora. La folla che si era concentrata per vedere Benedetto XVI aveva smentito il mito che nulla muove più gente del calcio. Nessuna Coppa del Real Madrid poteva reggere il confronto con la fiumana radunata in plaza Cibeles, paseo de los Recoletos e del Prado per vedere il papa dal portamento severo che pronunciava discorsi tradizionalisti. Tra i novanta chili di Aurora, le ore di attesa sullo sgabello da spiaggia che Alba aveva comprato all'ultimo momento in un negozio cinese, le spinte continue e il caldo che, pur meno soffocante dei giorni precedenti, produceva un effetto sauna in quella baraonda, l'anziana non si disidratò per miracolo.

«Questo chi è?» domandò Aurora vedendo il giovane con l'aria da secchione con il quale la nipote era andata a prenderla alla residenza.

«Fernando, un mio amico. Va all'università e ha la macchina. Cosa ti aspettavi? Che chiedessi all'autista di portare la mia bisnonna quasi centenaria a vedere il papa?»

«Calma, mi mancano ancora molti anni per compiere un

secolo. E tu, che sembri quel Cuchifritín dei libri per bambini, sicuro che ti hanno dato la patente?»

«Chi?» domandarono Alba e Fernando all'unisono.

Parcheggiarono a Moncloa, dove li aspettava un taxi prenotato che impiegò un'ora ad avvicinarli il più possibile al luogo dell'incontro. La polizia presidiava le vie, la città era chiusa al traffico e blindata in previsione di eventuali attentati. Era impossibile procedere su paseo de la Castellana, le Torres de Colón sembravano irraggiungibili, e attraversare la piazza per cercare di percorrere paseo de los Recoletos fino a plaza Cibeles era impensabile. Aurora sudava sotto il lungo e vaporoso vestito di stoffa sottile. Sembrava il pupazzo Michelin con una tunica color pastello che cercava di farsi largo in un fiume umano, scortata da due adolescenti.

«Non dovevamo venire, bis, è una follia. Se ti succede qualcosa, mia madre mi uccide» disse Alba.

«Se mi succede, sono fatti miei. Anzi, preferisco che mi venga un colpo qui piuttosto che alla residenza.»

«Perché dici così?»

«Perché quando hai la morte alle calcagna, è importante essere in buoni rapporti con Dio, quindi andiamo. Voglio sentire quel bacchettone di *Rachinguer* che rimette la Chiesa al suo posto. Cambiando argomento...» sussurrò all'orecchio della pronipote. «Questo cosa ti ha chiesto in cambio?»

«Niente, bis, è un mio amico.»

«Un amico che vuole metterti le mani addosso. Con quella faccia, non gli sembra vero di averne trovata una come te. Ma i brutti sono più infoiati dei belli. Vedi di stare attenta.»

«Non preoccuparti, non andrà oltre le tette» rispose, prendendola in giro.

«Screanzata! Se dicevo una cosa del genere a mia madre, mi tirava uno schiaffo e mi metteva a lavare tutta la casa in ginocchio. E dovevo farla brillare, perché finché non era soddisfatta, non potevo mangiare né dormire. Sempre che non mi toccassero altri schiaffi. Magari avessi la tua età in un'epoca come questa!»

Quel pomeriggio Aurora non morì, ma non vide neanche Benedetto XVI. Lo scorse da lontano, sugli schermi piazzati in plaza de Colón e lo ascoltò dagli altoparlanti che diffondevano le sue parole alla folla. Tornò alla residenza sana e salva, dopo aver saldato i suoi conti con Dio, e aver impostato un nuovo rapporto con la nipote, vero obiettivo di quella pantomima.

7

Ana, 1993

Mi ero sempre sentita dire che il giorno del matrimonio era il più felice per qualunque donna e fu così anche per me. Non dovevo preoccuparmi di trovare un lavoro malpagato in piena crisi economica come il resto dei miei coetanei, mi sposavo con un uomo ricco e bello e andavo a vivere in una casa meravigliosa con piscina e giardino. In più Carlos mi aveva regalato una Audi 80 rossa per poter andare e venire dal sobborgo in cui vivevano le celebrità delle riviste, i miei genitori erano venuti a Madrid per il grande giorno e il mio vestito era una creazione esclusiva di un noto stilista, scelto da me insieme a mia suocera, che era la donna più elegante che avessi mai conosciuto e che avrebbe pagato l'abito. Sapevo che mia madre avrebbe preferito cucirmelo personalmente e che l'unione si celebrasse a Oviedo, ma era raggiante all'idea che mi sposassi niente meno che con Carlos Fresno.

Mi sentivo come le principesse delle fiabe al momento del «Vissero felici e contenti» o «Furono felici e mangiarono pernici» come si dice in Spagna. Il menu non prevedeva pernici ma piccioni selvatici, di cui non avevo mai sentito parlare, ma che a quanto pareva erano il massimo secondo i gusti raffinati di mia suocera. Li provai solo il giorno degli assaggi, perché al matrimonio non riuscii a mangiare niente. In quel momento non pensavo all'eventualità che le principesse potessero soffocarsi con le pernici dopo aver sposato i principi. O forse sarebbero soffocate solo con i piccioni selvatici.

Carlos lavorò tutti i giorni e buona parte delle notti durante le settimane precedenti alle nozze. Qualcuno aveva dato a mio suocero una dritta su Banesto, la banca con cui lavorava l'impresa edilizia Fresno in quel momento, e stavano revocando le operazioni sui conti con un'urgenza che aveva riempito di occhiaie il mio fidanzato, ma finalmente, il giorno successivo, partimmo su un volo diretto per le Maldive, cortesia dei miei suoceri.

Durante la luna di miele rimasi incinta e il sogno divenuto realtà fu coronato dal lieto fine come una commedia romantica.

Annunciammo la gravidanza alla dodicesima settimana. Non si vedeva, al di là della nausea ricorrente che mi costringeva a piegarmi sul gabinetto per un'ora la mattina ma mi dava tregua per il resto della giornata.

Fu un bel momento. Carlos lavorava molto, ma quando eravamo insieme mi riempiva di attenzioni e sembrava molto felice all'idea di diventare padre.

Arrivò dicembre e la soffiata finanziaria che li aveva fatti impazzire per tutto l'anno fu confermata: la banca Banesto fu commissariata e i Fresno ebbero di che brindare a Capodanno, e io con loro. Con un po' di champagne francese che, secondo mia suocera, era l'unica bevanda alcolica tollerata dalle donne incinte.

La mia nuvola rosa durò fino ad aprile.

Ana, 1986

Ana arrivò a Madrid alla fine di settembre del 1986, a diciotto anni, con modi da scuola privata di provincia e una bellezza da Grace Kelly che, anche in una città grande faceva girare la testa a molti passanti.

Águeda e Jesús accompagnarono la figlia, due giorni prima dell'inizio delle lezioni, alla residenza per signorine Santa Teresa de Jesús, dove Ana avrebbe soggiornato grazie alle ore interminabili che Águeda dedicava alla scuola e alla sartoria. Fecero il viaggio sulla Talbot Horizon color crema nuova fiammante, appena uscita dal concessionario, comprata per sostituire la Due cavalli familiare. Volevano farle fare bella figura con i nuovi compagni. Durante il viaggio Águeda non la smise di parlottare, per evitare di pensare alle mille storie che aveva sentito sulle brave ragazze che impazzivano e rimediavano droghe e altri guai mentre studiavano a Madrid.

Dopo aver pianto, ripetuto consigli e raccomandazioni, Águeda e Jesús intrapresero il cammino di ritorno con una sensazione di vuoto che fino a quel momento non avevano mai conosciuto.

Ana trascorse i primi due mesi all'insegna delle feste per le matricole, con scherzi e penitenze, alcune divertenti ma per la maggior parte piuttosto pesanti, che la portavano a ubriacarsi ogni fine settimana. Si fece alcune amiche alla residenza e alcuni compagni la portarono in giro per i locali alla moda tra gli universitari. Dopo gli esami finali un PR del locale Oh! Madrid, fratello di una sua compagna della residenza, le procurò i biglietti d'ingresso per il fine settimana.

«Dev'esserci la bionda, capito?» aveva insistito con la sorella. «Mi pagano per portare ragazze fighe.»

L'Oh! Madrid era un locale di culto per i ragazzi bene della capitale, situato in una zona esclusiva nei sobborghi.

Quel giorno la notizia del cruento attentato dell'ETA all'Hipercor di Barcellona dominava tutte le trasmissioni televisive e le conversazioni adulte. L'intera Spagna si era commossa di fronte alla strage spietata di ventuno innocenti, tra cui una donna incinta e quattro bambini. Tutti carbonizzati a tremila gradi dall'esplosione.

Ana e le sue compagne commentarono l'accaduto come prefiche, con un punto di istrionismo e la commozione reale mescolata a ciò che immaginavano di dover provare, ma continuarono ad agghindarsi per andare all'Oh! Madrid, perché erano giovani, e come per tutti i giovani, le tragedie altrui erano molto più lontane che per i vecchi.

Raggiunsero il locale in taxi. Avevano fatto la cassa comune con i soldi giusti per andare e tornare e conservavano come un tesoro i biglietti che davano diritto a una consumazione per ciascuna.

Con i capelli al vento, senza reggiseno, una scollatura che sua madre non avrebbe mai approvato, gli occhi truccati e una gonna cortissima, Ana andò per la prima volta all'Oh! Madrid in compagnia di amiche che impiegò meno di mezz'ora a perdere di vista insieme al denaro per tornare alla residenza. Era sola sul terrazzo della migliore discoteca di Madrid, circondata da un mucchio di gente più grande di lei. Sembrava che tutti si godessero la serata, sicuri di sé stessi, sfoggiando borse di Prada e occhiali Ray-Ban anche se il sole era tramontato da un pezzo. Faticava a non piangere.

Dopo qualche minuto un certo Nacho le batté sulla spalla con l'indice e le rivolse una delle frasi più logore delle nottate in discoteca: «Ciao, sei sola?»

Ana si voltò. Non vedeva l'ora che qualcuno le desse retta, e si trovò davanti un tizio sopra i venticinque anni con più soldi in vestiti di quelli che entravano nella sua famiglia in un mese.

«Ma no, figurati» disse, riprendendosi. «Sono qui con le mie amiche. Sono andate in bagno.»

«Ti presento i miei amici?»

«Certo» rispose, sfoggiando il migliore dei suoi sorrisi, sollevata di aver trovato qualcuno con cui aspettare che le sue compagne ricomparissero.

Gli amici di quel Nacho si chiamavano Marcelo, Pablo, Lucas, Iván, Sergio, Carlos e Néstor. Non c'erano ragazze.

«Siete tutti maschi?»

«È un problema?» Nacho sfoggiò un sorriso ironico.

«No, ovviamente, quando arrivano le mie amiche riequilibriamo la situazione.»

«Beviti qualcosa. Cosa ti piace? Abbiamo bottiglie prenotate di whiskey, vodka e rum. E se vuoi, champagne.»

«Lo champagne va benissimo» accettò, convinta che fosse la risposta giusta.

Le risate la confusero per un attimo, ma le parole gentili le indicarono che stava andando bene. Ridevano tutti meno quello che le fu presentato come Carlos, che non la smetteva di guardarla con una serietà impropria per la situazione. Quando tirarono fuori le strisce di coca, Carlos se ne andò e Ana lo dimenticò, concentrata com'era sulla gentilezza e sulle attenzioni del gruppo.

Non avrebbe saputo dire quante volte le era stata riempita la coppa di champagne né perché avesse accettato una pastiglia rosa, che in quel luogo, sul terrazzo, con la luna piena sullo skyline di Madrid, sembrava inoffensiva. E neanche perché si fosse risvegliata nel bagno dei maschi con le mutande alle caviglie e uno sconosciuto che le urlava: «Vattene nel tuo bagno! Dovete smetterla di usare il nostro per non fare la coda. E tirati su quelle cazzo di mutande, vai a pisciare nel tuo water, troia!»

Inebetita, con l'inguine dolorante per la verginità perduta e un pantano nella memoria, Ana si tirò su le mutande, uscì dal bagno e attraversò la discoteca per tornare in terrazza. I ragazzi erano tutti lì, circondati da ragazze più grandi di lei, che la guardarono ridendo e spettegolando. Non ricordava l'accaduto, ma non sopportava ciò che le suggeriva l'intuito e corse verso il parcheggio. Lì, tra le auto costose e col sottofondo del rumore dell'autostrada che l'aveva condotta a Madrid quando si era trasferita, senza soldi, con le mutande umide di sangue e il mascara sbavato dalle lacrime, si sedette sul muretto che separava le auto dal giardino e pianse, rimpiangendo Oviedo, il divano di casa sua accanto ai suoi genitori, Mayra Gómez Kemp che giocava con i sogni dei concorrenti di *Un, dos, tres* come ogni venerdì.

Presto un buttafuori si avvicinò al luogo in cui era seduta, sola e ottenebrata.

«Vuole che le chiami un taxi?» le domandò l'uomo enorme vestito di nero.

«Non ho soldi, devo aspettare che escano le mie amiche.»

«Mi scusi ma non può restare qui. Devo chiederle di andarsene.»

«Non posso tornare a Madrid a piedi. Rientro e le cerco.»

«Mi dispiace, signorina, ma non posso farla rientrare.»

«Lascia perdere, Juan, ci penso io» disse Carlos, che parlando fece sparire come per incanto il buttafuori.

Ana guardò il ragazzo serio con gratitudine e diffidenza, ma vide soltanto un sorriso gentile.

«Stai bene?»

Ana scosse la testa, cercando di non fargli notare le lacrime che le inondavano gli occhi.

«Non ho i soldi per tornare alla residenza. E le mie amiche sono sparite» spiegò.

«Vedrai che risolviamo tutto, ci penso io.»

Ana accettò, ma con le antenne drizzate per non commettere due volte lo stesso errore. Non era necessario. Carlos rientrò in discoteca e dopo un minuto ricomparve, insieme a un'auto con l'autista. Le aprì la portiera posteriore per farla salire, ma lui non entrò. Mezz'ora dopo l'autista di Carlos la lasciò davanti alla residenza.

Ana trascorse il sabato chiusa in camera, con lo stomaco sottosopra e le immagini della notte precedente che le tornavano in mente come flash, mentre cercava di trovare una spiegazione diversa da ciò che in realtà era accaduto in quel bagno.

La domenica, di prima mattina, ricevette una chiamata dalla reception. Un fattorino del negozio di fiori più caro e rinomato della città, che Ana, lontana da circoli esclusivi della capitale, non conosceva, le aveva lasciato in portineria un mazzo di ortensie. I fiori erano accompagnati da un biglietto.

Non ti conosco ancora, quindi ti mando dei fiori senza odore, nella speranza, la prossima volta, di sapere quali preferisci.

Vengo a prenderti alle undici. Costume da bagno e vestiti di ricambio per il pranzo.

L'invito offrì ad Ana la scusa perfetta per seppellire l'esperienza vissuta preparandosi per un appuntamento con il ragazzo misterioso e, a quanto pareva milionario, della sera precedente.

Non disse a nessuno che era stata violentata all'Oh! Madrid fino a molti anni dopo.

Aurora, 1947

Ramona restò per sette mesi infuriata con l'amica che si era vestita da falangista e aveva reso omaggio a Franco. I Re Magi la riavvicinarono alla casa di Aurora con tre *casadielles* fatte da sua madre e una bambola di pezza cucita a mano per Águeda.

«Non ti perdonerò per quello che hai fatto, ma lo dimenticherò» disse ad Aurora porgendole i regali quando venne ad aprirle la porta.

Aurora fece una cosa che non aveva mai fatto con nessuno dai tempi dell'infanzia. Si lanciò ad abbracciare Ramona, così forte che, se non fosse stato per la mole della *carbonera*, sarebbero finite entrambe a terra.

«Ora basta, se lo sapevo non venivo» riuscì a dire Ramona, entrando in casa.

«Mi dispiace tantissimo, ma non potevo fare altro.»

«In realtà potevi, ma riconosco che è stata la cosa più sensata per te. Passi che ti sei vestita da falangista, e perfino che hai fatto il saluto fascista a Franco, ma prestarti alla panzana che ti hanno salvata dalla miniera... questo sì che mi ha fatto male. Dalla miniera sei uscita raffreddando i bollenti spiriti di don Ferino, come sa bene sua moglie, che ti ha costretto a recitare una simile farsa.»

«Perché ti preme così tanto questa cosa?»

«Perché in miniera siamo più donne ogni giorno che passa, ma siccome siamo illegali, ci pagano sempre meno, lavoriamo di più e in condizioni peggiori. È proibito comparire nelle foto. Dobbiamo essere invisibili perché per il regime le spagnole non lavorano, cambiano pannolini e si prendono cura dei mariti. Sai che durante la visita non ho potuto lavorare e mi hanno lasciato senza paga? E tu eri con quelle di quel maledetto Servizio sociale che, quando è toccato a me, uscivo dopo dieci ore in miniera e mi toccava lavorare gratis per loro. Mi importa per questo.»

«Se non l'avessi fatto io, l'avrebbe fatto un'altra. Anche se mi fossi rifiutata, non sarebbe cambiato niente.»

«Lo so, perché credi che sia qui?»

Ramona tirò fuori due sigarette e ne porse una ad Aurora, che le versò il caffè del mercato nero, di quello buono. Bevvero e fumarono in silenzio.

Ana, 1987

Carlos passo a prendere Ana con la sua macchina, una Volkswagen Golf decappottabile rossa, con la capotte bianca e i sedili in pelle dello stesso colore. Ana era un fascio di nervi, si era cambiata più di dieci volte, e si era preparata uno zaino con tre completi diversi da scegliere al momento del pranzo, a seconda di come sarebbero stati vestiti gli altri.

Il club la colpì. Conosceva il Centro Asturiano a Oviedo e qualche volta era stata invitata al club del tennis, ma non erano paragonabili a quella tenuta con il campo da golf, il maneggio, le piscine, il campo da hokey e altri spazi che quel giorno non riuscì a vedere.

Durante quel primo appuntamento Carlos le presentò i suoi genitori. Carlos padre la salutò senza prestare troppa attenzione.

«Mio figlio ha davvero buon gusto!» disse Paloma, la madre di Carlos. «Sei stupenda. Così naturale. Come diceva mia madre, alla bellezza autentica bastano acqua e sapone. E sei anche più giovane di lui, come deve essere.»

«Mamma, non dire stupidaggini. Ana è solo un'amica. Questo fine settimana era da sola a Madrid e l'ho invitata a passare una giornata all'aria aperta.»

Con le amiche di Carlos non fu altrettanto fortunata: Bárbara, Mencía, María, Marta, Tana, Marina... Ana perse presto il conto. Erano molte, più grandi di lei, non tutte belle ma sofisticate e sicure di sé. O almeno così le parvero. Le diedero tutte due baci di cortesia e la ignorarono. Tranne una.

«Piacere! Guarda come sei carina con il bikini di Zara» le disse una certa Beba. «Fai bene, non ha senso comprare vestiti firmati. Basta guardarti, tutto di Zara e sei stupenda, complimenti.»

«Non badare a lei» le disse Carlos a voce alta, per farsi sentire da Beba. «Il giorno in cui Beba si morderà per sbaglio la lingua, si avvelenerà. In fondo è una brava persona, tra le migliori, ma si vergogna di farlo sapere.»

«Carlos, Carlitos, quanto sei noioso. Ti perdono solo perché sei bello e ricco» gli rispose Beba con una sonora risata, seguita dagli altri.

Ana si sentiva la faccia in fiamme, ma si limitò a sorridere con tutta la falsa indifferenza di cui fu capace.

I ragazzi le riservarono un'accoglienza migliore, sguardi di approvazione generale e qualche sorriso ironico.

Si spostò con Carlos di gruppo in gruppo. Le conversazioni vertevano sull'attentato, sull'ETA, sul nazionalismo basco, sulle azioni del governo e sulle proposte dell'opposizione. Sembrava che tutti avessero le idee molto chiare su come eliminare i terroristi e su quali politiche seguire. Ana non aveva un'opinione, al di là dell'orrore per la tragedia. Non aveva votato alle elezioni dell'anno precedente, anche se erano le prime in cui avrebbe potuto farlo. L'astensione le era parsa l'opzione più neutra, moderna e progressista, e le evitava di doversi intromettere in discussioni che non le interessavano. Per fortuna, nessuno le chiese niente.

Quando tornarono in piscina, la compagnia di Carlos stava organizzando una piccola gara di ping-pong e, in parallelo, una partita a carte. Ana non sapeva giocare a tennis tavolo, ma era cresciuta con le carte, leggendole, giocando con sua madre e la sua amica Florita, con le allieve della scuola di cucito, e qualche volta anche con la nonna Aurora quando era in buona, o con le amiche la mattina in spiaggia durante l'estate.

«Forza, ragazza Zara, tu stai in coppia con me, e visto che io non gioco a ping-pong, dobbiamo stracciare tutti con le carte» le disse Beba.

Carlos le strizzò l'occhio in segno di approvazione e Ana accettò.

Un'ora dopo, era evidente che era esperta di carte, di segnali, di finte e di rischi calcolati, e con Beba sembravano amiche intime grazie all'unione che deriva dalla vittoria condivisa.

Distratta com'era dal gioco, trasalì quando udì la voce di Nacho che salutava tutti scherzando con disinvoltura. Ana si guardò intorno cercando Carlos, ma non lo trovò.

Presto Nacho la vide e, facendo inorridire Ana, si avvicinò.

«Ma pensa, Anita, che sorpresa! Mi aspettavo di tutto tranne che trovarti qui. Ti è passata la sbornia di venerdì?»

Tutti guardarono Ana. Si accorse di avere gli occhi pieni di lacrime, ma Beba intervenne in suo aiuto.

«Nacho, sei sempre più cafone. Da quando si parla delle sbornie altrui? Non tutti riescono a sniffare persino il talco della madre per poi togliersi il retrogusto con un Cuba libre come te.»

Il tono della stoccata di Beba e la risata che si fece costrinsero Nacho a sorridere, mentre gli altri cominciavano a raccontare sbornie epiche. La partita andò avanti come se niente fosse, mentre Nacho si univa al torneo di ping-pong.

Poco dopo ricomparve Carlos, salutò Nacho con un cenno e si diresse verso il tavolo dove Ana continuava a giocare.

«Ti cambi e andiamo al ristorante?»

«Neanche per sogno» rispose Beba. «Devi aspettare a fare il romanticone, perché stiamo per vincere il torneo.»

«Non è un torneo» protestò Carlos, ridendo.

«Quando perdo non è un torneo, ma oggi sì. E tu» aggiunse Beba rivolta ad Ana «non pensare di abbandonarmi per andartene con quello.»

A distanza di mezz'ora, dopo aver vinto a carte e dopo aver indossato il completo né elegante né sportivo scelto tra i tre che aveva infilato nello zaino, Ana si incamminò con Carlos verso il ristorante del club.

«Ho visto che sei la regina delle carte.»

«Sì, se vuoi posso anche leggertele.»

«Sei anche una chiromante?»

«E pure brava.»

«Allora poi mi leggi il futuro. Andiamo, saranno tutti lì.»

«Tutti chi?»

Ana vide svanire l'opportunità di restare finalmente da sola con Carlos.

«È il compleanno di mia zia Alicia. Ne compie cinquanta, ma ha la testa di una quindicenne. Ti piacerà, piace a tutti.»

Il pranzo consisteva in un cocktail sul terrazzo del club che si sommò alle consumazioni del pomeriggio, interrotte solo da un'enorme torta che la zia Alicia tagliò come se fosse il suo matrimonio, dopo aver soffiato sulle candeline. Carlos e Ana non ebbero occasione di stare soli. Passarono di gruppo in gruppo, partecipando a conversazioni di vario tipo, in cui Ana osò appena intervenire.

«Stanca?» domandò Carlos verso le otto di sera, quando i camerieri ricominciarono a servire cibo.»

«Un po', ma sto bene.»

«Vuoi tornare a Madrid?»

«Il tuo autista mi odierà» disse per saggiare le intenzioni di Carlos.

«Ti porto io.»

Ana assentì con un pungolo nello stomaco ricordando il biglietto Alsa che l'avrebbe riportata a Oviedo il giorno dopo. Decisa ad approfittare del tragitto in macchina, cercò di seguire i consigli della madre e della nonna: «Per conquistare un uomo, ascolta, sorridi e annuisci» diceva la prima. «Non aprire le gambe finché non sei più che sposata» diceva la seconda. Non ebbe modo di seguire il consiglio della nonna Aurora, perché Carlos non mostrò la minima intenzione di toccarla. Anche quello di sua madre sortì scarsi risultati perché lui non la smetteva di domandarle della sua vita, dei suoi genitori e del suo primo anno a Madrid.

«Mia nonna ha lavorato in miniera» gli raccontò quando lui si interessò alle origini della sua famiglia. «Anche i miei nonni, certo, ma quello è normale, dalle nostre parti. Lei è stata in miniera per poco, quando mio nonno non poteva lavorare perché gli era caduta addosso un'armatura. Sai cos'è?»

Ana raccontò la vita di sua madre e di sua nonna, gli parlò persino della vecchia Singer di Aurora, della macchia misteriosa che resisteva a qualunque prodotto di pulizia, di come lei stessa aveva imparato a cucire con quella macchina e di come faceva le carte alle apprendiste durante le pause delle lezioni. Ormai a Madrid, Carlos le offrì la cena in un dehors, dove restarono a parlare fino alle due di notte, ora in cui chiudeva la residenza. Carlos le chiese il numero di telefono e Ana gli diede il fisso di casa sua a Oviedo, sperando in una chiamata, che però si fece attendere.

Non raccontò alla madre ciò che era avvenuto con Nacho, ma le parlò di Carlos per giorni. Le prime notizie arrivarono insieme a un'orchidea nera, con un biglietto:

Per Ana, la mia dolce carbonera.

«Figlia mia, che orrore! Quale ragazzo manda una cosa del genere? Più che un fiore sembra una minaccia mafiosa» disse Águeda, che aveva appena visto *Il padrino* nel lettore VHS che Jesús si era ostinato a comprare nonostante le proteste della moglie, che non capiva perché si dovesse avere un nuovo apparecchio se il Beta funzionava benissimo.

Águeda, 1947

La prima amica di Águeda fu Mari Flora, una bambola di stracci che le regalò Ramona, la *carbonera*, quando aveva sei anni. Ramona le aveva detto che l'avevano portata i Re Magi, ma lei sapeva che non era vero, perché fino a quell'anno le avevano portato soltanto vestiti fatti dalla madre e strumenti per il cucito o per pulire. Mai una bambola bella come quella di Ramona. Perché, secondo sua madre, neppure i Re Magi sfuggivano al razionamento e la situazione non consentiva di portare bambole ai bambini. La chiamò Mari Flora per via della fiaba pubblicata dall'Editore Calleja, che suo padre le leggeva su uno dei pochi libri che c'erano in casa. Affascinata da quell'eroina coraggiosa, dormiva con la bambola ogni notte e al mattino la nascondeva prudentemente sotto il materasso. Mari Flora divenne il suo più grande tesoro e il suo maggiore incubo, perché Aurora approfittava dell'attaccamento di Águeda per minacciarla di tagliarle la bambola con le forbici se non avesse ubbidito. Aurora non mise mai in pratica le minacce: non si preoccupava di rattristare la figlia, ma temeva la reazione di Ramona se l'avesse saputo.

Senza bambine con cui giocare, Águeda si legò a Mari Flora come se fosse un'amica reale, ed era sicura che la bambola le parlasse, perché lei la sentiva.

Un giorno, tornando da scuola, andò a prendere Mari Flora sotto il materasso e non la trovò. Il cuore cominciò a batterle così in fretta che le sembrò che potesse uscirle dal petto. Alzò il materasso, infilò la mano e palpò l'imbottitura da un estremo all'altro, ma la bambola non saltò fuori. La sua inquietudine fu tale che osò domandare spiegazioni alla madre anche se era impegnata con la macchina per cucire.

«Mi pare che ce l'avessero i gemelli» rispose Aurora.

Águeda corse a casa di Felisa: i gemelli erano lì, ma non c'era traccia della bambola. Felisa disse di non averla vista.

Águeda passò giorni e giorni a cercare Mari Flora, incapace di dormire, piangendo con gli occhi ormai prosciugati. Perciò, quando qualche mese dopo Florita, una bambina bruttina, sgraziata e denutrita arrivò in paese e la maestra disse il suo nome a scuola, Águeda era sicura che Mari Flora fosse tornata sotto forma di bambina per essere sua amica.

Águeda, 1987

Il primo anno che Ana passò a Madrid fu molto triste per Águeda. Languì sentendo la mancanza della sua bambina. Ogni sera si pentiva, al momento di andare a letto, di averla mandata a studiare nella capitale, e ogni mattina ripensava che, per quanto fosse dura, era la scelta migliore per Ana. Ma non per questo soffriva di meno. Di nuovo soli come all'inizio, lei e Jesús, ma in condizioni migliori, e con il nido vuoto.

Visita dopo visita, Águeda si rassegnò al fatto che Ana non viveva più con loro e che soltanto le estati le avrebbero restituito la gioia di stare insieme.

Ana tornò a casa a giugno, trascorsero il mese di luglio a Oviedo e, con l'arrivo di agosto, come accadeva ogni anno nelle città senza mare prima che diventasse di moda il turismo gastronomico e culturale, Oviedo si svuotò, la scuola restò senza allieve e la sartoria senza ordini. Águeda, Jesús e Ana fecero le valigie, partirono sulla Talbot stracarica e si sistemarono nell'appartamento di Gijón, pronti a godersi il riposo estivo. Da anni Águeda aveva portato la vecchia Singer al mare, nel caso avesse qualche ordine da finire o per una riparazione dell'ultimo momento.

Non avevano il telefono fisso e Ana si dibatteva tra la voglia di stare con le amiche e la prospettiva inquietante di non avere notizie di Carlos fino alla fine dell'estate.

Venerdì 14 agosto, dopo due settimane passate a evitare César e alla vigilia della fiera di Gijón, Ana stava cantando e sentendo a tutto volume in camera sua *I Still Haven't Found*

What I'm Looking For, l'ultimo successo degli U2, cosa che le impedì di sentire il trillo del citofono.

Águeda corse ad avvisare la figlia mentre si toglieva il grembiule e cercava di capire che cosa avrebbe avuto il tempo di mettersi.

«Come? Carlos sta salendo? Qui?» urlò Ana, sull'orlo di un attacco isterico.

Il campanello della porta suonò e Ana temette di vomitare per l'agitazione.

Águeda andò ad aprire la porta mentre Ana si sciacquava i denti con il collutorio, si riavviava i capelli e si metteva il mascara sulle ciglia.

«Scusate se mi presento così, ma non sapevo come avvisare e ho deciso all'ultimo momento di passare il fine settimana a Gijón» disse Carlos.

«Prego, si accomodi» rispose Águeda, dando del lei a un uomo che aveva appena compiuto ventisei anni.

Carlos guardò con curiosità l'appartamento grande e sgangherato, che sembrava riempito con i rimasugli di un arredamento passato di moda. Sorrise vedendo la vecchia macchina per cucire con la macchia sul legno di cui Ana gli aveva parlato durante il loro primo e unico appuntamento, e Águeda fraintese l'espressione. Non aveva mai dato importanza all'arredamento e meno che mai a quello dell'appartamento estivo, e si pentì di aver permesso che quella fosse la prima impressione data a un ragazzo che sembrava rappresentare tutto quello che aveva sognato per la figlia, sapendo che come lui ce n'erano pochi. Águeda gli presentò Jesús, molto meno preoccupato della moglie, che si alzò per stringergli la mano e lo fece accomodare offrendogli sigarette e cognac per fargli compagnia.

Carlos si sedette sulla poltrona che gli indicò Jesús, ma rifiutò il cognac e le sigarette. Jesús abbassò il volume del televisore ammutolendo Luis Mariñas, il presentatore del telegiornale, che muoveva le labbra come un mimo con una foto di Ronald Regan sullo sfondo.

Jesús aveva la qualità innata di saper intavolare discorsi con chiunque su argomenti banali che non avrebbero offeso nessuno e, dopo tanti anni passati a vendere abiti maschili, analizzava come nessuno la qualità degli abiti che indossava la gente vista a meno di tre metri. Quelli di Carlos erano ottimi, costosi. Costosissimi.

«Conoscevi Gijón?» domandò per avviare la conversazione con l'ospite inatteso.

Carlos e Jesús stavano commentando la tiepida estate asturiana quando comparve Ana sulla porta della sala.

«Ciao, Carlos, che sorpresa vederti qui!» lo salutò con disinvoltura, anche se si sentiva le farfalle nello stomaco.

Quella sera cancellò l'uscita con le amiche. Carlos la portò in un ristorante costoso, di quelli che né lei né le altre ragazze potevano permettersi, e in cui i suoi genitori non andavano mai perché i soldi guadagnati e risparmiati con grandi sforzi erano troppo preziosi per sprecarli in posti dove non si sentivano a loro agio.

Ana non uscì più con le amiche. Passò i quattro anni dell'università ad aspettare Carlos. Fino al giorno del matrimonio. In inverno, a Madrid, usciva con lui e i suoi amici, e in estate, a Gijón, scendeva in spiaggia o passeggiava sul Muro con i genitori, mentre le sue amiche frequentavano le discoteche, conoscevano ragazzi, bevevano e salivano sulle moto senza casco per sentire la brezza del mare. A Carlos non piaceva che uscisse da sola a Gijón, lei non voleva incrociare César e i suoi genitori apprezzavano la socialità ridotta della figlia. Dopo un'estate passata a declinare le loro proposte di fare qualcosa insieme, le amiche smisero di venire a cercarla.

Águeda, 1947

Águeda aveva imparato a giocare da sola in strada, vicino alla porta di casa. Florita abitava lontano, e Aurora le permetteva di rado di andare a casa dell'amica.

«Qui c'è un sacco da fare e voglio averti vicino quando ho bisogno di te, in modo da trovarti in fretta.»

Quindi Águeda giocava da sola nelle pause tra i compiti.

Era sulla porta, a giocare con i ceci, quando Ramona le si avvicinò.

«Che fine ha fatto Mari Flora?» le domandò la *carbonera*, anche se erano trascorsi mesi dalla scomparsa della bambola.

«L'ho persa.» Al solo ricordo, Águeda cambiò faccia e fece una smorfia.

«L'hai persa o te l'hanno presa? Perché non credo che tu l'abbia regalata.»

Águeda si strinse nelle spalle.

«L'ho lasciata sotto il materasso come sempre, e quando sono tornata da scuola non c'era più. Mia madre ha detto che l'avevano presa i gemelli e se l'erano portata da Felisa, ma Felisa non l'aveva vista...»

Ramona le passò la mano tra i capelli quando le lacrime si affacciarono ai suoi occhi.

«Va bene, non preoccuparti, stai tranquilla. Di Mari Flora me ne occupo io.»

Ramona lasciò la piccola sul marciapiede e si diresse verso la casa di fronte.

Venne ad aprirle Felisina, la figlia maggiore di Felisa.

«C'è tua madre?»

La ragazza negò con il capo domandandosi che cosa volesse da sua madre la *carbonera*, che da anni non parlava con nessuno.

«E quando torna?» domandò Ramona.

«Starà arrivando. Perché la cercate?»

«Non sono affari tuoi.»

Felisina guardò il donnone dal basso in alto. L'avrebbe volentieri mandata a stendere, ma si contenne. La fama della violenza di Ramona era più che nota e terrorizzava uomini e donne.

«Be', se permettete vado alla Casa de Teléfonos, perché

tra poco comincio a lavorare ed è tardi» disse e uscì di casa lasciando Ramona in attesa di Felisa.

Felisa impiegò mezz'ora ad arrivare, tempo che Ramona passò seduta sul gradino della porta a giocare con Águeda e i suoi ceci. Tacendo come quando fumava con Aurora. Águeda non sembrava turbata dal silenzio di Ramona.

Felisa si sorprese così tanto di trovarle davanti alla sua porta che incespicò. Appena in tempo per dare a Ramona l'occasione di alzarsi in piedi.

«Entra in casa» ordinò alla bambina. «Che io devo parlare con Felisa.»

Águeda raccolse in fretta i ceci e si infilò in casa.

«Ditemi» disse Felisa con la voce impostata.

«Come vi permettete di rubare la bambola a una bambina?» domandò Ramona, minacciosa.

«E tu come ti permetti di venire a insultarmi a casa mia?»

«Non vi insulto, dico solo la verità. Ieri ho visto vostra nipote a Mieres con la bambola di Águeda.»

«Sarà stata una simile.»

«No. Era quella. Lo so perché l'ho fatta io.»

Felisa si sentì tremare le gambe. Ramona la prese per il bavero e le disse: «Siete una ladra vigliacca che ruba ai bambini. Non vi riempio di botte perché siamo vicine, ma restituite subito la bambola ad Águeda, se non volete che cambi idea».

«Lasciami, io non ho rubato niente. La bambola me l'ha data Aurora un giorno, per pagarmi perché non aveva ancora ricevuto i soldi che le spettavano per dei vestiti. Siccome era il compleanno di mia nipote, mi ha dato la bambola.»

Ramona lasciò Felisa, che prese coraggio.

«E perché non me lo avete detto subito?»

«Perché non me lo hai chiesto. Mi hai subito dato della ladra. Poi non lamentarti se ti parla soltanto la sarta falangista.»

«Badate bene, non mi lamento se non mi parla nessuno. Sto meglio così.»

Ramona si girò e si incamminò verso casa sua. Una cosa era che la vicina avesse rubato la bambola alla bambina, un'altra intromettersi tra Aurora e sua figlia. Non era il tipo da immischiarsi in ciò che ciascuno faceva a casa sua, salvo in casi di necessità. Andandosene, capì che Águeda, con la porta socchiusa, aveva assistito alla discussione. Le dispiacque per la bambina, ma il mondo era così, un susseguirsi di delusioni, e prima lo avesse scoperto, meglio sarebbe stato.

Águeda, 1992

Águeda e Jesús non conobbero i consuoceri fino al giorno del fidanzamento ufficiale. A quel punto i particolari dell'unione erano già decisi e pianificati con cura dalla madre dello sposo. Siccome il matrimonio non si sarebbe celebrato nella città della sposa, i genitori di Carlos usarono la cortesia di spostarsi a Oviedo per capire con che famiglia si sarebbe imparentato il figlio. Paloma apprezzava molto Ana, bella, bionda, docile ed educata. La madre di Carlos intuiva che la futura nuora si sarebbe adattata al figlio, e soprattutto a lei, senza protestare, senza dare nell'occhio e, allo stesso tempo, che avrebbe fatto bella figura in qualunque evento sociale. Avrebbe solo dovuto migliorare il suo stile, ma sarebbe bastato il denaro. All'inizio era infastidita dall'idea di percorrere quattrocento chilometri per conoscere una famiglia che probabilmente l'avrebbe delusa, ma ben presto si rese conto che era la situazione migliore: a prescindere dal genere di persone che si sarebbe trovata davanti, non ci sarebbero stati testimoni del primo incontro con i genitori di Ana.

Carlos padre era più ottimista di Paloma.

«Dai loro un'opportunità. Magari ti piacciono.»

«Non creare false aspettative, papà: non le piaceranno.»

«Allora pensa che le cinque ore di macchina che ci separano saranno una benedizione, in futuro. Domani a mezzogiorno sarai di ritorno a Madrid» disse Carlos padre.

Con l'autista al volante e Carlos padre e figlio che si davano il cambio per parlare al telefono della macchina, Paloma estrasse un libro dalla sua borsa di Prada. Era alle ultime pagine quando l'autista si fermò davanti all'hotel La Reconquista.

La vista del palazzo coloniale circondato di palme, del portiere in divisa che aprì la porta verso un interno di pietra, del lusso che simula un'austerità tale da renderlo esclusivo, sorprese positivamente la coppia Fresno.

«Be', almeno il soggiorno sarà piacevole» commentò Paloma.

Alcune settimane prima dell'incontro Águeda aveva proposto di preparare la cena a casa sua per omaggiare i futuri suoceri della figlia, ma Carlos, conoscendo i gusti dei genitori, aveva declinato l'offerta. In più, avrebbe potuto rimandare la presentazione della nonna Aurora a un'altra occasione e alleggerire l'impressione che avrebbero fatto a sua madre i parenti di Ana.

«Assolutamente no» disse ad Águeda. «Il fidanzamento è un momento che dobbiamo goderci tutti e non voglio che tu sia impegnata a servire gli altri.»

«Ma a me non pesa, figliolo.»

«Non se ne parla, voglio che mia suocera sia trattata come merita: da regina. Visto che vi porto via la figlia, il meno che posso fare è invitarvi a cena. In più ci saremo solo noi fidanzati e i genitori» tagliò corto Carlos, approfittandone per mettere in chiaro che non era prevista la presenza di Aurora.

Da tempo Carlos sapeva come prendere Águeda per indurla a fare come voleva lui, e lei si prestava senza fatica.

Per l'occasione Carlos scelse Casa Lobato, un ristorante in collina, sul monte Naranco. Con la scusa che era il ristorante più antico di Oviedo, puntò a minimizzare le sorprese: cibo asturiano e buone recensioni gastronomiche per essere certo che i suoi genitori approvassero e, insieme, un'atmosfera tradizionale perché i futuri suoceri non si sentissero fuori luogo.

Quando l'autista entrò nel parcheggio del ristorante, videro Ana che scendeva dal sedile posteriore della Talbot Horizon guidata da Jesús.

«Quella è l'auto di tuo suocero?» domandò il padre.

Carlos lo guardò dal sedile davanti e assentì con la testa.

«La cena si prospetta interessante» disse Carlos padre con un sorriso ironico mentre osservava con la coda dell'occhio l'espressione tirata della moglie davanti alla prima immagine dei futuri consuoceri.

Paloma trovò l'abito di Jesús sorprendentemente elegante. Il vestito di Águeda le parve troppo formale per l'occasione e il luogo scelto; aveva un bel taglio, ma non faceva figura sul corpo robusto di Águeda. L'acconciatura era decisamente eccessiva.

Quando sentì parlare la consuocera, Paloma dovette fare un profondo respiro.

«Che accento simpatico!» disse. «Cantato!»

«Vengo dal bacino minerario» spiegò Águeda. «Anche se quasi non si sente più. Abito da così tanto tempo a Oviedo che quando torno al paese mi dicono che ho preso la cadenza del capoluogo.»

Paloma assentì senza fare commenti. Del capoluogo di zoticopoli, pensò.

Una volta seduti al tavolo, Carlos invitò Ana a raccontare un aneddoto sul ristorante: un'allieva delle Teresiane, la scuola a pochi metri di lì in cui aveva studiato, era andata a comprare un dolce e aveva intravisto il cantante degli Hombres G. Nel giro di dieci minuti decine di adolescenti in divisa, sull'orlo di una crisi isterica, stavano facendo irruzione nel ristorante nella speranza di conoscere David Summers. Tutti reagirono all'aneddoto con più entusiasmo del dovuto, se non altro perché li aveva aiutati a rompere il ghiaccio. Continuarono a parlare della scuola di Ana, di Carlos e a raccontare storie di quando erano bambini.

Solo Carlos padre notò la frequenza con cui Jesús si riempiva il bicchiere e la moglie che stava attenta a toglierlo nel vano tentativo di farlo mangiare di più e bere di meno.

Al momento dello scambio dei regali, gli occhi di Jesús erano vitrei, anche se fu la mano di Águeda che tremò quando allungò al futuro genero la scatoletta con l'Omega d'oro. Aveva sborsato una cifra che non avrebbe mai pensato di poter spendere per un orologio, ma in quell'occasione non voleva fare brutta figura né passare per taccagna. L'orologio le era costato quello che guadagnava in un trimestre, ma Ana avrebbe sposato un milionario e voleva che entrasse in famiglia dalla porta principale. Perfino Paloma si sorprese della qualità del regalo. Quando Águeda vide l'espressione soddisfatta della consuocera, tirò un sospiro di sollievo. Ne era valsa la pena e il brillante montato su oro bianco con l'incisione «Ti amo. Carlos. 1992» che in quel momento sfoggiava la figlia al dito ricompensava ogni sacrificio.

Una volta fuori, Carlos si rese conto che Jesús non era in grado di guidare e si offrì di accompagnarli.

«Guido io, Carlos» rispose Ana, per salvare le apparenze. «Mio padre va a letto presto e ha subito sonno.»

«Lo dicevo perché mi va di scendere con te e invitarti a bere qualcosa, non mi rovinare la sorpresa» disse Carlos, gestendo con sapienza la situazione scomoda.

Ana acconsentì e quando salirono in macchina vide che la madre aveva gli occhi pieni di lacrime.

«Cosa c'è, mamma?»

«L'emozione, figlia mia, l'emozione.»

In realtà le risuonavano in testa le parole che aveva sentito dire dalla consuocera mentre si accomodava sul sedile posteriore della Jaguar: «Mamma mia, Carlos, ci imparentiamo con due zotici! Hai visto come parla quella donna? Ed è anche deforme. Quanto è brutta! E quell'accento? Certe parole non si capiscono neanche. Devo pensare a una soluzione perché si noti poco il giorno del matrimonio!»

8

Ana, 1994

Nel 1994 i giornali ci offrivano ogni giorno nuovi argomenti di conversazione. Le notizie erano molto più intricate delle trame delle telenovelas, che occupavano un posto d'onore a tavola nei giorni feriali. Non mi interessava molto la politica, ma dovevo tenermi aggiornata e mostrarmi sicura sulle opinioni che esprimevano mio suocero e mio marito, secondo i quali la Spagna era ridicola, il paese del tira-molla e magna-magna. Erano preoccupati di sfruttare la ricaduta economica di quel circo, che persino ai miei occhi sembrava indegno di una nazione dell'Unione Europea: quando non scappava il capo della Guardia Civil dopo aver saccheggiato i fondi riservati, cadeva il banchiere più famoso del Paese o veniva processato l'ex governatore del Banco de España. Si veniva persino a sapere che il capo del governo era coinvolto nella creazione di un gruppo terrorista statale pensato per combattere i veri terroristi, mentre uno sconosciuto presidente dell'opposizione, sul quale nessuno avrebbe scommesso una lira, rendeva famosa una frase che compariva in tutte le vignette dei giornali: «Se ne vada, signor González».

Di quell'anno ricordo più di tutto, come se fosse oggi, il giorno in cui entrai in travaglio. Non mi si erano rotte le acque, ma sentivo dolori terribili, crampi che mi squarciavano le viscere. Mancavano tre settimane al termine e mia madre non era ancora arrivata a Madrid per assistere alla nascita del suo primo nipote. Carlos stava lavorando, e quando gli telefonai al cellulare, lui chiamò mia suocera, che si presentò immediatamente a casa mia per portarmi all'ospedale. Quando arrivai alla Ruber Internacional, il dottore che aveva seguito la gravidanza, ginecologo di mia suocera e di diverse sue amiche, confermò che ero entrata in travaglio e mi affidò all'ostetrica per controllare la dilatazione. Fui una primipara veloce: «Sembra nata per partorire, si dilata come una veterana» disse la donna che non conoscevo e che ogni due per tre si infilava tra le mie gambe per inserire le dita nella vagina e calcolare i centimetri di dilatazione.

Carlos arrivò appena in tempo per vedermi prima che mi portassero in sala parto. Mi sembrava di essermi fatta la pipì addosso, ma mi vergognavo da morire alla semplice idea che il mio meraviglioso marito potesse accorgersene, quindi non dissi niente, neanche quando i portantini vennero a prendermi. In sala parto mi aspettavano il dottore e l'ostetrica. Proprio a lei dissi sottovoce: «Credo di aver fatto la pipì».

Quando sollevarono il lenzuolo che mi copriva, videro la mia camicia da notte piena di sangue, e ricordo solo di aver sentito il dottore che diceva: «Addormentatela subito. C'è stato un distacco della placenta. Bisogna tirare fuori il bambino».

Non ho mai saputo com'era la faccia di mio figlio perché non mi hanno permesso di vedere il suo cadavere.

Uscii dall'ospedale senza risorse per affrontare l'accaduto al di là del consiglio del ginecologo dal quale non andai mai più: «Non è successo niente. Sei viva, che è la cosa più importante. Adesso aspetti tre mesi e cerchi il prossimo. Hai avuto fortuna perché stai bene e non c'è niente che ti impedisca di avere una famiglia numerosa».

Di sicuro mi avevano salvato la vita in una situazione in cui avevo rischiato di morire insieme a mio figlio, ma non stavo bene e naturalmente non mi sentivo fortunata. Le prescrizioni di antidepressivi e ansiolitici che si avvicendarono nei mesi successivi riuscirono ad anestetizzare il mio dolore, ma persi per sempre l'entusiasmo che sentivo prima che mio figlio morisse perché era incapace di separarsi da me.

Aurora, 1949

Il 3 novembre del 1973 il presentatore del telegiornale serale diede la notizia dell'esplosione di grisou nel pozzo Mariquita, a Quirós. Sei uomini morti, uno dei quali al suo primo giorno di lavoro. Le immagini erano strazianti. I minatori che erano riusciti a uscire sembravano riconoscenti e disperati; quelli che non erano di turno si presentavano all'entrata della miniera per dare una mano, domandando chi era ancora intrappolato. E i parenti di quelli che erano dentro pregavano santa Barbara perché il proprio congiunto uscisse vivo da quel buco, disposti a raccomandarsi anche al diavolo in persona.

Le Asturie erano in lutto, il bacino minerario sconvolto. Un altro sacrificio umano, un'altra vendetta della terra per aver frugato sotto la sua pelle e aver strappato il minerale a colpi di piccone.

Águeda e Aurora guardavano lo schermo, rapite. Aurora ricordò il giorno, ventiquattro anni prima, in cui la disgrazia era toccata al pozzo María Luisa. La televisione non poteva rivelare agli spagnoli la portata del disastro e la desolazione che si diffuse nel bacino minerario. Era proibito divulgare notizie degli incidenti nelle miniere per non sobillare i minatori. Era consentito soltanto un necrologio collettivo per i morti, ma quell'episodio fu talmente grave che persino il giornale più letto delle Asturie, *La nueva España*, diretto dal Movimiento Nacional, pubblicò un trafiletto sulla tragedia.

Alle sei del pomeriggio la dinamite fatta detonare a duecento metri di profondità provocò un'esplosione di grisou che seminò il terrore nelle gallerie. Il direttore della Brigada de Salvamento Minero fu subito avvisato e la notizia si diffuse nel bacino. Le case non avevano il telefono, ma i centralini non garantivano la privacy e le operatrici sentivano ogni conversazione che avveniva nella loro area. Non appena fu segnalato l'incidente dal telefono del pozzo, tutte le ragazze vennero a sapere dell'evento terribile e, grazie a loro, le famiglie furono informate della tragedia poco dopo l'accaduto.

Felisina, la figlia della vicina che lavorava alla Casa de Teléfonos, diffuse la notizia nel quartiere di Aurora.

«Una tragedia gravissima, quel maledetto grisou è esploso nel María Luisa. Hanno suonato le sirene più di dieci minuti fa. Dicono che ci sono un sacco di uomini dentro» raccontava ai vicini.

«Ci vado subito» disse Paulino quando sentì Felisina.

«A fare cosa?»

«A vedere se posso dare una mano.»

«Vengo con te» disse Aurora.

«Neanche per idea. E Águeda e i gemelli?» Paulino prese la giacca e il basco.

«Possono stare da mia madre» disse Felisina. «Le dico di venire qui. Come ci andate?»

«In bicicletta» risposero Aurora e Paulino all'unisono.

«Non fate pazzie, dovrete tornare con il buio.»

Attraversarono insieme il paese, dove cominciava a diffondersi la terribile notizia e altri minatori uscivano di casa con le stesse intenzioni di Paulino. Tutti in silenzio per paura delle guardie, sconvolti e insieme sollevati di sapere i propri in salvo, almeno per quel giorno. La maggior parte dei minatori di Turón lavorava al pozzo Santa Bárbara, chiamato La Rabaldana, e in altri pozzi più vicini. Nessuna donna si era unita alla comitiva.

«Torna indietro» ordinò Paulino a sua moglie.

E Aurora ubbidì. Non per sottomissione al marito, ma perché si era già pentita dello slancio che l'aveva spinta ad accompagnarlo.

I minatori impiegarono più di due ore ad avvistare il castello del María Luisa dalla strada e si unirono ai gruppi che si dirigevano al pozzo dai paesi vicini. Sempre più persone si assiepavano intorno ai parenti dei minatori di turno, che aspettavano notizie tra preghiere, lamenti e lacrime. Non era il momento degli slogan contro i padroni. Il prete di Ciaño, il paese accanto alla miniera, consolava chi si rivolgeva a lui. Paulino e i suoi compagni avevano compiuto il viaggio invano. Non poterono fare nulla per gli uomini intrappolati nel María Luisa, se non condividere la desolazione della tragedia. Non era possibile raggiungere le gallerie dove era avvenuta l'esplosione. I membri delle Brigadas de Salvamento Minero erano già entrati, le autorità locali cominciavano ad arrivare ma, a due ore dall'incidente, non si sapeva niente dei minatori che erano ancora all'interno.

«È successo al reparto quattro dell'area La Vieja, ma sono saltati in aria anche alla Carbonera di Agapito» diceva un uomo che stava uscendo riferendosi agli strati danneggiati. «Brucia tutto e il fumo non permette di passare» informava un fochino che, quando la miniera era scoppiata, stava rientrando dopo aver collocato l'esplosivo e non era stato coinvolto per questione di secondi.

I minatori uscivano sporchi e agitati, e quelli che erano più vicini all'incidente apparivano confusi, alcuni con sintomi di asfissia, ma con poche notizie al di là di «una tremenda esplosione nella vena della Vieja». Cominciava a formarsi una folla di donne, mogli, figlie e madri con il cuore in tumulto, figli che trattenevano il respiro, padri e fratelli, per la maggior parte minatori a loro volta, e tra questi e quelli che uscivano, le prime voci sulle cause dell'incidente. «Hanno fatto scoppiare una carica e ha beccato il grisou. Si è riempito tutto di fumo e fiamme. Là sotto stanno morendo ustionati.» «Quella vena non è ventilata, eppure lo abbiamo detto, ma nessuno ha fatto niente.»

Le autorità e il giudice avevano fatto atto di presenza, e con loro erano giunti diversi uomini della Guardia Civil. La situazione era critica e nel pozzo più grande delle Asturie i minatori avrebbero potuto fomentare disordini.

Il primo cadavere uscì alle dieci e mezzo di sera, tra urla e pianti dei più vicini. Il dolore per la famiglia del morto si mescolava al sollievo di chi non lo riconosceva come proprio. Era mezzanotte quando uscì il terzo. Tre uomini bruciati e asfissiati, e tutti sapevano che era solo l'inizio.

«Chi manca?» domandavano, ed enumeravano i minatori del turno.

A momenti arrivavano anche buone notizie: «Tuo padre è sotto, compagno» disse un minatore a un ragazzino dopo l'uscita del terzo cadavere. «Sta bene, è con la squadra dei soccorritori.» E quella famiglia ringraziava il cielo piangendo di sollievo perché era tra i fortunati che la morte, per quella volta, aveva risparmiato.

Alle tre del mattino i morti erano già quattro. La disperazione dilagava tra le famiglie e tra i sopravvissuti.

«Non ho trovato Joaquín» sentì dire Paulino da un minatore che usciva nero di fuliggine e carbone, respirando a fatica. «È un inferno. Benito non può perdere entrambi i figli maschi in miniera» ripeteva quell'uomo, riferendosi al suo aiuto di diciassette anni, figlio del compagno Benito, che era entrato al posto del fratello maggiore un anno prima. All'epoca Benito glielo aveva raccomandato: «Bada a lui, ti scongiuro, bada a lui, perché non ci porti via anche questo, altrimenti mia moglie impazzisce».

Estrassero l'ultimo cadavere tre giorni dopo, e i figli di Aurora non lasciarono la casa di Felisa finché Paulino non tornò il giorno dopo e andò a prenderli.

Ana, 1988

La personalità schiacciante di Beba risvegliò l'ammirazione di Ana dal momento in cui la conobbe. Beba affrontava il mondo come se tutti dovessero inchinarsi ai suoi piedi, mentre Ana preferiva passare inosservata per non essere attaccata da nessuno.

Nei fine settimana in cui andava con Carlos al club, Ana

cercava la compagnia di Beba e Beba apprezzava Ana, anche se la considerava un'universitaria immatura. A ventotto anni Beba aveva una promettente carriera in una banca privata, gestiva investimenti di grossi capitali e vantava rendite superiori a quelle dei colleghi. Viveva da sola in un appartamento nell'esclusivo comune di Pozuelo de Alarcón e guidava una Golf GTU celeste. Non aveva un fidanzato e, a suo dire, neppure tempo per una relazione seria. Per Ana, a vent'anni, Beba era un punto di riferimento.

Erano a casa di Beba, in bagno, e Ana stava bevendo una Coca-Cola Light seduta sul bordo della vasca.

«Non vuoi avere figli?» le chiese.

«Con chi?»

«Con chi vuoi averne, con un uomo, no?»

«Appunto» rispose Beba mentre si tirava l'estremità dell'occhio per disegnare una riga nera. «Con quale uomo? Ne vedi qualcuno in giro? Magari oltre che poco attraente sono anche un po' cieca.»

«Tu non sei brutta.»

«Non sono neanche bella, e non mi sposerò con uno sfigato senza futuro.»

Non era la prima volta che Ana tirava fuori la questione del matrimonio e dei figli con quella che ormai considerava la sua migliore amica.

«Ana, quanto sei noiosa! Sposati con Carlos e fai figli con lui. Approfittane, perché la bellezza svanisce presto. Dai trenta in poi, anche le più belle faticano a trovare qualcuno.»

«Predichi bene e razzoli male. O pensi che siccome non sono tanto sveglia posso solo aspirare a sposarmi e a diventare madre?»

«Forse è meglio vederla in un altro modo: io posso aspirare solo a essere sveglia per avere la vita che desidero. Se Carlos mi avesse scelta, la tua futura suocera, che è un osso duro, mi avrebbe crocifisso, e con lei tutte le sue amiche. E con le sue amiche, i loro mariti. E sai cosa sarebbe successo? Che sarei rimasta senza marito e senza lavoro. Oggi le donne lottano per le quote nei posti dirigenziali. Parlano del venticinque per cento, e molti trovano offensivo dover promuovere le donne. Purtroppo la pensano così anche molte donne, che è ancora peggio. Il mio mondo è questo, e guarda quante cose dobbiamo ancora ottenere.»

In quel momento suonò il citofono e la conversazione si interruppe. Era Carlos. Dal rapimento, qualche mese prima, dell'imprenditore Emiliano Revilla da parte dell'ETA, i Fresno e altri impresari spagnoli avevano assunto una scorta. Carlos girava accompagnato da due guardie del corpo e aveva proibito ad Ana di uscire da sola. Usavano l'appartamento di Beba il venerdì e il sabato sera per stare un po' da soli mentre lei usciva a bere con la comitiva.

«Che rottura!» si lamentò Ana. «Se non liberano quell'uomo, Carlos mi ingabbierà.»

«Sempre che sia ancora vivo. In questo sono più fortunata di te. I miei è già tanto se arrivano a fine mese, quindi nessuno mi vuole rapire.»

Ana ne fu sorpresa, ma non ebbe modo di domandarle a che cosa si riferisse, perché sentirono l'ascensore che si fermava al piano. Beba prese la borsa, aprì la porta, diede un bacio sulla guancia a Carlos e salutò.

«Divertitevi, ragazzi.» Agitò una mano per dire ciao ed entrò nell'ascensore. Non era chiaro se si rivolgesse a loro o alle due guardie del corpo appostate sulla porta.

Quando Ana chiese a Carlos dei genitori di Beba, trovò conferma delle parole dette dall'amica.

«Ma è socia del club!» esclamò, sorpresa. «E non è un club per gente che non arriva a fine mese.»

«Beba è figlia di un contabile del club, per questo ha libero accesso. Era una studentessa modello e quando ha cominciato a distinguersi, i genitori hanno fatto i salti mortali per mandarla nella scuola migliore e poi all'università più prestigiosa del Paese. Non ne parla mai, ma so che hanno dovuto ipotecare la casa per pagarle gli studi. È brillante, ma è sola, ed è una combattente.»

«Sembra che la ammiri.»

«È così.»

«Secondo lei, non piace a tua madre.»

«A mia madre non piacciono le donne che si muovono in ambienti che lei considera da uomini. Tu le piaci tantissimo.»

«Non so come prenderla.»

«Continua così. Perché accontentare mia madre non è facile e tu le sei piaciuta dal primo giorno.»

«Anche senza nobili natali, come dici tu.»

Carlos sorrise ma non disse niente, sapendo che sua madre lo considerava un vantaggio: se Ana si fosse ribellata alla suocera, sarebbe tornata nel posto da cui veniva e, una volta che ci si abitua al lusso, si ha paura di ricominciare a preoccuparsi per arrivare a fine mese.

Aurora, 1949

Il giorno dopo la tragedia al María Luisa, Aurora rivide Ferino. Erano passati quasi cinque anni dal loro ultimo incontro.

Quel venerdì le miniere asturiane avevano chiuso per la prima volta nella storia per mancanza di minatori. Erano andati tutti ad accompagnare i morti e le loro famiglie. Era stata la più grande manifestazione spontanea degli abitanti del bacino, una fiumana che partiva dallo spiazzo del pozzo, con gli uomini che si davano il cambio a portare sulle spalle le bare e si univano al dolore delle donne, degli orfani e delle madri. Frutos e Paulino erano lì mentre Ferino bussava alla porta di Aurora.

Lei rimase pietrificata. Il tempo aveva lasciato il suo segno e Ferino, a cinquant'anni suonati aveva i capelli bianchi, le rughe sul viso e qualche chilo sulla pancia che, nel dopoguerra, risvegliava più invidia che disgusto. Aurora, invece, più abbondante dopo le gravidanze ma ancora bella e giovane, parve a Ferino più attraente che mai.

«Stanno per portare i morti ai cimiteri. Sono accorsi da tutti i paesi minerari. Tu non ci vai?» chiese Ferino, senza preamboli.

«Io no. A quelli che sono morti non servo e i miei sono tutti vivi. Cosa ci fai qui?»

«Ho immaginato che tuo marito non ci fosse e che tu non fossi andata al funerale. Vedo che avevo ragione.» Ferino piegò la testa per guardare dentro la casa. «Posso entrare? C'è tua figlia?»

«Mia figlia? Perché mi chiedi di mia figlia?» disse sbarrandogli il passaggio.

«Vuoi che rimanga sulla porta ad alimentare i pettegolezzi delle vicine?»

Aurora si spostò e Ferino entrò.

«Cosa vuoi da Águeda e perché?» domandò, sempre più sospettosa.

«Lo sai benissimo.»

«Non so niente.»

«Io invece sì, perché me lo ha detto tuo padre. Sono venuto per questo, perché quello che è successo al María Luisa può succedere in qualunque altra miniera, e se tuo marito e tuo padre vengono a mancare, divento responsabile della bambina. In segreto, ovviamente, ma non permetterò che soffriate la fame. Quindi, se ha bisogno di qualcosa, dimmelo.»

«Di Águeda sì e dei gemelli no?»

«Cosa c'entro con i gemelli?»

Aurora non capiva ma l'istinto la frenò prima di contraddire Ferino.

«Águeda non è in casa, è dalla vicina.»

«Sei bellissima.»

Ad Aurora tremarono le gambe.

A casa sua, a terra, tra le stoffe accanto alla Singer, mentre il bacino minerario piangeva i suoi morti, godette con un uomo come non godeva dall'ultima volta che era stata con Ferino, prima che doña Pilar impedisse loro di rivedersi, e lo fece con la soddisfazione animale nata dal desiderio che si fonde con il disprezzo.

Le donne che videro don Ceferino che entrava e usciva da casa di Aurora accantonarono il pettegolezzo. Quel giorno si parlava solo dell'incidente al María Luisa.

Nonostante le rigide leggi emanate nel dopoguerra per impedire alle donne di lavorare all'interno della miniera, i caporali preferivano Ramona a qualunque minatore. Non si ubriacava, il suo unico vizio era dare ceffoni a chi offendeva sua sorella e fumare una sigaretta sulla porta di casa dopo cena. Guadagnava meno degli uomini, ma più di qualunque altra donna. Ramona indossava camicia e pantaloni e con i capelli corti chiunque l'avrebbe presa per un maschio. Continuava a estrarre carbone dalla miniera come i picconatori più robusti e proteggeva sua sorella María, che da tempo nessuno osava importunare.

«Io non lascio la miniera manco morta. Con due paghe, mia madre, mia sorella e io viviamo da regine; lavoro dodici ore ma dopo posso fare quello che mi pare. Credi che voglia la vita di mia sorella Úrsula? Ha già cinque figli con quell'ubriacone del marito, che la massacra di botte un giorno sì e l'altro pure da quando si è sposata» aveva confessato un giorno ad Aurora.

Nutrivano entrambe un sospetto imparato dall'infanzia di fronte a qualunque essere umano, ma quella condizione era sufficiente, paradossalmente, ad avvicinarle. Sempre da lontano. Ramona era l'unica persona con cui Aurora amava prendere un caffè, anche se la maggior parte delle volte stavano in silenzio.

Il giorno dopo il funerale dei primi morti, quando stavano ancora estraendo cadaveri dal pozzo María Luisa, Ramona si presentò a casa di Aurora al mattino, con due sigarette appena arrotolate.

«C'è Paulino?» domandò.

Paulino non c'era e Ramona cercò un modo per dire ad

Aurora ciò che l'aveva portata da lei quella mattina. Aurora riempì due tazze di malto e cicoria che aveva in caldo sulle braci della cucina a carbone.

«Oggi non ho il caffè vero; la polizia ha intercettato quelli del mercato nero.»

«Va bene lo stesso. I minatori sono in fermento. Parlano di scioperare» disse Ramona.

«E tu no?»

«Cosa vuoi che scioperi! Sarei la prima a essere licenziata. Non figuro neppure sui registri dei lavoratori, e la miniera mi serve, quindi devo sopportare e picconare carbone. E vedrai che anche loro faranno lo stesso. Chi più chi meno, si spendono la paga tra bar, bordello e mercato nero. Di che cosa vivranno se non scendono a lavorare?»

«Meno male che Paulino non si interessa di politica» riconobbe Aurora.

«E Ferino?»

«Che cosa vuoi dire?»

«Che scoparti un caporale per farti dare un posto da telefonista è una questione di necessità, ma scopartelo senza avere niente in cambio è una stupidaggine, Aurorina. Se sua moglie viene a sapere che vi siete rivisti, è capace di farti arrestare. Dopo tutto quello che hai subìto da quella signorona. Per non parlare di cosa può succedere se viene a saperlo Paulino, che è un uomo per bene, ma è pur sempre un uomo. Anche se il caporale ti accende, non ne vale la pena.»

Aurora avrebbe cacciato di casa qualunque altra persona le avesse detto una cosa simile. Ma Ramona no.

«E se potessi ottenerne qualcosa?» domandò pensando alle parole di Ferino su Águeda.

«Sarebbe diverso, ma fai attenzione, perché rischi grosso.»

Rimasero lì per un po', in silenzio, finché Ramona ebbe finito di bere il liquido caldo che, a furia di consumarlo quando non c'erano soldi o mancava al mercato nero, cominciava a sembrarle caffè.

Ramona si alzò per andarsene e Aurora tornò al pedale della Singer, l'unico posto dove si sentiva al sicuro.

Águeda, 1993

Il matrimonio di Ana non fu celebrato a Oviedo, la città della sposa, come voleva la tradizione, ma a Madrid. Águeda lo accettò perché sarebbe passata sopra a qualunque cosa purché la sua piccola Ana diventasse la moglie di Carlos.

Ana e Carlos si sposarono una domenica a mezzogiorno nella chiesa Los Jerónimos davanti ai rispettivi parenti e a trecento altri invitati, quasi tutti dalla parte dello sposo. La sposa sfoggiava un vestito dal disegno esclusivo con un lunghissimo strascico, che fu apprezzato da migliaia di lettrici del servizio che la rivista *Hola!* pubblicò nella sezione dedicata agli eventi sociali.

Durante il banchetto all'hotel Villamagna, sul paseo de la Castellana, principale arteria di Madrid, Águeda non toccò cibo, occupata com'era a controllare che il marito non bevesse più del dovuto e desse scandalo, e a non commettere qualche sbaglio di fronte alla consuocera, mentre fingeva di non notare la condiscendenza con cui la trattava e sorrideva perché sua figlia la vedesse felice.

«Interessante il tuo vestito, Águeda» disse Paloma Sánchez San Francisco alla consuocera.

«È un modello di Valentino» rispose senza mentire del tutto, e ringraziò che la figlia avesse insistito per farle comprare un vestito firmato.

«Avendo una scuola di taglio e confezione, pensavo che l'avessi cucito tu.»

«Il nostro atelier veste il meglio della società di Oviedo, ma come un medico non cura sé stesso, noi sarte scegliamo altri sarti per vestirci» rispose Águeda, recitando le parole che la figlia l'aveva costretta a provare nel caso avesse avuto bisogno di rispondere alle stoccate della consuocera.

Paloma, vedendo che la conversazione non prendeva la piega che avrebbe voluto, cambiò argomento e passò al più gettonato di qualunque matrimonio: «Come sono felici e quanto sono belli».

Águeda era soddisfatta di aver colpito la consuocera. Ma non aveva confessato che il vestito non era un Valentino originale. Non era stata una questione di prezzo, anche se ad Águeda il numero di zeri letti sull'etichetta di quel modello avevano fatto male al cuore oltre che al portafoglio. Non aveva mai avuto un fisico a clessidra, ma con la menopausa il suo corpo tarchiato aveva acquisito la forma inversa, con la vita più ampia dei fianchi, e non era stato possibile infilarlo in nessun vestito provato nelle boutique di Oviedo. Stanca di soffrire nei camerini e delle conversazioni assurde con le commesse che volevano convincerla di quanto stesse bene pur sapendo che sembrava un insaccato ben imbottito, decise di copiare il modello e di confezionarselo lei stessa. Comprò la seta migliore che trovò, dello stesso verde scuro dell'abito più caro che si era provata, e lo fece uguale, fin nei minimi particolari, ma con le sue misure, decisa a portarsi il segreto nella tomba.

Comprò un cappellino, una borsa da cerimonia intonata al vestito e un paio di scarpe con la suola rossa, che sua figlia aveva scelto per lei e che le macchiavano i piedi.

«Sei splendida, mamma» aveva detto Ana quando si era provata tutto in albergo.

L'approvazione di Ana era stata per Águeda una delle maggiori iniezioni di fiducia che avesse ricevuto in vita sua. Si sedette al suo tavolo, inorgoglita, e osservò gli invitati che consumavano il banchetto e si godevano la festa. I giovani e i non più giovani continuarono i festeggiamenti al Joy Eslava, ma Águeda riuscì a ritirarsi con il marito prima che si rendesse ridicolo, per aver alzato il gomito. Si era giustificata adducendo la stanchezza dovuta ai preparativi per il matrimonio, anche se Paloma le aveva impedito di partecipare e lei si era adeguata per non creare conflitti alla figlia. Le era stato concesso soltanto l'onore di comprare le bomboniere. Non erano mancate le sigarette, secondo i dettami della tradizione e della consuocera, ma si era aggiunto anche un oggetto molto speciale voluto da Ana. A Paloma Sánchez San Francisco non era parso affatto divertente e aveva disgustato la nonna Aurora, ma aveva fatto furore tra le invitate per il suo tocco vintage: una riproduzione in miniatura di una macchina per cucire Singer che quando si girava la manovella suonava un *pasodoble* che simulava il ritmo dei punti. Ana voleva che le bomboniere rispecchiassero in qualche modo la madre, per ricompensarla per averle rubato la gioia di partecipare alla scelta di ogni particolare della celebrazione, come facevano di solito le madri delle spose.

Aurora, 1949

Aurora non seppe mai dello spavento vissuto da Ferino il giorno in cui Frutos si presentò alla porta di casa sua poco dopo la nascita di Águeda.

Convinto di fare il suo dovere di padre e di nonno, Frutos aspettò di avere il giorno libero, indossò l'abito della domenica, prese la bicicletta e si diresse verso la magione della moglie del caporale di Santa Bárbara. Pedalò a ritmo leggero per non arrivare sudato dall'uomo al quale doveva rivolgersi chiamandolo con l'appellativo di «don» e che, ciò nonostante, gli pareva poco in confronto alla donna con la quale si era imparentato. Quando giunse a destinazione, legò la bicicletta al cancello d'ingresso, percorse il sentiero che tracciava una riga in mezzo all'enorme giardino e bussò con il batacchio alla porta.

Aprì una donna in divisa, con grembiule e cuffia inamidati, e Frutos si sentì intimorito ma prese il coraggio a due mani per realizzare la missione che lo aveva condotto lì.

Quando Ferino venne a sapere di essere atteso dal minatore che aveva lavorato per tanti anni al pozzo Santa Bárbara, l'uomo che lo aveva tenuto sveglio per tanti giorni a ripassare i protocolli di sicurezza quando l'armatura gli aveva spaccato la schiena ma, soprattutto, il padre di Aurora, la sua ex amante, la donna che a furia di provare a dimenticarla ricordava sempre di più, immaginò che fosse successo qualcosa di terribile.

Temette che Frutos fosse venuto a dirgli che la Guardia Civil aveva trovato i soldati africani morti e che aveva portato Aurora in caserma. Scese e lo condusse nel suo studio.

«Fructuoso Cangas» disse il caporale dopo che si fu chiuso la porta alle spalle. «Che succede?»

«Scusate se mi sono presentato a casa vostra, don Ceferino, be', a casa di vostra...» Frutos era intimidito dal lusso dell'abitazione e dagli agi acquisiti dal caporale dopo il matrimonio. «Insomma, sono venuto per una faccenda molto delicata.»

«Ditemi.»

Con un gesto lo invitò a sedersi e fece lo stesso.

«Vorrei parlarvi di mia figlia Aurora.»

Don Ceferino cambiò posizione sulla sedia.

«Vi ascolto» lo esortò, vedendo che Frutos non sapeva come continuare.

«Forse avete saputo che qualche mese fa si è sposata.»

«Le mie più sentite congratulazioni.»

«Ha appena avuto una figlia.»

«Raddoppio le congratulazioni» disse, sempre più ansioso di capire dove sarebbe andata a parare la conversazione.

«La bambina è prematura, ma non lo sembra affatto, è bella e sana. Si chiama Águeda.»

«È una splendida notizia. Sono molto felice per la sua famiglia.»

«Voglio chiedervi di aiutare la bambina, se un giorno ne avrà bisogno.»

«Non sono sicuro di aver capito. Volete che faccia da padrino a vostra nipote?»

«No, no, non voglio che siate il suo padrino. Ma qualcuno potrebbe notare le orecchie.»

«A cosa vi riferite?» volle sapere Ferino, particolarmente suscettibile ai discorsi sulle sue orecchie, fin troppo protagoniste della sua vita fin dall'infanzia.

«Alla sfortunata coincidenza che mia nipote abbia le vostre stesse orecchie.»

Ferino tacque e Frutos fece lo stesso. Non c'era altro da dire. Qualche minuto più tardi, quando si strinsero la mano sulla porta di casa, il caporale aveva assecondato la richiesta di Frutos.

Per quel motivo, anni dopo, quando Aurora aveva saputo della conversazione intercorsa tra suo padre e il suo amante, pur consapevole che il padre di Águeda non era Ferino, decise di chiedere spiegazioni a Frutos prima che il pasticcio che aveva organizzato le creasse problemi. Aspettò che il padre avesse una mattinata libera per andare a trovarlo. Voleva che fosse sobrio. L'uomo beveva sempre di più e passava sempre più tempo con le prostitute.

Se Frutos si sorprese vedendo la figlia alla porta di casa, non lo diede a vedere. Si limitò a voltarsi come invito a entrare, senza preoccuparsi che la casa fosse piena di polvere e odorasse di rancido.

«Vi ricordate di Ferino, il caporale?» gli chiese Aurora non appena ebbe chiuso la porta.

«Mi prendi in giro, Aurora?» disse lui, mentre si risedeva al tavolo per bere il caffè nero, che spesso rappresentava la sua unica colazione. La sola cosa che poteva introdurre dopo una notte di eccessi. «Ti sei alzata in vena di scherzi? E tu te lo ricordi?»

«Sentite, padre, non sono venuta per litigare. Voglio solo sapere perché gli avete detto che Águeda era figlia sua.»

«Hai qualcosa da obiettare? Ognuno se la vede con la sua coscienza, ma almeno che lo sappia. Quell'uomo ha denaro e conoscenze, e li ha già usati con noi una volta. Con te di più, certo, visto quello che gli davi...»

«Ne ho cavato più che da voi, che vi siete preso tutto gratis» gli spiattellò lei.

Frutos si alzò dal tavolo scattando come una molla. I postumi della sbornia e la solitudine della giornata libera gli risvegliavano un'ira che faticava sempre di più a controllare.

«Cosa vuoi?»

«Sapere come avete fatto a farglielo credere.»

«Lo sai meglio di me: evidentemente si è fatto due conti. E non mi far dire altro, perché gira voce che è stato da te il giorno del funerale dei compagni del María Luisa. Che vergogna! Se lo sa tuo marito e decide di comportarsi da uomo, ti caccia a bastonate. Te lo meriteresti proprio.»

«È venuto a chiedere di voi e di Paulino.»

«E hai impiegato più di un'ora a spiegargli che erano dai morti e dalle loro famiglie, come tutti gli altri. Senti, Aurora, non mi rompere i coglioni e vattene a casa, perché io non sono venuto a chiederti conto.»

«Caro padre, l'uomo che mi ha ingravidato di Águeda lo avete sepolto nel seminterrato di questa casa. Le stesse orecchie a sventola, brutto come vostra nipote.»

Frutos aprì la bocca per parlare e la richiuse senza dire una parola.

«Ma cosa fatta, capo ha» proseguì Aurora. «E per il bene di tutti, meglio che Ferino creda che sia sua. Magari riuscite a convincerlo che è il padre degli altri due.»

«Questo glielo spieghi tu, perché io non voglio problemi con sua moglie.»

«Almeno non fate parola di quello che vi ho appena detto di Águeda. Per una volta che ne avete combinata una buona, proseguite su questa strada.»

«Del mio silenzio non devi preoccuparti, ci manca solo che ci ricolleghino ai soldati africani per le orecchie della bambina. Certe situazioni sono come le sporte di letame: se le muovi, per quanto ben chiuse, finisci coperto di merda.»

«Meglio così, perché Paulino sputa i polmoni ogni volta che torna dalla miniera e quando si alza la mattina, e non credo che durerà molto. Con tre figli, mi farà comodo l'aiuto di Ferino.»

«Sembra che tu abbia fretta di restare vedova! Per quanto il caporale ti aiuti, non ti compenserà. Paulino è giovane, anche se chi ha avuto la polio, non ha vita lunga. Convincilo ad andare dal medico.»

«I soldi li avrei, per il medico, ma quello dirà che bisogna portarlo all'ospedale. Sapete quanto costa?»

«La falangista non ti paga? Altrimenti, apri le gambe a suo marito, visto che ti viene facile, ma fai attenzione a non farti rimettere incinta. Voi donne siete tutte maligne puttane. Tu più di tutte.»

Aurora uscì senza rispondere e Frutos sentì un brivido lungo la schiena al pensiero che nelle vene della nipote scorresse il sangue di un assassino mescolato al suo.

Olvido, 1920

Olvido conobbe Frutos al matrimonio della sorella Mercedes. Lui aveva diciannove anni e lei diciotto, e si innamorarono appena si videro. Lui del seno prominente di lei, dei suoi capelli biondi, della sua pelle bianca e delle sue guance rosa. Lei dell'amore, di un minatore che la portasse via dalla campagna, dall'odore di stalla e di sterco che aveva sempre addosso. Era stufa di nutrire le galline, di mungere le vacche e di rimestare il formaggio, di macinare la carne, di condirla e insaccarla nel budello dopo la macellazione. Olvido conosceva Turón e Mieres perché scendeva al mercato con la madre per vendere formaggio e salsicce, ed era affascinata dalla quantità di gente che si incontrava, dalle ragazze che rivolgevano sguardi civettuoli ai ragazzi, dai bambini che correvano in piazza, persino da una domestica che comprava al mercato, che pretendeva più di tutti e che tutti cercavano di compiacere sapendo chi era la sua padrona.

A quattrodici anni Frutos era stato accompagnato da una professionista perché facesse pratica nell'arte amatoria, per poi festeggiare l'evento con la prima sbornia insieme al padre. Da allora non vedeva l'ora di sposarsi per avere tutte le sere quello che poteva permettersi solo il giorno di paga. Quindi, ribellandosi ai genitori di entrambi, Olvido e Frutos si unirono in matrimonio.

A lei non fu spiegato ciò che le sarebbe accaduto la prima notte di nozze e a lui non fu detto come avrebbe dovuto trattare sua moglie in quel momento così delicato, quindi Frutos fece ciò che le professioniste gli avevano insegnato e Olvido sentì così tanto dolore che l'innamoramento dei mesi precedenti si trasformò in ribrezzo, paura e avversione verso il nuovo marito.

Olvido contò i giorni che mancavano al momento di tornare a casa dalla madre come un condannato quantifica i giorni che gli restano per uscire di prigione. Quando, a distanza di due settimane, la madre andò a trovarla dopo aver passato la mattinata a vendere al mercato, Olvido aveva già preparato le sue cose nel baule in cui erano state trasportate il giorno del matrimonio.

«Madre» disse lanciandosi tra le sue braccia, singhiozzando. «Portatemi via di qui, a casa. Ho già imballato tutto, aiutatemi a caricarlo sul carro.»

«Che idiozie stai dicendo, figlia mia? Cosa succede? Quel disgraziato ti ha picchiato? Te l'avevo detto che eri troppo giovane e che i minatori sono violenti.»

«Non mi ha picchiato, madre. Mi ha fatto di peggio.»

Olvido raccontò alla madre gli approcci appassionati e goffi di Frutos al momento di consumare il matrimonio nelle due settimane dopo le nozze.

«Figlia mia, non hai visto gli animali? Come immaginavi il matrimonio? Per questo non vedevi l'ora di sposarti!»

Olvido ricevette la spiegazione della madre sui doveri coniugali troppo tardi, e per quanto piangesse e si disperasse, non ottenne il permesso di tornare a casa, nel luogo che odorava di latte inacidito e di salsicce non stagionate e che ormai rimpiangeva di avere abbandonato.

«Ora il tuo posto è qui» concluse la madre. «Frutos è tuo

marito e a breve avrai dei figli. E vedi di compiacere il tuo uomo, perché altrimenti i minatori diventano violenti. Approfitta di averne uno giovane, che non si è ancora guastato.»

Quella notte Olvido non protestò quando Frutos la cercò. Né quella né la successiva né quella dopo. Imparò a chiudere gli occhi e a pregare mentre il marito finiva di prendersi ciò che voleva da lei. Trascorsero i mesi e rimase incinta di Aurora. Persino negli ultimi mesi di gravidanza continuò a mostrarsi docile ai desideri di Frutos. Per questo, quando la bambina nacque e il medico parlò loro della quarantena, Olvido visse le settimane più felici della sua vita badando a quel cherubino biondo come lei, una neonata rosea e paffutella che succhiava con forza dal suo seno e dormiva sonni pacifici che presto la vita si sarebbe occupata di strapparle.

9

Ana, 1996

Il primo grosso litigio che ebbi con Carlos risale a qualche mese dopo la nascita di Alba. Era sempre stata una bambina inquieta. Faticava ad addormentarsi e pretendeva di stare in braccio di continuo. Avevamo una bambinaia esperta che mi aiutava durante la settimana, ma aveva il weekend libero e in quei giorni dovevo occuparmene io.

Quel sabato Carlos era stato fuori casa. Era rientrato tardi, quando Alba si era appena addormentata dopo un'ora abbondante passata a piangere tra le mie braccia. Io lo aspettavo fuori dalla camera perché non la svegliasse. Lui aveva già cenato ed era scuro in volto.

«La bambina si è addormentata?» domandò.

«Sì, non svegliarla. Dove sei stato?»

«Avevamo una riunione urgente. Abbiamo problemi nell'aggiudicarci un contratto che in teoria era nostro.»

«Di sabato?» polemizzai.

«Sì, di sabato. I problemi non evitano il fine settimana.»

«Ho sempre pensato che essere ricchi fosse un vantaggio perché consentiva di delegare le cose agli altri, e che il denaro servisse per vivere bene e trascorrere il tempo con la famiglia.»

Carlos mi guardò come se fossi idiota. Non mi rispose neppure. Entrò in bagno, si cambiò nello spogliatoio e andò a letto. Poco dopo il suo Motorola StarTac si mise a suonare e a vibrare sul comodino e Carlos corse a rispondere.

«Che succede? Si sono tirati indietro?»

Alba scoppiò a piangere con un timbro talmente acuto che mi trapanò le orecchie. Carlos uscì dalla stanza in pigiama con l'espressione infastidita, perché il pianto di sua figlia non gli consentiva di sentire il suo interlocutore.

Alzai la bambina per calmarla, ma quando Carlos tornò, scusandosi sottovoce, Alba stava ancora piangendo. Senza dire niente, gliela misi in braccio e me ne andai.

«Dove vai?» mi domandò, ma non mi girai a rispondergli.

Chiamai l'autista e mi feci portare a casa di Beba. Le telefonai dall'auto. Per fortuna era ancora a casa. Sarebbe uscita, ma più tardi.

Quando arrivai e le raccontai ciò che era successo, mi guardò allibita.

«Torna a casa» mi consigliò.

«Non ci penso neanche. Se non ti dispiace mi unisco a te, stasera.»

«Non credo. Vedo Nacho e i suoi colleghi. In ogni caso, devi andare a casa.»

«Perché ti vedi con quel tipo?»

«Perché suo padre è, insieme a tuo suocero, uno dei miei principali clienti. Hai visto la mia macchina? Questo appartamento? I miei vestiti? Perché credi che abbia il lavoro che ho in banca pur essendo una donna, giovane e senza una lira?»

«Perché sei la migliore.»

«Sì, certo, come se bastasse. Lavoro più di chiunque, ma grazie a Nacho, a Carlos, e al fatto di essermi fatta spazio tra la gente della loro classe sociale, ho l'opportunità di dimostrare che sono la migliore. Se non fosse per loro, invece di essere una broker che gestisce grandi capitali, starei sgomitando per un posto allo sportello di una succursale. In che mondo vivi? Vai a casa, Ana, dico sul serio, o ti caccerai in un terribile pasticcio.»

«Carlos merita una lezione.»

«Carlos merita di riposare. Lavora da una settimana per salvare un progetto annunciato agli analisti. È cruciale per l'azienda, e se non lo portano a casa, gli investitori faranno precipitare il valore delle azioni e suo padre lo metterà in croce. Si è impegnato personalmente e ora sta rischiando grosso.»

«E questo gli impedisce di essere un marito e un padre, quindi devo sobbarcarmi tutto io.»

«Cosa ti sobbarchi, povera figlia? Hai tutto quello che puoi volere. L'unica cosa che devi fare è badare a tua figlia, e hai una bambinaia che si dedica solo a lei.»

«Devo anche essere dove mia suocera vuole che sia. Non ne posso più di galà di beneficienza e di eventi sociali, e mio marito non lo vedo quasi mai.»

«Ti porta a cena fuori ogni venerdì.»

«Ieri no.»

«Ti ho già spiegato che è alle prese con un progetto difficile. Pensa quello che vuoi, ma anche se non capisci, vai subito a casa. Dammi retta. Non ti complicare la vita. Se viene a saperlo tua suocera, finirai nei guai.»

Non cedetti. Beba uscì e io rimasi a casa sua. Da sola. Mi versai un gin-tonic dal mobile bar e mi addormentai sul divano guardando il comico *El Gran Wyoming* in tivù.

Quando rientrai, la mattina dopo, non c'erano né Carlos né Alba. La persona che lavorava in casa la domenica mi disse che mio marito era andato in palestra e che Alba era a casa di mia suocera. Sentii il cuore che accelerava e chiamai Paloma.

«Sei ricomparsa?» mi disse con un tono acido.

«Non ero scomparsa, ero a casa di Beba. Mi ha portato l'autista di Carlos.»

«Spiegalo a tua figlia. Vediamo se lei lo capisce, perché io no di sicuro.»

«Vengo a prenderla.»

«Non ti disturbare.»

«Me la porti tu?»

«La bambina passa la domenica con me. Mi sono organizzata. Te l'avrei detto, ma non c'eri.»

«Quando posso venire a prenderla?» non osavo scontrarmi con mia suocera. Meno che mai per telefono.

«Non lo so: oggi, o domani, o tra una settimana, dipende da te. Quando avrai capito di avere fatto una cosa inaccettabile che non deve ripetersi.»

«Neanche per sogno! Mi restituisca mia figlia!» scoppiai.

«Al momento non sei benvenuta a casa mia» rispose mia suocera, e attaccò il telefono.

In quel periodo non abitavamo ancora a La Finca. I miei suoceri avevano una villa enorme nella parte centrale de La Moraleja e noi abitavamo in una moderna villetta a schiera nella zona del Soto. Chiamai l'autista, che si rifiutò di accompagnarmi; mi disse che aveva l'ordine di aspettare mio marito. La casa dei miei suoceri non era distante, ma a piedi mi ci sarebbe voluta un'ora. E nessuno camminava a La Moraleja. Non mi piaceva guidare e non prendevo la macchina da mesi. Non sapevo neppure come montare il seggiolino di Alba. Così chiamai un taxi.

Quando arrivai, mi diressi al cancello e suonai il campanello. Non rispose nessuno. Un'ora dopo mi avviai a piedi verso casa, in lacrime, nervosa e con un paio di scarpe inadatte. Quando rientrai avevo i piedi in fiamme, un'escoriazione sul tallone che continuava a sanguinare e gli occhi prosciugati dal pianto.

Carlos era tornato dalla palestra.

«Sei uno stronzo» lo insultai, e mi risalirono le lacrime agli occhi.

«Questo stronzo si aspettava le tue scuse.»

«Tua madre mi ha preso Alba.»

«Alba sta benissimo: è con sua nonna, non le succede niente. Ma io e te dobbiamo parlare. Preparati, andiamo a pranzo fuori. Noi due.»

«Oggi non devi lavorare?»

«Ho prenotato per le due.»

Temevo il peggio. E se mi avesse chiesto il divorzio? La prospettiva mi terrorizzò.

Mi portò in un ristorante russo al centro di Madrid, dove avevamo festeggiato il nostro primo anniversario. Dopo quella sera, quando a vent'anni avevo assaggiato per la prima volta il caviale, quel posto era diventato il mio preferito. Era il motivo che l'aveva spinto a sceglierlo per quella conversazione scomoda, immagino. O forse in quel posto non ci conosceva nessuno, ed era abbastanza fuori dal nostro ambiente da non rischiare di incontrare qualche conoscente. Carlos non mi chiese il divorzio, ma mise in chiaro quello che si aspettava da me e quanto era deluso. Credo che in quel momento fosse pentito di avermi sposato.

«Non posso accettare che mia moglie si comporti come una bambina» mi disse, come se fosse l'erede al trono, e in qualche modo lo era. «Se non vuoi badare alla bambina nel fine settimana, assumi un'altra bambinaia. Non siamo una coppia di funzionari che condivide i lavori di casa e la cura dei figli. Non viviamo in un appartamento e non paghiamo la macchina a rate. Sei sposata con me e questa situazione comporta un sacco di vantaggi. Enormi. E anche una serie di rinunce, perché nella vita non c'è niente di perfetto. Alcuni giorni le rinunce saranno più leggere, e altri più pesanti, ma devi sempre tenere a mente i benefici della tua condizione.»

«Ho capito. Dovrei ringraziare per la fortuna che ho avuto. Da cenerentola sono diventata principessa.»

«Io ringrazio di stare con te.»

«Perché proprio io? Perché hai scelto me?»

«Perché me lo chiedi adesso? Ho sposato te perché sono rimasto folgorato. Il colpo di fulmine è un momento, ma l'amore dura solo se lo coltivi, ogni giorno. Se diventa una zavorra, finisce. Questa è la mia vita, e a me piace tantissimo. Spero che piaccia anche a te tutto quello che ti offro, e che tu agisca di conseguenza. E tu perché mi hai sposato?»

«Perché eri perfetto» risposi.

«Ah. Avrei preferito una risposta diversa. Non al passato.»

«Intendevo che sei perfetto, e che lo eri già allora. Cosa c'è di meglio che essere perfetto?»

«Essere amato. È molto meglio che essere perfetto.»

Mi affrettai a scusarmi e a dirgli che ovviamente lo amavo. Era vero, ma era vero anche che mi ero sposata con lui perché era il principe azzurro. Non avrei mai potuto dire di no. Quale protagonista delle fiabe dice di no quando arriva il principe? Non avevo alternative.

Quel pomeriggio, quando tornammo a casa, Carlos mi portò in camera da letto. Non mi andava, ma non osai dirlo. E peggiorai le cose, perché se ne accorse.

«Non so cosa hai capito, Ana, ma così non va» disse. «Non ho bisogno che tu venga a letto con me se non ne hai voglia. Un sacco di donne non vedrebbero l'ora di essere al tuo posto. Quando ti andrà, mi cercherai tu.»

Carlos si alzò, si vestì e se ne andò. Mi prese il panico. Aveva ragione. Molte donne avrebbero preso volentieri il mio posto e se non avessi reagito, avrei rischiato di perdere tutto. Compresa mia figlia. Me lo stavano facendo capire.

Quella sera mia suocera mi riportò Alba. Prima di andarsene, sulla soglia, mi prese per il braccio e premette così tanto che il giorno dopo avevo due segni viola nel punto in cui mi aveva conficcato le dita.

«Questa volta ci passerò sopra, ma la prossima no» mi mise in guardia, puntandomi il dito contro. «Vedi tu come fare.»

Né Carlos né Paloma riparlarono dell'accaduto. Non con me. Il giorno dopo mi iscrissi a un'autoscuola per rinfrescare la mia abilità alla guida. Non volevo sentirmi prigioniera in quella casa, dove non davo ordini a nessuno, neppure alle persone che in teoria erano al mio servizio.

Ana, 2003

Ana non aveva mai capito perché Beba avesse scelto proprio lei per essere accompagnata a fare i trattamenti per la fertilità. Lei, che con Alba e il piccolo Carlitos aveva già la coppietta desiderata, e che non aveva certo dovuto affrontare la maternità da sola.

Glielo aveva chiesto dopo una festa in cui i Fresno si giocavano un contratto per dei grattacieli a Madrid. Quando Paloma disse ad Ana che era il momento di ritirarsi e lasciare i mariti alle negoziazioni, Beba si avvicinò per andarsene con lei.

«Non rimani?» domandò Ana, abituata a vedere Beba che si tratteneva per coltivare i suoi interessi lavorativi.

«Oggi non ho niente da ottenere, qui. Sono venuta in taxi, mi offri un ultimo bicchiere da te?»

L'autista le accompagnò a casa di Ana.

Quando Ana preparò i gin-tonic, Beba affrontò l'argomento.

«Voglio un figlio e mi serve qualcuno che mi accompagni a fare i trattamenti di estrazione e impianto di ovuli.»

«Davvero? Vuoi diventare madre?»

Beba assentì, solennemente.

«Certo» proseguì Ana. «È un onore che tu abbia scelto me.»

«Non ti montare la testa, non avevo alternative. Non voglio chiederlo a quelle arpie della compagnia e non ho né madre né sorelle, quindi mi restavi solo tu» disse, ma vedendo la faccia di Ana si corresse: «Scherzo, stupidina, voglio proprio che sia tu. Andrò a Valencia, nella migliore clinica del Paese, e devo fare in fretta. Non posso allontanarmi a lungo dal lavoro e voglio conservare il posto».

«Neanche per questo? Pensavo che, per legge, potessi prenderti il tuo tempo.»

«La legge non vale per certi lavori. Sono circondata da iene che aspettano solo un momento di debolezza per togliermi di mezzo.»

«Potrebbero licenziarti?»

«Certo, il licenziamento in Spagna è costoso ma ammesso. Ho bisogno di tenerlo segreto, così non mi staranno addosso finché non resto incinta, e a quel punto avrò qualcosa per negoziare e minimizzare la perdita.»

«Non possono farti questo» protestò Ana.

«Certo che possono, e lo faranno. Sono convinti che la loro opera di demolizione abbia funzionato. Il mio capo continua a dirmi quanto sono furba a non aver fatto figli e quanto sono stupide le donne che rinunciano alle opportunità per cui hanno lottato tanto e si riducono a cambiare pannolini. Dice che il mondo è dominato dagli uomini per via dell'incostanza femminile, perché non sappiamo cosa vogliamo.»

«Quanto è stronzo il tuo capo!»

«Se fosse solo il mio capo... Il messaggino del vicepresidente è stato ancora meglio: "Una donna come te, Cristina". Quello stronzo mi ha chiamato con il mio nome di battesimo, quando neanche i clienti mi chiamano così. E ha aggiunto: "...che ha rinunciato alla vita scelta dalla maggior parte delle donne, arriverà molto lontano. Perché quello che fa la maggior parte è da mediocri, no? Chiunque può diventare una bambinaia o passare la domenica in un centro commerciale, ma non tutti possono guardare il mondo dalla vetta, non trovi? E tu sei pronta a farlo".»

«Suona quasi come una minaccia.»

«Perché è una minaccia. Ovviamente lui ha quattro figli e il mio capo tre, ma nessuno dei due ha cambiato i pannolini. Hanno entrambi mogli di rappresentanza» disse, e si rese conto della gaffe. «Be', hai capito...»

«Non preoccuparti, non mi sento coinvolta. Mi fa impazzire che dicano così.»

«Di conversazioni del genere "Perché una donna come te dovrebbe volere dei figli" ce ne sono state molte, più o meno esplicite, soprattutto negli ultimi anni, da quando ne ho compiuti trentacinque, ma non mi va di ricordarle tutte. Per questo è importantissimo che tu tenga il segreto, che non lo dica a nessuno.»

«Neanche a Carlos? Lui non è così.»

«Be', sì.» Beba si morse la lingua. «In ogni caso, lui deve saperlo. Non puoi venire a Valencia senza dire niente, e dovremo andarci varie volte.»

«A questo punto della vita vorresti ancora essere al mio posto?»

«Ti spiace se ne beviamo un altro?» disse Beba indicando il suo bicchiere.

Ana assentì e si alzò a preparare i gin-tonic.

«Beba, non mi hai risposto.»

«Sì, ci sto pensando, ma non lo so. Non sembri molto felice.»

«Credi che tu lo saresti, nella mia situazione?»

«Forse no, o forse sì. Non si può sapere come sarebbero andate le cose.»

Anche se non ne aveva mai parlato con Beba, Ana conosceva da tempo i sentimenti che la sua amica aveva nutrito per Carlos prima che lei comparisse nelle loro vite, così come sapeva che Paloma non approvava la relazione di Beba con suo figlio e che Carlos non si era mostrato interessato a lottare per lei. Erano passati quindici anni, da allora.

«Dovrai iniettarmi gli ormoni» disse Beba quando Ana tornò a sedersi sul divano. «Odio gli aghi. Non credo di essere in grado di farmi le iniezioni da sola.»

«La superwoman ha paura degli aghi?»

Beba si strinse nelle spalle.

«A quanto pare.»

Águeda, 1949

Águeda tornò da scuola un mezzogiorno di dicembre con i gemelli che le saltellavano intorno, il sedere dolorante e il cuore pieno di tristezza. Quel giovedì i bambini parlavano solo del Natale, ma Águeda non si godeva la gioia del presepe e dei canti: la maestra l'aveva picchiata, e non per colpa sua. Avrebbe solo voluto chiudersi in camera e piangere per la vita che le era toccata, ma quando entrò in casa trovò suo padre seduto su una poltrona e, senza domandarsi la ragione del miracolo, Águeda corse tra le sue braccia. Solo suo padre era una consolazione migliore dello starsene da sola. Si accoccolò accanto a lui e scoppiò a piangere mentre Paulino reprimeva un'espressione di dolore.

Paulino sentiva da mesi che il corpo non gli ubbidiva e che faticava sempre di più a sollevare il piccone. In realtà non ricordava di avere mai vissuto senza dolore. Aveva contratto la poliomelite da bambino e la malattia gli aveva lasciato, oltre alla gamba zoppa, un malessere cronico. La gamba zoppa non poteva nasconderla, ma il dolore se l'era tenuto e l'aveva ignorato per la smania di fare più di chiunque, di dimostrare che era più forte di tutti. Per questo non aveva dato importanza ai sintomi che negli ultimi tempi si erano aggravati. Almeno fino a quella mattina, quando non era riuscito a scendere lungo la rampa in cui avrebbe dovuto picconare il carbone. Aveva notato qualcosa che non andava già in bicicletta, mentre andava al pozzo. Ma la situazione era peggiorata nella gabbia di discesa e una volta dentro, nel vagone interno, faticava a nascondere il malessere, ma pensava che al momento in cui avrebbe mangiato il suo panino si sarebbe sentito meglio. Si era aggrappato al primo palo per scendere verso il suo reparto, ma il dolore non glielo aveva permesso. Nicolás, il compagno che avrebbe dovuto sostituire, aveva notato per primo che Paulino non era in condizione di picconare.

«Tutto bene?» gli aveva domandato.

Paulino non era riuscito a rispondere. Aveva avuto un attacco di tosse che aveva rischiato di farlo precipitare nel buio della rampa. Nicolás e un altro compagno lo avevano sorretto e, vedendo il sangue sul petto della camicia, lo avevano trascinato via nonostante le sue proteste.

I compagni non sapevano nulla del sangue che Paulino sputava ogni mattina dopo la prima sigaretta, perché non lo vedevano mai fumare. Uno degli errori più gravi che poteva compiere un minatore era fumare dentro il pozzo. Il grisou era sempre presente nei tunnel, in quantità maggiore o minore, e il pericolo che una scintilla incendiasse il gas invisibile e inodore e che tutti finissero bruciati era talmente alto che il mero fatto di portare le sigarette in miniera, anche senza accenderle, era causa di licenziamento.

All'infermeria del pozzo avevano rispedito Paulino a casa; non gli era servito a nulla protestare perché gli fosse permesso di scendere di nuovo.

«So quanto hai bisogno della paga, ma devi farti vedere da un medico: se muori, la tua famiglia non dovrà rinunciare solo alla paga di oggi» gli aveva detto Efrén, l'infermiere.

Don Ernesto, un ingegnere, quando era venuto a sapere che Paulino lo zoppo, figlio e nipote di minatori morti in miniera, era in infermeria, era andato all'ambulatorio per incontrarlo.

«Cos'ha quest'uomo, Efrén?»

«Deve farsi vedere da un medico con urgenza, ma non vuole andare a casa. Sputa sangue e, anche se non lo ammette, soffre molto. Da bambino ha avuto la polio.»

Don Ernesto si era rivolto al malato, con grande serietà: «Paulino, adesso ti portano a casa sul carro e io stesso mi occuperò di farti visitare da un medico».

Fu l'ultimo giorno in cui Paulino vide il castelletto del pozzo Espinos, dopo averci lavorato per tredici anni, sei giorni la settimana.

Quando era arrivato a casa non aveva trovato Aurora. La moglie era andata a Mieres a prendere le misure a una cliente e a sua figlia, che avrebbe vestito per un matrimonio a Oviedo. Paulino si era sdraiato sul divano e vi era rimasto finché Águeda non era tornata dalla scuola. L'abbraccio della figlia gli aveva suggerito che ci fosse qualche problema e aveva fatto finta di niente, ma persino la bambina, una volta sfogate le sue pene, si era resa conto di quanto fosse strana la situazione.

«Perché siete a casa, padre? State bene? Dov'è mia madre?» cominciò a domandare senza dargli il tempo di rispondere.

«Sto bene, bambina mia. Tua madre è dovuta andare a Mieres e non è ancora tornata, ma c'è lo stufato sulle braci della cucina.»

«Non vi preoccupate, padre, me ne occupo io.»

Águeda non aveva finito di parlare quando arrivò Aurora.

«Cosa ci fai qui?» domandò vedendo il marito.

«Mi hanno mandato a casa.»

Paulino fece segno alla moglie di non parlare davanti ai bambini, ma lei finse di non aver capito.

«Un incidente? Cos'hai?»

«Avete avuto un incidente, padre?» domandò Águeda, e sentì gli occhi che si riempivano di lacrime.

«Prendi i bambini e salite di sopra» le ordinò Aurora.

«Ma, madre...» provò a protestare, ma di fronte al suo sguardo minaccioso, ubbidì.

Dopo che Paulino ebbe riferito alla moglie l'accaduto, Aurora si chiuse in sala, tirò fuori le misure delle clienti che si era appuntata, distese la carta per i modelli a terra e si mise a disegnare con il metro le diverse parti dei vestiti. Guardò la Singer dove passava le giornate seduta a cucire e per la prima volta le parlò ad alta voce: «D'ora in poi i soldi in casa dovremo portarli noi due, da sole, perché io in miniera non ci torno».

Per quanto le brontolasse la pancia, Águeda non sarebbe mai scesa in cucina, rischiando che la madre la chiudesse nella dispensa per avere disubbidito, se non fosse stato per i fratelli, che piagnucolavano e cominciavano a farsi male a vicenda, mossi dalla rabbia sorda provocata dalla fame.

Si affacciò alla scala e non sentì niente. Scese i primi gradini e le scale scricchiolarono.

«Sei tu, Águeda?» domandò il padre.

Lei non rispose.

«Scendi, figliola, non avere paura.»

I bambini divorarono il piatto di *fabes* e la fetta di pane che Águeda diede loro, ma Paulino rifiutò la sua razione.

«Nella cella ci sono quattro uova che mia madre tiene da parte per domenica. Se volete posso prepararvi una omelette» disse Águeda, che a otto anni non ne aveva mai cucinata una, ma si sentiva in grado di fare qualunque cosa purché il padre si rimettesse.

«No, bambina mia, mangia tu. Io non ne ho voglia. Portami le sigarette e il posacenere.»

Il medico promesso da don Ernesto arrivò intorno alle sette di sera, una volta terminata la giornata lavorativa all'ospedale di Oviedo. Fino a quel momento Aurora non uscì dalla sala, dove Paulino aveva sentito il rumore cadenzato della Singer per diverse ore. La macchina girava e si fermava ogni tanto, e Paulino intuiva che la moglie era immersa nel lavoro: cuciva, controllava, scuciva e ricominciava. Lontano dal mondo, e soprattutto, lontana da lui e dai bambini.

«Da quanto tossisce sangue?» domandò il dottore.

«Da qualche mese.»

«Fatica a respirare?»

«Come tutti i minatori. Avrò la silicosi.»

Il medico sollevò le sopracciglia, ma non insistette.

«Mi dica cos'è successo stamattina.»

«Un mancamento. A colazione ho solo bevuto un caffè con un goccio di latte e sono andato a lavorare in bicicletta. Quando stavo scendendo nella rampa, il corpo non mi ha ubbidito.»

«Non è riuscito a scendere per il dolore o perché non si reggeva in piedi?»

«L'ultima.»

«Dolore?»

«Sono un minatore. Sono sempre dolorante. Per le tante ore di piccone e martello.»

«Qualche malattia in passato?»

«La polio da bambino. Ho avuto fortuna, mi è rimasta solo una gamba zoppa che mi ha evitato il fronte.»

«È la prima volta che le prende una paralisi?»

Paulino guardò il medico con uno sguardo di sfida.

«No» confessò alla fine.
«Dobbiamo portarla all'ospedale» concluse.
«In quale ospedale? A Mieres? A quello nuovo della Croce Rossa?» intervenne Aurora, per la prima volta.
«Lo portiamo a Oviedo. Farò in modo che gli preparino un letto. Se ha problemi a compilare i fogli dell'assicurazione operaia per malattia, la aiuteranno.»
«Quanto costerà?»
«Niente, signora. È una questione tra don Ernesto e me. Devo portarlo lì per sottoporlo a delle analisi. Qui posso solo fare supposizioni.»
Quando Paulino lasciò casa sua con una valigetta, Aurora brontolava per la perdita della paga e per la sua sfortuna. Águeda ebbe l'impressione che il suo cuore se ne andasse con il padre e temette che non sarebbe tornato mai più.

Ana, 2003

Già al primo appuntamento, il dottore della clinica per la fertilità di Valencia fu chiaro con Beba: a quarantadue anni non era facile restare incinte. Le diede anche una serie di buone notizie, casi di donne più vecchie che erano rimaste incinte al primo tentativo. Lo sperma di un donatore anonimo giovane avrebbe aumentato la possibilità di successo. Ma Beba aveva deciso di usare i propri ovuli e non ovuli donati come consigliava il dottore, e la sua scelta avrebbe complicato le cose.
«Con gli ovuli donati è come adottare, ma se adotti non ti tocca passare per la gravidanza» disse Ana.
«Come se avessi scelta! Per l'adozione ci vogliono cinque anni quando si tratta di coppie giovani. A quarantadue, senza un compagno, le mie chances sono inesistenti.»
Dopo alcune settimane di iniezioni quotidiane, il primo prelievo di ovuli sembrava promettente. Quando Beba si svegliò dalla sedazione, il dottore aveva buone notizie: c'e-

rano tre ovociti adatti a essere fecondati. Due giorni dopo le notizie erano meno promettenti: era sopravvissuto solo un ovocita fecondato.

Dopo l'impianto tornarono a Madrid; bisognava aspettare. A distanza di due settimane Beba era molto ottimista perché non le era venuto il ciclo ed era il momento di verificare se l'embrione aveva attecchito. Non riuscì a resistere fino al momento di tornare alla clinica e fece un test di gravidanza. Quando videro il risultato, lei e Ana si misero a saltare di gioia. Due righe. Positivo.

Le cattive notizie arrivarono con l'ecografia. Beba era incinta, ma l'embrione non era vitale. Bisognava asportarlo in sala operatoria e attendere diversi mesi per riprovarci.

Beba dovette chiedere qualche giorno di permesso al lavoro. «Una piccola operazione, inevitabile» spiegò.

Fu il primo dei sei tentativi falliti in due anni. Sei delusioni con le speranze che agonizzavano a ogni nuovo trattamento. Dovette subire quattro operazioni per rimuovere l'embrione. Altre quattro settimane in cui Beba dovette assentarsi dal lavoro per il quale lottava da anni tutti i giorni e molte notti.

«Di nuovo?» le disse il suo capo. «Sarò sincero, Beba, siamo preoccupati per te. Se non stai bene, dovresti curarti, e magari sarebbe meglio che per un periodo...»

«Sto benissimo. I miei risultati sono sempre i migliori, o sbaglio?»

«Sì, questo è vero, ma ti sto parlando perché voglio aiutarti. Si dice che tu stia provando ad avere un figlio, sai quanto è pettegola la gente. In ogni caso, se fosse così, troveremo la soluzione migliore, stai tranquilla. Sai quanto ti stimiamo, potremmo rivedere la tua posizione.»

«Non capisco che cosa intendi per "rivedere la mia posizione".»

«Vogliamo contare su di te, visto tutto ciò che hai fatto per la banca, ma siamo pronti a cercarti un lavoro più tranquillo, compatibile con ciò che sta accadendo nella tua vita. Non credo alle voci, ma senz'altro ti sta capitando qualcosa. Bisognerebbe rivedere il tuo stipendio, chiaramente, ma sai che l'azienda è dalla tua parte. Siamo qui per ogni tuo bisogno.»

Beba uscì senza rispondere, perché qualunque cosa avesse detto in quel momento le sarebbe costata la reputazione e forse il posto. Non poté neppure piangere quando tornò nel suo ufficio, una grande gabbia di vetro che non la proteggeva dagli sguardi indiscreti. Privacy limitata, in accordo con i nuovi tempi, che volevano i dirigenti a lavorare gomito a gomito con gli impiegati dell'azienda. Tutti sotto gli occhi di tutti. Tranne quelli che comandavano davvero, trincerati in un piano dedicato esclusivamente a loro.

Quella notte Beba si permise di piangere. A casa sua. Da sola. Mentre vedeva *Pretty Woman*. Per ricordare a sé stessa che viveva in una società incapace di accettare che Julia Roberts e Richard Gere si scambiassero i ruoli.

Il giorno dopo Beba chiamò Carlos e lui le organizzò un incontro con suo padre.

L'informazione che Beba fornì a Carlos Fresno padre quel giorno era riservata e confidenziale. E diffonderla era un reato. Nel corso della sua vita professionale aveva trasgredito solo cinque volte, che tuttavia avevano fatto la differenza, trasformando l'azienda dei Fresno in uno dei più prosperi gruppi imprenditoriali del Paese. Uno dei pochi che diversificò i propri affari prima della crisi del 2007, riservò fondi per comprare terreni quando il prezzo crollò e tornò alla costruzione residenziale quando il mercato si rivelò propizio. In cambio, Beba divenne il loro principale interlocutore presso la banca, blindando così la propria posizione di fronte a qualunque attacco interno volto a detronizzarla.

Ma nessun contatto fu capace di far sopravvivere nel suo utero uno degli embrioni impiantati negli anni successivi per darle il figlio che desiderava così tanto. Il suo desiderio con il tempo si trasformò in lutto, e il lutto in rassegnazione, ma non in oblio, perché una parte del suo cuore morì con i figli che le erano morti dentro e un angosciante vuoto l'accompagnò per il resto della vita.

Aurora, 1951

Aurora ruppe i rapporti con il padre una notte in cui Paulino agonizzava all'ospedale, quando Frutos si presentò alla porta di casa sua ubriaco, urlando come un pazzo.

«Traditrice, sei una svergognata, puttana e figlia ingrata!»

Sentendo quelle urla in strada, Aurora corse a guardare dalla finestra. Frutos la vide affacciarsi e, lungi dal tacere, insistette, senza smettere di gridare.

«Puttana, maligna, meschina! Hai fatto morire tua madre di dolore e tuo marito sta crepando da solo, perché non hai neppure voluto portarlo a casa! E io? Mi tratti come un appestato, non mi lasci neppure vedere i miei nipoti!»

Ramona accorse in aiuto di Aurora non appena sentì le urla.

«Per favore, padre, cosa dite? Tacete, o verranno ad arrestarvi. Forza, entrate!» diceva da dietro la finestra, ma Frutos si rifiutava di entrare e Aurora non osò uscire finché non vide l'amica.

Frutos puzzava di alcol e di sudore rancido. Grazie alla forza di Ramona, riuscirono a portarlo dentro.

«Che cosa fate, padre? Come vi viene in mente di urlare così davanti alla mia porta? Volete che ci arrestino tutti?»

«Hai fatto morire tua madre di dolore raccontando menzogne su di me e lasciandola in balia di quei maledetti soldati. Forse li hai persino provocati, visto che apri le gambe al primo che passa! E Paulino? Pover'uomo, lo hai ingannato persino sui figli. Puttana, puttana, sei solo una puttana. E cosa ci fai con questa lesbica invertita invece di stare con tuo marito?»

«Tacete, padre, tacete. Sveglierete i bambini.»

Frutos andò verso di lei, ma quando Ramona gli sbarrò il passo, lui inciampò e batté la testa sul tavolo della cucina, cadendo a terra.

Vedendo che non si alzava, Aurora e Ramona corsero a sentirgli il polso. Frutos respirava, ma non riuscirono a svegliarlo. Gli curarono la ferita come poterono e gli misero addosso una coperta.

«Resto a dormire qui» disse Ramona. «Non voglio lasciarti sola con lui.»

Aurora accettò perché l'alterco con suo padre aveva riacceso tutte le paure che si portava dentro ed era terrorizzata. Quella notte dormirono insieme, abbracciate. La vicinanza fisica confortò Aurora e accese Ramona, che passò la notte in bianco, nel caso Frutos avesse deciso di salire le scale, ma soprattutto perché il desiderio che provava per Aurora le impediva di addormentarsi.

Quando si alzarono, all'alba, Frutos non c'era più. Aurora corse alla Singer, alzò la macchina dalla base in ferro che la supportava e trovò vuoto il piccolo spazio dove teneva i risparmi che conservava per gli imprevisti.

«Erano tutti i soldi che avevo, mi servivano per pagare il funerale di Paulino. Non ho altro. Siamo senza paga da un anno e ho speso tutto quello che avevo risparmiato dal Servizio sociale in medici e medicine.»

«Alle spese mediche non ci pensava l'ingegnere?»

«Ha pagato i primi giorni, finché hanno detto che c'era poco da fare e se n'è lavato le mani. E adesso non ho più niente.»

«Vado subito a casa di Frutos e mi riprendo il denaro a furia di botte» disse Ramona.

Aurora la fermò.

«Se non lo faccio, tornerà.»

«È mio padre.»

«È uno stronzo.»

«Quello stronzo di mio padre, lo so.»

Ana, 2004

L'11 marzo del 2004 la vita di centonovantadue famiglie saltò in aria. Migliaia di persone persero il sonno al pensiero dei treni locali in cui avevano viaggiato che esplosero all'improvviso, e nessun madrileno riuscì più a muoversi con i mezzi senza pensare all'attentato islamico di Atocha. Mentre la Spagna manifestava in massa per le strade, i britannici sentivano per la prima volta a Buckingham Palace l'inno spagnolo, i francesi e i romeni facevano ondeggiare le bandiere a mezz'asta, e Carlos Fresno padre e figlio lavoravano a oltranza per contrastare il crollo delle loro quotazioni in borsa, precipitate dopo l'attentato. Era fondamentale riprendersi prima dei concorrenti.

Ana stava guardando le immagini del principe Felipe con la sua promessa sposa, una ragazza di Oviedo poco più giovane di lei, all'ospedale Gregorio Marañon, quando si sentì lo stomaco sottosopra e lo attribuì al massacro. Era sola in casa, con Alba a scuola e Carlitos all'asilo. Aveva bisogno di condividere lo strazio provocato da quella tragedia disumana. Non chiamava mai né Carlos né Beba durante l'orario lavorativo, ma quel giorno aveva bisogno di parlare dei suoi sentimenti con qualcuno. Non le rispose nessuno dei due.

La casa le parve enorme e si versò un bicchiere. Gliene servì un altro per trovare la calma che cercava. Si svegliò quando sentì suonare il telefono. Chiamavano dall'asilo di Carlos. Aspettavano che andasse a prenderlo. Si alzò di colpo e le venne un conato. Arrivò in bagno appena in tempo per vomitare. Si lavò la faccia e corse verso il garage. Recuperò prima Carlitos e poi Alba. Li lasciò alla bambinaia e andò a stendersi. Le girava la testa e aveva la nausea.

Carlos arrivò a casa alle undici di sera.

«Sto male, credo di avere un virus» disse quando il marito aprì la porta della stanza.

«Per quello sei arrivata in ritardo dai bambini?»

«Come lo sai?»

«Perché mi hanno chiamato dalla scuola. Protocollo di sicurezza.»

«Davvero? Ero solo un po' in ritardo. Ho vomitato mentre mi stavo preparando. Pensavo che fosse colpa dell'attentato, ma ora non ne sono sicura.»

«Vuoi che chiami il medico?»

Ana declinò l'offerta.

«Allora dormo nell'altra stanza, nel caso sia contagioso. In questo momento non posso permettermi di ammalarmi. Se hai bisogno di qualcosa, svegliami. Cerca di riposare, e vediamo se domani stai un po' meglio» disse Carlos.

Quando Ana si svegliò, il marito non c'era più, e non riuscì a parlare con Beba fino alla sera.

«Fatti un test di gravidanza» le raccomandò Beba dopo averla ascoltata, e subito dopo le attaccò il telefono, sfinita dai postumi fisici ed emotivi della sua ultima fecondazione fallita, dalla pressione lavorativa e dalle prospettive incerte dei suoi clienti.

Beba ci aveva azzeccato e Ana scoprì che era incinta di quello che sarebbe stato il suo terzo figlio.

Águeda, 1951

Paulino morì com'era vissuto: senza dare disturbo. Nel letto dell'ospedale, con le lenzuola appena cambiate, dopo una settimana di agonia. La sindrome post-polio, aggravata dal fumo e dalla polvere di carbone, gli aveva fatto collassare i polmoni e lo aveva ucciso. Quella stessa sindrome lo aveva reso sterile, anche se non aveva mai dubitato di essere il padre dei tre figli partoriti da sua moglie.

Lasciò una figlia desolata, due figli troppo piccoli per capire e una vedova che si domandava come tirare avanti, visto quanto doveva ancora a medici e ospedali, potendo contare solo su una misera pensione di reversibilità e su quello che guadagnava cucendo con la sua Singer per le clienti rimediate al Servizio sociale.

Frutos le aveva rubato i suoi risparmi e Aurora aveva pagato il funerale con quello che era riuscita a prestarle Ramona.

La tomba era di famiglia e aveva dovuto pagare solo la bara, la più economica, e l'iscrizione sulla lapide: il nome di suo marito sotto quello dei suoceri che non aveva conosciuto. La maggior parte del denaro era servito per trasferire il corpo dall'ospedale di Oviedo.

Calcolò che se per due mesi fossero riusciti a tirare avanti con la tessera del razionamento, avrebbe potuto restituire il denaro prestato a Ramona. Avrebbero sofferto la fame, ma sarebbero sopravvissuti.

La notte del funerale, senza tempo né voglia di preoccuparsi dei figli e di ciò che provavano, Aurora andò a casa di Ramona, in cerca di un po' di quiete nella sua compagnia e nel fumo delle sigarette.

Quel giorno, Ramona la invitò per la prima volta a varcare la soglia e si sedettero in cucina.

«E tua madre e tua sorella?» domandò Aurora guardandosi intorno.

«Sono a letto» rispose mentre prendeva la scatola del trinciato, le cartine e un'altra scatoletta.

«Cos'è?»

«Erba. La portano i soldati africani di Franco.»

«Non fumo quella roba manco morta! Non accetterei neanche dell'oro dagli africani.»

«Ma questa non è mica loro. La coltivo io, in un angolo dell'orto.»

Aurora guardò l'amica con diffidenza e scosse il capo.

«Non ti preoccupare, su, ti dico che questa non l'ha toccata nessun africano. Fa miracoli, vedrai come ti rilassa.»

Il primo tiro di marihuana mescolata al tabacco diede ad Aurora una sensazione di pace, piacevole e inattesa.

«E Ferino non può rimetterti a fare la telefonista? Non hai più un marito a cui rendere conto» disse Ramona che, come tutte le persone di poche parole, quando parlava andava dritto al sodo.

«Mi manca solo vedere Ferino tutti i giorni. Non voglio più saperne degli uomini. Mai più.»

«In alternativa ti restano le laverie o, peggio ancora, vedere i tuoi figli che soffrono la fame, perché il cucito e quella merda di pensione che danno alle vedove non ti bastano di certo. Dimmi se vale la pena continuare a essere innamorata di quell'uomo, è incredibile, Aurora, visto la persona che sei.»

«A me non interessa Ferino, mi interessa sua moglie. Mi servono altre clienti di quelle che mi presenta, che paghino bene, anche se da sola non posso cucire più di così e ci impiego un sacco ad andare e tornare da Mieres in bici o sull'autobus con i vestiti. Devo comprarmi una moto» le disse. L'effetto della droga le scatenava le idee.

«E dove trovi i soldi?»

«Mi verrà in mente qualcosa.»

«Pensa cosa diranno in paese. Ci sarà da ridere a vedere la faccia rabbiosa delle vicine. E non so se la signora sarà d'accordo, fanatica com'è...»

«A doña Pilar ci penso io. Ora mi preoccupa il lutto, perché una donna che ordina un abito per un'occasione speciale non vuole vedere di certo una vedova vestita di nero che le prende le misure.»

Ramona tacque per incoraggiarla a proseguire.

«Ritirerò Águeda da scuola per farmi aiutare» disse dopo aver avuto una nuova rivelazione. «L'avrei fatta andare fino a dodici anni, ma ho bisogno di una mano per cucire.»

Nel frattempo Águeda, ignara del futuro che la madre stava ordendo per lei sotto l'effetto dell'erba, piangeva per il padre con la disperazione di chi sa di essere solo al mondo.

Ana, 2005

Ana non avrebbe mai osato chiedere a Beba di fare da madrina al piccolo Jesús, visti i numerosi tentativi falliti di avere un figlio suo. Ma Carlos non si fece problemi e Beba accettò con piacere.

«Avremo il battesimo nella rubrica sociale di *¡Hola!*» disse Carlos ad Ana. «Nella foto ci saremo tu, io, Beba e il bambino.»

«Non capisco perché date tutti così tanta importanza a quei riquadri in bianco nero alla fine del giornale, che nessuno legge.»

«Forse non li leggono le signore dal parrucchiere, ma ti assicuro che la gente che conta li legge eccome.»

Ana non si aspettava che Beba si presentasse al battesimo accompagnata da Nacho, e che in pubblico si comportasse come se fossero una coppia.

Nacho aveva partecipato al suo matrimonio e ai battesimi di Alba e Carlos, ma era sempre stato in disparte e non si era mai avvicinato a salutarla. Era un'imposizione di Carlos e Ana la sopportava, ma una cosa era vederlo da lontano, un'altra mangiare allo stesso tavolo, quello dei genitori, dei padrini e dei nonni paterni.

«Cosa c'è, Ana?» le domandò Águeda prima del banchetto.

«Mi fanno sedere vicino a uno che non sopporto. Mi hanno teso una trappola.»

«Cos'hai contro quell'uomo?»

«È una persona cattiva, e mi fa ribrezzo.»

«E perché lo hai invitato?»

«Lo ha deciso Carlos.»

«Allora avrà i suoi buoni motivi. Dai, comportati come si deve. In fin dei conti è una festa.»

«E voi non siete neanche al nostro tavolo. Fanno sempre così. Qui non c'entriamo niente.»

«Ana!» la sgridò la madre. «Tu sei la signora Fresno, la nuora del presidente di una delle aziende più grandi del Paese, madre dei figli del futuro presidente. Ti sembra che non c'entri niente? Noi stiamo bene al tavolo che ci hanno assegnato. Quasi meglio, più tranquilli. Così non lasceremo sola tua nonna, che di certo non vorresti vedere accanto a tua suocera, perché chissà cosa potrebbe dire.»

Ana tacque. Avrebbe preferito mille volte avere accanto la

nonna Aurora piuttosto che Nacho, che si comportava come gli pareva e diceva quello che gli passava per la testa. Anche quando non era il caso. E Carlos glielo permetteva.

Sopportò finché si alzarono da tavola e andò a parlare con Beba.

«Non puoi uscire con Nacho» le disse sottovoce mentre si dirigevano in giardino, dove sarebbe stato servito da bere. «Non hai idea di cosa mi ha fatto.»

Beba la guardò come se avesse bestemmiato.

«A te e a tante altre.»

«Lo ha fatto anche ad altre? E nessuno lo ferma, quello stronzo?»

«Stai attenta a quello che dici, e che non ti venga in mente di raccontare il tuo segreto su Nacho a nessuno.»

«Come puoi stare con lui?»

«Ana, starò con lui solo nelle foto. Mi sta facendo un favore. Quindi non comportarti come una bambina e smettila di lamentarti, perché il giorno che Carlos ti manderà a stendere lo applaudirà anche Giobbe.»

Ana rimase pietrificata dall'uscita di Beba e si sentì avvampare il volto.

Jesús, suo padre, le si avvicinò qualche minuto dopo con un gin-tonic in una mano e un whiskey nell'altra.

«Mi sembrava che ne avessi bisogno» disse porgendole il gin-tonic.

«Non sono felice, papà, non sono felice.»

«Chi di noi è felice, bambina mia?»

«Tu non sei felice?»

Jesús si strinse nelle spalle.

Aurora, 1952

Il 1952 eliminò le tessere del razionamento dalla vita degli spagnoli e Frutos dalla vita di Aurora. Dopo la morte di Olvido, Frutos era precipitato in una spirale di sbronze e prostitute. Le sue sbornie erano sempre più estreme, più frequenti e più disastrose. La paga non gli bastava, i risparmi che aveva rubato alla figlia erano finiti e, dopo diversi ammonimenti, fu licenziato dal pozzo.

La notte che perse il lavoro si diresse più ubriaco che mai a casa della figlia, ma non riuscì a salire lungo la strada. Felisina, la figlia della vicina, che stava andando al lavoro alla Casa de Teléfonos, lo vide che annaspava e tornò indietro per avvisare Aurora.

Ramona vide arrivare Felisina di corsa e le sbarrò il passo.

«Cosa c'è, Felisina? Perché vai così di fretta?»

Lei e Ramona non si parlavano dall'incidente con Felisa, sua madre, per la bambola di pezza di Águeda, ma sapendo che la *carbonera* era amica di Aurora, le riferì la notizia.

«Sta venendo Frutos, ubriaco, molto ubriaco.»

«Lascia perdere Aurora, me ne occupo io.»

«Cosa avete intenzione di fare?»

«Cosa ho intenzione di fare a che proposito? Perché tu non mi hai visto, giusto?»

Felisina preferì non rispondere, lavarsene le mani e correre al lavoro, perché se fosse arrivata tardi le avrebbero decurtato la paga.

Ramona si imbatté in Frutos all'inizio della salita. Mormorava assurdità, in uno stato pietoso, ostinato come può essere solo un ubriaco con una idea fissa. Ma la *carbonera* era un osso duro. Prese Frutos per il braccio e fece in modo che si girasse, decisa a riaccompagnarlo a casa.

«Hanno licenziato il migliore minatore di Turón» bofonchiò, riferendosi a sé stesso. «Ed è tutta colpa di Aurora, che porta solo disgrazie.»

«Figuriamoci, Frutos. Vi hanno licenziato perché siete un ubriacone. Che cosa c'entra vostra figlia?» cercò di ragionare Ramona.

«È tutta colpa sua! È un demonio. Ci ha messo nei pasticci con gli africani, quella gran puttana!»

Ramona prese Frutos per il bavero e lo scosse.

«Non vi permettete di parlare così! Non vi permettete! Se c'è una cosa che ho imparato a furia di botte, è trattare con i padri di merda come voi. E vi anticipo che ne uscirete sconfitto.»

«Cosa c'è, lesbicona? Mia figlia piace anche a te? Lo sapevo, lo dice tutto il paese.»

Ramona minacciò di chiamare la Guardia Civil se non avesse taciuto e lui non se lo fece ripetere, perché quel donnone rude e violento era capace di mantenere la parola.

Ramona riuscì a convincerlo a tornare indietro e a desistere, ma per sicurezza lo accompagnò per tutto il tragitto, sopportando i suoi deliri da ubriaco.

Al mattino successivo fu trovato con la testa spaccata, in una pozza di vomito.

Aurora non seppe mai con certezza se Ramona avesse ucciso o no suo padre, ma intuì qualcosa quando, dopo aver lasciato Frutos, l'amica venne a bussare alla sua porta. Ramona sapeva tacere, ma non sapeva mentire.

«Poco fa è venuto tuo padre, pronto a dare di nuovo scandalo. Immagino volesse estorcerti altri soldi, perché lo hanno licenziato dal pozzo. Ma non preoccuparti, oggi non torna, è pieno fino all'orlo.»

«Resta a dormire» le chiese Aurora. Vedendo che l'amica non riusciva a guardarla in faccia, capì che era successo qualcosa d'altro.

«Non posso. Comincio alle sei alla laveria.»

«Fa lo stesso, io mi alzo per cucire alle quattro o alle cinque.»

«Aurorina, non giocare con il fuoco. Io non posso dormire da te come se niente fosse.»

«Solo per stanotte, se vengono a chiederti dove ti trovavi» rispose Aurora, tralasciando l'allusione a ciò che sapeva da tempo.

Ramona scosse la testa.

«Tu a casa tua e io a casa mia. Ai miei problemi ci penso io, come ho sempre fatto.»

La *carbonera* se ne andò, sapendo che non era il caso di alimentare la voce che tra loro ci fosse qualcosa di più di un'amicizia proprio la notte in cui aveva ucciso Frutos con l'attizzatoio della cucina. Quella sera Ramona non riuscì a prendere sonno: aveva ucciso un uomo per la seconda volta in vita sua, ma la turbava soprattutto il ricordo del corpo caldo di Aurora che dormiva accanto a lei.

10

Ana, 2013

Il giorno di Ognissanti della mia infanzia non assomigliava affatto all'Halloween dei miei figli.

Ricordo il giorno dei morti come un momento solenne. Ogni primo di novembre mia madre e io prendevamo il treno con i binari ridotti fino a Turón, il paese dove era cresciuta. Ci tornava solo una volta l'anno.

Due giorni prima mia madre andava a pulire le lapidi di mio nonno e dei miei bisnonni. Toglieva lo sporco che si accumulava durante l'anno, riportandole al bianco grigiastro della pietra naturale, e lasciava fiori freschi. Allora la nonna Aurora non faceva parte della nostra vita perché si era ritirata a vivere vicino a Siviglia, e andavamo al cimitero solo noi. Avevo due zii, fratelli di mia madre, ma non vivevano nelle Asturie. Nessuno di loro era voluto entrare in miniera ed erano emigrati all'estero, a Stoccarda, in Germania, a lavorare in fabbrica. Uno era entrato in politica ed era diventato un leader sindacale all'IG Metall, il sindacato metallurgico. Era famoso, dicevano, per aver difeso i diritti dei lavoratori stranieri. Doveva aver fatto un po' di fortuna, perché ogni estate tornava con una Mercedes più grande dell'anno prima e si era comprato una villa sulla costa, nell'allora esclusiva Salinas, vicino ad Avilés. Li vedevo solo ogni tanto in agosto, quando tornavano per le vacanze e mia madre organizzava un pranzo a Gijón. Per me erano due estranei. Invece il nonno Paulino e i bisnonni, Frutos e Olvido, che non avevo mai conosciuto, alimentavano ricordi inventati grazie alle storie che mi raccontava mia madre e alla visita annuale nel luogo dove erano sepolti: i bisnonni in una tomba al centro del cimitero, e mio nonno a un'estremità, insieme ai suoi genitori. Ogni anno mia madre si chiedeva che cosa avrebbe dovuto fare quando mia nonna Aurora fosse morta, se seppellirla con i suoi genitori o spostare Paulino perché riposasse accanto alla moglie. Quel pensiero sembrava così importante per mia madre che, pur non capendola fino in fondo, partecipavo e cercavo di trovare una soluzione.

«Cosa vorrebbe la nonna?»

«Essere cremata e buttata nel fiume Turón» rispondeva invariabilmente mia madre.

«E perché non rispettiamo la sua volontà?» domandavo io, sentendomi parte del futuro inevitabile che avrebbe contemplato il funerale di mia nonna.

«Perché è una delle sue tante follie, Ana. Nessuno tratta così i suoi morti. Neppure tua nonna» concludeva mia madre, e io smettevo di insistere.

Da piccola mi piaceva molto giocare tra le tombe e strappare l'erba che, con il tempo umido del nord, copriva ogni angolo se nessuno poneva un freno al suo avanzare lento e costante. Mia madre mi metteva un vestito elegante, cucito per l'occasione, e un paio di scarpe di vernice che, nel pantano che si formava al cimitero con la pioggia autunnale, di quel giorno o dei precedenti, si riducevano in uno stato pietoso al momento di far visita ai nonni. Ma non era importante, perché per i morti queste cose non contano.

Mio padre non veniva mai con noi. Quel giorno portava i fiori ai suoi genitori al cimitero del Salvador, a Oviedo, e tornava subito a casa. Avrebbe potuto raggiungerci dopo, ma non amava il bacino minerario e non sopportava che mia madre si fermasse ogni due metri a chiacchierare con donne che non erano minimamente interessate a lui.

Le conversazioni si ripetevano a oltranza: quanto assomigliavo alla nonna Aurora e poi il riassunto degli ultimi eventi sociali del paese, che consistevano in matrimoni, battesimi e funerali.

«Chi era quella?» domandavo a mia madre dopo ogni fermata.

«Una vicina» rispondeva di solito.

Dopo la messa al cimitero andavamo a mangiare a casa della sua amica Florita, dove la nonna Herminia, una vecchietta che sembrava una strega buona uscita da un film, ci preparava un *pote* asturiano, l'*arroz con leche* e ci leggeva le carte. Adoravo Herminia. E mia madre l'adorava ancora di più. Prima di andarcene, dovevamo fare un'ultima cosa: passare dalla casa della nonna Aurora, ormai chiusa, a controllare che fosse tutto a posto. Sporca e piena di polvere, la casa aveva qualcosa di spettrale.

«Mostrami la tua stanza, mamma» le chiedevo ogni anno.

«Di nuovo?» protestava lei, conducendomi al piano di sopra.

La camera di mia madre bambina era piccolissima: un letto con la testata di ferro nero, un comodino di legno, una sedia e un armadio, anche quello di legno, scurissimo, a una sola anta. Mi colpivano due cose: l'altezza del letto e che non ci fosse niente che ricordasse la mia stanza.

«Non ti piaceva il rosa? Preferivi questo brutto grigio?» le domandavo con la mia innocenza infantile, perché non concepivo che una bambina non avesse una stanza come la mia, rosa e piena di ricami, pizzi e peluches.

«Non mi ricordo, bambina mia, erano altri tempi» diceva.

Quel giorno dei morti del 2013 sentivo la mancanza di mia madre. Sapevo che per lei era una brutta giornata. Il rituale era cambiato e quel giorno sarebbe rimasta a Oviedo, per andare a trovare mio padre nei loculi della basilica di San Juan, dove riposavano le sue ceneri. Il giorno prima era andata al cimitero di Turón a pulire le lapidi e a deporre fiori freschi, ma era il primo anno che avrebbe abbandonato il padre per stare con il marito.

Mentre mi truccavo la faccia di bianco e viola allo specchio del bagno personale – da quando ci eravamo trasferiti nell'enorme villa moderna a La Finca, Carlos e io non condividevamo neppure il bagno – mi resi conto che da giorni non passavo cinque minuti senza pensare a lei. Forse perché ricordavo le sue preoccupazioni riguardo la sepoltura della nonna Aurora e mi sembrava sempre più probabile che sarebbe stata la nonna Aurora a dover decidere dove seppellire mia madre, visto che non aveva alcuna voglia di morire.

Quella sera mia figlia si era messa in testa di portare la «bis», come la chiamava lei, alla raffinata festa di Halloween dei miei suoceri. Mi sembrava un'idea infelice, ma non potevo evitare di rallegrarmi immaginando la faccia che avrebbe fatto Paloma quando l'avesse vista lì. Per la prima volta in molti anni avevo voglia di partecipare a una festa di mia suocera.

Águeda, 2013

Lo stesso cancro che si era portato via la mente straordinaria di Steve Jobs, il carisma di Patrick Swayze e la voce prodigiosa di Luciano Pavarotti pose fine alla vita di Jesús, lasciando Águeda vedova e risvegliando la sensazione di essere sola al mondo che aveva provato prima di sposarsi.

Negli ultimi giorni di agonia non aveva sentito quel vuoto nel cuore. Neanche il giorno del funerale, con Ana, Alba, Carlos e molte ex allieve intorno. Persino i consuoceri e Aurora erano venuti al funerale da Madrid. C'era così tanta gente che la chiesa di San Juan, la più grande dopo la cattedrale e la stessa dove, novant'anni prima, Alfonso XIII aveva fatto da testimone all'allora comandante Franco durante la sua unione con Carmen Polo, era talmente gremita che dovettero aprire le porte perché la gente sentisse la messa da fuori.

Una settimana dopo, quando Ana se n'era andata, Águeda era rimasta sola. Il silenzio inondò la casa e le entrò nell'anima. Si sedette su una sedia e si rese conto di quanto si sentisse persa.

Senza la sartoria, senza le allieve e senza Jesús, il suo appartamento in calle San Bernabé, che occupava tutto il secondo piano dell'edificio, le pareva immenso. Non sentiva la mancanza della madre, che da due anni stava in una residenza di Madrid, e neanche di Ana, perché a forza di non vederla si era abituata a non rimpiangerla nella quotidianità. Le mancava Florita, portata via da un infarto l'anno prima. Con Jesús che aveva già ricevuto la diagnosi, la chemio, il vomito e le cure, non aveva neanche avuto modo di piangerla. Le parve un'assurdità essere ancora al mondo senza niente da fare se non aspettare la morte che, secondo il medico, non si annunciava neppure prossima. In quel momento la vita le parve assurda.

Nei giorni precedenti, nella confusione del lutto, Águeda aveva rifiutato più volte la proposta di Ana di andare con lei a Madrid.

«Che cosa ti resta nelle Asturie, mamma? Sarai sola. E se hai bisogno di qualcosa?»

«Conosco un sacco di gente, Ana, hai visto quante persone c'erano al funerale di tuo padre.»

«Proprio così, mamma, conosci un sacco di gente» sottolineò Ana. «Ma non hai né amiche né parenti.»

«I miei fratelli stanno a Gijón, da quando sono in pensione.»

«E quante volte all'anno li vedi? Due, tre, sei, volendo esagerare. Sono molto legati tra loro, hanno passato la vita insieme, ma che rapporto hanno con te, visto che hanno passato quarantacinque anni in Germania?»

Dopo diverse ore trascorse sulla sedia, a ricordare la conversazione con la figlia, Águeda individuò la sua nuova missione. Da tempo trovava Ana spenta, triste e sempre più magra. Pensò a quanti anni erano passati da quando aveva sentito la figlia ridere per l'ultima volta. Fece i conti, e quando li ebbe calcolati, prese la decisione di vendere il suo appartamento a Oviedo e comprarne uno a Madrid. Vicino ad Ana, perché in casa della figlia non voleva piazzarsi: le vecchie danno fastidio e la scocciatura lascia spazio ai bei ricordi solo quando il carro funebre le porta via cancellando le sensazioni negative.

Non si portò dietro neppure l'ultima macchina per cucire moderna restata nella sartoria, perché Anina aveva ancora la vecchia Singer e di sicuro gliel'avrebbe restituita volentieri per le quattro riparazioni che avrebbe avuto da fare. A questo punto si sarà stufata di quel catafalco, perché ai ricchi le cose da poveri piacciono solo a parole, pensò prima di andare a letto. Aveva un progetto per il resto dei suoi giorni. La sola idea di essere vicina alla donna che pensava ancora come la sua bambina le riempì il cuore.

Águeda, 1951

La presentazione di Aurora a Franco vestita da falangista portò con sé ordini sufficienti perché la coppia e i bambini potessero vivere senza patire gli stenti negli anni successivi. Riuscirono persino a risparmiare un po' di soldi. Le amiche di doña Pilar si affezionarono all'idea che la *carbonera* di Franco cucisse i loro abiti. Le ordinazioni aumentarono e Aurora muoveva il pedale della Singer ogni giorno e spesso anche di notte. Con i gemelli dalla vicina, Águeda fu costretta a sobbarcarsi, a sette anni, gran parte dei lavori di casa, e Aurora poté disinteressarsi della famiglia per chiudersi a cucire nella sua saletta. Prese qualche allieva dotata del Servizio sociale come aiutante, ma quando imparavano, le ragazze si facevano le loro clienti, se ne andavano e lei si trovava da capo. Cuciva bene, le sue clienti se la tenevano stretta e gliene presentavano di nuove, ma lei non aveva tempo per altre ordinazioni e rimpiangeva le entrate perdute. Finché Paulino si ammalò e fu costretta a spendere quasi tutti i suoi risparmi per una cura che non servì a niente.

Aveva la pensione da vedova, ma non sarebbe bastata per

crescere tre figli. Anche dedicando diciotto ore al giorno al cucito, da sola non avrebbe potuto portare a termine tutte le ordinazioni necessarie per mantenere la famiglia, quindi dovette prendere una serie di decisioni: i bambini erano troppo piccoli per andare in miniera e, anche se Águeda non era abile con ago e filo, stava per compiere dieci anni e avrebbe potuto aiutarla. Le servivano più clienti, più ordinazioni, e una collaboratrice a buon mercato. Possibilmente gratis. In più voleva che la bambina imparasse a cucire perché se lei, essendo bella, non aveva trovato di meglio che Paulino, Águeda, bruttina com'era, non avrebbe avuto vita facile.

La notizia che avrebbe lasciato la scuola per mettersi a cucire con la madre colse Águeda impreparata. Era turbata dalla solitudine che si prefigurava più che dal cambiamento in sé. Non aveva grandi prospettive: non le piaceva la scuola, ma non le piaceva neppure cucire e meno che mai stare con sua madre. In mancanza del padre, la sua unica consolazione era la compagnia di Florita, e se avesse lasciato la scuola, Florita si sarebbe fatta un'altra amica e l'avrebbe abbandonata per sempre.

«Dovrai imparare in fretta ed essere precisa, perché le clienti sono molto esigenti, non possiamo deluderle e io da sola non riesco a fare tutto.»

«Ma se non studio, resterò asina» protestò Águeda, disperata all'idea di perdere Florita.

«A noi donne basta saper leggere, scrivere e fare di conto, perché il resto non ce lo lasciano fare, quindi perché vuoi continuare?»

«La scuola mi piace» mentì Águeda.

«A me piacerebbe essere ricca ma come vedi sono una sarta e per miracolo non sono diventata *carbonera.* Adesso ci servono i soldi. Tuo padre è morto. Di che cosa vivremo? Ringrazia che non devo mandarti a raccogliere carbone nelle discariche tutto il giorno per venderlo in cambio di una miseria. Cominci domani.»

La soluzione al cruccio di Águeda venne da Herminia.

Quel pomeriggio Águeda andò a casa sua, in lacrime, per avvisare Florita che non sarebbe tornata a scuola. Dopo aver appreso la notizia, l'anziana lasciò la nipote con l'amica e andò a prendere le sue carte. Fece un giro per Aurora e il tre di ori che lo apriva con il fante di ori proprio sotto il tre diedero a Herminia l'indicazione.

Quella sera si rigirò nel letto finché, il giorno dopo, andò da Aurora.

«Che sorpresa! Accomodatevi» disse Aurora, sperando che la vecchia se ne andasse presto. «Sto insegnando a cucire ad Águeda per farmi aiutare, non le dico altro.»

«Allora non potevo venire in un momento migliore. Non vi ruberò molto tempo. Anzi, vorrei risparmiarvene.»

«Vi ascolto.»

Herminia uscì da casa di Aurora con un cesto di roba da sbastire e stirare e la promessa che Florita avrebbe imparato a cucire da Aurora come Águeda. All'inizio senza compenso: in seguito avrebbero stabilito quanto valeva il lavoro della bambina.

Florita arrivò il giorno successivo, contenta di stare con l'amica, ma triste di non andare più a scuola. A differenza di Águeda, lei amava i conti, la storia e la geografia.

Aurora si accorse subito che Florita non era portata per il cucito, ma cercò lo stesso di inculcarle l'arte dei punti, rifilandole colpetti, schiaffi e buffetti come faceva con Águeda. Aurora non voleva più perdere Águeda di vista e aveva smesso di rinchiuderla nella dispensa, passando a punirla con castighi rapidi che non richiedessero l'interruzione del lavoro da parte delle bambine.

Ana, 2013

Dopo ventotto anni, cinque figli tra tutti e due, un matrimonio ciascuno e un divorzio lui, Ana e César si ritrovarono. L'incontro avvenne dopo la morte di Jesús.

Quell'estate Carlos e Alba erano andati a Sotogrande e Ana aveva portato i bambini a Gijón, a passare le vacanze con sua madre. Águeda era decisa a trasferirsi a Madrid, ma doveva organizzare ciò che le rimaneva nelle Asturie.

«Perché non tieni tu questo appartamento? Se vendiamo quello di Oviedo e questo, non avrai più niente che ti unisce alla tua terra. Con quello che vale l'alloggio di Oviedo secondo l'agenzia, ne ho abbastanza per comprare un piccolo appartamento vicino a te. Be', vicino si fa per dire, perché dovrò venire a trovarti in autobus. Lì è tutto lontano, e che prezzi! E dire che vivi in periferia. Quasi quasi mi costava meno andare in una residenza per anziani come tua nonna.»

«Non se ne parla neanche, mamma. Capisco che tu voglia avere la tua casa e non vivere con me, ma in una residenza non ci vai. E questo appartamento lo tieni per l'estate, perché a Madrid fa caldissimo.»

«E cosa ci faccio qui se non vieni con i bambini? Guarda come stiamo bene adesso. Peccato che non ci sia anche Alba.»

«Con me viene volentieri solo Jesús, e durerà ancora per poco. Carlos è venuto controvoglia e Alba non vuole saperne di me. È a Cadice con le amiche, a darsi arie da femminista progressista.»

«Le passerà. È l'età.»

«Io non ho mai fatto cose del genere.»

«Ne hai combinate anche tu. Che dispiacere ci hai dato quando ti sei incapricciata di quel ragazzo in sedia a rotelle! Anche se in realtà sei sempre stata bravissima.»

Ana si sentiva ancora umiliata per il disprezzo della madre di César e anche se non arrossiva ogni volta che lo ricordava, in quel momento aveva le guance in fiamme.

«Lascia stare, mamma, non voglio parlarne.»

«Perché non ci facciamo le carte? Magari ci dicono cosa dobbiamo fare.»

«Dai, perché no?»

Dopo qualche giro Águeda augurò ad Ana molti incontri dopo tanti anni di lontananza. Aveva indovinato.

Ana uscì a fare un giro mentre Águeda preparava i *frisuelos* con il cioccolato per i nipoti, convinta che magari, sentendo l'odore dei dolci si sarebbero allontanati dalla consolle che avevano collegato al televisore del salotto e che non avevano lasciato da quando erano arrivati. Ana non chiamò nessuno. Non aveva i numeri delle sue amiche dell'adolescenza, e non avrebbe saputo di che cosa parlare. Voleva solo ripercorrere i luoghi della giovinezza, che ora sembrava lontana e molto più felice rispetto a quando l'aveva vissuta. Arrivò alla Cuesta del Cholo e la gente che vide le parve giovanissima, anche se aveva più o meno l'età di quando la frequentava lei. Percorse la Ruta de los vinos con la stessa sensazione, passeggiò sul Muro tra coppie e anziani che facevano il loro giro serale, arrivò alla scala 13 e lì, su una panchina, incontrò Cova, la vecchia amica che aveva meno voglia di vedere. Sorpresa, simulazione di una gioia esagerata, convenevoli, scambio di numeri, baci e abbracci accompagnarono l'incontro.

«Vedrai quando lo sapranno le altre!»

«Vedi ancora Marta e Ángela?»

«Certo. E non vedo te solo perché non vuoi, visto che da quanto ti sei fidanzata con quel riccone non hai più voluto saperne delle tue amiche proletarie.»

«Non è vero, le cose non sono andate così.»

«Fa lo stesso, ma ora non hai scuse. Ci vediamo in settimana. Magari Ángela si unisce a noi: ha appena divorziato e ha una voglia di fare festa che non immagini.»

«Sai qualcosa di César?»

Cova la guardò, stupita.

«Certo, perché me lo chiedi?»

Ana si strinse nelle spalle prima di rispondere.

«Mi piacerebbe sentirlo.»

«Be', ti do il suo numero, ma ora devo andare. Mi aspetta mia figlia e faccio tardi. E ti chiamo per metterci d'accordo.»

Ana rimase a guardare il numero di César nella rubrica

mentre Cova si allontanava in fretta. Aprì la borsa, vi ripose il telefono e pochi minuti dopo lo riprese. Con il cuore in gola, sentì il primo squillo e il secondo, e quando stava per attaccare dopo il terzo, le rispose una voce che avrebbe riconosciuto ovunque.

Un'ora dopo César l'aspettava in un bar accanto al suo portone, in un edificio nuovo vicino a Plaza del Parchís, in pieno centro.

Quando lo vide, fu investita da un'ondata di emozione. La sedia a rotelle non aveva impedito a César di mantenersi bello come sempre. Faceva triathlon e gareggiava in tutto il mondo nella categoria paralimpica. Aveva ancora i suoi bei capelli, che non erano neanche diventati bianchi.

César aveva trovato lavoro come ingegnere industriale presso l'amministrazione del Principato delle Asturie, era padre di due adolescenti ed era divorziato. E contento di rivederla.

«Due figlie?» domandò Ana. «Puoi? Insomma, intendo...»

César rise e Ana rivide l'universitario bello e allegro che ricordava. Solo qualche ruga intorno agli occhi rivelava il passare del tempo.

«Intendi se funziono a letto?»

Ana arrossì e César rise di nuovo.

«Certo. I medici hanno risolto il problema. Per le bambine, però, ci siamo rivolti a una clinica.»

«Sono felice per te.»

«Vuoi che saliamo a casa mia? Possiamo ordinare qualcosa. Se preferisci proviamo a prenotare da qualche parte, ma trovare un tavolo a Gijón in agosto, di sabato sera, è complicato. Mi piacerebbe continuare a chiacchierare con te. Abbiamo un sacco di cose da raccontarci.»

Quella sera Ana tradì Carlos e si rinnamorò di César in poche ore, come le era accaduto da adolescente. Rientrò a notte fonda, a piedi. Sentiva i marciapiedi soffici, come se camminasse sulle nuvole.

Águeda l'aspettava sveglia, preoccupata.

«Anina, sono già alla terza tisana. Perché non mi hai chiamato? Hai il trucco sbavato, cosa è successo?»
«Niente di male, mamma. Vai a letto, è tardi.»
«Cosa combini?» protestò, mentre Ana la guidava in camera sua.
Ana non vide la chiamata persa di Cova né il WhatsApp successivo, finché non si infilò a letto, pronta a passare tutta la notte a ricordare l'incontro con César:

Chiamami, per favore. È importante.

Ana collegò il telefono al caricatore e rimandò Cova e il mondo al giorno dopo, per abbracciare il cuscino e sognare César.
Fu precisamente un suo messaggio che la svegliò:

Lo rifacciamo?

Ana sorrise, mise giù il telefono e si coprì con il lenzuolo, pronta a poltrire ricordando la notte precedente, ma Cova la interruppe:

Chiamami. C'è una cosa che devi sapere.

Mi sono appena svegliata. Di cosa si tratta?

Subito dopo, suonò il telefono.
«Meno male che riesco a parlarti» disse Cova senza neanche salutarla. «Non ho chiuso occhio. Hai chiamato César?»
Ana tacque. Non aveva voglia di condividere il suo incontro con César, tanto più con la meno intima delle sue amiche dell'adolescenza.
«Senti» continuò Cova. «Non mi importa quello che fai o non fai, ma credo che tu debba sapere che César è l'ex marito di Ángela.»
Ana continuava a tacere, perché non le venivano le parole.

«Ana? Mi senti?» insistette Cova di fronte al suo silenzio.

«Che stronza!» disse Ana.

«Ma cosa dici! Tu ti sei sposata molto prima di loro, e non ci hai neanche invitato al matrimonio. Il vostro era stato un amore estivo... insomma, l'hai lasciato tu, perché lui era cotto. La storia con Ángela è cominciata anni dopo. Volevo solo che lo sapessi, visto che ieri mi hai chiesto il numero di César... Di sicuro non avevi in mente niente... Be', in ogni caso è meglio che tu lo sappia. Spero che questo non rovini il nostro progetto di uscire tutte insieme.»

«Senti, Cova, lascia perdere, non mi va di incontrarci, è stato tutto un errore» disse Ana, e riattaccò, lasciando Cova a metà di una frase.

Subito dopo mandò un secco WhatsApp a César:

Vaffanculo.

César chiamò e richiamò, ma Ana non gli rispose. Né quel giorno né il successivo. Ne mai. Tornò a Madrid e pregò che Carlos non venisse mai a sapere della sua avventura a Gijón.

Aurora, 1955

Aurora risparmiò per cinque anni prima di riuscire a comprarsi la Vespa che per mesi avrebbe suscitato commenti, invidie e pettegolezzi nel vicinato.

Anche se la vedovanza l'aveva ridotta alla precarietà economica, le aveva portato comunque qualcosa di buono: poteva guidare, comprare uno scooter senza chiedere il permesso al marito. Aurora non era l'unica donna con la patente, ma tra le poche, anche se la prima l'aveva presa da venticinque anni. E non era l'unica donna con una Vespa nelle Asturias, ma nel suo paese sì.

Quando andava in Vespa, con un fazzoletto in testa per non spettinarsi e la gonna ampia legata perché il vento non le facesse scherzi, attirava molti sguardi e qualche commento sulle donne alla guida: «Dovresti stare in cucina, come le donne oneste» ed esclamazioni scandalizzate: «Dove andremo a finire in questo Paese!»

Ma fin dal primo momento poté contare sull'approvazione di doña Pilar e, di conseguenza, su quella delle componenti della Sezione femminile e delle clienti più redditizie che, d'accordo o non d'accordo che fossero sull'acquisto della moto, lo erano sempre con doña Pilar. La Vespa le permise di risparmiare tempo e aumentò la sua libertà: non doveva dipendere dai treni, che ogni due per tre coprivano i passeggeri di fuliggine, né dagli autobus di linea, lenti per le molte fermate nei paesi.

Di notte Aurora teneva il suo mezzo in cucina, perché non si fidava a lasciarla in strada, per quanto legata. E durante il giorno negli uffici della Sezione femminile, perché doña Pilar le aveva dato il permesso speciale di posteggiare dentro, cosa che sorprese Aurora, convinta di dover faticare a convincerla.

«Devi lasciarla per forza dentro. Se la Vespa fosse di un uomo ti direi di no, ma dal momento che sanno che è tua, sono capaci di rubarla o rovinartela.»

Doña Pilar, paladina della donna senza scollatura e delle maniche fino al gomito, dedita alla famiglia e sottomessa all'uomo in un'eterna minore età, aveva espresso quella che sembrava una rivendicazione.

«Grazie, doña Pilar, siete molto generosa con me.»

«Te ne accorgi adesso?»

Aurora esitò.

«Intendo...» cominciò, ma tacque perché non le venivano le parole.

«Sono anni che ti proteggo, perché sono madre anche io e i tuoi figli mi fanno pena. Se avessi voluto liberarmi di te, saresti in carcere per adulterio o peggio. E se non mi fossi impegnata per sistemarti, avresti tirato la cinghia cucendo per le tue vicine, che non sempre ti avrebbero pagata, e avresti mandato tua figlia alle discariche e i bambini in miniera appena avessero avuto l'età. Ma non l'ho fatto per te, l'ho fatto per Águeda, perché non avrei mai permesso a mio marito di accusarmi per aver condannato alla miniera la sua bastarda. Adesso è in debito con me, per sempre.»

«Vostro marito?» domandò, a bocca aperta.

«Non fare la finta tonta, sappiamo entrambe a cosa mi riferisco. E se ti sorprende che io lo sappia, non dimenticare che Dio impone ai coniugi di aiutarsi a vicenda.»

Aurora tacque di nuovo, non perché le mancassero le parole, ma perché doña Pilar aveva ragione nel dire che la sua vita sarebbe stata molto diversa se non l'avesse introdotta nella Falange. E se Ferino e quella donna avevano accettato, senza domandare all'unica persona che poteva saperlo per certo, che Águeda fosse figlia di Ferino, non le sembrava intelligente svelare loro l'inganno. Almeno finché quell'assurda convinzione, che Frutos aveva estratto dal cilindro, o piuttosto dalle orecchie a sventola di Águeda, avrebbe coninuato a portarle vantaggi.

Aurora, 2013

La festa di Halloween dei Fresno si celebrava con la scusa di far divertire i bambini, propri e altrui. I piccoli avevano una loro sala con la merenda, il truccabimbi, il castello gonfiabile e gli animatori al piano inferiore della villa dei Fresno, addobbata come se fosse un castello dell'orrore infantile, mentre gli adulti partecipavano a una festa in piena regola nell'immenso salone del piano principale. Con più di ottanta invitati adulti, era il momento perfetto per chiudere gli ultimi accordi e raggiungere gli obiettivi dell'anno; e i travestimenti un modo molto pratico per offrire argomenti di conversazione.

Come sempre Ana affiancava Paloma nell'accogliere gli ospiti. Se Ana aveva una virtù agli occhi della suocera, era quella di fare bella figura. Con una di quelle bellezze classiche, che suscitava ammirazione senza risvegliare la lussuria, e modi inoffensivi, era il perfetto biglietto da visita della famiglia. Ma quella sera Paloma non era affatto contenta della nuora.

«Si può sapere come ti è venuto in mente di metterti una cosa del genere?»

«È Halloween e sono vestita da sposa cadavere» si scusò.

«Sembri un pagliaccio. Lasci poco all'immaginazione con quel vestitino striminzito. E la faccia piena di trucco bianco e quella cotonatura, poi. Vedi qualcun altro conciato così? Non hai più quindici anni!»

«Mi dispiace» rispose Ana. «Se preferisci vado tra gli ospiti.»

«Neanche per sogno. Rimarrai qui perché gli uomini hanno un affare importante da concludere.»

«Ah sì? Carlos non mi racconta mai niente.»

«Anche questo bisogna guadagnarselo.»

Se Paloma era arrabbiata con Ana, quando comparvero Alba con Aurora e il suo amico Fernando l'espressione si alterò al massimo consentito dai trattamenti di botulino e di collagene.

«Guarda, nonna, ho convinto la bis a mascherarsi» disse Alba indicando Aurora, che al posto dei soliti vestiti colorati senza forma, lunghi fino alle caviglie per mascherare l'obesità, ne indossava uno uguale ma nero, con una specie di fascia rossa in vita.

«E da cosa è vestita?» domandò inorridita Paloma guardando Aurora, che sembrava uno scarafaggio gigantesco con un fiocco regalo.

«Secondo te, nonna? Da Cardinalessa! Figo, eh?»

Paloma stava per farsi il segno della croce, ma si contenne.

«E tu?»

«Da Harley Quinn.»

«E chi sarebbe?»

«La lesbica figa dei film di Batman, quella che complica la vita al riccone noioso travestito da pipistrello.»

Ana contenne una risata e Paloma, che non voleva sentire altro, si spostò per farle entrare.

«Bell'Halloween mi farete passare» rinfacciò Paloma alla nipote. «L'anno prossimo i travestimenti li scelgo io.»

«Puoi ringraziare, nonna, perché stavo per vestirmi da Poison Ivy.»

«Da cosa?» domandò Paloma ad Ana mentre lo strano trio si allontanava in cerca di un posto dove Aurora potesse sedersi.

«Figo l'Halloween a casa di mia nonna, eh?» disse Alba ad Aurora.

«Altro che Halloween, bambina! L'Amagüestu era mille volte meglio! Ho festeggiato un sacco di giorni dei morti a casa dei miei nonni arrostendo castagne sul fuoco e svuotando zucche. Mettevamo le braci dentro e ci sporcavamo la faccia di nero. Soprattutto i bambini, ma anche molti adulti. E ci ingozzavamo di castagne. Con la scusa che ogni castagna liberava un'anima del purgatorio e la mandava in cielo, si mangiava a più non posso! Non ne avanzava neanche una. Ovviamente in confronto al dopoguerra erano giorni di abbondanza. Ora i preti sostengono che è una tradizione americana, ma si vede che hanno la memoria corta!»

«E vi travestivate?»

«No, questo no, e certo non da cadavere come tua madre. È bruttissima. Ho visto fin troppi morti in vita mia e non mi piace di certo.»

«Hai anche visto molti preti e guarda come ti sta bene la sottana» disse Alba, ridendo.

«Ai preti devo molto. Ho guadagnato un sacco di soldi cucendo questa roba» disse agitando la gonna ampia. «Visto come mi riesce ancora bene?»

«Lo ha fatto lei?» domandò Fernando, che era sempre più sorpreso dalla *bis* di Alba.

«Con la Singer che mia madre tiene in sala come pezzo d'arredamento» gli spiegò Alba. «Non immagini quanto è brava la bis con il pedale.»

«Solo perché non ho una macchina moderna. La Singer è un rottame, ma se tua madre me lo avesse chiesto, le avrei fatto un costume decente. Guardala, tutta piena di sangue con quel vestito minuscolo. Come se non bastasse il sangue esposto nella sala del suo castello! Certo, in confronto a questa piazza d'armi, quella di tua madre è una stamberga» commentò Aurora guardandosi intorno.

«Cosa dici, bis? Che sangue?»

«Niente, bambina, niente. Discorsi da vecchi.»

Alba fece posto ad Aurora su una poltrona e l'affidò a Fernando mentre andava a dire a un cameriere di portare da bere e di ricordarsi di passare da lì con i vassoi del cibo.

«E che fine ha fatto l'Ama...» domandò Fernando, che di fronte alla faccia sconcertata di Aurora chiarì: «l'Halloween asturiano».

«L'Amagüestu.»

«Avete smesso di festeggiarlo?»

«Sì, perché durante la rivoluzione del '34 una bomba ha ucciso mia nonna mentre era in coda per il pane e mio nonno è morto qualche mese dopo. Non so se di fame, di dolore o di solitudine. Fame ne ha patita di certo, perché dopo che è morta, si è seduto su una sedia e si è rifiutato di mangiare. Poi è arrivato Franco e i preti hanno proibito l'Amagüestu. Dicevano che bisognava festeggiare il giorno dei morti portando fiori al cimitero e andando a messa, quindi abbiamo sostituito le braci e le zucche con i crisantemi sulla tomba di mio nonno. Quando avevamo i soldi per comprarli, ovviamente. Ma abbiamo continuato ad arrostire le castagne finché...» All'improvviso come se si fosse prodotto un cortocircuito mentale, Aurora interruppe il discorso. «Non mi confondere, Fernando, non voglio parlare di quei tempi, quindi non farmi altre domande e concentrati su Alba, che con quell'aria da prete progressista la fai scappare.»

«Io e Alba siamo solo amici. Le ha già detto che le piacciono le femmine...» rispose Fernando, un po' stizzito per l'uscita della bisnonna.

«Sarà l'età della ribellione. Oppure va proprio a letto con qualcuna e fa quella cosa?»

«Aurora!» la sgridò Fernando, e gli scappò una risata. «Se la sente la nonna di Alba...»

«Di quella Paloma me ne importa un fico secco, sembra che si sia ingoiata una di quelle canne di bambù che ha in giardino, manco fosse la gabbia di Chu-lin.»

«Di chi?» domandò Fernando.

«Del panda dello zoo. In che mondo vivi?» Poi si rese conto che Chu-lin era morto poco dopo la nascita di Fernando. «Quanto siete giovani, giovanissimi! Ti stavo dicendo: a te piace Alba?»

«Be', certo, Alba piace a tutti» rispose lui, a disagio.

«Se non diventi un po' più uomo, non caverai un ragno dal buco.»

«È roba di altri tempi.»

Aurora e Fernando interruppero la conversazione quando videro Alba che si avvicinava portando un vassoio rotondo con tre bicchieri di champagne.

«Champagne francese, bis. Vedrai che ti piace.»

Águeda, 1956

Dal primo momento in cui Águeda e Florita avevano cominciato a cucire con Aurora era emerso che Águeda era brava nelle imbastiture, nelle rifiniture e nelle impunture. Ma non sopportava le scenate della madre. In compenso a Florita, preoccupata di non far arrabbiare Aurora per non beccarsi uno scappellotto, l'idea di lasciare la scuola per il cucito, una volta capito che le donne istruite non interessavano a nessuno, parve una buona soluzione, anche se presto dimostrò di avere scarse capacità. Le sue cuciture andavano fatte e rifatte tre volte, e Aurora le sottrasse le stoffe più delicate per affidarle compiti minori e ricami, in cui era più abile.

I problemi cominciarono quando, a quindici anni, Florita

divenne il cigno che era destinata a essere: le sue forme sgraziate si arrotondarono in un corpo alto e snello, il seno le crebbe e una ingenua malizia le invase il sorriso.

Florita era una ragazza innocente, e sapersi oggetto dello sguardo maschile le dava un protagonismo che non aveva mai avuto. Rispondeva con un sorriso ai complimenti, nonostante gli avvertimenti continui di Herminia sulle possibili intenzioni nei suoi riguardi.

Erano pochi gli uomini del paese che non avevano notato Florita, mentre Águeda, sempre più tonda, piccola e timida, diventava invisibile.

Herminia si attaccò alla nipote, l'accompagnava ogni giorno a casa di Aurora e le raccomandava di non muoversi di lì finché non fosse venuta a prenderla.

Arrivò l'estate e in Spagna cominciò la Crociata per la decenza: «In favore del contegno, della morigeratezza e del pudore» per evitare l'alleggerimento dei vestiti e dei costumi durante i mesi più caldi; Herminia approfittò della legge per impedire alla nipote di portare scollature o maniche troppo corte. Il clima temperato delle Asturie non comportava grandi ondate di calore, ma accendeva gli animi di tutti e nelle strade la vita aumentava.

Quell'anno c'era una gara di abiti per bambini alla festa del paese e Águeda e Florita si misero in testa di vincere con un vestito disegnato da loro: Águeda tagliava e cuciva e Florita ricamava. Lo facevano quando i gemelli erano a scuola e Aurora usciva con la sua Vespa per insegnare alla Falange o andare a prendere misure e provare abiti alle clienti procurate da doña Pilar.

In quei momenti accendevano la radio per sentire le peripezie sentimentali dei protagonisti dei radiodrammi e sospiravano con gli innamoramenti e le disgrazie delle loro trame stucchevoli. Finché tornava Aurora e la spegneva dicendo che erano tutte stupidaggini e che l'unico amore vero era quello per il denaro.

Il giorno della festa Águeda e Florita erano riuscite a strappare alla padrona un po' di tempo libero per passeggiare in paese e fare il pellegrinaggio. Cominciarono i primi balli ed Herminia andò a sorvegliarle, perché la nipote non si gettasse tra le braccia di qualche giovane non adatto o con intenzioni dubbie.

Arrivò il giorno della gara e le amiche erano molto agitate. Avevano grandi possibilità: il loro abito era il più bello e la modella era una bambina di sei anni, vicina di Florita, con una grazia e una naturalezza che metteva in risalto il vestito.

La competizione si tenne al cinema, che occupava gli spazi del circolo operaio di Turón chiuso dopo la guerra. La giuria era composta da signore agiate, dal sindaco e da un giornalista di Oviedo, Arturo Vereterra, che avrebbe dato la notizia sul giornale più letto delle Asturie, facendo pubblicità al vincitore. Arturo notò Florita e le rivolse un sorriso, a cui la giovane rispose ottenebrata dall'improvvisa attenzione di quell'uomo sulla trentina che possedeva le attrattive date dalla genetica e l'eleganza che si compra con i soldi.

«Hai visto il giornalista? Quanto è bello!» sussurrò Florita all'orecchio dell'amica.

«Sembra Cary Grant.»

«Ha un vestito elegantissimo.»

Florita guardò l'uomo e, dopo aver incrociato il suo sguardo, lo distolse con una risatina che il giornalista non poté fare a meno di notare.

Tra il nervosismo del concorso e quello del suo primo corteggiamento, a Florita venne voglia di andare in bagno e lasciò la sala. Arturo vi lesse un invito ad avvicinarla, così la seguì e attese che uscisse. Quando le rivolse la parola, il cuore di Florita fece i fuochi artificiali.

«Il vostro abito è stupendo» disse Arturo. «È il mio preferito. Sono quasi deciso a votarlo.»

Lei lo ringraziò, impermeabile alla proposta velata che le parole dell'uomo comportavano.

«Conoscendo la bellezza della sua creatrice, il vestito mi

piace ancora di più» aggiunse. «Credo che voi abbiate molte chances di vincere.»

«Il merito non è solo mio. La mia amica Águeda ha fatto quasi tutto il modello, io l'ho solo ricamato» rispose, confusa dal complimento.

«Allora puoi restituire il favore alla tua amica e procurare al vestito il primo posto nel concorso, ti va?»

«Certo, ma che cosa posso fare?»

«Te lo spiego» disse, e le sfiorò il petto con la mano.

Un misto di paura ed eccitazione la paralizzò.

«Vieni con me.» Arturo si mise dietro di lei per farla avanzare mentre le percorreva la schiena con un dito.

Águeda, preoccupata per Florita che tardava, uscì a cercarla e assistette alla scena. Non essendo affascinata come l'amica, capì le intenzioni del giornalista appena lo vide, allontanò Florita e gli disse: «Sei un porco! Ha solo quindici anni!»

L'abito di Águeda e Florita non vinse la gara, ma Aurora scoprì che le bambine avevano adoperato le sue stoffe e il tempo che avrebbero potuto usare per portarsi avanti nel lavoro per lei, e andò su tutte le furie.

Diede uno schiaffo a Florita e la cacciò di casa.

«Non tornare a cucire da me. Serpe in seno...»

Águeda passò la notte in bianco, chiusa nella dispensa, morta di paura e di dolore, pensando a come sarebbe stato cucire con sua madre senza l'amica, mentre Florita ribolliva di emozioni contrastanti dopo ciò che era accaduto con l'uomo.

Le suppliche di Herminia perché Aurora riprendesse Florita non servirono a niente.

«Florita può anche cucire» le disse. «Ma a casa vostra. Non rimetterà piede nella mia. E Águeda sarà sorvegliata a vista per un bel po'. Queste stupide bambine hanno sempre avuto la pappa pronta, e appena le lasci un po' libere, ti fregano. Mandate Florita a fare la *carbonera* per un po', e vedrete che impara. Sto valutando di farlo anch'io con Águeda.»

«E se vi pago le stoffe che hanno usato per confezionare il vestito?» propose Herminia.

«Il punto non è questo. Non voglio il vostro denaro: vi serve. Non ho niente contro di voi, anzi, ma non voglio che Florita torni da me, perché non è brava a cucire. E se in più non posso fidarmi di lei, immaginate che affare. Fatele fare qualcosa d'altro o cercatele subito un marito, visto che è bella. Sarà la cosa migliore per il suo futuro.»

Ana, 2013

L'unica volta che Ana si ubriacò in pubblico lo fece davanti alla figlia, alla nonna e alla suocera. E davanti a tutti gli ospiti invitata alla festa di Halloween dei Fresno. Infastidita dai continui commenti di Paloma sul suo costume da sposa cadavere, ordinò un gin-tonic per calmarsi. Il primo drink la rilassò un po', ma non abbastanza. Dopo il secondo cominciò a sentirsi meglio, tanto che ne ordinò un terzo. A stomaco vuoto.

Per fortuna di Ana, Aurora si accorse che qualcosa non andava. Dalla poltrona in cui la pronipote l'aveva fatta accomodare, vide Paloma che si guardava intorno per cercare qualcuno, probabilmente Ana.

«Aiutami ad alzarmi, Alba. Voglio andare a parlare con tua madre.»

«Mia madre deve stare con le persone che Paloma e mio padre le impongono, bis, lasciala stare.»

«Temo che non potrà farlo. Tirami su, forza, perché credo che Paloma l'abbia trovata.»

Aurora raggiunse Ana, ma dopo Paloma.

«Sei ubriaca?» l'accusava la suocera.

«Sei peggiorata, figliola?» le disse Aurora, e rivolta a Paloma aggiunse: «È tutto il giorno che non sta bene, ha lo stomaco sottosopra. Ha preso un virus. Guardate che faccia».

«Un virus?» disse Paloma con sarcasmo. «Deve averlo affogato nel gin, visto quanto puzza di alcol.»

«Cosa dite! Mia nipote non beve. Avrà chiesto un cicchetto per scaldarsi. Alba, forza, di' a Fernando di portarci a casa.»

Se ne andarono sotto lo sguardo sprezzante di Paloma, che la mattina dopo, di buon'ora, si presentò alla porta di Ana decisa a cantargliene quattro.

Paloma non si aspettava di vedere Aurora, con una camicia da notte lunga fino alle caviglie, dietro la domestica che venne ad aprirle la porta.

«Ana dorme. Quando si sveglia la portiamo dal medico, perché stanotte ha avuto la febbre» spiegò occupando lo spiraglio della porta per non farla entrare.

«Febbre? Da quando le sbornie fanno venire la febbre?»

«Che ossessione! Si può sapere che problema avete? Se vi sono capitate brutte esperienze con l'alcol è un problema vostro, ma non mettetevi a cercare drammi dove non ce ne sono. Ana ha preso un virus, sta male e la lasciamo riposare, intesi?»

«Siete voi che non capite.»

Paloma la spinse perché la lasciasse entrare, ma rimase sommamente sorpresa quando quell'anziana obesa e sgradevole le strinse il polso con una forza inspiegabile per la sua età e la tirò a sé, strattonandola. La vecchia puzzava come se non si lavasse da tre giorni.

«Mia nipote riposa» le mormorò all'orecchio, stringendole sempre più forte il polso. «Me ne occuperò io. Non serve che veniate, rischiate di prendervi qualcosa e stare male pure voi, che avete un sacco di impegni. Vi avviso quando Ana si sarà rimessa. O, meglio, lo farà lei stessa.»

Aurora liberò finalmente la mano di Paloma che, incapace di reagire per la prima volta nella sua vita, si voltò e non si ripresentò, finché Aurora non fece ritorno alla residenza, tre giorni dopo, una volta che si fu assicurata che Ana era tornata a stare, se non bene, almeno come sempre.

Ana non seppe mai del confronto tra sua nonna e sua suocera, né perché Aurora fosse restata per tre giorni a girare per casa, tenendola d'occhio e senza dire una parola, come se fosse l'oggetto di un qualche esperimento. Ogni notte la nonna entrava in camera sua e la copriva mentre lei faceva finta di dormire. Ana era perplessa e anche un po' spaventata. Ma quel gesto le permise finalmente di piangere per la morte di suo padre, per sé stessa e per la sua vita, bella e invidiata, che però la faceva sentire una impostora.

Águeda, 2014

Águeda trascorse il primo Natale senza Jesús a Madrid, come avrebbe fatto tutti gli anni a venire. L'Epifania del 2014 le portò in dono la vicinanza della figlia, di cui sentiva la mancanza da quando era partita per andare all'università senza sapere che non sarebbe mai tornata, ormai trent'anni prima. La ricerca dell'appartamento si stava rivelando infruttuosa. La Finca, il sobborgo nel quale viveva Ana, lo stesso dove abitavano i giocatori del Real Madrid, alcuni imprenditori milionari e artisti famosissimi, aveva prezzi impossibili per Águeda, anche se aveva venduto la casa di Oviedo ed era disposta a vendere quella di Gijón, all'occorrenza. In più non era adatta a chi non si muoveva in auto, e raggiungerla dai paesi vicini come Pozuelo o Boadilla, dove Águeda avrebbe potuto permettersi di vivere, era complicato. Gli abitanti de La Finca pretendevano sicurezza, e per garantirsela, avevano reso il sobborgo inaccessibile ai non residenti.

Le case non avevano neppure gli allarmi. C'erano pattuglie di sorveglianza ventiquattr'ore su ventiquattro, controlli all'accesso e videocamere, e gli abitanti si vantavano di poter vivere con le porte di casa aperte, cosa impensabile in qualunque altro luogo. Un universo esclusivo e protetto per chi ne faceva parte, ma ostile per gli estranei. E Águeda era una estranea.

La soluzione arrivò da Carlos, al quale si aprivano le porte chiuse alla suocera. Come regalo per l'Epifania propose ad Águeda una casa in cui vivere, a pochi isolati dalla sua.

«Ovviamente sarà in affitto. Come capirai, la casa del custode non si può vendere.»

«Ma Carlos, com'è possibile? E quel signore dove abiterà?»

«Non c'è un unico custode. Ne abbiamo diversi, e abitano ciascuno a casa sua. C'è una guardiola in cui lavorano a turni di otto ore, quindi la casa è proprietà della comunità, ma è vuota. Ho fatto in modo che ce l'affittino. Non volevano nessun estraneo nel sobborgo, chiaramente, ma se si tratta del parente prossimo di un proprietario, le cose cambiano. Conosciamo il presidente da anni per questioni di affari, da molto prima che ci trasferissimo qui. Non credere che non abbia faticato a spiegare perché non abiti da noi, ma sapendo che questa cosa non è negoziabile, mi è sembrata la soluzione migliore.»

«Non so, figliolo» disse Águeda, mentre elaborava l'informazione.

«È in un bel posto, e ha tre camere da letto: novanta metri quadrati. È perfetta» aggiunse Carlos. «A dieci minuti a piedi da qui. Non ha un supermercato vicino come volevi tu, perché come sai nel sobborgo non ce ne sono. Ma c'è uno splendido servizio di consegna a domicilio.»

Águeda scoppiò a piangere.

«Grazie, grazie.»

«Dai, non piangere. L'idea era farti felice!»

«Piango di gioia, figlio mio. Ho il migliore genero del mondo. Posso darti un bacio?»

Carlos abbracciò la suocera sotto lo sguardo di Ana, grata ma anche confusa, perché il suo debito nei confronti di Carlos non faceva che aumentare.

«Grazie» disse al marito, quando finalmente la suocera e il genero sciolsero l'abbraccio.

«Non devi ringraziarmi. È tua madre. Perché non andate a vederla insieme?» disse, tendendo le chiavi.

«Hai già le chiavi? Hai firmato prima di consultarti con noi?»

«Certo, tesoro, non potevo lasciarmi sfuggire l'occasione.»

«Ma l'affitto lo pago io, visto che sarà casa mia» intervenne Águeda.

«Poi ne parliamo» rispose Carlos, e se ne andò prima che la suocera potesse protestare.

Con i pugni serrati e il volto contratto, Ana rimase a fissare la porta dalla quale era uscito il marito.

«Fa sempre così» disse alla madre.

«Così come? Non potrebbe essere più gentile con noi! Non vedo l'ora di vederla! Che agitazione!»

Ana avrebbe voluto provare la gioia della madre, ma l'orgoglio ferito glielo impediva.

La casa era perfetta per Águeda. Mai abitata e pronta a essere arredata.

«Da quanto è vuota?» domandò Águeda al custode. «Non è neanche impolverata.»

«Da quando è stata costruita, circa cinque anni fa. E non è impolverata perché l'altro giorno sono venuti a pulirla.»

«Chi?» domandò Ana.

Il custode si strinse nelle spalle.

«Benvenuta» disse ad Águeda, prima di andarsene.

«Si può sapere cos'hai? Tuo marito è un angelo.»

«Mio marito è un egocentrico che deve sempre fare qualche gioco di prestigio per farmi sentire inutile. Non mi considera capace nemmeno di trovare un appartamento per mia madre.»

«Pensi davvero che lo faccia per questo?» mise in dubbio Águeda. «A me non sembra.»

«Perché estrae sempre un coniglio dal cappello? È insopportabile.»

«Per dare una mano, Anina, per dare una mano. Non sei il centro del mondo. E se qualcuno vuole farti del male, non ti fa certo un favore. Forse sei tu che da anni remi contro, non lui.»

Le parole di Águeda furono come uno schiaffo per Ana, che però tacque, addolorata da Carlos e da sua madre, che prendeva le sue parti.

11

Ana, 2020

Nacho morì di overdose. A cinquantacinque anni era un tossico funzionale che lavorava più di tutti e faceva baldoria come quando era giovane. Finché un giorno, durante il lockdown per il Covid-19, gli scoppiò il cuore durante una festa virtuale, nella sala del suo appartamento da scapolo d'oro in calle Serrano, dopo diverse ore passate a consumare alcol, coca e MDA. Gli altri partecipanti alla riunione su Zoom proseguirono senza di lui e non se ne accorsero perché entravano e uscivano da quella festa infinita. Lo trovò, spaventandosi da morire, la sua donna delle pulizie quando entrò in casa la mattina successiva. Era disteso davanti alla porta del bagno. Il collegamento all'ultima festa a cui aveva partecipato Nacho era ancora attivo e alcuni stavano ancora festeggiando quando la polizia arrivò a casa sua.

Non posso negare di essermene rallegrata, quando venni a sapere la notizia, ma mi sentii invadere da uno strano senso di colpa, come se quella sera all'Oh! Madrid avessi fatto qualcosa di male e la responsabilità non fosse tutta sua, visto che così pensavano Carlos, Beba e gli altri. A quante donne aveva fatto ciò che aveva fatto a me? In quel momento avrei voluto parlare con qualcuna di loro, forse per non provare la vergogna che mi pervadeva al semplice ricordo.

La sua famiglia non poté celebrare il funerale al momento della morte, ma a giugno le misure di contenimento per il coronavirus si allentarono e i genitori di Nacho decisero di organizzare una cerimonia perché gli amici e i conoscenti potessero dirgli addio.

Mi sorprese ricevere un invito per posta in cui mi pregavano di dare conferma, per non avere problemi di capienza. Lo feci a pezzi e lo buttai nel cestino, ma quella sera Carlos, il mio ex marito, mi chiamò per chiedermi se avessi intenzione di partecipare.

«Tu ci vai?» risposi.

«Certo.»

«Con Beba?»

«Ovviamente.»

«Di sicuro Beba non ci andrebbe, se Nacho le avesse fatto quello che ha fatto a me.»

«Beba? Parli sul serio?» Fece una specie di risata o grugnito che mi parve di disprezzo. «Davvero, Ana, a volte mi sembra impossibile che tu sia così stu... ingenua. Sai che cos'ha dovuto ingoiare Beba per arrivare dove è arrivata? Se si vuole qualcosa, bisogna essere disposti a pagarne il prezzo. Quello che hai non ti costa e non ti è costato niente perché io continuo a pensare a te, anche se non siamo più insieme.»

«Certo, se non fosse per te, che fine avrei fatto? Poveretta, visto che non so fare niente» risposi con sarcasmo. «E siccome siete vincitori autosufficienti sulla vetta del mondo, dimostrerete che siete al di là del bene e del male andando a rendere omaggio allo stronzo che ha abusato di me e di altre donne, che immagino siano insignificanti tanto quanto me.»

«Ana, per favore, sai cosa pensavo e penso di Nacho, ma la sua famiglia non ne ha colpa, e sono nostri soci. Ti chiamavo solo per chiederti se volevi andarci, ma dopo questa conversazione ho capito che non vuoi.»

«Sai che ti dico? Che invece ci vado. Voglio ringraziare

che sia morto solo come un cane e che il mondo si sia liberato di lui.»

Carlos impiegò così tanto a controbattere che temetti che fosse caduta la linea.

«Non farai niente... niente che...» non trovava la parola e io non lo aiutai.

«Niente...?»

«Niente che addolori i suoi genitori.»

«Non so. Siccome tua madre non mi dice più cosa fare e cosa non fare, magari da sola non so comportarmi. Siccome sono così stu... Ah, scusa, ingenua. Sono ingenua.»

Attaccai con una sensazione di vittoria e me lo immaginai inquieto, che parlava con Beba e si chiedeva se avrei scelto il funerale di Nacho per fare la scenata che non avevo mai fatto o per dire qualche sproposito su Nacho.

Non seppi niente di Carlos finché raggiunsi la chiesa di Los Jerónimos, dove mi ero sposata. Ci ero andata da sola, ma all'ingresso mi aspettava Paloma, la mia ex suocera, che mi prese per il braccio e mi condusse in un banco a metà navata, due posti indietro rispetto a quello che occupavano Beba e Carlos. In quel modo mi avrebbe avuta accanto e si sarebbe assicurata come sempre che mi comportassi in modo consono. Avrebbe anche lanciato un messaggio a tutti i presenti, mettendo in chiaro che manteneva un ottimo rapporto con la madre dei suoi nipoti.

Entrai in chiesa con l'intenzione di godermi il funerale dell'uomo a cui avevo augurato così tante disgrazie nel corso della mia vita.

Volevo anche dimostrare a me stessa di essere forte e di essere in grado di vedere Carlos e Beba insieme senza scompormi. Ma ben prima dell'omelia le lacrime mi scorrevano senza freni sulle guance. A un certo punto Paloma ne ebbe abbastanza.

«Smettila di piangere, o uscirai dalla chiesa ridotta a una maschera» mi disse all'orecchio.

E io, come sempre, ubbidii.

Águeda, 1960

Florita si innamorò, si sposò e rimase vedova nel giro di due anni.

Mentre lei e Águeda consideravano le opzioni future, se sposarsi o sopportare lo stigma sociale delle zitelle, non sapevano che nello Sri Lanka Sirimavo Bandaranaike era stata eletta primo ministro, unica donna al mondo ad aver mai rivestito quel ruolo. La notizia non raggiunse il bacino minerario, ma anche se ci fosse arrivata, loro non ci avrebbero creduto. Sapevano leggere, scrivere a fatica e fare semplici conti, ma di geografia conoscevano poco più dei fiumi e degli affluenti spagnoli. Da anni le due amiche avevano lasciato la scuola per dedicarsi a cucire, e se qualcuno avesse parlato loro di un Paese che si chiamava Sri Lanka, governato da una donna, avrebbero pensato a uno scherzo.

Nessuna delle due voleva restare zitella perché, a parte la chiesa, la Sezione femminile della Falange era l'unico posto dove le donne trovavano spazio fuori di casa. I bar erano preclusi e al cinema ci andavano soltanto accompagnate, ogni tanto. A una certa età, intorno alla trentina, non sarebbe stato ben visto che frequentassero i balli. Per questo a diciannove anni Águeda e Florita passavano il tempo a farsi le carte e a fantasticare sull'uomo che avrebbero conosciuto. Sarebbe stato bravo, non sarebbero dovute andare a recuperarlo il giorno di paga per impedirgli di sperperare lo stipendio al bar. Sognavano entrambe un ingegnere, pur sapendo che gli ingegneri non guardavano di certo le figlie dei minatori. Neanche se erano belle come Florita. Tanto bella quanto povera.

Águeda era rimasta uguale a come era sempre stata, ma Florita era cambiata come il brutto anatroccolo della fiaba. Dopo un'infanzia da bambina bruttina e denutrita, fece onore al proprio nome e nell'adolescenza fiorì; forse un po' troppo magra per la moda del momento, con il ricordo della carestia ancora vivo, ma con due gambe lunghissime che fino a quel momento le erano servite soltanto per giocare meglio di tutti a *cascayu*, il nome che nelle Asturie si dava al gioco del Mondo, e un seno prorompente che compensava i fianchi stretti.

Águeda non aveva mai invidiato Florita; anzi, si sentiva molto fortunata ad avere un'amica come lei. Gli uomini le guardavano ovunque andassero, e anche se Florita non c'era, spesso qualcuno si avvicinava a chiederle di lei. Florita dava ad Águeda un protagonismo che da sola non avrebbe mai raggiunto: era sicura che, senza l'amica, sarebbe stata destinata a passare inosservata. Águeda sognava per Florita un futuro da favola, in cui un principe si sarebbe innamorato di lei e l'avrebbe condotta nel suo castello. Chiedeva all'amica un'unica cosa: di portarla con sé e di presentarle un paggio. Anche la nonna Herminia aveva grandi sogni per la nipote, nonostante i messaggi confusi delle carte. Herminia la proteggeva come un tesoro, accompagnava lei e Águeda ovunque andassero e raccomandava ad Águeda di sorvegliare Florita quando non poteva farlo lei. Ma le attenzioni di Herminia non riuscirono a evitare che la nipote si innamorasse, non di un principe ma di un minatore, bello e povero come lei. Águeda non si perdonò mai che fosse avvenuto in sua presenza, viste le insistenze della nonna Herminia affinché la sorvegliasse.

Marcelo entrò nella vita di Florita un pomeriggio d'estate in cui le amiche erano impegnate a mangiare semi di zucca nello spiazzo davanti alla chiesa. C'era un matrimonio e Marcelo uscì dalla cerimonia. Alto, bello e ben vestito, tanto che le ragazze, invece di guardare lo sposo e la sposa, inchiodarono gli occhi su di lui. Per Marcelo fu impossibile non rendersi conto dell'impressione che aveva suscitato nelle ragazze, ma fece finta di niente finché un altro invitato lo costrinse a soffermarsi su Florita.

«La più bella del paese ti sta guardando inebetita. Approfittane, perché ha una nonna gendarme e a quanto pare oggi non è da queste parti.»

Come Florita si invaghì di Marcelo, lui fu conquistato da Florita. Era venuto da Langreo al matrimonio della cugina, che si era sposata con un caporale. La famiglia non aveva badato a spese, diceva sua zia, ma Marcelo non andò al banchetto. Rimase seduto davanti alla chiesa, a far innamorare e a innamorarsi di Florita, con Águeda a reggere il moccolo durante il colpo di fulmine, preoccupata dal dispiacere di Herminia e dalla solitudine che l'aspettava.

Marcelo lavorava come elettricista al pozzo Nicolasa, ma quel giorno più che un minatore sembrava un principe. Aveva persino il fazzoletto bianco nel taschino della giacca. Florita non rispettò il coprifuoco. Nel frattempo Herminia faceva a più riprese le carte, in un vano tentativo di placare i nervi. Le previsioni del mazzo erano nere tanto quanto le sue sensazioni. Preparò un infuso a base di salvia, tiglio e valeriana che non diminuì la pressione che cominciava a perforarle il cuore. Quando Florita tornò finalmente a casa, Herminia vide sul volto della nipote quello che tante volte aveva pregato di non vedere: la bambina si era innamorata, e la nonna capì immediatamente che non si trattava di un principe.

Florita si sposò a Turón qualche mese dopo, trascorse quattro giorni a Bilbao e tre a Saragoza per la luna di miele, poi si trasferì a Langreo con il marito, lasciando Herminia e Águeda da sole a Turón.

«Perché non vieni con me, nonna?»

«Perché gli sposi devono starsene per conto loro, e perché non lascerò tuo padre. Non è figlio mio, ma a questo punto è come se lo fosse.»

Águeda rimase più sola che mai a Turón e, anche se vedeva Herminia che per lei era come una nonna, non aveva nessuno con cui parlare di problemi da ragazze. La sua vita si trasformò in una successione di giorni tristi, con la madre che disapprovava tutto ciò che faceva durante le interminabili ore passate a cucire insieme, con due fratelli che, lungi dall'essere un sollievo, le davano solo lavoro perché, come si usava all'epoca, toccava a lei lavare la roba, preparare da mangiare e pulire dove sporcavano. In più i due adolescenti la tormentavano con il sogno di andarsene all'estero.

In compenso Florita era molto felice con il marito. Marcelo era ben più di un bell'uomo. Gentile, affettuoso, lavoratore. Senza vizi, consegnava la paga alla moglie tenendone soltanto una parte per qualche bicchierino al bar. Non tornava mai ubriaco, non andava mai a puttane e trattava Florita come una compagna. Le uniche pecche di Marcelo erano l'integrità e il senso della giustizia, che lo inducevano a credere in un mondo libero e nel proposito di migliorare le condizioni dei lavoratori, con l'ingenuità data dalla fiducia nella natura umana. Fu proprio quello che pose fine alla loro felicità in soli due anni.

Aurora, 1976

«Madre, telefono!» urlò Águeda dalla cucina del suo appartamento di Oviedo. «Un certo Ferino chiede di voi!»

Aurora era nella piccola sala a guardare il telegiornale con il genero, che si era già versato il primo whiskey della serata, mentre Águeda lavava i piatti in cucina.

«Chi è Ferino, nonna?» domandò Ana mentre vestiva e svestiva la bambola Nancy sul tappeto.

«Un fantasma, bambina. Un fantasma.»

Aurora si alzò, indecisa se rispondere alla telefonata, ma la curiosità ebbe la meglio sulla paura di rivangare sentimenti che non era riuscita a soffocare neppure tenendoli nascosti. Prese la cornetta rossa che Águeda aveva lasciato in equilibrio sul telefono appeso alla parete e rispose, ancora incapace di credere che all'altro capo ci fosse Ferino.

«Sì?» disse timidamente.

«Aurora, sono Ferino.»

Riconobbe la voce di quello che in altri tempi era stato il suo amante e realizzò che l'uomo presente nei suoi ricordi come se gli anni non fossero trascorsi doveva essere un anziano di ottant'anni.

«Águeda, per favore, esci e chiudi la porta.»

Águeda, con le mani immerse nella schiuma che copriva i piatti nel lavandino, guardò la madre con un'espressione incredula.

«Vattene» insistette Aurora, e Águeda si asciugò le mani e se ne andò.

«Come sta?» domandò Ferino.

«Come sta chi?»

«Águeda, chi altri?»

«Be', come sempre, ma non credo che mi chiami per sapere di lei.»

«Ha dei figli?» Ferino ignorò l'ostilità di Aurora.

«Una bambina, Ana, di otto anni. Non ne avrà altri perché non può. In più suo marito è finocchio, anche se lei non lo sa. È una sarta come me. Vuoi sapere altro?»

«Ti chiamo perché hanno espropriato la casa dove vivevano i tuoi genitori; stanno costruendo una nuova via che passa proprio di lì. Gli inquilini se ne sono andati e i lavori cominceranno tra qualche settimana.»

Aurora si sentì mancare le forze. Scostò una delle quattro sedie di fòrmica bianca intorno al tavolo e si sedette.

«Quindi... li troveranno!» disse alla fine.

«Di sicuro.»

«Cosa faccio adesso? Mi arresteranno!»

«Aurora, sono passati molti anni e mi sembra difficile che ti accusino, probabilmente ti convocheranno per una deposizione, ma solo perché i tuoi genitori vivevano lì.»

«Erano soldati di Franco. E li abbiamo sepolti con le divise.»

«Ma Franco è morto e adesso con Suárez le cose cambieranno. Magari trovano solo un mucchio di ossa. Magari non ti convocano neppure. Era la casa dei tuoi, e loro sono morti. Tu non devi per forza saperne qualcosa.»

Ma Aurora non stava ad ascoltare le ragioni di Ferino. Riusciva a pensare soltanto che il suo segreto sarebbe venuto alla luce, e nessun argomento di Ferino fece breccia dentro di lei.

«Devo lasciarti» disse Ferino.

«Voglio vederti» ribatté Aurora. «O tua moglie ti tiene ancora al guinzaglio?»

All'altro capo del filo Ferino tacque, ma alla fine l'orgoglio rispose in vece sua.

«Dove abiti?»

Quando Aurora gli diede l'indirizzo, lui si limitò a farle una promessa vaga.

«Verrò a trovarti. Uno di questi giorni.»

«Grazie per avermi avvisato» disse, ma Ferino aveva già riattaccato.

Florita, 1962

Nell'aprile del 1962 cominciò uno sciopero storico nel bacino minerario asturiano, che vide l'inattesa partecipazione unanime dei minatori. Era stato scatenato da una piccola scintilla: sette minatori chiedevano un aumento del salario ed erano stati licenziati. Come tanti altri che ci avevano provato. Lo «scioperone», come ben presto fu conosciuto nella zona, aveva cause naturali. La durezza del carbone delle vene che si piconavano in quel momento nel reparto 9 del pozzo Nicolasa era tale che i minatori impiegavano mezza giornata a estrarre la stessa quantità di carbone che avrebbero staccato in un'ora in qualunque altra vena di durezza media. Lavoravano a oltranza, ma le quantità estratte non bastavano per mangiare, anche se gli anni della fame erano finiti da un decennio. Le conversazioni di Florita al mercato con le mogli dei minatori erano sempre le stesse: «Gli stipendi non aumentano e i prezzi raddoppiano. Non bastano neanche per mangiare patate. Se continua così, torneremo a patire la fame».

Nessuno proclamò lo sciopero. Il pozzo si fermò senza che i sindacati lo avessero indetto: il turno del mattino non scese in miniera e i minatori rimasero nella Casa de Aseo. La voce si sparse e il giorno dopo si fermarono alcuni altri pozzi a Langreo, il giorno successivo a Mieres, poi a Turón, e il bacino minerario collassò. Senza manifestazioni, senza slogan e senza leader che arringassero gli scioperanti. I minatori restarono a casa, lasciando i pozzi deserti, senza violenza, senza conflitti e senza paga. La polizia e la Guardia Civil occuparono le vie, ma non ci furono scontri.

Quando la fame cominciò a insinuarsi nelle case, molti minatori pensarono di tornare al lavoro, ma le donne presero le redini dello sciopero e scesero in strada, armate di pali e sacchi di mais.

Il primo giorno che Florita si alzò alle cinque del mattino per il picchetto, si sentiva tremare le gambe e le pareva che l'aria non le arrivasse ai polmoni. Marcelo dovette aiutarla a mettersi le scarpe perché l'agitazione non le permetteva di allacciarsele.

«Non devi farlo, se non vuoi. Sei una donna. Le donne non fanno i picchetti» le disse, dubbioso sul coinvolgimento della moglie nello sciopero. «Da che mondo è mondo i picchetti li facciamo noi.»

«Ora non più» rispose Florita con orgoglio, e si sedette ad aspettare che una compagna passasse a prenderla.

La reclutatrice Tina arrivò con due sacchi di mais e gliene porse uno.

«E questo a che cosa serve?» domandò Florita, che pur sapendone poco di scioperi, immaginava più efficaci i bastoni rispetto al mais.

«Per i crumiri.»

Florita la guardò senza capire.

«Essere considerati polli dalle donne colpisce gli uomini asturiani più dei bastoni» le chiarì.

Il gruppo di Florita era formato da sette donne che spargevano i chicchi di mais sul tragitto verso l'imboccatura del pozzo Nicolasa. Lì si unirono ad altri gruppi. Le altre si conoscevano quasi tutte, Florita era una nuova arrivata, come anni prima lo era stata a Turón, e anche se non c'era una Águeda ad accoglierla con il calore innocente dell'amicizia infantile, le bastò una carica di manganellate della Guardia Civil per rendersi conto che non era sola.

L'attacco della polizia non tardò ad arrivare. Caricare contro i picchetti formati dalle mogli dei minatori non era come caricare i minatori. Le donne non erano violente, non provocavano, si limitavano a tenere lontani i crumiri, facendoli vergognare all'idea di scendere in miniera davanti a loro.

«Non dovete scendere» dicevano Florita e le sue compagne ai minatori. «Abbiamo da mangiare. Collaborano tutti: i bar, i negozi... Oggi vi porteranno del cibo a casa. Non scendete nel pozzo, perché i vostri figli avranno da mangiare.»

I poliziotti esitavano; l'azione delle donne era pacifica, ma i minatori non entravano in miniera.

Quando cercarono di fermare quella che sembrava la leader, Florita si trovò avvolta in un abbraccio umano al grido: «O tutte o nessuna» e cominciarono a piovere colpi. Morta di paura, si aggrappò a quelle mani e a quei corpi sconosciuti, cercando di proteggere il ventre. Non aveva ancora detto a Marcelo che era incinta. Solo ad Águeda e alla nonna Herminia.

Tornò a casa malconcia, infiammata dall'esperienza di unione con quelle donne, ma terrorizzata dalla possibilità di perdere il bambino. Era piena di dubbi, ma quella notte si sintonizzarono su Radio Pirenaica, come ogni sera da quando erano tornati dalla luna di miele, e la voce di Dolores Ibárruri che chiamava le donne all'azione la indusse a riprendere lo sciopero. Partecipò ogni giorno, finché arrestarono Marcelo.

Águeda, 1976

Águeda era cresciuta cercando di passare inosservata per evitare che la madre, le bulle della scuola, la maestra e il mondo in genere potessero prendersela con lei. Con gli anni non aveva perso quell'abilità, e il giorno in cui sua madre aveva ricevuto la chiamata di un certo Ferino e l'aveva cacciata dalla cucina per parlare con lui, le era parso così strano che si era fermata dietro la porta. Non aveva mai visto la madre parlare con un uomo dopo la morte di Paulino, molti anni prima.

Ciò che udì le parve privo di senso. Non riusciva a credere che ci fossero due cadaveri sotterrati nella cantina dei nonni, nella casa di cui conservava pochissimi ricordi. Ed era sconvolta dalla voce spaventata della madre al pensiero che volessero demolirla. Águeda aveva ascoltato e taciuto, ma si era resa conto che da allora la madre aveva perso il sonno e che, le poche volte in cui riusciva a dormire, aveva incubi dai quali si svegliava urlando. Quando accadeva, Aurora si alzava e passava il resto della notte a cucire con la luce accesa. A mano. Águeda le aveva proibito fermamente di usare la Singer di notte dopo che i vicini avevano protestato perché il rumore li svegliava.

Un mese dopo quella chiamata arrivò una visita. Andò ad aprire un'apprendista. Cominciavano ad averne. Solo due, perché nel salone trasformato in sartoria e camera da letto di Aurora grazie a un divano letto che chiudeva ogni mattina, non c'era spazio per averne di più. Alla Singer avevano affiancato una nuova macchina automatica, e quando erano in quattro, due dovevano cucire a mano. Quel giorno avevano molto lavoro e rischiavano di non farcela.

«Un signore chiede di lei» disse la ragazza ad Aurora. «Un certo Ceferino.»

La curiosità di Águeda fu risvegliata dal nome del visitatore, ma la reazione della madre la stupì ancora di più. Aurora scattò come una molla e corse alla porta, ma a metà strada si fermò, si chiuse in bagno e ne uscì un quarto d'ora dopo. Águeda approfittò di quel momento per conoscere il misterioso visitatore della madre. Andò ad accoglierlo e rimase impietrita quando vide un uomo anziano, vestito con un impeccabile cappotto blu di tessuto inglese, cappello e bastone. Si guardò intorno e si vergognò per la semplicità della sua casa. Quell'uomo distinto, di sicuro un signore, era stato costretto a salire tre piani a piedi perché il palazzo non aveva l'ascensore.

Ferino si tolse il cappello e le tese la mano.

«Tu devi essere Águeda. Sono Ceferino, un amico di tua madre. Scusa se mi presento così» disse porgendole una scatola di Moscovitas Rialto. «Per la bambina. Mi ha detto tua madre che hai una figlia di otto anni.»

Águeda, che non sapeva come comportarsi, fece accomodare l'anziano nel soggiorno, che a quell'ora era vuoto e con il televisore spento.

«Posso offrirle un caffè?»

«No, ti ringrazio molto, ma vorrei che ti sedessi qui con me.» L'uomo la guardò come per studiare i suoi lineamenti, finché le chiese: «Com'è la tua vita? Sei felice?»

Águeda si sorprese, ma si impose di non essere così maleducata da non rispondere.

«Non nuotiamo nell'oro, come vedete, ma siamo felici. Perché me lo chiedete?»

«Perché è la cosa più importante. Mi è dispiaciuto molto per la morte di tuo padre.»

«Sono passati tanti anni...»

«Avevi dei fratelli, vero?»

«Paulino e Pedro. Sono andati a lavorare in Germania e tornano solo per le vacanze.»

Ferino sorrise, sentendo i nomi.

«Paulino e Pedro, ben scelti!»

«Perché dite così? Paulino per via di mio padre. Ma Pedro?»

«Padre Pedro era un prete amico del tuo nonno paterno e di tuo padre. È stato fucilato dopo la guerra perché aiutava i repubblicani a fuggire. Non ne hai mai sentito parlare?»

Águeda negò, desiderando saperne di più, ma proprio in quel momento entrò Aurora e la visione della madre con i tacchi, truccata, la lasciò senza parole.

Prima di andarsene, don Ceferino, che sembrava sapesse

più cose della sua famiglia di Águeda stessa, le fece una strana richiesta.

«Spero di non infastidirti con la richiesta che ti farò. Posso darti un bacio?»

Águeda esitò e guardò la madre, che assentì con la testa. Ricevette con stupore il bacio dolce e affettuoso dell'uomo, senza smettere di guardare Aurora, che si appese al braccio dell'anziano e uscì, per non tornare fino al giorno dopo, nonostante i tanti lavori da finire.

Águeda, 1962

Águeda venne a sapere che Florita era stata arrestata a Langreo. Era raro uscire indenne da un commissariato o da una caserma. Immaginando la sua bella amica torturata, violentata o picchiata, le venne la nausea e vomitò.

«Madre, hanno arrestato Florita» disse dopo aver svuotato lo stomaco nel bagno. «Herminia è andata a Langreo.»

Da tempo Águeda non sapeva che reazione aspettarsi dalla madre in circostanze eccezionali. Aurora era felice solo quando cuciva, anche se la sua felicità assomigliava piuttosto all'assenza di tristezza che alla gioia. Ma in quel caso rispose come una vera madre. Almeno per Florita.

«Perché l'hanno arrestata?»

«Non lo so, ha partecipato ai picchetti dello sciopero. Dicono che hanno arrestato anche Marcelo. Lui è in una situazione grave. L'hanno beccato con volantini del Partito comunista.»

«Quindi sappiamo perché hanno arrestato lei.»

«Madre» disse con le lacrime che le sgorgavano dagli occhi. «Florita è incinta.»

«Dio mio! Tu resta qui. Io vado a Mieres e vedo cosa posso fare.»

«Perché a Mieres?»

«Non ti riguarda.»

Mentre Aurora si agghindava come di rado l'aveva vista fare, Águeda prese le carte, le dispose sul tavolo con le mani tremanti e lesse solo cattive notizie.

«Non posso restare qui, madre, mi verrà un infarto» disse quando Aurora portò la Vespa in strada. «Voglio stare accanto a Herminia.»

«Neanche per idea, non peggiorare le cose. Quando torno, voglio trovare le cuciture del vestito della cugina di doña Pilar fatte in modo impeccabile. Sono tutte da ripassare.»

Águeda restò a casa, a scucire più che a cucire il vestito della cugina della moglie di Ferino, che sua madre si apprestava ad andare a trovare senza che la figlia ne sospettasse persino l'esistenza.

Aurora, 1976

Aurora e Ferino avevano così tante cose da raccontarsi dopo gli anni trascorsi senza vedersi, che restarono insieme per ventiquattr'ore.

Passeggiarono in Campo San Francisco come una coppia sposata. Vista l'età, Ferino sarebbe sempre potuto sembrare il padre di Aurora: ora che era un ottuagenario, la differenza si notava più che mai. A lei non importava. Procedeva con orgoglio al braccio del suo ex amante e riusciva a pensare solo a come sarebbe stata la sua vita con lui, a passeggiare insieme sul paseo de los Álamos di Oviedo, vestiti eleganti, lei come una vera signora, senza bisogno di lavorare, che comprava abiti nelle migliori boutique. In più Ferino le sarebbe durato per tutta la vita e sarebbe rimasta vedova a sessant'anni, invece che a ventotto. Guardò l'uomo, con i pochi capelli ormai bianchi, e osservò le macchie marroni che gli coprivano le mani e cominciavano a punteggiare anche la pelle del viso, il leggero tremito involontario della mano destra. Nonostante tutto, riconobbe che quell'anziano era l'unico uomo che le aveva tolto il senno.

«Dov'è tua moglie?»

«A Gijón. Viviamo lì da vent'anni.»

«E se lo viene a sapere?»

«Cosa può fare? I tempi sono cambiati. Ora è molto meglio. Peccato che non siano toccati a noi.»

Mangiarono a Casa Conrado, un moderno ristorante del centro, e parlarono di tutto e di niente, di un'intera vita trascorsa separati per decisioni loro e altrui, di figli e disillusioni, di quanto passava in fretta la vita.

«Mi resta poco in questo mondo, Aurora. Le giornate trascorrono lentamente e gli anni in fretta, segno che il mio tempo sta finendo.»

«Per quello?» chiese indicando la mano tremante.

«Purtroppo non mi ucciderà questo. Ho il cancro al pancreas.»

«Quanto?»

«Non si sa. Qualche mese. Magari di più. Alla mia età, anche il cancro procede lentamente.»

«Mi dispiace molto.»

«Io ho vissuto la mia vita. Ora tocca ad altri. Águeda è davvero mia figlia?»

Aurora assentì con il capo. Poteva mentire a Ferino, ma non a voce alta. Non voleva dirgli che erano suoi figli Paulino e Pedro, perché non avrebbe avuto occasione di conoscerli. Almeno avrebbe portato con sé la gioia di aver visto Águeda.

«Hai fatto un buon lavoro» disse Ferino, con gli occhi umidi.

«Figurati! Águeda non è così grazie a me. Non sono stata una buona madre per nessuno. Lei è brava con Ana. Ed è una buona figlia. Non mi vuole bene e lo capisco, ma lo nasconde, fa quello che deve, e mi tiene a casa sua perché io non so dove andare. Be', anche perché cucio di più, meglio e più velocemente di lei.»

«La tua vita sarebbe stata più semplice se fossi rimasto con te. Mi sarebbe piaciuto sapere che eri incinta, ma ormai è tardi per pentirsi» concluse Ferino. «Però c'è una cosa che mi piacerebbe fare prima di salutarci per sempre. Voglio dormire con te. Come marito e moglie. Ho una stanza all'hotel La Reconquista. Se vorrai stare con me stanotte, mi farai felice.»

«Riesci ancora...»

Ferino si strinse nelle spalle e Aurora rimandò la curiosità.

«Certo che verrò: più che altro perché non sono mai stata in un hotel a cinque stelle» disse alla fine, e Ferino ne fu soddisfatto.

Aurora, 1962

Aurora chiamò Ferino da una cabina telefonica e per caso lo trovò a casa. Rispose il figlio, che passò il telefono direttamente al padre, così Aurora si risparmiò di fornire spiegazioni a doña Pilar. Lui le diede appuntamento in un bar vicino alla stazione ferroviaria, dove sarebbero passati inosservati, e la vide arrivare e parcheggiare la Vespa.

«Águeda sta bene?» domandò, non conoscendo il motivo dell'urgenza.

«Lei sì, ma la sua amica Florita no.»

«E io cosa c'entro?»

«L'hanno arrestata perché ha picchettato durante lo sciopero. E perché suo marito è stato beccato a distribuire volantini.»

«Non posso fare molto.»

«È incinta. Tua moglie avrà qualche contatto. Capirai che non posso chiederle questo favore. Ti giuro che ti darò tutto quello che mi chiederai, in cambio.»

Ferino la guardò dall'alto in basso. Non era più la ragazza conturbante che aveva conosciuto anni prima. Ormai aveva quarant'anni, ma gli ormoni di Ferino si risvegliavano ogni volta che la vedeva. Tuttavia il caporale aveva superato i sessanta e non voleva complicazioni. Meno che mai con sua moglie.

«Non voglio niente. Vedo se posso fare qualcosa, ma non

contarci troppo, perché non credo che Pilar sia disposta ad aiutarmi. È sempre più ossessionata dalla politica.»

La risposta di Ferino investì Aurora come un martello sull'incudine. Le dispiaceva che non potesse fare niente per Florita, ma il suo educato rifiuto la inondò di autocompassione e rabbia. Riusciva a vivere sapendo che le aveva preferito un'altra donna, ricca e influente. Ma sapere che non la desiderava più era molto più amaro. Era l'unica spiegazione che si dava al fatto che Ferino avesse declinato la sua offerta.

Águeda, 1976

Águeda passò la notte in bianco, ad aspettare la madre. Non sapeva niente di lei da quando era uscita con quello sconosciuto, la mattina.

«Águeda, per favore, smettila di muoverti, non riesco a dormire» le disse Jesús. «Tornerà.»

«E se le è successo qualcosa?»

«Se le fosse successo qualcosa di grave lo sapresti; le cattive notizie si muovono in fretta. Chissà cosa sta facendo.»

«Chi sarà quel signore? E i soldati africani di cui parlavano al telefono?»

«Águeda, sono le tre! Cerca di dormire, per favore. Domani bisogna lavorare.»

«Certo, come se non bastasse. Con tutto il lavoro che abbiamo, lei se ne va con quell'uomo. È un vecchio. Non capisco. È stranissimo che mi abbia dato un bacio.»

«Dio santo, smettila di pensarci.»

Águeda si alzò dal letto, e Jesús si sentì sollevato. Si preparò un infuso di tiglio, si sedette nella sartoria, vicino alla Singer, e cucì a mano tutto quello che poté.

Era ancora lì, in camicia da notte e vestaglia, quando Jesús le diede il buongiorno.

«È già giorno?» domandò e, scattando come una molla, andò a preparare la colazione per il marito e la figlia.

Aurora si presentò a mezzogiorno, con gli stessi vestiti che aveva il giorno prima, canticchiando: «*Eva María se fue buscando el sol en la playa*».

«Vi pare bello?» l'accusò Águeda.

«No, mi pare meraviglioso» rispose. «Conoscendoti, avrai chiamato la polizia.»

«Neanche morta» disse, arrabbiata. «Cambiatevi e venite qui, che abbiamo da fare.»

Aurora si cambiò e si mise a cucire. Avevano molti ordini da finire e, di quel passo, presto avrebbero potuto comprare un appartamento in centro.

Águeda non fece domande, perché sapeva che la madre non le avrebbe risposto, ma non poté fare a meno di notare che Aurora passò tutto il giorno a canticchiare canzoni allegre, lavorando in modo molto più distratto del solito.

Águeda, 1962

Florita uscì dalla caserma tre giorni dopo l'arresto, con i capelli rasati, la faccia sfigurata dalle percosse, il setto nasale rotto e il corpo coperto di lividi. Ma soffriva soprattutto di aver perso il bambino per i calci sferrati da quei selvaggi per estorcerle informazioni che lei non conosceva.

Sapeva che Marcelo aveva i suoi intrighi, ma non sapeva niente del Partito Comunista né dei sindacati né dei volantini. E non sapeva ancora che non avrebbe più potuto avere figli. Ne fu informata dal medico privato di Oviedo, dal quale sua nonna aveva speso tutti i propri risparmi, che le fece una visita completa. Herminia era terrorizzata dall'idea che avesse qualcosa di rotto dentro, e voleva che il dottore le ricostruisse il naso, perché l'anziana non sopportava di vedere la nipote sfigurata.

Florita non raccontò né ad Águeda né a Herminia ciò che era successo nella caserma, ma entrambe sapevano che era passata per le mani del caporale Pérez, noto per la brutalità delle sue torture e la mancanza di umanità che terrorizzavano la zona. Per sopravvivere, Florita cercò di cancellare dalla memoria il ricordo di quelle giornate. Di giorno era più facile che di notte, perché il buio le riportava il ricordo dell'orrore vissuto per mano di quel codardo della Brigada Político-Social, che abbassava lo sguardo quando incrociava per strada una sua vittima.

Florita tornò a Turón qualche settimana dopo, quando si fu ripresa dalle bastonate e dall'operazione al naso. Con un fazzoletto in testa, entrò in casa del padre e non ne uscì finché Herminia e Águeda non le fecero un moderno taglio corto che la faceva assomigliare a Audrey Hepburn in *Sabrina*.

Ogni santa domenica Águeda andò a trovarla. A volte si facevano le carte, che annunciavano la bella chioma lunga che sarebbe cresciuta a Florita, più fluente di prima; altre volte leggevano o cucinavano con Herminia, e l'affetto ricevuto rimarginava le ferite di Florita che, con il passare dei mesi, cominciò a dormire di notte e a smettere di urlare ogni volta che si addormentava.

Non seppero nulla di Marcelo fino a due anni dopo, quando a Florita fu comunicato che era vedova. Suo marito era morto in carcere. A quel punto aveva ventitré anni, i capelli sotto le spalle e cominciava a ritrovare la voglia di sorridere. Non aveva perdonato Marcelo per averla coinvolta in quell'inferno senza neanche dirglielo, ma saperlo morto la fece sprofondare nel dolore e si chiuse di nuovo in casa per mesi.

Herminia, invece, si rallegrò per la sua vedovanza, stato civile molto più semplice di un vincolo con un prigioniero politico. Con un po' di fortuna, Florita avrebbe potuto ricominciare da zero.

Herminia non fece mai trasparire i sentimenti provocati dalla morte di Marcelo, ma lasciò che Florita scoprisse a poco a poco i vantaggi della sua nuova condizione: aveva la sua amica Águeda, ancora nubile, la nonna Herminia e il padre. Tornava a essere libera e a godersi la vita che l'agente sadico e selvaggio aveva cercato di stroncare.

12

Ana, 2013

Il Natale del 2013 segnò un momento fondamentale per le donne della mia famiglia: fu l'anno in cui inaugurammo una tradizione, l'unica che abbiamo mai avuto nella vita. Durò solo sei anni, finché mia madre non ci lasciò. Cominciò la notte di Capodanno. Organizzammo il veglione a casa mia: mia madre, la nonna Aurora, mia figlia Alba e io. I miei suoceri erano andati al club, dove avrebbero prolungato la festa fino a notte fonda, come tutti gli anni. Paloma si finse dispiaciuta che non andassimo con lei, ma sapevo bene che si sentiva sollevata all'idea di non presentarsi con mia madre e mia nonna davanti ai suoi amici. Carlos aveva intenzione di stare a casa, ma vedendoci tutte insieme, si unì ai genitori e ci lasciò sole.

«Siete quattro generazioni di donne e avete poche occasioni di stare insieme. Non voglio rovinarvi l'incontro» disse. «Porto con me i bambini, visto che al club c'è una festa per loro. Subito dopo la mezzanotte li mando a casa con l'autista.»

«Sei stata davvero fortunata con questo tuo marito» commentò mia madre. «Non potrebbe essere più gentile e premuroso con noi.»

«Sì» risposi, un po' infastidita.

In realtà mia madre aveva ragione. Carlos era gentile e premuroso, e aveva anche altre virtù. Il suo unico difetto era che non mi amava più. Forse neanche io amavo lui, ma attribuivo i miei sentimenti al fatto che vivesse per i suoi affari e dedicasse pochissimo tempo ai bambini e a me.

I domestici avevano la serata libera e faticai a convincere mia madre a non preparare la cena, accettando che alle nove ce l'avrebbe servita un ottimo ristorante di Madrid. La disputa fu risolta da mia nonna.

«Águeda, lascia stare. Se la bambina ha ordinato la cena, siediti lì e smettila di rompere. Non sei nata per fare la signora, ma almeno impara a fare finta.»

Quando mia nonna ordinava qualcosa, mia madre si sottometteva come se seguisse le istruzioni di un ipnotizzatore.

Ci sedemmo sul divano della stanza attigua alla mia camera da letto, a guardare la tivù prima di cena.

«Non capisco come mai, con una sala enorme, tenete la tivù in questa stanza con un divano piccolissimo» brontolò la nonna. «Ci stringevamo così quando tu eri piccola, perché non si poteva fare altrimenti, il primo appartamento dei tuoi genitori era minuscolo. Ma adesso, con questa caserma, non si capisce. Certo, almeno non devo sempre vedere tutto il tempo quella maledetta Singer. Non capisco perché devi tenerti quel catafalco in sala.»

«Questa stanza è solo per la mamma, bis» la interruppe Alba. «Qui non ci entra nessuno. In casa ci sono un sacco di televisori, e ognuno può vedere il programma che vuole.»

«Così non dovete guardarla insieme, ho capito. Be', ora mi sembra un'idea un po' migliore.»

«Se vogliamo vedere un film insieme, abbiamo la sala cinema nel seminterrato, ma normalmente non la usiamo in famiglia» continuò Alba. «Ci scendiamo con gli amici.»

«Quando eravate piccoli, guardavamo i cartoni nella sala cinema e mangiavamo popcorn» ricordai. «A volte veniva anche tuo padre, ma è passato un sacco di tempo.»

«Mah, la famiglia felice tutta schiacciata sul divano c'è solo nelle pubblicità» disse mia nonna. «In realtà è scomodo e ora non ci si mette d'accordo, con tutti questi canali.

Quando c'era solo una rete, ci subivamo tutto, non potevamo fare altrimenti! Benedetto *Un, dos, tres*, che ha unito più famiglie dei preti.»

«A me piaceva guardare la televisione con Jesús» disse mia madre.

«Certo, perché al terzo whiskey non gliene fregava più niente del programma, gli andava bene tutto» commentò la nonna.

Rimasi di sasso di fronte alla stoccata della nonna, visto che mio padre era morto da un paio di mesi appena, ma Alba fu più rapida e cambiò discorso.

«A proposito di whiskey: avete visto la nuova pubblicità di Ferixenet? Senza gente famosa, solo le ballerine che hanno partecipato agli spot nel tempo, donne di tutte le età, alcune incinte, altre con gli occhiali, è fantastico!»

Mia figlia era già sulla buona strada, al tempo.

Il momento successivo in cui temetti che mia madre scoppiasse a piangere, senza risvegliare la compassione della nonna Aurora, fu durante il programma che ripercorreva gli eventi salienti dell'anno. Quando attaccarono con le dipartite, pensavo che mia madre avrebbe raccontato in lacrime una sfilza di aneddoti su mio padre e che mia nonna avrebbe taciuto guardandola con disprezzo. Con mia grande sorpresa, mia madre si concentrò sul televisore quando sentì il nome di Sara Montiel nella lista delle persone che ci avevano lasciato. Riproponevano un'antica registrazione in cui cantava *Fumando espero al hombre a quien yo quiero* con una sigaretta infilata in un lungo bocchino.

«Di sicuro non sai questa storia, Alba» fece con un improvviso sorriso che le illuminò il viso.

Raccontò con orgoglio che l'anno in cui si era sposata, Sara Montiel era venuta a visitare un pozzo minerario delle Asturie e aveva fumato una sigaretta all'imboccatura.

«Questa sì che è ribellione» disse. «Fumare vestita da minatore.»

«Non è molto sano, ma...» protestò mia figlia.

«Cerca in rete e troverai la foto» incoraggiai Alba, che aveva già preso il suo nuovo iPhone 5, regalo di Natale del padre.

L'immagine di un minatore che accendeva la sigaretta della Saritísima, vestita con tuta e casco, era una foto trasgressiva, scattata trent'anni prima che il Tribunal Constitucional permettesse alle donne di lavorare all'interno della miniera, anche se già da un decennio le prime avevano superato la prova di ingresso.

«Le donne non potevano fare le minatrici? Ma se la bis ha fatto la vagonista» ribatté Alba, confusa.

«Il mondo è assurdo» le spiegò la nonna. «Quando avevo la tua età, le donne ci lavoravano già, da un sacco di tempo. Donne come Ramona, la mia migliore amica. Ma non comparivano nelle foto, perché era illegale. Non si facevano molte foto allora, ma quando veniva un fotografo, nascondevano le donne perché nessuno le vedesse. Quando scoppiò la guerra, con gli uomini al fronte, morti o in prigione, chi credi che picconasse il carbone? Le donne, ovviamente. I pozzi non potevano fermarsi. Ma quando il regime ha deciso che le donne dovevano occuparsi solo dei lavori domestici e dei bambini, le hanno cacciate tutte. Negli anni Cinquanta non ce n'erano più nei pozzi. Hanno escluso anche Ramona, che picconava carbone dal dopoguerra. Le hanno relegate alle laverie, ma non so che cosa era peggio, perché là dentro non si vedeva per la polvere di carbone che c'era, e il lavoro era pagato meno. Quando stavano prepensionando i minatori per chiudere i pozzi, è arrivato il femminismo e le donne sono tornate in miniera. Io, figlia mia, non ci capisco niente. Che bisogno c'era di farlo, se la fame non c'è più? Per divertimento in miniera non ci va nessuno. Non esiste un inferno peggiore, dammi retta. E gli uomini rimasti non le vogliono. Certo, quando le chiuderanno del tutto, non scenderanno né uomini né donne.»

Mia figlia resse lo sproloquio della bisnonna con uno stoicismo che di solito non dimostrava con nessun altro.

«Bis, non conta che un lavoro sia buono, si tratta di poter fare quello che vogliamo, anche scendere in miniera» le spiegò con una pazienza impropria dell'adolescenza.

La cena arrivò all'ora prevista e la mia scelta fu criticata. I saam di gamberi in tempura nera con maionese kimchi piacquero molto ad Alba, ma mia madre li guardò con diffidenza. Mia nonna ne prese uno per assaggiarlo.

«Tanta scena, ma non sono altro che gamberi alla gabardina con nero di seppia» commentò. «E quella roba cos'è?»

«*Flamenquines wagyegos*» dissi.

«Waque...?» domandò mia madre.

«È una razza di vacche che...» mi misi a spiegare.

«Sono come gli involtini che fanno a Cordoba, solo che questi sono di vacca» disse la nonna, e per una volta mia madre fu d'accordo con lei.

In quel momento pensai che ordinare la cena fosse stato un errore e che avrei dovuto lasciar cucinare mia madre. Ma Alba reagì in tutt'altro modo e disse decisa che la bis e la nonna avrebbero dovuto assaggiare cibi diversi dai piatti asturiani che mangiavano di solito.

«Senti, bambina, io sono esperta di cibo andaluso» disse la nonna. «Cosa credi, che a Siviglia mi davano la *fabada*? Ne ho mangiati di *flamenquines*, ma devo dire che questi sono proprio buoni. Bevevo il *rebujito* quando non era ancora di moda. Pensa se devi venirmi a dire che non so niente del mondo.»

«Non hai mangiato cibo indiano né giapponese né cinese...»

«Riso» disse. «Quelli mangiano tutti riso. E sono pure vegetariani. Quando c'è un asiatico ultracentenario al telegiornale dicono sempre che mangia solo riso e verdure. Io preferisco morire prima, piuttosto che mangiare così.»

«Sono tutti pregiudizi, non è così. E tu, nonna, che cosa hai assaggiato?»

«Una volta sono andata in un ristorante cinese con le allieve, a festeggiare la fine del corso, e un'altra volta in un messicano. Il cibo non era male, ma non c'era il pane in nessuno dei due, e io non so mangiare senza» disse mia madre. Poi, cogliendo la disapprovazione di Alba, tacque di nuovo.

«Un'altra! Ora vi faccio un elenco di cucine da assaggiare e ognuna ne sceglie una, va bene?» propose Alba. E rivolta a me, disse: «Mamma, tu scegli quella giapponese, che era la moda della tua generazione, perché nessuna di loro la sceglierà. Muoio dalla voglia di vedere la bis che mangia pesce crudo».

«Della mia generazione?» protestai senza fare caso alla faccia disgustata di mia nonna. «Il cibo giapponese è ancora di moda.»

«Non è più di moda. È moderno lo *street food*, mamma. Per la mia generazione il giapponese è come il cinese per la tua: sorpassato. Non è di tendenza.»

«Va bene, allora scelgo il cibo giapponese» cedetti. «Da brava donna della mia età.»

Alba ignorò la mia stoccata. O non la colse neanche.

La nonna Aurora scelse il cibo peruviano, dopo aver chiesto: «I peruviani mangiano carne o pesce crudi?»

«Scegli quello, bis, è buonissimo e ti piacerà.»

«E la mocciosa quando ha assaggiato tutta 'sta roba? Non è neanche maggiorenne...» domandò la nonna guardandomi.

Mi strinsi nelle spalle e Alba non si disturbò a rispondere.

Mia madre impiegò un po' di tempo a decidere.

«Cucina araba? Che ne dite?» propose alla fine.

Mia nonna sbiancò e si portò una mano al cuore, come se avesse visto un fantasma.

«Che succede, bis? Stai bene?»

«La mela non cade lontano dall'albero» rispose. «In un ristorante arabo non ci vado neanche morta.»

«Scusate, madre, dimenticavo il ribrezzo per gli africani. Allora scelgo quella tedesca, tutti belli e alti.»

«Cibo fascista...» protestò la nonna, che stava riprendendo colore.

«Dice quella che è apparsa vestita da falangista sul giornale mentre salutava Franco» saltò su mia madre, un po' infastidita dagli attacchi della nonna.
«E tu come lo sai? Eri piccolissima.»
«Perché ne parlava tutto il paese.»
«Persino io conosco quella storia, nonna» intervenni in difesa di mia madre. «Smettiamola con le stupidaggini, perché la cucina non c'entra niente con la politica.»
«Vada per il ristorante tedesco» tagliò corto Alba. «E io scelgo la cucina vietnamita, perché voglio provare il cane e il serpente.» Vedendo la faccia della nonna si corresse. «Ma se mi racconti di quando eri falangista lascio perdere il cane e vi porto in un *food truck* così provate un po' di tutto.»
Le fui grata della piccola vendetta.
Programmammo il primo giro per ristoranti internazionali. A dire la verità era il primo pasto che facevamo tutte e quattro insieme in vita nostra, al di là di matrimoni, battesimi e comunioni. Insieme davvero. Di nostra volontà. O meglio per volere di Alba.
Credo che quella sera vidi per la prima volta felice la nonna Aurora. Quando Alba parlava o ascoltava le sue storie con interesse, gli occhi della bis si illuminavano. Mia madre pianse diverse volte, ma rise anche, dandomi l'impressione di sentirsi in colpa ogni volta che si accorgeva di aver dimenticato mio padre per un po'. Anche io mi divertii, ma per rilassarmi dalla tensione generata da una cena con le donne della mia famiglia feci un mix pericoloso di gin-tonic e champagne e il giorno dopo mi svegliai con il mal di testa e la bocca impastata anche se mi ero provocata il vomito prima di andare a letto, per ridurre le calorie ingerite a cena.

Aurora, 1976

I giornali locali e nazionali riportarono la notizia del ritrovamento dei corpi mummificati di due regolari africani dell'esercito di Franco durante la demolizione di una casa nel bacino minerario, castigato durante il dopoguerra dalla fazione vincitrice. Fu trasmessa anche nel telegiornale di mezzogiorno e della sera.

I corpi erano ben conservati. Gli esperti lo attribuivano al freddo della cantina e al terreno sabbioso. I soldati avevano le spade e le divise coperte di sangue.

Jesús entrò, con il giornale in mano, nella stanza dove Aurora cuciva alla Singer e Águeda alla macchina elettrica, perché l'altra le tirava i fili.

«Aurora, avete visto la storia degli africani di Turón?»

«Dai qua...» disse Águeda prendendo il giornale che le tendeva il marito.

Aurora si sentì mancare e la Singer si fermò di colpo perché smise di muovere il pedale.

«Madre, guardate, è la casa del nonno!»

Nonostante gli anni trascorsi dalla morte e la pessima qualità della foto in bianco e nero, Aurora riconobbe la divisa dei suoi aggressori e la scena che aveva vissuto le tornò in mente, nitida come se si stesse svolgendo in quel momento.

«Siete sbiancata» disse Jesús. «Li conoscevate?»

«Figurati se li conoscevo! Con quegli assassini non si mescolava nessuno! Non li voleva neppure la Guardia Civil, anche se erano della stessa fazione.»

Aurora lasciò il cucito e la sala, diretta al telefono fisso.

Rispose una voce sconosciuta.

«Don Ceferino è a letto, non può venire.»

«Lo svegli, per favore, devo parlargli.»

«Temo che non sarà possibile, è malato.»

«Lo svegli, per l'amor del cielo!»

«Aspetti un momento, avviso la signora.»

Prima che doña Pilar prendesse il telefono, Aurora attaccò, si cambiò e senza rispondere ad Águeda che le chiedeva dove sarebbe andata, si diresse verso la stazione degli autobus Alsa per raggiungere Gijón. Immaginò che non sarebbe stato difficile scoprire l'indirizzo di una famiglia nota come quella, senza pensare che Gijón era molto più grande di Turón. Il primo tassista non ne sapeva niente, e neppure il secondo. Chiese ad altri dieci tassisti, finché ne trovò uno in grado di aiutarla.

«So chi intende. Ho fatto diversi servizi per la signora.»

Aurora salì sul taxi pensando a come aggirare doña Pilar se fosse venuta ad aprire.

«Posso chiedere che cosa la porta in quella casa di ricchi? Non ha l'aria di voler lavorare come domestica.»

«Sono una parente» mentì.

«Non si direbbe.»

Aurora si sedette sul sedile posteriore e preferì non rispondere all'offesa.

Il taxi si fermò davanti al cancello di una casa antica, signorile, alla fine della spiaggia San Lorenzo. Aurora suonò il citofono e le fu aperto. Quando raggiunse l'ingresso principale, fece un respiro profondo e suonò.

Le aprì una donna in uniforme.

«Sono venuta a trovare don Ceferino» disse con la voce più ferma possibile.

«Si accomodi e attenda in quella saletta, per favore.»

Aurora pregò che comparisse Ferino e non doña Pilar, ma non si presentò né l'uno né l'altro, bensì un uomo giovane, che vista la somiglianza con la madre, doveva essere il figlio di Ferino e Pilar.

«Mi dicono che è venuta a trovare mio padre. Non sta bene. Posso fare qualcosa per lei?»

Aurora scosse il capo.

«La malattia è peggiorata molto?» domandò.

La sorpresa si riflesse sul volto del giovane.

«Lei è?»

«Aurora Cangas. Se potesse dirgli che sono qui...»

«Un momento.»

L'attesa le parve eterna per il timore che comparisse Pilar da un momento all'altro. Rimase per più di mezz'ora in quella sala impersonale finché il figlio di Ferino la accompagnò al piano di sopra e la condusse nella biblioteca attigua alla stanza dei genitori. Lì, seduto su una poltrona, vestito e con la mano sul bastone, trovò Ferino, smagrito, con la pelle grigia e gli occhi giallastri.

«Visto il nostro splendido addio, è un peccato che tu debba vedermi così.»

«Che importanza ha? Stai tanto male? Mi hai detto che mancava ancora un po' di tempo. Sono passati solo due mesi.»

Ferino si strinse nelle spalle.

«Ti ho mentito. Pensavo che non avresti voluto passare la notte con un moribondo. Sono già alle cure palliative. È questione di giorni.»

Gli occhi di Aurora si riempirono di lacrime.

«Non provare a piangere. Io e te ci siamo già salutati, questo tempo è in più e immagino che tu venga per la faccenda degli africani. Mio figlio mi legge il giornale ogni giorno. Voglio sapere che cosa succede nel mondo fino all'ultimo momento.»

«Ne abbiamo già parlato. Mi hai promesso che se succedeva, potevo andarmene.»

«Ne sei sicura? È successo tanto tempo fa... Non credo che tu sia in pericolo.»

«Non voglio rivivere quella cosa, non voglio che nessuno mi faccia domande, non voglio essere qui quando mi cercheranno. Perché mi cercheranno: sono rimasta solo io. Non voglio inventarmi una storia per Águeda. Devo andarmene. Sono stanca di cucire, di vivere sulle spalle degli altri, della pioggia che infradicia la primavera. Voglio quello che mi hai promesso.»

«Apri il terzo cassetto di quel comò e prendi la busta azzurra.» Ferino indicò un elegante mobile di legno con le decorazioni dorate. «Dentro c'è tutto quello che ti serve, e l'indirizzo di mio figlio Cefe a Siviglia. L'ho già avvisato. Se mi fosse successo qualcosa prima. Verrà al mio funerale. Anche se gli ho detto addio qualche mese fa, insiste. Insomma, cara, buona fortuna per il resto della tua vita. Ci vediamo in cielo, o all'inferno, dove ci tocca. E speriamo che ci tocchi lo stesso posto, così finalmente potremo goderci la compagnia reciproca. Ora vai, perché questo non doveva essere il tuo ultimo ricordo, e neppure il mio, e non voglio che si protragga.»

Aurora uscì con un misto di paura, tristezza e sollievo all'idea di lasciarsi tutto alle spalle. Si sentiva leggera come se si fosse liberata del peso degli anni vissuti per cominciare una nuova vita.

Nessuno l'aspettava fuori dalla biblioteca, quindi scese le scale e si trovò davanti doña Pilar.

«Ciao, Aurora. Non ti spaventare. Voglio solo augurarti buona fortuna.»

«Non mi spavento facilmente.» Non voleva sfidarla, era la verità.

«Ma te ne vai perché sei spaventata.»

Aurora le diede del tu, e doña Pilar non la riprese.

«Te lo ha raccontato Ferino?»

Doña Pilar annuì.

«Certo. Dopo quarant'anni non abbiamo bisogno di segreti. Presto Dio ci separerà. Almeno per un periodo.»

«Sì.»

«So degli africani. Hai fatto quello che dovevi fare. Hai salvato la tua vita e quella di tua madre. E so anche del giorno e della notte che avete passato insieme a Oviedo. Ferino ne ha parlato prima con me.»

«E ti andava bene?» Aurora non si fidava fino in fondo della comprensione di quella donna, se c'era di mezzo Ferino.

«Gli anni sono passati per tutti, e le cose importanti sono altre. Ti auguro buona fortuna, te la auguro davvero, e se ti serve qualcosa, dimmelo. È quello che vorrebbe Ferino.»

«E tu?»

«Certo.»

«È un uomo fortunato» rispose Aurora.

Aurora, 2014

Portare Aurora, con tutti i suoi chili e i suoi anni, a mangiare in quattro ristoranti in una settimana si rivelò un'impresa più complicata di quanto Alba immaginasse quando si era proposta di istruire dal punto di vista culinario la nonna e la bisnonna.

Alba decise di cominciare dal cibo peruviano, scelto da Aurora, al primo incontro di famiglia. Per allentare la tensione, frutto delle aspettative di fronte alla nuova esperienza, ordinò quattro Pisco Sour, e con Ana scelse i piatti da assaggiare, tutti da dividere; *ají de gallina*, degustazione di *ceviche*, *tiradito de atún*, *anticucho*, *tamal*, *chicharrón*, iucca con salsa *huancaína* e *causa limeña*.

Dare il pisco ad Aurora prima che toccasse cibo non fu una buona idea. Lo bevve in due sorsate.

«Che buono, Alba, ordinamene un altro!»

«Bis, è alcolico.»

«Non sembra...»

«Ma è forte.»

«Pensi di controllarmi?»

«Madre, starete male» la pregò Águeda.

«Ordinamene un altro, ho detto!» pretese Aurora dalla pronipote.

Ana decise di prendere in mano la situazione e chiamò il cameriere.

«La nonna ha ragione, è abbastanza grandicella da sapere quello che fa.»

«Vi dico cosa mi ci vorrebbe adesso? Una sigaretta. Ma con la legge antifumo, niente. Anche se con Ramona fumavamo già fuori. Eravamo molto moderne, allora.»

«Proprio no, fumare è pessimo» ribatté Alba.

«Di sicuro una sigaretta mi ucciderà» ironizzò Aurora. «Una volta ho fumato l'erba. Quanto ci siamo divertite! L'avete provata?»

«È illegale, nonna» disse Ana.

«Non vi ho chiesto questo, siete proprio odiose. Mia figlia di sicuro non l'ha mai provata.»

«Stavolta vi sbagliate, invece» protestò Águeda.

«Ma dai, figurati se mia madre non si è fumata una canna con Florita!» disse Ana con una risata, e rivolta ad Alba aggiunse: «Non te lo aspettavi, eh?»

Alba scosse il capo, divertita, e volle saperne di più, ma Águeda impedì ad Ana di raccontare. Aurora guardò la figlia con un certo rispetto.

La cena trascorse tra espressioni disgustate al momento di assaggiare i nuovi sapori, qualche approvazione spruzzata di molte lodi al cibo patrio e risate generali favorite dal pisco. Aurora ne bevve quattro bicchieri. Águeda uno, Alba uno e Ana due, perché sarebbe venuto a riprenderle l'autista di Carlos e non avrebbe dovuto guidare.

Si presero uno spavento quando, alzandosi da tavola, Aurora cadde a terra lunga distesa, con i suoi novanta e passa chili e i suoi novantadue anni.

La portarono all'ospedale e passò la notte in osservazione. Non si era rotta nulla per miracolo.

«Bis, il tour gastronomico finisce qui. La nonna è disperata...» disse Alba.

«Neanche per sogno» minacciò Aurora, alzando il dito. «Che Águeda vada pure a messa. Domani prenota il giapponese.»

E Alba prenotò il giapponese, perché in fondo era d'accordo con la bisnonna.

Águeda, 1977

Quando Aurora raccontò alla figlia che avrebbe cominciato una nuova fase della sua vita a El Palmar di Troya, Águeda pensò che la madre avesse avuto un ictus. Aurora, come tanti della miniera, era socialista, credeva in Dio o almeno in santa Barbara, ma non era particolarmente amica dei preti in generale, anche se a qualcuno dava qualche possibilità. I veggenti, il fervore religioso e quel cieco autoproclamatosi vescovo che infervorava le masse non c'entravano niente con la personalità della madre.

«Non dite stupidaggini! Non vi sarete mica lasciata convincere da quei ciarlatani?»

«Qui l'unica che dice stupidaggini sei tu. Di quei palmariani non mi importa un fico secco, ma tu non puoi dire a nessuno dove sono, mi hai sentito?» la minacciò Aurora. «A nessuno. Men che meno alla polizia quando verrà a chiederti informazioni.»

«Ma perché mai dovrebbe venire la polizia? Che cosa c'entro io con quegli africani? Nel dopoguerra ero bambina, forse non ero neanche nata. Almeno raccontatemi che cosa è successo.»

«Meno sai, meglio è. E qualunque cosa succeda, giurami che non dirai a nessuno dove sono.»

Aurora pretendeva che Águeda le desse la sua parola, sapendo che l'avrebbe mantenuta.

«Ma quando pensate di tornare?»

«Forse mai. Che ne so?»

«Se non lo sapete voi... E mi lasciate sola a cucire?»

«Ana è grande, tu non hai bisogno di me e io sono stufa di cucire per donne ricche senza problemi.»

Águeda era confusa. Non ebbe neanche il tempo di riflettere troppo a lungo, perché Aurora fece la valigia e il giorno dopo la accompagnarono alla stazione, a prendere il TER Ruta de la Plata per Siviglia.

«Guarda il lato positivo: ti sei liberata di lei.»

«In questo momento ne avevo bisogno. Abbiamo un mucchio di lavoro e lei se ne va. Non le importa di nessuno se non di sé stessa.»

«Be', tua madre è insopportabile, ma ha lavorato gratis da quando è nata la bambina.»

«Vediamo quanto dura questa follia.»

«Non mi rovinare l'umore. Magari non torna.»

Non fu l'unica sorpresa che ebbe Águeda l'anno in cui la Spagna inaugurava la democrazia. Le caddero dal cielo anche dieci milioni di pesetas, esentasse. Sembravano un dono inspiegabile, ma in realtà venivano dal patrimonio di Ferino, che glieli aveva lasciati nel testamento. Senza spiegazioni. La chiamata di un avvocato, una firma e un trasferimento sul suo conto corrente. Águeda non volle chiedere. I ricordi di suo padre erano pochi ma meravigliosi e non avrebbe permesso a nessuno di appannarli, però non era stupida al punto da non capire o da non accettare il denaro.

Il piano intero che comprò in un palazzo di calle San Bernabé, in pieno centro a Oviedo, le costò cinque milioni. Fu Jesús a firmare l'acquisto, perché gli spagnoli quell'anno avevano avuto il diritto di votare per la prima volta da quarant'anni, ma Águeda, come ogni donna sposata, non poteva firmare. Anche se i soldi erano suoi. Per lei non fu un problema, perché Jesús non fu d'ostacolo, e anzi l'appoggiò in ogni decisione. Prestò il suo nome e la sua firma per aprire l'azienda di Águeda, per l'acquisto delle macchine da cucire nuove e di tutto il materiale necessario per avviare la sua scuola di taglio e confezione nonché sartoria Mari Flora.

Nonostante le molte volte in cui negli anni successivi dovette rispondere alla domanda su chi fosse Mari Flora, Águeda non si pentì mai di aver dato alla sartoria il nome della sua prima bambola, quella che le aveva tenuto compagnia durante l'infanzia solitaria finché la madre non l'aveva regalata senza pensare a quanto quell'ammasso di stracci cuciti malamente da Ramona significassero per la sua unica figlia.

Ana, 2014

Quando Alba annunciò che avrebbero proseguito nel progetto delle quattro degustazioni di cibo internazionale, Ana e Águeda si opposero all'idea di riportare Aurora in un ristorante appena uscita dall'ospedale.

«Vuoi uccidere la tua bisnonna?» le chiese Águeda. «Non vedi che è molto anziana?»

«Proprio per questo. Per una volta che vuol fare qualcosa! Non può morire senza aver assaggiato il sushi! La settimana prossima devo tornare all'università e non possiamo più. E lei non vede l'ora.»

«Non mi sembra il caso» insistette la madre.

«Ti prometto che la faccenda del pisco non si ripeterà. Le facciamo bere solo acqua. La bis non ha niente, i medici hanno detto che sta bene.»

«Se si sente di nuovo male...» disse Águeda, capendo di avere perso la battaglia con la nipote.

«Se le succede qualcosa, prometto che lasciamo perdere» assicurò Alba.

Scelsero un ristorante giapponese con i tatami.

«Lì non mi ci siedo. Passi mangiare pesce crudo, ma stare seduta a terra, proprio no» si impuntò Aurora quando aprirono la porta della saletta e vide il tavolo basso con i cuscini intorno.

«Vieni, bis, c'è un trucco. Ti faccio vedere» Alba si sedette accanto al tavolo. «Vedi? C'è un buco sotto, il pavimento fa da sedia.»

Aurora abbassò la testa per guardare sotto il tavolo, poco convinta, ma cedette quando Ana si sedette con la figlia.

«Dovrete aiutarmi a infilarmi lì dentro. Guarda che furbi 'sti giapponesi: così possono sbevazzare tranquillamente, senza rischiare di cadere a terra.»

Alba e Ana aiutarono Aurora e Águeda. Quest'ultima, ancora più contraria della madre, non volle esprimere le proprie riserve per non rovinare la festa, ma non la smise di guardare sotto il tavolo, per paura che spuntasse uno scarafaggio, un ragno o qualcosa di peggio. Al solo pensiero le si drizzavano i peli delle gambe. Dai giorni in cui sua madre la chiudeva nella dispensa, non sopportava di infilare nessuna parte del corpo in un posto buio o che non potesse vedere.

«Assaggerete una cosa buonissima» annunciò Ana. «E non

preoccupatevi, non è cruda: si chiama *shabu shabu* e ce la cuciniamo noi qui al tavolo.»

«Lo dicevo, io, che questi giapponesi sono dei dritti. Dobbiamo pagare e farci tutto noi, come dai benzinai, con i clienti che devono mettersi da soli la benzina. Sono davvero senza pudore!»

«Toglieranno anche le cassiere al supermercato, bis, non dico altro, ma in questo caso è diverso» spiegò Alba, con una risata.

L'esperienza con il cibo giapponese andò bene e non ci furono incidenti, nonostante il prevedibile commento «Come in Spagna non si mangia da nessuna parte, ma per un giorno va bene anche questo» di Águeda e Aurora. Águeda, tuttavia, sperava di non dover tornare mai più in un ristorante giapponese. In compenso le piacque il cibo tedesco. Piacque anche ad Aurora che però non volle ammetterlo, dal momento che era stato scelto dalla figlia.

Aurora 1977

Aurora arrivò a Siviglia alla fine dell'agosto 1977. Per quella nuova fase della sua vita si era tinta di castano scuro i capelli biondi, che a furia di imbiancare erano sempre più chiari. Trovò una città calda, allegra e rumorosa, molto diversa da Oviedo e Gijón, gli unici capoluoghi che conosceva. Siccome Cefe si trovava nelle Asturie per partecipare al funerale del padre, Aurora usò parte del denaro che Ferino le aveva messo nella busta per affittare una stanza in una pensione vicina alla Maestranza, dove attese che tornasse. Le parve di stare in un film di Lola Flores. La vita in strada, l'accento cantato, i signori sivigliani azzimati e brillantinati, i gerani ai balconi, i complimenti urlati dagli uomini per strada – «*Gitana*», «*Ojos negros*» «*Qué cara te vendes, chiquilla*» – le venditrici di fiori e i calessi trainati dai cavalli. L'insieme, agli occhi di Aurora, sembrava la scenografia di un film.

Nonostante la tristezza per la morte di Ferino e l'agitazione per la nuova vita da fuggiasca che avrebbe intrapreso, si godette qualche giorno di libertà inattesa. Visitò la Giralda, il Real Alcázar, vide il Guadalquivir, passeggiò osservando i *trileros* e il loro fascino, mangiò a Triana e percorse il parco María Luisa, come una turista. Assaggiò il *fino*, il *vino manzanilla* e il *vino de naranja*; bevve *gazpacho*, mangiò *aliñás*, *chanquetes*, un pesce che chiamavano *melva* che sapeva di tonno bianco ma più deciso, e *sangre encebollada*, che non le piacque. Si comprò persino un ventaglio in calle Sierpes per contrastare *la calor*, al femminile, come dicevano lì. Osò persino assistere a un *cante jondo*, che non le piacque, e a un *tablao* flamenco che le risollevò l'umore. Negli anni Settanta non era comune vedere donne sole nei bar di Siviglia, ma alla domanda: «Aspetta qualcuno?» fatta con intenzioni di ogni genere, a volte persino con sbuffi ed espressioni infastidite, Aurora temporeggiava: «Sì, più tardi». A cinquantacinque anni conservava parte della sua bellezza innata, ma non attirava gli sguardi degli uomini e non si faceva notare se non per la situazione inusuale e per l'aria da forestiera, che gli occhi azzurri e il tono scuro dei capelli mettevano in risalto.

Cefe e Marisa ritornarono da Gijón qualche giorno dopo, e accolsero Aurora a casa loro nel quartiere borghese di Los Remedios. Cefe si rivelò un prospero imprenditore di mezza età, proprietario di un magazzino di prodotti freschi con un curioso accento andaluso che si mescolava a parole asturiane, rendendo l'insieme molto caratteristico. Il figlio ricordò ad Aurora il padre. Più alto e un po' meno elegante, ma ben vestito. Più simpatico e altrettanto energico. Lui le presentò la moglie, Marisa.

Cefe era uno di quegli uomini che riempiono lo spazio che occupano. In compenso Marisa era una donna dolce e discreta, destinata a riflettere la luce del marito piuttosto che emanarne di propria.

L'accolsero entrambi come un'ospite gradita, pur essendo una sconosciuta.

«Gli amici di mio padre sono miei amici, soprattutto se risalgono a tempi così...» Cefe cercava la parola ma ci rinunciò. «Cosa vuoi che ti dica? È stato terribile, piccola. Mi ha detto mio padre che ti deve un favore da allora.»

«Io pensavo di doverlo a lui» rispose Aurora, incoraggiata dalla buona accoglienza della coppia.

«Allora c'erano poche cose più importanti degli amici che si avevano; poteva diventare questione di vita o di morte. Non sai quanto abbiamo odiato la moglie di mio padre per avermi mandato qui, nel campo di concentramento. Vero, Marisa? Che cosa orribile! Spesso ho pensato di non uscirne vivo, com'è successo a molti altri. Ma, a ripensarci oggi, sono qui per raccontarlo e le cose mi vanno bene. Avrebbe potuto risparmiarmi una serie di anni orribili, secondo mio padre, ma mi ha liberato dalla morte.»

«È una strana donna, non sai mai se ti fa un favore o ti frega» confermò Aurora. «Ma ora vi siete lasciati tutto alle spalle e state bene. Vi siete arricchiti.»

«Ci ha aiutato mio padre. Ha pagato la scuola del bambino a Siviglia, al San Francisco de Paula, una delle migliori, perché a El Palmar la scuola non c'era proprio. La poca gente che ci abitava era analfabeta. E poverissima. Soffrivano la fame! Quando è arrivata Marisa non c'era neanche il paese, solo una distesa di palme, ma mio padre le mandava dei soldi per dare un tetto a lei e a nostro figlio, perché potesse portarci un po' di cibo al campo di concentramento, o di lavoro, come lo chiamavano. Mi ha aiutato anche a ricominciare quando sono uscito. I soldi erano della moglie, certo, di Pilar. Mio padre guadagnava bene, ma non così tanto.»

«Sì, corrisponde al carattere di Pilar, al suo modo di fare le cose.»

Quella sera Aurora cenò con loro e dormì nella camera che le avevano preparato.

«El Palmar è un paese orribile, ma La Alcaparrosa, la tenuta delle apparizioni, ti impressionerà» disse Marisa dopo aver ripercorso i ricordi comuni e aver servito la cena. «Nei fine settimana si riempie di fedeli infervorati. O fanatici. È come andare a uno spettacolo, anche se devo riconoscere che sentire quel Clemente è un'esperienza, davvero.»

«Quindi voi non siete palmariani» dedusse Aurora, scettica nei confronti di quel circo religioso che conosceva solo dal telegiornale e che le pareva una carnevalata.

«Noi siamo fornitori del Palmar» chiarì Cefe. «Le cose ci andavano bene già prima, ma da quando ci sono loro, ancora meglio. Sarai al sicuro, passerai inosservata. Vanno e vengono vere e proprie fiumane di pellegrini. Quelli del paese affittano le stanze alla gente di passaggio. Persino i preti si sono comprati delle case, anche se vivono a Siviglia. Nessuno si stupirà di vedere una palmariana delle tante che si stabilisce in paese per seguire la sua fede. Ma non aspettarti troppo. È una casa modesta, come tutte quelle di lì: mio padre voleva che Marisa vivesse con il bambino a Siviglia, ma lei non voleva stare lontano da me. Sono rimasti finché non mi hanno rilasciato.»

«Come mai non siete tornati nelle Asturie?»

«A far che cosa? A guardare in faccia l'uomo che mi aveva denunciato o la moglie di mio padre? O lo stronzo che mi ha torturato quando mi hanno arrestato, che conoscevo da quando eravamo bambini? No. Era più sicuro non tornare.»

«La propaganda che ti hanno trovato addosso non era tua, mi ha detto mio padre.»

«Non ero neanche comunista! Mio padre era un caporale, lo sai. Mi hanno teso una trappola, ma non voglio parlarne: sono passati anni ma mi ribolle ancora il sangue.»

«Capisco. Che buoni questi *mostachones*, Marisa! Non li avevo mai assaggiati e mi piacciono tantissimo! Tutto ottimo, non ho mai mangiato una carne di maiale come questa.»

«È *presa* di maiale iberico.»

«Nelle Asturie non ne abbiamo. Lo *Jamón ibérico* arriva, a prezzi proibitivi, ma questo no.»

«Per noi è una leccornia. E piace anche ai preti» rispose Marisa. «A quelli piacciono tutte le cose buone, alcuni gozzovigliano in giro per Siviglia...»

«E il vescovo che guida la baracca non lo sa?»

«Clemente?» Marisa rise. «Guida la comitiva e torna più ubriaco di tutti. Portano le sottane, non credere che lo facciano di nascosto, e mangiano come porci, ballano, bevono e palpano le cameriere.»

«Le cameriere come copertura, magari» disse Cefe con una risatina. «Clemente e compagnia vogliono i camerieri. È una specie di Sodoma e Gomorra, ci siamo capiti.»

«Cefe, santo cielo, non essere volgare, cosa penserà Aurora?»

«Deve sapere che cosa troverà da quelle parti! Per non farsi adocchiare e attirare nell'ordine!»

«Non preoccuparti, non succederà» disse Aurora. «I preti non sono il mio genere. In più sarà una cosa temporanea, finché passa l'uragano e posso tornare a casa senza rischi.»

«Certo» Marisa sorrise, comprensiva. «Noi la domenica andiamo a sentire la messa. Non puoi mancare. È uno spettacolo vedere Clemente in trance e la gente posseduta da una specie di fervore mistico.»

«Quindi andate alle loro messe? Sicuri che non siete palmariani?»

«Dipende da chi ce lo chiede. Sono clienti e ci comprano sempre più roba. La grana è la grana, dicono qui. Quindi Marisa si mette il velo e la domenica e le feste comandate siamo lì.»

Aurora capiva la coppia. Sapeva bene cosa significava salire sul carro del vincitore per tirare avanti.

«Propongo un brindisi» esclamò Cefe alzando il bicchiere di vino. «Al tuo futuro e a mio padre.»

«A Ferino, che riposi in pace» disse Aurora, e i tre tacquero.

Rimasero a tavola fino a tarda notte e Cefe, che animava la conversazione, la condì di aneddoti. Parlò anche di suo figlio, l'unico che avevano. Era un ingegnere come voleva Ferino, e aveva un buon lavoro a Madrid.

«Non torna più, vive nella capitale come uno scapolo d'oro» concluse Cefe. «Si gode la vita.»

«Non badare a Cefe, nostro figlio ha la testa a posto, è un gran lavoratore.»

«Non dico di no. Ma in un locale di *entraîneuse* che hanno aperto a Madrid lo conoscono bene, e lui non ci è capitato per caso. L'ho saputo quando ci sono andato in primavera.»

«Mamma mia, cosa dici! È tuo figlio! Cosa penserà Aurora?»

«Non ti scaldare. Sto esagerando, ma è la verità. In realtà ci va per lavoro, con i clienti, sai com'è. A quanto pare è stato aperto da gente famosa e attira una clientela importante e ci si firmano contratti milionari.»

«E chi sarebbero?»

«Non si sa con certezza, ma dicono che sia coinvolto persino Paco Martínez Soria, l'attore.»

«In un bordello? Non è possibile!» esclamò Aurora, attonita.

«Così dicono, ma vai a sapere, in genere nelle voci c'è sempre un fondo di verità, ma la gente non vede l'ora di sparlare. Il locale è uno dei più esclusivi di Madrid, in calle Oriente, vicinissimo al Palacio Real» disse Cefe sussurrando, come se temesse di essere ascoltato.

Quando finalmente andarono a letto, Aurora si sentiva come se si fosse liberata da una zavorra. Era pronta a ricominciare da zero in quel posto dove non conosceva nessuno e dove nessuno conosceva lei.

13

Ana, 1981

Quando avevo tredici anni mia madre era ossessionata dai sacchetti della spazzatura che trovavamo per strada. Aveva sentito qualcosa al telegiornale e si era allarmata, non ricordo se riguardasse l'esplosione di una bomba nascosta dentro un sacco della spazzatura o la possibilità che i terroristi potessero commettere attentati con quel metodo rudimentale. Per diverse settimane mi pregò ardentemente di non avvicinarmi ai sacchetti che vedevo per strada e io, pur senza provare la sua paura, che ora comprendo, le ubbidivo. In più i sacchi della spazzatura mi hanno sempre risvegliato più ribrezzo che interesse. Allora Oviedo non era la città da cartolina che è oggi, in cui non si vede neppure una gomma da masticare sui marciapiedi. Verso sera non era raro trovare dei sacchi della spazzatura vicino ai portoni, in attesa del servizio di raccolta municipale che passava intorno a mezzanotte.

Io non ero particolarmente capricciosa o disubbidiente, ma un pomeriggio accompagnai mia madre a comprare una seta stampata per il vestito di una cliente, e in una vetrina lungo la strada vidi una minigonna di voile molto ampia. Mi piaceva tantissimo e le chiesi di comprarmela sperando che, come sempre, mi proponesse di confezionarmela lei. Invece si rifiutò categoricamente: «Appena ti muovi, si vede tutto. La stoffa è leggerissima ed è una gonna estiva, quindi non puoi neanche metterci i collant sotto» disse. Ma la sua spiegazione non mi convinse. Nel negozio di tessuti mi feci insistente, mostrandole diverse stoffe per la gonna che mi piaceva tanto. «Smettila. Ho detto di no ed è no. Se vuoi un'altra gonna, la cerchiamo e te la cucio volentieri, ma quella no» mi ripeté più volte. Quando uscimmo dal negozio mi misi a camminarle davanti ripetendo la mia solfa, e mia madre perse la pazienza. «Stai zitta e smettila con quella benedetta gonna» mi disse, più forte del solito. Mi sentii crescere dento un'ira sconosciuta prima di allora, e proprio in quel momento mi capitò a tiro un sacco della spazzatura così gli diedi un calcio con tutte le mie forze. Il contenuto si sparse sul marciapiede.

Fu l'unica volta in cui mia madre mi diede uno schiaffo in pubblico, facendomi sentire umiliata e piena di rabbia. Non me ne aveva dati molti neppure in privato, ma ogni tanto una sberla mi era capitata. In casa, però, non sotto gli occhi di tutti.

Mi misi a camminare in fretta con le lacrime che mi scivolavano sulle guance e lei mi seguì. Sentivo che mi rimproverava per l'incoscienza, propinandomi per l'ennesima volta la tiritera che i sacchetti di plastica potevano contenere bombe e scoppiare se presi a calci, perché i terroristi volevano provocare il danno maggiore possibile a creature innocenti come me e terrorizzare la società. Non la guardai neppure. Non mi fermai finché non raggiunsi il portone e aspettai che prendesse le chiavi nella borsa e aprisse la porta. Mia madre chiamò l'ascensore e io feci le scale di corsa. Quando entrai in casa, mi chiusi in camera, decisa a non uscirne.

Fu la prima volta che non le rivolsi la parola, insensibile a tutte le minacce e offerte di pace che alternò nel pomeriggio. Quando mio padre rientrò, all'ora di cena, e capì la situazione, sono sicura che gli venne voglia di andarsene, ma non lo fece. Mia madre gli raccontò l'accaduto mentre io rivivevo a ripetizione, in camera mia, l'umiliazione che mi aveva inflitto.

Mio padre venne davanti alla porta della camera per cercare di farmi ragionare. Gli permisi di entrare e, anche se si dimostrò affettuoso e comprensivo, non riuscì a farmi rinsavire. Ottenne solo che lo abbracciassi e piangessi i miei dolori, ma non che perdonassi mia madre per avermi offesa, né che mi sedessi al suo stesso tavolo. Mio padre bussò alla mia porta venti minuti dopo per lasciarmi un vassoio con un generoso piatto di crocchette di prosciutto, le mie preferite, una pagnotta, due Petit Suisse alla fragola e un Kas all'arancia, chiara offerta di pace di mia madre, che mi permetteva di bere bibite solo nel fine settimana.

Finii di mangiare e uscii per riportare il vassoio in cucina. Lei ne approfittò per avvicinarsi, ma non le diedi tregua, pur avendo divorato le sue crocchette. Riuscii a schivarla e tornai a chiudermi in camera. Quella notte sentii la mancanza della nonna Aurora, di cui non sapevo niente da anni, perché immaginai che avrebbe trasformato la mia arrabbiatura in un'arma per mortificare mia madre.

La mattina successiva mi sedetti a fare colazione come se niente fosse, mia madre non parlò di ciò che era accaduto il giorno prima e io non mostrai interesse a discutere dell'argomento. Né quel giorno né nessun altro.

Non fu l'ultima baruffa tra me e mia madre durante l'adolescenza, ma non ne ricordo altre in cui avessi sentito la mancanza della nonna Aurora.

Alba, 2016

La vita della bisnonna Aurora era fonte di ispirazione per Alba. I suoi aneddoti risvegliavano la curiosità della pronipote e a volte il riso o l'indignazione, ma Alba vi trovava sempre particolari mai considerati che rafforzavano le sue convinzioni. Aveva preso l'abitudine di raccontare storie o portarle oggetti che le sciogliessero la lingua, perché Aurora parlava della sua vita solo se lei riusciva a farla indignare abbastanza da smentire le panzane che Alba fingeva di bersi. Se voleva che le parlasse di Ramona, bastava che le mostrasse un articolo in rete in cui si diceva che le donne non avevano lavorato in miniera fino al 1996. Allora Aurora si irritava, come Alba aveva previsto, e le parlava dell'amica, che era stata *carbonera* per molti anni finché l'avevano destinata alle laverie perché non c'era più bisogno di sostituire i maschi all'interno e i rischi di sanzione erano molto alti. Se voleva che le raccontasse della Singer, bastava portarle una delle piccole riproduzioni che Ana aveva consegnato come bomboniera al suo matrimonio, anche se su quell'argomento si faticava a farla parlare. Si limitava a imprecare contro i vezzi assurdi della gente ricca e mormorava: «A saperlo prima, per le nozze le avrei rifilato le vecchie sedie di fòrmica della cucina e non avrei speso niente» ma nulla che fosse utile ad Alba. Un giorno che non aveva in mente di irritare la bisnonna, le era venuto in mente di commentare che le donne riportavano più danni in macchina degli uomini perché le cinture di sicurezza erano disegnate per il corpo maschile; all'improvviso Aurora era andata in collera e le aveva riferito le assurdità che le dicevano quando attraversava il paese con la Vespa negli anni Cinquanta.

Così, quando Alba lesse in rete la notizia che il papa della Chiesa palmariana aveva abbandonato El Palmar per sposarsi e che sua moglie era sulla copertina della rivista *Interviú*, prese la macchina e andò al centro commerciale più vicino per comprare una copia del giornale. Cartacea. Perché Aurora non digeriva le versioni digitali.

«Per carità, non mi mostrare quegli schermi piccoli, che non ci vedo. Patisco già abbastanza con il cellulare. L'unico schermo che mi piace è quello della tivù, e non sempre» le diceva ogni volta che cercava di mostrarle qualcosa sul telefono o sul tablet.

Quel giorno Alba si presentò senza fretta alla residenza con *Interviú*, per ricavare il più possibile dalla conversazione con la bisnonna.

«Guarda, bis, magari sai chi è» le disse quando entrò in camera sua.

«Una maiala spogliata» rispose Aurora senza prestarle attenzione. «Pure attempata. Quella rivista è alla frutta, ormai. Prima almeno le tizie in copertina erano giovani e belle.»

«Non erano tizie qualunque, erano modelle o attrici, e questa è una donna normale. Be', normale fisicamente, perché per il resto è tutto meno che normale.»

Aurora si mise gli occhiali e prese la rivista. «El Palmar de Troya. La fidanzata del papa si spoglia» diceva il titolo in copertina.

«Ci mancava. Almeno questo non è finocchio come gli altri.»

«Porta rispetto, bis, che io sono lesbica e tu lo sai perfettamente.»

«Cosa c'entra? Che tu sia lesbica non toglie che loro erano finocchi.»

Alba dovette riconoscere che, in quello, la nonna aveva ragione.

«Chi intendi?» cedette.

«Quelli originali, non questi buffoni. Papa Clemente e il vescovo Manuel. Finocchi, ubriaconi e gaudenti come nessuno. Erano dei personaggi. Il papa, quando non era ancora papa, a Siviglia lo chiamavano La Volt, perché lavorava all'azienda elettrica. Si mangiavano e si bevevano tutta Siviglia e i preti giovani. Ma erano generosi con quelli che lavoravano per loro come me. Molto.»

«Ecco, capisco. Una chiesa esemplare» ironizzò Alba.

«Come tutte. Ogni chiesa è formata da persone e le persone hanno la cattiveria dentro, non si scampa.»

«Qui c'è scritto che questa donna era la Mata Hari del Palomar. Il livello era proprio basso. Dentro c'è una foto con lui. Come sono conciati! Lei con la pancia e lui calvo, ed evidentemente non sanno che esiste la depilazione laser. Papa Gregorio XVIII lo conoscevi?»

«Sì, lui sì. Lei no. Dicono che era una suora, ma è troppo

giovane. Lui è padre Ginés. Anzi, lo era quando cucivo per loro. È diventato papa dopo. Adesso è un pagliaccio. Questo non è un finocchio, solo un leccaculo.»

Aurora si perse nei suoi pensieri, ma Alba voleva saperne di più.

«Perché sei andata al Palmar e ci sei rimasta così tanti anni, bis?»

«Fai troppe domande.»

«Mi riprendo la rivista?»

«Per me puoi anche bruciarla.»

Alba sapeva bene che stava bluffando, quindi prese la rivista, la mise in borsa e, come aveva previsto, Aurora sbuffò: «Lascia lì la rivista, per favore. Voi giovani siete insopportabili!»

«Te la do se mi dici cos'hai fatto per tutti quegli anni a El Palmar.»

«Non lo capiresti.»

«Provaci.»

«Non volevo che mi beccassero quando hanno trovato gli africani morti. Ora via di qui!»

Alba capì che non era il momento di insistere, ma aveva appena trovato quello che sembrava un filo da tirare per sbrogliare la storia della sua bisnonna.

Aurora, 1977

La prima volta che Aurora andò a La Alcaparrosa era fine agosto, una settimana dopo il suo arrivo a Siviglia, scortata da Cefe e Marisa. Le donne con la *mantilla* e le maniche lunghe, e Cefe in giacca e cravatta, nonostante il caldo che arroventava il deserto sivigliano.

Un muro alto quattro metri circondava la tenuta come una fortezza, e all'esterno era pieno di gente. Videro un enorme capannello di persone che vorticava intorno a una donna in preda a una specie di attacco epilettico.

«E quella chi è?» domandò Aurora.

«Una presunta veggente, una di quelle che fanno concorrenza a Clemente, ma come vedi a lui va molto meglio» rispose Cefe, indicando l'immensa basilica in costruzione che spuntava sopra i muri. «Clemente ha comprato il fondo per un milione di pesetas, dicono, e da quando lo possiede non fa entrare gli altri veggenti.»

«E i soldi per tutto questo?»

«Ci sono fedeli ricchissimi. Molti sono stranieri, altri di qui. Una baronessa della Rioja, con migliaia di ettari di vigneti, ha dato a Clemente sedici milioni di pesetas qualche anno fa.» Dopo essersi avvicinata al suo orecchio, Cefe proseguì: «Dicono anche che le donazioni sono un modo per ripulire il denaro sporco. Spiegherebbe perché ci sono tutti questi milionari devoti del Palmar disposti ad aprire il portafoglio anche se non si fanno mai vedere da queste parti. Chissà! Sono tutte voci. Andiamo dentro».

Nonostante quello che aveva letto del Palmar sui giornali, Aurora non era preparata a vedere una simile quantità di fedeli inginocchiati e di preti, vescovi o quello che erano. Ne contò più di cinquanta con la tonaca e venti monache con il volto coperto dal velo. L'esibizione della fede palmariana la colpì, ma la cosa che la impressionò di più fu Clemente, con le orbite degli occhi vuote, le mani infilate in un paio di guanti bianchi macchiati di sangue e una voce profonda che rimbombava tra le pareti della chiesa. Diceva «Noi» come se Dio si rivolgesse davvero ai fedeli tramite lui.

La chiesa palmariana parve ad Aurora una specie di Torre di Babele. Non certo per il latino della messa, visto che fino a poco più di un decennio prima i sacerdoti cattolici celebravano la messa tridentina, e neppure per gli accenti di tutti gli angoli della Spagna, ma perché molte persone riunite lì non parlavano spagnolo e Aurora non capiva quello che dicevano.

Marisa glielo chiarì.

«Ci sono diverse agenzie viaggi a Siviglia che fanno soldi a palate portando devoti da tutta la Spagna e dall'estero. Ce n'è anche una di Torremolinos che organizza viaggi dagli Stati Uniti. Trovi gente di tutta Europa: olandesi, tedeschi, irlandesi...»

Aurora era incredula e non le importava dei traffici di quelle persone. Ma se tutti si arricchivano con quel circo, di sicuro ne avrebbe approfittato anche lei.

«Chi cuce le tonache dei preti?» domandò, di ritorno alla macchina.

«Qualche sarto sivigliano, immagino» rispose Marisa. «O diversi, perché ogni volta che ci veniamo sono di più e a Siviglia distribuiamo più cibo nelle case dei sacerdoti o come si chiama quella gente assurda. Cos'hai in mente?»

«Le tonache che indossano sono scomode, con questo caldo, che non so come sopportate. Mi sto arrostendo come un pollo in forno.»

«Ci si abitua a tutto.»

«Ma di sicuro preferirebbero stare più freschi. Accompagnami nei migliori negozi di tessuti di Siviglia» chiese Aurora a Marisa, mentre stava già ordendo il suo piano.

Águeda, 1977

Nei fine settimana Florita andava a trovare Águeda e Anina, che allora cominciava a gattonare. Prendeva il treno da Mieres a mezzogiorno, dopo aver pulito la casa ed essere andata al mercato con Herminia. Una volta arrivata alla stazione di Oviedo, andava in autobus a casa di Águeda, dove aspettavano che Jesús tornasse dal lavoro ai grandi magazzini per mangiare insieme. Nel pomeriggio, se non pioveva, le due amiche prendevano l'autobus per raggiungere la zona più signorile della città, dove facevano merenda e un giro al Campo San Francisco, epicentro del capoluogo asturiano, fino al momento di riaccompagnare Florita alla stazione, dove si separavano fino alla settimana successiva.

Quel sabato, mentre Jesús guardava un film di John Wayne nella stanzetta che fungeva da soggiorno e Aurora se ne stava chiusa nella sala del cucito, le due amiche rimasero sole nella stanza matrimoniale. Florita si sedette sul letto ad aspettare che l'amica finisse di allattare Anina e la piccola si addormentasse.

«Fammi le carte, Águeda, ne ho bisogno. Approfittiamo del pisolino della bambina» le chiese Florita.

«Cosa c'è? Cosa vuoi sapere?»

«Taci e fammele» disse battendo le mani per l'emozione e porgendo ad Águeda il mazzo dei tarocchi.

«Con queste? Sai che non mi ci trovo.»

«Non essere antica, le professioniste usano i tarocchi. Bisogna stare al passo con i tempi.»

Águeda mescolò le carte, un po' eccitata dall'entusiasmo di Florita.

«Cosa vuoi sapere?» disse prima di offrire il mazzo all'amica perché lo tagliasse.

«Se sarò felice.»

«Che domanda! Sembri una novellina. Queste cose non possono dirtele né i tarocchi né il mazzo spagnolo.»

«Taci e domanda.»

Águeda girò le carte e comparve quello che Florita cercava: un Tre di Bastoni e il Mondo. Cominciò a interpretare il giro e Florita la interruppe.

«Guarda, guarda, eccolo. Il viaggio!»

«Be', Florita, può essere un viaggio ma anche qualcosa d'altro.» E capì: «Vai in vacanza? A Benidorm? Che emozione!»

«A Parigi!»

«A Parigi? Con la parrocchia?»

«Altro che parrocchia! Con José Luis!»

«E chi sarebbe?»

«Il capo di Jesús, l'ho conosciuto al tuo matrimonio.»

«Cosa dici! È un uomo sposato. È venuto al nostro matrimonio con la moglie. Le ho fatto un abito il mese scorso perché si è sposata una sua cugina.»

«Per questo andiamo a Parigi, perché lì sono molto più moderni. In Francia il divorzio è legale da decenni. José Luis dice che negli alberghi di Parigi non chiedono la carta di identità alle coppie, e meno che mai il certificato di matrimonio. La Spagna è una specie di carcere.»

«Florita, che stupidaggini! Quei due sono sposati qui e continueranno a essere sposati a Parigi e in Cina. E tu sei l'amante.»

«Lì sarò la signora.»

«Hanno due figlie.»

«Be', ma tu da che parte stai?»

«Dalla tua, sempre dalla tua. Ma, santo cielo! Pensa a quello che dici. Ha pure vent'anni più di te!»

«Meglio. Almeno ha già una vita. Non insistere, perché ci ho già pensato e spero soltanto che tu appoggi la mia decisione.»

«Ha una vita, certo. Una vita che, a quanto pare, vuole rovinare. Hai visto il Diavolo?» disse Águeda cercando di far ragionare Florita.

«E allora? Non deve per forza riferirsi al viaggio né a José Luis.»

«Facciamo il mazzo spagnolo, perché i tarocchi saranno anche moderni, ma è meglio andare sul sicuro.»

«Non serve, tanto ci vado comunque.»

«Che dispiacere, Florita. Da quanto ti vedi con quel signore? Ci sei andata a letto? Certo che lo hai fatto, quanto sono stupida!»

«La stupida sono io, che pensavo di vederti felice per me» disse Florita con il volto contratto da un indivisibile misto d'ira, delusione e paura. E non c'entrava solo l'amica.

«Non fare così, sono solo confusa. Che cosa dice tua nonna?»

«Non dice niente, perché non ho intenzione di farglielo sapere finché non sarò arrivata a Parigi. La chiamerò da lì. Se glielo dico prima, è capace di rinchiudermi per non farmi partire. Le dirò che sto da te, che sei sfinita perché non dormi per via della bambina, quindi spero che mi coprirai e manterrai il segreto.»

«È tutto così, così...» Águeda cercava una parola che non trovò. «Quando parti?»

«Dopo le vacanze di Natale. Partiremo di sera, con l'Espresso Costa Verde. Viaggiamo nel vagone letto fino a Madrid e da lì in aereo per Parigi. Ti rendi conto? In vagone letto e in aereo, niente di meno. José Luis ha già un lavoro. Alle Galeries Lafayette.»

«Jesús ne parla in continuazione, dice che sono le migliori del mondo, molto raffinate. José Luis parla francese?»

«Lo studia da un po' all'Alliance Françoise. Ma non starà a contatto con il pubblico.»

«Chissà che dispiacere per Jesús. Gli è così affezionato. Chissà che capo gli mettono, ora.»

«Magari lo promuovono. Ma non puoi dirgli niente. José Luis lo comunicherà solo la settimana prossima.»

«E tu? Cosa pensi di fare? Non capirai niente, lì.»

«Mi godrò Parigi alloggiando nel quartiere Saint-Denis. Suona bene, eh? Ci sono molti spagnoli. Suo fratello abita lì e ci ha trovato un appartamento. La sua famiglia lo appoggia, non come te.»

«Non so, Florita. Lo ami?»

«Certo, stupida. E lui ama me. A Parigi le donne portano la minigonna. Ti immagini se mi metto una minigonna a Turón? L'altro giorno ho visto due ragazze straniere biondissime, chissà perché sono venute nel bacino minerario. Avevano una gonna a metà coscia e sono entrate nella merceria di Xuaco a cercare delle calze velate. Xuaco ha chiamato la Guardia Civil.»

«Davvero? E la Guardia Civil che cos'ha fatto?» domandò Águeda dimenticando per un momento la partenza dell'amica.

«Niente, per fortuna. Hanno detto che, in fatto di gonne, non potevano intervenire. Ma in realtà neanche a Oviedo sono ben viste. Siamo arretratissimi.»

«Be', non si riduce tutto alle minigonne. Bella come sei, non hai bisogno di mostrare le gambe.»

«Il fatto è che qui non ho futuro. Chi vorrà sposare una vedova sterile e senza un soldo? Ho già ventisette anni! Sono buona per vestire i santi, e non so fare niente. Persino tua madre mi ha cacciato perché a cucire non valgo niente. Viviamo di quello che guadagna mio padre in miniera, e se non cerco qualcosa per tirare avanti, finirò a pulire le scale, perché lui non può continuare a trivellare gallerie di carbone in eterno.»

Águeda non sapeva come rispondere perché quello che aveva detto l'amica era vero.

Anina fece un grugnito e Florita guardò la culla, con tristezza.

«Che bella! Io non potrò diventare madre per colpa di quel figlio di puttana del caporale Pérez.»

Gli occhi di Florita si riempirono di lacrime al ricordo più terribile della sua vita e Águeda tacque, condividendo il dolore dell'amica.

Águeda non disse niente a Jesús. Quella sera andò a letto subito dopo cena, temendo che il marito notasse che gli nascondeva qualcosa. Il giorno dopo, con Ana addormentata sul passeggino, andò alla cattedrale e lì, in ginocchio, pregò per Florita finché la bambina si svegliò.

Aurora, 1977

La casa di Cefe e Marisa a El Palmar ricordò ad Aurora la casa della sua infanzia, quella dove avevano sepolto i soldati africani. Era una costruzione bianca di dimensioni simili a quella dei suoi genitori, a un piano ma senza la cantina, con la vernice un po' scrostata, una grande cucina che fungeva anche da soggiorno e sala da pranzo, due camere con due piccole finestre protette dalle inferriate e un bagno un po' antiquato, ma più moderno del resto della casa. Non diversa dalle altre del paese, le più antiche. Vi si sistemò, decisa a interpretare il ruolo della vedova infervorata, conquistata da papa Clemente, e venuta dalla Galizia per vivere da vicino la sua fede. In Andalusia, come sapevano Cefe e Marisa per esperienza, nessuno distingueva l'accento asturiano da quello galiziano, anche se erano diversi come l'aragonese e il murciano. Prova ne era che la coppia a Siviglia era conosciuta come «I Gallegos».

«Abbiamo ordinato un materasso, perché quello che c'è è un po' vecchio. Con la morte di Ferino non siamo riusciti a farlo prima» si scusò Marisa quando le mostrò la casa. «Ma ho mandato la domestica a pulire.»

«Non dovevate. E naturalmente vi pagherò l'affitto.»

«Non se ne parla neanche. Mio suocero ha dato istruzioni precise e chiare, in proposito.»

Cefe e Marisa portarono un piccolo televisore in bianco e nero e Aurora comprò quadri, confezionò tende e personalizzò la casa secondo i suoi gusti. L'ultima cosa che sistemò fu un cartello sulla porta: «María Aurora. Sarta. Riparazioni e confezioni».

La sua vita divenne presto ripetitiva: andava alle messe del Palmar per non risvegliare sospetti e per cercare clienti tra i pellegrini e i residenti. Cominciarono ad arrivare i primi ordini, che cucì a mano, con il puntaspilli al polso e il ditale all'indice, come prima di sposare Paulino. I suoi giorni erano interrotti solo dai frequenti viaggi a Siviglia con Cefe e Marisa, che la invitavano molto più spesso di quanto accettasse. Non voleva approfittare di quell'incipiente amicizia che la univa al suo mondo.

Siccome a El Palmar non aveva il telefono, ogni volta che andava a trovare Cefe e Marisa chiamava Águeda da casa loro, e la risposta era sempre la stessa.

«No, madre, qui non è venuto nessun poliziotto a chiedere di voi e neppure a interrogarci. Sono andata anche a Turón, per vedere se riuscivo a sapere qualcosa, ma girano solo pettegolezzi. Se quel giorno non avessi visto la notizia sul giornale e al telegiornale, penserei che sono dicerie dei vecchi, che non vedono l'ora di pescare nel torbido. Mi avete lasciato nei pasticci con il lavoro per colpa di quella cosa degli africani.»

«Ti ho lasciato nei pasticci con dieci milioni di pesetas, non credere che non lo sappia» le disse.

«Mi dovete spiegare perché lo sapete» rispose Águeda.

Aurora tacque e la figlia anche. Una non voleva parlare e l'altra non voleva ascoltare.

Grazie ad Águeda, Aurora seppe che i giornali non parlavano delle mummie dei soldati africani. Secondo Cefe dipendeva dalle elezioni alle porte. Con tutto il paese, a prescindere dallo schieramento, che canticchiava «*Libertad sin ira, libertad*», aizzarne una parte non era un bene per nessuno. Così la notizia del ritrovamento a Turón era scomparsa dalla carta stampata e dai telegiornali, che fornivano ancora informazioni censurate alle famiglie spagnole.

Il silenzio sull'inchiesta spaventò Aurora più che la prospettiva di trovarla sulle prime pagine dei giornali. La stampa parlava solo delle dichiarazioni di Felipe González, del ritorno in Spagna del leader comunista Santiago Carrillo e delle decisioni dell'allora sconosciuto Adolfo Suárez, trasformato in presidente del governo dal nuovo re di Spagna. Se la situazione politica nel Paese, gli scioperi preelettorali e gli attentati dell'ETA erano capaci di eclissare la Guerra fredda tra gli Stati Uniti e l'URSS, a maggior ragione potevano destinare all'oblio il ritrovamento di due cadaveri di quarant'anni prima che non importavano a nessuno, ormai. E che, soprattutto, a nessuno conveniva che importassero.

Águeda, 1969

Águeda dovette attendere sei mesi per avere notizie di Florita da Parigi. Arrivarono per lettera.

Non badava a Jesús, che commentava emozionato le immagini di Neil Armstrong sulla Luna. Avevano commosso il mondo la sera prima, ma non risvegliavano nella moglie il minimo interesse per la conquista dello spazio.

«Sulla Luna non c'è niente» rispose Águeda al marito, stanca di sentirlo parlare di quella cosa.

Quel giorno il cuore di Águeda era già commosso, non certo dalle imprese spaziali ma dal racconto straziante di Florita. Nelle otto facciate scritte nella grafia che conosceva bene come la propria, sentì le lacrime e la tristezza dell'amica.

Cara Águeda

Non mi sei mai mancata tanto come in questi mesi. Non ti ho scritto prima perché mi vergognavo da morire. Facevi bene a dirmi di non venire...

Quel José Luis non solo non aveva divorziato, ma si era portato dietro la moglie e la figlia minore. E aveva impiegato Florita nell'emporio di prodotti spagnoli del fratello. Doveva spazzare, sistemare, fare inventari, consegnare la merce ai clienti e altri compiti minori, che comportavano più di dodici ore di lavoro al giorno.

Mentre sua moglie vive in un appartamento di cento metri quadrati al piano nobile, io vivo in una soffitta senza bagno, abitata dal personale di servizio. Devo fare le mie cose in un vaso e uscire sul ballatoio a svuotarlo nel bagno comune. Vivo peggio di quando sono arrivata a Turón. Siccome in fatto di uomini sono un'idiota, tutti i venerdì vado con lui all'Hotel du Nord e passiamo la serata lì. Ma la cosa peggiore è che l'altro giorno ci siamo incrociate da sole sua moglie e io e... Águeda mia, mi vergogno persino a scriverlo. «Bisogna proprio essere stupide, ragazzina: io ho tutto il meglio e tu i doveri: ubbidire, pulire e cagare in un secchio.»

Quando ebbe finito di leggere la lettera, Águeda si sentì il volto inumidito dalle lacrime che scendevano silenziosamente sulle sue guance. Lesse l'ultima frase più volte prima di piegare la lettera e mettersela in tasca.

Non riesco ad andarmene perché sono incinta. A quanto pare quel medico si è sbagliato e non sono sterile. O non così tanto come diceva.

«Madre, vado a Turón» annunciò quando aprì la porta del salone dove Aurora, tra rocchetti e ritagli, inveiva contro la Singer dopo aver rotto il secondo ago della mattinata.

«Vecchio rottame maledetto, non servi più a niente!» urlò alla macchina per cucire prima di rivolgersi alla figlia. «Perché vai a Turón? Con tutto quello che c'è da fare qui!»

«Occupatevi di Jesús quando rientra a pranzo» rispose Águeda.

«Sì, certo, mi mancava solo questo!» mormorò Aurora mentre cambiava l'ago.

«Se la Singer vi crea problemi, perché non usate la macchina nuova?» domandò Águeda prima di chiudere la porta, riferendosi alla macchina per cucire automatica appena comprata.

«Perché non mi va!»

Águeda rinunciò a capire la madre. Coprì Anina, comprò due vasetti in farmacia e prese l'autobus per la stazione ferroviaria.

Quando Herminia aprì la porta, Águeda non le diede tempo di riprendersi dalla sorpresa.

«Prendete le carte, Herminia, Florita ha bisogno di noi. E datemi un pentolino per riscaldare questo alla bambina.»

«Che cosa succede a Florita? Hai sue notizie? A me scrive una volta al mese. Dice che a Parigi è una meraviglia e che quell'uomo la tratta come una regina, ma non so, figlia mia, non sono tranquilla» disse l'anziana, che dopo la partenza della nipote, mesi prima, aveva perso il sonno.

«È tutta una bugia. Scusate se ve lo dico così, fuori dai denti, ma non c'è tempo e non posso andare per il sottile.»

Herminia si portò la mano al cuore.

«Me lo sentivo» disse con un sospiro mentre prendeva un pentolino per riscaldare il barattolo. «Non vuoi che le prepari un purè? Quel cibo in scatola non è come quello fatto in casa.»

«È della farmacia. Non preoccupatevi, lo mangia solo oggi. Lo metto a bagnomaria e intanto facciamo un giro di carte a Florita.»

«Águeda, mi sto agitando. Le carte mi dicevano che qualcosa non andava. Cos'è successo a mia nipote?» disse tirando fuori il mazzo avvolto nella stoffa che l'uso aveva reso morbida e sottile come la seta.

Águeda preparò un infuso di tiglio, fecero le carte dieci volte e condivisero la decisione che lei aveva già preso prima di uscire di casa: sarebbero andate a prendere Florita a Parigi.

Aurora, 1977

La fine della censura in Spagna inondò le sale cinematografiche con i film del *destape*. Nadiuska, María José Cantudo, Victoria Vera e altre attrici facevano strabuzzare gli occhi degli uomini spagnoli e provocavano una smorfia di disprezzo sul volto di molte donne. Erano un argomento di conversazione per tutti meno che per Aurora che, estranea al cinema e alla fregola seguita alla repressione vissuta dalla popolazione spagnola, aveva in mente solo il pensiero di come organizzare la sua attività in una zona della Spagna dove, durante l'estate e le prime settimane dell'autunno, invece di indossare vestiti, l'unica cosa che veniva voglia di fare era seguire la moda imposta dai film e toglierseli. La soluzione venne da un uomo sudato che, con un abito dozzinale e una valigetta di pelle, suonò alla porta della sua nuova casa di El Palmar.

Un'ora dopo Aurora aveva firmato tre cambiali per l'acquisto di una Alfa Superautomatica con il rivoluzionario infila-ago, infinitamente superiore a qualunque altra macchina per cucire.

Aurora cominciò con piccole riparazioni per la gente del paese e i forestieri di passaggio, ma aveva progetti più grandi. Durante una visita a Siviglia comprò i migliori tessuti neri, uno fresco per l'estate e uno più pesante per l'inverno. Calcolando a occhio cucì due tonache con la mozzetta abbinata e si presentò per consegnarle di persona alla cattedrale del Palmar, ancora in costruzione. Aveva intenzione di avvicinare Clemente, leader dei palmariani, dopo la messa, ma non le era stato possibile parlare con lui. La quantità di fedeli impediva all'uomo, cieco e sempre scortato dagli altri presunti vescovi, di dedicarle il tempo sufficiente per apprezzare al tatto la stoffa e provare le tonache. Aurora non desistette dal suo proposito e non volle far recapitare gli abiti, perché dalla prima impressione sarebbe potuto dipendere il suo futuro.

Cefe e Marisa la consigliarono per riuscire a incontrarlo in un momento più intimo.

«Abitano al centro di Siviglia. Hanno diverse case» le spiegò Cefe. «Magari lì riesci a farti ricevere.»

Aurora cominciava ad abituarsi all'intrico di viuzze lastricate che formavano il centro della capitale andalusa. In una, calle Redes, abitava il vescovo Clemente. Aurora disse di essere una sarta, palmariana devota, e consegnò le tonache come offerta.

Quando vide quell'uomo da vicino, con le orbite degli occhi vuote, fu colpita dal contrasto tra la voce grave e profonda che aveva sentito a La Alcaparrosa e i modi effemminati, che in assenza di pubblico non nascondeva.

In confronto alle centinaia di milioni di pesetas ricevuti in dono dai fedeli che, lungi dal diminuire, aumentavano, l'ossequio era una minuzia, ma a Clemente piacque la tonaca estiva non appena la toccò, perché Aurora aveva pensato di cucire dei pantaloni dentro, della stessa stoffa, che deliziarono il vescovo.

«Quante ne potete fare?» domandò, dopo aver provato l'abito.

«Quante ne volete?»

«Fatene dieci e stabilite il prezzo» rispose Clemente.

Aurora lavorò giorno e notte con la sua Alfa Superautomatica, senza aiuto. Non voleva procurarselo per paura che qualcuno le rovinasse l'affare.

La settimana dopo si presentò dal vescovo con dieci tonache, e ne uscì con cinquecentomila pesetas in banconote e l'ordine di farne altre dieci per Manuel, il suo braccio destro e, secondo le voci, anche il suo amante.

Aurora divenne la sarta personale del vescovo Clemente e del suo seguito. Appena arrivata a casa, mise un cartello sulla porta: «Cercasi apprendista».

Subito dopo comprò due televisori Grundig a colori, uno per Cefe e Marisa, come ringraziamento per i favori che le avevano fatto, e uno per sé. Non vedeva l'ora di guardare a colori Sancho Gracia nel ruolo di Curro Jiménez, il bandolero che in quel momento dominava le sue fantasie più intime.

Águeda, 1972

Il figlio di Florita visse due anni, sei mesi e tre giorni. In totale, due anni e tre giorni più di quanto avessero previsto i medici alla nascita. Venne al mondo cinque mesi dopo il pomeriggio in cui Herminia e Águeda si presentarono alla porta della sua stanzetta nel quartiere parigino di Saint-Denis, decise a riportarla, volente o nolente, nelle Asturie. Per loro fortuna, Florita non oppose resistenza.

Il parto durò quarantotto ore di dolore, sfinimento e asfissia per il neonato, che sopravvisse ma ne pagò le conseguenze. Il medico diagnosticò un'encefalopatia incompatibile con la vita sul lungo periodo. Non disse che era stata causata dalla mancanza di ossigeno durante il parto, quindi

Florita accettò la notizia come un castigo divino per i suoi peccati, per aver abbandonato Marcelo in carcere e per essersi innamorata di un uomo che era già marito e padre.

I suoi sentimenti cambiarono non appena uscì dall'ospedale con il figlio tra le braccia. A quel punto il suo neonato non era più una punizione ma la ricompensa di Dio per tutti i pessimi momenti, per la morte della madre, per la fame dell'infanzia, per le torture patite per mano dello spietato e sanguinario caporale Pérez, per la morte di Marcelo e per il tradimento di José Luis.

Nei due anni seguenti Florita si dedicò ad adorare il suo bambino, grande, bello, quasi inerte, se non fosse stato per i lamenti che emetteva al suo petto e per il sorriso soddisfatto quando era sazio. Lo chiamò Roberto, come Robert Redford, che era appena diventato famoso per *Butch Cassidy*, film che avrebbe visto due volte al cinema e venti alla televisione nel corso della sua vita.

Roberto voleva solo stare in braccio alla madre. A Turón, sotto la protezione della nonna Herminia e di suo padre, Florita visse i due anni più felici della sua esistenza. Neppure la tragica fine che i medici avevano vaticinato per Roberto le impedì di godersi ogni minuto passato con lui, fino al giorno in cui lo seppellì. In una bara bianca. Con i manici di latta dorata e un angelo sul coperchio. «Non voglio croci. Perché mio figlio è stato un angelo, non una croce» disse all'impresa di pompe funebri.

Florita fu l'unica a non versare neanche una lacrima per il suo piccolo, che considerava il regalo più bello che avesse avuto nella vita. Era grata a Dio per averle permesso di averlo accanto più tempo di quanto fosse destinato a durare. Persino Aurora non poté evitare di piangere. Neppure Herminia, per quanto avesse cercato di mantenersi forte per essere all'altezza della nipote. Águeda era inconsolabile: non solo per Florita, anche per sé, al pensiero di come sarebbe stata la sua vita se fosse morta la sua Anina. Per questo temette che la forza di Florita fosse una facciata, che un'orrenda amarezza si nascondesse dentro di lei e che la sua amica finisse per fare una pazzia.

«Herminia, non siete preoccupata per lei? Ho paura che Florita faccia qualche stupidaggine. È così calma che mi viene da pensare che nasconda il tormento che ha dentro. Fatele le carte, per favore, e sentiamo che cosa ci dicono, perché se gliele faccio io, non vedo niente.»

«Non lo vedi tu e non lo vedrò io, perché quando si perde un figlio, non ci sono carte che tengano. Lo dico per esperienza. Florita aspetta questo momento dal giorno in cui Roberto è nato. Si è goduta ogni minuto passato con lui, ogni bava che ha pulito, ogni pannolino cambiato e ogni sorriso che le è parso di vedere sul suo viso. È stata più madre di Roberto in questi due anni di quanto lo siano alcune donne dopo aver portato all'età adulta mezza dozzina di figli. Lascia che conservi i suoi ricordi.»

Águeda tornò a Oviedo con il cuore gonfio, preoccupata per l'amica, ma non vedeva l'ora di rientrare a casa e abbracciare Anina, per non lasciarla più.

Roberto era stato il grande amore di Florita, il più puro, il più intenso e l'unico incondizionato. Si era portato con sé il cuore della madre per tenerlo al sicuro, perché grazie a quell'amore positivo, lei era convinta che con gli uomini era meglio farsi amare che amare. Così Florita passò il resto della sua vita a lasciarsi amare.

Águeda, 1977

Dopo la partenza della madre per Siviglia, Águeda fu molto occupata con l'eredità di Ferino, la ricerca dell'appartamento, i documenti e il trasloco successivo, l'apertura della nuova sartoria e della scuola, e la cura di Ana e di Jesús quando finiva il lavoro che, senza sua madre, la costringeva a impegnarsi giorno e notte.

Durante le prime settimane senza Aurora si sentiva aggredire dal pensiero ricorrente che la polizia potesse presentarsi a casa sua da un momento all'altro, ma non trovando notizie dei cadaveri dei soldati africani sui giornali e non avendo ricevuto telefonate o visite che chiedessero di Aurora, la preoccupazione a poco a poco svanì.

Il primo Natale insistette con la madre perché tornasse a casa.

«Tornate per le feste. Cosa fate lì da sola? Di cosa vivete? Avete bisogno di soldi?»

«L'unica cosa di cui ho bisogno è che mi avvisi se qualcuno chiede dei soldati africani.»

«E se vengo a trovarvi per qualche giorno?»

«Neanche per sogno, ma voglio che mi mandi la Singer a Siviglia, sul treno merci.»

«La Singer? È un'anticaglia! Me l'avete regalata perché non volevate più vederla.»

«Sempre lì a protestare. Ne hai una molto più moderna e con i soldi che ti ha dato Ferino puoi comprarti tutte le macchine che vuoi.»

«E se ve ne mando una nuova e io mi tengo la Singer?»

«Voglio solo la mia Singer, quindi segnati l'indirizzo e domani me la mandi al nome che ti do.»

Águeda segnò i dati di Marisa e andò a salutare la Singer. Non ne aveva bisogno, aveva ordinato undici macchine nuove, una per lei e una per ogni allieva che pensava di avere per fare lezione simultaneamente, ma le dispiaceva che la madre dovesse cucire su una macchina così scomoda.

Aurora non la voleva per sé ma per la nuova aiutante, ma soprattutto perché aveva fatto un sogno in cui il sangue del soldato emergeva dal legno della Singer e assumeva la forma di una massa deforme che soffocava Anina durante la notte.

«Stai lontano da mia nipote, vigliacco!» urlò, tutta sudata, quando si svegliò dall'incubo, con il cuore che le pulsava nelle tempie.

Águeda le mandò una macchina nuova, simile a quella che

Aurora aveva comprato per sé, ma senza l'infilago automatico.

«Con mia figlia non c'è niente da fare» disse quando Cefe le portò il pacco a casa. «Va be', almeno ho una macchina per l'apprendista.»

Aurora, 1977

Aurora andava a trovare regolarmente Cefe e Marisa, ma preferì passare la vigilia di Natale da sola, a casa sua. Rifiutò anche l'invito per andare a festeggiare il Capodanno all'hotel Bécquer, uno dei più importanti di Siviglia. Non voleva perdere gli unici amici che aveva. Pur non avendo una grande esperienza in merito, a parte Ramona, immaginava che anche l'amicizia, come tutto nella vita, si rovinasse a furia di usarla. Regalò a Marisa un vestito colorato di seta con le maniche lunghe, lo scollo rotondo, lungo a metà ginocchio.

«Che bello! Ma come faccio a mettermi un vestito così corto? Come ti è venuto in mente!» protestò Marisa con un sorriso che le illuminò il volto e indicò ad Aurora che le proteste erano false.

«Ti sta benissimo. Se non osi, ti disfo l'orlo e diventa più lungo, ma lasciati dire che ti sta meravigliosamente.»

«Mi sta bene, sì, ma ho cinquant'anni, e questa è roba da ragazzine.»

«Almeno mettitelo per Cefe, una sera, poi te lo sistemo.»

«Aurora, si capisce che sei rimasta vedova da giovane. Quando sei sposata da trent'anni, tuo marito non ti guarda neppure se ti presenti avvolta in un nastro rosso. Ovviamente non si perde neanche un film di quelli sconci che danno ora. Credo che abbia incorniciato la foto di Susana Estrada, che si presenta a seno nudo davanti a Tierno Galván, e la tiene da qualche parte fuori dalla mia portata per spassarsela con lei. Dovevi vederlo il giorno in cui è stata pubblicata la foto sul giornale. Era come un gatto in calore. Il matrimonio cambia con gli anni, ma anche questa fase ha i suoi lati positivi.»

Aurora arrossì pensando alle fantasie che aveva da settimane su Cefe, ma Marisa lo attribuì ad altro.

«Spero di non averti offeso» disse, preoccupata.

«Certo che no, ma mi è venuto in mente Paulino» mentì Aurora.

Anche se si sentiva immune alle emozioni, la solitudine della sera di Capodanno la fece pensare a Ferino, ad Águeda, alla piccola Anina. Per un po' si abbandonò all'autocommiserazione mentre Kiko Ledgard presentava artisti come Peret, Marujita Díaz, Isabel Pantoja e il Dúo Dinámico, ma né le canzoni né i numeri comici di Bigote Arrocet e José Luis Moreno con i suoi pupazzi la fecero ridere.

La malinconia di Aurora durò finché cominciò a sentire il flamenco nelle strade. Il Paese aveva voglia di festeggiare un anno pieno di emozioni, di democrazia e di nuove libertà. I vicini suonarono alla sua porta, animati dallo spirito del nuovo anno, qualcuno con abbastanza alcol in corpo. Aurora aprì e non poté evitare la festa. «Da sola a Capodanno? No, *quilla*, no, porta sfortuna e la sfortuna è contagiosa» fu il ragionamento che usarono per strapparla al suo dolore e alla sua casa. Le diedero da bere e cercarono di insegnarle a ballare il flamenco. Quella notte fece le ore piccole e il primo giorno dell'anno si alzò tardi, con i postumi delle bevute.

14

Ana, 1978

Ricordo che era agosto perché eravamo a Gijón. Era una bellissima giornata e mia madre stava finendo di cucirmi un abito con la Singer della nonna, ormai relegata al mare da quando la nuova sartoria al centro di Oviedo era stata dotata di macchine moderne. «La Singer starà a Gijón, per gli orli e le riparazioni» aveva detto mia madre. Quella mattina, di buonora, si mise a cucire per scendere in spiaggia a mezzogiorno, quando il sole sarebbe stato alto.

Mio padre, fedele alle sue abitudini, fece colazione e andò a comprare il giornale. Tornò dall'edicola ridendo da solo e chiamando mia madre. «Águeda, tesoro, vieni a vedere» disse, morendo dalle risate.

Era divertito dalla notizia che il capo della chiesa palmariana si era autoproclamato papa. Occupava lo spazio che sarebbe spettato all'abolizione della pena di morte in Spagna e all'inizio del conclave in Vaticano per eleggere il successore di Paolo VI.

«Siamo in Spagna, il solito circo» commentò mio padre.

A mia madre non fece per niente ridere.

«Non ci credo, davvero non ci credo. In che razza di setta si è infilata quella donna?» diceva, senza smettere di muovere il pedale della Singer.

Ovviamente il tessuto si incastrò.

«Merda!» urlò mia madre, che non diceva mai parolacce. «Ora bucherò l'abito. Quella donna mi fa impazzire anche quando non c'è. Tua nonna, figlia mia, che croce mi è toccata con lei.»

Mia madre si alzò per andare a prendere le forbici e tagliare il filo ingarbugliato nell'ago che intrappolava la stoffa.

«Jesús, dobbiamo andare a vedere come sta mia madre» disse mentre cambiava la spoletta della macchina.

«Vuoi andare a Siviglia con questo caldo? Aspettiamo almeno che passino le Fiestas de la Vírgen.»

Così, due settimane dopo, una volta finite le Fiestas de la Vírgen di Begoña, alle 6.10 del mattino salimmo tutti e tre sul TER che ci lasciò a Siviglia alle 21.45. Dalla stazione prendemmo un taxi che ci portò all'albergo. Mio padre voleva andare in una delle osterie della via, ma mia madre mi usò come scusa per cenare in camera con i panini avanzati, anche se in treno non avevamo fatto altro che mangiare per contrastare la noia.

«Anina è stanchissima e deve dormire. Abbiamo ancora i panini e le lattine di bibite.»

Mio padre sbuffò.

«Ne hai preparati troppi» protestò.

«Scendi a berti qualcosa, se vuoi. Ana e io stiamo qui. Portati la chiave e non fare rumore quando torni.»

Così, con mio padre libero di godersi la notte sivigliana, mia madre e io consumammo quattro panini e due lattine di Mirinda, che avevamo messo a raffreddare nel piccolo frigo della camera. Poi andammo a letto, lei in quello matrimoniale e io in quello aggiunto, accanto a lei. Non so a che ora tornò mio padre, perché non lo sentii rientrare.

Águeda, 2014

Per Águeda vivere a Madrid senza Jesús si rivelò triste. Si sentì di nuovo diversa, di paese, perché parlava con un accento caratteristico che, per qualche motivo, non risultava simpatico come quelli meridionali. Dopo aver venduto la casa, la scuola e la sartoria di Oviedo, decise di non cucire altro se non i propri vestiti. O qualche abitino per neonati se Alba avesse avuto un bambino, ma le sembrava improbabile. La vita era molto cambiata e le donne avevano figli dopo i trenta o persino i quarant'anni.

«Mamma, sicura che non vuoi tenere una macchina per te?» le domandò Ana.

«Ho cucito fin troppo, nella vita. E non mi è mai piaciuto.»

Ma quando finì di arredare la casa che il genero le aveva procurato, cominciò ad annoiarsi. Non conosceva nessuno e il sobborgo non favoriva le amicizie. La gente non andava al mercato e non passeggiava per le strade. Le uniche donne che le capitava di incontrare in quei luoghi erano le domestiche impiegate nelle case dei vicini, straniere e frettolose, con cui non osava fraternizzare perché sapeva che se la suocera l'avesse saputo avrebbe fatto fuoco e fiamme. Sentiva più che mai la mancanza di Florita.

Anche Ana si annoiava, ma aveva le proprie abitudini, che non contemplavano la sua presenza. La figlia trascorreva le mattinate tra la palestra e i trattamenti di bellezza, in modo da essere sempre perfetta per un uomo che non era quasi mai in casa, o per quando Paloma la reclamava per un evento benefico o sociale, cosa che accadeva almeno un pomeriggio la settimana.

Se non aveva altri impegni, dopo aver mangiato l'insalata verde scondita e lo yogurt naturale scremato che ingeriva ogni giorno come unico alimento fino alla sera, Ana andava per un attimo a sdraiarsi. Si alzava prima che i bambini tornassero da scuola per accompagnarli alle attività pomeridiane, e a quel punto passavano il resto del pomeriggio insieme, finché i bambini cenavano e andavano in camera loro a guardare la televisione o a giocare ai videogiochi prima di addormentarsi.

A quel punto Ana diceva alla madre di essere stanca, ma lei sapeva che la figlia voleva solo restare da sola. Non cenavano mai insieme. Ana si scusava dicendo che aveva fatto una merenda abbondante. Era magrissima e Águeda temeva che fosse denutrita. Vederla ogni giorno, anche solo per una o due ore, le permise di osservarla da vicino e ben presto notò i segni rossi permanenti che aveva sulle nocche della mano destra.

«Cosa sono quelle ferite, bambina?» le domandò varie volte.

«Escoriazioni che mi sono fatta in palestra, facendo fitboxing.»

Anche se Águeda non conosceva quel tipo di pugilato usato per mantenersi in forma, la spiegazione di Ana non la convinceva fino in fondo. Solo sulla mano destra? si domandava tra sé e sé, non osando parlarne con la figlia.

Dopo la morte di Jesús, ad Águeda restava solo Ana. Aveva anche i nipoti, ma i bambini erano molto più legati a Paloma che a lei e anche se era contenta di vederli tutti i giorni, le premeva più di tutto vedere felice Ana.

Impiegò un anno a convincersi che non avrebbe tradito la figlia se si fosse rivolta a una nutrizionista. Chiese consiglio alla consuocera, che le avrebbe indicato i medici migliori. In fin dei conti, lei non conosceva nessuno.

«Una nutrizionista? Una endocrinologa, intendi?» domandò Paloma. «Finalmente hai deciso di dimagrire, che bello! Ti indico la migliore di Madrid. È privata e carissima, ma non preoccuparti, le visite te le pago io.»

«Ti ringrazio davvero, ma non è necessario.»

«Ma sì, te le regalo io, sono molto felice all'idea che finalmente ti prenderai un po' cura di te stessa. E ti sentirai in dovere di non infrangere la dieta» rispose la consuocera, strizzandole l'occhio.

Come conseguenza di quella conversazione, Águeda si mise a dieta per la prima volta nella sua vita, a settantatré anni.

Aurora, 1978

Nel giugno del 1978, un anno dopo l'arrivo di Aurora a Siviglia, Cefe si presentò a casa sua con un turboventilatore quadrato Yelmo e gli ultimi numeri delle riviste rosa, con il divorzio di Isabel Preysel e Julio Iglesias in copertina.

«Ti ho portato qualche rivista, magari ti interessano. Marisa si è dimenticata di disdire l'abbonamento all'edicola e me le hanno portate stamattina. E questo per sopportare un po' meglio il caldo» le spiegò riferendosi al ventilatore. «È come quello che abbiamo in magazzino. Non fa miracoli, ma è meglio del Taurus a due velocità che usi adesso.»

Se Aurora si sentì a disagio perché Cefe si era presentato a casa sua un sabato mattina a mezzogiorno dopo aver chiuso il magazzino, con dei regali e Marisa fuori città, non lo diede a vedere. Tutti gli anni a luglio Marisa si trasferiva nel mite clima asturiano per stare con la madre e i fratelli. Cefe restava da solo, con la moglie in vacanza, finché la raggiungeva all'inizio di agosto, una volta chiusa l'attività. Rientravano dopo le Fiestas de la Vírgen de Begoña, quando era finito il momento più caldo a Siviglia.

«Smettila di cucire per i preti e vieni con me, ti faccio vedere come si divertono i sivigliani» le propose Cefe.

«Con questo caldo?»

«Oggi è la Velá de Santa Ana e i ragazzini fanno la cuccagna a Triana.»

«Cosa fanno?»

«Se vuoi scoprirlo, prendi quello che ti serve per passare la notte fuori e sali in macchina, così vedi il flamenco vero, quello che si balla in strada, e provi le nocciole verdi e le sardine arrosto, che sono da leccarsi le dita» disse portandosi le mani alle labbra per suggerirle quanto le sarebbero piaciute.

Aurora non si fece pregare, perché qualunque prospettiva era meglio che restare a casa a patire il caldo di quella terra, aumentato dalle vampate della menopausa appena cominciata. I sudori freddi che seguivano come risposta del corpo alla drastica diminuzione di estrogeni, lungi dall'essere un sollievo, completavano la tortura. Era diventata dipendente dai ventagli, anche se non confessava a nessuno la ragione per cui li usava. Sembrava più giovane e voleva continuare a essere così. Se qualcuno avesse chiesto di una donna bionda di cinquantacinque anni, nessuno avrebbe pensato a lei, perché nessuno gliene dava più di quarantacinque, e inoltre ormai era bruna. Le piaceva. I capelli scuri mettevano in risalto la pelle bianca e gli occhi chiari, e si accorgeva di attirare gli sguardi di uomini e donne. Siccome nessuno la conosceva, si era reinventata, ma dentro di sé si divertì molto quando delle donne che parlavano in merceria della possibile legalizzazione della pillola le chiesero che cosa ne pensava. Alla sua età non gliene importava un fico secco di un'invenzione arrivata quando non le serviva più, ma si chiedeva come sarebbe stata la sua vita se fosse esistita quando ne avrebbe avuto bisogno.

Non usò anticoncezionali quando quella notte, dopo essersi goduta il quartiere Triana, affollato e decorato, Cefe dimostrò che era il degno figlio di suo padre in più di un senso. Le pareva di essere con Ferino, il Ferino di quando Pilar li aveva separati, non quello dell'ultima volta che lo aveva visto. Con Cefe si divertì come a quei tempi se non di più, perché a quel punto sapeva che non avrebbe mai più potuto toccare il corpo dell'uomo che desiderava.

Per Cefe il sesso con Aurora non comportava vincoli. Quella donna era una semplice conoscente, attraente perché accessibile: avevano pochi anni di differenza e, anche se era bella e ben tenuta, lui preferiva la carne giovane. Cefe aveva l'abitudine, come aveva avuto suo padre per un periodo, di sedurre tutte le donne di bell'aspetto pronte a restituire un favore. Aurora gliene doveva uno, e lui considerò che fosse una buona occasione per permetterle di sdebitarsi.

Aurora soddisfece i desideri di Cefe a letto come le aveva insegnato Ferino e il figlio, più abituato a fare che a farsi fare, conobbe un'estasi che Marisa non gli concedeva quando si sdraiava, apriva le gambe e aspettava che il marito avesse finito. Non l'aveva provata neppure con le altre donne: con Aurora scoprì un piacere che non c'entrava con il corpo, basato sul sentirsi desiderato. Fino ad allora Cefe aveva condiviso l'intimità con donne che pensavano ai fatti loro mentre gli davano quello che chiedeva in cambio di soldi o altro.

Dopo aver sperimentato il sesso con Aurora, Cefe volle ripetere l'esperienza la notte successiva e quella dopo, finché non arrivò il giorno di partire per le vacanze nelle Asturie.

Appena giunto a Gijón, Cefe dimenticò Aurora. Ripescava i ricordi solo nei momenti più privati nella doccia, o per il tempo necessario a raggiungere il piacere agognato. Aurora, invece, non dimenticò Cefe neanche per un momento mentre stava davanti al ventilatore accanto alla moderna macchina per cucire nel pieno dell'agosto sivigliano. Ma non si sentì mai in colpa con Marisa pur essendo andata a letto con lui, convinta com'era, per esperienza personale, che nella vita chiunque deve portare la sua croce, il marito o ciò che gli tocca in sorte.

Águeda, 2014

«Quali sono i suoi obiettivi?» le chiese l'endocrinologa alla prima visita.

Águeda non era preparata alla domanda.

«In che senso?»

«Salute, peso... Cosa le preme? Le sue ultime analisi sono buone. Ha la glicemia un po' alta, ma può essere un fatto episodico, anche se vorrei rifarli.»

«Come pensa che sia meglio.»

La dottoressa la guardò con perplessità.

«Senta, le prescrivo altre analisi e quando ha gli esiti, me li porta. Intanto le indico cibo ed esercizio adatti alla sua età, condizione fisica e stile di vita, e lei pensa a cosa si propone venendo da me, va bene?»

Águeda assentì.

Dopo quattro settimane passate a mangiare secondo le indicazioni della dottoressa, con un'ora di passeggiata quotidiana e un'iscrizione a una lezione di ginnastica per over 60 nell'esclusivo centro sportivo del sobborgo, riuscì a parlare della ragione che l'aveva condotta in visita da lei.

«I medici sono come i preti, vero?» sondò.

L'endocrinologa sorrise, intuendo che cosa volesse dire quella donna, così diversa dalle altre sue pazienti.

«Intende il segreto del confessionale? Ciò di cui parleremo io e lei in questo studio non uscirà di qui.»

«Anche se non pago io la sua parcella?»

«Anche se la pagasse il santo papa da Roma. Cosa la preoccupa?»

Águeda le raccontò ciò che aveva notato in Ana e, a mano a mano che raccontava, la pressione che sentiva nel petto da quando era arrivata a Madrid si allentava.

La dottoressa le mostrò delle foto sullo schermo del computer.

«I segni sulle mani sono simili a questi?» domandò.

«Identici.»

«Direi che sua figlia potrebbe soffrire di un disturbo chiamato Bulimia. Consiste nell'abbuffarsi di cibo, normalmente di nascosto, per poi vomitare tutto ciò che si è ingerito. I segni sulle nocche sono caratteristici. Si introducono le dita in gola per provocare il vomito.»

«Ma Ana è magrissima. Non mangia altro che lattuga e yogurt scremato.»

«I bulimici mangiano a quattro palmenti quando nessuno li vede. Se è il caso di sua figlia, in seguito molto probabilmente si provoca il vomito per non ingrassare. Ma a distanza non posso fare una diagnosi. Dovrebbe vederla uno specialista. Uno psicologo che si occupa di disturbi alimentari. Le posso dare il nome di uno dei migliori nel suo campo. Dirige una clinica specializzata nell'ansia e nei problemi che provoca, tra i quali la bulimia. Se vuole, mi metto d'accordo con lui e continuo a emettere io le parcelle, continuando come abbiamo fatto finora.»

«Non è necessario, posso pagare.»

La prima conversazione con lo psicologo diede ad Águeda una visione molto più chiara dei passi da compiere. Prima di tutto bisognava convincere Ana ad andare da lui.

Águeda conosceva bene la figlia; era come il padre: sempre gentile, sempre sorridente, restia a farsi aiutare per i suoi problemi. Per non disturbare, finiva per fare del male a sé stessa.

«Ho cominciato ad andare da uno psicologo» le disse, dopo aver concordato il piano con il terapeuta. «Dopo la morte di tuo padre mi sento spenta.»

«Benissimo, mamma. È bravo?»

«Sì, me lo ha consigliato un'amica di tua suocera. Vorrei chiederti un favore. Come parte della terapia, gli piacerebbe conoscerti. Pare che l'ambiente familiare sia importante.»

«Certo, mamma, va bene.»

Águeda trasse un respiro di sollievo. Il primo passo era fatto. Ed era stato molto più facile di quanto si aspettasse.

Águeda, 1978

Nell'hotel di Siviglia, Águeda fu svegliata dal rumore della serratura. Guardò Anina, addormentata accanto a lei nel letto aggiunto, e la sveglia digitale che aveva sistemato sul comodino. Erano quasi le tre del mattino. Siccome Jesús non riusciva a centrare la serratura, si alzò ad aprirgli.

«Shhhh, non svegliare la bambina» gli sussurrò.

Jesús faticò a mettersi il pigiama che Águeda gli aveva lasciato sul cuscino. Non riuscì a infilarsi i pantaloni in piedi, perché l'alcol aveva compromesso il suo equilibrio e dovette sedersi sul letto. In compenso si addormentò appena appoggiò la testa sul cuscino. Invece Águeda non riprese sonno. Più che il marito che russava, a cui ormai si era abituata, la tenevano sveglia l'agitazione del viaggio e l'incertezza sullo stato della madre. Di certo non contribuivano il cambio di letto e il caldo. Per i sivigliani era diminuito, ma a lei il contrasto tra l'umidità di Gijón e i trenta gradi secchi a quell'ora del mattino risultava molto fastidioso.

Si addormentò alle sette del mattino, un'ora prima che la sveglia annunciasse il momento di alzarsi con l'allegro accento degli speaker di Radio Siviglia.

«Che ora è?» domandò Jesús, svegliatosi di soprassalto.

«Tesoro, siamo in vacanza!»

Fecero colazione nella sala da pranzo dell'albergo. Jesús ordinò un caffè nero. Águeda una colazione tradizionale e Ana una colazione intercontinentale, secondo il menu, perché la divertiva l'idea di mangiare uova strapazzate al mattino. Non riuscì a finirla.

«Te l'avevo detto che non ce l'avresti fatta, e costa più del doppio della colazione spagnola!» la sgridò Águeda.

«Lascia in pace la bambina.» Avvicinandosi al suo orecchio le sussurrò: «Hai ereditato un milione da un signore che non sai neanche chi sia».

«Sì, sì, ma ha chi risparmia, non chi spende.»

«Lasciamo stare. Qual è il piano per oggi?»

«Andiamo al Palmar e chiediamo di mia madre. Non sarà molto grande. Di sicuro è più piccolo di Turón e nei paesi i forestieri si fanno notare.»

«D'accordo, ma nel pomeriggio voglio portare Ana a fare un giro per Siviglia in calesse, come le signorine andaluse» annunciò Jesús, facendo felice la bambina. «Spero che tu mi faccia l'onore di venire con noi.»

«Che scemo!» Águeda sorrise. «Dai, che dobbiamo prendere il pullman fino a Utrera e da lì a El Palmar.»

La prima impressione che ebbero del Palmar fu pessima. Il taxi che presero a Utrera li lasciò in un paese che sembrava uscito da un film western. Tra quella manciata di case a un piano, con diversi bambini che giocavano in strada, sporchi e mal vestiti, la mente di Águeda rispolverò i ricordi della sua infanzia.

«Sembra di essere tornati al dopoguerra» disse a Jesús all'orecchio, stringendo forte la mano di Ana, come se temesse che potessero rubargliela.

«Cosa cavolo ci fa tua madre in questo paesello? Non ci saremo sbagliati?» si domandò Jesús.

«Ha paura che la trovino, ma credo che qui nessuno verrà a chiedere di lei.»

«Ogni paese della Spagna ha un bar. Andiamo a cercarlo, e vediamo se qualcuno sa qualcosa di tua madre.»

Chiesero indicazioni ai bambini e scoprirono che a El Palmar c'erano diversi bar. Si diressero verso il più vicino e domandarono di Aurora.

«La gente che si ferma da queste parti ultimamente è tutta forestiera, per via del casino che ha montato quello di La Alcaparrosa con le apparizioni della Madonna» disse il cameriere al bancone. «Per noi è un bene, perché prima non riuscivamo a sbarcare il lunario. Adesso è presto e ci sono solo quelli del paese, ma vedrà tra un paio di ore. Prima delle apparizioni nessuno sapeva trovarci sulla cartina, ma ora vengono persino gli americani. Sto anche pensando di imparare l'inglese come i camerieri di Torremolinos.»

«La donna che cerchiamo non è americana e non parla inglese. È asturiana e fa la sarta.»

«Be', dalle indicazioni dovrebbe essere quella che cuce le tonache per Clemente e compagni... Aspetti, che chiamo mia moglie. Pepa!» urlò rivolgendosi verso la cucina. «*Quilla*, vieni un attimo.»

Una donnona grassa con il grembiule aprì la porta dietro il bancone e si avvicinò. Suo marito le riferì le indicazioni.

«Dev'essere la sarta che sta a casa dei *Gallegos*» disse subito Pepa. «Però è mora, non bionda. Ed è galiziana anche lei. È l'unica che cuce che non sia del paese. Quella casa è vuota da un sacco di anni, ma oggi si affitta tutto, e non se ne trovano più. Non immaginate quanto sono saliti i prezzi. Roba da pazzi!»

Confusi dalle informazioni ricevute e dubbiosi sulla situazione che avrebbero trovato, si incamminarono verso l'indirizzo fornito da Pepa.

Aurora, 1978

La sorpresa di Aurora quando aprì la porta di casa e si trovò davanti la figlia fu enorme e non certo positiva.

«Santa Barbara benedetta! Che cavolo ci fate qui? Con tutto il lavoro che ho. Vi hanno seguito?»

«Possiamo entrare?» domandò Jesús, amareggiato dalla suocera e dall'indifferenza che mostrava nei confronti di Águeda e Ana.

La porta dava direttamente su un piccolo salone stipato, con due macchine da cucire moderne, quella che le aveva mandato Águeda e quella che aveva comprato Aurora, vari rotoli di tessuto nero che coprivano il divano, un ventilatore a forma di valigetta che girava a tutto spiano e un televisore a colori ultimo modello che dominava la stanza.

Di fronte a un simile spiegamento di tecnologia, Jesús guardò attonito Águeda.

«Mamma, guarda la tivù della nonna!» urlò Ana.

«Come se fosse l'unica cosa stupefacente. Madre, cos'è questo?»

«Il mio spazio per cucire, cos'altro dovrebbe essere?»

Per tranquillizzarla, Aurora dovette spiegare alla figlia la sua attività con i palmariani.

«Allora non siete entrata nella setta?»

«Ma figurati se entro in una setta! Prendi sempre fischi per fiaschi. Ma non manco mai a messa, perché con quello che pagano, meglio mantenere buoni rapporti. Sono palmariana come sono stata falangista.»

«E la casa?»

«Di amici. E smettila di fare domande, perché non c'è niente di interessante. Dimmi tu, piuttosto: è venuta la polizia?»

«Ma no, madre, nessuno ha chiesto di voi. Dovreste vedere la sartoria. È bellissima, in calle San Bernabé, in pieno centro. Un piano intero, più di duecento metri. E ho un sacco di macchine moderne come quella che vi ho mandato. E quell'altra?» notò Águeda. «Perché ve ne servono due?»

«Perché da sola non riesco a cucire tutte quelle tonache.»

«Come me alla sartoria. Non sapete quanti ordini abbiamo, e dire che ho dieci apprendiste. In più voglio organizzare dei corsi per le casalinghe. Di ricamo, uncinetto, maglia, cose del genere. Perché non tornate con noi?»

Jesús guardò Águeda come se avesse adottato una vipera come animale da compagnia.

«Perché no, perché di sicuro qualcuno sta cercando di scoprire come sono morti quegli africani e prima o poi arriveranno a me. Quando meno me lo aspetto. Non voglio essere lì a fare da capro espiatorio.»

«Manco li aveste uccisi voi!» protestò Águeda.

L'espressione che attraversò il volto di Aurora scatenò un brivido in Águeda, che le percorse la schiena e la raggelò nonostante l'agosto sivigliano.

«Anina, vai a visitare il resto della casa» disse e si avvicinò alla madre per chiederle, sottovoce: «Li avete uccisi voi?»

«Non sono affari tuoi. Meno sai, meglio è.»

«Madre, ditemelo. Jesús, porta Ana a vedere il paese, per favore.»

Quando uscirono, Águeda non le lasciò alternative e Aurora vomitò tutto ciò che era accaduto il pomeriggio in cui quei due uomini avevano violentato lei e la madre. Águeda trasse presto le dovute conclusioni.

«Avete detto che stavate finendo il vestito da sposa quando quei due uomini...? E io sono settimina?»

La voce di Águeda si spezzò. La figlia si avvicinò ad abbracciare la madre, ma Aurora l'allontanò. L'abbraccio di quella figlia, memento permanente della vessazione e del terrore vissuti quel giorno e i successivi era più di quanto fosse in grado di sopportare. Se almeno Águeda fosse stata una pessima figlia... Che fosse così brava, così pronta a perdonarle qualunque mancanza, sempre a cercare il suo affetto, rendeva tutto più difficile.

«Allora Ferino, l'anziano che mi ha lasciato l'eredità, chi era? Perché mi ha dato tutti quei soldi?»

«Perché la vita è assurda. Lui non c'entra niente. Ora sai che cosa è successo, hai avuto quello che volevi. Questa storia mi tormenta da tutta la vita e sono stufa. Adesso per favore andatevene e lasciatemi tranquilla.»

«Davvero pensate di restare qui, madre?»

«Per il momento, sì.»

«I vostri figli chiedono di voi quando chiamano dalla Germania. Pedro quest'estate è venuto a Gijón. Ho dovuto mentire, mi sono inventata che eravate in viaggio con la parrocchia. Si sposa con una tedesca. Non so più cosa dire.»

«Qualunque cosa tranne la verità.»

Águeda uscì da quella casa con gli occhi pieni di lacrime e l'angoscia di conoscere la ragione per cui la madre non l'aveva mai amata. Non capiva perché quel signore le avesse lasciato quei dieci milioni di pesetas. Sospettava che fosse stato l'amante di sua madre e dunque suo padre, ma se lei era il frutto di uno stupro, chi era quell'anziano? I dubbi e le certezze sulle sue radici le misero lo stomaco sottosopra, al punto che quando incrociò Ana e Jesús che passeggiavano per le vie di quel paesino, era così pallida da far preoccupare il marito.

«Che cosa ti ha detto quella strega di tua madre? Vieni, andiamo al bar e ordiniamo un bicchiere di manzanilla.»

«Non voglio un bicchiere di manzanilla. Devo solo andarmene da qui il prima possibile.»

15

Ana, 2014

Il primo giorno in cui andai dallo psicologo, Madrid era in lutto. Quel pomeriggio si sarebbero celebrati i funerali di Stato per Adolfo Suárez. Ci andai con mia madre, che singhiozzava in macchina, come se invece dell'ex presidente del governo fosse morto un parente stretto. Lo attribuii alla scomparsa ancora recente di mio padre. Anche se mia madre si era stabilita da qualche mese a Madrid e tutti i giorni passava il pomeriggio con me e i bambini, si sentiva molto sola.

«Era molto malato, aveva l'Alzheimer» dissi per provare a mitigare il suo dispiacere.

«Non puoi capire cos'ha significato quell'uomo per noi che abbiamo vissuto la transizione. Tuo padre lo ammirava molto.»

«Lo capisco, mamma, ma non è il caso di piangere come una vite tagliata.»

La clinica alla quale eravamo dirette era sulla Gran Vía. Faticammo a raggiungerla per via delle misure di sicurezza dovute ai funerali. Sarebbero stati celebrati nella cattedrale dell'Almudena, in presenza dei re e di tutti i leader politici. Non fu facile trovare un parcheggio per la Q7 che guidavo allora. Non camminavo mai nel centro di Madrid, e mi sorprese la quantità di gente che riempiva il corso una qualunque mattina di un giorno feriale.

La clinica occupava due piani di un edificio signorile dell'inizio del XX secolo, e siccome il terapeuta era stato raccomandato da una conoscente di mia suocera, immaginai di trovare uno studio lussuoso. A differenza di quanto mi aspettavo, il direttore del centro era un uomo poco più che quarantenne, con modi effemminati, jeans, golf e occhiali dalla montatura di plastica. Ci ricevette in uno studio che assomigliava all'appartamento in cui avevo vissuto con i miei genitori, e ci accolse con un sorriso così caldo che mi fece sentire subito a mio agio.

Il mobilio consisteva unicamente in due poltrone di velluto blu indaco, comode e un po' sdrucite, una piantana, un tavolino e alcune librerie bianche dell'Ikea. La finestra, coperta da una tenda a pacchetto bianca, doveva affacciarsi su un cortile interno, perché non si sentiva la confusione della Gran Vía. La scatola di fazzoletti decorata da motivi marinareschi disposta sul tavolino mi diede l'idea di ciò che poteva accadere in quello studio.

Mia madre non entrò.

«È seguita da una collega. Lei e io... Possiamo darci del tu?» Fece una pausa durante la quale annuii. «Tu e io siamo qui per chiacchierare, vediamo se riusciamo a fare in modo che tua madre torni allegra più in fretta.»

«Conta su di me.»

«Anche se le domande che ti farò ti sembreranno un po' fuori luogo, dimmi la prima cosa che ti viene in mente. Non ci sono risposte giuste o sbagliate. Pronta?»

Annuii.

«Cosa ti rende allegra?»

La domanda mi confuse.

«Me o mia madre?»

«Te. Come ti dicevo, le domande possono sembrare senza senso, ma aiutano molto.»

«Non lo so. I miei figli, credo.»

«Più concreto. Qualcosa di tuo.»

«Il momento della giornata in cui i bambini hanno finito

di cenare, vanno in camera loro e posso versarmi da bere e rilassarmi.»

«Che cosa ti dà fastidio nelle tue giornate?»

«Non mi piace andare in palestra.»

«Quante volte la settimana ci vai?»

«Quindici ore, tre al giorno, da lunedì a venerdì.»

«Perché così tanto?»

«Perché da me ci si aspetta che sia giovane e magra.»

«Chi se lo aspetta?»

«Mia suocera. E immagino anche mio marito, ma come biglietto da visita per i suoi affari, non credo per altro, anche se lui non si è mai lamentato, bisogna dire. Ma mia suocera è molto rigida, devo sempre essere perfetta. Come lei.»

«Per te è importante essere come sei?»

«Sì, immagino di sì.»

«Cosa ti procura?»

«Che mia suocera sia contenta e mio marito non si vergogni di me.»

«Credi che si vergognerebbe se non andassi così tanto in palestra?»

«Non lo so. Come aiuta mia madre, questo?»

«Tua madre è triste per la morte di tuo padre, i cambiamenti che sta vivendo le provocano ansia, si sente sola e la sua grande gioia sei tu.»

«Mia madre è preoccupata per me?» indovinai.

«Le madri si preoccupano per i figli, a prescindere dall'età che hanno. Hai voglia di tornare?»

«Per rendere felice mia madre?»

«È una buona ragione.»

Così, accompagnando mia madre, cominciai una terapia che presto divenne essenziale. La prima conseguenza fu che un giorno la settimana mi liberai della palestra. Il lunedì andavo nello studio di Rubén e, anche se a volte uscivo sfinita dal punto di vista emotivo, mi piaceva avere qualcuno a cui raccontare come mi sentivo, qualcuno con cui non avevo legami né bisogno di fingere. Ma soprattutto mi piaceva passeggiare con mia madre sulla Gran Vía quando finivamo la seduta. Guardavamo le vetrine, anche se compravamo di rado. Poi ci sedevamo a prendere un aperitivo. Intuivo che, per lei, era il momento migliore della settimana.

Águeda, 1968

Águeda si era sposata con Jesús sapendo dei rapporti tra uomini e donne soltanto ciò che le aveva raccontato Florita. E l'amica, con la sua esperienza del breve matrimonio finito male con Marcelo, aveva solo nozioni basiche della vita coniugale. Aurora non aveva mai parlato alla figlia degli uomini né dei segreti della convivenza. Piuttosto che trasferire ciò che sapeva, aveva preferito tacere. Magari ad Águeda sarebbe andata meglio che a lei.

Quando seppero che aspettavano un figlio, Jesús non pretese più di avere rapporti con la moglie, e Águeda non li chiese. Con il bambino nel ventre, le pareva inappropriato. Al parto seguì il puerperio e più tardi, con Aurora che cuciva tutto il giorno e parte della notte nella camera di fianco e Águeda occupata con la casa e la bambina, l'intimità si complicò. Passarono i mesi e il giorno in cui Águeda si rese conto che lei e Jesús usavano il letto solo per dormire da più di un anno, si domandò se fosse normale.

Consultò le carte, ma non trovò indicazioni chiare sul da farsi. Nelle carte non vedeva nulla che si potesse interpretare come un problema di coppia, ma neanche un indizio per capire se quella mancanza di intimità fosse consueta quando arrivavano i figli, quindi chiamò Florita.

Si trovarono il sabato a Oviedo e Águeda invitò l'amica a fare merenda al Rialto, una pasticceria molto ricercata. Persino con Florita si vergognava a tirare fuori l'argomento, ma davanti a due millefoglie e due *cafè con leche* finì per vuotare il sacco.

«Águeda, è stranissimo. Tutti gli uomini vogliono fare sesso. Sempre. Ma a volte non vogliono farlo con la moglie.»

«Cosa intendi? Non mi spaventare.»

«Intendo dire che Jesús dovrebbe assediarti come un toro che insegue una vacca in calore e, se non lo fa, bisogna prima di tutto essere certi che in giro non ci sia un'altra vacca che gli dà quello che non gli dai tu. Prima di sposarmi, la nonna Herminia mi ha detto che l'uomo deve sempre uscire di casa servito.»

Águeda sentì il millefoglie che saliva e scendeva nel suo esofago e stava per rigettarlo al solo pensiero che Jesús avesse un'amante. Se la nonna Herminia aveva ragione, e quasi sempre ce l'aveva, la felicità della sua casa era in pericolo.

«Sei diventata bianca. Ti sei fatta le carte?»

Águeda assentì.

«Poi andiamo da te e te le faccio io, perché da sole non sempre funziona, lo sai. Come dice mia nonna, anche se le carte sono chiare, quando la persona coinvolta le legge interpreta i messaggi secondo quello che vuole sentire.»

Le carte non suggerirono l'esistenza di un'amante neppure quando le fece Florita.

«Devi fare una prova. Stanotte, quando Anina dorme, fatti bella e passagli davanti con un sorriso malizioso, vediamo cosa fa.»

«E cosa mi metto?»

«La camicia da notte della luna di miele.»

«Non ce l'ho più, mi sono fatta una camicetta.»

«Come vuoi che Jesús si decida? Andiamo subito a comprarne una.»

«Neanche per sogno. Sono carissime. Me la faccio io con una bellissima seta nera avanzata dal lutto per mio padre.»

«Molto scollata, che si veda il solco. Dai, che ti aiuto, così finiamo prima che torni Jesús.»

In due non tardarono molto a tagliare e imbastire una camicia da notte con le spalline e uno scollo a «V» che lasciava poco all'immaginazione. La decorarono con un nastro di pizzo perché fosse più sensuale.

«È troppo scollata, vedi?» protestò Águeda alla prima prova. «Te l'ho detto, si vede il reggiseno.»

«Águeda, sembri stupida. Togliti quel reggiseno da vecchia! Con una camicia da notte così non ci si mette il reggiseno. Men che meno color carne come quello che porti. Scusa se te lo dico, ma non mi stupisce che Jesús non si avvicini. Poverino, gli sembrerà di essere sposato con una suora. O ti svegli, o se ne cerca una più furba.»

Águeda passò il resto del pomeriggio in preda alla vergogna e alla preoccupazione, finché la preoccupazione ebbe la meglio. Quando Jesús andò a letto, controllò che Ana dormisse nella culla e si infilò in bagno. Ne uscì con la camicia da notte.

La notte successiva Jesús volle ripetere, e Águeda trasse un respiro di sollievo. Sembrava che non ci fosse ragione di preoccuparsi. Di sicuro Jesús aspettava solo che gli indicasse di essere pronta dopo il parto di Ana.

Il suo sollievo durò poco. Quando Jesús le disse quello che voleva da lei, la sua espressione esterrefatta non passò inosservata al marito.

«Non deve essere stasera, tesoro. In più devi prepararti. Ti spiego come, ma sappi che lo fanno tutti. Per evitare rischi. Ti ricordi quello che ci ha detto il medico? Un'altra gravidanza sarebbe una specie di suicidio.»

«Se lo fanno tutti...» rispose lei poco convinta, ma incapace di dire di no a qualunque cosa chiedesse Jesús.

Florita le aveva messo addosso la paura. Al solo pensiero che Jesús potesse farsi un'amante, Águeda si sentiva rivoltare le viscere.

La mattina dopo, quando Águeda ebbe finito di dare il seno ad Ana e la piccola si addormentò, Jesús tornò all'attacco e le spiegò cosa doveva fare per essere pronta quella sera.

Jesús andò a lavorare e Águeda rimase inquieta per tutta la mattina.

Si rifece le carte, che tacquero ancora sull'argomento che la preoccupava. Cucì e scucì perché non le riusciva niente. Non osò neppure tagliare per non rovinare le stoffe. Dopo diverse ore di lavoro sprecate, Águeda si preparò e, con Anina addormentata nel passeggino, uscì. Senza fare caso alla direzione che prendeva, camminò un po' per il centro, girò per le vie lastricate della zona antica e, quando se ne rese conto, era davanti alla cattedrale. Sentì l'impulso di entrare. Le file di banchi che occupavano la grande navata centrale erano quasi vuote. Solo alcune donne anziane che davano al luogo un odore di canfora pregavano sugli inginocchiatoi. Águeda si avvicinò. Controllò che Anina dormisse ancora, mise il passeggino dietro il cubicolo di legno che ospitava il sacerdote e si accomodò nella parte laterale del confessionale. Aveva bisogno di sfogare la sua preoccupazione. Anche se un prete non era la persona migliore per capire ciò che le stava capitando, l'apprensione le dava il coraggio per parlare sottovoce, visto che non era in grado di dirlo a voce alta.

«Dio mio, figliola, che assurdità! Quella parte del tuo corpo ha solo una funzione fisiologica, sgradevole ma fondamentale, che in fin dei conti è opera di Dio. Quindi quello che pretende tuo marito è un'aberrazione» sentenziò il sacerdote della cattedrale, e alzò talmente tanto la voce che Águeda temette che potessero sentirlo dai banchi. Almeno nel confessionale non dovevano guardarsi in faccia, pensò, e fece un sospiro di sollievo.

Indecisa tra il marito e le proprie remore, Águeda optò per il marito, perché secondo i suoi ragionamenti, se le carte non le annunciavano disgrazie, non poteva essere così negativo. D'altra parte che cosa poteva saperne un prete dell'intimità matrimoniale? Quella notte Águeda scoprì una pratica di coppia che non avrebbe mai raccontato a nessun altro prete. Non ne parlò neanche a Florita. Né ad altri. Oltre a non piacerle, le fece male, ma Jesús sembrava così felice che entrambi introdussero nella loro intimità la pratica sessuale abituale tra gli antichi greci ma poco frequente nei matrimoni spagnoli, ancora influenzati dalla dittatura. Almeno in apparenza. L'unico vantaggio che Águeda vide in quel cambiamento dei rapporti con Jesús fu che non doveva più fare i conti per calcolare i giorni fertili né spaventarsi per ogni ritardo nel caso il metodo Ogino-Knaus non funzionasse, come era successo ad alcune allieve della scuola e a tante altre che conosceva per sentito dire.

Passarono dieci anni e quando Jesús la convinse ad andare al cinema a vedere la prima tardiva di *Ultimo tango a Parigi*, Águeda poté dire a sé stessa che quello che facevano loro a letto era così normale da mostrarlo persino nei film.

Águeda, 1973

Águeda accolse la notizia che Florita si sarebbe trasferita a Oviedo con gioia e sospetto. L'amica non solo si spostava dal bacino minerario al capoluogo, ma secondo quanto le aveva detto al telefono, avrebbe vissuto in un appartamento vicino a Campo San Francisco, una zona molto quotata della città.

«Avete vinto la lotteria?»

«Magari!»

«E la nonna Herminia ha voglia di trasferirsi? Non le è mai piaciuta tanto Turón, le è sempre mancato il mare.»

«Non farti fantasie, la nonna Herminia e mio padre non vengono con me. Ma ti garantisco che non gli mancherà niente.»

«Non capisco.»

«Sì che capisci. È esattamente come pensi. L'appartamento me lo paga un uomo. L'appartamento e tutto il resto.»

«Florita, non mi dire così! Pensa a quello che è successo a Parigi con José Luis. Tu sei stupenda e siamo ancora giovani.»

«Non tanto. Quando noi donne superiamo i trenta, gli uomini ci cercano per portarci a letto e non per aspettarci all'altare. Proprio perché mi sono già scottata a Parigi, sono molto più sveglia. Nessuno mi sposerà. Sono una vedova che è andata a Parigi con un uomo sposato ed è tornata con un figlio illegittimo, quale uomo per bene si avvicinerebbe a me? A meno che abbia cattive intenzioni, certo.» Florita rise all'altro capo del telefono con una tristezza che gonfiò il cuore di Águeda. «Non sogno più né amori né figli. Ho avuto entrambe le cose e ora devo passare ad altro. E non voglio mettermi a lavorare. Voglio vivere come una signora, non come una domestica.»

«Ma Florita, le signore sono un'altra cosa, tu sarai l'amante. E se ti succede come a Parigi?»

«Non mi succederà più. Ora i soldi li voglio in anticipo. E quest'uomo ne ha molti, è un grosso dirigente di un'azienda importante. Se vedessi come si veste...»

«È di sicuro sposato. E se la moglie ti scopre? L'adulterio è un reato. Potresti finire in carcere, e non saresti la prima.»

«Farò attenzione.»

«Non so che dire.»

«Di' che mi vuoi come cliente perché la prima cosa che farò sarà ordinarti sei completi e diverse camicie da notte. Di seta e pizzo. Molto sexy, ma eleganti. Voglio essere come Elizabeth Taylor in *La gatta sul tetto che scotta*, pensi di riuscirci?»

Águeda era poco convinta.

«Tutto quello che ti serve» riuscì a dire. «Vieni a trovarmi domenica e ne parliamo con calma?»

«Vengo, ma non cercare di convincermi a cambiare idea. Andiamo a fare merenda e visto che ci siamo mi prendi le misure.»

Quella notte, con Anina già addormentata, Águeda prese il cesto degli abiti a cui doveva togliere l'imbastitura, lo portò in sala, si sedette sulla poltrona accanto a quella di Jesús, impugnò le forbici e si mise al lavoro. Mentre aspettavano che finisse la pubblicità e comparisse Colombo sullo schermo del loro Thomson in bianco e nero, approfittò di Aurora che muoveva il pedale della Singer nella stanza accanto e non poteva sentirli per raccontare a Jesús, con una serie di giri di parole, la conversazione avuta con Florita.

«Águeda, non so se ho capito bene» disse il marito dopo aver bevuto un sorso del primo whiskey della serata. «Florita ha deciso di prostituirsi?»

«Jesús, ti prego! Come ti viene in mente di dire una cosa del genere?»

«Se quel tizio le paga un appartamento e tutte le spese, vorrà incontrarla lì. E questa cosa, da sempre, si chiama fare la mantenuta.»

«Non da sempre, non credo che ce ne siano molte con un appartamento e tanti soldi. A Turón gli uomini andavano a letto con le puttane. Quelle sì che si prostituivano.»

«La differenza tra chi va a puttane e chi mantiene un'amante è che il secondo ha i soldi. Molti. Devi fare attenzione, questa città sembra grande ma è piccolissima e si sa tutto. Se vengono a saperlo le tue clienti, potrebbero cambiare sarta.»

«Ne troverò altre. O le troverà mia madre, che in questo è più brava di me. Nessuno ha il diritto di giudicare Florita e meno che mai io, che ho la mia casa, un bravo marito come te e la nostra piccola Anina. Io ho tutto e lei non ha niente. Almeno che viva bene. Cosa dovrebbe fare? Lavare le scale? Bella com'è! Non c'è giustizia.»

«Hai detto che le ha preso un appartamento dalle parti di Campo San Francisco? È una zona carissima! Chi sarà?»

«Non lo so. Non mi interessa. Credo che non lo sappia neanche lei.»

«Almeno promettimi che se lo scopri me lo dici» le chiese Jesús. «Vedrai quando lo sa tua madre.»

In quel momento si sentì la musica di *Colombo* e Águeda interruppe la conversazione.

«A mia madre neanche un fiato. Adesso zitto, che comincia.»

Prima che finisse la sequenza d'apertura, Anina si mise a urlare in camera sua perché aveva avuto un incubo e Águeda corse a consolarla. Quando finalmente la bambina si fu riaddormentata, tornò in sala e dal corridoio sentì la musica della pubblicità del ColaCao: «Sono il negretto dell'Africa tropicale» segno inequivocabile che la serie era a metà. Si era persa tutta la prima parte.

«Riassumimela, altrimenti non capisco niente» chiese al marito quando entrò e vide che si versava un altro whiskey.

Si rese conto che l'indomani sarebbe toccato a lei fargli il riassunto della seconda parte della puntata. Persino in quello erano complementari, si disse. Pensò che erano una buona squadra. Qualunque altro uomo avrebbe fatto fuoco e fiamme per la cosa di Florita, le avrebbe persino proibito di vederla, mentre Jesús era comprensivo e sapeva quanto contava la sua amica per lei.

Aurora, 1975

La notizia che in Spagna si era laureato il primo ingegnere minerario donna, duecento anni dopo la fondazione della facoltà, fu pubblicata su tutti i giornali nazionali, perché il diploma le fu consegnato dalla principessa Sofia accompagnata dal marito, Juan Carlos di Borbone.

La prima perita mineraria si era diplomata da anni, quando aveva terminato gli studi Rosa, la nipote di Ramona, alla scuola di Mieres nel 1963. Era la prima nelle Asturie. Al tempo Úrsula, sua madre, si era riconciliata con le sorelle dopo essersi liberata delle bastonate di Raimundo, non grazie alla legge, che ancora non c'era, ma per merito della natura, che aveva pensato bene di mandargli una trombosi riducendolo in sedia a rotelle con la bava che colava. Ramona imprecava vedendo le attenzioni di Úrsula, che gliela puliva diverse volte al giorno, ma taceva pur di mantenere il rapporto tra loro e, soprattutto, quello con le nipoti. Era particolarmente orgogliosa di Rosa. Vedere la più giovane delle *carboneras* diventare perito e diplomarsi con onore la ricompensava di tutto il lavoro e lo sforzo suo e di María, che avevano aiutato

Úrsula a tirare avanti. Gli organismi ufficiali si sperticavano in lodi e Ramona non sapeva delle battute che doveva sopportare Rosa, perché nessuno osava ironizzare davanti a lei e perché la nipote la conosceva bene e non voleva che finisse nei pasticci per difenderla.

Il giorno in cui Ramona vide sulla rivista mineraria una caricatura di sua nipote, vestita con perle e scollatura mentre un minatore la guardava con sguardo lascivo, e lesse che si riferivano a lei come «Perita in dolcezza» si sentì rimescolare il sangue.

«Brutto stronzo! Vaffanculo a lui e a tutti i suoi!» urlò da sola nella sua sala di Turón. «Disgraziato e codardo, non firma neanche con il cognome!»

Il giorno dopo Ramona si presentò alla redazione della rivista, a Mieres, per cercare l'autore della vignetta su sua nipote e rimetterlo al proprio posto. Non lo trovò, ma ottenne nome e indirizzo da un collega, ben felice di dare quell'informazione in previsione dell'interesse che ne sarebbe seguito. Ramona si presentò da lui, con un attizzatoio della cucina a carbone in una mano e un sacco di pere verdi nell'altra. Approfittò di un inquilino che usciva dal portone per entrare, salì al terzo piano e suonò il campanello. Ebbe la fortuna di trovarlo da solo. Senza dare spiegazioni, gli lanciò una pera in testa non appena aprì la porta.

«Chi cazzo sei!» urlò l'autore della vignetta mentre si proteggeva dai colpi di pera.

«Non lo indovina?»

Le pere finirono e Ramona si fermò. L'uomo si avventò su di lei, ma quando la *carbonera* brandì l'attizzatoio, l'altro si trattenne e la osservò. Quella donna grassa e brutta, con i capelli corti e i pantaloni, gli parve grottesca.

Proprio in quel momento Ramona ebbe un terribile attacco di tosse e l'uomo ne approfittò per farla uscire di casa e lasciarla lì, sul pianerottolo, soffocata dallo sforzo di respirare.

La porta dell'ascensore si aprì e i due bambini piccoli e la donna che ne uscirono trasalirono nel vederla lì, congestionata per la tosse.

«Sta bene?» si interessò la donna, guardandola dall'alto in basso.

«Sono stata meglio» riuscì a dire Ramona.

«Bambini, entrate in casa e portatele un bicchiere d'acqua.»

Grazie all'aiuto della moglie dell'uomo che aveva offeso sua nipote, Ramona si ricompose e se ne andò con la sensazione di essere diventata vecchia senza rendersene conto. Non aveva più la forza per rimettere al suo posto un tizio che non era neanche un minatore, un mingherlino che si nascondeva dietro una macchina da scrivere.

Convisse con quel pensiero per mesi. E con gli attacchi di tosse che, lungi dallo sparire, si facevano sempre più frequenti.

Quando anni dopo vide che la società spagnola era cambiata tanto da permettere a una donna di diventare ingegnere, decise di lottare per sé stessa invece di farlo, come sempre, per gli altri. Smise di negare la malattia per paura che non volessero curarla in quanto donna, e andò all'ospedale specializzato nella silicosi di Oviedo.

Chiamò Aurora, che viveva da tempo con la figlia nella capitale. Non si vedevano da anni. Ramona non voleva uscire da Turón e Aurora non voleva tornarci, neanche il giorno dei morti, quando lasciava che Águeda andasse con Anina ad assolvere ai doveri verso i parenti defunti. Aurora e Ramona non usavano volentieri il telefono, piuttosto le lettere, brevi ed essenziali, di mezza o una facciata. Abbastanza per quello che avevano avuto da dirsi dal momento in cui Aurora aveva lasciato Turón. Ma quel giorno Ramona prese il telefono per chiamare l'unica amica che avesse mai avuto in vita sua.

«Ti accompagno» le disse Aurora.

Águeda ne fu sorpresa, perché sua madre non l'aveva accompagnata dal medico neppure quando era nata Anina.

Da anni Ramona era relegata alle laverie di carbone. Picconare in miniera non era più possibile perché i controlli, vista la legge che proibiva alle donne di scendere nelle gallerie, si erano fatti più pressanti. Ramona si era vista ridurre la paga e aveva continuato a inalare altrettanta, se non di più, polvere di silice, che si era accumulata nei suoi polmoni.

Aurora attese l'amica alla stazione ferroviaria e andarono dritte all'ospedale. In autobus.

«Non sarà di certo silicosi, signora: è una malattia da minatori» disse con una risata il medico che l'accolse.

«E chi cazzo pensa che sia? Ali MacGrown di *Love Story*?»

Con un'espressione che era tutto fuorché docile, Ramona gli mostrò le mani piene di calli, rugose, le unghie grigie a furia di lavare carbone.

Il medico rise di nuovo e Aurora lo salvò da un pugno, e salvò Ramona da un problema peggiore del dover sopportare un dottore tronfio e poco professionale.

Gli esami certificarono che Ramona aveva la silicosi. Molto avanzata. Era ora di ritirarsi, anche se per farlo avrebbe dovuto mettere alle strette un burocrate che si prese gioco di lei quando presentò la richiesta per vedersi riconosciuto il terzo stadio di silicosi e ricevere la pensione. Era al mondo da quasi sessant'anni e ne aveva dedicati più di quaranta alla miniera.

Quando arrivò la prima pensione, lei e Aurora presero un taxi per festeggiare in un'azienda agricola a Coloto, alla periferia di Oviedo, evitando i ristoranti eleganti della capitale, ai quali Ramona era allergica.

«Una paga senza bisogno di lavorare, Aurorina, come sono cambiati i tempi! Chi l'avrebbe mai detto? Mi pagano per restare a casa, lo stesso che mi davano per lavorare.»

Perché il carbone ti ha ridotto i polmoni a un colabrodo, pensò Aurora, ma tacque per non rovinare la gioia dell'amica.

Bevettero sidro, fumarono, chiacchierarono con il cameriere e ordinarono un vassoio di frutti di mare che succhiarono per più di due ore. I camerieri offrirono i cicchetti dopo il dolce e, sentendo la canzone che diceva «*Saca el güisqui cheli para el personal, Que vamos a un guateque*», brindarono, risero, scherzarono e cantarono pure, prolungando il pranzo finché il personale cominciò a preparare i tavoli per la cena. Le amiche non dimenticarono mai quel pomeriggio, perché fu memorabile e perché fu l'ultimo giorno che Aurora e Ramona passarono insieme. Tre anni dopo Ramona morì nel suo letto, a Turón, dando una mano alla sorella María e l'altra a Rosa, la nipote.

Al tempo Aurora aveva cominciato la nuova fase della sua vita a El Palmar de Troya, e venne a sapere della sua morte solo alcune settimane dopo.

«Se vuoi, metti pure in vendita la casa di tuo padre» disse ad Águeda quando la chiamò da casa di Cefe e Marisa e la figlia le comunicò la morte della *carbonera*. «Tu non tornerai e io non la voglio. Non c'è più niente che mi leghi al paese.»

Águeda, 1975

Anche se da quando Florita si era trasferita a Oviedo si vedevano ogni settimana, Águeda impiegò anni a salire nell'appartamento dell'amica. Non osava farlo per paura che la vedessero i vicini o che arrivasse l'amante di Florita. E temeva di immaginare scene che non voleva visualizzare. Quindi la domenica si vedevano a casa di Águeda o uscivano a fare merenda.

All'inizio Florita capì le remore di Águeda, ma insisteva sempre di più perché vedesse la sua casa, più grande, centrale e lussuosa di quella dell'amica. E dove, tra l'altro, potevano stare da sole. Ma ciò che convinse Águeda fu Aurora che, sentendo le proteste di Florita dalla stanza dove cuciva e dormiva, lasciò il cucito per un momento e si sedette con loro in cucina a prendere un caffè.

«Non c'è niente di male a fare la mantenuta, Florita» sparò come una bomba, sorprendendo le amiche che da due anni cercavano di tenerlo nascosto ad Aurora. «Non lasciarti rovinare la vita da questa mia figlia.»

«Ma come lo sapete...? Intendo, perché pensate che io...?» farfugliò Florita.

«Perché le pareti sono di carta velina e io non sono stupida. Di cosa potevi vivere, se non sai fare niente? E se avessi vinto alla lotteria, non avresti lasciato tua nonna e tuo padre a Turón. Quindi fai bene ad approfittare di quel corpo e di quella bella faccia. Ma per esperienza ti dico di fare sempre attenzione, senza assegni non si aprono le gambe, anche se te lo chiede il re in persona.»

«Ma mamma, cosa dite! Di che esperienza parlate?»

«Della mia» insistette Aurora. «Io non ne ho chiesti e ora me ne pento.»

Florita guardava Aurora con la bocca spalancata, ma soprattutto guardava l'amica, che sembrava sul punto di svenire.

«Se è uno scherzo, è davvero di cattivo gusto.»

«Ma quale scherzo!» e rivolta a Florita aggiunse: «Giocati bene le tue carte. Impara dai miei errori e non restare di nuovo incinta».

«Ora basta!» urlò Águeda alla madre per la prima volta in vita sua. «Siete impazzita?»

«Sì, sì, sono pazza...»

Aurora si alzò e, senza disturbarsi a portare via la tazza di caffè, si rituffò nel cucito.

«Cosa intendeva?» domandò Águeda all'amica, anche se in realtà lo chiedeva a sé stessa.

«Lasciala perdere. Sai com'è tua madre: pur di buttare legna al fuoco, direbbe qualunque assurdità. Ora si sente il rumore della macchina per cucire, non ci ascolta. Perché non prendi le carte? Magari ci dicono qualcosa di tua madre.»

«Meglio di no, lasciamo stare. Credo che lo abbia detto solo per mortificarmi. Se non fosse per le clienti che ha trovato e per come cuce bene e veloce, l'avrei cacciata a calci. Disegna modelli che non hanno nulla da invidiare a quelli di Coco Chanel. Sai che ho risparmiato cinquecentomila pesetas? Se continuiamo così, in un paio di anni possiamo comprare una casa in contanti. In centro. Con l'ascensore.»

«Tua madre ti dà i soldi che guadagna?»

Águeda annuì.

«Quasi tutti. Lei spende poco o niente. Non mi posso lamentare, di questo. Come credi che paghi la scuola della bambina? Se non fosse per quello che mi dà mia madre, dovrei mandarla nella scuola pubblica del quartiere, e io voglio che Anina diventi una signorina. Che nessuno rida del suo modo di parlare com'è successo a me. Voglio che studi, che vada all'università e che sposi un ingegnere. O un medico. Hai capito.»

Florita la capiva. Águeda voleva per la figlia il mondo al quale loro non avevano avuto accesso.

Il fine settimana successivo Águeda lasciò la bambina a Jesús e andò in centro a trovare l'amica. L'appartamento di Florita era in un palazzo nuovo, nella parte alta della città. Un po' imbarazzata, suonò il citofono, appena prima che il portiere venisse a chiedere.

«Chi cerca?»

«Doña María Flor Prieto.»

Il portiere la squadrò dalle scarpe al foulard che portava al collo e probabilmente non la trovò così male, perché alla fine le disse: «Terzo piano, porta A. Ascensore di sinistra».

L'appartamento di Florita era tre volte quello di Águeda e Jesús.

«Potremmo aprirci una sartoria con una dozzina di apprendiste» esclamò, vedendo il salone.

«Con questa mentalità, rimarrai sempre povera.»

«Non ho bisogno di essere ricca. Sono fortunata. Ho Jesús e Ana.»

«Be', io sono sola e felice, e quando viene Julio devo solo obbedire e basta. Per il resto del tempo posso pensare solo a godermi la vita.»

«E che cosa devi fare con quell'uomo?»

«Be', quello che chiede. Faccio quello che mi chiede.»

«E cosa ti chiede? Come se fossi sua moglie e basta?»

«No, non come se fossi sua moglie. Senti, prepariamo il caffè e facciamo merenda. Vuoi sapere troppo.»

Misero su la caffettiera, Florita tirò fuori un vassoio di *carbayones* e si sedettero nella cucina ampia, moderna e luminosa.

«Non preferisci stare in sala?» domandò. «Dalla finestra si vede il parco e persino la torre della cattedrale.»

«Il salone è per gli ospiti, io sono di casa e mi sento a mio agio qui. Rispondimi, per favore, cosa ti chiede quel signore?»

«Perché vuoi saperlo?»

«Perché Jesús è un uomo buono, ma da un po' di tempo non mi tocca più. Dopo la nascita di Anina abbiamo avuto un periodo così. Te l'avevo detto un pomeriggio al Rialto, ti ricordi?»

«Certo, poi abbiamo cucito una bellissima camicia da notte. E ha funzionato.»

«Ma non ti ho detto che poi Jesús mi ha chiesto una cosa strana e, anche se ho faticato e non so se ho fatto bene, ho accettato. Ma si è stufato anche di quello, e adesso da un po' non mi si avvicina neanche.»

«Da quanto tempo?»

«Più di un anno.»

«È assurdo!»

«Per questo voglio sapere cosa chiedono gli uomini alle donne che non sono le loro mogli.»

«Vieni» disse Florita. Si alzò e prese Águeda per mano perché la seguisse. «Non credere che siano tutti uguali, ma almeno ti fai un'idea del perché gli uomini pagano donne come me per fare cose che non farebbero mai con le mogli. Tra l'altro perché non sposerebbero mai una donna che si lascia fare una cosa del genere. Spero che non mi giudicherai, dopo quello che ti mostrerò.»

Águeda seguì l'amica, agitata ma anche incuriosita, in una

stanza. Le tende scure e spesse lasciavano la camera in penombra. Quando Florita premette l'interruttore, si accese una serie di lampadine rosse e viola.

Águeda commentò che sembrava l'anticamera dell'inferno.

«Il punto è quello» rispose l'amica. «È il luogo del peccato.»

«Tutto qui? Basta? E quell'ometto strano?» domandò indicando una specie di cavalletto.»

Florita fece una risata che a Águeda parve amara.

«Dai, vieni, aiutami a montarlo. Quell'ometto è un cavalletto per la flagellazione.»

«Cosa?» disse Águeda, con un tono acuto.

Quando finirono di montare l'altalena al soffitto e Florita le mostrò gli strumenti di offesa che lei e don Julio usavano durante i loro incontri, Águeda aveva lo stomaco sottosopra.

«È... È una cosa...» farfugliò. «Quell'uomo ti fa cose orribili.»

«Tranquilla, non fa niente che io non gli permetta di farmi. Abbiamo un accordo. È una pratica che si chiama sottomissione.»

«Mamma mia, Florita, come ti sei cacciata in questa cosa?»

«Basta, smettila. Ti ho detto che te l'avrei mostrato se non mi avessi giudicata. Non sono io che ho problemi con mio marito, cercavo solo di aiutarti.»

«E come mi aiuterebbe questa cosa? Io non ho intenzione di fare niente del genere con Jesús, abbiamo una bambina piccola! E meno che mai con mia madre in casa. L'ho già fatto da dietro e il prete per poco non mi scomunica.»

«Jesús ti ha chiesto quello? E tu, invece di dirlo a me, lo hai raccontato al prete? Hai detto al prete che...?» Florita non riuscì a continuare perché le venne un attacco di riso.

«Si può sapere perché ridi?» protestò Águeda, offesa.

Quando Florita riuscì a contenere le risate, uscirono dalla camera e andarono in sala.

«Dormi in quella stanza orribile?» domandò Águeda.

«No, in quella accanto. Ho posto da vendere e non devo per forza dormire lì. Che vita diversa da quella che immaginavamo...»

«Vero, amica mia. Spero solo che Jesús non abbia qualcun altro. Di fatto non ha soldi e lo stipendio glielo accreditano in banca. Con la somma che si tiene per le sue spese, non riuscirebbe ad affittare neanche il bagno di questo appartamento.»

«Non si deve per forza arrivare a una cosa del genere. Si può assumere una donna per un giorno. O per qualche ora. O andare in certi locali, sai.»

«Non mi vedo Jesús in un locale di puttane» replicò Águeda, convinta.

«E mi avresti vista qui?»

Águeda negò di nuovo.

«Ti fidi di me?» domandò Florita.

«Ciecamente.»

«Allora io e te ci rilasseremo con una cosetta che mi hanno regalato.»

«Beviamo?»

«Fumiamo.»

«Le sigarette non mi piacciono, mi fanno venire la tosse.»

«Tranquilla, non sono sigarette.»

Águeda fumò per non offendere l'amica. Il primo tiro la fece tossire. Anche il secondo, ma meno. Il terzo le provocò un sorriso.

«Cominci a sentirti meglio?»

«Non è sbagliato, secondo te?»

«Come può essere sbagliata una pianta che si chiama come la Madonna? È il massimo. Certo che confessare al prete quello che ti ha chiesto Jesús» disse Florita, ridendo.

«Non l'ho raccontato a te perché mi vergognavo e l'ho raccontato al prete. Quello della cattedrale, per di più» commentò scoppiando a ridere con l'amica.

Il sabato pomeriggio Águeda andò molte volte nell'appartamento di Florita per chiacchierare, ridere e fumare quella che, secondo gli hippy capelloni che le sembravano così lontani, era una pianta medicinale. A giudicare da quanto ci si sentiva bene quando la si fumava, non mise mai in dubbio quella convinzione.

Águeda, 1980

«Almeno non ha saputo della morte di Félix Rodríguez de la Fuente. Le piaceva così tanto che le sarebbe dispiaciuto. Sono morti lo stesso giorno, che combinazione» disse Florita al funerale della nonna Herminia.

Águeda assentì come se l'affermazione dell'amica avesse senso. Con Herminia se ne andava un pezzo di cuore della nipote, ma anche di Águeda.

Persino Ana, che stava per compiere dodici anni, era afflitta. Era la prima volta che moriva una persona vicina a lei. Ana vedeva Herminia ogni tanto, le poche volte che andava a Turón, ma il giorno dei morti l'anziana le invitava sempre a pranzo. Quel giorno Herminia preparava l'*arroz con leche*, il suo dolce preferito. Poi le leggeva le carte, diceva cose belle sul suo futuro, la invitava a giocare in coppia con lei e le insegnava trucchi da giocatrice esperta.

«Si imparano più cose sul prossimo vedendo come gioca a carte che in nessun'altra situazione. Se hai dei dubbi su qualcuno, giocaci a carte» le diceva.

Ma quel giorno non c'erano le carte, non era il giorno dei morti ed erano a Turón senza Herminia. Tristi, molto tristi.

La gente si faceva avanti lentamente e ordinatamente per porgere le condoglianze a Florita e a suo padre. La maggior parte in modo discreto: «Mi dispiace tanto, Florita. Herminia era una vicina meravigliosa, potevi sempre contare su di lei»; altre con un atteggiamento degno di una prefica: «Figlia mia, che disgrazia, così all'improvviso. Era una bravissima donna» dicevano, a voce alta; altre non vedevano l'ora di sapere: «Povera Herminia, quanti anni aveva? Come è successo?»; e le morbose chiedevano particolari: «Ha sofferto o è stato immediato? A questo mondo bisogna patire anche per morire!»

Águeda cercò di allontanarsi diverse volte, ma Florita glielo impedì.

«Non andare via, oggi ho bisogno di averti accanto.»

E Águeda le rimase accanto, ricevendo le condoglianze con Florita e il padre, come se fosse una nipote anche lei, mentre Ana e Jesús attendevano che la fila di vicine desiderose di mostrare il loro dolore si esaurisse.

Non mancarono commenti e rimpianti: «Povera donna! Morire adesso» dicevano, come se i novantotto anni che Herminia aveva trascorso nel mondo dei vivi non fossero bastati. «Se l'è cavata da sola fino alla fine. Un paio di giorni fa l'ho incontrata dal macellaio»; «Doveva essere molto anziana. Era già vecchia quando ero bambina io»; commentavano, assiepandosi sulla porta della chiesa per ripararsi dalla pioggia che cominciava a cadere. «Era un po' strega. Non so come faceva a indovinare tutto» disse una donna. «A volte non ci azzeccava proprio» replicava un'altra.

C'erano opinioni e commenti di ogni tipo, diversi e simili a quelli che si pronunciano a ogni funerale.

La pioggia aumentò e la gente si disperse quando misero la bara dentro il carro funebre e si diressero al cimitero. Oltre a Florita e al padre, accompagnavano Herminia solo Águeda, Jesús e Ana. Osservarono, rifugiati sotto gli ombrelli, il becchino che infilava la bara nel loculo dove sarebbe rimasta per i sessant'anni successivi, quando la concessione sarebbe terminata e avrebbero gettato i resti nella fossa comune.

Resistettero sotto il temporale finché l'addetto chiuse l'apertura con il cemento e i mattoni, in attesa che arrivasse la lapide definitiva con il nome di Herminia e le date che avevano segnato la sua esistenza.

Poi, con il vuoto che conosce solo chi esce da un camposanto dopo aver lasciato il suo morto, intrapresero il ritorno verso la casa di Herminia, che era stata di Florita in altri tempi, per bere qualcosa di caldo e asciugarsi i piedi.

«Che fine farà tuo padre? Perché con la vita che fai... Be', a casa tua non può stare e gli uomini da soli non se la cavano bene» commentò Águeda in cucina, quando il padre di Florita e Jesús andarono in sala a fumare una sigaretta.

«Ha una fidanzata. Di Malaga. Me la presenta la prossima settimana. Va a vivere con lei a Estepona. Dice che è stufo dell'umidità e che con la pensione della miniera lì si vive bene.»

«Sapevi che aveva una fidanzata?»

«Figurati! Ha tenuto il segreto, ma aveva previsto tutto. Aspettavano da tempo. Non voleva lasciare mia nonna da sola, come lei non ha mai lasciato lui.»

«Tuo padre è un brav'uomo.»

«Sono sempre vissuti come madre e figlio, non come suocera e genero. La morte di mia madre quando era giovane e l'impegno di allevarmi insieme li ha uniti come poche altre famiglie. Spero che sia felice con quella donna.»

Quando se ne andarono, con la promessa di Águeda di tornare la mattina dopo per aiutare Florita a riporre le cose di Herminia, era già buio. La giornata di pioggia aveva lasciato il posto a una nottata che ad Águeda parve più scura dei resti di carbone che circondavano la valle delle miniere. In cielo non brillava neppure una stella.

Águeda, 1975

Dopo la prima visita all'appartamento di Florita, Águeda ci tornò molte volte e ci portò anche Anina, assicurandosi che la porta della «stanza del peccato» come l'aveva battezzata, fosse chiusa. L'aveva anche istruita su «Quello che la mamma e Florita fumavano», che era un loro segreto. Ana, che si sentiva importante a partecipare a quella combutta, non lo raccontò mai.

«Florita è diventata ricca, mamma?» domandò alla prima visita, una volta superata l'emozione di prendere l'ascensore.

«No, figurati!»

«La mia amica Estefanía, che vive da queste parti, dice che è la zona dei ricchi, e che io abito dove prima vivevano i lebbrosi e adesso i proletari, dice sua madre. Cos'è un proletario, mamma?»

Águeda si sentì la bile che risaliva nello stomaco, ma tacque. Pensò alle cinquecentomila pesetas risparmiate, che non erano ancora sufficienti per evitare ad Ana la sofferenza data dal disprezzo altrui e capì meglio Florita.

Quel pomeriggio, mentre la bambina giocava sul tappeto della sala con le sue bambole Barriguitas, le amiche vagliarono diverse ipotesi per spiegarsi come mai Águeda avesse perso l'attrattiva agli occhi di Jesús.

«Odora le camicie, cerca segni di rossetto, biglietti di locali sospetti, qualcosa che ci dia un indizio» propose Florita.

«Cioè devo spiarlo.»

«Chiamalo come vuoi. E nel frattempo continua a tentarlo con la biancheria e un buon profumo, perché avrà anche lui le sue necessità, e per sfogarsi non c'è niente di più comodo della moglie. Almeno che ti trovi, quando ti cerca.»

Águeda diede ascolto a tutti i suggerimenti dell'amica, sperando di trovare la soluzione all'enigma del suo matrimonio. Un giorno, mentre controllava il portafoglio di Jesús, Aurora entrò in camera per avvisarla che andava a comprare gli aghi.

«Ne ho fatti fuori tre in una mattinata, per colpa di quel catafalco di macchina. Dobbiamo comprarne una elettrica come quella che ci ha mostrato il venditore di Alfa che è venuto l'altro giorno. Quarantamila pesetas possiamo permettercele, e cucire con la Singer è una perdita di tempo. Potremmo prendere più ordini con una macchina moderna. Si può sapere che cosa stai facendo? Perché spii tuo marito?» domandò vedendo la faccia colpevole della figlia, che aveva il portafogli di Jesús in mano.

«Non lo spio. Se dici così sembra sbagliato. Controllo solo che abbia tutto quello che gli serve.»

«A me non la dai a bere! Stai curiosando tra le cose di tuo marito. Cosa c'è? Vuoi capire dove va il primo sabato sera di ogni mese?»

«So perfettamente dove va Jesús. A cenare con i suoi amici. È l'unica sera che esce.»

«Almeno in questo non ti mente. Ma non va a cena, te lo dico io. E chiamarli amici è un po' troppo.»

«Cosa insinuate, madre?»

«Tuo marito una volta al mese va al Derribo's.»

«E cos'è?»

«Un locale per finocchi. Un giorno o l'altro finisce in una retata e lo arrestano» rispose. «Perderò mezzo pomeriggio per andare in centro a comprare quei maledetti aghi.»

Aurora se ne andò e Águeda rimase ferma, tremante.

Anni prima Jesús era tornato a casa turbato, raccontando che la polizia era entrata con le mitragliette nei bar del Pasaje Begoña di Torremolinos, luogo che per Águeda non significava niente. Avevano arrestato tutti gli omosessuali. Persino molti stranieri. Tre furgoni pieni di gente. Una volta in cella li avevano picchiati e vessati, mettendo in allarme la diplomazia internazionale. La notizia, che non era stata riportata da giornali e telegiornali, aveva occupato i pensieri di Jesús per settimane senza che Águeda ne capisse il motivo.

«Sei sicuro che sia vero quello che dici?»

«Tutti i giornali stranieri ne parlano» rispondeva lui.

«E da quando sei informato sulla stampa straniera?»

«Al lavoro vedo gente di ogni tipo, uomini di mondo.»

Al tempo non aveva capito la preoccupazione del marito. Ma dopo aver sentito le parole della madre, si sentì mancare l'aria.

16

Ana, 2019

Non mi sono mai piaciute le macchine grandi. Eppure guidavo monovolume, fuoristrada e jeep da quando era nata Alba, che stava per compiere ventiquattro anni ed era ormai indipendente, o almeno viveva per conto suo. Con i soldi del padre.

La scelta della mia automobile rientrava tra i compiti del reparto acquisti dell'impresa. Con tre figli, l'opzione migliore era un'auto grande, perché dovevo portarli a scuola quando non arrivavamo in tempo allo scuolabus, alle attività, dal medico e ai compleanni degli amici. Io mi limitavo a scegliere il colore e gli optional che mi servivano e, ogni quattro anni, una macchina nuova appariva mentre quella vecchia spariva. Prima della prima revisione, per sicurezza. Per questioni fiscali. E anche se da anni quella fase dell'infanzia dei miei figli era finita e i due grandi avevano la loro macchina, la vecchia abitudine era restata.

«La mia segretaria mi ha detto che la tua auto ha quattro anni, che ne dici se la cambiamo con un SUV ibrido?» domandò Carlos quando Jesús, il nostro figlio piccolo, stava per cominciare le superiori.

Io annuii. Sarebbe stata una buona macchina, come sempre. Alta gamma e full optional. Mi ritrovai una BMW X5 nuova fiammante, che guidai senza entusiasmo come le precedenti.

Tutto cambiò un giorno nello studio di Rubén, il mio psicologo, a cui stavo raccontando del cambio d'auto, non so perché. Lui lo considerava importante.

«Chiudi gli occhi. Voglio che tu mi risponda la prima cosa che ti viene in mente. Pronta?»

Annuii.

«Dove ti piacerebbe andare? Un posto dove nessuno ti conosce. Descrivimelo.»

«Una spiaggia deserta.»

«Sei al volante di una macchina, da sola, diretta verso quella spiaggia. Ti vedi? Che macchina è?»

«Quella che ho adesso.»

«Proviamo in un altro modo. Immagina una collezione di auto in miniatura. Quale ti attira?»

«Una Mini. Verde. Con due righe bianche sulla capotte e il tetto bianco. È carinissima.»

«Ti vedi al volante di una macchina simile?»

«Non credo che sia molto pratica» risposi.

«Non ti ho chiesto questo. Ti piacerebbe guidarla? Portarla a casa?»

«Credo di sì» risposi.

«Cosa succederebbe se ti comprassi una Mini?»

«Carlos direbbe che non è nella lista di auto tra cui l'azienda può scegliere.»

«Dimentica Carlos» la interruppe. «Cosa succederebbe? Potresti fare quello che fai normalmente con la tua BMW?»

Certo che avrei potuto. Giravo quasi sempre da sola, a volte intorno alla Finca, il nostro sobborgo, o agli eventi organizzati da mia suocera, e la mia unica compagnia era Jesús quando lo accompagnavo alle partite di hockey o mia madre quando andavamo insieme a Madrid.

«Non puoi continuare a permettere che Carlos prenda le decisioni al posto tuo. Hai affidato a lui il controllo e lui, semplicemente, se ne fa carico come uno dei suoi tanti impegni. Sei sicura che gli importi di che macchina guidi?»

Non sapevo se a Carlos importasse o no, ma ero sicura

che mia suocera non sarebbe stata contenta di vedermi su una Mini. Non l'avrebbe considerata appropriata. Per questo Rubén mi spronò ad andare a guardarla. Solo per vedere che cosa avrei provato. Così un mese dopo mi trovai dentro un concessionario Mini situato vicino all'autostrada, all'ingresso di Madrid.

Mentre riempivo il modulo, il venditore, un uomo sulla quarantina, piuttosto basso e con modi da commerciale esperto, faceva conversazione. Una chiacchiera piacevole e inoffensiva per evitare lo scomodo silenzio dell'attesa mentre configurava l'auto al computer secondo le mie richieste.

«Anche io ho una X5, sa? Ma la mia è vecchia. Mi piacciono molto le BMW, vengo da lì, mi hanno spostato alle Mini quando la BMW ha acquistato il marchio. Per la città la Mini è molto più maneggevole.»

«I bambini sono grandi e non mi serve una macchina così grossa» risposi, per cortesia.

«È più difficile da parcheggiare, e anche da guidare. È già tanto che ci si senta a suo agio.»

Il commento mi infastidì, ma guardai il volto del mio interlocutore e la sua espressione non rifletteva pregiudizi. Poi aggiunse: «Da qui passano molti autobus di quelli verdi, che vanno a Madrid e in altri paesi, e ci sono sempre più donne al volante. Se la cavano piuttosto bene».

Non dissi niente. La conversazione proseguì con argomenti banali. Aveva fatto il commento precedente come se parlasse del tempo, come se avesse detto qualcosa sulla pioggia o sul sole. Pensai che ero troppo suscettibile e non gli diedi troppa importanza. Ma immagino che mi fosse restato in testa, perché due giorni dopo mi vidi con Alba per pranzo a Madrid, in un ristorante biologico di moda nella zona di Chueca, in cui un'insalata di lattuga e quinoa costava venti euro, e glielo raccontai. Quando ebbi finito, mia figlia ardeva di indignazione.

«Che stronzo, da mandarlo a stendere. E tu non gli hai detto niente?»

«No, perché non aveva cattive intenzioni.»

«Proprio per questo, mamma, proprio per questo. Non ti rendi conto che è ancora peggio?»

«Non ti capisco, Alba, e non alzare la voce, ci guardano dall'altro tavolo.»

«Il grande problema delle donne è questo: tu e le donne come te dovete capire che non possiamo evitare i maschilisti convinti, perché in tutti gli ambiti ci sono persone radicali, ma sono pochi. Il guaio non sono loro. Il vero pericolo è costituito dai maschilismi con cui ci educano, quelli che sopportiamo ogni giorno perché non sono detti con cattive intenzioni, vengono da brave persone, uomini e donne, e sono pronunciati senza che né l'offeso né chi offende ne siano consapevoli. Il problema è che noi donne siamo cresciute con quei maschilismi, quindi li accettiamo senza protestare perché li abbiamo interiorizzati e ci rassegniamo a occupare, docilmente, il secondo piano in cui la società ci relega. Cosa ti diceva la nonna ogni volta che arrivavi a Oviedo?»

«Figlia mia, te la cavi bene con una macchina così grande?» parafrasai mia madre.

«L'ha mai chiesto a papà? No, vero? Ecco. E ovviamente la nonna non aveva cattive intenzioni con te, anzi! Ma cosa succedeva? Ti collocava in una posizione di inferiorità rispetto a papà, e tu l'accettavi senza rendertene conto. E lo stesso con milioni di particolari all'apparenza innocui, ogni giorno. Il risultato è che crediamo di essere persone di serie B e non ce ne accorgiamo neanche. Capisci, adesso?»

In quel momento mi sarebbe piaciuto essere come Alba e avere le idee chiare come lei. Ammiravo molto la sua maturità e la sua fiducia in sé stessa, nonostante fossi sua madre e avessi il doppio dei suoi anni. Fu grazie a lei che mi decisi a comprarmi la Mini. «Guida la macchina che vuoi, e se alla nonna Paloma non piace, che si arrangi, mamma. Devi smetterla di essere il suo docile agnellino.» Non so se Alba evitò volutamente di parlare della reazione di suo padre. Di certo lo evitai io. Carlos e Alba avevano un rapporto intenso e complicato, e io non volevo essere motivo di liti tra loro.

Nonostante il discorso di Alba, mi agitava dire a Carlos che mi ero comprata una macchina senza consultarlo. Ricordavo la sua reazione il giorno in cui gli avevo chiesto di cercarmi un posto nell'azienda. Ne avevo approfittato durante la colazione, perché era l'unico pasto che Carlos faceva a casa.

«Non sai quello che dici» rispose dopo aver bevuto un sorso del suo caffè. «Se vuoi occupare il tuo tempo con qualcosa, perché non fai la volontaria in una ONG? Di sicuro mia madre può darti una mano.»

«Ma io voglio un lavoro vero. Sono un'architetta, potrei fare qualcosa. Voglio guadagnarmi da vivere.»

«Ti assicuro che non vuoi questo. Non in un'azienda dove saresti sempre la moglie del presidente.»

«Ma ti piacerebbe se Alba lavorasse con te? Lei non sarebbe la figlia del capo?»

«È molto diverso» rispose con quello che mi parve uno sguardo di commiserazione. Lasciò la colazione a metà e interruppe la discussione alzandosi dal tavolo e uscendo dalla cucina.

Il ricordo di quel giorno mi fece rimandare la decisione di raccontare a Carlos della macchina finché non me la consegnarono.

«Di chi è la Mini in garage?» domandò quando entrò in camera dopo mezzanotte.

«È mia, me la sono comprata.»

«Se me lo avessi detto, l'avremmo affittata con il leasing dell'azienda.»

«Voglio restituire la X5.»

«Non preferisci tenerle entrambe?»

Scossi il capo.

«Dirò alla mia segretaria di occuparsene.»

Carlos non fece altri commenti. Si svestì, andò in bagno e si mise a letto.

«Buonanotte» disse prima di darmi un casto bacio sulle labbra e spegnere la luce.

Cinque minuti dopo sentii il suo respiro ritmico e costante. Si era addormentato.

Mia suocera non la prese altrettanto bene.

«Quella macchina va bene per una ragazza giovane come Alba, non per una donna adulta. Se vuoi usarla per andare in giro da sola, fatti tuoi, ma al prossimo evento vieni con una macchina come si deve» mi disse quando arrivai con la Mini al mercatino benefico organizzato per una raccolta fondi, non ricordo quale.

Non ubbidii e tenni la mia Mini, ma quella sera mi sfondai di cioccolato e patate fritte come in un film americano, per arginare l'ansia che mi aveva provocato la faccenda della macchina. Nei film non mostravano la protagonista che doveva vomitare per continuare a entrare in una taglia 38 a cinquantun anni.

Águeda, 1980

Águeda e Jesús erano davanti al televisore, concentrati sullo speciale di RTVE dedicato all'assassinio di John Lennon, avvenuto qualche giorno prima, quando suonò il telefono. Nessuno fece l'atto di alzarsi, quindi Ana corse in cucina, contenta di andare a rispondere. Per Ana John Lennon era solo un cantante da vecchi. Lei cominciava a sentire la musica alla radio e le piacevano soprattutto Miguel Bosé e Nacha Pop.

«Che tempismo» commentò Jesús mentre Isabel Tenaille illustrava alla Spagna i particolari dell'accaduto e le reazioni suscitate in ogni angolo del mondo.

Ana, delusa, tornò a sedersi.

«Hanno attaccato» disse.

Dopo dieci secondi il telefono si rimise a squillare e Ana corse di nuovo.

«Dev'essere qualcuno che vuole fare lo spiritoso, perché appena rispondo attacca.»

La famiglia fu di nuovo interrotta dallo squillo del telefono.

«Lascialo suonare» disse Águeda prima che Ana si alzasse.

E rivolta a Jesús, aggiunse: «Pover'uomo, cantava benissimo e quella canzone mi piaceva tantissimo, *Ob-la-dì, Ob-la-dà*».

«Ti piaceva perché è l'unica di cui sapevi le parole, ma quella è di Paul McCartney, tesoro.»

Il telefono tacque dopo qualche squillo, ma poco dopo riprese a oltranza, finché Águeda si spazientì.

«Vado io, e vediamo se mette giù anche a me» disse, alzandosi.

Una voce maschile sconosciuta chiese di parlare con doña Aurora Cangas.

«Chi la desidera?»

Era un giornalista, che si identificò come indipendente, interessato a parlare con gli abitanti della casa nella quale erano state trovate le mummie dei due soldati regolari di Franco.

Águeda rimase pietrificata. Quindi sua madre aveva ragione.

«Scusi, non sono sicura di avere capito.»

Il giornalista ripeté il suo discorso di presentazione.

«I miei nonni sono morti» rispose Águeda. «Molti anni fa. Di mia nonna non ho ricordi. Immagini, è morta quando avevo un anno.»

«Questa informazione l'ho già trovata all'anagrafe, per questo cerco sua madre. È l'unica sopravvissuta dell'epoca in cui i regolari africani erano presenti nelle Asturie.»

«Ci sono rimasti per molti anni e alcuni si sono pure fermati. Non credo che mia madre possa aiutarla, perché si è sposata giovanissima, poco dopo la guerra, ed è andata a vivere con mio padre. Aveva una casa sua, perché era orfano di padre e madre.»

«Gli esperti assicurano che sono morti all'inizio degli anni Quaranta. In più le divise sono in buono stato e sono inconfondibili. È possibile che sua madre, anche se non viveva più lì, abbia qualche informazione utile. Può aiutarmi a trovarla?»

«Non è possibile. Mia madre si è trasferita in Argentina» mentì Águeda, come sua madre le aveva chiesto di fare prima di andarsene. «Abita a Buenos Aires. Posso darle un indirizzo, ma non ha il telefono.»

Águeda le diede il vecchio indirizzo di alcuni conoscenti di Turón emigrati in Argentina che erano tornati dopo la morte di Franco. Per quanto indagasse il giornalista, con i dati che gli aveva fornito non avrebbe trovato niente.

Pensò di avvisare la madre della chiamata tramite il numero che le aveva dato per le emergenze, ma non aveva sue notizie da due anni, dopo la sparata che le aveva fatto quando era andata a trovarla a El Palmar. Águeda era così arrabbiata con lei che non le aveva comunicato neppure la morte di Herminia. Il giorno dopo ci ripensò e mandò Jesús alla posta a fare un telegramma all'indirizzo di Siviglia che le aveva lasciato Aurora: «Giornalista indipendente domanda sopravvissuti dopoguerra casa nonni. Dato indirizzo Argentina».

Dopodiché Águeda cercò di dimenticare la madre: chiuse la porta della stanza che le aveva preparato nella casa nuova e continuò la vita di sempre, con le allieve che aumentavano ogni giorno, così come gli ordini, appoggiandosi a Jesús per ogni passo che faceva nella vita. Non ricevette risposta da Aurora, ma immaginò che la notizia le fosse arrivata. E aveva indovinato, Aurora aveva ricevuto il telegramma da Marisa, che era andata a trovarla per consegnarglielo e ne aveva approfittato per convincerla ad andare da loro per le feste.

«Né Natale né Capodanno.»

«Non vogliamo lasciarti di nuovo da sola.»

«State con vostro figlio, io non c'entro niente. Starò benissimo qui. I vicini mi invitano alla loro festa e mi diverto» tagliò corto Aurora, e nonostante le insistenze, Marisa non riuscì a farle cambiare idea.

Ma la convinse a mettersi una linea telefonica.

«A nome nostro, così non risulti da nessuna parte, non preoccuparti. Almeno non dobbiamo venire fino a qui se succede qualcosa. Ti avviseremmo subito se qualcuno venisse a chiedere di te. E avresti più tempo per prepararti» le disse Marisa.

Aurora concluse che aveva ragione.

Quel Capodanno Aurora lo passò da sola nella casa del Palomar. Mangiò una scatola di asparagi con la maionese, un piatto di insaccati con un filone di pane, due forme di torrone e una confezione di marzapane. Da quando aveva ricevuto il telegramma non la smetteva di mangiare. Cuciva e mangiava. Tutto il tempo.

Florita, 1981

Julio, don Julio, il dirigente che aveva introdotto Florita nel mondo delle amanti professioniste, la sostituì con un'altra un mese prima che compisse quarant'anni. Però le aveva insegnato tutto quello che aveva bisogno di sapere per continuare quella vita e si mostrò più che generoso con lei. Negli anni in cui Florita fu al suo servizio risparmiò abbastanza per comprarsi una casa a Oviedo. In centro, in un palazzo appena costruito sul terreno che un tempo occupava il convento delle monache salesiane, sopra il centro commerciale più moderno della città, pieno di negozi e con un grande supermercato. E, cosa più importante di tutte per lei, a pochi metri dalla nuova casa, sartoria e scuola di Águeda. L'appartamento di Florita era piccolo ma luminoso e allegro, con due stanze, una per lei e una per ricevere il prossimo amante fisso. Don Julio l'aveva aiutata persino in quello. L'aveva messa in contatto con un imprenditore galiziano sulla sessantina, grassoccio e con la faccia da brava persona, che la portò a cenare in un buon ristorante, l'adulò e poi la frustò dopo averle consegnato una busta con centomila pesetas come pagamento anticipato.

«Se mi fai fermare, mi riprendo metà dei soldi» fu la sua condizione.

Florita sopportò. E il mese successivo lo rivide.

«Non mi aspettavo di risentirti. Se vuoi rifarlo, sono duecentomila» disse al telefono. «Il tuo è un servizio intensivo.»

«Non li vali. Non sei neanche giovane.»

«Quanto valgo?»

«Potrei pagarti più del doppio di quello che mi chiedi al mese, ma devo avere le chiavi e l'esclusiva. Se un giorno ti trovo con un altro e la mia chiave non apre, finisce la cuccagna, perché io non mi faccio prendere in giro da nessuno. Meno che mai da una puttana. Le condizioni sono queste.»

Florita accettò, dopo aver stabilito il limite preciso a cui sarebbe potuto arrivare Augusto. E aver preteso la promessa di non chiamarla mai più puttana. Mantenuta sì, puttana no.

«Ancora una cosa: non posso stare tutto il giorno chiusa in casa ad aspettarti. Devo uscire a fare la spesa, a fare commissioni, andare dal medico o a prendere un aperitivo, se mi va. E voglio le vacanze.»

«Non pretendo che vivi reclusa, assolutamente» fu d'accordo Augusto. «Se arrivo e non ci sei, ti aspetto. O me ne vado. Sono fatti miei. Le vacanze devi comunicarmele in anticipo.»

«Ho un'amica che qualche volta viene a trovarmi.»

«Sa quello che fai?»

«Più o meno. Ma è una donna sposata, tradizionale. Siamo amiche da quando eravamo piccole. È l'unica persona con cui mi incontro. A volte viene con la figlia, che ha dodici anni e non dovrà mai sapere di questo.»

«Non ti preoccupare per loro. Puoi presentarmi come fidanzato. Mi comporterò in modo impeccabile.»

Con Herminia morta e il padre a Estepona, l'unica persona che entrava abitualmente a casa sua era Águeda, quindi, risolta quella questione, Florita accettò.

Augusto andava da Florita un paio di volte al mese, anche se in qualche occasione si fermò per una o due notti da lei o si presentò, senza avvisare, due giorni nella stessa settimana. Forse per controllare che rispettasse le condizioni. Forse no. Ma tutto ciò non le impedì, negli anni passati al suo servizio, di essere sempre inquieta al pensiero che da un momento all'altro potesse aprire la porta di casa sua. A volte di notte era ossessionata dall'idea che si presentasse e non riusciva ad addormentarsi, anche se era successo soltanto in un caso. Augusto era arrivato alle due del mattino con una piccola valigia. Si era spogliato, si era infilato nel letto e, dopo averle richiesto una castigata prestazione sessuale durata meno di tre minuti, si era addormentato. Florita aveva trascorso la notte insonne e, prima che suonasse la sveglia alle sette e mezzo, si era truccata e lavata i denti, pronta per quello che il cliente le avesse richiesto.

«Buongiorno, mi fai un caffè? Con un po' di latte e due cucchiaini di zucchero» le aveva detto quando si era svegliato. «Hai le maddalene?»

Augusto era andato in bagno, si era fatto la doccia, si era vestito, aveva preso il caffè e una delle maddalene che Florita gli aveva offerto, le aveva dato un bacio sulla guancia e se n'era andato. Non lo aveva rivisto per diverse settimane, ma quella visita non aveva fatto che aumentare la sua inquietudine.

Aurora, 1981

Il 23 febbraio del 1981 Aurora si alzò per andare a lavare i piatti, annoiata dalle notizie del telegiornale di mezzogiorno. Parlavano soltanto dell'investitura di Calvo Sotelo quel pomeriggio, ripercorrevano gli eventi che avevano portato all'instabilità del parlamento spagnolo, dalla mozione di censura a Suárez da parte del leader socialista che faceva impazzire tutte le donne, almeno a Siviglia, della crisi economica che stava vivendo il Paese, delle cento persone assassinate dall'ETA nell'ultimo anno, per la maggior parte membri della Guardia Civil e militari. Aurora non capiva come fosse possibile che il primo presidente democratico si dimettesse dopo tre anni di legislatura e come potessero sostituirlo con uno che non era stato eletto, visto quanto gli spagnoli avevano agognato la possibilità di votare i propri leader. Ma era preoccupata soprattutto dagli attentati dell'ETA perché temeva, come molti altri, che scoppiasse una nuova guerra civile, seguita da un'altra dittatura. Erano passati solo sei anni dalla morte di Franco e la confusione spagnola cominciò a ricordarle il periodo del governo repubblicano descritto dai suoi genitori. Siccome non poteva risolvere i problemi del Paese, quel pomeriggio cucì con il programma di Hermida in sottofondo, anche se in realtà le piacevano soprattutto film con le donne che mostravano le tette a ogni piè sospinto. Pensava che avrebbe preferito vedere anche qualche bell'uomo che mostrava qualcosa di più dei peli sul petto, ma in ogni caso quei film la facevano stare bene. Si ritrovava in quelle attrici, per qualche motivo. Quando finì il programma di Hermida, cercò il *Teleprograma* tra i ritagli di stoffa. Impiegò qualche minuto a scorgere la faccia di Michael Landon, che quel mese era in copertina. Dopo aver visto che non c'era niente di interessante, spense il televisore, pensando di non riaccenderlo fino all'ora di cena. Non accese neppure la radio e, ignara delle votazioni, passò il pomeriggio a lavorare ai vestiti da matrimonio per la famiglia di un'amica sivigliana di Marisa. Finché le vicine bussarono alla porta di casa sua.

«Torna Franco, torna Franco, lo hanno detto sul Cadena Ser. Aurora, accendi il tuo televisore, così vediamo se trasmettono qualcosa» le sentì gridare.

Aurora pensò che fossero impazzite. Franco era morto e sepolto. Ma aprì la porta e le fece entrare. Accese il televisore, che trasmetteva un programma sui giochi invernali. Vedendo che in televisione non passava la notizia data dalla radio, le vicine se ne andarono per avvisare tutti gli abitanti del paese. Quando si sintonizzò sul canale Ser, Aurora sentì il presentatore che raccontava ciò che stava succedendo al Congreso grazie al microfono di un reporter lasciato acceso anche dopo che i *golpistas* avevano ordinato di sospendere la trasmissione. In un primo momento pensò che fosse uno scherzo, come quello organizzato negli Stati Uniti decenni prima, quando un programma radiofonico aveva convinto gli americani che stavano subendo un'invasione dagli extraterrestri. Chiuse la porta, decisa a non riaprirla per quanto avessero suonato, e si rimise a cucire con la radio accesa e lo stomaco sottosopra.

Per il resto del pomeriggio e per tutta la notte le tornarono in mente i ricordi dei bombardamenti, la morte dei suoi nonni, il razionamento, il lavoro in miniera, la paura, l'arresto di Frutos e, soprattutto, gli africani che aveva ucciso e che continuavano a terrorizzarla a distanza di quarant'anni.

«Non di nuovo, di nuovo no, per favore, santa Barbara, per favore, proteggici» disse tra sé quando, qualche ora dopo, sentì la notizia della proclamazione del capitano generale Milans del Bosch a Valencia come nuovo capo di Stato e quella dell'occupazione militare delle vie.

Prese il telefono per chiamare Cefe e Marisa, ma fu colta da pensieri paranoici e cambiò idea. E se i telefoni fossero stati controllati? Parlare con loro non l'avrebbe fatta sentire meglio, perché la situazione in casa di Cefe non era diversa. Quando aveva sentito le marce militari alla radio, la sua mente era tornata all'epoca in cui cercava di tenere in vita il suo corpo denutrito e sfinito nel campo di concentramento, sperando di rivedere il figlio e la moglie. Aveva stretto Marisa con tutte le sue forze ripetendo a oltranza: «Ti amo, ti amo, ti amo».

Alla fine il sangue prevalse sulla paura e Aurora chiamò Águeda.

«Fate attenzione e fai attenzione alla bambina» disse quando la figlia rispose. E attaccò.

Aurora rimpianse di non essere emigrata molto più lontano. Fuori dal Paese. Non aveva le forze per vivere un'altra guerra. E meno che mai un altro dopoguerra.

Nella testa di Águeda risuonavano le parole della madre mentre abbracciava Florita in sala. L'amica era corsa a casa sua, terrorizzata, appena aveva sentito la notizia, come se si rivedesse di nuovo tra le grinfie del caporale Pérez. Águeda lasciava che Florita si rifugiasse nel suo petto, ma con l'altra mano stringeva quella di Jesús, che temeva di aver sparso per Oviedo troppe tracce delle sue inclinazioni sessuali, rassicurato dalla sensazione di libertà vissuta negli ultimi anni. Ana, con la testa appoggiata al petto del padre, sapeva che la situazione era molto grave, ma a dodici anni, quasi tredici, era lontana dall'immaginare ciò che turbava la mente degli adulti della sua famiglia in quel momento

Dopo l'una di notte, quando la Radio televisione spagnola era già stata liberata, Aurora rimase impietrita davanti al televisore, ad ascoltare Iñaki Gabilondo e Victoria Prego che annunciavano la negoziazione del generale Armada al Congreso, mentre trasmettevano a oltranza il video in cui il re si rivolgeva agli spagnoli difendendo la Costituzione. Aurora non aveva mai pregato tanto come quella notte: aveva sempre trovato le forze per tirare avanti, nella vita, ma non si sentiva capace di tornare indietro.

Passò la notte a cucire davanti al televisore guardando le due commedie americane che trasmisero, in attesa degli aggiornamenti informativi.

La situazione le sarebbe parsa incredibile se non fosse stata così familiare. Ricordava il giorno in cui era scoppiata la guerra civile. All'epoca aveva quattordici anni e non poteva immaginare le conseguenze della notizia che aveva turbato il paese, così come gli adulti non intuivano l'orrore che stava per investirli con la guerra e il dopoguerra.

Solo il giorno successivo, quando i golpisti uscirono dal Congreso, Aurora e il resto degli spagnoli osservarono attoniti gli agenti della Guardia Civil che sparavano sul soffitto dell'Hemiciclo mentre il tenente colonnello Tejero, con tricorno e pistola, ordinava di smettere per non ferirsi tra loro. Aurora fu conquistata da un ometto dall'aria insignificante, fino a quel momento sconosciuto, che si oppose al tentativo di Tejero di gettarlo a terra, senza lasciarsi intimorire dall'arma che il capo del colpo di Stato agitava nella mano. Il tenente generale Gutiérrez Mellado, dissero che si chiamava così quel politico che a lei ricordò Ferino, per un periodo sostituì l'ex amante nelle sue fantasie più intime. Desiderava ritrovarsi al più presto da sola con un uomo. Pensò a Cefe e i mesi che mancavano all'estate le parvero eterni.

Il rinnovato amore di Cefe per la moglie avvertito la notte in cui era stato occupato il Congreso durò soltanto finché riuscì a togliersi di dosso la paura di una nuova dittatura in Spagna. Una volta ritrovata la normalità, quando la maggior parte degli spagnoli serrò le fila attorno al re Juan Carlos I, Cefe avvertì nuovamente la solita voglia di godersi i piaceri della vita, in particolare il suo preferito, insieme al buon cibo: sentire il corpo di una donna altrui, o che almeno non fosse la sua. Ebbe qualche incontro sporadico con donne che fornivano prestazioni a pagamento finché arrivò l'estate, quando Marisa cominciò a prepararsi per il viaggio a Gijón e lui pianificò tre settimane intere con Aurora che, oltre al sesso senza limiti, gli offriva una conversazione interessante e la sensazione di essere capito.

Florita, 1983

Domenica 17 aprile del 1983 gli spagnoli erano emozionati dalla nomination di *Volver a empezar* agli Oscar, ma né Águeda né Florita erano particolarmente interessate alla cerimonia. La guardarono lo stesso entrambe. Águeda perché Jesús riteneva un fatto storico che un film spagnolo candidato agli Oscar partisse come favorito. E Florita perché Augusto si presentò alle sette e mezzo, proprio quando la Televisión Española avviava il collegamento con il Dorothy Chandler Pavilion di Los Angeles, dove si teneva la cerimonia, deciso a guardarla. La sua azienda era coinvolta in qualche modo nella cosa, ma per quanto Florita domandò, il cliente non le fornì indizi su ciò che faceva.

Le visite di Augusto non avevano una cadenza regolare che le permettesse di prevedere quando si sarebbe presentato. Nel momento in cui arrivò, Águeda era con Ana a casa di Florita e, come avevano stabilito due anni prima, la donna lo presentò come suo fidanzato, anche se Águeda sapeva perfettamente chi fosse in realtà.

«Ho capito» disse Águeda posando lo sguardo sull'uomo basso e brutto che aveva le chiavi di casa di Florita. «Anina, metti via le carte, ce ne andiamo.»

«Stavate giocando?» domandò Augusto.

Florita assentì. Non volle rivelare che stavano facendo un giro di carte per capire che cosa le avrebbe riservato il futuro.

Quella notte il futuro le riservò una lunga ed emozionante serata degli Oscar che risvegliò l'orgoglio patrio di entrambi prima di addormentarsi. La sessionc di sottomissione con Augusto prima di colazione fu interrotta da Águeda, preoccupata per lei dalla notte precedente. Quando Jesús era uscito per andare a lavorare ai grandi magazzini, si era subito diretta a casa dell'amica.

Dovette suonare diverse volte al citofono, aspettare che uscisse un vicino e salire. Una volta sopra, provando un timore irrazionale per la sicurezza di Florita, premette il campanello più volte. Le fu aperto dopo diversi minuti, che per Águeda furono interminabili, e si trovò davanti Augusto, con i pantaloni del pigiama e una maglietta al contrario anche se erano quasi le dieci del mattino.

«Florita è a letto» le spiegò quando Águeda, impaziente, chiese di lei. «Ieri siamo stati svegli fino a tardi per vedere il trionfo di Carci a Hollywood.»

Águeda spostò Augusto ed entrò urlando: «Florita? Florita? Stai bene?»

Anche se in teoria Águeda conosceva da anni le attività dell'amica, vederla nuda a letto che si copriva con un lenzuolo, circondata da strumenti tutto meno che rassicuranti fu tutt'altra cosa.

«Stai bene? Cosa ti ha fatto?»

Águeda cercò di toglierle il lenzuolo, ma Florita lo tirò per impedirglielo.

«Vattene, va tutto bene.»

«Con che pervertiti ti guadagni da vivere?» le disse. «Florita, questo mestiere non fa per te. Non hai bisogno di subire una cosa del genere.»

«Tu che ne sai? Vattene. Poi ti chiamo.»

Águeda era divisa tra la richiesta dell'amica e l'istinto di proteggerla.

«Per favore, vattene, non mi rovinare. Io non vengo a casa tua a cacciarti le clienti. Vai via. Ti prometto che poi ti chiamo.»

Águeda uscì inorridita, non senza aver lanciato uno sguardo sprezzante ad Augusto che, totalmente indifferente, aspettava seduto sul divano della sala che se ne andasse per tornare in camera da Florita.

«Fai in modo che non succeda più. Dove eravamo rimasti? Quella pazza della tua amica mi ha fatto deconcentrare.»

Quando Florita arrivò a casa di Águeda all'ora di pranzo con una scatola di *Moscovitas* del Rialto e un vassoio di *Princesitas* come offerta di pace, la trovò da sola come sperava, nell'intervallo tra le prove della mattina e le allieve del pomeriggio. Ana mangiava a scuola e a casa c'era solo Jesús, tornato per la pausa pranzo. Le Galerías Preciados chiudevano tre ore a metà giornata e a Jesús, che lavorava a meno di cinque minuti da casa, piaceva vedere il telegiornale e fare la siesta dopo mangiato, quindi la sua amica era libera.

«Dio mio, meno male. Stai bene?» disse Águeda appena le aprì la porta.

«Certo che sto bene. Le cose mi vanno benissimo, in realtà. Spero di conservare Augusto per molti anni.»

«Non va bene per niente. Come puoi dire che va bene? Quello che ti fa quel signore, per chiamarlo in qualche modo, è un'aberrazione» Águeda serrò con forza i pugni, piena di rabbia contro Augusto.

«Vuoi davvero parlarne sulla porta?»

«Andiamo in sartoria. Jesús non ci mette mai piede.»

Lì, tra stoffe e macchine da cucire, Florita e Águeda si promisero amicizia eterna.

«Ho solo te. Non posso perderti. Sei la mia famiglia» disse Florita.

Le amiche si abbracciarono a lungo, finché Águeda si allontanò.

«Facciamo le carte, visto che ho tempo prima che arrivino le allieve. Adesso che so cosa succede a casa tua, le interpreterò più facilmente.»

Le carte furono benevole sul futuro di Florita e quel giorno la lettura fu carica di rassicurazioni.

Aurora, 1981

Quando arrivò luglio, Marisa se ne andò nelle Asturie e Cefe rientrò nel letto di Aurora, cui bastavano alcuni giorni l'anno in compagnia di un uomo per soddisfare le sue necessità. L'assenza di Marisa dava inizio alle vacanze di Aurora che, per due o tre settimane si godeva le uscite, il sesso e il corteggiamento, come se fosse all'inizio di una storia d'amore. Nel resto dell'anno era libera, senza doveri e senza la quotidianità matrimoniale che rimpiazza il desiderio con la routine. In più li aveva entrambi per qualunque necessità e per godere ogni tanto della loro compagnia. Non vedeva inconvenienti in quella relazione e, con il passare del tempo, arrivò persino a convincersi che fosse un bene per Marisa. Restava tutto in famiglia e Cefe non era alla mercé di qualche donna che avrebbe potuto rubarle il marito proprio quando era appena stato approvato il divorzio in Spagna, anche se all'epoca non ce n'era ancora stato nessuno. Con lei, il matrimonio di Marisa era al sicuro.

Nell'estate del 1981, più che mai smaniosa di divertirsi dopo l'anno di timori irrazionali provocate dal giornalista che la cercava e dal tentato golpe, fece una passeggiata sul Guadalquivir con Cefe, che poi la portò ad assaggiare la coda di toro al Bodegón Torre de Oro, un ristorante enorme con dehors che serviva una cucina tradizionale andalusa.

«Siviglia ti fa bene. Hai preso qualche chiletto» le disse Cefe dandole una leggera pacca sul didietro.

«Stai attento, ci vedono. Ti conoscono in tanti.»

«E chi andrebbe a dire una cosa del genere a Marisa?»

«Non si sa mai, contieniti.»

Stavano gustando un *gazpacho*, che ormai Aurora, dopo averlo guardato con diffidenza appena arrivata a Siviglia, apprezzava durante il caldo estivo, quando Clemente Domínguez, autoproclamatosi papa Gregorio XVII dopo la morte di Giovanni Paolo I, entrò nel ristorante con sei sacerdoti palmariani. Sfoggiavano le tonache disegnate da Aurora, che si nascose il più possibile per non essere vista.

Presto si rese conto che i palmariani, impegnati com'erano a gozzovigliare, non l'avrebbero notata. La cena romantica degli amanti si tramutò in una specie di spettacolo teatrale, animato dall'assurdità di quegli uomini vestiti da preti che bevevano fiumi di vino, fumavano sigari e chiedevano un'esibizione di flamenco. Al loro tavolo furono serviti sette agnelli interi ordinati da Clemente. Le risate e le voci aumentarono di tono e, quando Aurora e Cefe arrivarono al dolce, Clemente aveva toccato tre volte il culo di un giovane cameriere, che la terza volta aveva comunicato al suo capo che non avrebbe più servito al tavolo del Palmar. A un certo punto il ragazzo riprese il lavoro, non seppero se spronato da una ricompensa o da una minaccia. E Clemente ricominciò.

Erano talmente distratti dalla scena che non videro l'uomo seduto a un tavolo da quattro che, con la massima indifferenza, scattava foto con una macchina professionale.

Aurora e Cefe restarono seduti, ordinarono champagne e commentarono ogni particolare della pantagruelica cena della cupola di quella chiesa che si autodefiniva «tradizionale». Quando se ne andarono, papa Clemente stava ballando con l'aiuto dei compagni di baldoria della sua chiesa, che gli evitavano di finire a terra per la cecità e la sbronza.

Cefe e Marisa tornarono a Siviglia alla fine di agosto dopo aver trascorso il mese a Gijón.

«Sabato chiamiamo Aurora e andiamo a cena fuori?» propose Marisa al marito. «Non la vediamo da tutta l'estate.»

Cefe acconsentì, come sempre. Che sua moglie e la sua amante fossero amiche era più comodo di quanto avrebbe immaginato.

Il sabato successivo passarono a prendere l'amica, che avrebbe trascorso la notte a Siviglia, e andarono al Viejo Tito, dove Aurora aveva scoperto il petto di pollo alla Villeroy, un manicaretto che nelle Asturie di allora non si mangiava.

Si sedettero e non chiesero neppure il menu. Stavano parlando animatamente quando il cameriere condusse due coppie più o meno coetanee a un tavolo.

Non li notarono finché uno degli uomini, più per leggerezza che per cattiveria, si fermò e scherzò con Cefe.

«Ci rivediamo! Stavolta senza Papa-Gay-o» disse ridendo dell'appellativo, ormai famoso a Siviglia, che alludeva all'omosessualità del papa del Palmar.

Cefe non riuscì a rispondere.

«Non si ricorda? Quando è arrivato l'*empalmao* di Troya con il suo seguito al Bodegón Torre del Oro eravamo nel tavolo accanto al vostro» disse indicando Cefe e Aurora.

Stava per ridere della battuta trita, quando l'altro commensale intervenne.

«Mi scusi, credo che il mio amico vi abbia confusi con altre persone.»

«Ma figurati, come faccio a confondermi?» replicò. Ma quando si rese conto di aver fatto una gaffe, si corresse: «Magari sì. Scusatemi, pensavo... Niente, scusate».

«Anch'io avrei giurato che fossero loro, vero Carmela?»

disse una delle donne a voce alta, per assicurarsi di essere udita da Marisa.

«Precisi identici» ribadì la donna di nome Carmela.

Marisa guardò il marito e l'amica senza capire ciò che aveva udito.

«Siete andati a cenare al Bodegón mentre ero via?»

Aurora tacque.

«Figurati» disse Cefe, riprendendo il controllo. «E se avessimo visto papa Clemente te lo avremmo raccontato per filo e per segno. Ovviamente ci hanno preso per altre persone. Credo che quell'uomo sia andato a bere con gli amici prima di uscire con la moglie. È un po' brillo, non vi pare?»

«L'alcol rende certi uomini impertinenti» commentò Aurora.

«Sì, certo» ne convenne Marisa, guardando l'amica e il marito senza decidere se fidarsi o no.

Alla fine Marisa scelse la prima opzione. Non aveva senso diffidare del marito, che restava da solo due o tre settimane l'anno.

Dopo l'inopportuna intromissione, Cefe si preoccupò di condurre la conversazione, perché Aurora era più taciturna del solito e Marisa anche. Per fortuna il tavolo dei delatori era lontano e non dovettero incrociare i loro sguardi.

Dopo il dolce Cefe chiese il conto e Marisa andò in bagno.

«Devo andare via» disse Aurora a Cefe. «Non posso restare a casa vostra dopo questa cosa.»

«Dopo questa cosa devi per forza rimanere, quindi ti prego, fai la faccia allegra e fai finta di niente, perché sembri una che è andata a un funerale. E vai in bagno con Marisa, visto che ci andate sempre insieme. Mia moglie non è malfidata, ti dico che non ha sospetti nonostante le parole di quella malalingua impicciona. Ma se ti vede strana o se non resti a dormire, si insospettirà. Non è stupida.»

Aurora diede retta a Cefe e andò in bagno, ma quando passò dal tavolo dei delatori riuscì a sentire con chiarezza una delle donne che la insultava.

«Che puttana.»

Non si disturbò a voltarsi né a rispondere, ma cambiò direzione: tirò dritto superando il bagno, comprò un pacchetto di Winston alla macchinetta e chiese da accendere al bancone. Non fumava dall'ultima volta che era stata con Ramona, il giorno in cui si erano salutate per sempre.

Florita, 1995

Florita lasciò il mestiere a cinquantaquattro anni, con un appartamento di proprietà e risparmi sufficienti per mantenersi fino al momento di entrare in una residenza. Era contenta. Non era ciò che aveva sognato, perché una bambina non sogna di vendere il proprio corpo per denaro né di essere giudicata per quello, ma era convinta di avere optato per la migliore delle alternative a sua disposizione, e non se ne pentiva. Aveva il futuro garantito, era andata in pensione ancora giovane ed era contenta di lasciare una professione che, dopo l'allontanamento di Augusto, era sempre meno sicura.

Augusto era durato per un decennio, finché Florita aveva compiuto cinquant'anni, anche se il motivo della rottura non era stato quello, bensì un incidente d'auto che lo aveva ridotto in fin di vita per due mesi. Dopo l'esperienza si era ritirato nel suo paese natale, nelle Rías Baixas, e aveva deciso di non rientrare a Oviedo. Al posto di un anello, Augusto le aveva regalato un lingotto d'oro. Le era arrivato tramite un corriere, e qualche minuto dopo aveva ricevuto la sua chiamata.

«È per quando andrai in pensione, e spero che lo farai presto, perché sei anziana per fare la puttana e l'offerta e sempre più ampia: le ragazze straniere fanno di tutto, davvero di tutto, e si fanno pagare a ore.»

«Non sono una puttana. Sono una mantenuta. Era parte del nostro accordo.»

«Il nostro accordo è finito.»

«Ne hai una più giovane?»

«Non ho più nessuno, solo mia moglie. Tu ne compi cinquanta, ma io ne ho venti di più.»

«Ti facevo più giovane.»

«Se fossi stato più giovane, non sarebbe durata così tanto, Florita. Sei ancora ingenua, nonostante le rughe.»

«E sei sposato. È la prima cosa che so di te. Non mi hai mai detto neppure cosa fai né se hai figli.»

«Non c'è bisogno che tu lo sappia.»

«Dimmi almeno una cosa: Augusto è il tuo nome vero?»

«Ovviamente no, l'ho scelto quando ti ho ingaggiato dopo Julio, che non si chiama così neanche lui, ma ha cominciato a vederti a luglio. Fai attenzione, mi raccomando. Alla fine mi sono affezionato a te, che cosa assurda!» disse prima di riattaccare.

Florita non sentì la mancanza di Augusto, bensì della sicurezza economica che le garantiva. Passò mesi a cercare un nuovo amante, come preferiva chiamarli, ma non lo trovò. Era una bella donna ed era invecchiata bene, ma gli uomini ricchi non erano più interessati alle mantenute, meno che mai cinquantenni. Quindi Florita fu costretta a guardare in faccia la sua situazione e mise un annuncio personale sui giornali locali: «Sottomessa matura per uomini seri e di classe. Appartamento di proprietà».

Dopo alcuni incontri sporadici si procurò diversi clienti fissi, ma non guadagnava neanche un quarto di quello che incassava con Julio e Augusto.

Al primo incontro con i clienti aveva sempre paura, paura che fossero sadici o psicopatici come era capitato ad altre donne. Temeva di aprire la porta a un pazzo e di essere uccisa a casa propria, senza nessuno che potesse soccorrerla. Ma fu proprio un cliente fisso a procurarle il più grande spavento della sua vita. Un giorno che era stato seguito.

Era una notte di festa, dopo la vittoria dell'Oviedo con il Real Madrid al termine di una partita combattutissima, finita 3-2 al Carlos Tartiere il 14 maggio. Quella domenica la confusione e i clacson nelle strade davano agli abitanti la sensazione di una grande celebrazione. Battere il Madrid era un risultato storico.

Ernesto, un elegante avvocato vedovo che la trattava con rispetto anche durante il servizio, arrivò alle dieci come avevano stabilito. Lo vide nervoso.

«Cosa c'è? Tutto bene?» gli domandò Florita.

«Per niente. Ho scommesso sul Madrid.»

«Hai perso molto?»

«Se fosse solo il Madrid, non sarebbe un problema. È un periodo nero. Mi faresti credito, oggi? La prossima volta ti pago doppio, te lo prometto.»

Proprio allora suonò il campanello.

«Non aprire. Non fare rumore» le disse Ernesto.

«Lasciami almeno andare a vedere chi è.»

Non ce ne fu bisogno. Nel giro di qualche secondo tre uomini enormi con la faccia poco raccomandabile forzarono la porta, che non era chiusa a chiave. Uno le legò le mani e gli altri due presero a calci Ernesto, al punto che Florita temette per la sua vita. Quando ebbero finito e controllato la casa in cerca di altri occupanti, il terzo uomo disse: «Servitevi, se volete. È una puttana. Le piace il sadomaso».

Gli altri due la guardarono e scossero la testa.

«È vecchia, andiamocene.»

Florita rimase lì, legata a una sedia, con Ernesto a terra che si contorceva per il dolore, il viso coperto di sangue.

«Non chiamare la polizia» la supplicò lui, vedendo che Florita tentava di avvicinare la sedia al telefono.

Fu l'ultimo cliente che Florita ricevette.

Il giorno dopo tolse l'annuncio dal giornale e fece portare via l'arredamento della stanza. Tolse le tende che schermavano la luce e un imbianchino riportò le pareti al bianco originale. A quel punto contattò un'agenzia immobiliare e mise in vendita l'appartamento. Una volta prese le decisioni importanti, chiamò il padre e prenotò un volo per Malaga, dove l'uomo andò a prenderla.

«Mi sono prenotata un albergo. Non voglio disturbarvi, ma avevo voglia di vederti e di passare un po' di tempo con te» gli disse.

Florita restò con il padre e la moglie a Estepona fino alla fine dell'estate. Pescò polpi, ballò il flamenco con i vicini e mangiò nei chioschi. A settembre tornò abbronzata, rilassata e decisa a stabilirsi a Gijón, dove nessuno avrebbe sparlato di lei, dove sarebbe stata una donna anonima e le vicine non avrebbero spettegolato su chi entrava e usciva da casa sua, visto che considerava quella fase della sua vita ormai conclusa.

«Non vuoi restare qui?» domandò il padre.

«Tu hai una vita e io sono solo un disturbo. E nelle Asturie ho un'amica che sente la mia mancanza quando non ci sono. Il flamenco e le chitarre vanno bene per una vacanza, ma non fanno per me. Cerca di essere felice con tua moglie.»

«Non ci resta molto. Alicia è malata. È questione di mesi, un anno al massimo. Metastasi.»

«Mi dispiace tantissimo, papà! Approfitta del tempo che vi rimane e poi vieni da me a Gijón. Cercherò un appartamento grande abbastanza per tutti e due.»

Suo padre sorrise e assentì, ma qualcosa disse a Florita che non sarebbe mai accaduto. Non volle chiederlo alle carte, ma non poté impedire che accadesse l'inevitabile: il padre morì poco tempo dopo. Le metastasi al fegato, ai polmoni e alle ossa le aveva lui. Quando raggiunsero il sistema nervoso non gli diedero scampo. Tre mesi dopo il rientro della figlia nelle Asturie.

Aurora, 1985

Aurora pagò la solitudine che si autoimpose a Siviglia con la disillusione.

Si cuciva i vestiti; quando le mancava un centimetro a una gonna, la allargava, e se non c'era più tessuto all'interno, la disfaceva e ne confezionava una nuova. Durante l'estate si abituò a portare vestiti ampi per sopportare il caldo, e continuò a usarli in inverno per arginare le vampate della menopausa. Senza terapia ormonale e senza intenzione di infrangere l'anonimato andando da un medico che l'aiutasse ad affrontare le conseguenze che quella fase della sua vita riversava sul suo corpo, si arrangiò come poté: se sudava si cambiava, metteva un vestito pulito e tornava a cucire; se aveva un attacco di fame o di ansia, mangiava tutto quello che voleva e tornava alla macchina per cucire.

Il giorno in cui Cefe la lasciò, Aurora non era del tutto consapevole dei venti chili che aveva messo su dall'arrivo a Siviglia. Erano solo i primi, perché negli anni successivi ne avrebbe presi altri venti. Cinque soltanto quell'estate.

Cefe l'abbandonò ai primi di luglio del 1985, con una telefonata che le parve irreale come la macchina fantastica che in quel momento, sullo schermo del televisore, accorreva alla chiamata del suo pilota.

Sapendo che Marisa era partita per le Asturie il giorno prima, aveva preparato la valigia e riposto il cucito, pronta a trascorrere con Cefe le settimane in cui sarebbe stato da solo a Siviglia, come facevano dall'estate in cui si erano conosciuti.

Non si preoccupò che Cefe tardasse; di sicuro aveva avuto qualche contrattempo al lavoro. Quando suonò il telefono, immaginò che la chiamasse per avvisarla del ritardo, visto che, oltre a Marisa, era l'unico a conoscere quel numero. Era Cefe, su quello aveva indovinato, ma non sul motivo della chiamata.

«Quest'anno non vengo a prenderti» le disse. «Mi è spuntato un impegno.»

Aurora capì che c'era qualcosa che non andava.

«Impegno? Non sarà mica un'altra donna?»

«Certo che no.»

«Qual è il problema? Non ti piaccio più?»

«No, certo, ma sei molto diversa dalla donna che è arrivata a Siviglia otto anni fa. Non eri giovane neanche allora, ma che tipo!»

«Sono cambiata così tanto?»

«Be'» rispose, tranquillissimo. «Sei diventata enorme.»

Oltre a continuare a mangiare, dopo anni passati a sentirsi sudata marcia appena uscita dalla doccia per le vampate, da quel momento in poi si abituò anche a lavarsi poco. L'arrabbiatura con Cefe e con sé stessa perché soffriva per lui non contribuì. Non aveva motivo per curarsi e sistemarsi, e lungi dal migliorare le sue abitudini, le peggiorò. Sentiva la mancanza della figlia. Dopo che Águeda era andata a trovarla a Siviglia e si era scontrata con il rifiuto della madre e con la verità sul suo concepimento, non voleva saperne di lei.

La stizza non impedì ad Aurora di continuare ad andare alle funzioni religiose con la coppia come aveva fatto fino ad allora. Erano gli unici giorni in cui si faceva la doccia e si sistemava un po' per evitare che anche Marisa la rifiutasse, visto che Cefe approfittava delle visite di Aurora per lasciare da sole le due donne.

«Di sicuro dovete parlare delle vostre cose.»

«Vieni a berti un *rebujito* con noi!» propose una volta Marisa, dopo aver spiegato ad Aurora di cosa si trattava. «È una nuova bevanda, a base di vino bianco manzanilla e Sprite. L'ho assaggiata l'altro giorno e non immagini che delizia!»

Cefe, come faceva spesso, rifiutò la proposta.

«Sono tanto grassa?» domandò Aurora a Marisa dopo due *rebujitos*.

«Sei sempre bella.»

«Non è una risposta.»

«Guarda il lato positivo: se qualcuno viene a cercarti, non ti riconosce.»

«Quelli che mi cercavano non sono più interessati a me.»

Marisa assentì in silenzio senza sospettare che si riferisse al marito. Bella com'era quando è arrivata! pensò, e sentì per Aurora un misto di rivalsa e compassione.

«Sai cosa?» disse ad Aurora, più per convincere sé stessa che l'amica. «È un sollievo. I chili e gli anni tengono gli uomini lontani: si vive meglio senza di loro.»

17

Ana, 1992

Il primo viaggio che facemmo con Carlos fu all'Expo di Siviglia, un anno dopo il ritorno della nonna Aurora a Oviedo. Avevamo già fissato la data del matrimonio l'anno successivo, e mia suocera riteneva conveniente che accompagnassi il mio fidanzato. L'azienda di famiglia era tra quelle che avevano ottenuto l'appalto per la costruzione e il montaggio dell'esposizione e mio suocero avrebbe partecipato all'inaugurazione. La prima cosa che mi colpì fu l'AVE, molto più pulito, veloce e moderno del Talgo che prendevo da Madrid a Oviedo e da Oviedo a Madrid. Era primavera, nel mese di aprile, e Siviglia mi parve una città magnifica. Con una temperatura come quella delle Asturie in estate e il sole sempre nel cielo, mi sembrava normale che i sivigliani avessero sempre voglia di ballare e cantare.

Sentire le campane di tutta Siviglia che suonavano all'unisono e vedere il cielo pieno di colombe e palloncini con le bandiere mi emozionò, ma quando visitai l'Expo mi colpì la portata degli affari della famiglia con cui mi sarei imparentata. Mi sentii piccolissima e insieme molto fortunata, come Cenerentola quando il principe la presenta ai sudditi.

L'Expo mi impressionò: una cosa era studiare le grandi opere architettoniche e un'altra vedere quel dispiegamento temporaneo di costruzioni all'avanguardia. Il Padiglione delle Asturie, pur non essendo tra i più spettacolari, mi piacque.

Ammirai la facciata ricoperta di rame ossidato e gli orsi che abbracciavano gli altissimi pilastri che assomigliavano agli alberi dei boschi cantabrici, anche se mi stupì l'assenza di riferimenti alle miniere. In realtà, come quasi tutti gli asturiani che non venivano dal bacino minerario, le conoscevo solo per sentito dire, ma pensai a quanto si sarebbe arrabbiata la nonna Aurora se fosse stata lì e non avesse visto il carbone da nessuna parte. Quel pensiero mi divertì e mi fece sentire più sicura, come se avessi ritrovato un pezzetto di casa mia.

Fu una giornata meravigliosa, in cui accompagnai Carlos a tutti gli impegni del padre. Non avemmo un momento per stare soli fino alla sera. Avevamo due camere prenotate, ma Carlos e io ne usavamo solo una. A mia suocera importavano le apparenze, non ciò che facevamo nell'intimità. Non era la prima volta che andavamo a letto insieme, avevamo cominciato pochi mesi dopo il nostro incontro, ma fu la prima volta che si ruppe il preservativo.

«Merda, merda, merda» esclamò Carlos. «Si è rotto! Durex di merda, vaffanculo!»

Rimasi sdraiata sul letto mentre lui, in piedi, continuava a imprecare.

«Non si è rotto un pochino, si è strappato completamente!»

«Se vuoi posso provare a saltellare» scherzai, sperando che si calmasse.

Non mi sembrava così grave; ci saremmo sposati e avevamo intenzione di fare figli subito, in modo che io potessi cercarmi un lavoro senza poi doverlo interrompere. Restare incinta non mi sembrava così terribile, ma quando lo dissi a Carlos, lui mi guardò come se fossi ritardata.

«Ci serve la pillola del giorno dopo.»

«Qui? E dove ce la procuriamo? Ci vuole la ricetta.»

«Ci saranno dei consultori, immagino.»

«Dove?»

«Puoi pensare a una soluzione e smetterla di remare contro?» mi disse, arrabbiato.

«Restare incinta non è così probabile.»

Faticai un bel po' a convincere Carlos che non aveva senso impiegare i due giorni che avremmo trascorso in città a cercare un consultorio. Tra l'altro non avrebbe potuto saltare i suoi impegni lavorativi senza fornire spiegazioni ai suoi genitori su un'eventualità remota di gravidanza. Carlos non vedeva l'ora di mostrarsi alla destra del padre, chiaro indizio di chi sarebbe succeduto a don Carlos Fresno negli anni.

Il problema si presentò quando la possibilità remota si trasformò in un test di gravidanza positivo, il mese dopo.

Quando vidi le due righe rosa nel bagno della residenza per studenti, mi tremarono le gambe. Mi sentivo troppo giovane per diventare madre, ma mi preoccupava soprattutto che Carlos reagisse male.

«Vaffanculo, Ana, vaffanculo.»

Quando mi propose di interrompere la gravidanza, pensai che si fosse pentito e non volesse più sposarmi.

«Comunque ci sposeremo!»

«Proprio per questo. Prima il matrimonio, poi i bambini.»

«Sarebbe così terribile fare il contrario? E se anticipiamo il matrimonio?» domandai, per trovare una soluzione.

«Sai quanto costa prenotare una data a Los Jerónimos? È un matrimonio, è già stato annunciato, non si cambia giorno. Le cose non si fanno così. Non è il momento giusto per avere un figlio.»

«Mi ami?» gli chiesi, più volte.

«Certo che ti amo: ti sposo. E avremo dei figli. Ma dopo, una volta sposati.»

Mi opposi all'aborto. Lui insisteva che era la cosa migliore e che avremmo avuto dei bambini più avanti. Arrivò persino a darmi la colpa della gravidanza. Ma non cedetti.

Carlos aspettò ventiquattr'ore prima di dirlo a Paloma, la mia futura suocera, che quella domenica mi avvicinò al club e mi parlò senza peli sulla lingua.

«Se questo bambino nasce, tu non sposi mio figlio. Scegli. Che tu sia povera, passi. Ma se avessi un bambino, sembreresti una puttanella da quattro soldi che ha incastrato mio figlio. Carlos non sposerà una ragazza madre. Tu ti sposi vestita di bianco come una vergine. Nessuno pensa che le spose siano vergini, ma la gente non vuole vedere correre per la chiesa la prova vivente che non lo sono. Quando ti sarai sposata, avrai tutti i figli che vuoi.»

Mi accompagnò in clinica per abortire. Dopo l'intervento rimasi per tre giorni a casa sua, finché l'emorragia si arrestò. Non stavo male, ero solo un po' debole, ma esaurita dal punto di vista emotivo. Ogni mattina mi convincevo di aver preso la decisione migliore, l'unica per non rovinarmi il futuro, ma ogni notte mi perseguitavano gli incubi di un neonato che si dissanguava e mi chiamava. E io, in piedi, lo guardavo senza muovermi finché smetteva di urlare e mi svegliavo. In quei giorni mi sentii molto sola. Non lo dissi a mia madre. Ma sentii la sua mancanza. Avrei voluto essere a casa mia, nel mio letto, a farmi accudire da lei.

A poco a poco gli incubi mi diedero tregua. Dimenticai il figlio che non avevo avuto, o piuttosto non mi permisi di pensarci, e mi concentrai sul matrimonio e sulla vita da sogno che mi aspettava accanto a Carlos. Per un periodo fui entusiasta e felice, ma gli incubi tornarono anni dopo, quando persi il primo figlio che partorii e il senso di colpa mi convinse che Dio mi avesse punito per l'aborto.

Aurora, 1989

Il rapporto tra Aurora e Marisa prese la strada della fine il giorno in cui Marisa sentì il bisogno di fare volontariato per riempire il vuoto che avvertiva dopo aver venduto l'attività ed essersi lasciata alle spalle la vita lavorativa. Non aveva diritto a una pensione perché aveva lavorato per tutta la vita nell'impresa di famiglia, intestata soltanto a Cefe. Quando avevano aperto l'attività, lei era una donna sposata e non si poteva fare altrimenti. In seguito, quando avrebbero potuto cambiare le cose, non ci avevano pensato. Marisa non aveva mai versato i contributi per le interminabili giornate lavorative del periodo in cui avevano aperto il magazzino, né per gli anni che erano seguiti, a volte più leggeri, a volte meno, secondo i tempi. Per quello, al momento della pensione, prese atto che a livello legale aveva solo fatto la casalinga e cresciuto il bambino, cosa peraltro vera, e che il suo lavoro in azienda non figurava da nessuna parte.

«Sai, Cefe? Abbiamo molte cose per cui rendere grazie a Dio. Abbiamo fatto una bella vita» disse al marito mentre guardavano la televisione dopo cena, durante un'interruzione pubblicitaria.

«Perché parli al passato? È successo qualcosa? Stai bene?»

«Sì, sì, non ti spaventare. Voglio solo dire che le cose ci sono andate bene, abbiamo un figlio meraviglioso, nessun problema economico, un matrimonio felice, e adesso cominciamo una nuova fase.»

«Come sei filosofica» rispose, sollevato. «Cos'hai in mente?»

«Mi piacerebbe restituire qualcosa alla società. Contribuire a migliorare il mondo.»

«Vuoi adottare un bambino del Terzo mondo o cose del genere? Quanto costa?»

«Possiamo fare anche quello, certo, ma vorrei fare la volontaria alla Caritas per aiutare i poveri, i sivigliani di nascita e di adozione. Questa città è piena di problemi. Sai quanti bambini soffrono la fame nelle Tres Mil Viviendas?»

«Assolutamente no. Ti proibisco categoricamente di mettere piede in quel posto.»

«Ma no, no. Non andrò nel quartiere, non sono impazzita, ma parte di quello che raccoglie la nostra parrocchia viene devoluto alla Jesús Obrero, la chiesa di quella zona, che aiuta molto la gente.»

«Va bene, se lo fai in parrocchia e la cosa ti rende felice, sono contento anch'io. Comincia *L.A. Low, Avvocati a Los Angeles*» disse Cefe, interrompendo il discorso.

Così Marisa cominciò a collaborare con la Caritas, dove incontrò Sagrario, che non riconobbe. Ma Sagrario riconobbe lei, dal momento che aveva parlato molte volte con il marito e con l'amica di quella povera cornuta seduta al tavolo con il marito e la sua amante.

Ana, 2014

Alba si sentì invadere da un'emozione incontenibile quando fu consegnato il Nobel a Malala Yousafzai. Era entusiasta. Una donna di diciassette anni, uno meno di lei. E per di più pachistana, non americana né tedesca né di altri Paesi occidentali in cui le donne avevano ottenuto una serie di diritti e avevano accesso all'università, alla vita lavorativa e a tante altre cose impensabili in alcune società, a partire da quella di Malala. Era premiata proprio per quello, per aver difeso il diritto delle bambine allo studio. E soprattutto perché le avevano sparato alla testa per averlo fatto.

Quando Alba sentì Malala Yousafzai che diceva: «Non racconto la mia storia perché è unica, ma perché non lo è» capì che avrebbe voluto fare la stessa cosa. Non aveva una storia come quella di Malala, ma comprese che avrebbe potuto dare voce alle storie di altre persone.

Voleva condividere la sua gioia con qualcuno e cercò la madre per tutta la casa. Non la trovò e si diresse verso lo studio del padre, una stanza in fondo al secondo piano alla quale non si avvicinava mai nessuno. Lì, nel corridoio, davanti alla porta chiusa, trovò la madre.

Quando Ana la vide arrivare, si portò l'indice alla bocca per raccomandarle di non fare rumore.

Alba si avvicinò in silenzio.

«Stai spiando papà?» sussurrò.

Ana si strinse nelle spalle.

Non stava spiando Carlos. Era andata a cercarlo in studio per domandargli a che ora pensava di andare al club, ma quando stava per aprire la porta, lo aveva sentito parlare ad alta voce e si era fermata per non interromperlo. Aveva capito che discuteva al telefono con Paloma.

«No, mamma, non pensarci neanche. Ana non è mai venuta meno ai suoi doveri di madre» diceva Carlos.

Ana rimase paralizzata dietro la porta. Esattamente dove l'aveva trovata Alba. Non poteva sentire la risposta di Paloma, ma la immaginava in base alle parole di Carlos.

«Jesús è ancora piccolo e Carlos è un adolescente immaturo a cui manca solo una cosa del genere per rischiare di fare qualche stupidaggine. E Alba, be', Alba è Alba. Voglio che gli avvocati stilino il documento attenendosi all'accordo prematrimoniale, ma non voglio lasciarla per strada né toglierle Jesús. Ho intenzione di continuare a garantirle una vita dignitosa.»

Carlos tacque di nuovo. Alba rivolse uno sguardo interrogativo alla madre e Ana scosse il capo, per comunicarle che non sapeva di che cosa parlasse.

«Sono i miei figli, mamma, quindi fai quello che ti ho chiesto. Per favore. Il divorzio sarà già abbastanza drammatico. Non voglio andare in tribunale né trasformarlo in una telenovela, quindi quando gli avvocati avranno preparato il documento, fammelo avere e prenderò una decisione.»

Ana corse via e Alba le andò dietro.

«Stai bene, mamma?»

Ma Ana non voleva parlare con la figlia. Alba restò confusa e senza risposte mentre la madre si chiudeva in camera a chiamare Águeda.

«Carlos vuole divorziare» disse non appena le rispose la madre.

«Che stupidaggine! Ma figurati. Se si è comportato benissimo con me.»

Ana non ricevette l'aiuto di cui aveva bisogno perché Águeda si rifiutò di accettare ciò che le diceva la figlia. Uscì in cerca della donna più forte che conosceva: Beba. Era il giorno del club. Beba era lì. Passò un po' di tempo prima che riuscisse a restare da sola con lei e, quando finalmente poté farlo, scoppiò a piangere. Beba minimizzò.

«È meglio che tu non tragga conclusioni da una conversazione che hai ascoltato per metà da dietro la porta. Ne hai parlato con Carlos?»

«No, ovviamente no» replicò Ana, con decisione. «Sei matta? Non voglio semplificargli la vita. Se alla fine mi chiedesse il divorzio, tornare indietro sarebbe più difficile. Io non voglio che mi lasci. Non so vivere senza di lui e non voglio che Jesús cresca senza il padre: già sta poco a casa, ma almeno non deve vederlo due fine settimana al mese. E Carlitos? Ha un'adolescenza difficile. E questo peggiorerebbe le cose.»

La conversazione che Ana temeva non avvenne. Almeno non in quel momento. Si aspettava che Carlos le chiedesse il divorzio, ma lui non ne fece menzione e lei non volle indagare. Con il passare dei mesi, divenne più fiduciosa e preferì pensare di aver frainteso ciò che aveva sentito.

Neppure Alba parlò con il padre; né con la madre. Canalizzò la propria ira e la propria frustrazione in un omaggio a Malala nella prima esposizione che organizzò: un'installazione nel parco del Retiro fatta con oggetti che simboleggiavano in un modo o nell'altro l'oppressione femminile. L'opera la portò dritta in cella quando decise di darle fuoco. Per fortuna Ana si era rifiutata di prestarle la vecchia Singer senza sapere che la stava sottraendo al crudele destino di essere ridotta in cenere come gli altri oggetti che Alba aveva destinato al fuoco.

Aurora, 1991

Sagrario, compagna di Marisa alla Caritas e testimone della relazione tra Cefe e Aurora tempo prima, impiegò due anni a svelare ciò che aveva visto. Lo fece quando Marisa le parlò di Aurora.

Avvenne un giorno in cui discutevano dei bambini del Palmar mentre smistavano i vestiti e i cibi a lunga conservazione nel magazzino della Caritas.

«Del circo del Palmar non m'importa» disse una volontaria. «Anzi, non è vero, forse mi vergogno che quei fanatici eretici siano di qui, proprio di Siviglia. Con tutte le belle tradizioni e la fede autentica che abbiamo! Ma questa cosa dei bambini non mi va giù. Il governo dovrebbe fare qualcosa.»

«Cosa succede ai bambini?» domandò Marisa.

«Li imbacuccano anche in agosto e censurano i libri. Siccome vanno alla scuola del paese, i maestri non sanno cosa fare. I palmariani strappano le pagine che non considerano appropriate. Voi eravate fornitori di Clemente e compagnia, vero?»

«Be', sì» rispose Marisa, sulla difensiva. «Ma noi abbiamo sempre servito tutti i clienti allo stesso modo, non abbiamo mai chiesto chi erano né cosa facevano. Con i palmariani non abbiamo niente a che spartire. Tra l'altro la mia migliore amica, che vive a El Palmar, viene a passare il fine settimana da noi una volta al mese e non mi ha detto niente. Magari state esagerando.»

«I quattrini sono più potenti della fede» disse la sua interlocutrice.

Marisa non volle cogliere l'allusione. Sagrario ne approfittò per avvicinarsi.

«La tua amica è palmariana?»

«È una sarta» rispose, secca, pronta a un altro attacco.

«E le piace vivere a El Palmar? *Quilla*, brutto com'è!»

«Non me ne parlare. È il primo posto che ho visto quando sono venuta a Siviglia. E all'epoca era molto peggio. La mia amica vive nella prima casa che abbiamo avuto. Adesso guadagna bene, ma preferisce restare lì. Ognuno fa quello che vuole.»

«Non è di lì, quindi?»

«Ma no! Viene dal nord. El Palmar non le fa bene. Quando è arrivata era una donna bellissima. Attirava gli sguardi.

E indossava vestiti stupendi perché cuce benissimo. Ma se la vedessi adesso! Ha smesso di tingersi, ha i capelli bianchi, porta tuniche come quelle di quel Demis Roussos, ed è diventata talmente grassa che sembra una vecchia.»

Sagrario continuò a estorcerle informazioni e la settimana dopo, alla stessa ora, si presentò con un album di fotografie.

«Guardate che cosa ho portato» annunciò. «Vi ricordate quello di cui abbiamo parlato la settimana scorsa? Le suore e i fedeli del Palmar devono patire, anche se sono bambini, ma guardate cosa fanno papa Clemente e il suo seguito. Queste foto le ha scattate un amico che è un giornalista del *Correo de Andalucía* e non esce mai senza la macchina fotografica. Stavamo cenando con lui e sua moglie, quando le ha fatte.»

Sagrario fece in modo che Marisa vedesse le foto in cui si distinguevano con chiarezza Cefe e Aurora al tavolo insieme.

A Marisa ci vollero due settimane per passare dalla negazione all'ira e presentarsi alla casa del Palmar. Trovò Aurora che cuciva con la macchina elettrica dei vestiti da bambina che le avevano ordinato per la domenica delle Palme.

«Che sorpresa? Cosa ci fai qui?»

«Sei sola?» domandò Marisa.

«E con chi vuoi che sia? O sola o con le mie aiutanti, ma preferisco che cuciano a casa loro piuttosto che da me. Non ho la pazienza di seguirle.»

«Cos'hai combinato nelle Asturie per essere costretta a nasconderti per tutti questi anni?» domandò Marisa, con una voce talmente piena di rabbia da far capire ad Aurora che la loro amicizia era finita.

Cercò il pacchetto di sigarette, ne prese una e, senza offrirla a Marisa, l'accese.

«Cosa c'è?» domandò alla fine.

«Per quanto tempo ti sei scopata Cefe? Adesso immagino che tu non lo faccia più, perché mio marito ha troppo buon gusto per sbattersi una palla di lardo vecchia e brutta come te.»

Aurora fece un tiro dalla sigaretta, ma non si scompose.

«Mi dispiace, mi dispiace davvero» disse infine.

«Non mentire, ti dispiace solo che io lo abbia saputo.»

«Non ho mai voluto farti male.»

«Non ti montare la testa, non hai il potere di farmi del male.»

«Cosa vuoi, allora? Perché sei venuta? Da un sacco di tempo, come hai detto, Cefe non mi tocca neanche con un bastone.»

Marisa rise amaramente.

«Ti ho sempre trattato come una sorella e mi ripaghi così? Andando a letto con mio marito? Non potevi trovartene un altro?»

Aurora si strinse nelle spalle e scrollò la cenere nella tazza con i resti del suo ultimo caffè.

«Tuo marito non ti è mai stato fedele.»

«E continua a non esserlo, credi che non lo sappia? Ma va con le puttane! Non con la mia amica!»

«Cosa vuoi da me? Cosa ti aspetti che faccia?»

«Voglio vederti soffrire. Perché sei una traditrice svergognata rubamariti.»

«Quel che è fatto, è fatto.»

«Voglio vederti in carcere. Ecco cosa voglio. Se ti sei sepolta in questo buco per oltre un decennio, devi averla fatta davvero grossa.»

Aurora fece un ultimo tiro e spense la sigaretta.

«Non ti vendicherai, in questo modo» disse infine. «Da anni non sono più preoccupata. Sono rimasta perché stavo bene e perché non so dove andare.»

«Da tua figlia e tua nipote. Non sei tornata da loro per paura. Chi rimarrebbe da solo qui per piacere? Non me la bevo.»

«Ti sbagli, ma su una cosa hai ragione: è ora che torni. È stato un piacere conoscerti. E anche Cefe.»

Marisa ebbe un attacco d'ira e si avventò su di lei urlando «Ti cavo gli occhi, troia». Aurora retrocesse, sorpresa dall'aggressione, ma non poté evitare che l'altra la prendesse per i capelli con la forza della rabbia e la colpisse più volte con la borsa. Si difese piantandole le unghie nel braccio, ma Marisa era talmente fuori di sé che continuò a prenderla a borsettate mentre Aurora cercava di proteggersi come poteva dalla pioggia di colpi. Finché Marisa si sentì ridicola e la lasciò andare, si sistemò i vestiti e uscì lasciandola a lamentarsi, in lacrime.

«Cosa ti sei fatta al braccio? Hai lottato con un gatto?» le domandò Cefe qualla sera quando vide i graffi sulla pelle della moglie.

Marisa lo guardò con un'ira che cancellò il sorriso dalle sue labbra e gli rispose piano, come se masticasse le parole: «Il gatto era una gatta, una gatta grassa, e ne è uscita molto peggio di me».

Cefe intuì che la gatta si chiamava Aurora, e capì che la cosa migliore che potesse fare era tacere.

Ana, 2010

Beba impiegò cinque mesi a sposarsi e cinque anni a divorziare da Juan Camilo, un colombiano senza documenti, bello da morire, tanto simpatico quanto povero. E vent'anni più giovane di lei, che l'anno dopo avrebbe compiuto cinquant'anni.

La cerimonia civile fu celebrata al club, con gli amici intimi, in un'atmosfera allegra e per nulla tradizionale. Oltre alla bella festa, Juan Camilo si assicurò i documenti e Beba la prospettiva di fare sesso senza protezioni diverse volte la settimana.

«Che uomini avete in Spagna, se devi garantirti il sesso con un contratto? Io, amore mio, te lo do tutti i giorni, se vuoi, anche senza metterlo nero su bianco» diceva Juan Camilo, sinceramente sconcertato da una simile richiesta.

Lo sposalizio inusuale divertì Carlos; non altrettanto Ana, che ne fu scandalizzata.

«Non posso credere che Beba faccia una cosa simile, ragionevole com'è.»

«Non è una cosa irragionevole.»

«È una follia.»

«Si finisce per assimilare tutto. Cominci a somigliare a tua suocera. Lascia che Beba si goda la vita, non vedi com'è felice?»

«Certo, ma doveva proprio sposarselo? Non sono riuscita a vederla prima del matrimonio.»

«Perché volevi vederla?»

«Per farla ragionare.»

«Ragionare?»

«Non fare lo stupido. È chiaro cosa vuole quel ragazzo da lei.»

«Sei posseduta dallo spirito di mia madre» insistette Carlos.

«Davvero l'approvi? Non vedi che si è bevuta il cervello?»

«Vedo solo due persone che si sposano e ci guadagnano entrambe. Come in tutti i matrimoni.»

«Quindi l'amore non esiste, sposarsi è una questione di affari, di dare e avere.»

«Non si tratta di affari. Ma le due persone coinvolte devono migliorare la propria condizione da qualche punto di vista: spirituale, materiale o sessuale. Nei matrimoni che funzionano deve essere così. E durano solo i matrimoni che funzionano.»

«Cosa vuoi dire?»

«Guardati dentro, prima di giudicare gli altri» concluse Carlos, di malumore per i pregiudizi di Ana.

Beba fece la sua parte e Juan Camilo la propria. Si trasferì da Beba, che gli trovò un lavoro come trasportatore nell'azienda di una conoscente e lui se ne trovò uno da maestro di salsa nel fine settimana. In ogni caso lavorava meno di Beba e aveva il tempo di stare con lei mantenendo la sua parte del patto, e anche di uscire a bere con i compatrioti ogni tanto.

Beba imparò a ballare la salsa e Juan Camilo a coltivare le conoscenze. Quando Beba lo lasciò, lui lavorava come assistente di un membro del club, aveva conseguito la patente nautica per le imbarcazioni da diporto e stava prendendo la licenza PPL di pilota privato. La prima pagata da Beba. La seconda finanziata dal capo di Juan Camilo, che vedeva un grande potenziale in quell'uomo ambizioso, lavoratore e deciso a fare strada.

«Sono esterrefatta» disse Ana quando Beba le raccontò che avrebbe divorziato. «Hai speso una fortuna per tirarlo fuori dal fango e adesso che le cose cominciano a funzionare, se ne va?»

«Dal fango? Quale fango? Juanca aveva solo bisogno di un'occasione. E non se ne va, l'ho lasciato io.»

«Ti ha messo le corna? Sono tutti uguali.»

«Tutti chi? Gli uomini? I colombiani? Gli immigrati? I maschi giovani che sposano donne più vecchie? A chi ti riferisci, esattamente?» domandò Beba, un po' infastidita.

«A tutto. Sembra che tu voglia pure difenderlo.»

«Non hai ascoltato: l'ho lasciato io, Juan Camilo non voleva divorziare.»

«E allora perché lo lasci?» domandò Ana, incapace di capire.

«Per tuo marito» avrebbe voluto risponderle Beba, ma non lo fece.

Aurora, 1991

Aurora tornò a Oviedo durante la Settimana Santa, lasciandosi alle spalle le chiassose tradizioni sivigliane per una città dove la devozione si dimostrava con una sobria austerità. Il cielo grigio l'accolse all'uscita dalla stazione, alla fine del corso principale, che appariva serio ed elegante sotto la pioggia. Respirò l'aria umida, si sistemò il cappotto per percorrere a piedi i cinque minuti che la separavano dalla nuova casa di sua figlia. Nuova per lei, perché Águeda ci viveva da dieci anni.

La città era molto cambiata. I negozi a conduzione familiare avevano lasciato il posto alle catene, alcune strade erano state pedonalizzate, la pavimentazione esibiva con orgoglio lo scudo di Oviedo e gran parte dei palazzi d'epoca delle vie principali avevano recuperato gli antichi splendori, con le facciate in pietra pulite e sbiancate.

Le aprì la porta Ana, di ritorno a casa per le vacanze di Pasqua, e Aurora stentò a riconoscerla.

«Come sei cambiata! Quanto sei bella, bambina mia!» disse con un leggero accento andaluso. «Assomigli tantissimo a me quando ero giovane! Meno male, perché se avessi preso da tua madre...» disse alla nipote, che la guardava attonita mentre cercava di liberarsi dall'abbraccio di una nonna che non vedeva da quando era bambina.

Nel momento in cui Águeda vide entrare nella sartoria sua figlia e quella donna grassa e vecchia in cui riconobbe la madre, fece cadere a terra il gessetto blu con cui stava riportando il modello di un vestito sulla stoffa.

«Madre?» domandò.

«Che differenza! Non c'è paragone tra l'appartamento in cui abitavate e questa reggia in pieno centro. Vedo che hai investito bene l'eredità di Ferino» disse Aurora osservando la zona dedicata alla scuola e alla sartoria. «Ora vediamo se riesci a investire anche un po' su di te, che sei sempre uguale. Come sai le signore vogliono che la sarta sia un esempio di come staranno addosso i vestiti. Hai buone clienti?»

Águeda, muta, assentì con il capo. Senti chi parla di aspetto! pensò.

«Allora? Non vieni neanche ad abbracciarmi? Serpe in seno...»

Águeda abbracciò la madre con la goffaggine che deriva dalla mancanza di abitudine.

«Siete tornata per restare?»

«Sì, immagino di sì, almeno fino all'estate. Quando vengono i tuoi fratelli per le vacanze? Dovremmo organizzare un pranzo di famiglia tutti insieme. Hai venduto la casa di Turón?»

Águeda assentì di nuovo.

«Ho messo i soldi su un conto, per quando me li avreste chiesti.»

«Puoi tenerli, io non li voglio. Ma siccome non ho una casa, dovrò vivere qui. Sai che mi adatto e mi basta un angolino.»

In quel momento Jesús, in allarme per la visita, entrò nella sartoria e rivolse alla moglie uno sguardo interrogativo prima di avvicinarsi a salutare la suocera. Aurora vide la sua espressione e spazzò via i suoi dubbi.

«Ciao genero, resto da voi per un periodo. Se per te va bene, ovviamente. Di sicuro Águeda ha bisogno di aiuto con la sartoria. Se non l'avete notato, ho preso qualche chiletto, ma cucio sempre bene. Anche meglio, direi. E tu sai tagliare e fare i modelli, Anina?»

Ana scosse il capo.

«Studio architettura.»

«Meglio» riconobbe la nonna. «Le case rendono più dei vestiti. Cosa c'è? Vi è caduta la lingua? Forza, raccontatemi qualcosa. Sarà successo di tutto, qui. Allora, dopo che vi ha chiamato quel giornalista anni fa, non è più venuto nessuno a chiedere di me?»

«Né di voi né degli africani» rispose Jesús, ripresosi dal colpo. «Forza, datemi la valigia, che vi mostro la casa e la vostra camera. Águeda ve l'ha preparata appena ci siamo trasferiti, nel caso aveste deciso di rientrare. Nonostante gli anni, è ancora lì, pronta per il vostro ritorno.»

«Di che africani parlava papà?» domandò Ana alla madre quando Jesús e Aurora uscirono dalla sartoria per andare nell'appartamento.

«Ai tempi non ero ancora nata» rispose Águeda eludendo la domanda della figlia.

«Ho capito, le solite cose della guerra.»

Águeda, 1997

La notizia dell'omicidio a Siviglia di una donna per mano del suo ex marito, con il quale il giudice la costringeva a dividere la casa anche dopo aver denunciato i brutali maltrattamenti subiti per anni, commosse Águeda e Aurora che, come ogni sera, stavano guardando il telegiornale all'ora di cena. Secondo l'annunciatore l'uomo aveva cosparso la ex moglie di benzina e le aveva dato fuoco. Quindici giorni prima la vittima aveva denunciato a Canal Sur i sadici maltrattamenti che avevano subito per tutta la vita lei e i suoi undici figli. Lo spezzone della sua testimonianza trasmesso dal programma faceva venire la pelle d'oca.

«Dio mio, che orrore» disse Águeda guardando la crema di zucchine appena servita. «Mi è passata la fame.»

«Per cose del genere ci vorrebbe la pena di morte» disse Jesús, indignato.

«Ma figurati, in Spagna funziona tutto al contrario» disse Aurora. «Di sicuro se uno dei suoi figli lo fa fuori, finisce in carcere. Anche se siamo tutti dalla sua parte. Del figlio, intendo. Durante la dittatura la tua vita non valeva una lira e adesso viene fuori che non si possono toccare neanche gli assassini.»

«Be', non esageriamo, andava così nel dopoguerra, poi non più» rispose Jesús che in genere non esprimeva opinioni per non litigare con la suocera, ma quel giorno non aveva voglia di stare zitto.

«Gli ultimi li hanno fucilati nel '75.»

«Erano terroristi con le mani sporche di sangue. Non erano cittadini qualunque. O erano gente per bene, secondo voi?»

«Finocchio e pure sfacciato, il meglio del meglio» mormorò Aurora.

«Che cosa avete detto?» volle sapere Jesús, appoggiando il cucchiaio nel piatto.

«Smettetela!» sbottò Águeda. «Cosa c'entra adesso? Povera donna. Che vita di sofferenze. Sembra anche che i genitori di lei non volevano che lo sposasse.»

«Vado a prendere il secondo, perché questa roba non sazia per niente» disse Aurora alzandosi.

Quando tornò con un vassoio di lonza impanata, Águeda ricordò una cosa.

«Sapete, madre, che cosa si diceva della vostra amica Ramona in paese?»

«Di Ramona? Qualunque assurdità: *carbonera* rozza, piantagrane e altri insulti del genere.»

«Intendo la cosa del padre.»

«Quale padre?» Aurora aveva drizzato le antenne.

«Quello di Ramona e delle sue sorelle, ovviamente.»

Aurora si rilassò. Águeda non si riferiva a Frutos.

«Che l'hanno ucciso loro? Una volta ho sentito questa storia, anche se nessuno mi riportava i pettegolezzi, meno che mai su Ramona. Ma so che era un demonio, una bestia, un selvaggio e che le ha rovinato la vita. Tanto che la madre di Ramona aveva divorziato. Durante la Repubblica, ovviamente. Glielo avevano concesso per maltrattamenti, perché le aveva rotto la mandibola a pugni. Me l'ha raccontato Paulino.»

«Io ho sentito dire che quando nel '39 sono stati annullati i divorzi repubblicani, hanno dovuto riprendere il padre a casa, ma è durata meno di dieci giorni.»

«È successo prima che mi sposassi e frequentassi Ramona. Lei non me ne ha mai parlato.»

«Dicevano che lo hanno avvelenato e che il dottore, al corrente della situazione, ha avuto pietà di loro e ha dichiarato che era morto per un arresto cardiaco. Siccome in quel momento le autorità erano più interessate a catturare i comunisti che al padre di Ramona, a tutti è andata bene così.»

«E tu come hai saputo queste cose?»

«Perché lo raccontava Felisa, la vicina, quando voi andavate tutti i giorni al Servizio sociale e noi stavamo da lei.»

«Felisa, come no! Ne sai più di me, anche se mi sembra

strano che Ramona non l'abbia ucciso a pentolate. Ti dico solo che se l'ha fatto, non aveva scelta. Stando a Paulino, quell'uomo doveva essere un mostro. Forse non te lo ricordi, ma la sorella maggiore, Úrsula, se n'era trovato uno uguale. A volte sembra che la storia sia destinata a ripetersi, nelle famiglie. Ma Ramona ha conciato per le feste il cognato in miniera. Stava per farlo fuori a bastonate.»

«Felisa diceva anche che Ramona era uguale al padre, brutta, grossa e violenta. Io mi ricordo che aveva i capelli fin qui» disse Águeda indicandosi il mento. «E che baffi!»

«Non so se assomigliava al padre fisicamente, perché come ti ho detto non l'ho conosciuto, ma per il resto non era come lui: Ramona era una bravissima persona.»

«Madre, che fortuna avete avuto con mio padre! E io con il mio Jesús!»

«Con Paulino, intendi» disse Aurora senza pensarci.

«Sì, con mio padre.»

«Certo.»

18

Ana, 2015

Nonostante tutto quello che subiva dalla nonna, mia madre andava a farle visita periodicamente alla residenza e mia figlia Alba la portava a casa mia ogni volta che voleva. Cercavo di essere presente quando mia madre e mia nonna si incontravano, perché mi dispiaceva che la nonna la trattasse male: ero convinta che, in mia presenza, la bis, come la chiamava mia figlia, si contenesse.

Un giorno in cui la mamma era a casa mia, si presentò Alba con la bis e sugli enormi divani di pelle gialla che decoravano la sala parlammo per un po' di sciocchezze. Tra le altre cose, di mobili. Tutto cominciò perché la nonna preferiva sedersi su una scomoda sedia di design, con la spalliera che le arrivava appena a metà schiena, che su qualunque altra seduta.

«Se mi siedo lì con voi, non mi alzate neanche con la gru.»

«Sappi che questi divani, come tutti i mobili di casa, valgono una fortuna» le disse mia figlia.

«Tutti meno la Singer che tua madre aveva piazzato in bella vista» ribatté mia nonna.

«Ora è un pezzo di antiquariato, bis, non capisci niente.»

«Cosa ne hai fatto? L'hai portata al robivecchi, spero.»

«Da queste parti il robivecchi non passa, non lo fanno entrare» rispose Alba, morta dal ridere.

«Non l'ho data a nessuno, l'ho messa via per non doverti

sopportare ogni volta che vieni, ma sto pensando di tirarla fuori e sistemarla in quell'angolo» annunciai, per farla arrabbiare.

«Che non ti venga in mente. Altrimenti non mi vedi più» disse muovendo l'indice con fare minaccioso. «Peccato che Alba non l'abbia bruciata quando l'hanno portata via gli sbirri l'anno scorso.»

«Ana sta pensando di modificare l'arredamento della casa» disse mia madre, cambiando argomento.

«Comincia con quei maledetti divani, e comprane altri che non sembrino budini» insistette la nonna.

«Cambieremo le stanze dei bambini. Carlos vuole una specie di castello dell'orrore e Jesús ha dieci anni, quindi il celeste deve scomparire dalla sua camera. Paloma mi ha dato l'indirizzo di un negozio di mobili per giovani in un poligono industriale dalle parti di Las Rozas. Ci andrò in settimana.»

«Tua suocera in una zona industriale? Non me la immagino proprio» si stupì mia madre.

«È una zona industriale un po' diversa. Ci sono negozi di design con pezzi originali e persino esclusivi. C'è anche molto arredamento industriale e africano. E i negozi sono bellissimi, non spacci aziendali.»

«Una zona industriale fighetta non è una zona industriale» protestò mia nonna. «È un centro commerciale!»

Non potevo che darle ragione.

«Posso venire con te?» domandò mia madre.

«Certo. E tu, bambina, vieni?»

«Mi piacerebbe, ma ho gli esami e sono messa malissimo. Comprate dei *cachopos* alla macelleria asturiana. Dicono che sono i migliori di Madrid.»

«Se vuoi i *cachopos* te li faccio io, mi vengono buonissimi» propose mia madre mentre la nonna borbottava chiedendosi com'era possibile che in una zona industriale ci fossero mobili e *cachopos*.

«Di sicuro sono meglio i tuoi, nonna. Ma provali, così mi dici se sono buoni o no.»

«La macelleria della zona industriale, circondata da quei negozi per snob, sarà di sicuro carissima» fece la bis. «Voi ricchi non sapete più cosa inventarvi. Sapete che vi dico? Ci vengo anche io, voglio vederla con i miei occhi.»

Così martedì, dopo pranzo, mia madre, la bis e io ci mettemmo in strada verso Europolis. Quando entravamo in un negozio attiravamo gli sguardi come se si fossero presentati i Fratelli Marx. Si affrettavano a portare una sedia per la nonna, scegliendo quella più resistente, e poi si rivolgevano con cortesia a me. Mia madre era invisibile per i commessi.

Quando mi fui fatta un'idea di quello che volevo e scelsi tra le proposte dei negozi raccomandati da mia suocera, decidemmo di fare un salto a comprare i *cachopos*.

Quando raggiungemmo la rotonda vicina alla macelleria, mia nonna si fece tesa. In una traversa, una coppia di agenti della Guardia Civil stava estraendo coperte e altri oggetti dal bagagliaio di una vecchia macchina. Un uomo con l'aspetto arabo, che sembrava il proprietario del veicolo, spiegava qualcosa, gesticolando in modo esagerato. Non capimmo che cosa stesse dicendo perché dalla macchina, con la radio accesa, non lo sentivamo. Mia nonna temeva solo due cose: gli uomini arabi e gli agenti della Guardia Civil. Da sempre. Almeno da quando la conoscevo io. Sorrisi dei suoi pregiudizi e non feci commenti. Non si poteva scherzare: diventava tesissima e sgranava improperi. Non era possibile farla ragionare spiegando che gli arabi e la Guardia Civil che aveva conosciuto lei non c'entravano niente con gli africani e gli agenti di oggi.

«Saranno i loro discendenti» diceva, ostinatamente.

Le strade dell'Europolis erano piene di auto. Oltre ai posti sulla strada statale, alcuni padiglioni ne offrivano altri per i clienti tra il marciapiede e la porta del negozio. Mi fermai in uno dei tre parcheggi di El Jamoncito, non senza difficoltà per evitare il marciapiede. Cariche di *cachopos* e altre prelibatezze, ci apprestavamo a tornare a casa. La nonna avrebbe cenato da noi e sarebbe rimasta a dormire. Si sarebbe unita anche Alba.

Misi in moto e feci per uscire in retromarcia. Quando la mia Q7, di traverso, occupava completamente l'enorme marciapiede in attesa di una pausa nel traffico per immettermi nella strada, i due agenti della Guardia Civil che avevamo visto alla rotonda spuntarono da dietro la costruzione attigua, un negozio di piatti pronti. Uno degli agenti aveva un sacchetto di plastica in mano, come se avessero comprato qualcosa.

Si fermarono ad aspettare che uscissi, ma feci loro un gesto con la mano per invitarli a proseguire: preferivo fare manovra senza gli agenti che mi guardavano. Uno dei due diede un colpetto con la mano sul vetro del passeggero, dove era seduta la nonna. Abbassai il finestrino e la nonna gli occhi, per non guardare l'uomo in divisa, un po' brizzolato e molto attraente. Calcolai che potesse avere poco più di trent'anni.

«Vuole che fermiamo il traffico così non ha problemi a uscire?» mi domandò, con un sorriso che mi parve ironico.

Sorrisi a mia volta, per scusarmi. Esitai tra il rispondere di sì o dire che mi dispiaceva. Temevo che mi stesse prendendo in giro.

Non avendo ottenuto risposta, insistette, ma le sue intenzioni mi parvero ancora più confuse.

«Sì, no?» domandò.

Di nuovo sorrisi, impietrita, senza dire una parola, mentre la nonna sprofondava nel sedile e mia madre, come vidi nello specchietto retrovisore, osservava la scena da dietro con gli occhi spalancati.

«Forza» disse il compagno, più giovane.

Uno fermò le macchine che procedevano in un senso e l'altro quelle che venivano nel senso opposto, e io mi immisi comodamente nella carreggiata.

«Molte grazie» dissi dal finestrino.

«Certo» rispose l'agente più vecchio, e si girò verso di me con l'aria innervosita.

Dedussi che aveva solo cercato di essere gentile aiutando una cittadina, e che io mi ero comportata come un'ingrata. Tornai a casa sconcertata. La nonna non disse una parola per tutto il tragitto, ma con la coda dell'occhio vidi che le tremavano le mani.

«Ti ha visto vecchia e ha pensato che non eri in grado di uscire senza aiuto» scherzò Carlos quando mia madre glielo raccontò.

«Ti giuro che credevo facesse lo spiritoso e che, se avessi risposto, mi avrebbe preso in giro, o persino multato.»

«Era una situazione complicata, tesoro. Chiunque avrebbe risposto!»

«Voleva solo essere gentile. Ed era bellissimo» osservò mia madre.

«È della Guardia Civil» concluse mia nonna.

Quella sera, convinto da mia figlia, Carlos cenò eccezionalmente con noi e i bambini. L'unico che si rifiutò di assaggiare i *cachopos* fu Jesús, perché all'epoca non mangiava nessun formaggio tranne quello sulla pizza.

Alba, 2018

La prima ragazza che Alba presentò a un membro della famiglia fu Irene, e il membro a cui scelse di concedere l'onore fu la bisnonna. Alba si era decisa per Aurora perché Irene era preoccupata dall'idea di uscire con la figlia di uno dei costruttori più importanti della Spagna, che guidava un'impresa di cui si parlava nelle notizie economiche una settimana sì e l'altra pure. Voleva presentare la sua famiglia da un'altra prospettiva perché Irene capisse che non era soltanto la figlia di Carlos Fresno, ma anche la pronipote di una sarta che aveva lavorato in miniera. In più, pensò che se Irene non fosse scappata a gambe levate dopo aver conosciuto la bis, il resto non sarebbe stato un problema. Compresa la nonna Paloma.

La presentazione avvenne al ristorante, perché l'occasione lo meritava e perché Aurora si rilassava e diventava più simpatica davanti a un buon piatto. Non voleva grandi ostentazioni per non intimorire Irene, quindi scelse il ristorante cinese con una cucina molto curata, vicino alla residenza della bis, in cui erano andate le quattro generazioni di donne per l'appuntamento annuale con la cucina internazionale, durante le ultime vacanze di Natale. I pregiudizi di Aurora si erano dissolti di fronte all'anatra laccata e le era sfuggito persino qualcosa di simile a un complimento: «Chi l'avrebbe mai detto dei cinesi! Certo, sono così tanti e così inquadrati che qualcuno doveva pure cucinare bene!»

Prima dell'appuntamento, Alba aveva messo in guardia Irene.

«La mia bisnonna è fatta a modo suo e parla senza filtri, vomita tutto quello che pensa, ma se ti abitui, è divertentissima. Ha novantasei anni e pesa altrettanti chili.» Irene spalancò gli occhi e Alba proseguì: «Se dice qualcosa di terribile, cosa probabilissima, non farci caso».

Non preparò solo Irene, prima del pranzo. Con Aurora fu più esplicita.

«Se la fai scappare, bis, non vengo più a trovarti e ti lascio morire di noia con mia madre e la nonna, quindi vedi di comportarti bene.»

«Non capisco che cosa intendi. Io mi comporto sempre bene. Come faccio a farla scappare? Pensa a quanto sono simpatica al tuo amico Fernando. Certo, poverino, sarà dispiaciutissimo. Lo sa?»

«Non so come dirti che a Fernando non piaccio, e che ha una fidanzata.»

«Certo, si sarà stancato di aspettare.»

«Se ti metti un'idea in testa, diventi insopportabile.»

Scelsero un giorno in settimana, quando Irene era libera.

«Che bella!» disse Aurora quando vide Irene.

Si aspettava una donna rozza, piena di tatuaggi, con il cranio rasato e modi grezzi, mentre Irene era una brunetta minuta con i capelli fino alle spalle e un viso dolce; aveva una voce piacevole e oltre a non sfoggiare tatuaggi visibili, per l'occasione si era messa gli stivaletti con i tacchi, un paio di leggins neri e una ampia giacca rosa. Quando seppe che era sivigliana, l'approvazione di Aurora fu completa.

Alba condusse la conversazione raccontando a Irene gli aneddoti spassosi della famiglia ed evitando ogni argomento spinoso. Aurora si comportò bene. Irene anche.

«La bis era una donna bellissima» disse Alba, più rilassata dopo aver ordinato i caffè.

«Che maleducata» la sgridò Irene.

«Non preoccuparti, Alba è come me, non ha peli sulla lingua. Adesso sono uno sgorbio, ma un tempo... Eh, un tempo! Anche a cinquant'anni ero una rubacuori. Proprio nella tua terra. La mia pronipote ti ha detto che ho vissuto a Siviglia? All'epoca del Palmar de Troya. Ho cucito un sacco di tonache per quei preti viziosi e fino... Oh, scusa, non volevo offendere.»

«Non importa. Io non ho assistito all'auge del Palmar, ma ne ho sentito parlare dai miei genitori. Mio nonno una volta li ha arrestati proprio per le tonache, perché le portavano senza aver preso i voti. Racconta sempre che il papa e il suo compagno, a quanto si diceva, hanno passato più di una notte in cella.»

«Tuo nonno faceva il poliziotto?»

«Era nella Guardia Civil. Vengo da una famiglia di *picoletos*. Il mio destino era scritto» spiegò, con un ampio sorriso.

Irene non capì perché l'espressione di Aurora cambiò come se avesse visto un fantasma.

«Sei nella Guardia Civil? Figlia e nipote di agenti della Guardia Civil?»

«E pronipote. Sono la prima donna della famiglia entrata nel corpo. E all'accademia.»

Aurora cercò la mano di Alba sotto il tavolo e si voltò verso di lei.

«Tu lo sapevi?»

«Che domande, bis! Come potevo non saperlo?»

«Ed essendo una donna, certo, per quello sei... Insomma, ti piacciono le... Che tempi, signore mio, che tempi! Ora portatemi alla residenza, non mi sento bene. Magari l'anatra che ci hanno portato era un gatto. Come ai tempi del razionamento.»

Dopo aver accompagnato Aurora alla residenza, Irene rimproverò Alba.

«Mi spieghi cos'è successo alla tua bisnonna?»

«Che ne so! Strascichi della guerra, immagino. Ha un sacco di strane manie.»

«Abbiamo cominciato bene, con la tua famiglia.»

«Tu non mi hai presentato la tua. Io per lo meno ho fatto uno sforzo.»

«Ti ho detto che stanno ancora cercando di accettarlo, ma da lì a presentare una fidanzata, ce ne passa.»

«Quindi la tua famiglia ha bisogno di tempo per accettare che sei lesbica e la mia non può averne bisogno per accettare che sei un agente della Guardia Civil?»

«Non è la stessa cosa! La mia famiglia è molto tradizionalista.»

«E alla mia bisnonna non piace la Guardia Civil, ognuno ha le sue» rispose Alba. Ma poi si corresse: «Le parlerò».

«Sì, meglio! Vaffanculo la bis!»

«Non esagerare. E lascia stare la mia bis.»

«Vado a casa, ho bisogno di stare da sola. Ci sentiamo domani» si accomiatò Irene.

Águeda, 2002

Águeda si rese conto che stava invecchiando quando le pesetas scomparvero. Non si sentiva in grado di fare i conti in euro. Impiegava tantissimo tempo per capire quanto pagava i tessuti e quanto doveva incassare dalle clienti. All'inizio non si sentiva a disagio nel portarsi una calcolatrice dappertutto per convertire i prezzi in pesetas, perché non era l'unica a farlo: le commesse parlavano in pesetas, molti negozi etichettavano i prodotti con entrambe le valute e tutti dicevano di dover sempre trasformare i prezzi da euro in pesetas per capire quanto costavano. Ma i mesi passarono e Águeda continuava a farlo. Jesús, invece, dopo tre mesi calcolava tutto in euro come se le pesetas non fossero mai esistite.

«Non preoccuparti, capita a molti» la tranquillizzava il marito.

«Sì, ma l'altro giorno ho perso dei soldi con l'abito da battesimo del nipote della signora Arguelles. Ho dimenticato di trasformare in pesetas il costo della seta grezza! Ovvio che era tutta contenta. Se l'è cavata con pochissimo!»

«Non importa, vivremmo bene anche se regalassi venti abiti. Ne abbiamo d'avanzo per il resto della vita e Anina non ha bisogno.»

«Prima queste cose non mi succedevano.»

«Smetti di cucire: hai passato tutta la vita dietro quelle macchine.»

«Certo, a quattro anni dalla pensione. Ci mancherebbe altro, con la pensione ridicola da lavoratore autonomo che avrò.»

«Allora tieni solo la scuola.»

«No! Non si sa mai cosa può succedere!»

«Devi per forza lamentarti di qualcosa, non ti va mai bene niente.»

«Voi uomini non potete capire» concluse Águeda, e Jesús lasciò perdere.

Águeda stava ripensando a quelle cose mentre andava all'appuntamento del fine settimana con Florita. Quel sabato pomeriggio avevano deciso di fare merenda a La Mallorquina. Era uno dei pochi lussi che Florita si permetteva, in modo da far durare i risparmi fino al momento della pensione.

«Meno male che mi hai consigliato bene e che mi sono assicurata la pensione pagando i contributi da sarta, perché quando si è giovani e si guadagna, non si pensa al futuro. Mi resterà poco, ma con un'entrata fissa mensile non avrò problemi.»

«Avrai tanto quanto me, perché abbiamo versato gli stessi contributi. Jesús mi ha consigliato di andare in pensione subito, di lasciar stare, e tenere solo la scuola.»

«Hai avuto fortuna, con Jesús. È un brav'uomo.»

«Ha i suoi difetti, ma è vero, è sempre stato un marito e un padre esemplare.»

«Continua a frequentare quei locali per uomini?»

«Sempre meno. Nessuno è perfetto.»

«Puoi dirlo.» Florita abbassò la voce. «Devo dirti una cosa importantissima.»

Águeda tacque, in attesa, ma proprio in quel momento arrivò il cameriere con i decaffeinati e le paste, un *bartolo* per Águeda e una millefoglie per Florita, e la notizia dovette aspettare.

Quando il cameriere si allontanò, Florita si avvicinò ad Águeda.

«Ho un fidanzato» sussurrò. E tornò alla posizione precedente con un sorriso.

«Santo cielo! Hai ricominciato? Alla tua età? Hai finito i risparmi?»

«Ma no, ho un vero fidanzato. E mi ha chiesto di sposarlo.»

«Ti sposi?» Águeda non riusciva a crederci.

Florita assentì con un'espressione gioiosa e mangiò un pezzo di millefoglie, che le riempì il mento di zucchero glassato.

«Ma questo signore sa che...?» domandò Águeda avvicinandosi con un tovagliolo per pulirle la faccia. «Insomma, sai cosa intendo.»

«Ovviamente no.»

«E se viene a saperlo?»

«Chi può dirglielo?» Florita mise il broncio come una bambina. «Sa di Marcelo e di José Luis, e che ho avuto un figlio senza essere sposata, ma il resto no. E non lo saprà. Ufficialmente ho fatto la sarta con te per tutta la vita. Devi coprirmi.»

«Ovvio che ti copro, se serve, ma che bisogno hai di complicarti la vita? Esci con lui, se vuoi, ma non sposarti. Quanti anni ha?»

«Settantacinque. Senza figli.»

«È un vecchio.»

«E noi siamo due fiorellini appena sbocciati! Pensa a quello che dici» replicò Florita dando un altro morso al dolce.

«A quest'età è come da bambini, la differenza si nota di più. E mettiti un tovagliolo sotto, sei di nuovo sporca.»

«Le millefoglie sono così. E non fare le pulci a tutto, perché non ti ho ancora detto la cosa peggiore.»

«Forza, parla» disse Águeda prima di bere un sorso di caffè. Le era passata la voglia di mangiare il *bartolo*.

«È un colonnello della Guardia Civil. In pensione.»

Il caffè le uscì dal naso, provocando occhiate di disapprovazione nei tavoli accanto. Tagliò il dolce e ne portò una grossa forchettata alla bocca per non dover rispondere.

Florita le diede il tempo di assimilare la notizia mentre chiedeva al cameriere un altro caffè. Águeda non disse neanche una parola finché non ebbe finito il *bartolo*, e Florita rispettò i tempi dell'amica.

«Non so cosa dire. Con quello che ti hanno fatto nel '62... Ricordo ancora come sei uscita dalla caserma, con i capelli rasati a zero e la faccia sfigurata. Hai perso il bambino. Marcelo è morto in carcere. Quell'uomo era in attività, allora. Era uno di loro.»

«Non era uno di loro. Non si trovava lì.»

«Immagino, ma era da un'altra parte, a fare le stesse cose ad altre persone.»

«Quelle cose sono successe solo nelle Asturie. E lui era a Madrid. Tra l'altro nel dopoguerra era ancora un ragazzino.»

«Anche a Madrid avranno fatto cose terribili.»

«Mi ha giurato di no. Poi è entrato nell'antiterrorismo quando le cose con l'ETA si sono fatte complicate. Lo hanno mandato a Bilbao e non ha chiesto il trasferimento quando avrebbe potuto; è rimasto lì, a rischiare la vita. È una brava persona.»

«E ti vuole fare quello che ti facevano gli altri? Intendo Julio e Augusto.»

«No! Figurati! Vuole solo che sia sua moglie e che passiamo insieme il tempo che ci resta.»

«Che resta a lui.»

«Chissà... comunque sì.»

«E hai detto che è vedovo?»

«È stato sposato per più di quarant'anni, ma non ha avuto figli. La moglie è morta di cancro due anni fa.»

«Ah. E non gli piace stare da solo. Ti rendi conto che finirai a occuparti di un vecchio? E dove abiterete?»

«A casa sua. A Gijón. È più grande del mio appartamento. Il mio lo affittiamo, e tra quello e la sua pensione vivremo benissimo.»

«Mamma mia, Florita, io non riesco ad abituarmi all'euro e tu ti sposi e ricominci da zero. Con un agente della Guardia Civil.»

«Spero che tu mi faccia da testimone.»

«Ti sposi in chiesa?»

«Certo, Fermín è molto tradizionalista. E va a messa ogni domenica. È gentile e galante con me. E andiamo a letto insieme. Non immagini quanto è rispettoso! Mi sono fatta le carte e so che ti piacerà.»

«Vedremo.»

«Dai, andiamo da te e facciamo un paio di giri, così magari ti passa la paura.»

Nelle carte Águeda non lesse messaggi chiari come quelli che vedeva la sua amica, ma preferì tenere per sé le proprie riserve, e fece bene, perché la previsione di Florita si avverò e ad Águeda piacque Fermín fin dal primo momento.

Alba, 2018

«Si può sapere che cosa ti è successo ieri?» chiese Alba appena entrata nella stanza della bisnonna alla residenza.

«A me? Non hai pensato di avvisarmi che Irene era nella Guardia Civil? Come ti è venuto in mente? Su questo non ti appoggerà neanche tua nonna, che si fa andare bene tutto. Ogni volta che ricorda Florita quando è uscita dalla caserma, le viene male. Sono dei selvaggi!»

«Di certo quello che hanno fatto a Florita è stato orribile, ma sono ancora più sicura che non c'entra niente con Irene. In più, proprio Florita? Come si chiamava quello che ha sposato? Sono stata al matrimonio, anche se ero piccola e me lo ricordo pochissimo, ma vi ho sentito dire mille volte che era stato nella Guardia Civil.»

«Irene non può aver fatto cose tremende perché non era nata» rispose Aurora ovviando la domanda della nipote. «Ma suo padre?»

«Neanche suo padre era nato al tempo della guerra.»

«Non è stato durante la guerra. Nel dopoguerra è stato molto peggio, però hai ragione, suo padre dev'essere più giovane. Ma suo nonno di certo sì.»

«Dai. Se le facciamo l'albero genealogico, finirà per dover espiare i peccati di Adamo ed Eva. Suo nonno è di Siviglia e, che io sappia, non è mai stato nelle Asturie. Be', magari in vacanza, ma hai capito.»

«Ancora peggio. È di quelli che hanno schiavizzato Cefe.»

«E chi cazzo è Cefe? Bis, non starai perdendo la tramontana? Adesso ce l'hai con la Guardia Civil. Prima odiavi gli africani e ora i *picoletos*. Poi te la prenderai con i panettieri?»

«Cosa c'entrano i panettieri?»

«La logica è quella! Di sicuro qualche panettiere ha fatto qualcosa di terribile in qualche momento della storia. Ecco. Preparano cose piene di glutine, il veleno del Ventunesimo secolo insieme allo zucchero, secondo la nonna Paloma. Un buon motivo per metterli nella lista nera. Forza, facciamo un boicottaggio, fondato tanto quanto il tuo attacco a Irene. I panettieri ci avvelenano! No ai panettieri!» Urlò, alzando il pugno.

Águeda, 2002

Il 7 ottobre del 2002, un anno dopo l'invasione dell'Afghanistan da parte degli Stati Uniti per cercare Bin Laden e gli altri leader di al-Qaida in seguito agli orribili attentati che avevano distrutto le Torri Gemelle a New York, Bin Laden non era ancora stato trovato e Fermín e Florita si giurarono amore eterno davanti a Dio e ai loro amici.

Il matrimonio fu celebrato a mezzogiorno, sul mare, nella chiesa di San Pedro, a Gijón. Al mattino c'era l'*orbayu*, ma a quell'ora le nuvole lasciarono il posto a qualche timido raggio di sole che si rifletteva nell'acqua del mar Cantabrico. La marea scopriva la sabbia sulla maggior parte della spiaggia e le onde si infrangevano piano sulla riva.

Águeda aveva avuto il compito di vestire la sposa. Florita si sposò con un tailleur écru. La camicia di seta verde scuro metteva in risalto il biondo dei suoi capelli dal taglio medio e si intonava alla cravatta dello sposo. Una singola calla in mano con un semplice fiocco verde completava l'insieme. Jesús aveva pensato ai particolari dell'abito dello sposo, intonati ai colori della sposa. Erano entrambi belli: Florita conservava l'avvenenza naturale dopo sei decenni di esistenza e molte sofferenze; e Fermín, con il portamento militare e un metro e ottanta di statura, era molto elegante.

Águeda e Jesús fecero da testimoni.

Ana partecipò con Alba e Carlos, che allora avevano sette e due anni e diedero un tocco di allegria alla celebrazione. La bambinaia filippina che accompagnò Ana all'evento si incaricò di intrattenerli e portò Carlos a fare un riposino quando il piccolo cominciò a diventare noioso.

Aurora, che si rifiutò tre volte di andare al matrimonio,

finì per cedere quando Florita si presentò a casa sua e le disse: «Sentite, o venite, o dimenticatevi di dormire per tutta la vita, perché se mi lasciate sola in questa giornata, dall'aldilà mia nonna Herminia vi renderà le notti impossibili».

Aurora sapeva bene che la nonna Herminia sarebbe stata capace di quello e di altro, quindi accettò, ma dopo avere imposto le proprie condizioni.

«Se quello si sposa vestito da Guardia Civil, me ne vado. E di sicuro la nonna Herminia starebbe dalla mia parte.»

Dopo aver ricevuto la promessa che Fermín si sarebbe sposato in borghese, Aurora si presentò puntuale all'unione con un vestito rosa chiaro, lungo fino alle caviglie, come sempre da quando i chili e la menopausa le avevano riempito le gambe di varici. Aveva un cappello intonato e un sorriso impeccabile, con cui fece le congratulazioni allo sposo anche se non poteva evitare di immaginarlo con le corna e la coda, che sputava fuoco.

Per Fermín si presentarono il suo unico cugino ancora in vita e la moglie, e due amici recenti che aveva conosciuto a forza di incrociarli durante le mattinate di sole al Muro dove si radunava la maggior parte dei pensionati della città. Quando si erano incontrati, nessuno dei due aveva amici. Uno era emigrato in Svizzera da giovane e, una volta tornato, era un estraneo per le persone che aveva faticato a lasciare quando aveva abbandonato la sua terra. L'altro era restato da solo nel momento in cui gli amici di lunga data erano morti o si erano trasferiti all'ospizio. Accomunati dalla solitudine, avevano cominciato a incontrarsi per caso, poi a darsi appuntamento per passeggiare o per andare a bere qualcosa e, alla fine, al matrimonio di Fermín.

Il pranzo fu organizzato all'hotel Begoña Park, all'altro estremo della spiaggia, dove i novelli sposi avrebbero trascorso la notte come voleva Fermín, che desiderava un matrimonio con tutti i crismi, stando alle sue parole, con prima notte di nozze e luna di miele. Come destinazione avevano scelto Cordova, Siviglia, Granada e Malaga, dove avrebbero trascorso qualche giorno al mare, a Nerja. Florita sognava di andarci da quando aveva visto la serie *Verano azul*, ma non ne aveva mai avuto occasione e Fermín, che non vedeva l'ora di accontentarla, trovò un piccolo albergo a gestione familiare con vista mare e cucina casalinga aperto in ottobre.

«Da quando fuma, la nonna?» domandò Ana alla madre vedendo Aurora che estraeva una sigaretta da un pacchetto di Winston e l'accendeva con disinvoltura. «E si è ordinata un cognac?»

«Non so, di solito non beve, ma fuma da quando ero bambina. Quando ne ha voglia. Non vedi che fa sempre quello che le pare?»

«Sembra che tu ce l'abbia con lei. Cos'è successo?»

«Niente, figliola, non è per via della nonna: non so cosa le abbia detto Florita, ma si è comportata bene. Sembrava una caramella quando Florita le ha presentato Fermín. Sono preoccupata perché tuo padre sta un po' esagerando con il whiskey. Meno male che dormiamo qui e non dobbiamo tornare a Oviedo.»

«Sai che papà agli eventi esagera sempre. Ma una volta ogni tanto non è un problema.»

«Sì, agli eventi.»

Águeda non voleva far preoccupare la figlia dicendole che da tempo esagerava quotidianamente e che aveva il bianco degli occhi sempre più giallo.

«Viva gli sposi!» urlò Jesús proprio in quel momento, attirando tutti gli sguardi del ristorante su di loro.

Alba, 2018

La presentazione di Irene ad Ana e Águeda, con il secondo incontro tra Irene e Aurora, andò bene, o almeno meglio del primo.

«Non capita tanto spesso di conoscere quattro generazioni di donne della stessa famiglia. È commovente vedervi tutte insieme» disse Irene, per rompere il ghiaccio.

«Tu sei la prima partner che ci presenta mia figlia, quindi devi essere una persona speciale. Siamo emozionate» le diede il benvenuto Ana.

L'incontro si tenne a casa dei Fresno senza Carlos, che non ci teneva a esserci. Se la relazione fosse sfociata in un matrimonio, sarebbe stato un altro paio di maniche. Per il momento, preferiva che se ne occupassero le donne. Voleva lasciare spazio alla figlia per esprimere la sua ribellione e maturare. Sperava ancora di attirare Alba nell'azienda e sapeva che l'essere donna non l'avrebbe aiutata. E l'essere lesbica ancora meno. Ma erano le carte che la figlia aveva avuto in sorte, e avrebbe dovuto giocarsi quelle.

Presero il caffè, mangiarono *carbayones* e *moscovitas*, che Ana comprò per offrire a Irene dei prodotti asturiani e per calmare la nonna Aurora. I biscotti *moscovitas* avevano il magico effetto di farla diventare di buon umore.

Prima che arrivasse Irene, Alba informò la madre e la nonna.

«Irene è un tenente della Guardia Civil, viene da una famiglia di agenti della Guardia Civil.»

«Bene, tesoro, molto bene, così sei protetta» disse Águeda.

«Non ho bisogno che nessuno mi protegga» rispose Alba, un po' infastidita. «Non ti crea problemi il fatto che sia un agente della Guardia Civil?»

«Perché?»

«Per quello che è successo a Florita.»

«Come a tante e tanti altri» commentò Aurora.

«Cosa c'entra con questa ragazza?» Águeda sembrava confusa.

«Niente, nonna! Il medico ci ha detto che la bis è un po' svitata.»

«Sì, sì, svitata.»

«Godiamoci il momento e accogliamo Irene come merita Alba» disse Ana.

L'incontro andò bene, fecero merenda, chiacchierarono e risero insieme. Tutte fecero attenzione a non tirare fuori nessun argomento spinoso o compromettente. Aurora tacque e Irene fece finta di non accorgersene.

«Come ti sono sembrate?» domandò Alba quando presero la macchina per tornare a Madrid.

«Tua nonna e tua mamma sono splendide. La tua bisnonna non ha aperto bocca.»

«Ha quasi cent'anni, credo che la si possa perdonare.»

«È vero.»

«Mi presenti i tuoi parenti? Almeno uno. Mi basta che me ne presenti uno.»

«Potremmo cominciare da mio fratello.»

«L'agente della Guardia Civil?»

«Non Curro, Pablo.»

«L'ingegnere? Quello che lavora alla ITV?»

«Per il momento. Entrerà in un'équipe di Formula 1. Comunque sì, quello.»

«Siete un sacco. Non sono tante le famiglie con otto figli.»

«La mia sì, e ne vado fiera. I miei sono riusciti a far studiare tutti quelli che volevano farlo.»

«Hai ragione, scusa, se li conoscessi me li ricorderei tutti.»

«Poco per volta.»

Tre giorni dopo Irene lasciò Alba. E Alba impiegò diciannove giorni e cinquecento notti a dimenticarla, come nella canzone di Joaquín Sabina. Diciannove giorni perché il ventesimo decise di non parlarne mai più, e cinquecento notti, più o meno quelle trascorse prima di conoscere Deva.

Ma non dimenticò mai l'ultima conversazione avuta con Irene.

«C'è un posto a Siviglia e mio padre ha tirato qualche filo. Me ne vado.»

Alba rimase di sasso.

«E il trasloco? Ti ricordo che sabato ti trasferisci da me.»

Irene si strinse nelle spalle.

«È perché voglio conoscere la tua famiglia?» chiese Alba,

ma Irene tacque ancora. «Davvero vuoi lasciarmi senza spiegarmi perché? Devo immaginarlo?»

«Non abbiamo un futuro. Tu vuoi che andiamo in giro per mano, che viviamo insieme, che abbiamo dei bambini, che festeggiamo il Natale in famiglia e che lottiamo apertamente per la causa femminista, la causa gay e tutte quelle che ti vengono in mente. Sei un'idealista.»

«E cosa c'è di male?»

«Io voglio essere la prima donna colonnello del corpo. E poi la prima donna generale. La mia priorità è quella.»

«Con ciò che faccio cerco di dare alle donne l'occasione di arrivare dove vuoi arrivare tu. È l'unico modo.»

«Tu fai quello che fai perché sei piena di soldi. Prova a nascere in una famiglia in cui si conta ogni euro per arrivare a fine mese, con genitori che si spaccano la schiena per darti una formazione e vediamo se trovi tutto così semplice. Di sicuro non avresti fatto un falò nel parco del Retiro. Tu puoi permettertelo perché tuo padre si occupa della cauzione e di tutto il resto, non devi guadagnarti da vivere lavorando ogni giorno e non hai bisogno di vendere le tue opere per mangiare o per pagare l'affitto. Se non fossi figlia di chi sei figlia, moriresti di fame. O peggio, dovresti metterti a sgobbare. O a fare concorsi per insegnare in qualche scuola di paese, perché ti ricordo che hai studiato Belle Arti. E ovviamente non vivresti da sola vantandoti di essere indipendente mentre tuo padre pieno di soldi ti paga le bollette, ma vivresti a casa dei tuoi, che non sarebbe di mille metri quadrati ma di ottanta, e vedresti il mondo in modo diverso.»

«Vuoi dire che sarei una vigliacca come te?» le chiese Alba.

Per molto tempo si pentì di quelle parole.

Águeda, 2008

Accanto a Fermín, Florita visse il periodo più piacevole della sua vita. Senza problemi economici e nessuno a cui lasciare un'eredità, uscivano a cena ogni venerdì e a pranzo ogni domenica, andavano in vacanza quattro volte l'anno, passeggiavano sul Muro di San Lorenzo ogni pomeriggio e quando il tempo lo permetteva si sedevano in un dehors a bere qualcosa. E a guardare il mare. Come piaceva a Florita.

L'amore tra i due durò un lustro e un anno, finché un coagulo fece collassare un'arteria nel cervello di Fermín, facendolo finire all'ospedale.

«Il coagulo è in un punto inaccessibile e non possiamo operarlo. Gli stiamo somministrando dei farmaci per scioglierlo. Possiamo solo aspettare» spiegarono a Florita i medici.

Cinquanta ore dopo essere entrato al pronto soccorso, Fermín, cosciente e stabile, si confessò a Florita.

«Non voglio morire senza averti detto la verità. Anch'io ho fatto cose orribili. Di rado personalmente, ma le ho ordinate e le ho permesse sempre. All'epoca le persone arrestate non avevano diritti e la nostra priorità era estorcere le informazioni che ci servivano. Posso giurarti che non ho mai toccato una donna e che mi dispiace molto per quello che ti è successo. Deve essere stato terribile. Non sarebbe mai dovuto accadere. Ma non voglio mentirti: nelle stesse circostanze, mi sarei comportato nello stesso modo. Facevo il mio dovere e non mi pento di nulla.»

Florita si sentì mancare il fiato.

Fermín pareva invalido con la flebo che gli entrava nel braccio, il pigiama azzurro dell'ospedale, le guance incavate per l'assenza della dentiera e l'incipiente barba bianca non rasata dall'inizio del ricovero.

«Perché mi hai mentito?»

«Per lo stesso motivo per cui tu hai mentito a me, perché abbiamo finto di crederci a vicenda, perché era la nostra ultima occasione.»

«Io ti ho creduto.»

«Ma non ti è bastato per essere sincera con me.»

«Non mi avresti accettato!»

«Certo che no. Come tu non avresti accettato me.»

«La differenza è che forse io avrei potuto convivere con il tuo passato, ma tu non avresti sopportato il mio.»

«Non credere, Florita. Io ho convissuto con il tuo passato. Ma non avrei tollerato che me ne parlassi. Puoi passare sopra il mio?»

«Non lo so. È difficile accettare che tuo marito sia un assassino torturatore e bugiardo.»

Con gli occhi umidi e l'ira che le arrossava le guance, si alzò e uscì dalla stanza. Florita lasciò l'ospedale decisa a non tornarci. Ad abbandonare Fermín al suo destino come era stata abbandonata lei dagli uomini che aveva incontrato nella vita.

Una volta in strada ebbe un conato che la costrinse a mettersi in un angolo e vomitare sull'erba di fronte allo sguardo disgustato delle persone che entravano all'ospedale. Inspirò diverse volte l'aria fresca e umida del Cantabrico e si mise a camminare senza meta, finché si ritrovò alla stazione ferroviaria.

«Un biglietto per Oviedo sul prossimo treno» chiese alla biglietteria.

Attese per quindici minuti seduta sulle scomode sedie della stazione. Durante il tragitto verso Oviedo non riuscì a controllare i pensieri, come se il suo cervello girasse a una velocità che non poteva frenare. Quando arrivò, nauseata dal guazzabuglio mentale che la tormentava, percorse i cinquecento metri che separavano la stazione dalla casa di Águeda, ma si fermò l'isolato prima per entrare nella basilica di San Juan el Real. In settimana, a mezzogiorno, la chiesa era quasi vuota. Incontrò solo alcune donne anziane che pregavano, le solite, e qualche anima tormentata venuta a cercare rifugio, come lei. Si inginocchiò in un banco di legno nelle ultime file e pregò per sé, per Fermín e per non sbagliare. Quando ebbe finito, un po' più calma, uscì e percorse i pochi metri che la separavano dalla casa della sua amica.

«Cosa ci fai qui?» domandò Aurora quando le aprì la porta. «Águeda mi ha detto che tuo marito ha avuto un colpo.»

«Devo parlare con Águeda. Subito.»

«Sta insegnando uncinetto, ma se è urgente posso sostituirla» rispose Aurora, sollecita. E subito dopo chiese sottovoce: «Che succede? Il *picoleto* è schiattato?»

Florita ignorò Aurora e attraversò l'ingresso fino alla porta che dava accesso alla sartoria, rendendola indipendente dal resto dell'abitazione. C'erano dieci donne; tutte sopra i cinquanta, che combattevano con casacchine, coprifasce e tutine rosa, celesti, bianche e gialle, per le più coraggiose.

«Ti sostituisce tua madre. Devo parlarti.»

Aurora entrò, pronta a prendere in mano la lezione di fronte allo sguardo deluso di alcune allieve e divertito di altre. Almeno quella mattina si era lavata.

«Non posso tornare all'ospedale da lui» concluse Florita dopo aver raccontato all'amica l'accaduto.

«Sei sua moglie e proprio poco tempo fa mi dicevi che gli anni accanto a lui sono stati i migliori della tua vita. Questa cosa cambia tutto? Davvero non lo immaginavi?»

«No. Prendo botte da tutta la vita e stavolta pensavo di meritare di essere felice.»

«E lo sei. Torna. È fuori pericolo?»

«No. Lo sarà quando si sarà sciolto il coagulo, ma dicono che si sta riducendo e che non si è mosso. Non posso tornare da lui. Adesso mi fa schifo. Davvero schifo.»

«In questi giorni hai vissuto tante emozioni. Stava per morire e...»

In quel momento suonò il cellulare nella borsa di Florita.

«Sarà lui, gli ho messo giù due volte» disse senza intenzione di rispondere.

Il telefono tacque. E subito dopo riprese a suonare.

«Numero sconosciuto» lesse Florita.

«Rispondi, magari è importante.»

Florita rispose e Águeda la vide impallidire.

«Il coagulo si è mosso e ha ostruito un'arteria» annunciò Florita. «Gli hanno indotto il coma.»

«Cos'hai intenzione di fare?»

Florita la guardò con gli occhi pieni di lacrime.

«Fammi le carte.»

«Adesso?»

Dopo un unico giro veloce, le amiche erano pronte al peggio.

«Vengo con te» disse Águeda mentre prendeva la borsa e il cappotto.

«E lasci le allieve con tua madre?»

«Oggi è in buona, non le senti che ridono? E la conosci, quando vuole è simpatica. Più di me. In più sono mie allieve da sempre, la conoscono bene e non si scandalizzano per le sue uscite. Non chiudo la sartoria per loro, mi dispiace perdere i contatti. Questo momento, tre volte la settimana, mi tiene viva. Sono tanti anni che ricamiamo, lavoriamo a maglia e chiacchieriamo. Non le faccio neanche pagare: da quando sono in pensione non mi sembra giusto. In compenso mi regalano dolci, caramelle e i lavori che fanno in un'altra scuola, dove vanno quando escono da qui. Scusami, mi sono innervosita e mi sono messa a parlare. Dai, andiamo, ho preso tutto.»

Fermín morì tre giorni dopo. Non si risvegliò più. E Florita visse per il resto dei suoi giorni con il senso di colpa per essersene rallegrata, visto che non si sentiva in grado di vivere ancora con lui. Tornò nel suo appartamento, vendette la casa di Fermín e, con il ricavato e la sua pensione da vedova si mise in testa di viaggiare. Prima di tutto partì per trascorrere un mese a Benidorm. Il mese si prolungò fino alla primavera. E l'inverno dopo lo rifece. Trovò compagnia senza impegno, ballò fino allo sfinimento e si godette il mare che vedeva ogni giorno.

Quando guardava l'orizzonte, non pensava a Fermín ma a Marcelo, il suo sfortunato Marcelo. Lo rivedeva il giorno in cui l'aveva conosciuto, bello ed elegante. O il giorno in cui si erano sposati, la prima notte, goffa e allegra, la confortante sensazione di essere tra le sue braccia. Ma Florita ricordava soprattutto Roberto, e si immaginava con Marcelo e il neonato a passeggiare accanto al mare, come se Roberto fosse il bambino concepito con Marcelo, lo stesso che l'orribile caporale Pérez aveva strappato dalle sue viscere a calci.

Aurora, 2018

Aurora aspettava la pronipote su una poltrona della residenza con un piccolo trolley, pronta per andarsene. Alba sarebbe arrivata a prenderla per cenare a casa di Ana e, come ogni volta che cenava lì, sarebbe restata a dormire. Quando la vide, Aurora capì che non stava bene.

«Cosa c'è? Qualcosa che non va?» domandò.

«No, anzi, sono di nuovo libera. Libera come un fringuello.»

«Ti ha lasciato? Sapevo che quella ragazza non faceva per te.»

«Sì, perché era della Guardia Civil. Lascia perdere, bis.»

«Non intendevo questo. Si vedeva lontano un miglio che tu l'amavi più di quanto lei amava te. Errore da principiante, in amore. Sarai felice solo con qualcuno che ti ama più di quanto tu ami lui. Be', lei. E risparmiami la solfa dell'equilibrio. C'è sempre uno più preoccupato che l'altro se ne vada perché crede di aver trovato l'anima gemella. Ed è quello che ci rimette.»

«Bella filosofia. Ma non preoccuparti, io ho chiuso. Se voglio dei figli, vado in una clinica della fertilità o mi cerco un uomo che ne voglia e sono a posto. Per il resto, solo scopate senza complicazioni.»

Aurora cercò di alzarsi per abbracciare la nipote, ma faticava a muoversi.

«Maledette poltrone. Ragazza, aiutami, non vedi che non ce la faccio?»

Alba la prese per il braccio, la tirò su e Aurora riuscì ad alzarsi.

«Non sarebbero meglio le sedie? È una residenza per anziani. Snob del cavolo...»

Continuò a farfugliare fino alla macchina, e finché non si sedette al posto del passeggero non si ricordò che voleva abbracciare la pronipote.

«Passerà. Nella vita passa tutto, le cose buone e quelle cattive» disse accarezzandole i capelli.

«Certo, bis, di sicuro. Non ho intenzione di continuare a pensare a una che non è interessata a me. Peggio per lei.»

«E provare con gli uomini? Non ti piacciono neanche un po'? Ho visto che tra donne si soffre allo stesso modo. E ci sono altri inconvenienti.»

«Bis, non cominciare!» la sgridò Alba prima di mettere in moto.

Águeda, 2010

La chiamata dal commissariato di Gijón arrivò mentre Águeda faceva una passeggiata con Jesús nel centro storico di Oviedo. Era una bella domenica ed erano usciti a bere un vermut come tanti altri abitanti di Oviedo. Entrambi in pensione, passeggiavano ogni pomeriggio e la domenica mattina, anche se il vermut lo limitavano a quel giorno perché Jesús mangiava sempre meno e beveva di più e Águeda doveva stare all'occhio per non farlo ammalare.

«Due vermut e a casa» gli diceva prima di entrare nel bar.

Jesús non ordinava il terzo, sapendo che Águeda glielo avrebbe impedito, ma correva a casa per bere un whiskey dopo mangiato, prima che Águeda lo mettesse sotto chiave fino all'ora di cena.

«Lascialo in pace» le diceva Aurora ogni tanto. «Tuo marito è spacciato. Quel colore giallo non promette niente di buono. Almeno non gli rovinare la vita che gli resta.»

Ma Águeda l'ignorava. Aveva il terrore di restare vedova. Non concepiva la vita senza Jesús e, anche se non poteva evitare che bevesse, poteva proibirgli di bere fino ad ammazzarsi.

Mentre passavano sotto l'arco del municipio per andare verso la cattedrale, Águeda sentì una vibrazione nella borsa. Era un numero sconosciuto.

Fece un gesto a Jesús indicandogli di andare a ripararsi sotto i portici e rispose.

«Águeda Muñiz Cangas? Parla la polizia.»

Águeda provò un timore istintivo. Doveva per forza essere qualcosa di brutto.

«Conosce doña María Flor Prieto Fernández?»

«Florita? Certo! Cosa le è successo?»

«È caduta per strada e alcuni passanti ci hanno avvisato. Quando siamo arrivati era confusa. È in ospedale, la stanno visitando e ha chiesto di chiamarla perché avvisi Marcelo e la nonna Herminia. Nel suo cellulare era segnata come contatto di emergenza.»

«Marcelo ed Herminia?» ripeté, agitandosi. «Mamma mia, Florita! È tornata ieri da Benidorm e ci siamo parlate. Stava bene. Eravamo d'accordo di vederci oggi pomeriggio. In che ospedale è?»

Quel giorno non bevvero vermut. Águeda e Jesús corsero a prendere la macchina. Senza mangiare. Anche se da tempo Jesús evitava di guidare, quel giorno fecero un'eccezione.

«Vai troppo veloce» diceva Águeda a ogni piè sospinto.

«Vado agli ottanta. Mi stanno superando tutti.»

«Che corrano finché vogliono.»

Una volta arrivati, trascorsero due ore prima che potessero vedere Florita e ricevere notizie dai medici. Jesús comprò due panini al bar e ne approfittò per bere due whiskey in un sorso prima di tornare dalla moglie. Águeda rifiutò il cibo.

«Non ce la faccio. Puzzi di alcol. Hai bevuto?»

«Solo un goccetto.»

Águeda non disse niente perché riusciva a pensare solo

alla possibilità di perdere la sua amica. Quindi le si illuminò il volto quando finalmente poterono entrare da lei e Florita le parlò come sempre.

«Águeda, che bello vederti! Pensa che mi sono rotta l'anca.»

«Che spavento! Cos'è successo?»

«Mi è girata la testa e sono caduta. Ero stanca del viaggio, ho dormito male e ho bevuto solo un caffè, al mattino.»

«Che sollievo! La polizia mi ha detto cose strane.»

«Devono operarmi. Mi ricoverano per qualche giorno.»

«Lo so. Per un po' ho temuto di peggio. Cosa vuoi che ti porti? Riviste? Vestiti? Una pianta perché la stanza sia meno squallida?»

«Quando viene la nonna Herminia con Roberto? Avete avvisato Marcelo?»

Águeda impallidì.

«Cosa dici, Florita?»

«Voglio vederli. Mi manca il mio bambino. E Marcelo può venire alla fine del turno, ma deve mangiare qualcosa. Ho lasciato il *pote* pronto prima di uscire, se per caso avessi tardato.»

«Certo, Florita, certo» rispose Águeda, tentando di controllare le lacrime.

L'anca rotta costrinse Florita all'ospedale per due settimane, durante le quali fu confermato ciò che suggerivano i sintomi: Florita soffriva di Alzheimer, ancora in fase moderata. Ad Águeda furono rivolte diverse domande, a cui non seppe rispondere.

«Sa se ne ha sofferto qualcuno della sua famiglia? La componente genetica è determinante, in questa malattia.»

«La nonna materna no, e il padre neanche. La madre è morta quando Florita era bambina e non ho conosciuto altri suoi parenti.»

«Non ha notato sintomi precedenti? Piccole dimenticanze, confusione o disorientamento?»

«Non la vedo da mesi» si scusò Águeda. «Ha passato tutto

l'inverno a Benidorm ed è sempre stata abbastanza distratta. Anche da bambina.»

Quando finalmente la dimisero, la dottoressa fu perentoria: «Questa donna non può vivere da sola».

«Non ha parenti.»

«Se ne fa carico lei?»

«E se non lo faccio?» domandò Águeda, infastidita.

«Lascia perdere» disse Jesús. «Carichiamo Florita in macchina e la portiamo a casa.»

Águeda cercò una residenza privata con un bel giardino, abbastanza vicino al centro di Oviedo per poter andare a trovare Florita tutti i giorni. Pretesero in cambio la casa di Gijón, i soldi che restavano dalla vendita dell'appartamento di Fermín e la pensione completa, fino al giorno in cui fosse morta.

Ogni pomeriggio, dopo pranzo, Florita ricevette la visita della sua amica. Persino Aurora si decise ad andare a trovarla, qualche volta. Ogni tanto la trovavano lucida, che parlava dell'infanzia e della giovinezza a Turón, ma altri giorni confondeva Águeda con la nonna Herminia e persino con sua madre.

Proprio il soggiorno di Florita in quella residenza spinse Aurora a volersi trasferire a Madrid quando ricevette la diagnosi di demenza senile, anche se Águeda le rimproverò che se ne andava proprio quando Jesús era in quello stato e Florita messa così male.

«Me ne vado per questo: qui non c'entro niente» disse Aurora.

Águeda continuò a godersi la compagnia dell'amica, sia nei momenti in cui era lucida, sia quando la riconosceva appena, e lei tornava a casa triste, in lacrime. Fino al giorno in cui un infarto inatteso la portò via. Come quello che avevano avuto sua madre e la nonna Herminia. Fulminante. Mentre si era alzata dal letto. L'assistente l'aveva trovata morta quando era andata a chiamarla per scendere a fare colazione. Quel lunedì di luglio del 2012 erano stati permissivi: dalla sera precedente, la nazionale spagnola era campione del mondo di calcio e gli anziani si erano trattenuti fino a tardi a guardare i festeggiamenti e avevano persino aperto qualche bottiglia di sidro El Gaitero, quindi nessuno si era preoccupato che Florita si svegliasse tardi.

Quando la trovarono, ormai fredda, distesa ai piedi del letto, la sveglia del cellulare continuava a suonare, imperterrita, per un minuto ogni cinque di silenzio.

19

Ana, 2018

Impiegai anni a parlare con Rubén, il mio psicologo, delle notti in cui ero sopraffatta dalla fame e dall'ansia e, non appena restavo da sola, mi preparavo una cena che in genere consisteva in un enorme sacchetto di patatine e in una quantità spaventosa di salumi spagnoli. Il *chorizo* era il mio preferito. Il tutto innaffiato di gin-tonic e completato dal gelato al cioccolato. Fino a placare il mio stomaco. A quel punto andavo in bagno, vomitavo e poi, sfinita, mi addormentavo. In quel modo evitavo i chili in eccesso e i postumi quando non sopportavo più la fame e avevo bisogno di mangiare e di bere fino a raggiungere il limite. Era stata mia suocera a insegnarmi il trucco di provocare il vomito perché la bilancia non superasse mai i cinquanta chili, che riteneva adeguati alla mia statura di un metro e sessantanove centimetri. Il mio aspetto era perfetto per gli standard di bellezza attribuiti a una donna di quarant'anni, naturalmente impossibili, che Hollywood e le riviste ci presentavano ogni giorno come normali grazie alle facce alterate, terse e luminose delle attrici che a quarant'anni sembravano la caricatura delle donne che erano state a venti. Il mio aspetto rifletteva ciò che si pretendeva da me grazie al chirurgo plastico di mia suocera, che mi applicava il botulino e l'acido ialuronico ogni sei mesi nei punti più critici, e ai trattamenti del suo centro estetico, che mantenevano la mia pelle luminosa e priva di macchie e il mio corpo libero da cellulite e flaccidità, preservando gli effetti della liposuzione che avevo fatto dopo il parto di Jesús. Per il mio cinquantesimo compleanno Paloma aveva intenzione di regalarmi un lifting, che avrei dovuto fare sei mesi prima della festa per celebrarli. Una volta, per curiosità, calcolai i soldi che avevo speso in trattamenti estetici e chirurgici e mi resi conto che era molto di più di quanto alcune persone, comprese quelle che lavoravano a casa mia, avrebbero guadagnato nella vita. Mi venne in mente di parlarne a Paloma proprio durante una giornata all'insegna del botulino e delle vitamine e lei mi rivolse uno sguardo complice.

«Vero? La gente pensa che una posizione sociale come la nostra non costi fatica. Non immaginano quanto sia dura. Tra l'altro non abbiamo orari, non come la gente comune, che finisce la sua giornata a una certa ora, va a casa e non ci pensa più fino al giorno dopo. Ma nella vita non si può avere tutto.»

Scrutai la sua espressione per capire se ci fosse dell'ironia, ma non ne trovai. Semplicemente, mi aveva frainteso. E la confusione mi aveva messo in ottima luce, ai suoi occhi.

Nonostante l'aspetto eccezionale, l'interno del mio corpo non era splendido come l'esterno. Mónica, la mia ginecologa, che come nei cinque anni precedenti mi aveva prescritto citologia, analisi del sangue, mammografia ed ecografia, me lo comunicò così.

«Sei entrata ufficialmente in menopausa. È un po' presto, ma l'alimentazione scorretta avrà anticipato i tempi. Come ti ho detto agli ultimi controlli, soffri di citolisi permanente, che è pericolosa, Ana.»

Mónica mi trattava con la confidenza data dall'avermi aiutato a partorire tre figli vivi.

«Devi cambiare abitudini e prendere un po' di peso» aggiunse. «Hai il ferro a terra e non riusciamo ad alzarlo nonostante gli integratori. Ti prescrivo un'ecografia.»

«Perché?»

«Perché hai gli indicatori della funzione epatica e renale alterati. Nessuno a livelli preoccupanti, ma non rientrano nei limiti che consideriamo normali. E se il fegato, il pancreas o i reni non funzionano bene, non è una bella cosa.»

Andai direttamente nello studio di Rubén, decisa a risolvere il problema. Avevo appena scoperto che non volevo morire. Ma qualche giorno dopo seppi che non sarei morta io, bensì mia madre. Di cancro. Terminale.

«Non puoi andartene, ho bisogno di te, ho tanto bisogno di te» le dissi, come se la prospettiva di morire non fosse abbastanza.

«No, tesoro, non hai più bisogno di me. Io voglio andare da tuo padre. Mi manca molto. E lui non sa stare senza di me.»

Águeda, 2019

Águeda non vide la figlia divorziata. Un cancro ai polmoni le risparmiò il dispiacere di veder crollare quella che ai tempi aveva considerato una fiaba. E dire che nella vita aveva solo fumato qualche sigaretta di marihuana con Florita. Non era mai neanche scesa in miniera.

Quando il medico le diede la notizia, Águeda avvertiva da tempo una grande stanchezza, che attribuiva alla solitudine e agli anni. Aveva persino chiesto ad Ana di lasciarle usare la Singer per intrattenersi la mattina, che trovava interminabile, anche quando aveva la lezione di ginnastica senior al centro sportivo del sobborgo. Era anche una scusa per passare più tempo con la figlia.

Águeda dimagrì, perse l'appetito e le venne un catarro che le provocò una tosse fastidiosa per più di due mesi. La volta in cui la tosse le portò in bocca il sapore metallico del sangue, ripensò al padre Paulino, quando si era ammalato prima di morire, e prese un appuntamento dal medico. Senza dire niente ad Ana. Non voleva farla preoccupare.

Lo pneumologo della mutua le diede appuntamento tre mesi dopo la richiesta, tre mesi in cui sopportò in silenzio, nell'incertezza, in attesa di essere visitata. Lo specialista non poteva fare molto con gli strumenti che aveva in studio, ma dopo averla auscultata e aver saputo dei sintomi, intuì che qualcosa non andava bene.

«Dovrebbe andare al pronto soccorso per farsi fare subito gli esami. Non aspetti un appuntamento. Se vuole me ne occupo e stanotte dorme già qui.»

«Non al pronto soccorso, per favore, non voglio che mia figlia lo sappia. Non possono farmi le analisi senza ricoverarmi?»

«Se non si ricovera, deve chiedere un appuntamento.»

«Non voglio andare all'ospedale e non uscirne com'è successo a mio padre. Non ho potuto nemmeno salutarlo. Se devo morire, voglio stare accanto a mia figlia per il tempo che mi resta. Venire in ospedale alla fine basta e avanza.»

Il medico cercò di convincerla, ma Águeda si oppose.

«Le faccio una prescrizione urgente. Non è come se fosse ricoverata ma accelererà il processo. Poi venga da me, senza aspettare un appuntamento. Quando avrà gli esiti, chiami questo numero e dica chi è. Lo lascio scritto nel suo fascicolo, così le trovano un posto.»

Dopo un mese e tre settimane le fu comunicata la diagnosi. Rifiutò le cure.

«La chemio mi può guarire?»

«No, ma può darle qualche mese di vita. Forse un po' di più.»

«Che vita? Vomitare dal letto al bagno e dal bagno al letto mentre mi cadono i capelli, le ciglia e le sopracciglia? Non voglio le piaghe in bocca, né sentire sapori strani in tutto quello che mangio né essere sfinita tutto il giorno. L'ho vissuto con mio marito. Sopporterei questo calvario se potessi guarire, ma per morire no. Mi dia qualcosa per alleviare i dolori quando cominceranno, non voglio altro.»

Águeda rimandò il momento di dirlo ad Ana finché non

ebbe bisogno della morfina. Non faticò a convincere la figlia della decisione di non curarsi, e in meno di cinque mesi cominciò le cure palliative. Ma non riuscì a convincerla a lasciarla morire in ospedale.

«Morirai a casa, con tua figlia e i tuoi nipoti. Ti conosco, tu lo hai voluto per papà perché pensavi che fosse meglio per lui. Io voglio la stessa cosa per te.»

«E i bambini devono assistere a una cosa simile?»

«I bambini non sono più bambini. E tu sei la loro nonna.»

Águeda non si aspettava di ricevere visite quotidiane della consuocera, che cancellò ogni impegno e trascorse con lei tutti i pomeriggi, fino al giorno in cui cominciò l'agonia. Giocarono a carte, Águeda le insegnò a leggere il futuro nelle carte spagnole e nei tarocchi, e Paloma si rivelò un'allieva dotata. Fece persino pratica a casa per farle una sorpresa.

«Quello che ha fatto per mia madre è stato bellissimo» la ringraziò Ana dopo il funerale.

«Figuriamoci. Era la nonna dei miei nipoti. Ed era una brava donna.»

Ana pensò che non avrebbe mai capito la suocera.

Águeda, 1997

Jesús usciva senza la moglie solo un sabato al mese. E nelle rare occasioni in cui doveva partecipare a una cena di lavoro o a un altro impegno, l'avvisava in anticipo. Arrivava a casa intorno alle nove e mezza dopo la fine del turno, una volta riordinato il reparto e chiusa la cassa. Un sabato di febbraio, alle dieci di sera, Águeda cominciò a preoccuparsi perché non era ancora rientrato.

«Sono le dieci e Jesús non c'è ancora. Le alici si raffreddano e non gli piacciono come appena fritte.»

«Ho lo stomaco che brontola e non c'è niente di interessante alla tivù. Continuano a rompere le scatole con quella pecora Dolly» disse Aurora. «Davvero difficile clonare una pecora: sono tutte uguali! Bianche, nere o marroni, certo, ma sempre la stessa roba. Che idiozia, Dolly di qua, Dolly di là, manco avessero scoperto la pietra filosofale!»

«Credete che mi importi di Dolly, Molly o Vattelapesca? Dove sarà finito quell'uomo?»

«Ceniamo? Svengo!»

«Non preoccupatevi, avete un sacco di riserve» le disse Águeda, ma subito fece marcia indietro. «Be', cenate voi. Io aspetto Jesús. Ha il cellulare spento. Quando lavora lo spegne sempre, in effetti. Forse oggi esce dopo. È strano, ma siccome non è più alle Galerías Preciados, magari gli orari sono cambiati» rifletté a voce alta.

«Non dire stupidaggini e cena. Sarà andato con i colleghi a bere un bicchiere. Se gli fosse successo qualcosa al lavoro ti avrebbero chiamato. Sarebbe proprio sfortunato ad aver avuto un incidente mentre tornava a casa. Sono duecento metri.»

«Vado a cercarlo, fa sempre la stessa strada. Magari ha avuto un capogiro ed è caduto, o ha avuto qualche altro problema.»

Águeda prese il cappotto senza badare alle proteste della madre e percorse il tratto di strada che la separava da El Corte Inglés, ma non trovò traccia del marito. Il negozio aveva già chiuso e non c'era nessuno a cui chiedere. La sera entravano gli addetti alle pulizie e al riordino che non conoscevano i commessi, perché non si incrociavano mai.

Águeda tornò a casa e si sedette ad aspettare.

«Vuoi rinunciare alla cena perché tuo marito è andato a fare baldoria e si è dimenticato di avvisarti? Non fare la stupida, non vedi che è sabato?» disse Aurora.

«Ma questo sabato non doveva uscire. E in ogni caso sarebbe passato da casa a cambiarsi, come sempre. A Jesús è successo qualcosa di brutto, me lo sento. Faccio le carte e vediamo cosa dicono.»

«Be', io me ne vado a letto.»

Águeda pescò più volte la Morte o la Ruota della fortuna, carte di mutamento. Con il passare delle ore, cambiava l'interpretazione: le stesse carte che all'inizio della serata annunciavano un piccolo mutamento, le fecero temere di restare vedova intorno alle quattro del mattino, ora in cui sentì la porta che si apriva.

Jesús si presentò in uno stato pietoso, barcollante, puzzolente di alcol, ma Águeda non poté che ringraziare Dio per avergliela ridato vivo. Non capì nulla di ciò che il marito cercò di spiegarle, ma riuscì a portarlo a letto. Crollò come un sacco e un'ora dopo, quasi senza svegliarsi, vomitò sul cuscino e si riaddormentò. Águeda, che non aveva ancora preso sonno, pulì il disastro e cambiò le lenzuola con il marito sopra, semicosciente. Quando ebbe finito era stravolta.

Jesús si svegliò a mezzogiorno. I postumi non gli permisero di alzarsi dal letto né di assaggiare il brodo che la moglie gli aveva preparato, ma le raccontò l'accaduto.

«Mi hanno licenziato. Che cosa faccio adesso?»

«Ma perché?»

«Per via delle vendite, quelle maledette vendite. Cosa faccio adesso? Dimmi, cosa faccio?»

«Ci verrà in mente qualcosa. Non abbiamo problemi di soldi» rispose lei, sapendo quanto il lavoro ai grandi magazzini fosse importante per il marito.

«Ho mal di testa. Porta via il brodo, per favore, e prendi una bacinella, perché ho voglia di vomitare.»

Quando Águeda tornò in cucina con la bacinella, la madre la guardò con accondiscendenza.

«Che gioiellino.»

«Madre, non rompete le scatole. Non oggi.»

Aurora, 2019

«Procurami della maria» chiese Aurora alla pronipote quando Águeda arrivò all'ultimo stadio della malattia.

«Quale maria?»

«Non fare la finta tonta, Alba, sai benissimo quale maria.»

«Perché la vuoi? Io non fumo e non assumo droghe.»

«Lo so, ma di sicuro qualche tuo amico fuma e riesci a trovarla più facilmente di me.»

«No. Magari ti succede qualcosa. Hai una lista di cose da fare nella vita o qualcosa del genere? Anche se la maria ci hai raccontato di averla provata con la tua amica *carbonera*.»

«Voglio fumarla con mia figlia. A quanto pare allevia il dolore» confessò Aurora.

«Vedo cosa posso fare» acconsentì Alba, commossa.

«Se trovi le sigarette già fatte, meglio, perché vedevo come le faceva Ramona, ma sono passati molti anni.»

Armata del bottino che le aveva procurato Alba, Aurora andò a trovare la figlia. Quando furono sole, tirò fuori gli spinelli già fatti da un portasigarette che aveva in tasca.

«L'hai già fumata, giusto?»

«Spesso. Con Florita. Quando abitava a Oviedo e ci vedevamo tutte le domeniche» confessò Águeda, stupefatta da quelle sigarette ben arrotolate.

«Ora fumiamo insieme. Le altre le tieni per quando ne hai bisogno. E se le finisci, mi chiami e te ne porto ancora. Se gli americani le vendono con la ricetta per i malati di cancro, ci sarà un motivo.»

Ana entrò in camera due ore dopo, infastidita dalla madre e la nonna che si erano chiuse dentro. Quando le vide ridere senza freni in una nuvola di fumo che puzzava di spinello, rimase impietrita. Resistette all'impulso di riportarle all'ordine e, senza farsi vedere, tornò sui propri passi. Non facevano male a nessuno e, al di là delle stranezze della nonna Aurora, meritavano di dirsi addio.

«Vieni qui con noi, Anina» le urlò Aurora.

«Non oggi, nonna, un'altra volta. Oggi solo voi due.»

Aurora impiegò diverse ore ad andarsene. Voleva dire una cosa alla figlia e non sapeva come farlo.

«Non ho saputo fare di meglio» disse alla fine.

E Águeda capì.

«Non è andata così male. Ho avuto una bella vita.»

«È incredibile che sei venuta fuori così bene.»

«Per via dell'africano?»

Aurora assentì.

«La cosa che mi è subito piaciuta di Jesús è che era biondo» confessò Águeda. «E che mi aveva dato retta, visto che tutti notavano sempre Florita. Mi sono sempre piaciuti i suoi occhi grigi e la pelle chiarissima, che si bruciava persino se passeggiava sul Muro senza crema. Anche se non c'era il sole, bastava la brezza del mare. Quando ha cominciato a perdere i capelli, non ci ho pensato e la prima volta che siamo andati in spiaggia si è bruciato la chierica. Poverino. Sembrava un granchio bollito. Voi non c'eravate, quell'estate.»

«Hai scelto bene. Nonostante tutto, hai scelto bene. Nessuno è perfetto e tuo marito andava bene per te.»

«Sì, Jesús è stato bravissimo con me, ma devo dire che ho avuto fortuna, perché nessun altro mi aveva mai notato.»

Quando Aurora ricevette la chiamata di Ana che le comunicava la morte di Águeda, avvertì un dolore così profondo e intenso che si sentì soffocare. E le parve una buona cosa. Da tempo vedeva la morte come una liberazione: non aveva senso restare al mondo solo per dare fastidio. Quando l'aria le riempì di nuovo i polmoni, rimase delusa. Dio non aveva finito con lei e le toccava soffrire ancora. La sua unica ragione di vita era Alba, e Alba non aveva bisogno di lei. O così sembrava ad Aurora. Con Ana non aveva un rapporto stretto e con i suoi figli parlava solo ai compleanni e per Natale. Pedro, dopo la morte della moglie, era entrato in un ospizio a Gijón, mentre Paulino e la moglie Dora non si muovevano quasi più da quando lei si era rotta l'anca, qualche anno prima. Aurora sentiva la mancanza della madre, della figlia e di Ramona. Non di Ferino o di Paulino.

Impiegò mesi a uscire dalla residenza. Prima non voleva farlo, nonostante le insistenze di Alba, che passava dalle minacce ai ricatti emotivi. Poi arrivò il coronavirus e tutta la Spagna fu confinata in casa. Aurora sperò che fosse arrivato il suo momento, ma quel virus disgraziato fece fuori migliaia di anziani delle residenze di tutto il Paese, ma saltò la sua. Stavano per espellerla perché non rispettava le misure di sicurezza e accettò di mettersi la mascherina solo quando Alba la costrinse, minacciandola di internarla come demente se si fosse rifiutata.

Aurora prese atto che Dio era più testardo di lei e che non le avrebbe permesso di lasciare il mondo finché non avesse realizzato il suo proposito. Doveva capire di che proposito si trattava per liberarsi della vita il prima possibile. Ricordò la visita che aveva ricevuto più di vent'anni prima.

Aurora, 1997

A settantacinque anni Aurora muoveva i quasi cento chili del suo corpo con un'agilità stupefacente. Si manteneva in forma anche perché la figlia, per non farla irrigidire, le aveva affidato il compito di aprire la porta ogni volta che suonava il campanello e, tra le clienti e le allieve, suonava spesso.

«Madre» urlava Águeda dalla sartoria per invitarla a sbrigarsi quando qualcuno trillava con impazienza.

Aurora si prestava perché sapeva che accogliere bene le clienti era fondamentale. E perché non sapeva dove andare. A Turón no, non aveva neanche più una casa e non voleva tornarci, e a Siviglia era finita male. Per quanto la mortificasse, sapeva di potersi rifugiare a casa della figlia. Purtroppo Águeda la costringeva a farsi la doccia e a indossare vestiti puliti ogni giorno, controllava tutto quello che mangiava e si ostinava a farle fare gli esami del sangue che ogni anno certificavano il suo ottimo stato di salute. Ma ad Aurora piaceva sostituirla nelle lezioni ogni tanto e aiutarla nei modelli complessi.

Quella mattina di settembre, quando avevano appena ripreso l'attività della sartoria, non suonò una cliente ma un uomo di circa quarant'anni, che chiedeva di Aurora Cangas.

«Chi la desidera?» rispose lei, sulla difensiva.

«Mi chiamo Manuel Menéndez Miranda. Sono un giornalista. Siete Aurora Cangas?»

Le antenne di Aurora si attivarono immediatamente.

«Sono la domestica.»

L'uomo, incredulo, guardò quella donna enorme che sembrava aver superato di molto l'età della pensione.

«Sentite, non sono venuto a disturbare. Mio padre investigava da anni su un episodio del dopoguerra. Nel '67 sono venuti alla luce due cadaveri sotterrati nella cantina di una casa a Turón, sapete di che cosa parlo? I corpi appartenevano a due regolari africani. Il fatto non ha avuto molta ripercussione sulla stampa. Immagino che, con la situazione politica del momento, a nessuno interessasse aprire vecchie ferite. Concedetemi un quarto d'ora, per favore.»

Aurora lasciò perdere la pantomima della domestica e condusse il giornalista in sala.

«Ha cinque minuti» gli disse quando si furono seduti. «Sono fin troppi per una storia di cinquant'anni fa, che non capisco perché voglia dissotterrare adesso. In meno di due mesi l'ETA ha ucciso quel povero ragazzo, quell'assessore basco, e Lady D è morta in circostanze strane, secondo me l'hanno fatta fuori. E lei indaga su due morti del dopoguerra spagnolo. Non so se le conviene. Di sicuro non diventerà famoso. Le converrebbe scrivere articoli su faccende più attuali e interessanti.»

Il giornalista non poté fare a meno di sorridere.

«Mio padre stava investigando su questa storia quando morì in un incidente d'auto. Qualche mese fa mi sono trasferito e ho trovato i suoi fogli in fondo a un cassetto. Nei suoi appunti c'è scritto che si è messo in contatto con vostra figlia una settimana prima di morire. Lei gli ha fornito un indirizzo in Argentina, ma lì nessuno ne sapeva niente.»

«Cosa pensa di ricavare da tutto questo?»

«Ho proposto a varie testate di continuare il reportage iniziato da mio padre e ho trovato una sezione politica emergente interessata a finanziare l'indagine. A seconda delle conclusioni che otterrò, decideranno se pubblicarla o no.»

«Questa conversazione è finita» disse Aurora, alzandosi in piedi. «Non sarò io ad aiutarla a cercare i colpevoli tra persone che hanno sofferto già più del dovuto.»

«Ascoltatemi, per favore. Le cose non stanno così. Cercano episodi di repressione contro le donne nell'ultimo secolo. Vogliono raccontare la storia da un altro punto di vista, invisibile, quello delle donne.»

«Non interessa a nessuno, come non è mai interessato a nessuno e continuerà a non interessare. Oggi si può parlare senza paura di rappresaglie, ma nessuno la ascolterà. Le dico anche che non mi stupisce: chi vuole rivivere cose del genere? Adesso sono tutti instupiditi dalla tivù, stanno a guardare Carmen Sevilla che starnazza in diretta parlando di pecore. Quella donna era un'ottima artista e guarda come si è ridotta! Ed è pure più giovane di me.»

«Sono molte le persone interessate a ciò che è successo alle loro antenate» insistette il giornalista. «A prescindere dalla fazione. Non si tratta di politica ma di dare visibilità alla storia delle donne, le grandi dimenticate. Vogliono dare voce a una parte di storia messa sistematicamente a tacere.»

«Non vogliono fare politica? Non ci crede nessuno. Non conti su di me. Qui cuciamo e insegniamo a cucire. Non diamo voce a nessuno e non insegniamo la storia.»

«Doña Aurora, almeno pensateci.»

«Le ho detto che sono la domestica, adesso la accompagno alla porta e dopo riferisco il messaggio alla signora.»

«Prendete il mio biglietto, se per caso un giorno la signora sarà interessata a contattarmi.»

Aurora mise via il biglietto e sbatté fuori il giornalista senza riguardi. Poi andò in bagno e vomitò. Più tardi si consolò al pensiero che la vecchia Singer fosse da anni a casa di Anina a Madrid.

Águeda, 2013

Águeda non era mai stata appassionata di cinema, ma la notizia che un cortometraggio sulle vedove dei soldati africani che avevano combattuto con Franco durante la guerra civile era stato nominato ai Goya attirò la sua attenzione.

Quelle immagini di donne anziane in miseria, che lavoravano dalla mattina alla sera anche se non avevano più il fisico né l'età per farlo, le ricordarono la madre, perché raccontavano di essere rimaste senza mezzi per mantenersi quando erano morti i mariti, ex combattenti della guerra civile spagnola.

Jesús doveva aver pensato la stessa cosa.

«Spero che tua madre non stia vedendo questo programma alla residenza, altrimenti immagino la rabbia e l'indignazione. Va finire che ce la restituiscono» disse bevendo un sorso del secondo whiskey della serata. «Perché ce l'ha così tanto con gli africani?»

«Storie di guerra.»

Uno dei pochi segreti che Águeda non rivelò mai a Jesús era l'orribile conversazione avuta con la madre anni prima, a El Palmar, sui soldati africani che l'avevano aggredita, la macchia della Singer e i cadaveri sepolti nella casa dei nonni. La storia sembrava irreale persino a lei, qualche volta, e le veniva il dubbio che la madre se la fosse inventata per mortificarla. Finché non si rendeva conto che i cadaveri di quei due soldati africani, tra cui il suo presunto padre, erano ricomparsi mummificati nella cantina dei nonni.

Sentì Jesús che ricordava quando Aurora, anni prima, aveva sentito la notizia che un tribunale aveva concesso l'adeguamento della pensione a un ex combattente marocchino. Il programma *Informe Semanal* aveva dato eco al fatto con un piccolo reportage sulla controversa decisione legale.

Aurora aveva cominciato a farfugliare nel momento in cui l'annunciatrice aveva introdotto la notizia: «I combattenti che Franco ha messo da parte, con pensioni misere che non vengono adeguate da anni, finalmente vedranno riconosciuti i loro diritti».

Un uomo che era stato reclutato dalle forze insorte in Marocco a soli diciassette anni rilasciò la sua testimonianza: «Stavamo sempre davanti, dove si rischiava la morte, ma adesso nessuno si ricorda di noi e viviamo in miseria. Franco ci ha promesso oro, donne bianche e fortuna». E Aurora esplose.

«Maledetti bastardi, la morte eravate voi. Figli di puttana! Seminavate orrore e cadaveri ovunque passavate! Donne bianche? Vi ucciderei di nuovo tutti con le mie mani, anche sapendo di dover passare la vita a cucire sul vostro sangue!» urlò fuori di sé, con una tale ferocia che ad Águeda cadde dalle mani il telaio del ricamo applicato alle lenzuola che stava preparando per Ana.

«Si può sapere cos'avete? Che cosa state dicendo?» domandò Jesús, che da tempo pensava che la suocera fosse fuori di testa.

«Calmatevi, vi sentirete male. Volete che vi porti un infuso di tiglio?»

«Altro che tiglio e tiglio! "Donne bianche", stronzi, meritate di bruciare all'inferno! E io mi sono dovuta tenere il vostro sangue!»

Quella scena di anni prima tornò alla memoria di Águeda come se accadesse in quel momento e non fosse trascorso ormai un decennio.

«E se l'è presa con quella benedetta Singer» disse Jesús. «Meno male che Anina se l'è portata via quando si è sposata. Come ha reagito tua madre quando l'ha saputo! Ti ricordi?»

Certo che se ne ricordava.

«La Singer va a Madrid?» aveva detto Aurora alla figlia. «Niente, quel benedetto africano non scomparirà mai dalle nostre vite. Andrà a finire nella sala di una casa di ricchi. Che mondo assurdo!»

«Quale africano?» aveva domandato Ana.

«Quello che mi ha rovinato la vita; non me ne libererò

mai. E adesso devo vivere con tua madre. Quando sarà morta, resterà a te. Resiste come la peste.»

Quel documentario tenne sveglia Águeda per diverse notti, finché Jesús cominciò a non sentirsi bene e ad avvertire un dolore sordo e continuo sul lato destro dell'addome, che le fece accantonare nuovamente gli africani per dedicarsi al marito fino al giorno in cui morì.

Ana, 2019

La morte di Águeda provocò in Ana un'inquietante sensazione di vuoto. Senza padre e madre, non poteva guardarsi indietro in cerca di appoggio e consolazione. Il primo anello della catena era lei. A cinquantun anni si sentì improvvisamente vecchia.

«Non sei vecchia. Hai avuto la fortuna di avere tua madre per più di mezzo secolo ed è terribile perderla, ma è la legge della vita» le disse Beba, che le restò accanto per tutta la malattia di Águeda.

«Mi sembra di aver sprecato la mia esistenza. Non sono felice. Carlos non è mai a casa, i bambini non hanno più bisogno di me e non me ne frega niente di tutto quello che faccio.»

«La vedi così perché sei triste per tua madre. Devi prenderti cura di te stessa per non cadere in depressione.»

«Sono triste, non depressa. Ho un'ansia cronica per via della vita noiosa che faccio da quando mi sono sposata. Niente ha la minima importanza.»

«E le opere benefiche di tua suocera? Aiutano molte persone.»

Ana rise, con sarcasmo.

«Sono solo una scusa per riunire dei ricconi e stringere legami che consolidano la loro cerchia sociale rendendola unita. E soprattutto chiusa.»

«Anche questo. Ma la gente che aiutano è reale e bisognosa» insistette Beba. Quando capì che non l'avrebbe convinta, cambiò strategia. «Che cosa vorresti fare?»

«Che importanza ha? A questo punto non so più fare niente.»

Beba non sapeva come aiutarla e si sentiva in colpa. Aveva bisogno che Ana fosse forte, perché lei e Carlos le avrebbero spezzato il cuore.

Quando udì il marito che le parlava di divorzio, Ana non fu in grado di dire nulla pur aspettandoselo da anni.

«Non intendo applicare l'accordo prematrimoniale che mia madre ti ha costretto a firmare» disse Carlos. «Voglio che tu viva agiatamente. Per me sarai sempre la madre dei miei figli e la bionda con il sorriso dolce che mi ha conquistato al primo sguardo all'Oh! Madrid.»

«Te ne vai con un'altra?»

«Posso avere una vita sentimentale, ma non me ne vado con un'altra, mi separo da te. Non ci sarebbe mai stato nessuno se io e te fossimo stati bene. Da molti anni il nostro matrimonio è solo una facciata. Né passione né comunicazione. Molti coinquilini hanno rapporti più intimi del nostro.»

«Capita in tutti i matrimoni che durano più di vent'anni.»

«È quello che vuoi? Sei felice?»

Ana si strinse nelle spalle e si guardò intorno. Sentì gli occhi che si riempivano di lacrime. Quella stanza da letto immensa, arredata con mobili delle migliori marche come il resto della casa, le era sempre sembrata una gabbia dorata, ma pensare di perderla le fece venire le vertigini più che l'idea di rimanervi rinchiusa.

«Dove abiterò? E i bambini?»

«Nella casa che sceglierai. Abbastanza grande perché Jesús stia da te tutte le volte che vuole. Ha già 16 anni, il prossimo anno andrà a studiare negli Stati Uniti e non è il caso di imporgli un regime di visite. Alba abita da sola e Carlos ha in progetto di trasferirsi al più presto. Non voglio che ti preoccupi dei soldi perché sarò più che generoso.»

«Chi è? Di sicuro è bella e giovane.»

«Insomma, Ana, ho sessant'anni e ti sono stato accanto per tutta la vita. Con chi sto adesso non c'entra niente con il divorzio. La nostra storia si è rovinata molto tempo fa, ed è dipeso solo da noi.»

«Hai smesso di amarmi quando sono nati i bambini» lo accusò lei.

«Sbagli, io ti ho sempre amato.»

Ma Ana non era disposta a cedere.

«È appena morta mia madre, come puoi farmi questo?»

Carlos non le parlò degli anni trascorsi ad aspettare il momento giusto, e non volle proseguire una conversazione che avrebbe soltanto arrecato dolore a entrambi. La lasciò da sola e Ana cercò conforto in Beba non appena fu uscito di casa. Il telefono dell'amica suonava occupato.

Beba stava parlando con Carlos.

«Fatto, gliel'ho detto» le annunciò.

«Peccato che non potrò starle accanto. Quando verrà a sapere che stai con me, mi odierà.»

«Di sicuro. Non capirà mai che quando ci siamo messi insieme anni fa il nostro matrimonio era già distrutto. Fa così da sempre: se la realtà non si adatta alla sua visione del mondo, la distorce provando a cambiarla. Mi ricordo la sua reazione quando Alba ci ha detto che era lesbica.»

«Non essere così duro con lei, sta attraversando un brutto momento. È in piena crisi esistenziale, e con la faccenda della madre...»

«Magari sarà una svolta. Non se la passerà così male, almeno economicamente. Farò in modo che non abbia problemi, da quel punto di vista.»

«Sei una brava persona. Forse mi piaci tanto proprio per questo.»

«Se non fosse che ti sei rifiutata di rivelare la nostra storia finché i bambini non fossero cresciuti, l'avrei lasciata da anni.»

Beba non aspettò che Ana scoprisse chi era la donna con cui stava suo marito, ma andò a dirglielo di persona.

«Beba! Meno male che sei qui!» disse correndo ad abbracciarla. «Carlos vuole il divorzio.»

«Lo so.»

«Te lo ha detto?»

«È un po' più complicato. Sediamoci.»

«Vado a dire di portarci un caffè.»

Ana aspettò che arrivasse. Non voleva che il personale di servizio sentisse la conversazione. Guardò Beba, in silenzio. Gli anni non erano passati invano per nessuna delle due, ma Beba era invecchiata bene, era una donna sofisticata anche se non era mai stata bella. Quel giorno aveva una tenuta casual, a suo agio con i capelli corti e il fisico ancora atletico grazie agli intensi allenamenti sportivi che faceva ogni giorno, e che rafforzavano l'aria autorevole e sicura di sé che aveva acquisito a furia di lottare in un mondo di squali. Ana pensò che fosse proprio quell'aspetto a renderla poco attraente per gli uomini.

«Sono innamorata di Carlos» annunciò Beba, diretta, senza girarci attorno, quando la domestica ebbe chiuso la porta della sala.

Ana guardò l'amica in silenzio, incapace di reagire di fronte a un'affermazione così inattesa.

«Non ho mai smesso di esserlo, da quando uscivamo insieme all'università e Paloma, dopo averlo saputo, ha fatto il diavolo a quattro» continuò Beba. «Lui non doveva essere particolarmente convinto, perché non ha lottato per me. Poi sei comparsa tu e si è innamorato. A Paloma andavi bene.»

«Perché non me lo hai mai detto?»

«Qualche volta ci ho provato, ma non era un discorso facile.»

«Starà con te?»

Beba assentì.

Ana si diresse al mobile bar, si versò un drink e ne bevve un sorso.

«Non dici niente?»

«Chiese la troia rubamariti» la aggredì Ana.

«Non ti lascia per colpa mia. Io sono la sua seconda scelta, non si sarebbe mai messo con me se le cose tra voi fossero andate bene. Non ha funzionato. Carlos voleva divorziare da anni e Paloma intendeva lasciarti senza niente. Era tutto in mano agli avvocati. Tua suocera voleva organizzare il divorzio come aveva fatto con il vostro matrimonio.»

«E perché non ha divorziato allora?»

«Vorrei pensare di averlo convinto io, ma immagino di avergli suggerito quello che già pensava. Jesús era piccolo e Carlos stava vivendo un'adolescenza difficile.»

«E hai visto la tua occasione. Come una iena che sente l'odore della carogna.»

«Neanche un po'. In ogni caso, non è importante. Volevo solo che lo sapessi. Io ti stimo molto, moltissimo, e ho sempre capito cosa vedeva in te Carlos. Magari sapessi vederti così anche tu. Non hai bisogno di vivere all'ombra di Carlos e Paloma, nascosta come un topo, sperando che la vita tiri dritto e non ti attacchi.»

«Mi mancava solo questo! Vattene da casa mia, cazzo!»

Ana le tirò il gin-tonic in faccia e senza neanche guardarla, si alzò a versarsene un altro.

20

Ana, 2020

Mia nonna Aurora non è stata portata via dal virus che ha provocato la morte di migliaia di anziani nel mondo, pur essendosi rifiutata di venire a stare da me durante la pandemia.

«Credi che abbia paura del coronavirus?» mi disse. «Ho ucciso due soldati africani e ho evitato che fucilassero mio padre denunciando un prete con l'aiuto del mio amante. Che era un caporale, eh? Non credere che non mirassi a stare con lui, ma non mi ha voluta. Certo, perché ero molto bella, ma ero anche la figlia di un minatore e non potevo competere con un'aristocratica. Quella doña Pilar aveva persino la macchina.»

«State vaneggiando, nonna.»

«Sì, sì, vaneggio. Cosa vuoi saperne, tu? È andata così, come ti ho detto.»

Attribuii le storie di mia nonna alla demenza senile, anche se era sana come un pesce a quasi cent'anni. E dire che negli ultimi tempi era dimagrita di quasi venti chili, ma continuava a pesare molto più di quanto i medici reputavano sano. In ogni caso le sue analisi non mostravano il minimo scompenso. Né glicemia alta, né colesterolo, neppure un po' di trigliceridi. La demenza non avanzava, secondo i risultati dei controlli annuali cui si sottoponeva controvoglia, e tutti ci domandavamo se la sua follia fosse senile o presente dalla nascita.

Mandai Alba a convincerla a trasferirsi a casa nostra fino

alla fine del lockdown che io, come tanti altri, immaginavo di un paio di settimane.

«Alba, provaci tu, perché con me attacca sempre la solfa degli africani e non capisco se è impazzita o finge di esserlo per essere lasciata in pace.»

«Senti, mamma, anch'io penso che non sia del tutto lucida, ma dubito che dica stupidaggini. La cosa dei soldati l'ha raccontata anche a me. Diverse volte. Senza cambiare una virgola. I pazzi non sono così precisi. Da quando è morta la nonna Águeda, la bis è ossessionata da questa faccenda.»

Neppure Alba riuscì a convincere la nonna, che passò il lockdown alla residenza. Temevo che, alla sua età, non superasse la pandemia, ma arrivò l'estate, finì il lockdown e mia nonna era sana come quando era cominciato.

Nell'estate del 2020, quando tutti speravamo che la pandemia da Covid fosse finita per sempre pur essendo certi che non sarebbe stato così, lei si mise in testa di andare nelle Asturie. La nonna era andata via da lì nel 2011 e ci era tornata solo due volte: per il funerale di mio padre e per il funerale di mia madre. Perciò, quando aveva manifestato l'intenzione di tornarci per motivi poco chiari, le avevo detto di no. Il viaggio mi sembrava rischioso, per via di quel benedetto virus. Anche per la mia salute mentale, che ne avrebbe risentito se avessi dovuto sopportarla per più giorni a tempo pieno. Aveva insistito e avevo detto di nuovo di no. Diverse volte. Finché accettai quando Alba propose di andarci tutte e tre insieme.

Così il 30 luglio 2020 ci mettemmo in viaggio: la nonna Aurora, mia figlia, il suo amico Fernando e io. Ero contenta che ci fosse anche Fernando perché lui e Alba sapevano trattare Aurora come io e mio madre non eravamo mai riuscite a fare. Avremmo dormito a Gijón, nell'appartamento di mia madre, ormai mio, dove avevo trascorso le estati dell'adolescenza e le prime dell'età adulta.

L'odore di lavanda che si sentiva una volta eliminata la puzza di chiuso mi ricordava mia madre, la mia casa, la mia infanzia. I sacchettini preparati con la tela dei sacchi profumavano la biancheria. Mia madre usava la lavanda anche nell'acqua per inumidire la roba da stirare, e le lenzuola emanavano sempre quell'aroma sottile e rilassante che mi faceva sentire al sicuro.

Alla fine di ogni primavera mia madre, mio padre e io andavamo al mercato del Fontán a ritirare la lavanda ordinata a una donna di un paese, non ricordo quale. Non mi viene in mente neppure il nome di quella signora. Ma ricordo il suo aspetto, con bastone e zoccoli, che non servivano a nulla se non a farla stare scomoda. Ricordo anche che il primo fine settimana di giugno ci faceva trovare due enormi cesti pieni di steli viola, che noi trasportavamo a casa. Quel fine settimana mia madre metteva una parte delle piante a seccare a testa in giù nella dispensa e un'altra parte a bollire. Dopo un'ora, filtrava l'acqua ancora chiara per la biancheria. Poi lasciava la pentola a bollire a fuoco lento, faceva concentrare il liquido e lo metteva nei flaconi con il contagocce per impregnare il cuscino, se qualcuno aveva problemi a dormire. Lo aveva imparato da Herminia, la nonna della sua amica Florita, ed era rimasta fedele a quel rituale. Tagliavamo la tela di sacco per fare i sacchettini, che annodavamo con un nastrino.

«Vuoi ricamarne alcuni per renderli più carini?» mi chiedeva.

Io acconsentivo sempre, emozionata da quel compito che distoglieva mia madre dalla routine accanto alla macchina per cucire, ma dopo averne ricamati quattro o cinque mi stancavo e lasciavo perdere. Lei mi rivolgeva uno sguardo comprensivo e non mi costringeva a continuare.

La sera in cui arrivai a Gijón con quegli strani compagni di viaggio l'aroma della mia infanzia nelle lenzuola mi cullò e mi fece dormire undici ore di seguito.

Dopo il divorzio, un anno prima, avevo cominciato a soffrire di insonnia e mi alzavo ogni mattina stanca e con la mente offuscata. Non importava, perché non avevo molto per occupare le mie giornate. Non partecipavo neanche più agli eventi benefici organizzati dalla mia ex suocera, anche se lei continuava a invitarmi, come non aveva mai invitato Beba.

Quella notte l'odore di lavanda mi impedì di svegliarmi, e aprii gli occhi con la luce del sole che filtrava dalle fessure nelle persiane.

Alba, 2020

Alba non mancava mai all'appuntamento settimanale con la sua bis. La domenica pomeriggio, e a volte persino il sabato, andava a trovarla con una sorpresa che secondo Aurora non le serviva, anche se passava la settimana a tentare di indovinare che cosa le avrebbe portato la pronipote quella domenica. A volte i *moscovitas*, i suoi biscotti preferiti; a volte un paio di nuove ciabatte, che erano le sue calzature abituali, e quel fine settimana, per via del viaggio nelle Asturie, arrivò con una nuova applicazione per il tablet e un paio di auricolari senza cavo.

«Perché dovrei volere questa roba?»

«Per leggere durante il viaggio e quando sarai a Gijón, dove c'è solo una tivù. Voglio che tu abbia qualcosa da fare, altrimenti rompi, ti conosco. Dici sempre che non leggi perché non ci vedi e ti viene mal di testa, ma con questa app è molto comodo.»

Aurora guardò la pronipote senza capire.

«È una collezione di audiolibri con le ultime novità. Li leggono per te e non devi sforzare gli occhi. Ti insegno come si usa. Voglio che ascolti questo: è un romanzo ambientato a Oviedo alla fine dell'Ottocento. È della tua epoca» disse per infastidirla.

«Guarda che le prendi! Io sono del Novecento tanto quanto te!»

«Non ti arrabbiare, bis, so quando sei nata. La protagonista è lesbica.»

«Santo cielo, che rottura.»

«Ma no, ti piacerà.»

«Io questa cosa del lesbismo non la capisco. Ai miei tempi facevano sesso un uomo e una donna, ma tra donne non mi è chiaro come lo fate, sai cosa intendo.»

Alba fece una risata.

«Quanto sei morbosa, bis. Quindi il grande problema è questo.»

«Sì. Non voglio morire senza averlo capito. Con quella ragazza, la Guardia Civil, cosa facevate?»

«L'uncinetto, bis! Cosa vuoi che facessimo? Quello che fa ogni coppia.»

«Ogni coppia no, perché quello che facevo con Ferino tu non puoi farlo.»

«E chi sarebbe Ferino? E tu cosa facevi, porcella?» Alba scoppiò a ridere e Aurora arrossì.

«Non sono affari tuoi, mocciosa. Hai capito.»

«Sai che si possono fare altre cose oltre al dentro-fuori, vero? O tuo marito non te l'ha mai leccata?»

«Paulino? Paulino no.»

«Come Paulino no? E quel Ferino sì? mamma mia, bis, non finisci mai di stupirmi.»

«Voi giovani siete convinti di aver inventato il mondo.»

«Dai, la cosa che arrivavate vergini al matrimonio non è vera.»

«Ci arrivavano quelle fortunate. Perché allora la verginità non la perdevi né la davi via, te la toglievano.»

«Che tristezza, bis! E chi te l'ha tolta?»

«Non ha più importanza, è stato un sacco di tempo fa. E tu? Fai tanto la moderna ma, se senza l'arnese, sei ancora vergine.»

«Bis, non ci credo! Sei tremenda. Certo che non sono vergine.»

«Be', allora devi spiegarmelo, perché se il pesce non ha la coda...»

«Di code, come dici tu, ne vendono di un sacco di materiali.»

«Incredibile. Quindi sostituite l'arnese con un coso di plastica. Pratico, ma un po' schifoso.»

«Piano, non offendere, io non faccio commenti. Non credere che sia piacevole immaginarti che te la fai leccare da uno sconosciuto» disse e subito dopo schivò la cuscinata che le diede la bisnonna.

«Ah!» disse Aurora tenendosi la spalla per lo sforzo. «Vuoi farmi fuori! Non fraintendermi, qualche vantaggio lo vedo nell'essere due donne. Gli uomini sono selvaggi e danno lavoro. Se alla mia epoca fosse stata un'alternativa possibile, magari sarei diventata lesbica anch'io. Ma non so con chi, perché Ramona era bravissima ma bruttissima. Aveva certi baffi!»

«Dai, bis, non esagerare.»

Aurora era abituata alla morte. Quando era giovane, la gente moriva in miniera, sotto le bombe, fucilata davanti al muro del cimitero, per mano del nemico al fronte, di malattie che arrivavano e facevano fuori mezzo paese, come i focolai di tubercolosi, o di fame, anche quella una malattia che si nascondeva dietro molte patologie e uccideva più del grisou. Per questo non capiva lo scandalo scatenato da quel benedetto virus che aveva chiuso in casa mezzo mondo. Secondo lei, quella bestia invisibile era riuscita là dove la guerra civile aveva fallito. Certo, durante la guerra non si era al sicuro neppure in casa, si disse, a mo' di spiegazione. Poteva capire che la nipote fosse preoccupata perché non aveva avuto altri problemi nella vita al di là dell'aprire il frigo per scegliere che cosa le andava di mangiare, ma non capiva perché alcuni vecchi con cui condivideva alloggio e acciacchi se la facessero addosso dalla paura, come li aveva accusati più di una volta in un impeto. Non tutti. La maggior parte era più disillusa che spaventata, ma la disillusione era tipica dell'età, quando si sapeva che la vita concedeva molto meno di quanto prometteva. La pandemia finì con l'annoiarla. La prospettiva di passare le giornate tra programmi televisivi in cui non conosceva più nessuno e una radio in cui non dicevano niente che non avessero detto ogni anno cambiando il nome dei politici, fu invasa dal tedio e da ricordi intricati. Aveva voglia di ripercorrere le strade che aveva abbandonato piena di senso di colpa e di paura travestiti da determinazione, e di affrontare i fantasmi che, nel bene e nel male, erano parte della sua storia. Ultimamente non la smetteva di pensare a Olvido, sua madre, prima in sogno, poi da sveglia, e sentiva il calore confortante del suo abbraccio, sempre più forte.

Quindi l'estate del coronavirus tornò nelle Asturie. Chiese alla nipote di andarci in aereo, ma Ana era terrorizzata dalla prospettiva di trovarsi in uno spazio così ristretto con un'anziana obesa, le mascherine e le distanze di sicurezza.

«E se succede qualcosa in volo, nonna?»

«Che dramma! Con quello che sta capitando nel mondo, non credo che farebbe notizia un'anziana quasi centenaria che tira le cuoia in aria. Mi vuoi togliere la soddisfazione di salire su un aereo?»

Aurora voleva solo che Ana si concentrasse sul non volare con lei perché non si rifiutasse di fare il viaggio. Alba e Fernando risero sotto i baffi sapendo che Aurora aveva paura di volare, ma entrambi tennero il segreto. Poco tempo prima aveva parlato degli aerei e diceva che erano come bare con le ali in cui assiepavano i passeggeri come cadaveri nelle fosse comuni del dopoguerra.

Viaggiarono sulla macchina di Carlos, una Porsche Cayenne con più di trecento cavalli, perché sulla Mini di Ana non ci sarebbero stati. Carlos tenne la Range Rover Evoque della figlia, il regalo per il suo venticinquesimo compleanno, offerta di pace dopo anni passati a litigare per la decisione di Alba di non entrare nell'azienda di famiglia.

All'andata guidò Alba. E Aurora, che da quando le avevano diagnosticato la demenza senile usava la malattia come scusa per non tacere nulla che aveva voglia di dire, non perse l'occasione di commentare la scena dal sedile del passeggero.

«Se lasci che la ragazza guidi mentre tu stai dietro con

sua madre, non ti aspetta un grande futuro, lasciatelo dire, ragazzo.»

«Sono "lesbica", bis. Ti ho anche presentato una fidanzata. Lascia in pace Fer.»

«E tu, Fer, sei "lesbico" anche tu? Perché altrimenti non me lo spiego.»

«Per gli uomini non si dice così, bis!»

«E lei ti difende pure. Figlio mio, ti stai sprecando. Così sveglio nello studio e così tonto nella vita» disse mentre Fernando taceva e rideva. «Che fine ha fatto la fidanzata che avevi?»

«Mi ha lasciato» rispose Fernando divertito, per nulla infastidito dalle frecciate di Aurora.

«Non ci sai proprio fare con le donne. Lo sapevi, ragazzino, che anche il nonno di Alba era... be', quella cosa lì, comunque la chiamiate adesso? Ma ha sposato mia figlia. Certo, erano altri tempi e i finocchi li mettevano in carcere e li torturavano, quindi si sposavano per passare inosservati.»

Ana avrebbe preferito essere ovunque piuttosto che in una macchina con la nonna che toccava argomenti che non doveva toccare.

«Smettila, per favore» la pregò, senza rendersi conto che in quel modo stimolava la curiosità di Alba.

«Allora è vero? Il nonno era gay?»

Ana non poté rispondere perché Aurora la precedette.

«Sì, fino alla punta dei capelli, ma allora dichiararsi non era come adesso. Per le donne era impensabile e tra gli uomini lo facevano solo gli stilisti e i parrucchieri, ma già con la democrazia. Ti immagini un minatore dell'altra sponda? I minatori erano tutti ubriaconi e puttanieri. Bisogna dire che il tuo bisnonno non era né l'uno né l'altro, ma non era neppure "lesbico".»

Aurora celebrò la sua uscita con una risata che rimbombò nella macchina.

«Gay, bis. Gay è il termine giusto» insistette Alba. «E raccontami del nonno, che sembra interessante.»

«Per favore, smettila!» esclamò Ana quando Aurora si mise a raccontare delle scorribande di Jesús. «Meno male che mia madre non è qui a sentire queste cose.»

«Perché secondo te tua madre non lo sapeva... Ho una nipote davvero ingenua.»

«Mi interessa, perché dicono che c'è una componente genetica» commentò Alba.

«Come per l'emofilia.»

«Non tirare fuori le malattie, bis! Perché non dici come il colore degli occhi?»

«Perché il colore degli occhi segue la genetica quando gli conviene. Guarda i miei occhi, verdi e chiari, e quelli di tua nonna neri, intonati alla pelle olivastra presa da suo padre.»

«Il verde degli occhi è un carattere recessivo, ma mia madre lo ha ereditato comunque perché nonno Jesús aveva anche lui gli occhi molto chiari. Il bisnonno aveva la carnagione scura?»

«Non sai niente.»

«Pensa che nelle foto non mi sembrava. Ce ne sono poche, tutte di quel color seppia, tutte sfocate» commentò Ana, e Aurora fece un sospiro rassegnato per quella nipote che non capiva nulla.

Ana, 2020

Quando si furono sistemati a Gijón, Ana sentì la discussione tra Alba e la bisnonna Aurora dalla sua stanza e non poté evitare di sorridere.

«Senti, bis, sei grandicella e puoi decidere se lavarti o no. Sono fatti tuoi. Io ti dico soltanto che in macchina non sali se prima non passi dalla doccia. Mio padre me l'ha prestata e non ho intenzione di restituirgliela che puzza come un porcile.»

«Incredibile quanto siete impertinenti voi giovani d'oggi. Se mi avessi parlato così ai bei tempi, ti avrei mollato un bel ceffone.»

«Peccato, bis, che i tempi sono peggiorati. Quindi vedi tu, se vuoi che ti portiamo noi a Turón o preferisci cavartela da sola.»

Il silenzio che seguì indicò che la nonna Aurora aveva ceduto di fronte alla determinazione di Alba.

Ana si alzò per fare colazione. Alba e Fernando erano scesi a comprarla: latte, caffè, cereali, fette biscottate, olio, pomodori, yogurt e un po' di frutta.

«Grazie, ragazzi! Che banchetto! A me basta un caffè.»

«Mangiati almeno una banana prima di uscire, non puoi stare a stomaco vuoto» le ordinò Alba.

«Sono tua madre, non la bis.»

Alba la guardò muovendo l'indice e Ana prese una mela.

«Per dopo» disse.

Un'ora più tardi erano tutti e quattro sulla Cayenne diretti a Turón, ma nessuno tranne Aurora conosceva l'obiettivo del viaggio.

Impiegarono meno di mezz'ora ad arrivare.

«Dove vuoi andare, bis?»

«A casa dei miei genitori.»

«Che è...?» domandò Alba, armata di pazienza.

«Non c'è più.»

«Ancora più facile.»

«L'hanno abbattuta per costruire una via molti anni fa.»

La nonna Aurora guidò Alba in una strada che Ana, l'unica che conosceva il paese perché lo aveva frequentato il giorno dei morti, non ricordava.

«Di qua.»

Quando fecero per scendere, Aurora li fermò. Subito dopo fece due volte il gesto dell'ombrello rivolta verso quello che ormai era un semplice incrocio, dicendo tutta infervorata: «Africani bastardi, marcite nella fossa». Poi indicò ad Alba di partire.

Nessuno osò commentare la scena.

Aurora girava in macchina per Turón come se visitasse un cimitero, perché ogni casa apparteneva a un vicino, a un amico o a un nemico, ma erano tutti morti. Tutti tranne lei. Alcune costruzioni erano ancora in piedi; alcune abitate, altre no. Molte erano state distrutte per edificare abitazioni più moderne quando la valle di Turón era ancora prospera. Aurora si rese conto che il paese, come lei, era pieno di passato, con un presente fatto di ricordi e nessun futuro. Molti quartieri non avevano neppure un presente, abbandonati com'erano dopo la chiusura delle miniere.

Alba visse il giro come se fosse in un parco d'attrazioni.

«Che paese brutto!» esclamò.

Aurora mise per un attimo da parte le sue fantasticherie.

«Bello non è stato mai, ma prima era vivo. Adesso è in agonia. Non ci è rimasto quasi nessuno e sono tutti vecchi. Alle Fiestas del Cristo veniva gente da tutte le Asturie, persino da Oviedo. Tuo nonno cercava una moglie per sposarsi perché altrimenti avrebbe dovuto fare il servizio militare e si sentiva male al solo pensiero. Ma per tua madre è stata una fortuna, devo dire, perché in paese non la corteggiava nessuno. Come Ramona, anche se lei non voleva sposarsi e tua nonna sì, ma anche volendo, Ramona non avrebbe trovato nessuno. Era testarda come un somaro e la miglior amica che si possa avere, ma gli uomini erano disgustati dal suo aspetto. Penso che fosse come te. Lesbica. E che le piacevo. Per me non era un problema. Non so cosa avrei fatto senza di lei.»

«Non hai mai avuto un'altra amica così?»

«Ho avuto Marisa, ma non era come Ramona. Lei era unica.» L'unica capace di uccidere mio padre per proteggermi, pensò Aurora.

Ana guardava stupita la nonna, perché sapeva dell'esistenza di Ramona, ma non immaginava che Aurora avesse mai avuto amiche.

Aurora vide l'espressione della nipote nello specchietto retrovisore e decise di non tacere.

«Quando la realtà non si adatta alle tue idee, significa che le tue idee non vanno bene. Si impara con gli anni e tu, Anina, cominci ad averne abbastanza» le spiattellò.

«Prendo nota per la prossima volta in cui cercherai di convincermi con uno dei tuoi pregiudizi» disse Alba togliendo il diritto di replica ad Ana.

Passarono davanti alla casa di Herminia, Florita e suo padre, la seconda, perché il palazzo dove c'era il seminterrato minuscolo e umido che avevano preso in affitto quando erano arrivati a Turón non esisteva più. Percorsero la via dove c'erano la casa di Aurora e quella di Ramona, ancora in piedi ma disabitate, e scesero dalla macchina solo per visitare le tombe di tutte le persone che avevano fatto parte della vita della bis: quella di Paulino, quella di Frutos e di Olvido, quella di Ramona, di sua madre e delle sue sorelle, quella di Florita e quella di Herminia.

Ana aspettava l'occasione giusta per domandare ad Aurora dove voleva essere sepolta e farla finita con l'argomento che tormentava Águeda ogni giorno dei morti, ma la nonna la precedette.

«Se mi ficcate sottoterra qui, vi giuro che vi tormento in eterno.»

«E cosa dobbiamo fare, bis? Vuoi stare con la nonna nei loculi della basilica di San Juan?»

Ana rabbrividì al pensiero che la sua povera madre dovesse trascorrere l'eternità accanto alla nonna Aurora. Non sarebbe riuscita a liberarsi di lei neppure da morta.

«Neanche per sogno! Ve l'ho ripetuto fino alla nausea: buttatemi nel fiume Turón. Voglio che mi porti al mare. Non voglio restare qui.»

«Lo so, bis! Ti stavo prendendo in giro. Anche se, visto che deciderò io, ti conviene trattarmi bene, perché sai che sono bisbetica come te.»

«Mocciosa impertinente» disse Aurora con una finta smorfia di rimprovero.

«Perché non vuoi stare qui? È il tuo paese, c'è la tua gente» domandò Ana, più che altro per curiosità.

«È stato un inferno, Anina.»

«Devono essere stati tre anni orribili» fece Fernando.

«Tre anni?» Aurora sembrava incredula.

«Quelli della guerra. Quasi tre.»

«Cosa vi insegnano in quelle scuole per ricchi e in quelle università a pagamento? La guerra non è durata tre anni, qui la guerra è cominciata con la rivoluzione del '34. Che ha inaugurato anni di sofferenza e di morte. E poi, poi! Il momento peggiore è stato il dopoguerra: solo lavoro, giorno e notte, e fame, paura, stenti. La fame è finita, ma la paura è durata per decenni. Negli anni Sessanta quei disgraziati della Brigada Político-Social torturavano ancora e uccidevano impunemente. Un movimento di intellettuali ha denunciato a Fraga le barbarie commesse nel bacino minerario. Tre anni, dice il moccioso. Magari fossero stati tre anni! Quante vite sarebbero state risparmiate.»

Fernando non osò chiedere ad Aurora, così aprì il browser del cellulare e digitò «Fraga».

Ana lo vide e sorrise.

«Sei stata felice, nonna?»

«Non lo so. A momenti sì e a momenti no, ma è inevitabile. Dai torniamo alla macchina: ché qui non abbiamo più niente da fare.»

Aurora, 2020

La missione che riportò Aurora nelle Asturie consisteva nel rintracciare Manuel Menéndez Miranda, il giornalista che oltre vent'anni prima si era presentato a casa di Águeda chiedendo di lei per indagare sulla morte di due regolari africani rinvenuti nella casa di Frutos e Olvido.

Al telefono fisso scritto sul biglietto da visita ingiallito non rispondeva nessuno che portasse quel nome.

«Alba» disse affacciandosi alla porta della sua stanza. «Tu sai trovare qualcuno partendo da un vecchio numero di telefono?»

«Se conoscessi il nome sarebbe più facile» rispose Alba,

che stava tracciando una riga lunghissima sopra il suo occhio sinistro.

«Manuel Menéndez Miranda, giornalista e scrittore, secondo il biglietto da visita.»

«Età?» domandò mentre sfumava la riga con un pennello di gommapiuma.

«Ormai ne avrà una sessantina.»

«Con un po' di fortuna lo troviamo su Linkedin» disse. Poi ripose lo sfumino nel necessaire del trucco ed estrasse l'iPad dallo zaino. «Sai dove lavora?»

Aurora scosse il capo, affascinata dall'abilità della nipote con le nuove tecnologie. Non commentò il trucco da vampira.

«Peccato avere la mia età, ragazza: cosa non darei per averne una ventina. Be', mi accontenterei di averne cinquanta.»

«Ecco, abbiamo tre candidati con quel nome. Lo riconosci in qualcuno?»

Aurora si mise gli occhiali che portava appesi al collo con una catenella arcobaleno, regalo della pronipote, e scrutò lo schermo.

«Fai quella cosa con le dita e rendi le foto più grandi, perché non vedo neppure con gli occhiali.»

Alba ubbidì e Aurora riconobbe l'uomo che cercava.

«Peccato, certo che gli anni passano. È proprio vecchio. È questo» disse indicandone uno. «Ora che facciamo? Io voglio parlargli, non guardarlo in foto.»

«Gli mandiamo una mail, la scrivo io. Cosa gli dico?»

«Gentile signor Menéndez Miranda. Due punti. Sono Aurora Cangas. Punto. La mia domestica mi ha riferito il suo messaggio. Punto a capo. Se è ancora interessato a conoscere la storia dei regolari morti nella casa dei miei genitori a Turón, si metta in contatto con me. Punto finale.»

«Basta?»

Aurora assentì.

«Gli lascio il mio numero di cellulare, perché le mail sono un po' lente.»

«Metti il mio, magari.»

«No, bis, perché la metà delle volte non sai neanche dov'è. Se chiama, te lo passo.»

«Perché ti agghindi? Sembra che hai messo gli occhi nella fuliggine. Finivamo conciate così quando salivamo sul treno a vapore per Oviedo e c'era un finestrino aperto.»

«Non sono bella?»

«Certo che sei bella, figlia mia, ma sei conciata da far paura.»

«Altro che paura. Vedrai che stasera rimorchio. Qui, da forestiera, attirerò l'attenzione.»

«Vuoi rimorchiare una ragazza? E Fernando?»

«Certo che voglio rimorchiare una ragazza, non un alieno. Fernando che si arrangi, è grandicello e io ho bisogno di uscire. È un sacco che non ho nessuno e questa carestia mi uccide. Oggi Irene finisce nel dimenticatoio.»

«Che sfacciata!» la rimproverò Aurora contenendo un sorriso orgoglioso mentre chiudeva la porta.

Il giorno successivo Fernando annunciò che sarebbe tornato a Madrid. Lo fece in modo allegro e disinvolto, dicendo che era stato invitato dai compagni di corso a fare surf a Fuerteventura, ma Aurora non gli credette. Intuì subito che era arrabbiato con Alba, perché era uscita senza di lui ed era rientrata al mattino.

«Peccato che te ne vai» disse Alba. «Ma ti capisco, sembra figo. Impossibile rifiutare dopo i mesi di lockdown che abbiamo sopportato.»

«Approfittane e goditela: sei giovane, sveglio e bello. Faranno a gara per averti» disse Aurora.

Ma quando Fernando si alzò per andare a preparare le sue cose, Aurora lo seguì.

«Mi dispiace, so cosa significa innamorarsi della persona sbagliata.»

Fernando guardò l'anziana e le sorrise, deluso.

«È così evidente?»

«Solo per me, che ho una grande esperienza di delusioni.

Per Ana e Alba non preoccuparti, non se ne sono accorte, e il tuo segreto con me è al sicuro. Non so se vai a Fuerteventura o no, ma goditi l'estate e rimorchia un bel po' di belle ragazze. Voi giovani non vedrete l'ora di fare baldoria, dopo la reclusione. Ma tante, capito? Non innamorarti della prima, dammi retta, perché io ti ho già inquadrato. Cambia fiore ogni sera, come se fosse una sfida, e dopo le vacanze, se vuoi tornare alla normalità, ti innamori di un'altra.»

Fernando non poté evitare di ridere mentre infilava la sua roba in valigia.

«Le darò retta, bis, ma non lo dica ad Alba.»

Alba non capì mai la ragione dell'allontanamento di Fernando. E la ferì che il suo migliore amico fosse lontano nel momento più duro della sua vita.

Alba, 2020

La chiamata di Manuel Menéndez Miranda svegliò Alba dopo quattro ore di sonno. Una volta partito Fernando, era uscita varie sere di seguito e in quel caso si era dimenticata di silenziare il cellulare al rientro, alle sei del mattino.

«Aurora Cangas?» udì all'altro capo della linea.

Qualche ora dopo Alba, appena lavata e con la faccia struccata sotto la mascherina, entrava con la bisnonna nella redazione di un noto giornale asturiano. Aurora le aveva chiesto di non dire niente a sua madre. Sarebbe stato un loro segreto. Almeno per il momento.

Un assistente le accompagnò in una sala riunioni dove le attendeva Menéndez Miranda, direttore della sezione investigativa del giornale.

«Piacere di conoscerla, doña Aurora. Il vostro viso non mi è nuovo. Non sarete parente della vostra domestica?» la salutò il giornalista a distanza di sicurezza per la pandemia.

«Non cominciamo con le battute, altrimenti me ne vado e non le racconto niente. Se ancora le interessa, certo.»

«La curiosità mi rode da vent'anni. Sedetevi, prego. Posso offrirvi un caffè? Ho chiesto di portarci dei *moscovitas*. Qualcuno mi ha detto che sono i vostri dolci preferiti» aggiunse lanciando uno sguardo complice ad Alba.

«Come facciamo a mangiare con la mascherina? Sappia che a Madrid non è obbligatorio portare la museruola come qui.»

«Mia nonna non le racconterà tutta la storia adesso» intervenne Alba. «Prima vogliamo mettere per iscritto alcune condizioni.»

«Si tratta di cose successe ottant'anni fa, che importanza ha, ormai?»

«Mi chiamo Alba Fresno e sono figlia di Carlos Fresno, il presidente della...»

«So chi è suo padre. Lei è la nipote di doña Aurora?»

«Pronipote. Capirà bene che, prima di pubblicare una parte della storia della nostra famiglia, dobbiamo avere l'approvazione dei nostri avvocati.»

«Immagino che la vostra posizione nel mondo imprenditoriale cambi le cose» ammise, e si rivolse ad Aurora. «Allora voi... siete la nonna della moglie di Carlos Fresno? E vostra figlia, quella che ha parlato con mio padre, è la suocera di Carlos Fresno?»

Aurora assentì con il capo.

«Se siete d'accordo, domani i nostri avvocati vi faranno avere l'accordo di riservatezza, che dovrà essere firmato da lei e dal direttore del giornale, e il contratto con le condizioni e le penali in caso di mancato adempimento» disse Alba.

«Il direttore non firmerà niente senza conoscere la storia.»

«Credo abbia capito che se chiediamo l'intervento degli avvocati, non si tratta di questioni senza importanza.»

«No, ma la politica del giornale prevede che non si impegni prima di sapere di che cosa si sta parlando.»

«Vorrà dire che si terrà la sua curiosità. E che la storia sarà pubblicata da qualcun altro, come vuole la mia bisnonna» ribatté Alba alzandosi in piedi e aiutando Aurora a tirarsi su.

«Potremo fare il nome della famiglia Fresno?»

Alba annuì.

«Non sarà l'unica famiglia importante citata» assicurò Aurora, pur rifiutandosi di rivelare a chi si riferiva.

Uscirono dal palazzo poco dopo, con la promessa del giornalista di negoziare con la direzione del giornale. Lui voleva occuparsi di quella storia, ma gli avvocati della famiglia Fresno non raggiunsero un accordo con il giornale. Quindi fu siglato un accordo personale con Manuel Menéndez Miranda, come scrittore.

Aurora impiegò due giorni a raccontare a Manuel ciò che era accaduto con i soldati africani e altri quattrodici a riassumergli il resto della sua vita, perché una volta aperto il rubinetto della memoria non riuscì più a fermarsi. Alba assistette come testimone silenziosa a tutto ciò che fu detto. Non intervenne mai; anzi, fece il possibile per passare inosservata. Per rispetto. Ma soprattutto perché non voleva che la bisnonna si rendesse conto che la storia degli africani era ormai raccontata e la smettesse di parlare. In più il passato custodito dalla sua bisnonna la lasciava senza parole. Manuel registrò ogni particolare del racconto di Aurora, intervenendo poco e ascoltando molto. Con il passare dei giorni il giornalista vedeva sempre di meno un'obesa centenaria e sempre di più la giovane minatrice, vestita da falangista, che all'epoca fu chiamata a rappresentare la prosperità del bacino minerario di fronte a Franco.

Il giorno in cui Aurora considerò concluso il riassunto della sua vita, tacque di colpo e invitò la nipote ad aiutarla per alzarsi dalla poltrona.

«Andiamo, bambina, non c'è più niente da raccontare» disse a mo' di saluto.

«Ancora una cosa» la fermò il giornalista. «C'è qualcosa che vi sarebbe piaciuto fare e non avete fatto?»

«Be', sì. Ma non sono fatti suoi e spero di rimediare stasera.»

Aurora si appese al braccio di Alba e lasciò Manuel Menéndez Miranda con una sensazione di irrealtà, come se si fosse appena svegliato da un sogno complicato.

Alba mise in moto la macchina per tornare a casa e Aurora riuscì a sorprenderla di nuovo.

«Portami in uno dei tuoi bar, stasera» le chiese mentre girava il volante.

«In che senso un bar dei miei?»

«Per ragazze. Di quelli in cui non fate entrare gli uomini.»

Alba tirò il freno a mano. Non si vedeva a entrare nel locale della sera prima con una donna di cent'anni e poco meno di novanta chili.

«Non mi guardare con quella faccia e metti in moto la macchina. Cosa c'è? Noi vecchi non possiamo uscire la sera? Chissà, magari rimorchio anche io!» disse Aurora con una risata.

«Però a mia madre lo spieghi tu. È già abbastanza infastidita dalla cosa del giornalista.»

«Da quando in qua hai paura di qualcuno?»

Ana, 2020

«Non puoi fare uscire la bis di sera, meno che mai quest'anno, con il coronavirus. Sei impazzita? Mi sembra l'idea peggiore che potevi avere.»

«Cosa può succedermi, Anina?» intervenne Aurora. «Che muoio? Sarebbe anche ora.»

«Non voglio che ti uccida un membro della famiglia perché si comporta da irresponsabile.»

«Tranquilla, non sarebbe una tragedia. Sono già ai supplementari. Adesso lascia in pace Alba, che deve aiutarmi a farmi bella. Io non vedo neanche a truccarmi.»

Ana guardò Alba, impotente.

«Vengo con voi» decise.

«Eccone un'altra, meno male che non vivo qui» borbottò Alba. «A Gijón non ci torno. Già sono pochi i posti dove andare a rimorchiare, e dopo stasera non mi ci faranno più entrare.»

Due ore dopo il taxi le aspettava davanti al portone e Aurora continuava a lamentarsi della mise che Alba aveva scelto per lei.

«Non capisco la mania di vestirsi a lutto quando ci si mette in tiro.»

«Questo vestito l'hai portato tu. Se non ti piaceva perché lo hai messo in valigia?»

«Se capitava un funerale, no? Non ho mai visto nessuno rimorchiare vestito a lutto. Le vedove non vedevano l'ora di smetterlo e ora siete tutte vestite di nero. Non vi capisco, voi giovani.»

«Quindi secondo te è più normale viaggiare con dei vestiti neri per andare a un funerale che per uscire. E chi dovrebbe morire? La più probabile sei tu.»

«Be', me lo metti per farmi cremare, va bene anche per quello. Sembro uno spaventapasseri, mi manca solo la falce.»

«Se continui a protestare stai a casa.»

Ana assistette in silenzio alla discussione tra la figlia e la nonna. In fondo si divertiva. Dopo il divorzio sentiva la necessità di vivere esperienze che la sua ex suocera avrebbe considerato riprovevoli, e frequentare un bar per lesbiche con una simile compagnia era la cosa più trasgressiva che avesse fatto dai tempi in cui aveva cornificato Carlos con César.

«Comunque, mamma, sei stupenda» disse Alba una volta in taxi. Aurora era davanti, loro dietro.

«Se mi vedesse mia suo... la mia ex suocera. Non mi sono ancora abituata.»

Il portiere del Bruxa Coruxa guardò con perplessità il trio che scese dal taxi per entrare nel locale, ma mantenne l'espressione impassibile che adottava durante le ore di lavoro.

«Che bello!» disse Ana.

Si sorprese nel vedere una grande terrazza di un bianco

immacolato, con un pergolato e fili di lampadine variopinte che attraversavano il locale e riempivano di luce la notte. Numerose piante di un verde esuberante nei vasi bianchi davano calore all'atmosfera, e diversi piccoli banconi bianchi, illuminati di diversi colori dall'interno circondavano lo spazio. I tavoli erano separati da colonne larghe, bianche come tutto il resto e decorate da enormi foto in bianco e nero in cui comparivano gruppi di donne, qualcuna vestita da uomo, altre con il monocolo e altre che ballavano abbracciate. Ana era incuriosita dalle foto e Alba le spiegò di cosa si trattava.

«Sono riproduzioni delle foto del Monocle di Parigi, il primo bar per sole donne. Raccontano, ma non so se sia vero, che alcune portavano il monocolo per farsi riconoscere come omosessuali.»

Anche Aurora si interessò alla storia che Alba stava raccontando, ma solo finché la pronipote disse che il bar era stato chiuso dai nazisti, e gli omosessuali perseguitati.

«Non erano liberi neppure a Parigi, che rottura. Vedi che non sono tutte vestite di nero?»

«Sei stupenda, bis. Adesso cerchiamo un tavolo per sederci e vado a ordinare qualcosa da bere. Guarda, mamma, la ragazza nell'angolo ti guarda.»

«In realtà ci guarda tutto il locale. Da quando siamo entrate.»

«Magari rimorchi, stasera» scherzò Alba.

«A questo punto non escludo niente.»

«Bella come sei da quando hai preso qualche chiletto, non mi stupirebbe.»

«È il risultato di non avere tua nonna Paloma tutto il giorno con il fiato sul collo.»

«E se rimorchio io? Perché se si tratta di chili, ne ho da vendere» disse Aurora. «Così mi tolgo la curiosità. Gli uomini mi hanno dato solo dispiaceri. Be', qualcuno anche piacere, un colpo al cerchio e uno alla botte.»

«Non ci dicevi niente! Vedrai quando esce il libro, mamma, la mancanza di pudore della bis ti farà impazzire. Non so come avete fatto tu e la nonna a venire su così abbottonate.»

Ana cercò di cancellare l'immagine che le era appena apparsa nella mente e sistemò la nonna vicino a un tavolo. Poi andò al bancone.

Quella sera Aurora fu il centro dell'attenzione. Una volta superato lo stupore che il suo ingresso aveva provocato nel locale, Deva, la ragazza con cui era stata Alba le sere precedenti, si avvicinò.

«Ciao! Allora è una cosa di famiglia.»

«Già. Ti presento la mia bisnonna.»

«Wow. Vai davvero veloce. Presentare la bisnonna è un grande passo. Sono Deva» disse piegando il gomito verso Aurora.

«Non farti troppi problemi, perché mi sa che se hai il virus, l'hai già attaccato alla mia pronipote. Che ha buon gusto!»

In quel momento Ana tornò con i drink.

«Mamma, lei è Deva» annunciò Alba.

«Sono con alcune amiche: che ne dite, vi facciamo compagnia? O preferite restare in famiglia? La situazione è critica, ma siamo all'aria aperta, ci allontaniamo un po' e almeno non le lascio sole.»

«Per carità!» rispose Aurora. «Siamo stufe di stare in famiglia. Voglio fare festa. Falle venire.»

«Ti conosco! Attenta a cosa dici...» la minacciò Ana.

«Poco, Anina, mi conosci molto poco.»

Alle tre del mattino Ana e Aurora presero un taxi per tornare a casa e lasciarono Alba con Deva.

«Alba, mi dispiace» le disse Ana prima di salutarla.

«Di cosa?»

«Di non averti dato le attenzioni che meritavi. Non sapevo neppure come erano i posti che frequentavi.»

«Non preoccuparti, mamma, sei stata bravissima. È stata una serata divertente, indimenticabile, ma non è il caso di ripeterla. Pensa a essere felice per il resto della tua vita. E domani fai lavare la bis, perché io mi alzerò tardi. Magari non dormo a casa.»

Ana aiutò Aurora a svestirsi, struccarsi e mettersi a letto. E non si svegliò finché la polizia non la chiamò al cellulare. Alba era in ospedale, sedata ma stabile.

Alba, 2020

L'appartamento di Deva era a un quarto d'ora a piedi dal locale. Siccome non c'erano taxi alla fermata di fronte, decisero di fare una passeggiata. La serata era fresca, un po' umida ma piacevole, come spesso a Gijón. Si vedeva persino qualche stella in cielo.

Deva prese Alba per mano.

«Mi piaci.»

«Anche tu, ma vivo a più di quattrocento chilometri. Sono venuta per portare la bis e sono restata più del previsto per permetterle di finire quello che voleva fare. Tra qualche giorno torneremo a Madrid.»

«Quattrocento chilometri non sono molti» disse Deva avvicinandosi al suo collo per darle un morsetto scherzoso.

«Non mi conosci neanche. E io non so neppure cosa fai nella vita.»

«Insegno matematica e fisica alle superiori.»

«Ma dai, davvero?»

«Ti sembra così strano?»

«Ho studiato in una scuola inglese cattolica. Non avrei mai immaginato la professoressa di matematica con un tanga rosa come il tuo, che mi fa impazzire» scherzò.

Deva guardò indietro, inquieta.

«È successo qualcosa?» domandò Alba prima di voltarsi anche lei.

Sei uomini sui vent'anni si muovevano in fretta nella via.

«Corri» disse Deva, tirandola per il braccio.

Alba non capì, ma corse.

«Troie, se siete in vena di spassarvela, ci pensiamo noi. Di sicuro vi piace di più, vedrete» sentì prima che cominciassero a seguirle.

In meno di due isolati le raggiunsero. Alba ricevette un colpo in faccia quando cercò di dare un calcio nei testicoli al primo che la afferrò. Sentì il sapore leggermente salato e ferroso del proprio sangue in bocca, mentre altri due la sollevavano e la buttavano dentro un furgoncino bianco, senza finestrini, che aveva frenato accanto a loro. Il tizio che l'aveva colpita la legò e la imbavagliò prima che riuscisse a reagire, mentre gli altri trascinavano dentro Deva e le coprivano la bocca con un pezzo di nastro adesivo.

Si accorse che il furgoncino partiva e cercò Deva con lo sguardo. Provò a scalciare, ma non ci riuscì. Un ragazzo la immobilizzò mentre l'altro le tirava giù la gonna e le strappava le mutande.

«Il vostro problema è che non avete mai provato un cazzo come si deve in vita vostra.»

Alba era terrorizzata. Per ciò che le avrebbero fatto. Per la paura di non uscirne viva.

«Se ti opponi ti sfiguro» le disse quello che l'aveva infilata nel furgoncino.

Il tizio alzò la mano e il fulgore del tirapugni con i piccoli aculei nella parte superiore di ogni nocca la fece rabbrividire. Aveva una svastica tatuata all'interno del polso.

«Non metterti subito a godere, puttana di merda, perché non te l'ho ancora messo dentro.»

Alba chiuse gli occhi.

«Non così. Apri gli occhi e guardami.»

Appena li aprì, l'aggressore si tolse il tirapugni, le diede uno schiaffo e se lo rimise.

«Non provare a richiuderli, altrimenti la prossima volta non me lo tolgo.»

Alba fissò il soffitto. Il furgoncino era vuoto e puzzava di prodotti chimici. Non riusciva a vedere Deva perché era nascosta dagli altri, e non poteva sentirla perché l'avevano imbavagliata con il nastro adesivo. Ma sentiva loro. Due aggressori stapparono le bottiglie di birra da un litro e bevvero mentre gli altri si occupavano di Deva.

«Non impari, troia» le dicevano.

A quel punto il suo aggressore le infilò diverse dita nella vagina. Un altro neonazista fece un rutto che le provocò un conato di vomito. Quello vicino a lei non si scompose, estrasse il pene flaccido dai pantaloni e cercò senza successo di eccitarsi. Si incazzò per la mancata risposta del suo membro e la mise a quattro zampe.

«Mettiglielo nel culo» ordinò a un altro, che Alba non riuscì a vedere. «Senza pietà.»

Il dolore fu talmente intenso che Alba urlò. Stava per svenire e sentì un liquido caldo che le scendeva sulle cosce mentre lo sconosciuto spingeva. Sanguinava. L'aveva squarciata.

Le torture proseguirono per più di un'ora e Alba pensò che sarebbe morta. Le dipinsero delle stelle di David sul seno, sul culo e sulle cosce, e due le vennero dentro mentre bevevano birra e dicevano volgarità.

Quando ebbe modo di vedere Deva, cercò i suoi occhi, ma lei non le restituì lo sguardo.

Passarono altri attimi eterni finché tacquero tutti e le scaricarono su un prato alla periferia della città. Mezze nude, con le mani legate e Deva con la bocca tappata dal nastro adesivo. Senza borse. Senza cellulari. Deva non riuscì neppure a guardare Alba mentre cercava di toglierle lo scotch dalla bocca con le dita dei piedi.

«Cosa ti hanno fatto?» domandò Alba, seduta sull'erba. L'umidità la faceva rabbrividire.

«Non importa, non voglio parlarne. Hai del sangue secco sulle gambe. Mi dispiace. Ti ho coinvolto io.»

«Sai chi sono?»

«Ti sta venendo un occhio nero.»

«Rispondimi. Sai chi sono?» insistette Alba.

Deva assentì.

«Sono compagni di mio fratello.»

«Sarà più facile trovarli. Ora dobbiamo andare all'ospedale» disse con un gemito di dolore quando si alzò. «Mettiamoci sulla strada.»

«Io non ci vengo. Non voglio sporgere denuncia. Mi serve qualcosa per coprirmi.»

«Cosa dici! Dove pensi di andare? Non hai neanche le scarpe.»

«Mi arrangio. Vuoi finire sui giornali e far sapere a tutti che ci hanno aggredito perché siamo lesbiche? Io no. Mio padre non lo sa, e non posso immaginare cosa succederebbe a scuola. Se vengono a saperlo, sono fregata.»

Alba l'ascoltò con un misto di rabbia e compassione, ma non cambiò idea.

«Non parlare di me» le chiese Deva.

«Non so neppure chi sei.»

21

Ana, 2008

Mia figlia Alba aveva tredici anni quando ebbe per la prima volta le mestruazioni. Era il 4 novembre del 2008. Si ricorda la data perché era il giorno in cui Barack Obama vinse le elezioni negli Stati Uniti.

«"Stavolta non siamo riusciti a rompere questo altissimo e resistente soffitto di cristallo, ma ora, grazie a voi, questo soffitto ha diciotto milioni di crepe". Sono le parole pronunciate da Hillary Clinton l'anno in cui ho capito che le mestruazioni non sono blu e non profumano di nuvole, come vogliono farci pensare nelle pubblicità televisive, e che addolcirle così è una mancanza di rispetto verso le donne. Sapete perché Hillary ha detto questo? Perché i democratici statunitensi erano stati chiamati a scegliere per la prima volta nella storia tra un uomo e una donna. Un uomo nero e una donna bianca. Barack Obama ha vinto la corsa elettorale contro Hillary Clinton ed è diventato il primo nero a concorrere alla presidenza degli Stati Uniti. È stato un trionfo storico nella lotta per l'uguaglianza razziale, anche se lei ha avuto più voti. Detto questo, viva Obama, perché dopo aver vinto le elezioni segnando una vittoria storica contro John McCain, un uomo bianco, ha nominato Hillary segretaria di Stato. Dopo secoli di lotte, noi donne abbiamo ottenuto il privilegio di occupare il secondo posto. Non ci consentono ancora di stare in cima, e questa è la battaglia della nostra generazione. Noi, uomini e donne, dobbiamo dire al mondo che le mestruazioni sono fatte di sangue e che possiamo camminare tutti insieme senza che qualcuno stia all'ombra di qualcun altro. È per questo che oggi vi invito tutti all'uguaglianza: l'uguaglianza non è una cosa da donne, l'uguaglianza arricchisce anche gli uomini che nel corso della storia hanno dovuto assumersi il faticoso ruolo dei salvatori.»

Fu il discorso che fece mia figlia anni dopo, al suo diploma, per dire addio a una vita di studi nella scuola più costosa di Madrid, in cui era entrata quando sapeva appena parlare. Era stata la migliore, con i voti più alti, e l'unica, in tanti anni di storia dell'istituto, ad allontanarsi dai soliti luoghi comuni nel discorso pronunciato dallo studente più meritevole. Provocò uno scandalo, a mio parere inutile, che mi fece preoccupare per il futuro dei suoi fratelli nella scuola. Non ne avevo motivo. Chiamarsi Fresno aiuta a non essere additati per un simile discorso, anche quando è stato il pettegolezzo preferito tra genitori, professori e studenti per molto tempo. Solo il povero Carlitos ha subìto qualche scherzo dai compagni, che cominciavano a interrogarsi su cosa fossero le mestruazioni. Jesús era talmente piccolo che non capiva neanche. Nella sua classe erano ancora alla fase «cacca-culo-pipì».

Se per Alba quella giornata fu l'inizio delle rivendicazioni femministe, io provai soltanto paura. La stessa paura che sentii il 4 novembre quando venne a cercarmi in sala.

«Mamma, insegnami come si mette un Tampax, perché mi sono venute le mestruazioni. Hai quelli mini?»

Che mi parlasse con una simile sicurezza mi fece impallidire. La mia piccola non era più tanto piccola, cominciava una fase della vita in cui sarebbe diventata un obiettivo per i predatori e mi venne da proteggerla. Non me lo permise. Una volta capito come si inseriva un tampone e quando cambiarlo, prese la scatola di pastiglie Sedeva che le avevo dato per i crampi addominali e guardò la coperta elettrica con sospetto, ma accettò la mia offerta di accoccolarci insieme sul divano a guardare un film. Scelse lei: *Million Dollar Baby*, che aveva vinto l'Oscar come miglior film. Parlava di un vecchio pugile, Clint Eastwood, che allenava una ragazza, Hilary Swank, anche se era profondamente convinto che le donne non dovessero fare boxe.

Alba mostrava già allora le sue tendenze.

Aurora, 2020

Dopo aver ricevuto la chiamata della polizia, Ana entrò nella stanza di sua nonna.

«Che succede? Alba sta bene?» le chiese subito Aurora.

«È all'ospedale.»

«Andiamo» disse sedendosi sul letto con un tale impeto che per poco non finì a terra.

«Ci vado da sola.»

«Neanche per sogno. Cosa le è successo?»

«Non lo so, mi hanno detto solo che ha subìto un'aggressione. Vado.»

«Aspettami, cazzo!» urlò Aurora mentre cominciava a vestirsi. «Se mi aiuti faccio prima. Chiama un taxi. Non puoi guidare in questo stato.»

«Non hai bevuto neanche un bicchiere di latte. Ti verrà un collasso e darai più fastidio che altro.»

«Che mi venga quello che deve venirmi, tanto andiamo all'ospedale. Ci penseranno loro.»

«Con il coronavirus può entrare solo una persona. E in stanza voglio entrarci io.»

«Non importa. Resto sotto. Voglio vederla, piuttosto dalla finestra.»

Ana accettò come un automa. Non voleva discutere, voleva solo correre dalla figlia. Aiutò Aurora a vestirsi dopo aver chiamato il taxi. Uscì senza lavarsi e vestita con le prime cose che aveva trovato, non c'era tempo. Dal taxi, Ana avvisò l'ex marito.

Quando entrò nella stanza, la figlia sonnecchiava. Non le vedeva bene il viso per via della mascherina, ma un livido le copriva l'occhio destro e sembrava continuare nella parte coperta della guancia. Le prese la mano e Alba si svegliò.

«Alba! come stai? È venuta anche la tua bisnonna, ma lasciano entrare solo una persona.»

«Bene, era solo una finta per farle saltare la doccia» scherzò Alba, cercando di alzarsi. «È sotto? Dove stanno i parenti per vedere i pazienti dalla finestra?»

Ana annuì.

«Che cosa ti hanno fatto?»

«Non mi va di parlarne. L'ho già detto alla polizia, mi ha visto il medico legale e un giudice registrerà una dichiarazione stamattina.»

«Ma ti... ti...?»

«Sì, mamma, mi hanno violentato. Li ho denunciati. Hai chiamato papà?»

«Puoi ancora ritirare la denuncia. Pensaci bene: se finisce sui giornali che hanno violentato una Fresno, sarà uno scandalo.»

«È fuori discussione, mamma. Non denunciarli non è un'opzione, per me.»

«Vuoi che cerchiamo una clinica privata per avere più intimità?» domandò indicando il letto accanto, che in quel momento era vuoto.

Alba scosse il capo.

«Mi dimettono oggi e mi hanno detto che fino a quando sono qui non occuperanno il letto. Aiutami ad alzarmi: voglio affacciarmi a salutare la bis. Come sono contenta che sei qui! Pensavo che non vi avrei rivisto mai più» disse, e scoppiò a piangere mentre allungava le braccia verso la madre, che la strinse a sé come se volesse rimetterla dentro il proprio corpo.

Alba impiegò un bel po' a riprendersi e a lasciar andare Ana per affacciarsi alla finestra.

Quando la vide, Aurora si alzò dalla sedia a rotelle in cui era seduta e agitò il braccio per salutarla.

«Dove avete preso la sedia?» domandò Alba.

«Non ne ho idea. Quando l'ho lasciata sotto non ce l'aveva.»

«È la solita bis. Voglio andare a casa, mamma. Voglio andarmene il prima possibile. Non ho vestiti. I pochi che mi hanno lasciato li hanno tenuti come prova. Mi serve qualcosa da mettermi e che mi facciate uscire da qui. Non lo sopporto» la pregò Alba.

Águeda, 1952

Le mestruazioni posero fine all'infanzia di Águeda quando aveva undici anni. Non sapeva niente del funzionamento del corpo femminile, salvo qualche informazione confusa data dalle compagne di scuola. Quando vide il sangue nel water si spaventò. Pensò di essere sul punto di morire: Florita le aveva detto che le donne sanguinavano da lì, ma non le aveva creduto. Diceva che era un castigo divino per le donne che avevano corrotto Adamo in paradiso, e anche se Águeda non capiva cosa c'entrasse lei con Adamo, accettò che tutti dovessero pregare per i peccati degli altri, anche se gli altri erano morti da migliaia di anni. Per quello la vita era una valle di lacrime, dicevano le suore della scuola.

Fu in dubbio se riferire alla madre ciò che le era appena successo per paura che la punisse, ma non aveva alternative. Florita era malata, quel giorno non sarebbe venuta a cucire e lei non poteva attraversare il paese sanguinando fino a casa dell'amica. Come se non bastasse, sentiva il rumore della Singer al piano di sotto, e i momenti peggiori per interrompere la madre erano quelli che si ritagliava per cucire. Solo accanto a quella macchina sembrava trovare un po' di pace.

«Mamma, mi esce sangue da lì» annunciò.

Aurora accolse la notizia con sgomento.

«Hai solo undici anni! Mamma mia, che disperazione! Non fai altro che creare problemi. Per gli uomini è come sventolare una cappa rossa davanti al toro, presto ti crescerà il seno e avrai un corpo da donna.»

Aurora le diede tre panni di stoffa rossa.

«Per ora arrangiati con questi. Cerco della flanella, così te ne cuci altri. Mettitene uno; quando è bagnato lavalo e appendilo ad asciugare. Non farti vedere dai tuoi fratelli. E non dirlo a nessuno, capito? Neanche a Florita.»

Non ci furono altre spiegazioni, quindi Águeda si mise il panno nelle mutande e quando arrivarono i crampi si preparò una camomilla. Un'ora dopo erano così intensi che si mise un fazzoletto in bocca e lo morse così forte che non si rese conto di essersi conficcata i denti nelle dita fino a farle sanguinare. Almeno la madre non le ordinò di lavare né di fare le faccende, quel giorno. Ma non le domandò come stava. Aurora, in compenso, promise a sé stessa che Frutos non si sarebbe avvicinato ad Águeda. Che la bambina fosse brutta non le garantiva di poter evitare ciò che era accaduto a lei.

Quel pomeriggio Águeda vide Felisina che passava di casa in casa, come faceva ogni volta che aveva una notizia importante da comunicare. Saltò la casa di Aurora e ad Águeda parve di essere rifiutata dal mondo intero.

Felisina non si fermò a casa di Aurora perché la notizia era che Ramonón, un minatore di Langreo del pozzo di Paulino e l'ultimo *maquis* rimasto nelle Asturie, era morto a Gijón perché un compagno lo aveva tradito e la Guardia Civil gli aveva teso un'imboscata. Non osava comunicare l'evento alla vicina falangista, ma per Águeda era il segnale che il mondo le era ostile e la fece sentire molto sola.

Il primo ciclo le durò quattordici giorni e non lo disse a Florita fino al terzo, quando la febbre dell'amica era scesa ed era tornata a cucire a casa sua. Florita trovò Águeda da sola, che piangeva di dolore. Siccome Aurora era a Mieres, a istruire le donne del Servizio sociale, Florita corse a cercare la nonna per riferirle l'accaduto, ed Herminia raggiunse la casa di Aurora a una velocità impensabile per la sua età. Una volta arrivata fece sdraiare Águeda, le diede un mattone scaldato sulla cucina a carbone avvolto nel tessuto e preparò una miscela di maggiorana, lavanda, ginepro, melissa, rosmarino e menta in un sacchettino fatto con un pezzo del sacco del pane perché la inalasse quando il dolore aumentava. Le fece anche le carte, perché ormai era una donna e da quel momento avrebbe potuto leggere il suo futuro da adulta. Secondo l'interpretazione di Herminia l'attendevano un brav'uomo, dei bambini e una bella casa. L'anziana non disse quanto avrebbe dovuto soffrire prima di avere quelle cose.

Alba, 2020

Quando Carlos Fresno ricevette la telefonata di Ana, chiamò subito il suo autista e partì per Gijón.

Nel tempo che il padre impiegò ad arrivare, Alba assunse la pillola del giorno dopo, le fu somministrato un trattamento profilattico contro gonococco, clamidia, tricomoniasi, sifilide e HIV, e cominciò a guarire dalle lesioni fisiche prima che quelle psicologiche cominciassero a manifestarsi.

Né al commissariato né all'ospedale fu accolta dal personale specializzato nelle violenze sessuali che aveva richiesto, perché la sua non era considerata violenza di genere e non rientrava tra le competenze di quel servizio, ma ringraziò la polizia e i sanitari per il trattamento ricevuto, rifiutò la terapia che le proposero e dispose che la sua cartella clinica fosse trasferita a Madrid. In seguito richiese i dati dell'uomo che l'aveva trovata sulla strada e portata all'ospedale, per mandargli un biglietto di ringraziamento.

Nella dichiarazione Alba non mentì. Diede ai poliziotti i dati che aveva di Deva, compreso l'indirizzo, e tornò a casa, accompagnata dal padre, per raggiungere la madre e la bisnonna.

L'agilità di Aurora nell'avvolgere la pronipote con il suo corpo, nonostante i chili e gli anni, avrebbe sorpreso chiunque non la conoscesse. Ana si unì a loro e Carlos, che aveva già avuto occasione di abbracciare la figlia, rimase a distanza, a osservare la scena.

Piansero per un bel po' tutte e tre, Aurora più di tutte. Tra sé chiese a Dio di non farla più soffrire, perché di dolore e di perdite ne aveva subiti anche troppi.

Quando finalmente sciolsero l'abbraccio, Alba si avvicinò al padre.

«Papà, puoi fare in modo che domani pubblichino sui giornali una mia dichiarazione in cui denuncio l'accaduto? Mi impegno a seguire le istruzioni della polizia sui dati che posso e non posso rivelare.»

«Sei sicura di volerlo fare? Perché non ti prendi un po' di tempo e ci pensi?»

«Ho bisogno che avvenga il prima possibile, perché magari contribuisce a farli trovare. Non voglio che quei porci disgraziati mi portino a dubitare di me stessa. Per te è un problema?»

Carlos Fresno sorrise alla figlia.

«Io sono sempre dalla tua parte, anche quando non sono d'accordo. Sono molto orgoglioso di te e continuerò a esserlo, sia se lo tieni riservato sia se vuoi condividerlo con tutto il mondo per denunciare che in questo Paese avvengono ogni giorno aggressioni sessuali contro le donne. Sei forte e sei in grado di sopportare la pressione mediatica che la tua decisione porterà con sé. E io non ti lascerò sola. Ma devi promettermi che farai una terapia. Anche se ti sembra di non averne bisogno.»

«La farò. Ma io e te dobbiamo parlare di affari.»

Suo padre la guardò sorpreso.

«Contaci.»

Alba gli strizzò l'occhio e Ana, suo malgrado, riconobbe in lui l'uomo che un tempo aveva sposato.

Aurora, 1933

Aurora fu sorpresa dal ciclo tre mesi dopo aver compiuto undici anni. Da tempo Olvido osservava con preoccupazione i cambiamenti che stavano avvenendo nel corpo della figlia. Molto più alta delle bambine della sua età, mostrava un seno incipiente che sembrava volerla allontanare dall'infanzia prima del tempo. È ancora piccola, pensava per calmarsi, ma i suoi occhi le dicevano che la bambina si stava sviluppando in fretta.

Quando ne ebbe occasione, Olvido ne parlò con sua madre.

«Hai visto come sta crescendo Aurorina?»

«Io, e chiunque la guardi. Sta per diventare donna. Come è successo a me e a tua sorella Mercedes. Tu, invece, ci sei arrivata tardi.»

«Ma è ancora una bambina.»

«E deve avere l'aspetto di una bambina, se non vuoi che abbia problemi. Usa una banda di stoffa per nasconderle il seno e non farla vestire da ragazzina: deve sembrare una bambina ancora per due anni, almeno. Altrimenti le capita quello che è successo a me, che mi sono sposata a sedici anni.»

«Ma voi e mio padre vi volete molto bene.»

«Bisogna fare di necessità virtù, Olvidín, di necessità virtù.»

Olvido era troppo preoccupata per prestare attenzione a eventuali rivelazioni della madre sui dissapori matrimoniali che poteva avere con il padre. Preferiva non sapere.

Il giorno che Olvido temeva arrivò due settimane dopo, quando la figlia entrò in cucina piangendo.

«Muoio, madre, sto morendo» disse Aurora, in lacrime.

Olvido pregò che il dramma non fosse quello che immaginava, ma la sua preghiera non fu esaudita.

«Non dire sciocchezze, bambina mia, non stai morendo. Succede a tutte le donne.»

Le legò una banda di stoffa sul seno e pregò di nuovo, in

quel caso di poter nascondere la crescita ancora per un po', e perché nessuno la notasse.

«Madre, non riesco a respirare!»

«Ascoltami bene, Aurora, neanche una parola con nessuno» le disse, ignorando le proteste della figlia.

La bambina annuì. Non aveva intenzione di rivelare ciò che le stava succedendo perché si vergognava da morire.

«Per questo ti metto la banda di stoffa, perché nessuno lo immagini.»

«E devo portarla anche a casa? Me l'avete stretta tantissimo.»

«Se mi prometti che non esci senza, puoi togliertela quando siamo da sole.»

Aurora acconsentì, sollevata.

«Ascolta bene quello che ti dico: finché durano, non lavarti nella bacinella, userai solo il catino e non puoi assolutamente lavarti i capelli. Dicono che una vicina si è lavata ed è impazzita. Ah, non avvicinarti alla mucca, perché perde il latte.»

«Madre, perché alle scrofe del cortile della nonna non succede? E nemmeno alla vacca o alle galline?»

Olvido mollò una sberla alla figlia.

«Cosa dici! Paragoni le persone agli animali? Non dimenticare i panni. Ah! E non stenderli in pubblico. Dio mio, che vita!»

Aurora, 1934

La sera del 5 ottobre 1934 i minatori asturiani, uomini e donne, cominciarono una rivoluzione che iniziò con i migliori auspici: in poche ore avevano ottenuto la resa di quasi tutte le caserme della Guardia Civil situate nel bacino minerario. Ma non a Turón, dove otto agenti riuscirono a resistere e gli abitanti sentirono sparare per tutta la notte, finché arrivò la grande esplosione: alcuni minatori avevano fatto saltare la caserma con la dinamite, uccidendo tutti coloro che c'erano dentro.

Frutos non era tra quelli che avevano imbracciato le armi perché sognavano un sistema capace di rendere uguali poveri e ricchi, e non fu tra quelli che macchiarono la propria coscienza con il sangue di altri uomini. Frutos aveva solo due passioni: il vino rosso e il sesso. Le rivendicazioni lavorative non gli interessavano. Era nato per estrarre carbone dalla miniera come suo padre e suo nonno, e si limitava a chiedere più sicurezza, la possibilità di essere pagato anche quando era malato e una pensione per la famiglia se la miniera lo avesse ucciso, ma non era disposto a morire né a uccidere per ottenere quelle cose. Olvido e Frutos passarono quella notte in casa, senza dormire. Il timore e il rumore degli spari li tennero svegli, in balia della paura che qualcuno potesse accusare Frutos di essere un traditore se i minatori avessero vinto.

Nella valle delle miniere la sollevazione fu seguita da giorni di pace garantiti dall'imposizione di un sistema di distribuzione di buoni tra gli abitanti che assicurava l'accesso ai viveri. Anche se cominciavano ad arrivare notizie degli orrori commessi dalla Legión contro i prigionieri e le famiglie nei quartieri operai di Oviedo e della perdita di potere nella capitale, arrivavano anche voci sull'instaurazione di un sistema comunista in molti quartieri e paesi e dell'imminente marcia dei minatori verso Madrid.

Il 9 ottobre Turón si sollevò sull'onda delle aberrazioni commesse da entrambe le fazioni. L'esercito aveva bombardato il bacino minerario senza preoccuparsi che le bombe cadessero su bambini, malati e innocenti. I minatori ribelli, per parte loro, avevano ucciso a sangue freddo nella notte, dentro il cimitero del paese, otto frati e un prete, catturati il primo giorno della sollevazione. La maggior parte degli abitanti del bacino stava dalla parte dei minatori, ma ben pochi volevano spargimenti di sangue. Meno che mai di frati disarmati perché, pur avendo la Chiesa meno adepti rispetto ad altre zone della Spagna, credevano comunque in Dio, si affidavano a santa Barbara e confidavano persino in qualche prete. Per questo, anche se i patimenti si attenuano a pancia piena, soprattutto quelli altrui, molti inorridirono per la morte di quegli uomini di fede.

Qualche ora dopo, quando le bombe caddero su Mieres, nei bacini minerari si diffusero delusione e paura, in fretta come la notizia della morte di sedici innocenti che stavano facendo la coda per il pane nella piazza del paese. Tra loro c'era Amalia, la madre di Olvido. La mattina era scesa a Mieres a vendere formaggi, castagne e *chorizos* e a fare provviste con l'incasso. Stava aspettando il suo turno per comprare la forma di pane che le sarebbe durata fino al successivo giorno di mercato quando il rumore degli aerei aveva annunciato il fischio mortale che sarebbe caduto dal cielo.

Olvido trascorse la notte a casa del padre che, informato della notizia, non parlò e non pianse. Non seppe dei bombardamenti dei giorni successivi né della confusione della sollevazione perché non gli importava più di ciò che accadeva nel mondo. Si sedette su una sedia e vi rimase finché la morte rispose alla sua invocazione silenziosa e venne a prenderselo. Non dava retta a ciò che dicevano Olvido e le sue sorelle. Aveva deciso di non ascoltarle. Olvido non sapeva che mentre lei stava vivendo il lutto per la madre, accanto a un padre che considerava finito il suo tempo nel mondo, sua figlia Aurora stava vivendo il proprio inferno da quando Frutos si era infilato per la prima volta nel suo letto.

Dopo quella notte Aurora ne passò sveglia molte altre, a guardare il fiume Turón dalla finestrella della sua stanza, fantasticando di buttarsi in acqua ed essere trascinata dalla corrente fino al mare, per allontanarsi da quella esistenza che più cresceva, meno le piaceva vivere.

Aurora, 2020

Alba, Ana, Carlos e Aurora decisero di tornare a Madrid il giorno successivo. Aurora andò a letto per prima.

«Care mie, sono sfinita. Dite quello che volete, ma non mi faccio la doccia» annunciò.

«Ti aiuto a metterti a letto, bis. Oggi è così, l'altroieri a quest'ora ci stavamo preparando per andare a divertirci» le disse Alba, alzandosi dal divano e cercando di mostrarsi forte.

Carlos guardò le due donne con stupore.

«Prima che succedesse, la nonna, Alba e io siamo andate in un bar per donne» spiegò Ana all'ex marito, che l'ascoltava perplesso. «La nonna e io siamo tornate alle tre del mattino, Alba è rimasta e...»

«Mamma, non rimetterti a piangere perché altrimenti comincio io e di pianti ne ho abbastanza» la riprese quando la voce della madre si ruppe. «Porto la bis a letto.»

«Vengo con voi. Tu non sei in grado di aiutare nessuno. Hai i punti nel... nel... là sotto, intendo.»

«Lo so dove ho i punti, ma voglio farlo. Se ho bisogno, ti chiamo.»

Aurora si aggrappò al braccio che le offriva la pronipote e, sostenendosi a vicenda, si diressero in camera.

«Il fatto che non ti lavi non significa che tu non ne abbia bisogno. Hai un odore terribile» le disse Alba mentre l'aiutava a mettersi la camicia da notte.

«Da cagna vecchia. Quando si arriva a una certa età, si puzza di rancido. Non vale la pena vivere così tanto.»

«Non dire così! Ti saresti persa l'occasione di andare in un bar per gay, no?»

Aurora la guardò con un sorriso triste.

«Di tutto quello che ho fatto, non mi pento di niente, neppure di quello che ho fatto male. E sai perché? Sarei terrorizzata all'idea di cambiare qualcosa della mia vita, perché magari tu non saresti nata o non ti avrei conosciuta. Devi sempre ricavare qualcosa di buono da quello che ti succede» disse alla pronipote.

«Ti rendi conto che ci assomigliamo anche in questo?»

«Sì, figlia mia, siamo state violentate entrambe. È la prima volta che uso questa parola. In quasi cento anni. Neanche con il giornalista sono riuscita a chiamare quella cosa con il suo nome.»

«Era ora. Per te è stato peggio. Io ho un padre che mi appoggia. È un po' testardo ma mi vuole molto bene.»

«Senti chi parla di testardaggine. Sai che il tuo nome e il mio hanno lo stesso significato, vero?»

Alba annuì.

«Ma non sono sicura che mia madre lo sappia» aggiunse.

«Di sicuro sì, ma non se n'è ancora resa del tutto conto. Se glielo dici, magari le dai un dispiacere. Quante volte ho visto la luce dell'alba! A volte spuntava il sole mentre stavo ancora cucendo e ogni tanto mentre parlavo con Ramona. Quanto ci volevamo bene io e Ramona!»

«Magari hai ragione e anche tu eri lesbica.»

«Dicevo per dire. Era un altro tipo di amore. A me sono sempre piaciuti gli uomini. Be', alcuni. Ma quelli che mi piacevano, mi facevano impazzire. Ho fatto un sacco di stupidaggini, lo sai. Adesso tu e il giornalista conoscete la mia storia.»

«E quando si pubblicherà, la saprà molta più gente. Diventerai famosa.»

«Mi auguro di non essere qui a vederlo. Dai, dammi un bacio e lasciami dormire. Se non vado a letto quando mi viene sonno, mi passa e sto lì a rigirarmi fino a notte fonda.»

Alba ubbidì, spense la luce e chiuse la porta.

Aurora piombò nel sonno e sognò sua madre, che teneva in braccio Águeda, ancora neonata, avvolta in una coperta e la cullava.

Il giorno dopo Ana la lasciò dormire finché si fecero le undici e Carlos si fece impaziente. Voleva partire per Madrid a mezzogiorno. Aurora era sempre la prima ad alzarsi, ma Ana immaginò che avesse dormito male dopo le emozioni vissute, quindi aprì la porta facendo attenzione a non svegliarla e appena lo ebbe fatto, sentì l'odore penetrante della morte. Lo stesso, molto più lieve, che Alba aveva scambiato per sudore quando l'aveva accompagnata a letto.

Aurora era morta di vecchiaia, secondo il certificato del medico legale. Nelle Asturie. Dopo novantotto anni di vita.

Alba, 2020

La polizia impiegò meno di quarantott'ore a trovare Deva Arias Fernández e gli aggressori. Deva si rifiutò di sporgere denuncia e non fu in grado di fornire nuove prove. Aveva fatto più volte la doccia cercando di togliersi di dosso l'odore acre e alcolico degli aggressori, che pur eliminato dalla pelle le era rimasto nella testa. Aveva preso la pillola del giorno dopo per conto suo e pensava di avere tutto sotto controllo, anche se era svenuta quando aveva sentito parlare di tutte le malattie che poteva aver contratto durante l'aggressione, compreso il coronavirus, e accettò le cure mediche.

Alba si presentò al riconoscimento e identificò al primo sguardo quello che chiamò «Pene flaccido», nome che settimane dopo sarebbe stato rivelato sui giornali e sui social, che si presero la briga di diffondere le foto degli arrestati, membri di un gruppo neonazista in cui militava anche il fratello della seconda vittima. Alba non rivelò alla stampa il nome di Deva: un conto era non nascondere informazioni alla polizia, ben altra cosa svelare pubblicamente l'identità di una persona che voleva preservarla. Poteva non essere d'accordo con lei, ma la sua decisione meritava rispetto.

Però la chiamò.

«Mi dispiace» le disse Deva. «Non riesco a fare quello che fai tu, non sono così coraggiosa.»

«Ciascuno ha la sua situazione. Domani torno a Madrid. Pensavo di andarmene subito, ma la mia bisnonna è morta la notte in cui sono stata dimessa dall'ospedale. Ieri l'abbiamo cremata. Appena ci consegnano le sue ceneri, le faremo un omaggio e ce ne andremo. Vuoi che ci vediamo?»

Deva rifiutò l'offerta. Non ne aveva la forza.
«Torno per il processo. Magari allora.»
«Magari. Non smettere di chiamarmi. Mi dispiace molto per Aurora.»
«Sembra che li abbiano rilasciati sulla parola. Fai attenzione» disse Alba, a mo' di saluto.
«Sì. Voglio solo tornare alla mia vita, lavorare, andare a trovare i miei genitori nel fine settimana e, per il momento, nient'altro.»
«Spero che tu ci riesca.»

Alba, 2020

L'unica persona sinceramente dispiaciuta per la morte di Aurora fu Alba: Aurora aveva risvegliato molto affetto nella sua vita, ma non c'era più nessuno a provarlo. Ana non era mai stata affezionata alla nonna, perché trattava male sua madre e la ignorava quasi sempre da quando era nata. Ma proprio Ana pianse, perché la riempiva di tristezza pensare che sua madre non era più al mondo per decidere il luogo in cui avrebbe riposato la nonna. Alba prese in mano la questione.
«Non seppelliremo la bis, mamma. La cremeremo e butteremo le sue ceneri nel fiume Turón. Era quello che desiderava.»
«Ma mia madre non voleva» protestò Ana.
«Mamma, la nonna non c'è più. Dobbiamo decidere noi.»
E Ana scoppiò a piangere.
«Mamma, non pensavo che volessi così bene alla bis» disse Alba, abbracciandola.
«Non piango per quello.»
Alba le rivolse uno sguardo di rimprovero.
«Facciamo quello che vuoi, ma bisognerà almeno dire una messa» si rassegnò Ana.
Carlos spostò i suoi impegni a Madrid per stare con la

figlia e l'ex moglie. Non sapeva se Alba sarebbe riuscita a mantenersi forte dopo le due batoste che aveva subito e temeva che sarebbe crollata da un momento all'altro.

«A Beba non dà fastidio se resti con noi?» gli chiese Ana.

«E a te dà fastidio se resto?»

«In realtà te ne sono molto grata» confessò Ana. «È un incubo. Come può essere successo tutto questo in quarantott'ore?»

Carlos si strinse nelle spalle, l'abbracciò e Alba si unì a loro.

«Fatemi spazio, ho tanto bisogno di tutti e due. Per fortuna non litigate, grazie» singhiozzò.

Il funerale di Aurora fu celebrato nella basilica di San Juan, a Oviedo, dove Águeda e Jesús riposavano nel loro loculo. Erano presenti soltanto Alba, Ana, Carlos e qualche signora anziana che aveva l'abitudine di partecipare a qualunque funerale celebrato lì, se c'era posto.

«Sai chi era?» domandò una donna nel banco davanti.

«Conoscevo la figlia, faceva la sarta qui vicino, in calle San Bernabé. Aveva una scuola di taglio e cucito, ma ha chiuso anni fa. Sapete quale dico? Ma pare che adesso la signora vivesse a Madrid.»

Dopo l'addio ufficiale ad Aurora, si misero in viaggio verso Turón.

«In che punto del fiume la buttiamo? Dove lascio la macchina?» domandò Carlos.

«Proprio qui, accanto al parco» rispose Alba abbracciando l'urna con le ceneri della sua bis. «Era il punto che si vedeva dalla sua stanza. Finalmente potrà fare quello che non è riuscita a fare quando avrebbe voluto: fuggire da Turón; il fiume la porterà al mare.»

«Era per questo che voleva essere buttata nel fiume?» domandò Ana, capendo finalmente il capriccio della nonna. «Mia madre non lo sapeva. E neanche io.»

«Per cosa pensavate che lo volesse?»

«L'ultimo gesto dell'ombrello della tua bisnonna.»

Si avvicinarono con attenzione alla riva del fiume, evitando gli alberi e gli arbusti che lo popolavano, e trovarono un posto che giudicarono adatto. Il fiume era poco profondo, ma l'acqua scorreva con forza, di nuovo chiara dopo la chiusura delle miniere.

«Siete pronti? Dobbiamo farlo in fretta, perché se ci beccano ci multano» disse Alba.

I genitori assentirono e adottarono un portamento solenne.

«Addio, bis, che l'eternità ti porti la pace che non hai trovato in vita.»

Alba aprì il coperchio dell'urna di Aurora e lanciò le ceneri in acqua, ma un colpo di vento le sparse a terra.

Si guardarono, esterrefatti.

«Pare che il suo destino sia di restare qui» commentò Ana, sussultando.

22

Ana, 2021

«Le donne che si rivolgono a un centro specializzato dopo aver subìto uno stupro hanno bisogno di consulenza psicologica e legale, ma hanno bisogno soprattutto di parlare con persone che si sono trovate nella stessa situazione, che capiscono come si sentono» mi aveva spiegato la psicologa che avevamo assunto alla Fondazione, mentre bevevamo un caffè la mattina prima che mia figlia mi affidasse l'organizzazione delle testimonianze. Tramite video e scritti, diverse donne che si unirono al progetto della nuova Fondazione, compresa Alba, e altre di associazioni affini narrarono la propria esperienza perché tutte coloro che vi ricorrevano in cerca di aiuto sapessero che lì sarebbero state capite.

Non mi ero mai sentita così falsa. Mentre loro parlavano in tutta onestà della loro esperienza, io nascondevo la mia quando mandavo a stampare volantini per convincere le nuove arrivate degli effetti positivi della condivisione nelle terapie di gruppo di ciò che avevano vissuto.

Alba registrò persino una lettura dei capitoli della sua bisnonna in cui narrava la storia delle aggressioni subite dal padre, il mio bisnonno, e ovviamente quella dei soldati africani. Faticavo a non emozionarmi ogni volta che la sentivo. Facemmo stampare anche dei fogli con un piccolo riassunto della storia della nonna Aurora.

Nonostante l'esempio delle altre, tardai molto a parlare. Provai a registrarmi da sola molte volte, ma non riuscivo mai a finire la storia e cancellavo la registrazione. Mi sentivo una pusillanime per non averla denunciata ai tempi, per essermi comportata da vigliacca. Forse andavo istintivamente d'accordo con Deva proprio per quello.

«Prova a scriverla» mi disse Rubén, lo psicologo dal quale continuavo ad andare regolarmente. «Ma prima scegli una persona con la quale condividerai il tuo vissuto e mandale quello che hai scritto quando avrai finito. Soprattutto, assicurati che il destinatario non ti giudichi.»

Scelsi l'avvocata della Fondazione, incaricata della consulenza legale delle donne che si rivolgevano a noi. Lo feci per via della riservatezza che devono assicurare gli avvocati ai clienti.

Mi immersi nell'impresa di narrare i miei ricordi e, a mano a mano che scrivevo, ricordavo i particolari in modo molto più nitido rispetto a quando cercavo di raccontarli davanti a una videocamera, persino più di quando ripensavo agli eventi tra me e me. Scrissi per oltre un'ora: ciò che era accaduto, come mi ero sentita, come continuavo a sentirmi a distanza di decenni quando ci ripensavo. Nel momento in cui stavo per inviare lo scritto all'avvocata, cambiai idea e lo inviai a mia figlia. Proprio alla persona dalla quale temevo maggiormente di essere giudicata.

Poi mi versai un gin-tonic, seguito da un secondo e da un terzo. Quando il giorno dopo suonò la sveglia, avevo i postumi dell'alcol, mi faceva male la testa e mi sentivo lo stomaco sottosopra.

Guardai la posta e anche WhatsApp, ma non c'era traccia di Alba.

Chiamai la Fondazione per avvisare che quel giorno non sarei andata, adducendo la scusa di un virus intestinale. Poi mi alzai, presi un caffè e due aspirine e mi sdraiai sul divano. Entrai in un dormiveglia inquieto, dal quale mi distolse il campanello dell'appartamento.

Era Alba.

La guardai, temendo ciò che avrebbe potuto dirmi, ma lei si avvicinò e mi abbracciò.

«Hai bisogno di tirare fuori tutto quello che ti è marcito dentro» disse mettendomi la mano sul cuore.

Alba non solo non mi giudicò, ma mi appoggiò e approvò la decisione che avevo preso a diciannove anni.

«A quell'epoca?» disse. «Una denuncia ti avrebbe procurato solo il disprezzo e ti saresti rovinata la vita. Ovviamente non ti saresti sposata con papà. La nonna Paloma non lo avrebbe mai permesso. Non avevi nessuna possibilità di vincere.»

Anche l'avvocata della Fondazione appoggiò la decisione che avevo preso allora quando Alba e io le esponemmo il mio caso. Perché lo sapesse. Per farmi stare tranquilla. Anche se ormai non si poteva più fare niente. Nacho era morto e sepolto.

«Era un caso impossibile» ci spiegò. «Fino a pochissimo tempo fa, se la vittima era drogata o ubriaca, si ritorceva tutto contro di lei. Anche se lo stupratore era drogato o ubriaco si ritorceva contro la vittima. Negli anni Novanta, in una discoteca, senza segni di violenza o di resistenza, senza ricordi chiari, essendoti drogata di tua volontà, nel bagno degli uomini con un vestitino estivo corto, semplicemente non era considerato uno stupro. Una denuncia ti avrebbe procurato umiliazioni su umiliazioni e quel Nacho sarebbe restato a piede libero. In più ti saresti rovinata la vita, perché la privacy non esisteva. Nessuno sarebbe stato dalla tua parte.»

«Ma questo non ti impedisce di tirare fuori qualcosa di buono da quello che è accaduto» aggiunse mia figlia. «Adesso puoi fare anche tu qualcosa. Raccontalo. Sii una in più. Come noi.»

Avevo taciuto così tante volte in trent'anni che quando parlai dell'argomento nei mesi successivi, mi sentii sempre più sollevata.

Alba, 2020

«La Alborada! Cosa ne dici?» domandò Alba a sua madre quando le rispose al telefono.

«Non saprei, figlia mia, ma mi piace vederti contenta. cos'è La Alborada?»

«Cosa vuoi che sia? Il nome della Fondazione!»

«Suona bene, che cosa significa?»

«Ha lo stesso significato di Alba e di Aurora.»

Ana si commosse.

«È stupendo.»

«Ho già lo spazio e il progetto per la ristrutturazione. A papà è piaciuto e ho firmato stamattina. Voglio chiederti due cose.»

«Se posso, contaci.»

«La prima è che ti occupi della ristrutturazione.»

«Figlia mia, ho studiato tantissimi anni fa e non ho mai esercitato. Non mi sono neanche iscritta all'albo.»

«Non devi fare i progetti, se non te la senti, ma voglio che controlli il budget, l'avanzamento dei lavori, che prenda decisioni e apporti idee. Io non posso, perché sto facendo i colloqui e cercando contributi e anzi, potrei chiederti aiuto anche in questo. Ora sto cercando di convincere le amiche della nonna Paloma. Allora? Ti prendi l'impegno? Abbiamo poco tempo per aprire e vorrei che andasse tutto bene.»

«Non so che dire.»

«Di' di sì. Sarà un lavoro a tempo pieno. E ovviamente lo farai benissimo, perché io sono un capo molto esigente e poco tollerante. E non accetto un no.»

«Allora d'accordo.»

«Cominci domani.»

Ana non poté evitare di ridere.

«E l'altra cosa?» domandò.

«Vorrei che mi dessi la Singer.»

«No, Alba. Questa di bruciare la macchina per cucire della bis o di distruggerla o di farne qualcos'altro è davvero una mania.»

«Non farò niente del genere. Anzi. Ma devi fidarti di me.»

«Lascia che ci pensi» rispose Ana, sapendo che non avrebbe potuto negarle niente dopo quello che aveva passato e visto come stava reagendo.

«C'è poco da pensare, voglio la Singer qui. Ma non è urgente, ne parliamo con calma. Un'altra cosa: la presentazione del libro della bis sarà a febbraio dell'anno prossimo. Il lancio avverrà nelle Asturie. Deve essere presente un membro della famiglia e credo che debba andarci tu.»

«Ancora con questa storia? Esporranno i panni sporchi della famiglia che la nonna Aurora ha rivelato, e noi facciamo finta che ci vada bene? Se tua nonna fosse ancora viva, sarebbe assolutamente contraria. Per non parlare della nonna Paloma. Chissà che cose tremende ha raccontato la tua bisnonna al giornalista.»

«Non erano cose tremende, ho assistito a tutto. E la nonna Paloma non c'entra niente perché non ho intenzione di chiederle il permesso. In ogni caso, se ti fa stare più tranquilla, puoi leggere il libro prima. Mi hanno mandato le bozze e ne ho una copia per te.»

«Ha senso che lo legga? Se non approvo quello che racconta, non verrà pubblicato?»

«Lo pubblicheranno lo stesso. È una decisione della bis. Ha firmato un contratto. In ogni caso dovresti leggerlo, ti farebbe bene. Papà l'ha letto. Voleva assicurarsi, come te, che non dicesse niente che pregiudicasse l'azienda. Lo ha letto ieri notte e mi ha chiamato stamattina. Non solo non è contrario, ma mi invita a partecipare alla promozione.»

Ana sbuffò.

«Va bene, portamelo e lo leggo.»

Alba, 2021

La fase istruttoria si protrasse per via della pandemia e il processo agli stupratori di Alba e Deva non fu celebrato fino all'inverno dell'anno successivo. Nel frattempo Alba si dedicò, oltre che alla creazione della Fondazione, alla preparazione del processo e all'organizzazione di una campagna sui social per fare pressione sulle sentenze processuali e sull'esecuzione dei processi per stupro.

Alba poteva contare su mezzi economici e capacità personali e l'orribile esperienza vissuta non fece altro che rafforzare il suo proposito di lottare per i diritti delle donne. Voleva raccontare la sua storia perché, come quella di Malala, non era unica, bensì la storia di molte donne. Si mise in contatto con università e ONG che finanziavano studi sulle sentenze processuali e la pressione del percorso giudiziario sulle vittime. E furono creati diversi hashtag:

#NessunoDomandaCosaIndossavaL'Aggressore
#SeGiustifichiLoStupratoreSeiColpevoleAncheTu
#NonProteggereLoStupratoreProteggiLaVittima
#SiChiedeSeHannoOppostoResistenzaSoloAlleVittime-DiStupro
#ÈStuproAncheSeNonOppongoResistenza
#PerEssereVittimaNonBisognaEssereUn'Eroina
#SeSubisciUnoScippoENonOpponiResistenzaÈCo-munqueUnoScippo

Cercarono la collaborazione di influencer apolitici e bloccarono tutti i tentativi delle organizzazioni femministe politicizzate di appropriarsi dell'iniziativa, pur non potendo evitare che si accodassero quando gli hashtag ottennero migliaia di follower. Progettarono e misero a punto un progetto per ritrasmettere quasi in diretta le domande dell'avvocato difensore alla vittima, stimolando la pressione sociale.

Quando Alba giunse alla Audencia Provincial di Gijón era decisa a convincere i tre magistrati a stabilire all'unanimità la colpevolezza degli accusati. Vista la ripercussione mediatica del processo de La Manada qualche anno prima, non mancarono le offerte per occuparsi della difesa degli aggressori. Uno di loro era anche la pecora nera di una famiglia benestante. I genitori cercarono di contrastare la campagna in corso assumendo un'avvocata. Uno studio associato di Madrid fornì alla difesa una penalista giovane e aggressiva, interessata alla popolarità che, nel bene e nel male, le avrebbe potuto garantire una rapida ascesa e la posizione di socia dello studio. Sapevano di confrontarsi con la forza giuridica della famiglia Fresno, e impiegarono molti mezzi e professionisti esperti nella preparazione dell'interrogatorio di Alba.

Alba scelse un avvocato maschio; non voleva che il processo perdesse interesse agli occhi della componente maschile della società per la presenza esclusiva di donne, e non voleva trasformarlo in una guerra tra maschi e femmine, se la difesa avesse scelto un uomo come rappresentante.

Alba rinunciò al diritto di non vedere i suoi aggressori mentre l'avvocata li interrogava. Non volle un paravento; anzi, li guardò dritto negli occhi.

«Non sono io che devo vergognarmi» avrebbe detto in seguito ai giornalisti. «I rifiuti della società sono loro.»

La difesa in un primo momento evitò le domande che gli artefici della campagna mediatica di Alba si sarebbero aspettati: che vestiti indossava o se aveva opposto resistenza. La loro strategia consisteva nel dimostrare che si era trattato di sesso consenziente con due uomini, solo due, perché la polizia non aveva altri campioni di DNA, e attaccarono facendo leva sull'aspetto più debole: l'esistenza di una seconda vittima e il suo rifiuto a identificarsi e prestare dichiarazioni.

«Perché questa presunta seconda vittima rimane nascosta?» fu la prima domanda della difesa. «Se esiste davvero una seconda vittima, cosa pensa che direbbe, se fosse qui?» «Perché la presunta seconda vittima non dichiara se i fatti sono avvenuti come li descrive l'accusa?» «Esiste davvero una seconda vittima? Se non esiste e sta mentendo su un dato così rilevante, come possiamo credere che il resto della storia sia vero?»

Che Alba si rifiutasse di fornire le generalità di Deva pregiudicò la strategia dell'accusa. Presentarono i campioni di

DNA di due accusati, quelli che avevano aggredito Alba, oltre al rapporto redatto dal medico legale che descriveva le lesioni rilevate all'ano e sul volto, e la dichiarazione del conducente che l'aveva caricata, seminuda e senza biancheria intima, e l'aveva accompagnata all'ospedale, ma doveva smontare la strategia della difesa: «Il sesso di gruppo non è sinonimo di stupro».

Solo quando il conducente dichiarò che aveva caricato Alba sulla strada quasi nuda, la difesa fu costretta a porre alla vittima delle domande sui vestiti che indossava.

«Portava la biancheria intima?»

«Sì.»

«In che cosa consisteva la sua biancheria intima?»

«Tanga e reggiseno.»

«È sicura di aver indossato questo presunto tanga?»

A quel punto intervenne uno dei magistrati.

«Credo che la risposta sia stata abbastanza chiara, e se non spiega il motivo della sua insistenza, la sua domanda non è ammissibile» avvertì la difesa.

«I miei assistiti dichiarano che la vittima non indossava la biancheria intima quando ha acconsentito ad avere rapporti con loro, solo una minigonna elasticizzata. Intendo mettere in dubbio che la testimone fosse nuda quando la macchina l'ha caricata. Qualunque gonna di quel tipo può essere arrotolata in vita come una cintura.»

Il giudice esitò.

«Mi faccia il favore di riformulare la domanda in modo che sia ammissibile» disse alla fine.

«Grazie, signor giudice. Indossava la gonna quando è stata caricata dalla macchina che l'ha portata all'ospedale?»

«No. Mi hanno picchiata e mi hanno infilato nel furgoncino con la forza, poi mi hanno tolto la gonna e il tanga e non me li hanno restituiti dopo avermi stuprato e prima di abbandonarmi in mezzo alla campagna.»

«Si limiti a rispondere a ciò che le domando. Può averla dimenticata sul furgone?»

«Non ho dimenticato nulla di ciò che mi hanno tolto. Non ho avuto la possibilità di recuperarlo.»

«Può averla persa nella concitazione del rapporto?»

«Non ho avuto un rapporto, sono stata violentata.»

«Signor giudice, può chiedere all'accusa di calmare la sua testimone?»

«Non sono una testimone, sono la vittima di uno stupro. Commesso dai suoi assistiti.»

«Non può rispondere se non le vengono poste domande» mise in guardia un giudice.

#CosaTeNeImportaSePortoLeMutande divenne di tendenza prima ancora che ricominciasse il processo.

Alba aveva passato mesi a provare le risposte a tutte le possibili domande con un'équipe di avvocati.

Lo scontro politico si accese quasi subito. Simpatizzanti e detrattori cominciarono a discutere tra loro senza che Alba, il *comunity manager* o gli account delle associazioni che l'aiutavano a trasmettere il processo dovessero intervenire nella discussione. Esaltati di entrambe le fazioni e troll trasformarono gli hashtag in trending topic.

I giudici non potevano fare nulla per fermarli. Il processo era celebrato a porte chiuse per proteggere la vittima, ma non si poteva impedire che la vittima e i suoi avvocati facessero filtrare ciò che accadeva nell'aula.

Una volta rientrati in aula, l'interrogatorio proseguì nella stessa direzione. L'obiettivo degli avvocati era insistere sul fatto che non ci fossero prove di un rapporto non consenziente, dunque gli accusati dichiararono di non sapere come la donna che li accusava avesse raggiunto la strada in cui era stata trovata, visto che loro l'avevano lasciata dove lei aveva chiesto, nei pressi del luogo in cui si erano conosciuti. Conoscevano l'orientamento sessuale dell'accusata perché lo aveva rivelato quando aveva esplicitato ciò che avrebbe voluto fare quella sera. Non si erano resi conto di averle provocato lacerazioni anali, ma nel caso erano molto dispiaciuti. Doveva essere successo nel furore dell'incontro. Dei colpi al volto non sapevano nulla. E naturalmente negarono che quella notte ci fosse una seconda donna.

Carlos Fresno fece pressione sulla figlia affinché li autorizzasse a comunicare ai media l'identità di Deva. Alba si rifiutò e suo padre, a denti stretti, rispettò la sua decisione. Non fecero altrettanto alcune donne presenti nel locale quella sera, che avevano notato l'incontro di Deva con Alba, Ana e Aurora. Tutte avevano visto l'anziana grassa che beveva con diverse ragazze giovani, seduta tranquillamente nel dehors. Poi avevano visto Alba che lasciava il locale con Deva. Era facile giungere alle conclusioni, e ancora più facile svelare l'identità di Deva sui social pretendendo una denuncia. #IlTuoSilenzioMiMetteInPericolo fu l'hashtag scelto per l'iniziativa. Sebbene il giudice ordinasse che fossero rimossi i post nei quali si rivelava la sua identità, il danno era fatto, e Deva Arias era additata da tutti.

«Non sono stata io, né nessuno dei miei» le assicurò Alba quando Deva la chiamò, fuori di sé.

«Lo so, e so anche chi è stato. Al Bruxa Curuxa siamo sempre le stesse. Si vedono facce nuove solo in estate. In parte hanno ragione, sono una vigliacca a non fare denuncia.»

Deva piangeva.

«Non hanno ragione. E non hanno il diritto di farti questo, così come la colpa di quello che è successo non è nostra. Quando avrò finito con quei figli di puttana, ci occuperemo di quelle che si nascondono dietro gli account che ti hanno denunciata. Gliela faremo pagare.»

«Non capisci? Non voglio fare giustizia! Voglio solo che mi lascino in pace!» urlò Deva in lacrime, prima di riagganciare.

Ana, 2020

Paloma Sánchez San Francisco non poté assistere alla crociata mediatica che ebbe come protagonista sua nipote durante il processo ai suoi aggressori, né alla pubblicazione delle memorie della nonna Aurora, perché era morta di Covid un mese prima che arrivassero i vaccini. La malattia era cominciata con sintomi influenzali lievi, e Paloma si era chiusa in casa decisa a portarsi in pari con le serie Netflix e con un paio di libri che voleva leggere da mesi, ma ebbe un'insufficienza respiratoria che la portò al pronto soccorso e quindi in terapia intensiva e che le strappò la vita in meno di una settimana. Appena prima di Natale.

Fu la seconda volta che Ana e Beba si incontrarono dopo il divorzio.

Ana non era tornata al Club e, non frequentando gli stessi luoghi, si incrociavano solo ai funerali. Prima quello di Nacho. Poi quello di Paloma.

Viste le restrizioni per la seconda ondata di coronavirus, Carlos e il padre limitarono le presenze alla famiglia e alle amiche intime della defunta.

Non fu facile stilare l'elenco cercando di non offendere nessuno.

«Sei sicuro di voler invitare Ana?» domandò Carlos Fresno padre al figlio. «Il coronavirus è un'ottima scusa per non farla venire.»

«Ana deve esserci. A meno che non voglia. E Beba anche. Non intendo evitare la situazione, per quanto scomoda. Si sono già incontrate al funerale di Nacho.»

«Ma lì c'era tua madre a fare da cuscinetto. Stavolta no.»

La prima reazione di Ana fu quella di evitarlo, ma dopo averci pensato bene, non solo accettò, ma ringraziò Carlos dell'invito.

Alba, due ore prima della cerimonia di addio, si presentò a casa di sua madre.

«Non voglio che tu vada in chiesa da sola. Al funerale di Nacho eri insieme alla nonna. Adesso, al suo ti accompagno io.»

«Sembra incredibile, ma se mi guardo indietro, mi rendo conto che tua nonna è diventata una persona molto importante nella mia vita. Non è stato sempre facile, e il suo modo di insegnarmi le cose non sempre dolce, ma ho imparato molto da lei. Nel bene e nel male.»

«Mamma, sono davvero felice di sentirti parlare in questo modo.»

«È merito tuo: sono talmente orgogliosa di te che voglio essere alla tua altezza.»

«Ciò che è accaduto renderà più forti entrambe, vedrai. Anche se non dobbiamo per forza santificare la nonna Paloma, che sapeva essere una vera strega.»

«Bambina, non sta bene parlare male dei morti» la rimproverò, con un sorriso.

Quando arrivarono in chiesa, Carlos e Beba erano già lì, e anche Carlos e Jesús e Carlos Fresno padre. I ragazzi con il nonno nel primo banco della fila di destra, a distanza di sicurezza. Beba e Carlos in quella di sinistra.

Quando entrarono Ana e Alba, Beba si spostò nel secondo banco, dietro Carlos, per lasciare il posto a loro. Alba si mise di fianco al padre. Ana non accettò l'offerta di Beba e le fece segno di tornare a occupare il posto in cui era prima, ma lei non si mosse e rimasero entrambe nel secondo banco, alle due estremità.

Tutta la famiglia pianse, chi più chi meno. Paloma non lasciava indifferente nessuno.

Alla fine della messa uscirono dalla chiesa e Beba si avvicinò ad Ana.

«Ti sono vicina» le disse. «E mi manchi.»

«A me manca mio marito. Soprattutto dopo tutto ciò che è successo ultimamente. E mi manchi tu, ma ho imparato a vivere con quello che ho e a non lamentarmi per ciò che avrei voluto avere.»

«Mi piacerebbe prendere un caffè con te, ma capisco che tu non voglia.»

«Per il momento ancora no. Magari in futuro. O magari no.»

Beba assentì in silenzio e si allontanò dall'unica donna che aveva considerato un'amica.

Alba, 2021

Quando fu svelata la sua identità sui social, Deva passò la notte a rigirarsi nel letto, ma si fece coraggio e il giorno dopo andò a fare lezione. Prima avesse affrontato i suoi allievi, prima avrebbe dimenticato. Non riuscì a entrare nell'istituto e non seppe se gli allievi fossero dalla sua parte perché di notte avevano riempito di scritte le pareti della scuola: «Lesbica. Vigliacca. Te lo meritavi». Lo vide dalla macchina, sotto la pioggia che cadeva quella mattina d'inverno, come se volesse avvertirla di non entrare.

La scuola ricevette numerose lamentele e alcune dichiarazioni di sostegno da parte dei genitori degli allievi. Lamentele da parte di alcuni perché si erano trovati al centro dell'attenzione e di altri per essere stati costretti a parlare con i figli di cose delle quali non avrebbero voluto parlare. Sostegno da chi temeva che un giorno potesse accadere una cosa del genere anche alle loro figlie.

Deva non sapeva dove andare e guidò fino al paese in cui era cresciuta, per passare a trovare i genitori.

Suonò diverse volte il campanello, finché venne ad aprirle la madre. Quando Deva fece per entrare in casa, la donna le sbarrò il passo, prese un ombrello dal portaombrelli dell'ingresso e uscì con la figlia dopo essersi chiusa la porta alle spalle.

«Per ora è meglio che non entri. Tuo padre rischierebbe di avere un infarto. Aspetta un momento...» La madre si infilò in casa e tornò con una torta al cioccolato appena fatta. «L'avevo preparata nel caso fossi venuta, ma con tuo padre in questo stato... Sai come è fatto. Te l'ho messa in un sacchetto di plastica perché non si bagni.»

Con la torta ancora calda in mano e senza dire una parola, Deva tornò sui suoi passi e salì in macchina. Mise in moto senza guardarsi indietro, ma all'uscita dal paese dovette fermarsi perché le lacrime le impedivano di vedere la strada.

«I miei genitori non mi parlano, non mi hanno nemmeno

lasciata entrare in casa» disse ad Alba quando trovò la forza di chiamarla qualche ora dopo e le raccontò l'accaduto.

«I tuoi sono genitori di merda. E quelle donne non avevano il diritto di rivelare la tua identità. Ma le cose stanno così. Da qui in avanti devi decidere tu.»

«Non posso permettermi di perdere il posto, ho appena vinto il concorso.»

«Chiedi il trasferimento a Madrid, o dove vuoi tu. Lontano. Almeno per un periodo.»

«Non posso. I concorsi per la secondaria sono locali, non valgono in altre regioni, e per la richiesta di trasferimento devo aspettare un sacco di tempo, almeno due anni.»

«Se vuoi andartene, chiedi un'aspettativa e ti aiuterò a trovare lavoro a Madrid.»

«Sai quanto ho faticato a passare il concorso? Ho ottenuto il lavoro che volevo, dove volevo, e adesso, per colpa di quei figli di puttana e di quelle stronze, mi tocca lasciare tutto! Non è giusto, non è giusto!» urlò Deva.

«Mi dispiace per quello che sta succedendo e per quello che ci è accaduto, ma le cose stanno così. Il mondo funziona in questo modo.»

«Non posso tornare a insegnare qui. Non posso.»

«Vai dal medico, digli come ti senti e fatti mettere in mutua. L'ansia di cui soffri è una buona ragione.»

«Non sono come te. Mi piacerebbe, ma non sono così» disse Deva.

«La differenza tra te e me e che io posso fare quello che faccio perché ho i mezzi e il sostegno per andare avanti. Mio padre mi ha concesso fondi illimitati per mandare quegli stronzi in prigione. Siamo nate in famiglie diverse. Non c'entra niente con quello che sei.»

«Sei una persona incredibile» disse prima di attaccare.

Il medico mise Deva in malattia per l'ansia e le prescrisse il diazepam da cinque milligrammi, uno al mattino e uno prima di andare a letto.

Quella sera Deva mangiò la metà della torta che le aveva preparato la madre, accompagnata dalla scatola intera di diazepam e una bottiglia di rum. Si svegliò diverse ore dopo, circondata dal suo vomito e bagnata di urina, senza ricordi dell'accaduto, in preda ai capogiri, impossibilitata a controllare il suo corpo e con un orribile mal di testa. Impiegò più di mezz'ora per arrivare al cellulare e chiamare il pronto soccorso.

Il processo durò tre giorni e dopo un mese arrivò l'attesa sentenza che condannava uno degli aggressori di Alba, che tutti conoscevano come «Pene flaccido», a dodici anni di prigione e a un indennizzo di trentamila euro, in quanto individuo che l'aveva violentata provocandole le lesioni. Al guidatore del furgone nel quale si erano svolti i fatti andò una pena minore. Gli altri rimasero a piede libero, perché secondo la dichiarazione di Alba avevano agito ai danni della presunta seconda vittima e non erano intervenuti in ciò che era stato fatto a lei. Non potevano essere considerati coautori, né complici. Alba non ricordava chi l'avesse trascinata sul furgone.

I due condannati fecero ricorso, ma finirono in carcere.

Alba non insistette con Deva perché denunciasse gli imputati ancora a piede libero, neanche quando, dopo la sentenza, fu di nuovo linciata sui social per non averlo fatto.

Ma insistette perché lasciasse le Asturie, sapendo che aveva ricevuto una sola telefonata da sua madre in tutto il periodo in cui era stata in osservazione all'ospedale dopo il tentato suicidio e nei giorni successivi. Nessuna da suo padre. Né da suo fratello. E quella della madre non l'aveva aiutata.

«Figlia mia, non sai cosa stiamo passando per colpa tua. Tutti ci guardano, in paese, e spettegolano» l'aveva accusata la madre, e Deva si era sentita soffocare.

Ciò nonostante lasciare la sua terra e affrontare una nuova vita, sfinita com'era, la spaventava quasi quanto restare ed essere trattata da appestata dalla famiglia e nel momento in cui si sarebbe trovata ad affrontare i genitori della scuola o gli aggressori che, una volta assolti, sarebbero tornati a cercarla. Poi pensò che si avvicinava il Natale. Si vide da sola e si augurò di non uscire mai più da quella stanza impersonale, dove almeno i sanitari la trattavano con qualcosa di simile all'affetto.

«Vieni qui per due settimane» le disse Alba quando andò a trovarla all'ospedale, subito dopo la fine del processo. «Voglio che tu veda la Fondazione. Per il momento abbiamo solo la consulenza legale e il trattamento psicologico iniziale, ma si presentano sempre più donne e riceviamo sempre più donazioni. Il nostro progetto è quello di riuscire, nel giro di un anno, ad assistere in modo integrale e per tutto il processo di recupero le donne che chiedono il nostro aiuto dopo uno stupro.»

«Se denunciano, ovviamente» replicò Deva.

«Sbagli. Sei ossessionata. Le nostre avvocate seguono la politica di raccomandare la denuncia solo quando le possibilità di ottenere una condanna sono alte, e la vittima è in grado di sopportare il processo. Ti confesso che io, prima di viverlo sulla mia pelle, ti disapprovavo, ma ora so che il processo non fa che aumentare il trauma e che può distruggerti, se perdi. Quindi, se non è chiaro chi vincerà, per l'aggredita è meglio non affrontare il processo, e noi siamo sempre solidali con la vittima. Come parte del progetto, però, abbiamo sul medio periodo l'idea di formare una lobby indipendente, lontana da ogni intrusione politica, per chiedere cambiamenti nell'assistenza iniziale, per formare i poliziotti, i medici e i giudici su questo tipo di reati, e fare in modo che le vittime possano contare su una consulenza specializzata.»

«E cosa dovrei fare io, in tutto questo?»

«Voglio che tu veda l'associazione. Poi deciderai.»

«Non sono né un'avvocata né una psicologa.»

«Puoi trovare mille scuse e io posso smontarle tutte, ma alla fine dovrai prendere una decisione.»

«Non sto bene, Alba, e ogni giorno sto peggio. Non sono in grado di aiutare nessuno. Non sono come te.»

Alba sorrise.

«Sai perché sto facendo questa cosa? Perché altrimenti sprofonderei. Lo faccio per me. Ho bisogno di trovare un senso in quello che mi è successo e tirarne fuori qualcosa di buono perché, se non lo facessi, vorrei solo morire.»

Gli occhi di Alba si riempirono di lacrime e quando Deva l'abbracciò, scoppiò a piangere come non aveva mai fatto dal giorno in cui quei selvaggi avevano cambiato il corso delle loro vite.

Ana, 2021

Ana lesse il libro di Aurora più volte, per tre settimane. Dedicava la maggior parte della giornata a La Alborada e il resto delle ore a leggere. Dimenticò il personal trainer, il parrucchiere e i trattamenti estetici. Quei ventun giorni fecero affiorare una parte di lei che fino a quel momento ignorava, perché vedersi riflessa nelle pagine della bis la costringeva a immergersi nella cruda verità di chi racconta sapendo che quando gli altri verranno a sapere, lei non ci sarà più. Lo sguardo della nonna sulla vita e su sé stessa le aprì la mente a una nuova realtà. Grazie al racconto di Aurora intuì che la vita è quello che è e non quello che vogliamo che sia, e che ciascuno di noi può accettarlo o ribellarsi, essere felice o farsi male sbattendo contro un muro.

Ana assistette alla presentazione del libro nelle Asturie, e pronunciò qualche parola davanti ai presenti. Nervosa per la mancanza di abitudine, ma anche orgogliosa della propria famiglia.

Quando Manuel Menéndez Miranda, l'autore, le chiese di firmare i libri con lui, rimase stupita.

«Io? Ma non ho scritto il libro.»

«Neanche io. Ho solo riportato il più fedelmente possibile la storia che tua nonna mi ha raccontato.»

Dopo la presentazione Ana si trattenne per qualche giorno a Gijón. Doveva sbrigare ancora qualche pratica relativa alla morte di Aurora. La burocrazia successiva ai decessi sembrava interminabile.

Qualcosa si era rotto dentro di lei dopo ciò che era accaduto a sua figlia e qualcosa era nato con la storia della bis. Provò una specie di ammirazione per le donne della sua famiglia, persino per sua nonna, che aveva commesso molti errori e si era rimessa in piedi dopo esperienze terribili.

Si vergognò persino un po' di sé stessa, perché capì che aveva passato metà della sua esistenza a scegliere l'opzione più comoda e a leccarsi le inevitabili ferite provocate dalla vita senza lasciare che cicatrizzassero.

Ricordò quello che le aveva detto tante volte Rubén, il suo psicologo: «Agisci. Se non sai cosa fare, fai comunque qualcosa, qualunque cosa, cambia qualcosa, agisci in modo diverso da come fai normalmente, anche nelle piccole cose».

E ciò che fece Ana fu chiamare César, l'uomo che aveva rifiutato due volte per questioni che c'entravano più con lei che con lui.

César non rispose al telefono. Cercò di mettersi in contatto con lui per due giorni, finché le venne in mente che potesse aver cambiato numero. Evitò di chiamare la sua vecchia amica per chiederglielo, nel caso lo avesse, e andò all'appartamento in cui César l'aveva condotta la sera che avevano trascorso insieme. La donna che le rispose al citofono non sapeva chi fosse e sulla buca delle lettere trovò i nomi di una coppia sconosciuta.

Stava per lasciar perdere quando un vicino, un anziano con il bastone, entrò nel portone.

«Un uomo in sedia a rotelle?» disse lui, pensieroso. «Con i capelli rossi, sulla cinquantina. Certo, César. Pover'uomo.»

«Se la cava bene con la sedia a rotelle» rispose Ana, istintivamente infastidita dal modo in cui quel tizio si era riferito a César.

«Certo che se la cavava bene. Era uno sportivo, molto sportivo. È venuta per la posta? È una sua parente?»

«Per la posta? Si è trasferito?»

L'espressione sul volto dell'uomo le diede la notizia prima della sua risposta.

«Un infarto. Sarà stato un anno fa. Mia figlia, che è un'anestesista, dice che gli handicappati hanno più possibilità di avere problemi di cuore. E in effetti ne ha avuti. Nonostante tutto lo sport che faceva.»

«César non era un handicappato» ribatté Ana, seccamente, rovesciando sull'anziano la rabbia provocata dalla notizia.

«Ora li chiamano paraplegici. Mi dispiace che l'abbia saputo da me. Non ha sofferto. È stato fulminante. Lo hanno portato via che era già morto.»

«Come lo sa? César viveva da solo.»

«Ma no, viveva con la moglie.»

«Non è possibile. Erano divorziati.»

L'uomo si strinse nelle spalle. Erano quasi le otto e sua moglie lo aspettava con la cena in tavola, probabilmente. Non le piaceva che tornasse tardi dalla passeggiata.

«Condoglianze» disse, e si diresse verso l'ascensore.

Se crollo, sprofondo, fu l'unica cosa che Ana riuscì a pensare.

Alba, 2021

Una settimana dopo la fine del processo di Alba, Ana andò a prendere Deva alla stazione Chamartín. Le decorazioni natalizie avevano già invaso Madrid, compresi i negozi della stazione. Non commentò le quattro enormi valigie che l'amica della figlia aveva con sé. Per fortuna aveva preso la macchina di Alba e non la Mini.

«Prendi la mia macchina, non si sa mai» le aveva detto Alba.

«Ma non viene solo per un paio di settimane?»

«Lei dice così, ma io non ci credo.»

«Tu e quella ragazza uscite insieme?»

«No. Non mi vedo né con lei né con nessuno. Non è il momento di avere una relazione stabile.»

«E dove starà?»

«A casa mia.»

«Ah. Ma può creare malintesi, non credi? Che cosa ne dici se viene da me?»

«Davvero? Sarebbe stupendo.»

Così Deva e le sue quattro valigie approdarono a casa di Ana: un bellissimo attico in centro, vicino al locale che ospitava la Fondazione e non troppo lontano dall'appartamento di Alba, ma in una zona più signorile. Era la prima volta che Ana aveva qualcosa di suo e la sensazione le piaceva. Una casa e un lavoro. Anche Deva apprezzò l'attico di Ana.

«Mamma mia, che bella casa! Sapevo che la famiglia Fresno era piena di soldi, ma questa è davvero figa.»

«Io non ho soldi. Lo paga il mio ex, il padre di Alba, come parte dell'accordo di divorzio. L'imprenditore è lui, io sono solo la sua ex moglie, ma devo dire che è stato molto generoso con me, come vedi.»

«Non voglio crearle problemi stando a casa sua, posso andare in albergo.»

«Non se ne parla. Alba mi ha detto che sei stata per un po' in malattia e che adesso sei in aspettativa, senza stipendio.»

«È un vero schifo. Dopo tutto quello che ci è successo, rimango anche senza lavoro. Mi sono messa in aspettativa perché non potevo tornare a scuola. Molti genitori hanno chiesto di cambiare sezione ai figli perché non facessero lezione con me. Davvero solidali.»

«È terribilmente ingiusto, ragazza mia. Per questo Alba ha aperto La Alborada. Stiamo facendo cose meravigliose per tutte quelle donne. Per tutte noi. Ti piacerà tantissimo.»

«In realtà non so bene perché sono qui. Alba mi ha convinto a venire, ma ora che sono arrivata, sono piena di dubbi.»

«Datti un'occasione. Perché non ti cambi, vieni a vedere i

locali e ti presento le persone che ci lavorano? Siamo pochi, ma abbiamo diversi progetti per ampliare i servizi. E vestiti pesante, perché qui l'inverno non è come nelle Asturie, e siamo nel pieno di un'ondata di freddo.»

Nei giorni successivi Deva visitò i locali, fu informata sui progressi, sui progetti futuri e sullo stato dei finanziamenti e parlò con due psicologhe e due avvocate.

«Ci lavorano solo donne?»

«Nella prima assistenza alle vittime, sì. Il contatto iniziale è sempre con una donna. Così è più facile raccontare l'accaduto. Nelle fasi successive non è più necessario e anche se siamo per la maggior parte donne, c'è anche qualche uomo. Oggi te ne presento uno, è nell'équipe legale.»

«Si sentirà un po' fuori posto.»

«A quanto dice, è felicissimo. È molto simpatico e pensa di aver trovato il migliore dei lavori, dice che è come essere l'unico maschio in una discoteca.»

Deva rise e si rese conto che era la prima volta che le capitava da un anno a quella parte. Riuscì a vedere Alba solo diversi giorni dopo. In un dehors vicino alla Fondazione. Faceva freddo ma c'era il sole, quindi si sedettero accanto a un fungo, senza togliersi i cappotti.

«Allora?» le chiese Alba.

«Non so cosa ci faccio qui.»

«Decidi se unirti al progetto.»

«È meraviglioso, ma come posso contribuire? So solo insegnare matematica agli adolescenti. A cosa servo? Non so prendermi cura di me stessa, come potrei aiutare un'altra donna che ha subìto quello che abbiamo subìto noi?»

«Con una testimonianza per esempio. Ma non solo, abbiamo bisogno di altre cose. È come un'azienda: prima di tutto dobbiamo trovare i soldi, perché senza fondi non possiamo esistere. E non vogliamo essere usate politicamente, quindi dobbiamo essere autosufficienti dal punto di vista finanziario per restare indipendenti. L'esperta delle donazioni era mia nonna Paloma, ma è morta l'anno scorso e anche se mia madre ha passato la vita a organizzare eventi di beneficienza con lei e abbiamo la lista dei suoi contatti, dobbiamo coinvolgere le aziende. Che hanno più risorse a disposizione. La Fondazione ha anche un settore amministrativo e un reparto risorse umane, perché chiunque operi qui deve alzarsi non vedendo l'ora di venire a lavorare, convinto del contributo sociale che dà. Abbiamo anche un settore dedicato alla pressione politica necessaria per ottenere i cambiamenti giuridici che ci proponiamo, un'area sviluppo servizi e ovviamente c'è la prima accoglienza legale e psicologica, dove dobbiamo fare ancora molti passi avanti, ma per farlo ci servono più soldi, quindi torniamo al punto di partenza: bisogna raccogliere fondi. Di sicuro la tua dimestichezza con i numeri può tornarci utile. L'unica cosa che conta è che tu voglia farlo. Se ti interessa, qui troverai il tuo posto.»

Deva rimase in silenzio. Sorseggiò il caffè circondando la tazza con entrambe le mani per scaldarsi. Alba le diede il tempo di cui aveva bisogno.

«Non posso restare per sempre da tua madre. Ho bisogno di un posto in cui vivere» disse alla fine, e posò la tazza sul piatto.

«Era un sì?»

Deva annuì.

«Allora rientriamo, abbiamo un sacco di lavoro e fa un freddo cane.»

Epilogo

Ana, 2022

«Che strano il mondo, vero?» mi disse Alba.

Era la sera dell'8 marzo ed eravamo da sole nella hall della Fondazione, dopo aver salutato le persone che avevano partecipato alla festa per il primo anniversario de La Alborada, organizzata in onore dei donatori, dei benefattori e di tutti quelli che collaboravano con noi e ci rendevano ogni giorno più grandi.

«Perché dici così?»

«Perché esistiamo grazie a un evento orribile. Ottant'anni dopo lo stupro che ha portato alla nascita della nonna, abbiamo aperto un centro di aiuto per donne sul sangue di quegli aggressori.»

«Quanto sei poetica! Ma non stiamo sopra il sangue degli aggressori, ci stiamo sotto, letteralmente.»

Guardammo entrambe al soffitto e osservammo con orgoglio il cubo trasparente, ideato da Alba e progettato da me, all'interno del quale la vecchia Singer, sospesa con un meccanismo di cavi nascosti e un motore silenzioso, girava lentamente. Sembrava di trovarsi in un luogo privo di gravità.

«Ti immagini se la tua bis alzasse la testa e vedesse la sua Singer lì? Si metterebbe a imprecare contro quella povera macchina, pronunciando improperi e bestemmiando il diavolo.»

«Chissà... la bis riusciva sempre a sorprenderci. Ma al di là di cosa avrebbe potuto dire la bis, per me è una figata, mamma. Alla fine l'artista della famiglia sei tu.»

«Figuriamoci, questo onore lo lascio a te.»

Alba scosse la testa.

«Mi sa di no. Adesso voglio lavorare con papà.»

«Cosa intendi? Hai dedicato l'ultimo anno ad aprire questo centro, come fai a lavorare con tuo padre? E cosa farai?»

«L'azienda è la mia eredità e me ne occuperò. Non so come diventerà Jesús, ma Carlos non ha le doti giuste per dare il cambio a papà. È un grande lavoratore e un'ottima figura per l'azienda, ma non è uno squalo. E nel mondo imprenditoriale bisogna lavorare molto per ottenere le stesse opportunità dei maschi. All'inizio della sua carriera professionale, negli anni Novanta, il suo capo chiedeva a Beba di mettersi una scollatura quando voleva che i clienti trasferissero il loro portafoglio di investimenti. Non lo sapevi, vero?»

«No, non lo sapevo. Non mi parlava mai di queste cose, ma so che quando ha provato ad avere un figlio hanno cercato di toglierle il posto.»

«Vedi, c'è ancora molta strada da fare. E io sono in una posizione privilegiata, che non intendo sprecare. Magari non otterrò subito grandi successi perché papà mi costringe a cominciare dal basso, con una mansione che non mi permette di decidere quasi niente, ma ho un po' di anni per imparare e, quando lui deciderà di andare in pensione, sarò pronta a occupare il suo posto. Ci metterò l'anima.»

Annuii. Mi venne un capogiro ma capii.

«Mi aiuterà Beba. Per te va bene?» mi domandò.

«Certo, tesoro, è la migliore. Professionalmente, intendo. E la fondazione? Non puoi fare tutto.»

«Smetterò di occuparmene. E non sono preoccupata perché la lascio in buone mani. Le tue. Conserverò solo una carica onorifica, la direzione è tua. Ci sarà molto da fare con il nuovo servizio d'emergenza aperto ventiquattr'ore su ventiquattro, ma non hai bisogno di me. Sono sicura che in questo progetto darai il meglio. E magari Deva può offrirti una mano: pare che vi capiate.»

Le lacrime di emozione mi riempirono gli occhi e sentii che, finalmente, avevo trovato il mio posto nel mondo.

Ringraziamenti

A Cristina, la mia editor, che ha creduto in questa storia quando non era ancora stata raccontata.

Ad Alicia, la mia agente, che scommette sempre su di me.

A David: fai avverare i miei sogni.

Ad Álex, che è arrivato e mi ha riempito il cuore di amore incondizionato, ha dato un senso alla mia vita e mi ha trasformato in una scrittrice.

A David e ad Alberto, perché l'affetto non se ne intende di convenzioni.

A Eva, David, Carlos e Pablo, il mio primo pensiero quando mi chiedono della famiglia.

Ai migliori padrini del mondo: Juanma, che non si stanca di insegnarmi a godermi il presente, anche se mentre lo fa penso che un giorno lo insegnerà anche ad Álex. E Miguel, che è sempre pronto a patire sulle mie prime bozze, a rileggermi di continuo e, nonostante questo, resta entusiasta delle mie storie.

A Héctor e a Darío, perché accompagnarvi nella crescita è un'esperienza magica.

A María. Tu sai perché. E ai tuoi genitori. Che lo sanno anche loro.

Alla mia compagnia della scuola, perché i vostri messaggi fanno odorare il mio mondo di Alada, di Eau Jeaune, di Herbíssimo e di Don Algodón.

A suor Cándida, che si è innamorata del mio primo racconto al terzo anno di EGB e mi ha fatto sognare di diventare una scrittrice.

A Guelbenzu, che mi ha insegnato il trucco per sopravvivere nel mestiere di scrivere, che consiste nel lavorare molto, divertirsi ancora di più e non pensare a quello che accadrà dopo.

Ai miei *betareaders* Asier, Ainhoa, Begoña, Cristian, Christian S., Cristina, David, Eva, Miguel A., Miguel A.G., María José, María, María Jesús, Soraya e Vero: senza di voi la strada sarebbe stata molto più difficile.

A Mathilde, perché sento in questo modo.

A tutti voi che avete condiviso i vostri ricordi con me per riempire i vuoti di questa storia.

A chi tra voi mi ha insegnato a guardare il cielo ogni mattina e a rendere grazie.

A te, lettore o lettrice, perché solo tu, il tuo sostegno e il tuo affetto danno vita alle mie storie. Eccomi, felice di sapere di te:

info@analenarivera.com
www.analenarivera.com
www.facebook.es/analenarivera
@AnaRiveraMuniz
http://instagram,com/analenarivera
http://www.linkedin.com/in/anariveramuniz/

Finito di stampare nel mese di maggio 2024
su carta holmen
con fibra vergine proveniente da foreste sostenibili holmen.com/paper
presso Grafica Veneta S.p.A.
Via Malcanton, 2 – Trebaseleghe (PD)
Printed in Italy

PEFC
PEFC/18-31-226
Certificato PEFC
Questo prodotto è realizzato con materia prima da foreste gestite in maniera sostenibile e da fonti controllate
www.pefc.it

GRAFICA VENETA
GV CARBON NEUTRAL

Questo libro è fabbricato da Grafica Veneta S.p.A.
con un processo di stampa e rilegatura certificato 100% carbon neutral
in accordo con PAS 2060 BSI